JOURNAL
D'UN
VAMPIRE

L.J. SMITH

JOURNAL D'UN VAMPIRE

TOME 4

Traduit de l'anglais (États-Unis)
par Maud Desurvire

hachette

Illustration de couverture . © Carrie Schechter

L'édition originale de cet ouvrage a paru en langue anglaise chez HarperTeen,
an imprint of HarperCollins Publishers, sous le titre :

The Vampire Diaries : The Return : Shadow Souls

© 2010 by L.J. Smith and Alloy Entertainment
© Hachette Livre, 2010, pour la traduction française.
Hachette Livre, 43 quai de Grenelle, 75015 Paris.

À Elizabeth Harding,
mon merveilleux agent littéraire.

PROLOGUE

Cher Journal..., chuchota Elena. *Je t'ai oublié dans le coffre de la Jaguar et il est deux heures du matin. Si tu savais comme c'est frustrant !* Elle planta le doigt sur sa cuisse comme si elle ponctuait une phrase. Puis, baissant encore un peu la voix, elle posa le front contre la vitre. *J'ai peur de sortir dans le noir pour aller te chercher.* Vraiment *peur, tu comprends ?* Les larmes aux yeux, elle alluma à contrecœur son téléphone portable pour s'enregistrer. Elle allait gaspiller bêtement de la batterie mais c'était plus fort qu'elle, elle en avait besoin.

Alors, voilà, murmura-t-elle, *je suis sur la banquette arrière de la voiture et... disons que cette vidéo fera office de notes du jour. Au fait, on a établi une règle pour le voyage : je dors dans la Jag, et Matt et Damon à la belle étoile. Au moment où je parle, il fait tellement noir dehors que je ne vois même pas Matt... Toute cette histoire me rend dingue, je pleure sans arrêt, je me sens perdue, si seule sans Stefan...*

Il faut qu'on se débarrasse de la Jaguar ; elle est trop grosse, trop rouge, trop voyante, et surtout trop reconnaissable alors qu'on essaie de retrouver incognito *l'endroit où est emprisonné Stefan. Quand on l'aura revendue, la bague et le pendentif en lapis-lazuli et diamant qu'il m'a offerts, la veille de sa disparition, seront ce qu'il me reste de plus précieux. Maudite disparition... tout ça parce qu'on lui a fait croire qu'il pourrait devenir un être humain comme les autres...*

Comment ne pas penser à ce qu'ils lui font peut-être subir en ce moment, dans cette prison, ce Shi no Shi ? Et d'ailleurs, c'est qui « ils » ? Des kitsune *sans doute, ces esprits maléfiques qui ont l'apparence de renards.*

Mais comment j'ai fait pour en arriver là ? Secouant la tête, elle tapa du poing sur la banquette.

Si je le savais, je pourrais chercher une solution. Trouver le plan A, ça me connaît, et mes amis ont toujours un plan B ou C pour m'aider. Elle plissa les yeux en pensant à Bonnie et Meredith. *Mais aujourd'hui, j'ai peur de ne plus jamais les revoir. Et je crains le pire pour Fell's Church.*

Pendant quelques secondes, elle garda le poing serré sur son genou, écoutant sa petite voix intérieure : *Arrête de te lamenter, Elena, et réfléchis. Réfléchis bien. En reprenant depuis le début.*

Le début ? Mais c'était quoi, le début ? Stefan ?

Non, elle avait vécu à Fell's Church bien avant l'arrivée de Stefan.

Lentement, d'un ton presque rêveur, elle se mit à parler dans le micro du portable : *Pour commencer : qui suis-je ? Elena Gilbert, dix-huit ans.* Encore plus lentement, elle ajouta : *Je... je ne crois pas que ce soit prétentieux de dire que je suis jolie. Pour l'ignorer, il faudrait que je ne me* sois jamais vue dans une glace ou qu'on ne m'ait jamais fait un compliment. *Il n'y a pas de quoi être fière ; c'est juste quelque chose que mes parents m'ont transmis.*

De quoi j'ai l'air ? J'ai les cheveux blonds, mi-longs et un peu ondulés, et des yeux bleus qu'on compare parfois à du lapis-lazuli : bleu foncé tacheté d'or. Elle eut un rire à moitié étranglé. *C'est peut-être pour ça que les vampires m'aiment bien !*

Puis son sourire se durcit et, le regard plongé dans l'obscurité complète qui l'entourait, elle reprit sérieusement.

Beaucoup de garçons ont dit que j'étais un ange, la fille la plus douce du monde. Et je les ai fait marcher. Je les ai utilisés pour me rendre populaire, pour m'amuser. Bon, OK, soyons franche : je les considérais comme des jouets, des trophées. Elle marqua une pause. *Mais j'attendais* autre chose. *J'ai toujours eu ce sentiment, sans vraiment savoir de quoi il s'agissait ; l'impression de chercher quelque chose que je ne trouverais de toute façon jamais chez un garçon. J'avais beau les manipuler ou jouer avec eux, jamais ça ne me touchait au plus profond... jusqu'à ce qu'un garçon très spécial arrive.* Elle s'arrêta, la gorge serrée, et répéta : vraiment *spécial.*

Il s'appelait Stefan.

Et il s'est révélé ne pas être celui qu'on croyait, à savoir un simple élève de terminale, simple mais craquant, aux cheveux bruns ébouriffés et aux yeux aussi verts que des émeraudes.

Stefan Salvatore était en fait un vampire.

Un vrai *vampire.*

Elena dut faire une pause et inspirer un bon coup pour pouvoir articuler les mots suivants : *Tout comme l'était son superbe frère aîné, Damon.*

Elle se mordit la lèvre et une éternité sembla s'écouler avant qu'elle poursuive : *Aurais-je aimé Stefan si j'avais su depuis le début que c'était un vampire ? Oh que oui ! Mille fois oui. Je serais tombée amoureuse quoi qu'il arrive ! Mais ça a tout changé, à commencer par moi.* Machinalement, son doigt suivit la trace d'un motif sur sa chemise de nuit. *Vous savez, les vampires se prouvent leur amour en échangeant leur sang. Et le problème, c'est que... je l'ai aussi fait avec Damon. Pas vraiment par choix mais parce qu'il me harcelait sans cesse, jour et nuit.*

Elle poussa un soupir. *Damon* dit *vouloir faire de moi sa princesse des ténèbres, traduisez : il me veut pour lui tout seul. Mais je ne me suis jamais fiée à lui, à moins qu'il ne m'ait auparavant donné sa parole car il la tient toujours...*

Un sourire bizarre crispa ses lèvres mais elle parlait calmement à présent, avec facilité, sans plus vraiment faire attention au téléphone.

Une fille qui fréquente deux vampires... au final, ça engendre forcément des problèmes, non ? Alors j'ai peut-être mérité ce qui m'est arrivé.

Je suis morte.

Pas simplement « morte » comme quand votre cœur cesse de battre quelques secondes avant qu'on vous réanime, et à votre réveil vous racontez que vous avez vu la fameuse « lumière ».

Non. Moi, je suis carrément passée de l'autre côté de cette lumière.

Je suis réellement morte.

Et quand je suis revenue : surprise, j'étais un vampire !

On peut dire, je crois, que Damon était... gentil avec moi, la première fois que je me suis réveillée dans la peau d'un vampire. C'est sans doute pour cette raison que j'ai toujours été attachée à lui. Il aurait très bien pu profiter de moi, mais il ne l'a pas fait.

Cela dit, je n'ai pas eu le temps de faire grand-chose durant mon existence de vampire, hormis m'occuper de Stefan et l'aimer plus que jamais, car à l'époque j'ai vécu concrètement *tout ce qu'il subissait. Et puis j'ai eu l'occasion d'assister à mon propre enterrement. Ah ! Tout le monde devrait pouvoir vivre ça ! J'ai appris à* toujours *porter du lapis-lazuli, pour ne pas finir en vampire carbonisé. J'ai dit adieu à Margaret, ma petite sœur de quatre ans, je suis passée voir Bonnie et Meredith...*

Presque imperceptiblement, des larmes se mirent à glisser le long de ses joues. Mais Elena resta calme.

Ensuite, je suis morte une deuxième fois.

Je suis morte de la façon dont les vampires meurent quand ils ne portent pas de lapis-lazuli à la lumière du jour. Je ne me suis pas désagrégée ; je n'avais que dix-sept ans. Mais le soleil m'a quand même empoisonnée. Ce fut presque une mort... paisible. C'est là que j'ai fait promettre à Stefan de veiller sur Damon, pour l'éternité. Et je crois qu'intérieurement Damon a juré d'en faire autant. C'est comme ça que je suis morte, dans les bras de Stefan avec Damon à mes côtés, tandis que je me laissais emporter, comme gagnée par le sommeil.

Après, j'ai fait des rêves dont je ne me souviens pas, et tout à coup, un beau matin, j'ai surpris tout le monde en me servant de ma pauvre Bonnie, qui a d'incroyables dons de médium, pour communiquer avec eux. Je suppose que j'avais décroché le job d'ange gardien de Fell's Church. Un danger menaçait la ville. Ils ont dû le combattre et, sans que je sache comment, quand leur défaite a été annoncée, on m'a renvoyée en renfort dans le monde des vivants. Ensuite...

eh bien, on a gagné la bataille et je me suis retrouvée avec ces étranges pouvoirs que je ne maîtrise pas du tout. Mais Stefan était là aussi ! On était de nouveau ensemble !

Elena s'enveloppa de ses bras, comme si elle serrait Stefan contre elle, imaginant la chaleur de son corps contre le sien. Fermant les yeux, elle se mit à respirer plus lentement.

Justement, mes pouvoirs, parlons-en. Il y a la télépathie, qui marche uniquement si l'autre personne est médium, ce qui est le cas de tous les vampires, mais à différents degrés, en particulier lors d'un échange de sang avec l'un d'eux. Et puis il y a mes Ailes.

Ce ne sont pas des histoires : j'ai vraiment des Ailes ! Elles ont des pouvoirs incroyables ; le seul problème, c'est que je ne sais absolument pas m'en servir. Certaines se font sentir, parfois, exactement comme maintenant : elles tentent de se déployer, de mettre mon corps dans la bonne position, et leur nom essaie de se former sur mes lèvres. Ce sont les Ailes de la Protection *et, à mon avis, il se pourrait bien qu'on en ait besoin au cours de ce voyage. Mais je ne sais même plus comment je faisais avant, avec les anciennes Ailes, et je comprends encore moins comment me servir des nouvelles. Je les invoque pendant des heures, jusqu'à ce que je me sente ridicule... mais il ne se passe rien du tout.*

Je suis donc redevenue humaine... autant que Bonnie. Qu'est-ce que je ne donnerais pas pour que Meredith et elle soient là ! Mais je me dis tout le temps que, à chaque minute qui s'écoule, je me rapproche de Stefan ; du moins, si on ne tient pas compte du fait que Damon nous fait courir dans tous les sens pour semer quiconque tente de nous faire du mal.

Vous vous demandez peut-être pourquoi quelqu'un en aurait après nous ? Eh bien, il faut savoir que, quand je suis revenue de l'Au-delà, il y a eu une terrible explosion de pouvoir, que tous les êtres au monde capables de détecter ont perçue.

Maintenant, comment expliquer le pouvoir en question ? C'est une force que tout le monde possède mais dont les humains – excepté les vrais médiums comme Bonnie – n'ont pas conscience. Les vampires l'ont, c'est sûr, et ils s'en servent pour influencer les humains à leur guise ou pour déformer la réalité ; tiens, comme la fois où Stefan a poussé la secrétaire chargée des inscriptions à croire que son dossier de « transfert » au lycée de Robert E. Lee était complet. Ou bien ils s'en servent pour anéantir d'autres vampires, des créatures des ténèbres... ou des humains.

Mais revenons-en à la fameuse explosion de pouvoir quand j'ai redébarqué sur Terre. Elle a été si puissante qu'elle a attiré deux horribles créatures venant de l'autre côté de la planète. Le phénomène les a intriguées, et elles ont cherché un moyen de s'approprier cette force.

Quand je parle de l'autre côté de la planète, ça non plus ce n'est pas une blague. C'étaient des kitsune, des esprits maléfiques ayant l'apparence de renards, qui viennent du Japon. C'est un peu comme nos loups-garous en Occident, mais ils sont beaucoup plus puissants. À tel point qu'ils ont utilisé des malachs, de véritables complices qui ressemblent pourtant à de simples insectes, tantôt pas plus gros qu'une tête d'épingle, tantôt assez énormes pour vous engloutir le bras. Ces malachs se fixent à vos nerfs, gangrènent tout votre système nerveux et finissent par prendre le contrôle de votre personne, de l'intérieur.

Elena s'était mise à frissonner et sa voix était maintenant plus étouffée :

Damon en a fait les frais. Il a été contaminé par une de ces bestioles, qui s'est ensuite emparée de son esprit pour en faire un pantin de Shinichi. J'ai oublié de préciser que les kitsune *s'appellent Shinichi et Misao. Misao, c'est la fille. Ils ont tous les deux les cheveux noirs comme de l'encre avec des pointes rouges, mais ceux de Misao sont plus longs. Et ils sont soi-disant frère et sœur, même s'ils n'ont pas du tout le comportement approprié.*

Une fois que Damon a été totalement possédé, Shinichi l'a incité à commettre des actes... horribles. Il l'a poussé à nous torturer, Matt et moi, et aujourd'hui encore je sais que Matt a parfois envie de se venger et de lui faire la peau. Mais, s'il avait vu ce que j'ai vu, ce deuxième corps tout blanc et tout flasque que j'ai dû arracher du bout des ongles de la colonne vertébrale de Damon, Matt comprendrait mieux. Je ne peux pas en vouloir à Damon de ce que Shinichi l'a forcé à faire. Je ne peux pas. Vous n'imaginez pas à quel point Damon était... différent. Il était détruit. En larmes. *Et même...*

Enfin, bref. Je ne m'attends pas à le revoir un jour dans cet état. Mais si jamais je récupère les pouvoirs de mes Ailes, Shinichi aura de sérieux ennuis.

Car vous savez, je pense que c'est ça l'erreur qu'on a commise, la dernière fois : quand on était enfin en position de force contre Shinichi et Misao, on ne les a pas *tués. Par excès de principes ou de bonté, je ne sais pas.*

Grossière erreur.

Car Damon n'a pas été le seul à être possédé par les malachs de Shinichi. Il y a eu des filles très jeunes, quinze, quatorze ans et même moins. Et certains garçons, aussi. Ils sont devenus... dingues. Ils se sont fait du mal et ils en ont fait à leurs familles. On avait déjà conclu un mar-

ché avec Shinichi quand on a découvert la gravité de la situation.

C'est peut-être plutôt un excès de vice, en fait, qui nous a fait passer ce pacte avec le diable. En même temps, ils avaient kidnappé Stefan ! Et Damon, qui était déjà possédé à ce moment-là, les avait aidés. Quand il a retrouvé ses esprits, il a voulu coûte que coûte que Shinichi et Misao nous disent où se trouvait Stefan, puis qu'ils quittent définitivement Fell's Church.

En échange, il a laissé Shinichi pénétrer sa mémoire.

Si les vampires sont obsédés par le pouvoir, les kitsune, eux, sont obsédés par les souvenirs. Et Shinichi voulait ceux de Damon, les plus récents, en particulier le moment où il était sous son emprise et nous a torturés... et celui où mes Ailes lui ont fait prendre conscience des actes qu'il avait commis. Je crois qu'au fond, Damon voulait oublier, autant ce qu'il avait fait que la façon dont il avait changé quand il avait dû se rendre à l'évidence. Alors il a laissé Shinichi lui prendre ces souvenirs, en échange de quoi, ce dernier lui a indiqué où se trouvait Stefan.

Le problème, c'est que, quand il a juré de partir de Fell's Church, on l'a cru sur parole... alors que la parole de Shinichi ne vaut rien.

En plus, depuis ce jour, il se sert du canal télépathique qu'il a ouvert entre son esprit et celui de Damon pour lui voler de plus en plus de souvenirs à son insu.

C'est arrivé pas plus tard qu'hier soir, quand on s'est fait arrêter par un policier qui voulait savoir ce que trois adolescents fabriquaient dans une voiture hors de prix à cette heure de la nuit. Damon l'a manipulé et fait partir. Mais, à peine deux heures plus tard, il avait complètement oublié l'incident.

Ça lui fait peur. Et quand Damon a peur, même s'il ne l'avouera jamais, moi je suis morte de trouille.

Au fait, au cas où vous aimeriez savoir ce que faisaient ces trois ados au milieu de nulle part (dans le comté d'Union, Tennessee, d'après le dernier panneau que j'ai vu), on cherchait une « Porte » pour accéder au royaume des Ombres, lieu où Shinichi et Misao ont abandonné Stefan. Shinichi a simplement rentré cette information dans l'esprit de Damon, et je n'arrive pas à le faire parler pour savoir de quel genre d'endroit il s'agit. Mais c'est là que se trouve Stefan et je me débrouillerai pour le retrouver, même si ça doit me coûter la vie.

Et même si je dois apprendre à ôter la vie.

Je ne suis plus la gentille petite fille de Virginie que j'étais.

Elena s'interrompit en poussant un soupir. Puis elle reprit en se recroquevillant davantage :

Quant à la question : pourquoi Matt est venu avec nous ? La réponse est : à cause de Caroline Forbes, mon amie d'enfance. L'an dernier, quand Stefan est arrivé à Fell's Church, on a toutes les deux été attirées par lui. Mais Stefan ne voulait pas de Caroline. Et par la suite elle est devenue ma pire ennemie.

Parmi toutes les filles de Fell's Church, Caroline a aussi été l'heureuse élue à laquelle Shinichi a choisi de rendre visite en premier. Mais surtout elle a été la petite amie de Tyler Smallwood un bon moment, avant d'en être la victime. J'ignore combien de temps ils sont sortis ensemble et où se trouve Tyler aujourd'hui. Tout ce que je sais, c'est qu'au final Caroline s'est cramponnée à Shinichi car elle avait « besoin d'un mari ». Ce sont ses propres mots. Donc, je présume... la même chose que Damon, en fait : qu'elle va avoir des petits. Vous savez, une portée de loups-garous, quelque chose comme ça. Car Tyler en est un.

D'après Damon, mettre au monde un loup-garou déclenche la transformation encore plus vite qu'une morsure. À un certain moment de la grossesse, vous avez le pouvoir de devenir 100 % créature ou 100 % humaine, mais, avant ce stade, c'est un peu n'importe quoi.

Ce qui est triste c'est que, lorsque Caroline a laissé échapper l'info, Shinichi a à peine relevé.

Seulement, avant ça, elle était tellement désespérée qu'elle a accusé Matt de l'avoir agressée au cours d'un rendez-vous qui aurait mal tourné. Elle savait forcément quelque chose des projets de Shinichi, puisqu'elle a prétendu que ce rendez-vous avait eu lieu pile le soir où Matt a été attaqué par un des malachs avaleurs-de-bras, qui lui a laissé des marques semblables à des griffures d'ongles.

Bien entendu, Matt s'est vite retrouvé avec la police sur le dos. Voilà pourquoi, en résumé, je l'ai fait venir. Le père de Caroline est une des figures de Fell's Church, sans compter qu'il est ami avec le représentant du ministère public du comté de Ridgemont, et qu'il dirige un de ces cercles où les hommes échangent poignées de main secrètes et autres cachotteries qui font de vous quelqu'un de « très en vue dans la communauté », vous voyez le genre ?

Si je n'avais pas convaincu Matt de fuir au lieu de faire face aux accusations de Caroline, les Forbes l'auraient lynché. Je bouillonne intérieurement, pas seulement parce que je suis en colère et triste pour Matt, mais aussi parce que j'ai le sentiment que Caroline a trahi toutes les filles de la planète. Car la majorité d'entre elles ne sont pas des menteuses pathologiques et n'iraient pas inventer un truc pareil pour faire accuser à tort un garçon. En agissant ainsi, elle a fait la honte de toutes les filles.

Elena s'arrêta en examinant ses mains.

Parfois, quand je suis énervée contre Caroline, les tasses tremblent ou les crayons dégringolent de la table. Damon dit que c'est à cause de mon aura, de ma force vitale qui a changé depuis mon retour de l'Au-delà. Elle donne une force incroyable à ceux qui boivent mon sang.

Stefan était tellement fort qu'il ne se serait jamais fait avoir par ces maudits renards si Damon ne l'avait pas piégé dès le départ. Ils ont dû attendre qu'il soit vulnérable et entouré de fer pour s'en prendre à lui. Le fer, c'est mauvais pour n'importe quelle créature surnaturelle, sans compter que les vampires doivent se nourrir une fois par jour sinon ils s'affaiblissent, et je parie, non je suis sûre, qu'ils s'en sont servis contre lui.

C'est pour ça que je ne supporte pas d'imaginer dans quel état est Stefan. Mais je ne peux pas laisser la peur ou la colère m'envahir, sinon je perdrai le contrôle de mon aura. Damon m'a montré de quelle façon la dissimuler en partie, comme une fille ordinaire. Elle reste jolie, couleur or blanc, sans pour autant être une balise lumineuse pour les créatures, notamment les vampires.

Car mon sang, peut-être même simplement mon aura, a un autre pouvoir. Il peut... bon, je peux vraiment tout dire ici, n'est-ce pas ? Eh bien, désormais, mon aura provoque le désir chez les vampires, comme chez n'importe quel garçon. Pas juste le désir de me mordre, vous me suivez ? Mais celui de m'embrasser et tout le reste. Donc, naturellement, s'ils la détectent, ils se lancent à ma recherche. C'est comme si le monde était peuplé d'abeilles et que j'étais la seule fleur.

Alors je dois m'entraîner à masquer mon aura. Si elle se voit à peine, je peux passer pour un être humain ordinaire et non pour une revenante. Mais c'est dur de toujours penser à la cacher, et ça fait horriblement mal de la dissimuler d'un seul coup quand j'ai oublié de le faire !

C'est là que je ressens... ce que je vais dire est archi personnel, d'accord ? Damon, si jamais tu visionnes cette vidéo, je te maudis. C'est là que j'ai envie que Stefan me morde. Ça soulage la pression et ça fait du bien. Une morsure de vampire est douloureuse uniquement si on se débat ou si le vampire cherche à faire mal. Autrement, on se sent bien, et peu à peu les deux esprits entrent en communion...

Bon sang, ce que Stefan me manque !

Elena tremblait. Elle avait beau essayer de faire taire son imagination, elle n'arrêtait pas de penser à ce que les geôliers de Stefan lui faisaient peut-être subir. La mine sombre, elle serra le portable dans sa main, laissant des larmes tomber sur l'écran.

Je ne dois pas penser à ça, sinon je vais vraiment devenir dingue. Une cinglée toute tremblante et futile qui n'a qu'une envie, hurler sans jamais s'arrêter. Je dois lutter à chaque seconde pour ne pas y penser. Car seule une Elena calme et détendue, avec des plans A, B et C, sauvera Stefan. Quand il sera à l'abri dans mes bras, je pourrai m'autoriser à trembler, pleurer... et même hurler.

Elle marqua une pause, riant à moitié, la tête appuyée contre le dossier du siège passager et la voix rauque d'épuisement.

Je suis fatiguée, à présent. Mais au moins j'ai mon plan A. Il faut que j'obtienne davantage d'informations de Damon sur l'endroit où on va, le Royaume des Ombres, et sur ce qu'il sait des deux indices que Misao m'a donnés au sujet de la clé ouvrant la cellule de Stefan.

Je... je crois que j'ai oublié de parler de ça. Cette clé, la clé des kitsune *dont on a besoin pour libérer Stefan, est composée de deux morceaux qui sont cachés à deux endroits différents. Même si Misao m'a narguée car je ne comprenais pas grand-chose à ses énigmes, elle m'a quand même donné des indices. Elle était loin d'imaginer que je me rendrais au Royaume des Ombres ; elle frimait, c'est tout. En attendant, je m'en souviens très bien. Ils disaient ceci : la première moitié se trouve « dans l'instrument du rossignol d'argent ». Et la seconde est « enfouie sous la salle de bal de Blodwedd ».*

Il faut que je voie avec Damon si ça lui évoque quelque chose. J'ai comme l'impression qu'une fois qu'on aura pénétré dans le Royaume, on va devoir s'infiltrer dans des maisons et un peu partout. Or, pour fouiller une salle de bal, mieux vaut être invité à la fête, non ? C'est « un peu plus facile à dire qu'à faire » mais, quoi qu'il en coûte, je le ferai, c'est aussi simple que ça.

Elle releva la tête avec détermination, puis chuchota, immobile : *Vous n'allez pas me croire. Je viens d'apercevoir les premières lueurs de l'aube dans le ciel : vert clair, orange crème et un bleu incroyablement pâle... J'ai parlé toute la nuit ! Tout est si paisible. Le soleil commence timidement à se lever derrière les...*

Nom de Dieu, qu'est-ce que c'était ? Quelque chose vient de s'écraser sur le toit de la Jag ! Ça a fait un boucan ÉNORME.

Terrifiée, Elena arrêta l'enregistrement. Ce choc, et maintenant ces frottements au-dessus de sa tête...

Il fallait illico qu'elle sorte de la voiture.

1.

Elena sortit de la Jaguar en trombe et, par précaution, courut quelques mètres avant de se retourner pour voir ce qui était tombé sur la voiture.

C'était Matt.

Matt qui tentait péniblement de se relever.

— Matt, ça va ? Tu t'es fait mal ?

Il bafouilla, complètement paniqué :

— Elena... oh, c'est pas vrai ! La Jag n'a rien ?

— Mais qu'est-ce que tu racontes ? Tu t'es cogné la tête ou quoi ?

— Elle est éraflée ? Le toit ouvrant, il marche encore ?

— Il n'y a pas d'éraflures et le toit va très bien.

Elena voyait bien qu'il délirait complètement. Il essayait de descendre sans salir la Jag ; l'inconvénient, c'est qu'il avait de la boue plein les pieds. Plutôt difficile de descendre du toit d'une voiture sans se servir de ses jambes...

Elle jeta un œil autour d'elle. Un jour, il lui était arrivé de tomber du ciel (littéralement, oui), mais elle était nue et morte depuis six mois ; Matt ne répondait à aucun de ces critères. Non, elle avait une explication plus réaliste en tête.

D'ailleurs, l'explication était devant elle : appuyé paresseusement contre le tronc d'un virgilien, observant la scène avec un petit sourire malicieux.

Damon.

Il était massif ; pas aussi grand que Stefan, mais l'indescriptible aura de menace qu'il dégageait compensait largement. Comme toujours, sa tenue était impeccable : jean Armani, chemise, veste en cuir et bottes, le tout en noir pour aller avec ses cheveux bruns négligemment ébouriffés par le vent et ses yeux de jais.

En voyant son regard sur elle, Elena prit pleinement conscience du fait qu'elle était revêtue de la longue chemise de nuit blanche qu'elle avait emportée dans l'idée de pouvoir, si besoin était, se changer facilement en dessous pendant qu'ils campaient. Le problème, c'est que d'habitude elle s'habillait à l'aube ; mais aujourd'hui, tenir son journal l'avait distraite. Ce n'était pas le vêtement idéal pour se disputer de bon matin avec Damon. Le tissu n'était pas particulièrement fin, mais il avait des dentelles, notamment à l'encolure. D'après les dires de Damon, pour un vampire, un joli cou enveloppé de dentelle est comme une cape rouge agitée sous le nez d'un taureau déchaîné.

Elena croisa les bras. Pour plus de sûreté, elle essaya aussi de dissimuler convenablement son aura.

— Tu ressembles à Wendy, dit Damon.

Son sourire était non seulement malicieux, mais aussi éclatant, et incontestablement jovial. Il pencha la tête d'un air enjôleur.

Elena refusa de se laisser amadouer.

— Wendy *qui* ?

Mais, au même instant, elle se rappela le nom de la jeune fille dans *Peter Pan* et grimaça. Elle avait toujours été douée pour ce genre de joutes verbales. Malheureusement, Damon était meilleur qu'elle à ce jeu.

— *Darling*, voyons…, répliqua-t-il d'une voix caressante.

Elle frissonna. Damon avait promis de ne pas l'influencer, autrement dit de ne pas utiliser ses pouvoirs télépathiques pour embrouiller ou manipuler son esprit. Mais, parfois, elle avait l'impression qu'il se rapprochait dangereusement des limites. C'était lui, le fautif. Elle n'éprouvait rien pour lui ; enfin, rien que des sentiments fraternels. Mais Damon ne renonçait jamais, quel que soit le nombre de fois où elle le repoussait.

Un bruit sourd, puis de pataugeage, se fit entendre derrière Elena, signe indubitable que Matt était finalement descendu du toit de la Jag. Il intervint aussitôt :

— Ne l'appelle pas *darling* ! cria-t-il en se tournant vers Elena. Je te parie que Wendy est le nom de sa dernière conquête ! Tu sais ce qu'il a fait ? Comment il m'a réveillé ce matin ?

Matt tremblait d'indignation.

— Il t'a attrapé et balancé sur le toit de la voiture ? hasarda Elena.

Elle répondit sans se retourner, préférant garder un œil sur Damon car une petite brise matinale avait tendance à plaquer sa chemise de nuit contre ses cuisses.

— Non ! enfin, si ! Oui et non, en fait. Mais il ne s'est même pas fatigué à le faire à mains nues, tu sais ! Il a juste fait ça...

Matt agita le bras.

— ... et je me suis d'abord retrouvé dans une flaque de boue puis, deux secondes après, sur le toit de la Jag. J'aurais pu casser le toit... ou me casser une côte ! Et... maintenant je suis couvert de boue !

Il s'examina d'un air dégoûté.

Damon intervint.

— Est-ce que tu peux préciser *pourquoi* j'ai mis un peu de distance entre nous ? Qu'est-ce que tu faisais, *toi*, à ce moment-là ?

Le visage de Matt s'embrasa. Son regard bleu, d'ordinaire serein, devint incendiaire.

— Je tenais un bâton, dit-il d'un ton défiant.

— Tiens donc. Un bâton. Du genre de ceux qu'on trouve par terre ? C'est bien ça ?

— Oui, c'est ça : je l'ai ramassé au bord de la route !

Même ton défiant.

— Pourtant, on dirait qu'il lui est arrivé un drôle de truc à ce bâton, non ?

Soudain, de derrière son dos, Damon sortit un long pieu, visiblement robuste, dont une extrémité était très pointue. Aucun doute : ce bout de bois – du chêne, à première vue – avait été taillé par la main de l'homme.

Tandis qu'il l'examinait sous tous les angles d'un air perplexe, Elena se tourna vers Matt, qui se raclait la gorge, mal à l'aise.

— Matt ! cria-t-elle d'un ton de reproche.

C'était vraiment un coup bas dans la guerre froide qui opposait les deux garçons.

— Je pensais que ce serait plutôt une bonne idée, vu que je dors à la belle étoile, s'obstina-t-il. Un vampire... un *autre* que lui, pourrait surgir.

Elena s'était déjà retournée, essayant de calmer Damon, quand Matt explosa de nouveau :

— Dis-lui comment tu m'as réveillé !

Il ne laissa pas à Damon le temps de répondre.

— Je venais d'ouvrir les yeux quand il a laissé tomber *ça* sur moi !

Il pataugea dans la boue jusqu'à Elena en brandissant quelque chose. Étonnée, elle prit l'objet qu'il lui tendait et le retourna dans un sens, puis dans l'autre. On aurait dit un bout de crayon mais décoloré, brun rougeâtre.

— Il me l'a lancé en disant « J'en ai planté deux », ajouta Matt. Il se vantait d'avoir... *tué* deux personnes !

Aussitôt, Elena voulut lâcher le crayon.

— Damon ! cria-t-elle, cette fois d'un ton angoissé, en essayant de déchiffrer son visage inexpressif. Dis-moi que tu n'as pas...

— Inutile de le supplier, Elena. Tu sais ce qu'on va faire... ?

— Si on voulait bien me *laisser* parler, les coupa Damon calmement, je préciserais qu'avant que j'aie eu le temps de m'expliquer pour le crayon, *on* a essayé de me poignarder bien avant l'aube. Et j'ajouterais que ce « on » n'était pas n'importe qui, mais des vampires, des êtres possédés, sans doute les hommes de main de Shinichi. Ils sont sur notre piste. Ils nous ont suivis jusque dans le Kentucky, sûrement en questionnant les gens du coin sur la voiture. Il va vraiment falloir qu'on s'en débarrasse.

— Pas question ! protesta Matt, sur la défensive. Cette voiture... c'est tout un symbole entre Stefan et Elena.

— Un symbole pour *toi*, rectifia Damon. Et je te rappelle que, si j'ai abandonné ma Ferrari dans un ruisseau, c'était pour pouvoir t'emmener avec nous dans cette petite expédition.

Elena leva la main en signe de trêve. Elle ne voulait pas en entendre davantage. C'est vrai, cette voiture avait une valeur sentimentale à ses yeux. Elle était imposante, rouge vif, tape-à-l'œil, gaie : symbole de tout ce qu'ils avaient ressenti le jour où Stefan la lui avait offerte pour fêter le début de leur nouvelle vie ensemble. Rien qu'en la regardant, elle se souvenait de cette journée, du poids du bras de Stefan sur ses épaules et de la façon dont il la regardait : ses yeux verts pétillaient de malice et de joie à l'idée de lui faire ce cadeau dont elle avait très envie.

À la fois mal à l'aise et furieuse, elle constata qu'elle tremblait un peu et qu'elle avait les larmes aux yeux.

— Tu vois ? lâcha Matt en fusillant Damon du regard. À cause de toi, maintenant, elle pleure.

— Vraiment ? Pourtant ce n'est pas *moi* qui ai évoqué le nom de mon cher petit frère disparu.

— Ça suffit ! Arrêtez ça immédiatement, tous les deux ! explosa Elena avant d'essayer de retrouver son sang-froid. Et, Damon, reprends ton crayon si ça ne te fait rien, ajouta-t-elle en le tenant entre deux doigts.

Quand Damon l'en eut débarrassée, elle s'essuya les mains sur sa chemise de nuit, éprouvant une vague impression de tournis, et frémit en pensant aux créatures qui étaient sur leur piste.

Alors que la tête lui tournait de plus en plus, un bras vigoureux et chaud l'enveloppa, et la voix de Damon résonna dans son dos :

— Elle a besoin de prendre l'air. Je m'en occupe.

Elle se retrouva brusquement en apesanteur dans les bras du vampire, qui la soulevait dans les airs.

— Damon, tu veux bien me lâcher ?

— Tout de suite ? Ça fait haut, tu sais...

Elena continua de protester, mais elle voyait bien qu'il faisait la sourde oreille. Et, au fond, l'air frais du matin lui éclaircissait les idées même s'il la faisait aussi grelotter.

Damon la regarda puis, d'un air très sérieux, commença à enlever sa veste.

— Non, non, occupe-toi de... voler... je tiendrai le coup.

— Et toi, surveille les mouettes à basse altitude, dit-il avec un petit sourire au coin des lèvres.

Elena dut détourner les yeux pour réprimer une violente envie de rire.

— Quand as-tu appris à balancer les gens sur les toits des voitures ?

— Oh, c'est très récent. C'était un défi, comme d'apprendre à voler. Et tu sais que j'aime ça, les défis.

Il la regardait d'un air espiègle, avec ses yeux noirs aux cils si longs pour un garçon que c'en était presque du gâchis. Elena se sentait aussi légère qu'un pétale, mais également un peu grisée, ivre.

Elle avait beaucoup moins froid maintenant, et pour cause : Damon l'avait enveloppée de son aura, qui dégageait une vraie chaleur. Pas seulement en termes de température, d'ailleurs. Associée au regard qu'il posait sur elle, sur ses yeux, sur son visage et sur le nuage doré de ses cheveux flottant au vent, cette chaleur avait aussi quelque chose de capiteux, d'enivrant presque. Elena ne put s'empêcher de rougir et surprit accidentellement une de ses pensées : ça lui allait bien, ce rose pâle avec son teint clair.

À l'instar de cette réaction physique involontaire, elle éprouva alors un sentiment instinctif de gratitude pour ce qu'il avait fait, pour sa bienveillance et pour ce qu'il était. Sachant que les malachs de Shinichi étaient des brutes épaisses, Damon lui avait sauvé la vie cette nuit. Elle n'arrivait même pas à imaginer ce que de telles créatures auraient pu lui faire, et elle ne voulait pas le savoir. Elle ne pouvait que se réjouir qu'il ait été assez malin, et certes, assez impitoyable, pour se charger d'eux avant qu'ils s'en prennent à elle.

Par ailleurs, il faudrait qu'elle soit aveugle ou carrément idiote pour ne pas apprécier la beauté de Damon. Qu'il soit songeur ou en train de lui faire un de ces rares sourires sincères qui lui semblaient réservés, cette beauté n'en était pas moins réelle.

Le problème, c'est que Damon était un vampire et que par conséquent il pouvait lire dans ses pensées, surtout quand elle était aussi près, son aura mêlée à la sienne. Et, comme il était sensible à sa gratitude, une série de réactions s'ensuivit. Sans vraiment réfléchir, Elena se laissa attendrir, et son corps, en apesanteur dans ses bras, se ramollit.

Second problème : il n'était pas en train de l'influencer. Il était aussi troublé qu'elle par ce tourbillon d'émotions, d'autant plus qu'il ne résistait pas, alors qu'Elena *si*. Mais son bouclier s'abaissait, s'effritait, et elle n'arrivait plus à réfléchir correctement. Damon la fixait d'un air émerveillé, d'un air qu'elle ne connaissait que trop.

N'ayant plus de volonté, elle savoura simplement cet élan de tendresse, de proximité, d'amour et d'attention, avec une intensité troublante.

Et quand Elena s'abandonnait, elle ne le faisait jamais à moitié. Presque sans le vouloir, elle renversa la tête en arrière pour mettre sa gorge à nu et ferma les yeux.

Avec douceur, Damon inclina son visage, le soutenant d'une main, et l'embrassa.

2.

Le temps s'arrêta. Instinctivement, Elena chercha à pénétrer l'esprit de celui qui l'embrassait si tendrement. Elle n'avait jamais vraiment apprécié un baiser à sa juste valeur avant de mourir, avant de devenir un esprit et d'être renvoyée sur Terre avec cette aura qui lui révélait le sens caché des pensées ou des propos des autres. C'était comme si elle avait acquis un merveilleux sixième sens. Quand deux auras se mêlaient aussi profondément, les deux âmes se retrouvaient mises à nu.

À moitié consciente, elle laissa son aura s'infiltrer au cœur des pensées de Damon et, presque aussitôt, elle distingua une silhouette qui, bizarrement, eut un mouvement de recul. Ce n'était pas normal. Elle réussit mentalement à s'y cramponner avant que l'ombre se réfugie derrière une grosse pierre semblable à un rocher. À l'extérieur de ce rocher (qui la fit penser à une photo de météorite carbonisée et noire de trous), il ne restait plus que les fonctions de base du cerveau, ainsi qu'un petit garçon, enchaîné au rocher par les poignets et les chevilles.

Elena eut un choc. Pourtant, elle savait que cette vision n'était qu'une métaphore et qu'elle ne devait pas tirer de conclusions trop hâtives. Elle symbolisait l'âme mise à nu de Damon, sous une apparence qu'elle avait la faculté de déchiffrer à condition de l'observer sous le bon angle.

Instinctivement, elle sentit qu'elle faisait face à quelque chose d'important. Elle avait ressenti le bonheur fébrile, la douceur vertigineuse de la communion entre deux âmes. L'amour et la sollicitude qui en découlaient maintenant la poussaient à essayer de communiquer.

— Tu as froid ? demanda-t-elle à l'enfant.

Ses chaînes étaient suffisamment longues pour qu'il puisse tenir ses jambes repliées contre lui. Il était vêtu de guenilles, tout en noir.

Il acquiesça en silence. Ses grands yeux bruns semblaient lui manger les joues.

— D'où viens-tu ? demanda Elena en cherchant un moyen de le réchauffer. De… *ça* ?

Elle indiqua l'énorme rocher d'un geste.

L'enfant hocha encore la tête.

— Il fait meilleur dedans, mais il ne veut plus que j'y entre.

— Qui ça, « il » ?

Méfiante, Elena restait à l'affût du moindre signe de Shinichi.

— Qui, mon ange ? Dis-le-moi.

Elle s'était déjà agenouillée pour prendre le petit garçon dans ses bras. Il était transi, et ses fers étaient glacials.

— Damon, chuchota le gamin.

Pour la première fois, son regard jusqu'ici rivé sur Elena s'aventura craintivement autour d'eux.

— C'est *Damon*... qui t'a attaché ici ?

Elle avait commencé sa phrase à voix haute et l'avait terminée tout bas, comme lui, en le voyant la supplier du regard et tapoter ses lèvres d'un air affolé, comme un chaton aux pattes de velours.

« Ce ne sont que des symboles, se répéta Elena. C'est l'esprit de Damon, son âme, que tu regardes. »

En es-tu sûre ? la contredit subitement sa raison. *Fut un temps où... quand tu entrais en communion avec l'esprit d'une personne... tu voyais tout un monde en elle, des paysages entiers d'amour et de beauté au clair de lune, qui représentaient les rouages sains et normaux d'un esprit à la fois ordinaire et hors norme.* Elena n'arrivait pas à remettre un nom sur cette personne, mais elle se souvenait de ces images. Elle savait que son propre esprit était friand de ce type de métaphores.

Brusquement, elle eut une certitude : l'âme de Damon était quelque part à l'intérieur de cet énorme bloc de roche. Il la séquestrait dans cette horrible chose, et ça lui plaisait comme ça. Tout ce qu'il restait au-dehors était un vieux souvenir de son enfance, un petit garçon qui avait été banni du reste de son être.

— Si c'est Damon qui t'a attaché là, alors qui es-tu ? demanda-t-elle lentement, pour tester sa théorie.

Soudain, en observant plus attentivement les yeux d'encre de l'enfant, ses cheveux bruns et les traits de son visage, elle *comprit*. Elle comprit, en dépit de son jeune âge.

— Je m'appelle Damon, chuchota-t-il, les lèvres livides.

« Rien que ça doit être pénible à avouer pour lui », supposa Elena. Elle ne voulait surtout pas blesser ce

symbole de l'enfance de Damon, mais plutôt lui transmettre la douceur et le bien-être qu'elle ressentait. Si l'âme
de Damon avait été une maison, elle aurait aimé la ranger
et décorer chaque pièce avec des bouquets de fleurs et un
ciel étoilé. S'il s'était agi d'un paysage, elle aurait dessiné
un halo autour de la pleine lune ou des arcs-en-ciel entre
les nuages. Mais, au lieu de ça, l'âme de Damon se révélait
sous les traits d'un enfant affamé, enchaîné à un rocher
impossible à percer, et Elena mourait d'envie de le consoler,
de l'apaiser.

Elle berça le petit garçon, lui frottant les bras et les jambes, et le blottissant contre son corps irréel.

Au début, il était tendu et méfiant. Mais peu à peu, voyant
que ce contact rapproché n'entraînait aucun cataclysme, il
se détendit, et elle sentit son corps frêle se réchauffer et
s'assoupir lourdement dans ses bras. Elle éprouva alors un
terrible besoin de protéger ce petit être.

En quelques minutes, l'enfant s'endormit et Elena crut
deviner un faible sourire sur ses lèvres. Doucement, elle
continua de le câliner et sourit, elle aussi. Elle pensa à quelqu'un qui l'avait réconfortée autrefois, alors qu'elle pleurait.
Une personne qu'elle n'avait pas oubliée, jamais, mais dont
le souvenir lui nouait la gorge. Une personne très importante… si importante que, à présent, elle se souvenait… et
elle devait absolument la *retrouver*…

Soudain, la tranquillité qui baignait l'esprit de Damon fut
brisée. Elena avait beau être encore novice face aux mystères du surnaturel, elle comprit qu'une brèche venait d'être
ouverte par un bruit assourdissant, une lumière aveuglante,
une énergie que seul le souvenir d'un nom avait pu provoquer.

Stefan.

Mon Dieu, l'espace de quelques minutes, elle s'était laissé happer au point d'en oublier Stefan ! Après toutes ces nuits d'angoisse et de solitude passées à déverser son chagrin et ses peurs dans son journal, la paix et le bien-être offerts par Damon l'avaient finalement poussée à oublier Stefan, à oublier les souffrances qu'il subissait peut-être à cet instant précis.

Non ! Pas ça !

Elena se débattit seule dans l'obscurité.

Laisse-moi... Je dois le retrouver... Comment ai-je pu l'oublier... ?

— Elena ?

La voix de Damon était douce et calme, du moins elle ne trahissait aucune émotion.

— Si tu continues à remuer comme ça, tu vas tomber... Et, je te préviens, la terre est basse.

Elena rouvrit les yeux, laissant tous ses souvenirs de rocher et de petit garçon s'envoler, se disséminer au vent comme des aigrettes de soie, puis elle fixa Damon d'un air accusateur.

— C'est... c'était toi... ?

— Oui, répondit-il posément. Tu peux me crier dessus si ça t'amuse, mais je n'y suis pour rien. Je ne t'ai ni influencée ni mordue. C'est tout juste si je t'ai embrassée. Tes pouvoirs ont fait le reste ; ils sont peut-être incontrôlables, n'empêche qu'ils sont extrêmement convaincants ! Honnêtement, je n'en demandais pas *tant*, soit dit sans ironie, bien sûr.

En dépit de son ton léger, Elena visualisa tout à coup l'image d'un enfant en pleurs et se demanda si Damon était vraiment aussi différent qu'il le prétendait.

« Au fond, c'est sa spécialité, non ? pensa-t-elle, brusquement amère. Vendre du rêve et du plaisir à ses donneurs. » Elena savait que les jeunes femmes victimes de Damon l'adoraient et se plaignaient uniquement du fait qu'il ne venait pas les voir assez souvent.

— OK, admit Elena tandis qu'ils se rapprochaient du sol en douceur. Mais ça ne doit pas se reproduire. Le seul qui puisse m'embrasser, c'est Stefan.

Damon s'apprêtait à répondre quand une voix se fit entendre au-dessous d'eux. Une voix furieuse et accusatrice. Elena se souvint alors qu'il n'y avait pas que Stefan qu'elle avait oublié.

— Damon, *espèce de salaud* ! Fais-la redescendre tout de suite !

Matt.

Ils se posèrent en tournoyant avec élégance, juste à côté de la Jaguar. Matt se précipita vers Elena et l'écarta d'un geste vif pour l'examiner comme si elle avait eu un accident, en portant une attention particulière à son cou. Une fois de plus, elle fut désagréablement consciente du fait qu'elle portait une chemise de nuit blanche en dentelle en présence de deux garçons.

— Tout va bien, je t'assure, Matt. J'ai juste la tête qui tourne un peu, mais ça va passer.

Matt poussa un soupir de soulagement. Il n'était peut-être plus amoureux d'elle comme avant, mais Elena savait qu'elle comptait beaucoup pour lui et qu'elle compterait toujours. Il tenait à elle en tant que petite amie de Stefan, mais aussi pour ses qualités propres. Jamais il n'oublierait l'époque où ils étaient ensemble.

Qui plus est, il avait confiance en elle. Donc, si elle affirmait que tout allait bien, il la croyait. Il était même disposé à lancer un regard moins agressif à Damon.

Les deux garçons se dirigèrent vers la Jaguar pour prendre le volant.

— Ah, non ! protesta Matt. Tu as conduit hier... et regarde le résultat ! Tu l'as dit toi-même : on a des vampires aux trousses.

— Tu sous-entends que c'est de ma faute si des vampires ont repéré ce bolide rouge comme un camion de pompiers ?

Les mâchoires serrées, sa peau bronzée écarlate, Matt ne lâcha pas le morceau.

— Je dis juste qu'on devrait se relayer. Chacun son tour.

— Ah bon ? On était convenus que ce serait *chacun son tour* ? M'en souviens pas.

Les mots prirent une telle inflexion dans la bouche de Damon qu'ils semblaient avoir une connotation perverse.

— Écoute, quand je monte dans une voiture, c'est pour la conduire, dit Damon.

Elena toussa doucement pour manifester sa présence ; aucun d'eux ne faisait attention à elle.

— Justement : moi je ne monte pas dans une voiture si c'est *toi* qui prends le volant, rétorqua Matt avec hargne.

— Non, c'est l'inverse : *je* ne monte pas si c'est *toi* qui conduis.

Elena toussa plus bruyamment, et Matt se souvint enfin de son existence.

— Bon, on ne va quand même pas demander à Elena de conduire sur tout le trajet ? dit-il avant même qu'elle le propose. Sauf s'il est prévu qu'on arrive ce soir ?

Matt fixa Damon d'un air dur.

Ce dernier secoua sa tignasse brune.

— Non. Je vais prendre l'itinéraire touristique. Moins il y aura de gens au courant de notre destination, plus on sera en sécurité. Et moins vous en saurez, mieux vous vous porterez.

Elena eut l'impression qu'on venait de lui effleurer la nuque avec un glaçon. La façon dont Damon avait prononcé ces mots…

— Mais ils savent déjà tous où on va, non ? demanda-t-elle en se ressaisissant. Ils savent qu'on veut libérer Stefan, et ils savent où est Stefan.

— Oui, bien sûr : ils savent qu'on essaie d'accéder au Royaume des Ombres. Mais par quelle Porte ? Et quand ? Si on arrive à les semer, notre seul souci après, ce sera Stefan et les gardes de sa prison.

Matt jeta un œil autour d'eux.

— Combien de Portes existe-t-il ?

— Des milliers. Partout où trois lignes d'énergie se croisent, il se peut qu'il y en ait une. Mais, depuis que les Européens ont chassé les Indiens d'Amérique de chez eux, la plupart des Portes ne sont plus utilisées ou plus aussi bien entretenues.

Damon haussa tranquillement les épaules.

Elena, elle, brûlait d'impatience.

— Pourquoi est-ce qu'on ne prendrait pas la première Porte qu'on trouve, alors ?

— Pour ensuite faire tout le trajet sous terre jusqu'à la prison ? Non, vous ne comprenez pas. Premièrement, vous avez besoin de moi pour franchir une de ces Portes ; mais, même une fois là-bas, ça ne va pas être une partie de plaisir.

— Pour qui ? Toi ou nous ? lâcha Matt d'un air sombre.

Damon lui lança un long regard indifférent.

— Si vous essayez d'entrer seuls, le désagrément sera temporaire, mais surtout *sans issue*. Alors qu'avec moi ça sera peut-être désagréable au début, mais ensuite ce ne sera qu'une question d'habitude. Quant à savoir quel effet ça fait de passer rien que deux jours là-dessous... eh bien, vous jugerez par vous-mêmes, ajouta Damon avec un étrange sourire. Sans compter qu'on perdra moins de temps si on entre par un des accès principaux.

— Pourquoi ?

Il fallait toujours que Matt pose précisément les questions auxquelles Elena n'avait pas envie de connaître les réponses.

— Parce que là-bas, soit c'est la jungle, où les sangsues d'un mètre cinquante qui tombent des arbres sont le dernier de tes soucis, soit c'est un no man's land où n'importe quel ennemi peut vous repérer... et où tout le monde est votre ennemi.

Elena médita ces révélations pendant quelques secondes. Damon n'avait pas l'air de plaisanter. Manifestement, il n'avait pas très envie d'aller dans cet endroit, or peu de choses rebutaient Damon dans la vie. Se battre, il aimait ça. Il pouvait même y passer tout son temps...

— Entendu, dit lentement Elena. On va suivre ton plan.

Aussitôt, les deux garçons s'approchèrent de nouveau de la portière, côté conducteur.

— Par contre, vous savez quoi ? dit-elle sans les regarder. *Je* vais conduire *ma* Jaguar jusqu'au prochain patelin. Avant, je vais monter dedans pour enfiler une vraie tenue et peut-être même dormir un petit quart d'heure. Il va falloir qu'on trouve un ruisseau ou autre chose pour que Matt puisse se nettoyer. Ensuite, je m'arrêterai dans le premier endroit où on pourra manger un morceau. Et après...

— ... on pourra recommencer à se chamailler, railla Damon. Fais donc ça, mon ange. Quel que soit le boui-boui où vous irez, je vous retrouverai.

Elle hocha la tête.

— Tu es sûr ? J'essaie de maintenir mon aura au plus bas, tu sais.

— Écoute, quel que soit le trou à rats où vous échouerez, une Jaguar rouge pétant dans les parages sera aussi visible qu'un ovni.

— Mais pourquoi est-ce qu'il ne vient…

La voix de Matt s'estompa. Bizarrement, bien que ce fût son pire grief contre Damon, il lui arrivait souvent d'oublier que c'était un vampire.

— En fait, tu pars devant pour te trouver une fille sur le chemin de l'école, hein ? supposa Matt, dont les yeux bleus semblèrent s'assombrir. Et puis tu vas te jeter sur elle et l'emmener dans un coin où personne ne l'entendra hurler, et tu lui pencheras la tête en arrière pour lui planter tes crocs dans la gorge, c'est ça ?

Il y eut un silence, plutôt long. Puis, d'un ton légèrement vexé, Damon répondit :

— Du tout !

— Pourtant, c'est bien ce que vous faites, toi et tes semblables ? D'ailleurs, tu ne t'es pas gêné avec *moi*.

Elena estima qu'il était temps d'intervenir de manière radicale :

— Matt, ça suffit : Damon n'y était pour rien, c'était Shinichi. Tu le sais très bien.

Elle lui prit doucement le bras pour le tourner face à elle.

Pendant un bon moment, il refusa de la regarder. Le temps filait, et Elena commençait à craindre qu'il ne leur glisse entre les doigts.

Finalement, Matt releva la tête et la regarda droit dans les yeux.

— OK, acquiesça celui-ci tout bas. Je suis d'accord sur ce point. Mais tu sais comme moi qu'il part se nourrir de sang humain.

— Certes, mais auprès d'un donneur consentant, précisa Damon, qui avait une très bonne ouïe.

Matt explosa à nouveau :

— Évidemment, tu les *forces* à consentir ! Tu les hypnotises...

— Du tout !

— Ah, pardon : tu les « influences ». C'est mieux, comme mot ?

Dans le dos de Matt, Elena faisait signe à Damon de partir d'un geste frénétique de la main, comme si elle chassait une volée de poulets. Au début, il fit celui qui ne comprenait pas, puis il finit par céder, haussant les épaules avec élégance, et sa silhouette se déroba tandis qu'il prenait l'apparence d'un corbeau. Très vite, il ne fut plus qu'un point minuscule face au soleil levant.

— Matt..., dit alors Elena d'une voix apaisée, ça t'ennuierait de te débarrasser de ton pieu ? Ça ne fait que rendre Damon totalement parano.

Le regard fuyant, Matt hocha la tête.

— Je le jetterai en allant me laver.

Il baissa les yeux sur ses jambes boueuses, la mine sombre.

— Si tu allais te reposer dans la voiture en attendant ? ajouta-t-il. Tu as l'air d'en avoir besoin.

— OK. Réveille-moi dans une heure.

Elena était loin d'imaginer à quel point elle allait regretter cette petite sieste.

3.

— Tu trembles. Laisse-moi y aller seule, dit Meredith devant la maison de Caroline Forbes.

Elle posa la main sur l'épaule de Bonnie qui faillit céder à la pression mais s'efforça de tenir bon. C'était humiliant de trembler autant par une belle matinée de fin juillet, typique de la Virginie. Humiliant d'être traitée comme une enfant, aussi. Mais Meredith, qui n'avait que six mois de plus qu'elle, faisait plus vieille que d'habitude aujourd'hui. Avec ses cheveux bruns tirés en arrière, ses yeux paraissaient plus grands, et son visage aux pommettes saillantes et au teint mat était mis en valeur.

« Elle pourrait presque être ma baby-sitter », pensa Bonnie d'un air abattu. Meredith avait aussi troqué ses habituelles ballerines contre des chaussures à talons. Comparée à elle, Bonnie se sentait plus petite que jamais, dans tous les sens du terme. Elle passa la main dans ses boucles rousses, essayant de les faire bouffer un peu, pour gagner un précieux centimètre.

— J'ai pas peur, j'ai... froid, affirma-t-elle avec toute la dignité dont elle fut capable.

— Je sais. Tu ressens de mauvaises ondes, n'est-ce pas ? devina Meredith en indiquant la maison d'un signe de tête.

Bonnie regarda la bâtisse de biais, puis tourna la tête vers son amie de toujours. Subitement, son côté adulte lui parut plus rassurant qu'agaçant.

— C'est pour quoi faire, les talons aiguilles ? lâcha-t-elle, avant de regarder de nouveau la maison.

— Oh, ça, murmura Meredith en jetant un coup d'œil à ses pieds, c'est juste un détail pratique. Si quoi que ce soit essaie de m'attraper les chevilles, cette fois, il le sentira passer...

Elle tapa du pied, et il y eut un claquement réjouissant sur le trottoir, qui fit presque sourire Bonnie.

— Tu as apporté ton coup-de-poing américain, aussi ?

— Pas la peine ; si Caroline tente le moindre truc, je l'assomme à mains nues. Mais arrête de changer de sujet. Je peux y aller seule.

Bonnie finit par poser sa petite main sur les longs doigts fins de Meredith posés sur son épaule, et les serra.

— Je sais que tu peux. Mais c'est moi qui devrais y aller. Elle m'a invitée.

— C'est vrai, acquiesça Meredith avec une petite moue gracieuse. Elle a toujours su appuyer là où ça fait mal. Enfin, quoi qu'il arrive, elle l'aura voulu. D'abord, on essaie de l'aider, pour son bien et pour le nôtre. Ensuite, on fait en sorte qu'elle *se fasse* aider. Et après...

— Après, dit tristement Bonnie, va savoir...

Elle jeta un nouveau coup d'œil à la maison. Elle paraissait un peu... tordue, comme si elle la voyait à travers un miroir déformant. Et puis, son aura était sinistre : une vilaine ombre gris-vert balafrée de noir. Bonnie n'avait jamais vu une maison dégageant autant de mauvaises ondes.

Des ondes non seulement mauvaises mais aussi glaciales, comme le souffle d'une chambre froide. Bonnie avait l'impression qu'à la moindre occasion elles pourraient les vider de toute force vitale et les transformer en glaçons.

Elle laissa Meredith sonner à la porte. Il y eut un léger écho et, quand Mme Forbes répondit, sa voix sembla se réverbérer un peu. Bonnie remarqua que l'intérieur de la maison aussi avait des airs de palais des glaces, mais de façon encore plus étrange. En fermant les yeux, l'endroit lui semblait beaucoup plus grand et le sol dangereusement penché.

— Vous venez voir Caroline ?

En voyant Mme Forbes, Bonnie eut un choc. On aurait dit une vieille dame avec ses cheveux grisonnants, ses traits tirés et livides.

— Elle est dans sa chambre. Je vous accompagne.

— Ce n'est pas la peine, madame, on connaît le...

Meredith se tut en sentant la main de Bonnie sur son bras. Éteinte et rabougrie, la femme passa devant pour leur montrer le chemin. Bonnie ne percevait pour ainsi dire aucune aura émanant d'elle, mais elle sentait que son cœur était dévasté. Comment avaient-ils pu en arriver là ? Elle connaissait Caroline et ses parents depuis si longtemps...

« Quoi que Caroline fasse, je ne l'insulterai pas, se promit-elle en silence. Quoi qu'il arrive... malgré ce qu'elle a fait à Matt. J'essaierai de penser à elle en bien. »

Mais, dans cette maison, même penser était une torture, qui plus est à quelque chose de positif. Bonnie savait que l'escalier montait ; elle visualisait chaque marche devant elle. Mais tous ses autres sens lui indiquaient le contraire, comme si elle *descendait* une pente raide tout en voyant ses pieds gravir des marches. Cette sensation horrible lui donna un vertige monstrueux.

Il y avait aussi une odeur, étrange et âcre, d'œufs pourris. Une pestilence presque *palpable*.

La porte de la chambre de Caroline était fermée, et devant, posée par terre, se trouvait une assiette de nourriture avec une fourchette et un couteau. Mme Forbes se précipita pour l'enlever, ouvrit la porte d'en face, posa l'assiette en porcelaine tendre sur un meuble et referma derrière elle. Mais, juste avant, Bonnie crut voir quelque chose bouger au milieu des aliments.

— Elle ne me parle quasiment plus, leur confia Mme Forbes d'une voix toujours aussi caverneuse. Par contre, elle a dit qu'elle vous attendait.

Sur ce, la femme s'éloigna en hâte, les laissant seules dans le couloir. L'odeur d'œufs pourris, non, de *soufre*, était de plus en plus forte.

Du soufre, c'était bien ça : Bonnie reconnut l'odeur qu'elle avait sentie en cours de chimie l'an dernier. Mais comment une puanteur pareille avait-elle pu envahir l'élégante maison des Forbes ? Elle se tourna vers Meredith pour lui poser la question, mais cette dernière secouait déjà la tête. Bonnie savait ce que ça signifiait.

Ne dis rien.

La gorge serrée, Bonnie essuya ses yeux embués de larmes et la regarda tourner la poignée.

La chambre était plongée dans le noir. Il y avait suffisamment de lumière dans le couloir pour voir que les rideaux de la pièce avaient été tirés et recouverts d'épaisses couvertures clouées au mur. Dans le lit, *a priori* personne ; ni dessus ni dessous.

— Entrez ! Et fermez-moi cette porte !

C'était Caroline, avec son ton typiquement hargneux. Une vague de soulagement submergea Bonnie. Ce n'était pas une voix grave d'homme, propre à faire trembler les murs, ni un râle de bête sauvage, juste la voix de Caroline quand elle était de mauvaise humeur.

Alors elles s'avancèrent dans l'obscurité.

4.

Elena grimpa à l'arrière de la Jaguar pour enfiler un tee-shirt bleu-vert pelucheux et un jean sous sa chemise de nuit, juste au cas où un agent de police passerait par là, ou ne serait-ce qu'un passant désireux d'aider les propriétaires d'une voiture manifestement en panne sur une route déserte. Puis elle s'allongea sur la banquette.

Mais, bien qu'elle fût désormais au chaud et à l'aise, elle ne put fermer l'œil.

« De quoi j'ai envie ? De quoi j'ai *vraiment* envie, là, tout de suite ? » se demanda-t-elle.

La réponse lui vint immédiatement.

« J'ai envie de voir Stefan. De sentir ses bras autour de moi. De voir son visage, ses yeux verts et ce regard particulier qu'il me réserve. J'ai envie de l'entendre dire qu'il me pardonne et qu'il n'a jamais douté de mon amour. Et j'ai envie de... »

Elena se sentit rougir tandis qu'une bouffée de chaleur la submergeait.

« J'ai envie que Stefan m'embrasse. J'ai envie de ses baisers, chauds, doux et réconfortants… »

Pour la deuxième ou troisième fois, elle ferma les yeux et changea de position, et une fois de plus les larmes montèrent. Si seulement elle arrivait à pleurer un bon coup. Mais quelque chose l'en empêchait. Elle arrivait à peine à verser une larme.

Bon sang, elle était si fatiguée…

Elle fit une nouvelle tentative. Elle garda les yeux fermés et se tortilla dans tous les sens en essayant de ne pas penser à Stefan pendant au moins quelques minutes. Il *fallait* qu'elle dorme. Désespérée, elle se retourna une dernière fois pour trouver une position plus confortable… quand, tout à coup, revirement total, elle se sentit bien. Trop bien, même. Elle se redressa brusquement et se figea… dans le vide. Sa tête touchait presque le plafond de la Jaguar.

« J'ai encore perdu mon centre de gravité ! » pensa-t-elle d'abord avec agacement. Non, cette fois c'était différent de ce qui s'était passé à son retour de l'Au-delà, quand elle flottait comme un ballon. Elle ne pouvait pas l'expliquer, mais elle en était sûre.

Elle eut peur de faire le moindre geste. Elle ne savait pas trop pourquoi ça l'inquiétait mais elle n'osa pas bouger.

Soudain, elle prit conscience de ce qui se passait.

Elle se *vit*, la tête en arrière et les yeux fermés, à l'arrière de la voiture. Elle distinguait le moindre détail, des plis de son tee-shirt à la natte qu'elle avait tressée dans ses cheveux blond doré et qui, faute d'élastique, était déjà en train de se défaire. Elle avait l'air de dormir sereinement.

C'était donc ainsi que tout se terminait ? Ils diraient qu'Elena Gilbert était morte paisiblement, dans son sommeil, un matin d'été. La cause du décès resterait inexpliquée...

« Parce qu'en pratique on ne meurt pas d'un chagrin d'amour », pensa Elena. Dans un geste encore plus désespéré que d'habitude, elle essaya de se jeter sur son propre corps, en appuyant de toutes ses forces sur sa tête.

Ça ne servit à rien : en tendant le bras pour prendre de l'élan, elle s'était retrouvée à l'extérieur de la Jaguar.

Elle avait traversé le toit de part en part sans rien sentir ! « Je veux bien que ce soit ce qui arrive quand on est un fantôme, raisonna-t-elle, mais là, ça n'a rien à voir avec la dernière fois ! À l'époque, j'ai vu le tunnel. J'ai suivi la Lumière... »

« Peut-être que je ne suis pas un fantôme, en fait ? »

Soudain, Elena poussa un cri de joie.

« J'ai compris ! C'est une expérience de sortie hors du corps ! »

Elle regarda son corps assoupi au-dessous d'elle, et l'examina en détail. « Mais oui, c'est exactement ça ! » Une corde reliait son corps – le vrai – à son double spirituel. Elle était attachée ! Où qu'elle aille, elle pourrait revenir.

Il n'y avait que deux possibilités. L'une était de retourner à Fell's Church. Elle en connaissait la direction approximative par rapport au soleil, et elle était persuadée qu'une personne faisant une « ESC » (comme dirait familièrement Bonnie, qui était branchée spiritualisme à une époque et qui avait lu plein de livres sur le sujet) serait capable de repérer tous les croisements de lignes d'énergie. L'autre était, évidemment, d'aller voir Stefan.

Damon pensait peut-être qu'elle ignorait le chemin, et il est vrai qu'elle avait juste la vague intuition, face au soleil levant, que Stefan se trouvait à l'opposé, donc à l'ouest. Mais elle avait toujours entendu dire que les vrais amants étaient, d'une certaine façon liés, corps et âme, par un cordon d'argent.

Par bonheur, elle le trouva presque aussitôt.

Un petit fil de la couleur de la lune semblait s'étirer entre le cœur de l'Elena assoupie et… Oui, c'était bien ça. Quand elle effleura le fil, Elena sentit la présence de Stefan avec une force telle qu'elle comprit avec certitude qu'il la conduirait jusqu'à lui.

Depuis le début, elle savait quelle direction elle allait choisir. Fell's Church, elle en venait. Bonnie était une médium aux dons impressionnants, tout comme la logeuse de Stefan, Mme Théophilia Flowers. Elles étaient là-bas, avec la perspicace Meredith, pour protéger la ville.

« J'espère qu'ils comprendront », se dit Elena, un peu désarmée. C'était peut-être sa seule chance de voir Stefan.

Sans plus hésiter, elle se laissa emporter.

Aussitôt, elle se mit à traverser les airs à toute vitesse, bien trop vite pour faire attention au décor. Tout défila sous ses yeux dans un mouvement confus, où seules la couleur et la texture différaient, et elle comprit, la gorge un peu nouée, qu'elle *traversait* les objets.

Quelques secondes après, elle se retrouva face à un spectacle déchirant : Stefan, allongé sur une paillasse usée jusqu'à la corde, l'air blême et amaigri ; autour de lui, une ignoble cellule infestée de vermine, avec ses maudits barreaux de fer.

Elena détourna les yeux un moment, pour qu'il ne voie ni son angoisse ni ses larmes quand elle le réveillerait. Elle était en train de se ressaisir quand la voix de Stefan la fit sursauter. Il ne dormait pas.

— Tu ne renonces jamais, hein ? dit-il d'un ton très sarcastique. C'est tout à ton honneur, mais il y a toujours un *détail* qui cloche. La dernière fois, c'étaient les petites oreilles pointues. Aujourd'hui, ce sont les vêtements. Elena ne se baladerait jamais en tee-shirt froissé et les pieds nus et sales, même si sa vie en dépendait. Alors va-t'en !

Haussant les épaules sous sa couverture élimée, il tourna le dos à Elena.

Elle fut sans voix. Puis, bien trop bouleversée pour choisir ses mots, elle vida son cœur avec fougue.

— Stefan ! Si tu savais ! J'essayais juste de m'endormir sur la banquette arrière de la Jag, la Jaguar que *tu* m'as offerte, et je suis restée tout habillée au cas où un agent de police passerait dans le coin. Mais je ne pensais pas que ça te gênerait ! Mes vêtements sont froissés parce que tout ce que j'ai tient dans un sac et je me suis sali les pieds quand Damon... enfin, peu importe. J'ai une vraie chemise de nuit, mais je ne la portais pas quand mon esprit est sorti de mon corps et je suppose que, quand on fait ce genre d'expérience, on garde la même apparence...

Elle agita les bras d'un air perdu quand Stefan se retourna. Par miracle, ses joues semblaient avoir repris un tout petit peu de couleur.

De plus, son regard n'était plus dédaigneux.

Il était assassin.

Une lueur menaçante brillait dans ses yeux verts.

— Tu t'es sali les pieds quand Damon a fait *quoi* ? demanda-t-il en articulant avec soin.

— Aucune importance.

— Oh si...

Stefan s'arrêta net.

— Elena ?

Il la dévisagea comme si elle venait d'apparaître.

— Stefan !

Elle ne résista pas à l'envie de lui ouvrir ses bras. Plus rien ne la retenait maintenant.

— Stefan, je ne peux pas expliquer pourquoi ni comment, mais je suis là. C'est moi, je te jure ! Je ne suis ni un fantôme ni un rêve. Je pensais juste à toi en m'endormant et... me voilà !

Elle essaya de le toucher d'une main fantomatique.

— Tu me crois maintenant ?

— Oui, je te crois parce que... moi aussi je pensais à toi. Et je ne sais pas pourquoi, mais ça t'a amenée ici. Ça doit être l'amour. *Notre* amour !

Il prononça ces mots comme si c'était une révélation.

Elena ferma les yeux. Si seulement elle était là en chair et en os, elle lui montrerait à quel point elle l'aimait. Mais, dans l'état actuel des choses, ils devaient se contenter de mots maladroits, de clichés qui s'avéraient particulièrement vrais.

— Je t'aimerai toujours, Elena, chuchota Stefan. Mais je ne veux pas que tu t'approches de Damon. Il trouvera un moyen de te faire du mal...

— Je n'ai pas le choix.

— Si, il le faut !

— Mais il est mon seul espoir, Stefan ! Il ne me fera aucun mal. Il a déjà tué pour me protéger. Si tu savais, il s'est passé tellement de choses à Fell's Church ! On est en route pour...

Elena jeta des coups d'œil méfiants autour d'elle.

Le regard de Stefan s'agrandit, comme s'il avait deviné, mais son visage resta de marbre.

— Un endroit où tu seras en sécurité.

— C'est ça, mentit-elle avec flegme, consciente que des larmes fantômes dévalaient ses joues immatérielles. Stefan... il y a tant de choses que tu ignores. Caroline a accusé Matt de l'avoir agressée parce qu'elle est enceinte. Mais il n'y est pour rien !

— Je m'en doute ! acquiesça Stefan d'un ton indigné.

— Je crois... que c'est le petit de Tyler Smallwood, parce que tout coïncide et parce que Caroline est en train de changer. D'après Damon...

— L'enfant d'un loup-garou transforme toujours la mère qui le porte...

— Exactement. Mais il devra combattre le malach qui est en elle. Bonnie et Meredith m'ont raconté des choses sur Caroline, sa façon de détaler en rampant comme un lézard, par exemple, et ça m'a terrifiée. Mais je me suis résignée à les laisser gérer le problème pour pouvoir... pour aller dans un endroit sûr.

— Des loups-garous et des *kitsune*, murmura Stefan en secouant la tête. Ces foutus renards ont des pouvoirs considérables, alors que les loups-garous ont tendance à tuer d'abord et à réfléchir après.

Il frappa son genou du poing.

— Si seulement je n'étais pas coincé ici !

Un violent mélange de surprise et de désespoir agita Elena.

— Mais je suis là, dit-elle pour essayer de le réconforter. Je ne me serais jamais crue capable de ça ! Malheureusement, je n'ai rien pu t'apporter, même pas mon corps. Et encore moins mon sang.

Elle eut un geste d'impuissance, mais une lueur de malice apparut dans les yeux de Stefan.

Elle comprit tout de suite.

Il avait encore le vin de Clarion qu'elle lui avait passé clandestinement ! Ça ne pouvait être que ça ! C'était le seul breuvage capable, en une prise, de maintenir un vampire en vie quand il n'a pas de sang à disposition.

Ce « vin », d'ailleurs sans alcool et interdit aux humains, était la seule boisson que les vampires appréciaient réellement, outre le sang. Damon avait expliqué à Elena qu'il était fabriqué selon un procédé unique, à partir des raisins cultivés sur les terres de lœss qui bordent certains glaciers, et ensuite conservé dans l'obscurité complète. D'après lui, c'est ce qui lui donnait son mystérieux goût velouté.

— C'est pas grave, dit Stefan d'un ton assuré, à l'attention d'un éventuel espion. Mais comment est-ce que c'est arrivé, exactement, cette histoire de sortie de corps ? Pourquoi tu ne viens pas plus près pour m'expliquer ?

Il s'accouda sur sa paillasse, et lui adressa un regard triste.

— Désolé de ne pas avoir de meilleur lit à t'offrir.

L'espace d'un instant, l'humiliation se lut clairement sur son visage. Depuis le début, il avait réussi à ne rien lui montrer : cette honte qu'il éprouvait de se présenter devant elle dans cet état, en loques, dans une cellule crasseuse et infestée de Dieu sait quoi. Lui, Stefan Salvatore, qui avait jadis été…

Le cœur d'Elena se brisa pour de bon. Comme du verre, elle le sentit voler en éclats dans sa poitrine, et chaque tesson pointu transpercer sa chair. Il se brisait car elle pleurait, de grosses larmes semblables à des gouttes de sang, translucides dans l'air mais virant au rouge vif au contact du visage de Stefan

Du sang ? Se pouvait-il qu'elle ait eu la faculté d'arriver jusqu'ici en ayant, en plus, de quoi lui redonner un peu d'énergie ? Non, ce serait trop beau.

Elle sanglota de plus belle, secouée de larmes qui continuaient de tomber sur Stefan.

— Elena, tes larmes... Je me sens...

L'air stupéfait, il la fixa avec une sorte de respect mêlé d'admiration.

Elena, elle, était inconsolable.

— Je ne comprends pas...

Alors il recueillit une larme dans le creux de sa main et la porta à ses lèvres.

— C'est difficile d'en parler, mon tendre amour...

Dans ce cas, n'utilise pas de mots, pensa-t-elle en descendant le rejoindre sur la paillasse.

Comme tu t'en es doutée, ils ne sont pas très généreux avec les rafraîchissements par ici, expliqua-t-il par télépathie. *Sans ton aide... je serais mort à l'heure qu'il est. Ils ne comprennent pas pourquoi je respire encore. Du coup, parfois... ils partent en courant quand ils me voient.*

Elena releva la tête. C'était maintenant des larmes de rage qui coulaient sur ses joues. *Où est-ce qu'ils se cachent, tous ? Je vais les tuer ! Et ne me dis pas que c'est impossible, je trouverai un moyen. Je les tuerai, même si je ne suis qu'un fantôme...*

Il la regarda en agitant doucement la tête. *Mon ange, tu ne comprends donc pas ? Tu n'as pas besoin de les tuer. Car tes larmes sont celles d'une jeune femme pure...*

Elle fronça les sourcils. *Stefan, si quelqu'un sait que je ne suis pas « pure », c'est bien toi...*

... et les larmes d'une jeune femme pure, continua-t-il, imperturbable, *peuvent guérir tous les maux. J'ai essayé de*

le cacher, mais j'étais malade quand tu es arrivée, Elena.
Et à présent je me sens mieux. Comme neuf ! Ils ne pour-
ront jamais se l'expliquer !

Tu es sûr ?

Mais oui, regarde-moi !

Effectivement, le visage de Stefan, qui était encore
blafard et marqué quelques minutes plus tôt, n'était plus
le même. Bien sûr, il avait son teint pâle habituel, mais à
présent ses traits fins semblaient rougis… comme s'il s'était
attardé devant un feu de joie et que la lumière réfléchissait
encore les lignes pures et élégantes de son tendre visage.

C'est… c'est moi qui ai fait ça ? Elle repensa à ses larmes
qui ressemblaient à des gouttes de sang au contact de la
peau de Stefan, et comprit qu'elles avaient pénétré sa chair
pour lui redonner des forces.

Elle enfouit son visage dans le cou de Stefan.

*Je suis si heureuse. Mais j'aimerais tant te toucher. J'ai
envie de sentir tes bras me serrer contre toi…*

— Déjà, je peux te voir, chuchota Stefan à voix haute.

Pour lui, ces larmes étaient comme une oasis en plein
désert.

Ils continuèrent à parler un moment, échangeant juste
quelques bêtises d'amoureux, mutuellement nourris par la
voix et le visage de l'autre. Puis, avec douceur mais fermeté, Stefan lui demanda de tout lui raconter au sujet de
Damon, depuis le début. Elena avait suffisamment retrouvé
son calme pour lui raconter l'incident avec Matt, sans trop
enfoncer Damon pour autant.

— Tu sais, il fait vraiment tout ce qu'il peut pour nous
protéger.

Elle évoqua les créatures qui les avaient suivis, et la façon
dont Damon s'en était débarrassé.

Stefan n'eut pas l'air très surpris.

— Les gens se servent de crayons pour écrire et Damon, lui, s'en sert contre eux, commenta-t-il avec ironie. Et pourquoi tu t'es salie ?...

— Parce que j'ai entendu un énorme bruit, qui s'est révélé être Matt tombant sur le toit de la voiture. Mais, pour tout te dire, il avait essayé de tuer Damon avec un pieu. Je lui ai demandé de le jeter.

Elle baissa la voix.

— Tu sais, Damon et moi, on est obligés de..., de passer beaucoup de temps ensemble en ce moment, mais ça ne compte pas, Stefan. Il *faut* que tu me croies. Ça ne change rien entre nous.

— Je sais.

Stefan avait l'air sincère, et cette confiance qu'il lui témoignait illumina le visage d'Elena.

Après quoi, ils se cramponnèrent tant bien que mal l'un à l'autre, Elena blottie au creux de ses bras, et ce fut le bonheur absolu.

Mais brusquement, l'Univers tout entier s'ébranla au son d'un choc brutal. Elena sursauta : ce bruit n'avait pas sa place dans cette bulle d'amour, de confiance et de douceur qu'elle partageait avec Stefan.

Un second fracas la terrifia. Elle s'agrippa inutilement à Stefan, qui la fixa d'un air interloqué, et comprit qu'il n'entendait rien de ce bruit métallique et assourdissant.

C'est alors que le pire se produisit. Brusquement, elle fut arrachée de ses bras et propulsée en arrière, traversant les objets à toute vitesse, jusqu'à ce qu'elle réintègre son corps dans une violente secousse.

Malgré sa réticence, elle se glissa parfaitement dans cette enveloppe charnelle qui lui fit l'effet d'une seconde peau, puis se redressa et comprit d'où provenait tout ce bruit.

Matt tapait avec acharnement à la vitre.

— Ça fait plus de deux heures que tu dors ! dit-il lorsqu'elle ouvrit la portière. Comment tu te sens ?

Elena faillit ne pas résister à l'envie de fondre en larmes. Mais le sourire de Stefan lui revint en mémoire.

Elle cligna des yeux, s'efforçant d'accepter ce brusque changement de situation. Elle était loin d'avoir assez profité de Stefan. Mais le souvenir de cet instant passé dans ses bras lui réchauffa le cœur comme un bouquet de jonquilles et de lavande, symboles d'espoir et de tendresse, et rien ne pourrait le lui faire oublier.

***

Damon était agacé.

Tandis qu'il continuait de prendre de la hauteur en agitant lentement ses grandes ailes noires, le paysage se déroulait en contrebas comme un magnifique tapis où prairies et collines vallonnées rutilaient comme une émeraude sous l'aurore.

Il n'y prêta aucune attention, il avait déjà vu ça des milliers de fois. Ce qu'il cherchait, lui, c'était *una donna splendide.*

Mais ses pensées n'arrêtaient pas de dériver. Blatte et son pieu... Damon ne comprenait toujours pas pourquoi Elena avait voulu emmener un fugitif avec eux. *Ah, Elena...* Il essaya d'éprouver envers elle le même agacement que lui inspirait Blatte, mais en vain. Il en était incapable.

Décrivant des cercles, il descendit peu à peu sur la ville, se limitant au quartier résidentiel, à la recherche de quelques auras. Il avait envie d'une personnalité aussi forte que belle. Et il vivait en Amérique depuis assez longtemps pour savoir que, à cette heure si matinale, seuls trois types d'individus étaient réveillés. En premier, il y avait les écolières, mais c'était l'été, donc le choix était restreint. Et, contrairement aux insinuations de Blatte, Damon s'abaissait rarement à ce type de proie. En deuxième, c'étaient les joggeurs et, pour finir, des personnes exactement comme celle-*ci*, en bas... les jardiniers.

La jeune femme au sécateur leva la tête en voyant Damon tourner au coin de la rue et approcher de la maison, d'abord d'un air pressé, puis plus lentement. Chacun de ses gestes témoignait de façon ostensible de son admiration pour les fantaisies florales qui entouraient la jolie maison victorienne. Au début, la jeune femme parut très surprise, presque effrayée. Réaction typique : Damon était en noir des pieds à la tête, Ray-Ban comprises. Mais il esquissa un sourire, et au même instant commença sa première et délicate intrusion dans l'esprit de *la bella donna*.

Toutefois, bien avant de lire dans ses pensées, il avait compris une chose : elle aimait les roses.

— Une profusion de rosiers grimpants, dit-il d'un ton admiratif en observant des taillis roses fuchsia en pleine floraison. Et ces *White Iceberg*, sur vos treillis... Oh, regardez-moi ces *Moonstone*, quelle merveille !

Il effleura délicatement une fleur éclose aux pétales blanc crème se fondant en rose pâle sur les bords.

Krista, la propriétaire des lieux, ne put dissimuler un sourire. Damon capta sans effort un flux d'informations provenant de son esprit. Elle venait d'avoir vingt-deux ans, elle n'était pas mariée et vivait toujours chez ses parents. Elle avait exactement le type d'aura qu'il recherchait et, pour toute compagnie, un père endormi dans la maison.

— À première vue, je n'aurais pas dit que vous vous y connaissiez en roses, avoua-t-elle avec franchise.

Elle eut un rire un peu gêné.

— Désolée. On croise pas mal de frimeurs à la Foire de la Rose de Creekville.

— Ma mère est passionnée de jardinage, mentit Damon avec facilité et sans le moindre scrupule. Je dois tenir ça d'elle. Le souci, c'est que je voyage trop pour cultiver mon propre jardin, mais l'espoir fait vivre, comme on dit ! Vous voulez connaître mon plus grand rêve ?

Krysta avait déjà la sensation de flotter sur un délicieux nuage parfumé à la rose. Damon captait toutes ses émotions jusque dans leurs moindres nuances, s'amusant de voir ses joues s'empourprer et son corps trembler légèrement.

— Oui, répondit-elle. J'aimerais beaucoup.

Il se pencha et baissa la voix :

— Je voudrais faire pousser des roses baptisées *Black Magic*.

Krysta eut un regard interloqué, et une pensée lui traversa l'esprit – trop vite pour que Damon ait le temps de s'en saisir.

— Dans ce cas, il faut que je vous montre quelque chose, chuchota-t-elle. Enfin… si vous avez le temps.

Le jardin à l'arrière était encore plus beau, et Damon remarqua avec satisfaction qu'un hamac oscillait doucement près d'une tonnelle. Après tout, il aurait bientôt besoin d'un endroit où allonger Krysta… pendant qu'elle ferait une petite sieste « réparatrice ».

Tout à coup, quelque chose l'attira malgré lui.

— Des *Black Magic* ! s'exclama-t-il en découvrant les roses pourpres, presque noires.

— Oui, dit doucement la jeune femme. J'en obtiens trois poussées par an.

Submergée par une émotion qui emporta presque Damon avec elle, Krysta ne se posait plus de questions sur l'identité du jeune homme.

— Elles sont magnifiques, dit Damon. Je n'ai jamais vu un rouge aussi profond.

Krysta frissonnait de joie.

— Vous pouvez en prendre une, si vous voulez. Je les emporte à la Foire de Creekville la semaine prochaine, mais je peux vous en donner une qui va bientôt éclore. Vous sentirez peut-être son parfum.

— Ce serait… avec plaisir.

— Vous pourrez l'offrir à votre copine.

— Je n'en ai pas, dit Damon, ravi de se remettre à mentir.

Les mains de Krysta tremblèrent un peu alors qu'elle coupait une longue tige, bien droite.

Lorsque Damon tendit la main pour la prendre, leurs doigts se frôlèrent.

Il sourit avec malice.

Quand, de plaisir, les jambes de Krysta se dérobèrent sous elle, Damon la rattrapa facilement et accomplit ce pour quoi il était venu.

***

Meredith suivit Bonnie de près en entrant dans la chambre de Caroline.

— Je vous ai dit de fermer cette foutue porte !

Par réflexe, les deux invitées cherchèrent d'où venait la voix. Juste avant que Meredith les prive de toute source de lumière en refermant la porte, Bonnie aperçut un bureau d'angle. La chaise qui se trouvait jadis devant n'était plus là.

Caroline était dessous.

Cela aurait pu faire une bonne cachette pour un gamin de dix ans, mais, pour rentrer là-dessous à dix-huit, Caroline s'était contorsionnée dans une position impossible. Elle était accroupie sur une pile d'habits en lambeaux : les plus beaux, constata Bonnie en distinguant le scintillement furtif d'un bout de tissu lamé or juste avant que la porte se ferme.

Elles se retrouvèrent toutes les trois dans le noir total. Pas le moindre filet de lumière ne filtrait du couloir.

« Car le couloir appartient à un autre monde », pensa Bonnie avec agitation.

— Ça t'ennuierait d'allumer un petit peu, Caroline ? demanda gentiment Meredith.

Sa voix était ferme, rassurante.

— Tu nous as demandé de passer te voir… mais on n'y voit que dalle.

— Je vous ai demandé de passer *discuter*, corrigea aussitôt Caroline, comme elle l'avait toujours fait au bon vieux temps.

Encore un détail qui aurait dû être rassurant ; sauf que… aujourd'hui Bonnie entendait sa voix résonner en écho sous le bureau, comme si son timbre était différent. Non pas rauque mais…

« Mieux vaut ne pas y penser. Pas dans cette pénombre », voulut se raisonner Bonnie.

Non pas rauque… mais *bestial*.

On aurait presque dit que Caroline grognait.

À en croire les petits bruits qu'elle percevait, Bonnie devina qu'elle sortait de sous le bureau. Son pouls s'accéléra.

— On aimerait bien te voir, insista calmement Meredith. Et tu sais bien que Bonnie a peur du noir. Tu veux bien que j'allume juste ta lampe de chevet ?

Bonnie sentit son corps commencer à trembler. Mauvaise idée : ne jamais montrer à Caroline qu'on avait peur d'elle. Mais rien à faire, l'obscurité la rendait nerveuse. Elle sentait que la pièce formait des angles bizarres... à moins que ce ne soit juste son imagination ? Et elle entendait des choses qui la faisaient sursauter en silence, comme ce gros double *clic* dans son dos. Qui avait fait ça ?

— Terres bien : allume celle qui est perrés du lit.

Aucun doute : Caroline grognait comme un molosse. D'ailleurs elle approchait ; Bonnie percevait des bruissements et une respiration près d'elle.

Ne la laisse pas m'attraper dans le noir !

Dans un accès de panique, Bonnie trébucha sur le côté contre...

Un *corps*.

Un corps immense... et fiévreux.

Ce n'était pas Meredith. Depuis le temps qu'elle la connaissait, jamais elle n'avait senti la sueur rance et les œufs pourris.

Alors des mains brûlantes et sèches lui agrippèrent les poignets en produisant d'étranges cliquetis et s'enfoncèrent curieusement dans sa peau... Mais une lumière s'alluma sur la table de nuit, et plus rien : les mains avaient disparu.

La lampe que Meredith avait trouvée diffusait une lumière couleur rubis, très faible, et on comprenait facilement pourquoi : un déshabillé rouge avait été noué autour de l'abat-jour.

— C'est dangereux, ça pourrait provoquer un incendie.

Même la voix d'ordinaire si posée de Meredith semblait agitée.

Caroline se tenait devant elles, à contre-jour. Pour Bonnie, elle parut plus grande que jamais, mince et musclée, exception faite de son ventre légèrement arrondi. Elle était habillée normalement, en jean et tee-shirt moulant. Les mains cachées dans le dos, elle affichait son bon vieux sourire narquois et insolent.

« Pitié, je veux rentrer chez moi », pensa Bonnie.

— Alors ? lança Meredith.

— Alors quoi ? répliqua Caroline sans perdre son sourire.

Meredith commença à s'impatienter.

— De quoi tu voulais parler ?

— Est-ce que vous avez rendu visite à votre amie Isobel, aujourd'hui ? Vous avez parlé un peu avec elle ?

Bonnie éprouva une forte envie d'effacer son sourire prétentieux d'une gifle. Mais elle n'en fit rien. Ce n'était *sûrement* qu'une illusion d'optique, mais on aurait dit que Caroline avait les pupilles rouges et brillantes.

— Oui, on est passées voir Isobel à l'hôpital, répondit Meredith, et tu sais *très bien* qu'elle ne parle pas, pour l'instant. Mais…

Elle passa d'un ton irrité à un air légèrement triomphant.

— … les médecins disent que ça reviendra. Sa langue va cicatriser. Elle gardera peut-être des marques de tous ses piercings, mais elle pourra reparler sans problème.

Le sourire de Caroline avait disparu, pour laisser la place à une mine défaite et rageuse. Contre qui ? Bonnie se le demandait.

— Ça te ferait du bien de sortir de cette chambre, dit Meredith. Tu ne vas pas vivre dans le noir...

— Éternellement, *non*, la coupa Caroline. Mais au moins jusqu'à la naissance des jumeaux.

Les mains toujours dans le dos, elle se cambra de façon à faire ressortir son ventre.

— Les... jumeaux ? répéta Bonnie avec surprise.

— Ouais, je vais les appeler Matt junior et Mattie !

Bonnie ne supportait plus son sourire moqueur et son air effronté.

— Tu ne peux pas faire ça !

— À moins que j'appelle la fille Honey ? Matthew et Honey, en souvenir de leur père, Matthew Honeycutt.

— Tu ne peux *pas* ! protesta Bonnie d'une voix plus perçante. Matt n'est même pas là pour se défendre...

— Effectivement, son départ a été assez précipité, vous ne trouvez pas ? La police se demande bien pourquoi d'ailleurs. Bien entendu...

Caroline se mit à chuchoter d'un air entendu.

— ... il n'était pas seul. Elena était là. Je me demande comment ils occupent leur temps libre...

Elle ricana, d'un petit rire aigu et stupide.

— Elena n'est pas seule avec Matt.

La voix de Meredith était maintenant grave et menaçante.

— Il y a quelqu'un d'autre. Tu te souviens d'un pacte que tu as signé ? Sur le fait de ne parler à personne d'Elena et de ne pas faire de pub autour d'elle ?

Caroline cligna lentement des yeux, comme un lézard.

— C'était il y a longtemps. Dans une autre vie.

— Si tu romps ce serment, tu peux faire une croix sur *cette* vie car Damon te tuera ! À moins que... tu l'aies déjà...

Meredith s'arrêta net.

Caroline continuait de glousser bêtement, comme une gamine de dix ans.

Bonnie eut subitement des sueurs froides dans tout le corps.

— Qu'est-ce qui te prend, Caroline ?

Bonnie savait que Meredith essayait de retenir son attention, mais la fille aux cheveux cuivrés lui tourna le dos.

— C'est... Shinichi qui te rend comme ça ?

Elle s'avança brusquement et lui empoigna les deux bras.

— Avant, tu le voyais et tu l'entendais quand tu te regardais dans le miroir. Maintenant il est avec toi en permanence, c'est ça ?

Bonnie aurait aimé l'aider, sincèrement. Mais pour rien au monde elle ne voulait bouger ou ouvrir la bouche.

Elle remarqua que Caroline avait des fils... gris dans les cheveux, comme des cheveux blancs ; rien à voir avec l'auburn flamboyant dont elle était jadis si fière. Et il y avait aussi des *poils*, pour le coup, complètement ternes. Bonnie avait déjà remarqué ce type de mouchetures chez des chiens ; et elle savait plus ou moins que certains loups avaient ce genre de pelage. Mais en trouver dans les cheveux d'une amie, ça faisait un drôle d'effet. Surtout quand on avait l'impression de les voir se hérisser et frémir, comme chez un chien prêt à mordre...

« Elle a la rage. Pas au sens moral, mais au sens *médical* du terme », se dit Bonnie.

Caroline tourna la tête vers elle et la fit sursauter. Elle la fixa d'un air de se demander si elle ferait un bon dîner ou si elle était sans intérêt.

Meredith s'avança, les poings serrés.

— Qu'est-ce que vous rrregardez ? lâcha Caroline avant de se retourner de nouveau.

Il n'y avait plus de doute : elle grognait comme un chien enragé.

— Tu voulais qu'on passe, non ? dit doucement Meredith. Tu fais la fière devant nous, mais je crois que c'est ta façon de nous demander de l'aide…

— Cerrrtainement pas !

Prise d'un brusque élan de pitié, Bonnie tenta sa chance.

— Je t'en prie, Caroline, *réfléchis*. Tu te souviens quand tu as dit qu'il te fallait un mari ?

Elle s'interrompit, la gorge serrée. Qui voudrait épouser ce monstre, qui ressemblait pourtant à une adolescente comme les autres quelques semaines plus tôt ?

— Je comprends ce que tu ressens, termina-t-elle sans conviction. Mais, franchement, ça ne t'apportera rien de t'acharner sur Matt ! Personne…

Elle ne pouvait se résoudre à admettre la réalité.

« Personne ne croira un loup-garou », pensa-t-elle en silence.

— Oh, mais tu ne sais pas à quel point je peux me rendre méconnaissable ! affirma Caroline, moitié grognant, moitié ricanant.

Bonnie repensa à l'insolence qui brillait autrefois dans les yeux émeraude de Caroline, à son air cachottier et sournois, au chatoiement de sa chevelure auburn.

— Pourquoi Matt ? demanda sèchement Meredith. Comment as-tu su qu'il avait été attaqué par un malach ce soir-là ? Est-ce que Shinichi l'a envoyé à ses trousses pour toi ?

— Ou bien Misao ?

Bonnie venait de se souvenir que c'était surtout la femelle des *kitsune* jumeaux qui avait parlé à Caroline.

— Je suis sortie avec Matt ce soir-là.

Tout à coup, la voix de Caroline devint chantante comme si elle récitait une poésie, sauf qu'elle le faisait mal.

— J'étais d'accord pour qu'on s'embrasse... il faut dire qu'il est vraiment mignon. Je pense que c'est de là qu'il tenait son suçon, j'ai dû le mordiller un peu.

Bonnie voulut répondre mais, sentant Meredith poser la main sur son épaule, elle ne dit rien.

— Après, il est devenu fou, a continué de chantonner Caroline. Il s'est jeté sur moi ! Je l'ai griffé comme j'ai pu, mais il était trop fort. Beaucoup plus que moi. Et maintenant...

« Maintenant, tu es enceinte », eut envie de continuer Bonnie, mais Meredith lui serra l'épaule et, une fois de plus, elle garda le silence. « Si ça se trouve, les bébés auront l'air normaux, pensa-t-elle, subitement inquiète. Ce seront peut-être de simples jumeaux, comme le prétend Caroline. Mais alors qu'est-ce qu'on fera ? »

Bonnie savait comment fonctionnaient les adultes. Même si Caroline essayait en vain de se reteindre les cheveux en auburn, ils feraient des réflexions du type : *Regardez le stress qu'elle endure, elle grisonne avant l'âge !* Et, même s'ils remarquaient son apparence et son comportement étranges, ils mettraient ça sur le compte du traumatisme. *Oh, la pauvre Caroline, elle a changé du tout au tout depuis ce jour. Elle a tellement peur de Matt qu'elle se cache sous son bureau. Elle ne se lave plus, mais peut-être que c'est un*

symptôme fréquent quand on a subi une agression comme
la sienne.

Et puis, qui sait combien de temps ces bébés loups-garous
mettraient à venir au monde ? Peut-être que le malach à
l'intérieur de Caroline contrôlait tout et ferait en sorte que
ça ait l'air d'une grossesse banale ?

Brusquement, Bonnie s'arracha à ses réflexions. Pour
l'instant, Caroline ne grognait plus. On aurait presque dit
l'ancienne Caroline : vexée et mauvaise.

— Je ne comprends vraiment pas pourquoi vous le croyez
lui et pas moi ?

— Parce qu'on vous connaît tous les deux, répondit
Meredith, imperturbable. Si Matt était sorti avec toi, on
aurait été au courant, mais ce n'est pas le cas. Et ce n'est
franchement pas le genre à se pointer chez une fille à
l'improviste, surtout quand on sait ce qu'il pensait de toi.

— Mais vous venez de dire que la bête qui l'a attaqué…

— Un *malach*, Caroline. Retiens ce mot, une bonne fois
pour toutes. Tu en as un en toi !

Avec un petit sourire suffisant, Caroline rejeta cette théorie d'un geste de la main.

— Vous avez bien dit que ces bestioles pouvaient vous
posséder et vous pousser à faire des choses qui ne vous ressemblent pas, non ?

Il y eut un silence.

« Si on l'a dit, pensa Bonnie, on ne l'a jamais fait devant
toi. »

— Très bien… admettons qu'on ne sortait pas ensemble.
Admettons plutôt que j'ai croisé Matt au volant de sa voiture, qui roulait dans le quartier à dix kilomètres à l'heure,
l'air complètement paumé. Sa manche était déchiquetée, et
son bras tout mordillé. Alors je l'ai emmené chez moi pour

lui faire un bandage, mais tout à coup il a complètement craqué. C'est vrai, j'ai voulu le griffer, mais il y avait les bandages et j'ai fini par les lui arracher. Même que je les ai encore, ils sont couverts de sang. Qu'est-ce que vous dites de ça ?

« J'en dis que tu testes la crédibilité de cette version sur nous avant de la servir au shérif Mossberg, pensa Bonnie en frissonnant. Et j'en dis que tu avais raison : tu peux être méconnaissable, quand tu veux. Si tu arrêtais de glousser comme une gamine et si tu te débarrassais de ton air sournois, tu serais encore plus convaincante. »

— Caroline, la police a des tests ADN pour le sang.

— Je le sais, qu'est-ce que tu crois !

Elle parut si indignée que, l'espace d'une seconde, elle en oublia de jouer les sournoises.

Meredith ne la quittait pas des yeux.

— Ça signifie qu'ils sont à même de dire si oui ou non c'est le sang de Matt qui se trouve sur ces bandages. Et, de fait, si ça confirme ton scénario... ou pas.

— C'est pas un scénario. Du sang de Matt, il n'y a que ça sur ces bandages !

Brusquement, Caroline partit à grands pas vers une commode, ouvrit un tiroir et en sortit un rouleau qui, à l'origine, devait être une bande de contention. Elle avait une couleur brun rougeâtre.

En voyant le tissu rigide sous la lumière rouge, Bonnie sut deux choses. Primo, ça n'avait rien à voir avec le cataplasme que Mme Flowers avait posé sur le bras de Matt le lendemain de son attaque. Secundo, le sang qui était dessus était du vrai, d'un bout à l'autre de la bande.

L'Univers sembla vaciller. Même si Bonnie croyait Matt sur parole, cette nouvelle version l'effrayait. Elle pourrait *se tenir*, **si** personne ne retrouvait Matt pour lui faire une analyse **de** sang. Il était le premier à admettre que certains moments de cette fameuse soirée restaient flous, qu'il ne se rappelait pas tout.

Pour autant, Caroline ne disait pas forcément la vérité. Pourquoi est-ce qu'elle commencerait par mentir et qu'elle changerait de version juste quand ça l'arrange ?

Caroline avait toujours eu des yeux de chat. Les chats jouaient avec les souris, pour se distraire ou par cruauté. Mais aussi pour les voir s'enfuir.

Et Matt avait fui...

Bonnie secoua la tête. Subitement, elle étouffait dans cette maison. D'une certaine manière, elle s'y était habituée de force, acceptant tous les angles impossibles de ses murs déformés. Elle s'était même faite à l'horrible odeur et à l'éclairage rouge. Mais maintenant que Caroline leur mettait un bandage plein de sang sous le nez, censé être celui de Matt...

— Je m'en vais, annonça-t-elle subitement. Matt ne t'a rien fait et... je ne reviendrai jamais !

Elle se retourna brusquement en évitant de regarder le nid que Caroline s'était constitué sous le bureau ; des bouteilles vides et des assiettes de nourriture à moitié entamées s'empilaient au milieu des vêtements. Il pouvait y avoir n'importe quoi dessous... même un malach.

En se tournant, Bonnie eut un vertige terrifiant, comme si la pièce bougeait en même temps qu'elle, tournoyant de plus en plus vite au moindre de ses mouvements. Au bout de deux tours complets, elle réussit à retrouver l'équilibre.

— Bonnie, attends ! Et toi aussi, Caroline, intervint Meredith, qui parut presque affolée.

Caroline retourna sous son bureau en se tortillant comme une contorsionniste.

— Et Tyler Smallwood, alors ? Ça ne te dérange pas qu'il soit le véritable père de tes enfants ? Combien de temps tu es sortie avec lui avant qu'il s'allie à Klaus ? Où est-ce qu'il est aujourd'hui ?

— À ce que je sais, il est morrrt. Toi et tes amis, vous l'avez tué.

Elle recommençait à grogner, mais sans agressivité. C'était plutôt un ronronnement… de triomphe.

— Mais qu'il reste dans sa tombe, il ne me manque pas, ajouta-t-elle avec un petit rire étouffé. Il ne m'aurrrait pas épousée.

Bonnie devait absolument sortir de cette pièce. Elle chercha la poignée de la porte à tâtons, la trouva et fut aveuglée. Elle avait passé tellement de temps dans cette demi-obscurité que la lumière du couloir lui fit l'effet d'un soleil de midi en plein désert.

— Éteignez-moi cette lampe ! vociféra Caroline, sous le bureau.

Mais, alors que Meredith s'apprêtait à le faire, Bonnie entendit une étrange déflagration et vit l'abat-jour emmailloté s'éteindre tout seul. Alors la lumière du couloir balaya la chambre comme un phare, et elles aperçurent Caroline qui était en train d'arracher quelque chose avec ses dents ; vu la texture, on aurait dit de la viande crue. Puis la porte se referma violemment.

En reculant pour s'enfuir, Bonnie faillit renverser Mme Forbes. Elle n'avait pas bougé de l'endroit où elle les avait laissées quand elles étaient entrées dans la chambre de sa fille. Elle n'avait même pas l'air d'avoir écouté à la porte. Elle se tenait simplement là, les yeux dans le vide.

— Il faut que je vous raccompagne, dit-elle d'une voix toujours éteinte.

Elle ne leva même pas la tête pour regarder Bonnie ou Meredith.

— Sinon, vous risquez de vous perdre. Ça m'arrive parfois.

Le chemin vers la sortie était tout droit jusqu' à l'escalier et, en bas des marches, seuls quatre pas les séparaient de la porte d'entrée. Mais Meredith avança sans protester, et Bonnie la suivit la gorge nouée.

Une fois dehors, Meredith se tourna vers elle.

— Alors ? Qu'est-ce qui la contrôle le plus ? Le malach ou les loups-garous qu'elle a dans le ventre ? Du moins, si tu as pu voir quelque chose de son aura ?

Bonnie s'entendit rire ; pourtant elle avait plutôt envie de pleurer.

— Son aura n'a rien d'humain et je ne sais pas quoi en penser. Quant à sa mère, on dirait qu'elle n'a pas d'aura du tout. Toutes les deux sont tellement... et cette maison...

— C'est pas grave. Tu n'auras pas besoin d'y retourner.

— C'est comme si...

Bonnie ne savait pas comment expliquer ce qu'elle avait ressenti, les murs bancals, l'escalier qui s'affaissait alors qu'elle montait les marches...

— Je crois que tu devrais pousser tes recherches, dit-elle finalement. Sur les possessions, par exemple... en Amérique, j'entends.

— Par des démons ?

Meredith lui lança un regard perçant.

— Oui. Si on veut. En fait, je ne sais pas par où commencer la liste des choses qui clochent chez Caroline.

— J'ai quelques idées là-dessus, répondit calmement Meredith. Par exemple, tu as remarqué qu'elle n'a pas montré ses mains une seule fois ? J'ai trouvé ça très bizarre.

— Je sais pourquoi.

Bonnie se mit à chuchoter, s'efforçant de réprimer un autre cri entre le rire et les larmes :

— C'est parce qu'elle n'a plus d'ongles.

— Qu'est-ce que tu racontes ?

— Je les ai senties quand elle m'a pris les bras.

— Tu peux être plus claire ?

Bonnie s'arma de courage.

— Caroline a des griffes, maintenant. Des vraies, Meredith. Comme un loup.

— Ou… comme un renard.

5.

Assise face à Matt, Elena utilisait tous ses talents de négociatrice pour le calmer, un coup en l'incitant à commander une deuxième puis une troisième gaufre, un autre en lui adressant un grand sourire. Mais ça ne servait pas à grand-chose. Matt s'agitait comme s'il avait un train à prendre et, en même temps, il ne la quittait pas des yeux.

« Il s'imagine encore Damon en train de terroriser des filles, pensa Elena, sans pouvoir rien faire. »

Quand ils quittèrent le bar, Damon n'était toujours pas arrivé. En voyant Matt froncer les sourcils, Elena eut subitement une idée.

— Et si on emmenait la Jag dans un garage de voitures d'occasion ? Quitte à la revendre, j'aimerais bien avoir ton avis sur le modèle qu'on nous proposera en échange.

— C'est vrai que je suis bien placé pour donner des conseils sur les tas de ferraille déglingués, répondit Matt avec un sourire ironique, signe qu'il n'était pas dupe.

Elena le menait par le bout du nez, mais il s'en fichait.

L'unique concession automobile de la ville ne semblait pas très prometteuse. Et encore, ce n'était rien comparé à la mine dépressive de son propriétaire. Elena et Matt le trouvèrent endormi dans un petit bureau aux fenêtres crasseuses. Matt frappa doucement sur la vitre et au bout d'un moment l'homme sursauta, se redressa brusquement sur sa chaise, puis leur fit signe de partir d'un geste agacé.

Il commençait à se rendormir, mais Matt insista, tapotant encore sur la porte. Cette fois, l'homme se redressa très lentement, leur lança un regard empreint d'un certain désespoir et s'approcha de la porte vitrée.

— Qu'est-ce que vous voulez ?

— C'est pour une reprise, lança Matt d'une voix forte.

Elena aurait préféré utiliser la manière douce, mais elle n'en eut pas le temps.

— Comme si des ados avaient une voiture à échanger, marmonna l'homme d'un ton sinistre. En vingt ans de carrière...

— Regardez vous-même.

Matt s'écarta pour le laisser découvrir la Jaguar rouge vif derrière lui, brillant sous le soleil du matin comme une rose géante à roulettes.

— Une Jaguar XJR toute neuve. De zéro à cent en 3,7 secondes ! Moteur surcomprimé AJ-V8 GEN III R de 550 chevaux et boîte automatique ZF à six vitesses. Dynamique adaptative et engrenage différentiel actif pour une adhérence et un confort de conduite exceptionnels. La XJR est une perle rare !

Il termina son discours nez à nez avec le petit monsieur, dont la mine stupéfaite s'était progressivement décomposée à mesure qu'il clignait des yeux en regardant tantôt la voiture, tantôt le garçon.

— Vous voulez que je vous reprenne *cette voiture* pour acheter une des *miennes* ? bafouilla-t-il, franchement abasourdi. Comme si j'avais de quoi vous payer la… Attendez un peu !

Il s'interrompit. Son regard agité se figea et devint celui d'un joueur de poker. Il redressa les épaules mais pas la tête, ce qui lui donna des airs de vautour.

— Pas intéressé, refusa-t-il d'un ton catégorique.

Il fit mine de rentrer dans son bureau.

— Comment ça, *pas intéressé* ? Vous baviez dessus il y a encore deux minutes !

L'homme ne broncha pas, le visage de marbre.

« J'aurais dû m'en occuper, pensa Elena. Je ne serais pas entrée en conflit dès le début. C'est trop tard maintenant. » Elle tenta de faire abstraction de leur dispute et jeta un œil sur les véhicules en mauvais état garés sur le parking, arborant chacun une pancarte poussiéreuse calée sur le pare-brise : 10 % DE REMISE POUR NOËL ! FACILITÉ DE PAIEMENT ! VOITURE VERTE ! SPÉCIAL COLLECTIONNEURS ! PAS D'ACOMPTE ! ESSAYEZ-LA ! Elle était sur le point de fondre en larmes.

— Ce genre de voiture n'est pas très demandé dans le coin, disait le propriétaire des lieux d'un ton monocorde. Qui voudrait me l'acheter ?

— Vous plaisantez ! Au contraire : cette voiture va vous amener une foule de clients. Ça va vous faire de la pub ! Plus que votre hippy rouge, là-haut.

— Pas un hippy, un éléphant.

— Difficile de faire la différence, il est à moitié dégonflé.

D'un air digne, l'homme s'éloigna pour aller jeter un œil à la Jaguar.

— Pas toute neuve. Y a trop de kilomètres au compteur.

— Elle a été achetée il y a quinze jours.

— Et alors ? Dans quelques semaines, Jaguar présentera ses nouveaux modèles de la rentrée.

Il indiqua la voiture d'un geste dédaigneux.

— Dépassée.

— Une Jaguar, *dépassée* ?

— Ces grosses voitures, ça vous bouffe de l'essence…

— Vous faites plus d'économie d'énergie avec ça qu'avec une hybride !

— Qui vous croyez que ça intéresse ? Les gens, ce qu'ils voient…

— Écoutez, je peux très bien emmener ce bijou chez le concurrent…

— Eh ben, faites donc ! Mais, dans ma concession, je vous le dis, votre Jaguar vaut à peine une voiture !

— *Deux* voitures, s'interposa une nouvelle voix.

L'homme écarquilla les yeux comme s'il venait de voir un fantôme.

Tournant la tête, Elena croisa le regard noir énigmatique de Damon. Ses Ray-Ban pendues au col de son tee-shirt, les mains dans le dos, il dévisageait le concessionnaire.

Quelques secondes s'écoulèrent…

— La… la Prius gris métallisé au fond, à droite. Sous… sous la bâche, dit lentement l'homme d'un air hébété.

Personne ne lui avait rien demandé, du moins pas à voix haute.

— Je… je vous accompagne.

— Prenez les clés avec vous et laissez le garçon l'essayer, exigea Damon.

D'un geste maladroit, l'homme lui montra un trousseau accroché à sa ceinture, puis s'éloigna à petits pas, les yeux dans le vide.

Elena se tourna vers Damon.

— Petite question : tu lui as demandé quel était son meilleur modèle, sur le parking ?

— Le « moins pourri », pour être exact.

Il lui fit un sourire éclatant, puis reprit très vite son air sombre.

— Mais pourquoi deux ? Je sais bien que la Jag les vaut largement, mais qu'est-ce qu'on va faire d'une deuxième voiture ?

— Un cortège.

— Oh non…

Cependant, Elena comprit très vite l'intérêt de cette idée ; du moins une fois qu'ils auraient débattu pendant des heures pour décider qui conduirait quelle voiture. Elle poussa un soupir.

— Bon, si Matt est d'accord…

— Il le sera.

Pendant une infime fraction de seconde, Damon prit un air si innocent qu'on aurait dit un ange. Elena ne voulut pas le questionner davantage sur ce qu'il comptait faire à Matt.

— Toi, tu as une idée derrière la tête, je me trompe ?

Damon sourit à nouveau, mais cette fois son sourire était bizarre, légèrement contracté à la commissure des lèvres. Son regard laissait entendre que c'était trois fois rien. Mais sa main droite apparut soudainement pour lui tendre la plus belle rose qu'Elena eût jamais vue.

Sa couleur rouge profond était extraordinaire, pure, sans aucun défaut ; la rose était d'un bordeaux velouté et fraîchement épanouie. Elle semblait douce au toucher, et sa tige vert vif, bien droite, juste ornée de quelques feuilles délicates ici et là, mesurait au moins cinquante centimètres.

À son tour, Elena mit les mains dans son dos d'un air résolu. Damon n'était pas du genre romantique, même quand il abordait son sujet de prédilection, sa fameuse histoire de princesse des ténèbres. La rose était probablement liée à leur voyage.

— Elle ne te plaît pas ? demanda-t-il.

Elle se faisait peut-être des idées, mais Elena aurait presque dit qu'il était déçu.

— Bien sûr que si. Mais c'est en quel honneur ?

Pris de court, Damon parut blessé.

— C'est pour toi, ma princesse. Rassure-toi, je ne l'ai pas volée.

Nooon, il n'aurait jamais fait ça ! Elena n'avait pas besoin d'un dessin pour imaginer comment il s'était procuré cette rose... En même temps, elle était si jolie...

Comme elle n'avait toujours pas l'air de vouloir la prendre, Damon laissa ses pétales frais et doux comme de la soie lui caresser la joue.

— Arrête, Damon, murmura Elena en frissonnant.

Pour autant, elle semblait incapable de reculer.

Il n'arrêta rien et suivit plutôt le contour de son autre joue en faisant glisser la fleur sous son nez, dans un léger bruissement. Machinalement, Elena respira à fond, mais ce qu'elle sentit n'avait pas du tout une odeur de fleur. On aurait dit l'arôme d'un mystérieux vin, un nectar ancien et odorant qui, un jour, l'avait tout de suite rendue ivre. Ivre de vin et d'émotions ressenties... en présence de Damon.

« Mais je n'étais pas moi-même, protesta une petite voix dans sa tête. C'est Stefan que j'aime. Damon, pourquoi... ? »

— Tu veux savoir pourquoi j'ai choisi cette rose en particulier ?

Très douce, la voix de Damon se mêlait à ses souvenirs.

— C'est à cause de son nom. On appelle cette variété des
Black Magic. Ça signifie « Magie Noire ».

Elle avait deviné avant même qu'il le dise. C'était le seul
nom adapté.

Damon se mit à faire tourbillonner la rose sur sa joue
en exerçant de temps en temps une petite pression, comme
un baiser. Les pétales plus fermes, au centre, s'imprimaient
dans sa peau, tandis que les autres l'effleuraient simplement.

Elena se sentit particulièrement électrisée. Il faisait si
chaud et si lourd, comment cette rose pouvait-elle être si
fraîche ? Les pétales extérieurs traçaient maintenant le
contour de ses lèvres et elle voulait dire *non*, mais, pour une
raison ou pour une autre, le mot ne voulait pas sortir.

C'était comme si elle avait remonté le temps, à l'époque
où Damon lui était apparu pour la première fois, où il
l'avait réclamée pour lui seul et où elle l'avait presque laissé
l'embrasser, avant même de connaître son nom...

Depuis, il avait toujours la même conception des choses.
Elena avait le vague souvenir de s'être déjà fait la réflexion.
Damon changeait les autres, tandis que lui restait exacte-
ment le même.

« Mais *moi*, j'ai changé, se dit Elena en sentant le sol se
dérober comme du sable mouvant sous ses pieds. J'ai tellement changé depuis. Assez pour découvrir des choses en
Damon dont je n'aurais jamais soupçonné l'existence. Pas
uniquement son côté sauvage et noir, mais aussi ses bons
côtés. L'honneur et la gentillesse, par exemple, qui étaient
enfermés comme des lingots dans le rocher de son âme. Je

ne sais pas comment, mais je me débrouillerai pour l'aider, lui… et le petit garçon enchaîné. »

Ces pensées lui étaient venues à l'esprit, sans prévenir. Elle était si absorbée qu'elle en avait oublié ce qu'elle était en train de faire, et elle prit conscience un peu trop tard du fait que Damon s'était dangereusement rapproché. Elle était adossée à l'une des voitures minables, tandis qu'il parlait d'une voix en apparence légère mais au fond très sérieuse.

— Alors, une rose en échange d'un baiser ? demanda-t-il. Je t'assure que je me la suis procurée *honnêtement*. On me l'a offerte. Comment s'appelait-elle, déjà ? …

Un instant, une lueur de perplexité assombrit son visage. Puis il sourit, mais du sourire du guerrier ; ce sourire éclatant qu'il lançait et qu'il effaçait aussi sec, presque avant que vous ne soyez sûr de l'avoir vu. Elena pressentit les ennuis. Certes, Damon ne prononçait toujours pas correctement le nom de Matt, mais elle ne l'avait jamais vu oublier le prénom d'une fille et être incapable de s'en rappeler. Surtout sachant qu'elle avait dû lui servir de repas peu de temps auparavant.

« Encore un sale coup de Shinichi ? » se demanda-t-elle. Est-ce qu'il continuait à subtiliser les souvenirs de Damon, en piochant bien entendu parmi les plus marquants ? Dans ses émotions, bonnes ou mauvaises ? Elena comprit que Damon se posait les mêmes questions. Son regard noir s'embrasa. Il était furieux, mais cette rage avait quelque chose de vulnérable.

Sans réfléchir, elle posa les mains sur ses avant-bras. Elle ne prêta pas attention à la rose qui dessinait la courbe de sa pommette. Elle essaya de parler avec fermeté.

— Qu'est-ce qu'on va faire, Damon ?

C'est au milieu de cette scène que Matt fit son entrée, ou plutôt irruption. Il se faufilait à travers le dédale de voitures, et arriva en contournant à toute vitesse un SUV blanc aux pneus dégonflés.

— Hé ! Vous savez, cette Prius...

Il s'arrêta net.

Elena comprit tout de suite pourquoi : il voyait Damon lui caresser la joue avec une rose tandis qu'elle l'enlaçait presque. Elle lâcha les bras de Damon mais sans pouvoir reculer, à cause de la voiture.

— Matt...

Elle s'apprêtait à lui dire *Ce n'est pas ce que tu crois. On n'est pas en train de s'embrasser. Je ne le tiens pas vraiment dans mes bras*, mais elle se tut. Quoi qu'elle dise, Matt aurait toutes les raisons de douter.

Elle tenait à Damon.

Comme une décharge, cette pensée se propagea dans son esprit avec la force d'un rai de lumière transperçant le corps d'un vampire sans protection.

Elle tenait à Damon.

Elle y tenait vraiment. Être avec lui était souvent pénible, car ils étaient pareils sur de nombreux points : têtus, chacun voulant n'en faire qu'à sa tête, passionnés, impatients...

Damon et elle se ressemblaient.

Se sentant de plus en plus faible, Elena fut finalement contente de pouvoir s'appuyer contre la voiture.

« C'est Stefan que j'aime ! paniqua-t-elle. C'est le seul qui compte. Mais j'ai besoin de Damon pour le retrouver et on est peut-être en train de le perdre, lui aussi. »

Depuis le début, elle regardait Matt, les yeux embués de larmes qui refusaient de couler. Elle avait beau cligner des paupières, elles restaient obstinément sur ses cils.

— Matt…, chuchota-t-elle.

Il ne dit rien. C'était inutile. Son regard parlait pour lui : la stupéfaction du début avait laissé place à un sentiment qu'Elena n'avait jamais lu dans ses yeux, pas quand c'était *elle* qu'il regardait.

C'était une sorte de distance qui l'excluait totalement, et rompait tous les liens entre eux.

— Matt, non…

Mais son cri ne fut qu'un chuchotement.

Alors Damon intervint.

— Tu sais bien que tout est de ma faute, n'est-ce pas ? On peut difficilement en vouloir à une femme qui essaie de se défendre.

Elena regarda ses mains qui s'étaient mises à trembler.

— *Réfléchis.* Elena ne ferait jamais…

Là, elle comprit : Damon était en train d'influencer Matt. Elle lui prit les poignets et le secoua.

— Ne fais pas ça ! Pas à Matt !

Les yeux noirs qui la fixaient n'étaient certainement pas ceux d'un prétendant. Damon avait été interrompu en pleine démonstration de force. N'importe qui d'autre aurait été réduit à une vulgaire tache de graisse par terre.

— Je fais ça pour toi, dit-il froidement. Tu refuses mon aide ?

Elle hésita. Au fond, si c'était juste une fois, et uniquement dans l'intérêt de Matt…

Mais elle eut brusquement une idée. C'était ça ou elle craquait, laissant son aura irradier au grand jour.

— Ne recommence jamais ça, lâcha-t-elle.

Sa voix était posée, mais glaciale.

— Ne t'avise pas d'essayer de m'influencer ! Et fiche la paix à Matt !

Une lueur d'approbation vacilla dans l'obscurité sans fin du regard de Damon. Elle disparut avant qu'Elena ne fût certaine de l'avoir vue, mais, quand il reprit la parole, il semblait moins distant :

— D'accord, lança-t-il à Matt. Alors, comment on s'organise maintenant ? C'est toi qui décides.

Matt répondit lentement, sans les regarder. Il était tout rouge, mais on ne peut plus calme.

— J'allais dire que cette Prius n'est pas mal du tout. Et le vendeur en a une autre. Elle est en bon état. On pourrait avoir deux voitures identiques. Comme ça, on peut faire un cortège et se séparer si jamais quelqu'un nous file. Ils ne sauront pas qui suivre !

En temps normal, Elena se serait jetée au cou de Matt. Mais il regardait ses pieds et, au fond, ce n'était peut-être pas plus mal car Damon secouait la tête d'un air consterné.

« C'est mon aura ou celle de Damon qu'ils suivent, comprit-elle, et, à moins qu'elles ne soient pareilles, ce n'est pas avec deux voitures identiques qu'on arrivera à les semer. »

Ce qui signifiait qu'elle devrait faire tout le trajet avec Matt. Mais Damon ne l'accepterait jamais. Et elle avait besoin de lui pour retrouver sa véritable âme sœur, la seule et l'unique : Stefan.

— Je prendrai la plus vieille, j'ai l'habitude, dit Matt, qui s'arrangeait avec Damon sans faire attention à elle. J'ai déjà conclu l'affaire avec le type. On peut se mettre en route.

Il continua de s'adresser uniquement à Damon.

— Tu vas être obligé de me dire où on va. Au cas où on serait séparés.

Damon resta silencieux un bon moment.

Puis, sans crier gare, il répondit :

— Point de départ : Sedona, en Arizona.

Matt prit un air dégoûté.

— Tu veux rire ? Cette ville est pleine de cinglés New Age !

— J'ai dit *point de départ*. L'endroit où on va ensuite est un coin perdu au milieu de nulle part ; y a rien, à part des cailloux. On peut se perdre très facilement.

Damon eut son fameux sourire aussi éclatant que fugace.

— Rendez-vous à l'hôtel Juniper, à la sortie de l'autoroute du Nord 89A, ajouta-t-il d'une voix suave.

— Compris.

Matt se laissait rien transparaître, ni sur son visage, ni dans sa voix, mais Elena perçut son aura, un halo rouge et bouillonnant.

— Tu sais, Matt, dit-elle, on devrait se donner rendez-vous tous les soirs, sur la route, comme ça...

Elle s'arrêta au beau milieu de sa phrase, le souffle brusquement coupé.

Matt avait déjà tourné les talons. Il ne se retourna pas quand elle lui parla. Il continua à avancer, droit devant lui, sans rien ajouter.

Sans regarder en arrière.

6.

Elena se réveilla en entendant Damon frapper avec impatience sur la vitre de la Prius. Elle était tout habillée, son journal fermement serré contre elle. C'était le lendemain du départ de Matt.

— Tu as dormi toute la nuit comme ça ?

Damon la regarda de haut en bas tandis qu'elle se frottait les yeux. Comme d'habitude, il était impeccablement vêtu : tout en noir, bien entendu. La chaleur et l'humidité n'avaient aucune prise sur lui.

— J'ai déjà pris mon petit-déjeuner, dit-il en s'installant au volant. Mais je t'ai rapporté ça.

Ça, c'était une grande tasse en polystyrène pleine de café fumant, dont Elena s'empara avec reconnaissance, ainsi qu'un sac en papier marron qui se révéla contenir des beignets. Pas exactement des plus nourrissants, mais elle avait grand besoin de caféine et de sucre.

— Il faudra qu'on s'arrête sur une aire de repos, prévint-elle tandis que Damon démarrait. Pour que je me change et me débarbouille un peu.

Ils mirent le cap vers l'ouest, ce qui concordait avec les informations qu'Elena avait trouvées la veille en examinant une carte sur le Web. La petite image sur l'écran de son téléphone portable était la même que celle qu'affichait le système de navigation de la Prius. Toutes les deux montraient que la ville de Sedona se situait quasiment en ligne droite depuis la petite route champêtre où Damon s'était garé pour la nuit, dans l'Arkansas. Mais très vite, il bifurqua en direction du sud, prenant un chemin bien à lui, qui troublerait – ou pas – d'éventuels poursuivants.

Le temps qu'ils trouvent une aire de repos, la vessie d'Elena était sur le point d'exploser. Elle passa une bonne demi-heure dans les toilettes pour dames, faisant de son mieux pour se rafraîchir avec des serviettes en papier et de l'eau froide, se brossa les cheveux, enfila un autre jean et un petit haut blanc propre qui se laçait devant comme un corset (on ne sait jamais : un de ces jours, il se pourrait qu'elle revive une ESC pendant un petit somme et qu'elle revoie Stefan).

En attendant, elle préférait ne pas penser au fait qu'avec le départ de Matt elle se retrouvait seule avec un vampire imprévisible, traversant le centre des États-Unis vers une destination littéralement d'un autre monde.

***

Lorsqu'elle réapparut enfin, Damon avait le visage fermé et dénué d'expression. Il prit tout de même le temps de jeter un œil à la tenue d'Elena qui était en train de réaliser :

« Oh, *non*, quelle idiote... j'ai laissé mon journal dans la voiture ! »

Elle était persuadée qu'il l'avait lu, autant que si elle l'avait vu faire, mais heureusement il n'y avait rien à propos de ses dédoublements corporels et de ses escapades auprès de Stefan. Damon voulait lui aussi libérer Stefan, elle en était convaincue (sinon, elle ne serait pas dans cette voiture avec lui), mais elle sentait qu'il valait mieux qu'il ignore qu'elle avait déjà fait l'état des lieux de leur destination. Comme elle, Damon aimait avoir le contrôle des opérations. Et il aimait influencer les agents de police qui l'arrêtaient pour excès de vitesse.

Mais aujourd'hui il était de mauvaise humeur, même selon ses propres critères. Par expérience, Elena savait qu'il pouvait être d'excellente compagnie quand il voulait, raconter des histoires et des blagues extravagantes jusqu'à ce que les passagers les plus taciturnes finissent par rire malgré eux.

Là, il ne répondait même pas à ses questions et riait encore moins à ses plaisanteries. La seule fois où elle tenta un contact physique en lui effleurant le bras, il s'écarta brusquement, comme si sa main risquait d'abîmer le cuir de sa veste.

« Génial », pensa-t-elle, dépitée. Elle appuya la tête contre la vitre et fixa le paysage, qui était le même depuis des heures. Ses pensées se mirent à vagabonder.

Où était Matt à l'heure qu'il était ? Devant ou derrière eux ? S'était-il reposé un peu cette nuit ? Traversait-il le Texas en ce moment ? Se nourrissait-il correctement ? Elle chassa quelques larmes en clignant des yeux, des larmes qui montaient dès qu'elle repensait à la façon dont il était parti sans un regard.

Elena était une fille débrouillarde. Elle était capable de démêler n'importe quelle situation tant que les personnes qui l'entouraient se comportaient en êtres sensés et normaux. Elle savait particulièrement s'y prendre avec les garçons, c'était même sa spécialité. Elle se chargeait d'eux, les dirigeait, depuis le collège. Mais aujourd'hui, à peu près deux semaines et demie après être revenue d'entre les morts, d'un monde d'esprits dont elle ne se souvenait pas, elle n'avait plus envie de régenter qui que ce soit.

C'était ce qu'elle aimait chez Stefan. Dès lors qu'elle avait réussi à l'affranchir de son réflexe instinctif de renoncer à tout ce qu'il aimait, elle n'avait plus du tout eu besoin de s'occuper de lui. Il ne parlait jamais de sa condition, excepté pour faire des allusions discrètes au fait qu'elle était devenue experte en vampires. Pas pour les pourchasser ou les tuer, mais pour les aimer en toute sécurité. Elena savait quand c'était le bon moment pour mordre ou être mordue, quand s'arrêter et comment rester humaine.

Mais, hormis ces parenthèses, elle n'avait pas envie de manipuler Stefan d'une quelconque façon. Elle voulait simplement être avec lui. Le reste se faisait tout seul.

Elena pourrait vivre sans Stefan, du moins elle le croyait. Mais, tout comme le fait d'être loin de Meredith et de Bonnie ressemblait à vivre sans ses deux mains, vivre sans Stefan serait comme essayer de vivre sans son cœur. Il était son cavalier dans la grande valse de la vie ; son égal et son opposé, son bien-aimé et son amant au sens le plus pur que l'on puisse imaginer. À ses yeux, il faisait partie intégrante des mystères sacrés de l'existence.

Depuis qu'elle l'avait vu la veille, même si c'était en rêve (ce qu'elle n'était pas prête à accepter), son absence était encore plus douloureuse. Une douleur si violente qu'elle ne pourrait supporter de rester assise les bras croisés à la ressasser, sous peine de devenir folle.

Ils firent une halte dans un village sans nom pour déjeuner. Elena n'avait pas faim, et Damon passa toute la pause sous la forme d'un corbeau, ce qui, bizarrement, la rendit furieuse.

Le temps qu'ils reprennent la route, le malaise dans la voiture avait grandi, à tel point que le vieux cliché était inévitable : la tension était à couper au couteau, pour ne pas dire au scalpel.

Soudain, elle devina la nature de cette tension.

La seule chose qui retenait Damon, c'était sa fierté.

Il savait qu'Elena avait compris ce qui se passait ; elle avait cessé toute tentative de contact, physique ou verbal, et c'était tant mieux.

Il n'était pas censé être dans cet état. Quand un vampire désirait une fille, c'était pour sa jolie gorge blanche ; quant au reste, Damon avait un tel sens de l'esthétique que le donneur devait être au moins à la hauteur de ses attentes. Mais aujourd'hui, même l'aura d'Elena, pourtant de taille humaine, laissait transparaître la force vitale exceptionnelle qui coulait dans ses veines. La réaction de Damon était involontaire. Il n'avait pas pensé à une fille de *cette manière* depuis à peu près cinq cents ans. Les vampires en étaient incapables.

Sauf que, là, Damon en était parfaitement capable. Plus il se rapprochait d'Elena, plus son aura le happait et moins il était maître de lui.

Grâce à tous les démons de l'Enfer, sa fierté était plus forte que le désir qu'il éprouvait. Damon n'avait jamais rien demandé à personne de toute sa vie. Pour dédommager les humains du sang qu'il leur prenait, il avait une monnaie bien à lui : une récompense faite de plaisir et de rêves. Mais Elena n'avait besoin ni de l'un ni de l'autre.

Ni de *lui*.

C'était Stefan qu'elle voulait.

Damon était trop orgueilleux pour demander à Elena ce que seul son frère pouvait avoir ; de même qu'il ne tolérerait pas de lui prendre quoi que ce soit sans son consentement, du moins il l'espérait.

Il y a encore quelques jours, son corps était une coquille vide, le pantin de jumeaux machiavéliques qui l'avaient poussé à faire du mal à Elena, par des procédés qui aujourd'hui le mettaient en rage. À ce moment-là, Damon et la personnalité qu'on lui connaissait n'existaient pas ; seul son corps servait de jouet à Shinichi. Même s'il avait encore du mal à l'admettre, cette emprise avait été si forte que le pantin avait obéi à tous les ordres : il avait torturé Elena… et il aurait très bien pu la tuer.

Inutile de le nier ou de dire que c'était impossible. Question manipulation, Shinichi était un brin plus fort que lui, et, contrairement aux vampires à l'égard des jolies filles, le *kitsune* ne faisait pas la fine bouche quant au choix de ses victimes. Sans compter qu'il était sadique. Il aimait la souffrance : celle des autres, pour être précis.

Damon ne pouvait ni renier le passé, ni s'expliquer pourquoi il ne s'était pas « réveillé » pour empêcher Shinichi de s'en prendre à Elena. Au fond, il n'y avait *rien* à réveiller. Et si une infime part de lui continuait de se lamenter du mal qu'il avait causé, eh bien Damon était très fort pour la refouler. Il ne perdrait pas son temps avec des regrets, mais il était résolu à contrôler l'avenir. Ça ne se reproduirait jamais, pas tant qu'il serait en vie.

En revanche, il n'arrivait vraiment pas à s'expliquer pourquoi Elena le provoquait. Pourquoi elle agissait comme si elle avait confiance en lui. S'il y avait une personne sur Terre qui avait tous les droits de le haïr, de pointer un doigt accusateur vers lui, c'était bien elle. Mais pas une seule fois elle ne l'avait fait. Il n'avait même jamais perçu de colère à son encontre dans ses yeux bleu marine tachetés d'or. Elle seule avait eu l'air de comprendre que, sous l'emprise du maître des malachs, personne n'avait le choix de ses actes.

Si elle le comprenait tant, c'était peut-être parce qu'elle l'avait débarrassé de ce monstre que le malach avait engendré ; ce second corps, albinos et bien vivant, qui s'était développé à l'intérieur de lui. Damon se força à réprimer un frisson. S'il était au courant, c'était uniquement parce que Shinichi avait pris un malin plaisir à lui en parler pendant qu'il emportait tous ses souvenirs de l'époque, depuis le jour de leur funeste rencontre dans la vieille forêt.

Damon était ravi qu'on ait fait un peu de place dans sa mémoire. Dès l'instant où il avait croisé les yeux dorés et rieurs de ce maudit renard, sa vie était devenue un enfer.

Et maintenant... il était seul avec Elena au milieu d'une étendue sauvage et désolée, bordée de rares villages. Seul avec elle comme jamais ils ne l'avaient été, et seul avec ce désir irrépressible que tous les garçons qui l'avaient connue avaient éprouvé.

Le pire, c'était que les filles charmantes, voire charmeuses, étaient pour ainsi dire la raison d'être de Damon, la seule pour laquelle il avait réussi à continuer de vivre pendant près de cinq cents ans. Néanmoins, il savait que sous aucun prétexte il ne devait s'engager avec celle qui incarnait pour lui le joyau de l'humanité.

En apparence, il était parfaitement maître de lui, glacial et méticuleux, distant et désintéressé.

Mais, intérieurement, il bouillonnait.

***

Ce soir-là, après s'être assuré qu'Elena avait à manger et à boire et qu'elle était en sécurité à l'intérieur de la Prius fermée à clé, Damon fit tomber un brouillard humide et dressa un à un ses boucliers les plus menaçants. C'était une façon d'annoncer à tous les frères et sœurs des ténèbres qui croiseraient cette voiture que la fille qui se trouvait à l'intérieur était sous sa protection, et que quiconque troublerait le repos de sa protégée serait étripé vivant. Il parcourut ensuite quelques kilomètres à vol de corbeau, atterrit dans un bouge où une meute de loups-garous étanchait sa soif grâce à de charmantes serveuses et passa la nuit à se bagarrer. Malgré tout, ça ne suffit pas à lui changer les idées, loin de là.

Lorsqu'il rentra à l'aube, les boucliers autour de la voiture avaient disparu. Mais, avant même de paniquer, il s'aperçut qu'Elena les avait détruits de l'intérieur. Rien ne l'avait alerté, car ses intentions étaient pacifiques et son cœur innocent.

Elle apparut en personne, remontant la rive d'un ruisseau, fraîche et détendue. Damon se retrouva sans voix, saisi par ce spectacle : sa grâce, sa beauté, son insupportable proximité. Sentant l'odeur de sa peau toute propre, il ne put s'empêcher d'inspirer de plus en plus fort ce parfum exquis.

Il ne voyait pas comment il pourrait tenir un jour de plus dans cet état.

Mais brusquement il eut une idée.

— Aimerais-tu apprendre quelque chose qui t'aiderait à contrôler ton aura ? proposa-t-il à Elena tandis qu'elle passait devant lui.

Se dirigeant vers la voiture, elle lui lança un regard en biais.

— Tiens, tu as décidé de me reparler ? Dis-moi, je suis censée m'évanouir de joie ?

— Eh bien, ce ne serait pas de refus…

— Ben voyons !

Damon comprit qu'il avait sous-estimé la tempête qu'il avait déclenchée dans le cœur de cette fille merveilleuse.

— Bon, soyons sérieux, dit-il en la fixant de son regard noir.

— Laisse-moi deviner : tu vas me proposer de devenir un vampire ?

— Mais non, pas du tout. Ça n'a rien à voir avec le fait d'être un vampire.

Damon refusait de se laisser entraîner dans une dispute, ce qui ne manqua pas de surprendre Elena.

— Mais alors de quoi il s'agit ?

— D'apprendre à faire circuler ton pouvoir. Le sang coule dans les veines, on est d'accord ? Eh bien, c'est pareil pour le pouvoir. Même les humains le savent depuis des siècles : ils appellent ça la force vitale, *chi* ou *ki*. Dans l'état actuel des choses, ton pouvoir se disperse simplement dans les airs. C'est ce qu'on appelle une aura. Mais, si tu apprends à le canaliser, tu peux l'accumuler pour libérer quelque chose d'énorme et tu peux aussi passer plus inaperçue.

Elena était visiblement fascinée.

— Pourquoi tu ne me l'as pas dit plus tôt ?

« Parce que je ne suis qu'un idiot, pensa Damon. Parce que, pour un vampire, c'est un réflexe aussi instinctif que respirer l'est pour toi. »

Il mentit effrontément :

— Il faut un certain niveau de compétence pour y arriver.

— Et tu penses qu'aujourd'hui j'en suis capable ?

— Je crois.

Il prit une intonation légèrement sceptique et, naturellement, Elena en fut d'autant plus déterminée.

— Montre-moi !

— Quoi, tout de suite ?

Il jeta un œil autour de lui.

— Une voiture pourrait nous voir…

— On est loin de la route. Allez, Damon, s'il te plaît !

Elle le regarda avec les grands yeux bleus que bien trop d'hommes trouvaient irrésistibles. Elle lui toucha le bras, essayant une fois de plus d'établir un contact, mais il s'écarta machinalement.

— Je veux vraiment y arriver. Apprends-moi. Montre-moi juste une fois, et je m'entraînerai.

Damon baissa les yeux, et sentit son bon sens et sa volonté chanceler. *Mais comment faisait-elle ?*

— Bon, d'accord.

Il y avait au moins trois ou quatre milliards de personnes sur cette planète de rien du tout qui donneraient n'importe quoi pour être avec Elena quand elle était dans cet état d'esprit : pleine de désir, enthousiaste, chaleureuse. Le problème, c'est qu'il se trouvait être l'une de ces personnes… et qu'Elena n'en avait clairement rien à faire de lui.

Évidemment, puisqu'elle avait ce cher Stefan. Eh bien, il verrait si sa princesse était toujours la même quand ils réussiraient à le libérer et à revenir vivants... s'ils réussissaient.

En attendant, Damon s'appliqua à rester complètement détaché, dans sa voix, son expression ou son aura. Il était un peu rodé de ce côté-là. Cinq siècles d'entraînement, forcément, ça aidait.

— D'abord, il faut que je trouve le point stratégique, expliqua-t-il, conscient que sa voix manquait de chaleur et que son ton était non seulement détaché mais froid.

Elena ne broncha pas ; elle aussi savait être détachée quand elle le voulait. Même ses grands yeux bleus semblaient s'être voilés d'une lueur glaciale.

— OK. Où est-il ?

— Près du cœur, mais plus à gauche.

Il toucha le sternum d'Elena, puis déplaça ses doigts sur la gauche.

Elena luttait, il le voyait bien, à la fois contre sa nervosité et contre une envie de frissonner. Il cherchait à localiser l'endroit où la chair se fait molle sur l'os, celui où la plupart des hommes supposent que leur cœur se trouve parce que c'est là qu'ils le sentent battre. Ça devait être à peu près... *ici...*

— Bon, maintenant je vais diffuser ton pouvoir à travers un ou deux canaux et, quand tu réussiras à le faire seule, tu seras prête à dissimuler ton aura.

— Mais comment je le saurai ?

— Tu le sauras, crois-moi.

Comme il n'avait pas envie qu'elle pose des questions, il leva vite une main devant elle, sans toucher sa peau ni même ses habits, et amena leurs deux forces vitales à se synchroniser. Voilà. Et maintenant : déclenchement du processus. Il savait d'avance ce qu'Elena allait ressentir : une décharge électrique à partir du premier point de contact qu'il avait établi et, très vite, une sensation de chaleur diffuse dans tout le corps.

Puis une mosaïque éclair de sensations pendant qu'il lui ferait faire un ou deux tours de piste à blanc. Crescendo, jusque dans les yeux et les oreilles ; là, elle constaterait subitement que sa vue et son ouïe étaient nettement plus fines. Ensuite le long de sa colonne et jusque dans ses doigts ; alors ses battements de cœur s'accéléreraient et elle croirait sentir de l'électricité au creux de ses mains, qui gagnerait le haut de ses bras et les courbes de son corps, stade auquel un tremblement surviendrait. Pour finir, l'énergie dévalerait d'un coup ses splendides jambes jusqu'à la plante de ses pieds, où ses orteils se contracteraient, avant de remonter vers sa source, près du cœur.

Damon entendit Elena haleter faiblement à la première décharge. Puis il sentit son pouls s'emballer et vit ses cils s'agiter alors que le monde devenait tout à coup beaucoup plus clair pour elle : les pupilles dilatées, le corps raidi au bruit imperceptible d'un rongeur dans les herbes, bruit qu'elle n'aurait jamais perçu sans cette concentration de pouvoir dans ses oreilles, et ainsi de suite jusqu'à ce qu'elle ait pu se faire une idée du processus.

Puis Damon la lâcha.

Elle était à bout de souffle et épuisée. Dire que c'était lui qui avait dépensé de l'énergie !

— Je n'y arriverai jamais seule...

— Mais si, ça viendra avec du temps et de l'entraînement.

— Si tu le dis...

Elena avait fermé les yeux, ses cils formant des croissants noirs sur ses joues. Visiblement, elle était à bout. Damon fut tenté de la serrer contre lui, mais il se retint ; elle lui avait clairement fait comprendre qu'elle ne voulait pas qu'il la prenne dans ses bras.

« Je me demande combien de garçons elle n'a pas repoussés », pensa-t-il brusquement, assez amer. Une amertume qui d'ailleurs le surprenait un peu. Qu'est-ce que ça pouvait lui faire de savoir combien de garçons avaient su s'y prendre avec Elena ? Quand elle serait devenue sa princesse des ténèbres, ils partiraient tous les deux à la chasse aux humains, parfois ensemble, parfois chacun de leur côté. Il n'était *pas* jaloux. Peu lui importait de savoir combien d'histoires amoureuses elle avait eues jusqu'ici.

Il n'était peut-être pas jaloux, mais il était en colère. Suffisamment pour lui parler durement :

— Je te dis que tu y arriveras. Entraîne-toi juste à le faire seule.

***

Dans la voiture, il réussit à rester énervé contre elle. C'était difficile, car elle constituait une excellente compagne de voyage. Elle ne jacassait pas, elle n'essayait ni de fredonner ni de chanter en chœur avec la radio, elle ne mastiquait pas de chewing-gum et ne fumait pas, elle n'assommait pas le conducteur de conseils, n'avait pas besoin de s'arrêter toutes les demi-heures et, surtout, ne demandait *jamais* : « On arrive bientôt ? »

À vrai dire, c'était difficile pour n'importe qui, homme ou femme, de rester fâché très longtemps contre Elena Gilbert. On ne pouvait dire ni qu'elle était trop exubérante, comme Bonnie, ni qu'elle était trop sereine, comme Meredith. Elle était assez douce pour compenser son esprit brillant, vif et toujours en ébullition, assez généreuse pour se faire pardonner son égocentrisme avoué, et assez tordue pour être sûre que personne ne la prendrait jamais pour une fille « normale ». Elle était profondément fidèle à ses amis et assez clémente pour ne considérer presque personne comme un ennemi, exception faite des *kitsune* et des Anciens. Elle était honnête, franche et affectueuse, et bien sûr elle avait un côté sombre, que ses amis qualifiaient simplement de sauvage mais que Damon reconnaissait pour ce qu'il était réellement. Ça contrebalançait son tempérament parfois naïf, doux et sincère, des qualités dont Damon se serait volontiers passé pour ce voyage.

Oh, et une dernière chose : Elena Gilbert était d'une telle beauté que tous ses défauts n'avaient aucune importance.

Mais Damon était bien décidé à rester fâché, et en général il avait suffisamment de volonté pour pouvoir décider de son humeur et s'y tenir, que ça plaise ou non. Il ignora toutes les tentatives d'Elena pour faire la conversation, et elle finit par abandonner. Il demeura focalisé sur les dizaines d'hommes que l'exquise jeune femme avait dû mettre dans son lit. Il savait qu'Elena, Caroline et Meredith étaient les « aînées » du quatuor à l'époque où elles étaient toutes amies, alors que Bonnie était la petite jeunette que l'on estimait un peu trop candide pour être vraiment initiée.

L'espace d'une minute, il se surprit à se demander ce qu'il faisait ici avec Elena, soupçonnant presque Shinichi de le manipuler en même temps qu'il lui prenait ses souvenirs.

Stefan ne s'inquiétait-il donc jamais du passé d'Elena, surtout sachant qu'un ancien petit ami, ce Blatte, était toujours dans les parages, prêt à donner sa vie pour elle ? Sûrement que non, sinon il y aurait déjà mis un terme. Mais comment pourrait-il mettre un terme au moindre désir d'Elena ? Damon avait vu leurs volontés respectives entrer en conflit, même quand Elena n'était qu'une enfant, après son retour de l'Au-delà. Quand il s'agissait de leur couple, elle était incontestablement le chef. Comme disaient les humains : *c'était elle qui portait la culotte.*

« Eh bien, dans très peu de temps, on verra si elle se plaît en favorite du harem », pensa Damon en riant silencieusement, bien que son humeur fût plus noire que jamais. En guise de réaction, le ciel s'assombrit au-dessus de la voiture et le vent arracha avant l'heure quelques feuilles d'été aux branches. Une rafale de pluie constella le pare-brise, puis vinrent la foudre et le grondement du tonnerre.

Malgré elle, Elena tressaillait chaque fois qu'il éclatait. Damon observa le spectacle avec un plaisir macabre. Tous deux savaient qu'il pouvait contrôler le temps, mais aucun n'évoqua le sujet.

« Elle est trop fière pour me demander d'arrêter », pensa-t-il. Il s'en voulait d'être aussi indulgent avec elle, mais c'était plus fort que lui.

En passant devant un motel, Elena suivit du regard l'enseigne lumineuse et floue, regardant par-dessus son épaule jusqu'à ce qu'elle s'évanouisse dans l'obscurité. Damon n'avait pas envie de s'arrêter. Il n'osait pas, en vérité. Ils étaient pris dans un vilain orage, à présent, et de temps en temps la Prius dérapait en aquaplaning, mais il parvenait à garder le contrôle… enfin, tout juste. Il adorait conduire dans ces conditions.

Plus loin, lorsqu'un panneau indiqua que le prochain gîte se trouvait à plus d'une centaine de kilomètres, Damon, sans consulter Elena, s'engagea dans l'allée inondée d'un motel et gara le véhicule. Le ciel, maintenant déchaîné, déversait des trombes d'eau ; Damon trouva refuge dans une petite remise séparée du bâtiment principal.

Cette solitude lui convenait parfaitement.

7.

En sortant de la voiture, Elena fut forcée de s'appuyer de tout son poids sur ses jambes pour garder l'équilibre. Une fois dans la chambre, dès que la porte eut claqué dans son dos, elle alla directement dans la salle de bains. Ses vêtements, ses cheveux, ses pieds : tout était trempé.

Les néons de la pièce étaient presque aveuglants après l'obscurité de la nuit et de la tempête ; à moins que ce ne fût parce qu'elle commençait à savoir faire circuler son pouvoir.

Ça, ça avait été une sacrée surprise. Damon ne l'avait pas touchée, mais le choc qu'elle avait ressenti se répercutait encore en elle. Quant au fait de sentir sa force vitale être manipulée à l'extérieur d'elle-même, eh bien, il n'y avait pas de mots pour décrire cette sensation. Même encore maintenant, rien que d'y penser, ses genoux en tremblaient.

Mais il était clair que Damon ne voulait rien avoir à faire avec elle. Elena affronta son reflet dans le miroir et grimaça. C'est bien ce qu'elle pensait : elle avait une tête de chien qu'on aurait traîné dans le caniveau sur un kilomètre. Avec la pluie, ses cheveux d'ordinaire ondulés et soyeux étaient devenus une masse hirsute de frisottis ; elle était blanche comme un cachet d'aspirine, et elle avait le regard hagard d'un enfant épuisé.

Pendant un instant, elle se rappela que, quelques jours plus tôt (oui, seulement), elle était dans un état encore pire et que Damon s'était occupé d'elle avec la plus grande douceur, sans se laisser troubler par sa tenue négligée. Mais ces souvenirs avaient été volés par Shinichi et, comme toujours, Damon avait agi sur un coup de tête.

Furieuse contre lui et contre elle-même de sentir des larmes lui picoter les yeux, Elena tourna le dos au miroir.

Le passé était le passé. Elle ignorait pourquoi Damon avait subitement décidé de s'écarter dès qu'elle le touchait ou de la scruter avec le regard dur et froid d'un prédateur. Quelque chose avait fait qu'aujourd'hui il la détestait, qu'il supportait à peine de s'asseoir à côté d'elle en voiture. Quel que soit le problème, elle devrait apprendre à s'en accommoder car, si Damon partait, elle n'aurait plus aucune chance de retrouver Stefan.

Stefan. Enfin son cœur agité pouvait trouver un peu de repos en pensant à lui. S'il était là, il se ficherait de son apparence : son seul souci serait son bien-être. Elle ferma les yeux en ouvrant le robinet d'eau chaude de la baignoire, puis se déshabilla en pensant à Stefan.

Le motel fournissait un échantillon de bain moussant, mais elle n'y toucha pas. Dans son sac de voyage, elle avait emporté un petit sachet doré et translucide de cristaux de bain à la vanille, et c'était la première occasion qu'elle avait de s'en servir.

Soigneusement, elle agita environ un tiers du sachet enrubanné au-dessus de la baignoire qui se remplissait à vue d'œil, et fut gratifiée d'un souffle de vapeur vanillée qu'elle aspira à pleins poumons.

Quelques minutes plus tard, elle était plongée dans l'eau chaude, sous un nuage de mousse parfumée. Ses yeux étaient fermés, et la chaleur pénétrait peu à peu son corps. Lentement les sels se dissolvaient, soulageant chacun de ses maux.

Ce n'étaient pas des sels de bain ordinaires. Ils lui avaient été donnés par la logeuse de Stefan, Mme Flowers, une sorcière bienveillante, âgée et très respectable. Les remèdes à base de plantes étaient sa spécialité et, en cet instant, Elena aurait juré qu'elle pouvait sentir toute la tension accumulée dans son corps ces derniers jours absorbée et évacuée en douceur.

C'était exactement ce dont elle avait besoin ! Jamais elle n'avait autant apprécié un bain.

« Bon, le seul problème, Elena, se dit-elle avec fermeté en continuant d'aspirer des bouffées de vanille, c'est que tu as demandé à Mme Flowers des sels de bain qui te détendraient, or tu ne dois *pas* t'endormir ici. Tu coulerais et, question noyade, tu as déjà donné : même pas eu besoin d'acheter de linceul. »

Mais les pensées d'Elena étaient déjà de plus en plus floues, de plus en plus morcelées, tandis que l'eau chaude continuait de relaxer ses muscles, et les effluves d'envelopper son visage. Elle perdait le fil, son esprit se laissait gagner par la rêverie... Elle s'abandonna à la chaleur et au luxe de ne rien avoir à faire...

Et elle s'endormit.

Dans son rêve, elle était agitée. Il faisait à peine jour mais elle sentait, pour une raison ou pour une autre, qu'elle traversait un épais brouillard. Ce qui l'inquiéta, c'était qu'il lui semblait entendre des voix qui parlaient vraisemblablement d'elle :

— Une seconde chance ? Oui, je lui en ai parlé.

— Elle ne se souvient de rien.

— Peu importe. Ça restera enfoui dans son inconscient.

— Et ça germera... jusqu'au moment opportun.

Elena ignorait totalement ce que cela signifiait.

Ensuite, ce brouillard se dissipa, les nuages s'écartèrent pour la laisser passer, et elle descendit, portée par le vent, jusqu'à ce qu'on la dépose en douceur sur un tapis d'aiguilles de pin.

Les voix avaient disparu. Elle était allongée par terre dans une clairière, mais elle n'était pas nue. Elle portait sa plus jolie chemise de nuit, celle avec de la vraie dentelle de Valenciennes. Elle écoutait le murmure nocturne quand, soudain, son aura eut une réaction qu'elle n'avait jamais eue.

Elle la prévenait que quelqu'un arrivait. Une personne qui dégageait une impression de sécurité dans des teintes chaudes de terre, de rose pâle et de violet, et qui enveloppa Elena avant même d'arriver. Les couleurs représentaient... les sentiments que cette personne avait pour elle. Au-delà de l'amour et de la sérénité qu'elle éprouvait, elle percevait des ombres vert sapin, des traits de lumière dorée et une mystérieuse teinte translucide, semblable à une cascade scintillante qui déversait une écume de diamants autour d'elle.

Elena, entendit-elle chuchoter. *Elena*.

Elle avait déjà entendu cette voix quelque part.

Elena... Elena...

Oui, elle la connaissait…

Mon ange...

C'était la voix de l'amour.

Dans son rêve, elle se redressait et se retournait en ouvrant les bras. Elle et cette personne étaient faites l'une pour l'autre. C'était son bonheur, son réconfort, celui qu'elle chérissait plus que tout. Peu importait la façon dont il était arrivé jusque-là ou ce qui s'était produit par le passé. C'était pour toujours son âme sœur.

Ensuite…

De puissants bras l'enlaçant tendrement…

Un corps tiède près du sien…

Un baiser langoureux…

Puis un autre…

Cette sensation qu'elle connaissait si bien de s'abandonner à cette étreinte…

Il était si doux, mais presque violent dans sa façon de l'aimer. Il avait fait le serment de ne pas tuer, pourtant il tuerait pour la protéger car elle était ce qu'il avait de plus précieux au monde… Sa sécurité et sa liberté valaient tous les sacrifices. Sa vie n'avait aucun sens sans elle, donc il y renoncerait volontiers, le sourire aux lèvres, en déposant un baiser au creux de sa main dans un dernier souffle.

Le merveilleux parfum de feuilles d'automne qui imprégnait son pull réconforta instantanément Elena. Comme un bébé, elle se laissa bercer par cette odeur familière et simple, par la sensation de sa joue contre son épaule et par leur bonheur d'être tous les deux réunis dans un même souffle.

Lorsqu'elle tenta de verbaliser ce miracle, un mot lui vint immédiatement à l'esprit.

Stefan...

Elle n'avait même pas besoin de lever la tête pour savoir que les yeux verts de Stefan vacilleraient comme la surface d'un étang agité par le vent et brilleraient de mille feux. Elle enfouit sa tête dans son cou, redoutant de le lâcher sans vraiment savoir pourquoi.

J'ignore comment je suis arrivée là, lui souffla-t-elle par la pensée. En fait, elle ne se souvenait de rien, excepté des images confuses.

Peu importe. Je suis là.

Elle paniqua. *Ce n'est pas... un simple rêve, si ?*

Aucun rêve n'est simple. Mais je serai toujours avec toi.

Qu'est-ce qu'on fait ici ?

Chut... Tu es fatiguée. Je ne te laisserai jamais tomber. Je le jure sur ma vie. Repose-toi. Laisse-moi te prendre dans mes bras rien qu'une fois.

Comment ça « une fois » ? Mais qui...

Elena était maintenant aussi inquiète qu'interloquée ; il fallait qu'elle lève la tête, qu'elle voie le visage de Stefan.

En levant le menton, elle se retrouva face à des yeux rieurs d'un noir infini dans un visage aux traits ciselés, pâle et d'une beauté orgueilleuse.

Elle faillit hurler d'horreur.

Chut... Du calme, mon ange.

Damon !

Le regard ténébreux qui la fixait était aimant et joyeux.

Qui croyais-tu que c'était ?

Comment oses-tu ?... Qu'est-ce que tu fais ici ?

Elena commençait à perdre pied.

Je n'ai ma place nulle part, fit remarquer Damon, l'air subitement triste. *Tu sais que je serai toujours auprès de toi.*

Non, je ne sais rien du tout... Rends-moi Stefan !

Mais il était trop tard. Elena avait déjà conscience du bruit de l'eau qui tombait goutte à goutte et du liquide tiède qui clapotait autour d'elle. Elle se réveilla juste à temps pour empêcher sa tête de s'enfoncer dans son bain.

Un rêve...

Elle se sentait beaucoup plus détendue physiquement, mais ce rêve l'avait quand même attristée. D'ailleurs, cette expérience n'avait rien à voir avec une sortie hors du corps : c'était juste un rêve complètement dingue, comme elle savait si bien en faire.

Je n'ai ma place nulle part... Je serai toujours auprès de toi.

Qu'est-ce qu'elle devait comprendre à ce charabia ?

Une part d'elle frissonna en se répétant cet échange.

Elle s'empressa d'enfiler non pas sa chemise de nuit en dentelle, mais un survêtement gris et noir. Quand elle sortit de la salle de bains, elle se sentait énervée, irritable et prête à déclencher une dispute si Damon lui donnait l'impression d'avoir fouiné dans ses pensées pendant qu'elle dormait.

Mais aucun indice de cet ordre. Elena vit simplement un lit qui réussit à capter son attention, elle s'avança en trébuchant et s'écroula dessus, s'affalant sur des oreillers qui s'enfoncèrent désagréablement sous sa tête.

Elle resta allongée quelques minutes, savourant le bien-être procuré par le bain tandis que sa peau échauffée refroidissait peu à peu, tout comme sa tête. Damon était entré, mais il était toujours aussi silencieux.

Histoire d'en finir une bonne fois pour toutes, elle se décida à lui parler. Et, fidèle à elle-même, elle n'y alla pas par quatre chemins.

— C'est quoi, le problème, Damon ?

— Il n'y en a pas.

Il regardait fixement par la fenêtre, feignant d'être absorbé par quelque chose au loin.

— Alors ? Réponds !

Il secoua la tête. Bizarrement, même de dos, on devinait assez bien ce qu'il pensait de cette chambre de motel.

Elena examina la pièce avec la vision trouble de quelqu'un qui a fait un terrible effort physique. Murs beiges, moquette beiges, fauteuil beige, bureau beige et, bien sûr, couvre-lit beige. « Il ne fait quand même pas la tête parce que la déco n'est pas assortie à sa couleur fétiche ? pensa-t-elle. Oh, je suis fatiguée, à la fin ! Je ne comprends rien. J'ai peur et… et je suis vraiment idiote, se dit-elle tout à coup. Il n'y a qu'un lit dans cette chambre et je suis allongée dessus. »

— Damon… ? appela-t-elle en se redressant péniblement. Qu'est-ce que tu préfères ? Moi ça ne me dérange pas de dormir dans le fauteuil.

Il tourna légèrement la tête et, à ce geste, elle comprit qu'il n'était ni contrarié ni en train de jouer un jeu. Il était furieux. Tout était là, dans ce coup d'œil de côté, fugace et assassin, figé dans l'instant par une maîtrise totale de lui-même.

Damon, ses mouvements brusques et son calme effroyable. Il regardait encore dehors, comme toujours, l'air de préparer quelque chose. Là, il semblait prêt à sauter par la fenêtre.

— Les vampires n'ont pas besoin de dormir.

Il n'avait pas eu un ton aussi glacial depuis le départ de Matt.

Cela donna à Elena l'énergie de se lever.

— On sait tous les deux que c'est faux.

— Prends le lit, Elena, et dors.

Le ton ne changeait pas ; Elena se serait attendue à une réplique excédée, catégorique, mais Damon semblait plus tendu, plus contenu que jamais. Et particulièrement perturbé.

Ses paupières s'abaissèrent.

— C'est à propos de Matt ?

— Non.

— De Shinichi ?

— *Non !*

Ah, ah.

— Si, c'est ça. Tu as peur que Shinichi réussisse à tromper ta vigilance et prenne à nouveau possession de toi, n'est-ce pas ?

— Va te coucher, Elena, répondit-il d'une voix blanche.

Il continuait de l'exclure, de faire comme si elle n'existait pas. Alors Elena vit rouge.

— Qu'est-ce que je dois faire pour te prouver que j'ai confiance en toi ? Je voyage seule avec toi, sans avoir la moindre idée de notre destination réelle. Je mets la vie de Stefan entre tes mains !

Elle s'était approchée dans son dos, sur la moquette beige qui sentait… rien, en fait, pas plus que de l'eau bouillie. Ça ne sentait même pas le vieux.

C'était plutôt son discours qui était vieillot. Quelque part, il sonnait faux. En fait, la communication entre eux ne passait pas du tout…

Elle poussa un soupir. Toucher Damon à l'improviste était toujours une affaire délicate, qui risquait de déclencher chez lui des instincts meurtriers, même quand il n'était pas possédé. Elle tendit le bras très prudemment, pour effleurer le coude de sa veste en cuir du bout des doigts. Elle parla avec autant de concision et de flegme que possible.

— Tu sais que maintenant j'ai développé d'autres sens, en plus des cinq habituels. Combien de fois faudra-t-il que je te le dise, Damon ? Je *sais* que ce n'est pas toi qui nous as torturés, Matt et moi, la semaine dernière.

Malgré ses efforts, elle sentit que son ton était légèrement suppliant.

— Je sais que tu me protèges depuis le début, que tu as même tué pour moi quand j'étais en danger. Ça compte… énormément à mes yeux. Tu vas peut-être me répondre que tu ne crois pas au pardon humain, mais je pense que ça te trotte toujours dans la tête. Et quand on sait que tu n'as rien à te faire pardonner à la base…

— Ça n'a rien à voir avec la semaine dernière !

Son brusque changement de ton et la violence qui s'en dégageait firent l'effet d'une gifle à Elena. Elle eut mal… et très peur. Damon ne plaisantait pas. Et il semblait avoir les nerfs à vif, un peu comme quand il résistait à l'influence de Shinichi.

— Damon…

— *Fiche-moi la paix !*

« Tiens, j'ai déjà entendu ça quelque part… mais où ? » L'esprit embrouillé, le cœur battant, Elena fouilla dans ses souvenirs. « Ah, je sais : Stefan. » Stefan avait dit la même chose quand ils s'étaient retrouvés seuls dans sa chambre pour la première fois et qu'il avait peur de l'aimer. Il était sûr qu'à cause de lui, s'il lui montrait qu'il tenait à elle, elle serait maudite.

Se pourrait-il que Damon ressemblât *autant* au frère dont il se moquait toujours ?

— Tourne-toi au moins, qu'on parle en face.

— Elena...

C'était juste un chuchotement, mais on aurait dit que Damon était incapable de prendre son habituelle voix suave et menaçante.

— Va dormir. Va au diable... va où tu veux, mais *ne t'approche pas de moi.*

— Tu es vraiment doué pour ça, hein ?

Elena adopta elle aussi un ton glacial. Avec l'imprudence de la colère, elle se rapprocha davantage.

— Tu es doué pour repousser les autres. Mais je sais que tu n'as rien mangé ce soir. En vérité, c'est ça que tu attends de moi, et tu joues très mal les martyrs affamés, comparé à Stefan...

Elena savait très bien que, en faisant cette comparaison, Damon allait réagir, et pas comme à son habitude dans ce genre de situation, à savoir en s'appuyant nonchalamment contre un mur et en faisant celui qui n'a pas entendu.

Mais ce qui se produisit dépassa toutes ses attentes.

Damon fit volte-face, l'attrapa d'un geste précis et la serra contre lui dans une étreinte indestructible. Puis, comme un faucon sur une souris, il fondit sur elle et l'embrassa. Il était bien assez maître de sa force pour la tenir fermement sans lui faire mal.

Le baiser fut long et intense, et pendant un bon moment Elena résista, juste par réflexe. Le corps de Damon était frais comparé au sien, qui était encore tiède et moite après le bain. Et cette façon qu'il avait de la tenir... si elle s'appuyait un peu trop par endroits, elle pourrait se faire particulièrement mal. Mais il la relâcherait, elle en était persuadée. Quoique. Est-ce qu'elle était prête à se casser un os pour le vérifier ?

C'était vraiment injuste de lui caresser les cheveux comme il le faisait, enroulant les pointes et les serrant entre ses doigts à peine quelques heures après lui avoir appris à décupler ses perceptions sensorielles. Il connaissait ses points faibles. Pas seulement ceux des femmes, mais aussi les siens ; il savait comment éveiller son désir et comment l'apaiser.

Elle n'avait donc pas d'autre solution que de tester sa théorie et de se faire peut-être broyer un os. Il n'était pas question qu'elle le laisse pénétrer ses pensées alors qu'elle ne l'y avait pas invité. Elle ne céderait pas !

Mais subitement, rattrapée par sa curiosité au sujet du petit garçon et du gros rocher, elle se laissa délibérément aller. Damon tomba dans son propre piège.

Leurs esprits entrèrent en communion dans un feu d'artifice. On aurait dit des explosions, des fusées, des novae en devenir. Elena s'efforça de faire abstraction de son corps et se mit à chercher le rocher.

Il était tout au fond, dans la partie la plus barricadée de son cerveau, plongé dans l'éternelle obscurité qui y régnait. Mais c'était comme si Elena tenait un projecteur sur sa tête : dès qu'elle se tournait, de sinistres guirlandes de toiles d'araignée tombaient, et des voûtes de pierres à première vue solides s'éboulaient à ses pieds.

« Ne t'inquiète pas, dit Elena sans vraiment le vouloir. La lumière ne te fera aucun mal ! Rien ne t'oblige à rester enfermé ici. Suis-moi, tu verras comme c'est beau dehors. »

Mais qu'est-ce que je raconte ? Pourquoi je fais une promesse pareille... Et puis peut-être qu'il l'aime, son obscurité !

En quelques secondes, elle se retrouva tout près du petit garçon, si près qu'elle put distinguer son visage pâle et étonné.

— Tu es revenue ! dit-il, comme si c'était un miracle.

Toutes les barrières d'Elena tombèrent en même temps. Elle s'agenouilla et, étirant ses chaînes au maximum, le prit sur ses genoux.

— Tu es content que je sois revenue ?

Elle lui caressa les cheveux d'un geste maternel.

— Ça oui, alors !

Ce cri du cœur lui fit presque aussi peur que plaisir.

— Tu es la personne la plus gentille, la plus belle...

— Chut, calme-toi. Il doit bien y avoir un moyen de te réchauffer...

— C'est à cause des chaînes, expliqua humblement l'enfant. Le fer m'empêche de me réchauffer et de prendre des forces. Mais il n'a pas le choix, sinon il ne peut pas me contrôler.

— Je vois.

Elle commençait à comprendre quel genre de relation Damon entretenait avec ce petit garçon. Poussée par son intuition, elle s'empara des chaînes à pleines mains et tenta de les arracher au rocher. Elle avait bien une lumière surpuissante ici, alors pourquoi pas des superpouvoirs ? Mais, en tordant les fers dans tous les sens, elle n'arriva à rien, sauf à se faire une entaille entre les doigts sur une bavure du métal.

Les grands yeux noirs du garçon fixèrent la perle de sang qui se forma. Il avait l'air aussi fasciné qu'effrayé.

— Tu la veux ? proposa Elena en tendant la main vers lui avec hésitation.

Il hocha timidement la tête, comme s'il était sûr qu'elle allait le gronder. Mais elle sourit. Alors il prit son doigt avec délicatesse et aspira d'un coup la petite bulle rouge, refermant ses lèvres dessus comme dans un baiser.

Lorsqu'il releva la tête, son visage livide semblait avoir repris un tout petit peu de couleurs.

— L'autre jour, tu m'as dit que c'était Damon qui te gardait prisonnier ici...

En le serrant à nouveau contre elle, elle sentit son corps frigorifié s'imprégner avidement de sa chaleur.

— Est-ce que tu sais pourquoi ?

L'enfant se léchait encore les lèvres, mais il tourna aussitôt la tête vers elle.

— Je suis le Gardien des Secrets. Mais...

Sa voix devint triste.

— ... les siens sont devenus si lourds que même moi j'ignore ce qu'ils cachent.

Elena le regarda hocher la tête. Saisie d'angoisse, elle éprouva une profonde pitié pour ce corps si chétif enchaîné à un énorme boulet, et elle se demanda ce qu'il pouvait bien y avoir à l'intérieur de ce rocher pour que Damon le surveille d'aussi près.

Mais elle n'eut pas le temps de lui poser la question.

8.

Elena eut tout à coup l'impression d'être happée par un cyclone. Elle tenta de se cramponner à l'enfant qu'on lui arrachait des bras, mais eut finalement juste le temps de crier « Je reviendrai ! » et d'entendre sa réponse avant d'être réintégrée de force dans un monde ordinaire, fait de bains, de manipulations et de chambres de motel.

« Je garderai notre secret ! » C'était ce que le petit garçon lui avait crié au dernier moment. Qu'est-ce que cela pouvait signifier, sinon qu'il ne dirait rien de leurs entrevues au « vrai » Damon (ou, disons, à celui qu'elle connaissait au quotidien) ?

Elle se retrouva dans la chambre miteuse, toujours prisonnière des bras du vampire. Quand il s'écarta enfin, elle sentit un goût d'eau salée dans sa bouche, et pour cause : les larmes coulaient à flots sur ses joues.

Damon n'avait pas vraiment l'air de s'en soucier. Il semblait en proie à une violente détresse, tremblant comme un ado qui vient de donner son premier baiser. « Il a perdu le contrôle de lui-même », supposa Elena de manière confuse.

Pour sa part, elle avait l'impression d'être à deux doigts de s'évanouir.

Surtout pas ! Il fallait qu'elle reste consciente.

Elle se débattit comme un diable, repoussant de toutes ses forces les bras d'acier qui la retenaient.

À cause de qui ? Shinichi encore, qui se serait glissé dans l'esprit de Damon et le pousserait à agir… ?

Elle se débattit de plus belle, au point qu'elle aurait pu en hurler de douleur. Elle gémit, juste une fois…

Et l'étreinte se desserra.

Quelque part, elle savait que Shinichi n'avait rien à voir dans tout ça. L'âme véritable de Damon était incarnée par un petit garçon enchaîné depuis Dieu sait combien de siècles, qui n'avait jamais connu l'affection et la complicité mais qui savait encore les apprécier, même dans la douleur. Cet enfant était un des plus lourds secrets de Damon.

Elle tremblait maintenant si fort qu'elle n'était pas sûre de pouvoir tenir debout encore très longtemps, et l'image du petit garçon l'obsédait. Est-ce qu'il avait froid ? Est-ce que lui aussi pleurait ? Comment le savoir ?

Ils restèrent à se regarder sans rien dire, tous deux essoufflés. Les cheveux lisses de Damon étaient décoiffés, ce qui lui donnait un air canaille, comme un pirate. Son visage, d'ordinaire calme et livide, avait rougi. Il la regarda se masser machinalement les poignets ; elle avait des picotements dans les bras, mais le sang recommençait à circuler.

Il tourna la tête, et sembla ensuite incapable de la regarder dans les yeux.

« Ah, non ! Tu ne vas pas t'en tirer comme ça », pensa Elena. Déterminée à le pousser dans ses retranchements, elle chercha une chaise à tâtons dans son dos et trouva le lit, juste derrière elle. Le contact visuel : une arme qu'elle maîtrisait bien. Et des armes, elle n'en avait pas beaucoup pour l'instant, alors elle ne devait en négliger aucune.

Elle s'assit, cédant à son corps affaibli, mais sans le quitter des yeux. Il avait la bouche enflée. Encore une chose injuste : la moue de Damon faisait partie de ses plus belles armes de séduction. De toutes les personnes qu'elle connaissait, homme ou femme, il avait toujours eu la plus jolie bouche. Sa bouche, mais aussi ses cheveux, ses paupières mi-closes, ses cils abondants, la délicatesse de son menton... tout était injuste, même pour quelqu'un comme Elena qui avait cessé depuis longtemps de s'intéresser à une personne uniquement pour sa beauté.

Cependant, elle n'avait jamais vu cette bouche-là enflée, ni ces cheveux d'ordinaire impeccables en bataille, ni ces cils agités et ce regard fuyant.

— Alors c'était à *ça* que tu pensais quand tu refusais de me parler ? demanda-t-elle d'une voix assez ferme.

Damon se figea parfaitement, à l'image de ses autres perfections. Son regard de braise se fixa sur un point de la moquette beige, qui, en principe, aurait dû prendre feu.

Finalement, il leva ses grands yeux noirs vers elle. C'était vraiment difficile de les décrire, car la couleur de ses iris se confondait presque avec celle de ses pupilles, mais là, on aurait dit que ces dernières étaient dilatées au maximum et recouvraient carrément l'iris. Comment des yeux aussi noirs que la nuit pouvaient-ils capter et retenir la lumière ? Elena avait l'impression d'y voir une galaxie d'étoiles.

— Sauve-toi, dit-il doucement.

Elle sentit ses jambes se raidir.

— À cause de Shinichi ?

— Non. Mais sauve-toi tant qu'il en est encore temps.

Ses muscles se détendirent un peu. Pour autant, Elena fut contente de ne pas avoir à démontrer ses talents de sprinteuse dans l'immédiat ; elle n'aurait même pas eu la force de ramper. En revanche, elle serra les poings.

— En fait, tu fais juste ton salaud habituel ? Tu as décidé de recommencer à me détester, c'est ça ? Ça t'amuse de…

Damon fit volte-face, passant de l'immobilité au mouvement plus vite que son ombre. Il frappa un coup sec contre le châssis de la fenêtre, sans retirer son poing tout de suite. Dans un fracas suivi d'un millier de petits échos, une pluie de verre brisé s'abattit comme des diamants dans l'obscurité de la pièce.

— Tu devrais… trouver d'autres personnes pour t'aider.

Damon ne chercha pas à être plus convaincant. Maintenant qu'il l'avait rejetée, sauver les apparences semblait être le dernier de ses soucis.

— À cette heure-ci, en pleine tempête et aussi loin de mes amis… je vais avoir du mal, tu sais.

Physiquement, elle ne s'était pas remise de la montée d'adrénaline qui lui avait permis de s'arracher à lui. Elle tremblait de la tête aux pieds et devait faire un effort surhumain pour que ça n'empire pas.

Ils se retrouvaient donc à la case départ : Damon face à la fenêtre, scrutant la nuit, et Elena fixant le dos qu'il lui présentait. Mais, case départ ou pas, il l'avait cherché.

— Damon… il te suffisait de demander.

Elle ignorait si un vampire était capable de concevoir une telle notion. Stefan n'avait toujours pas appris à le faire. Il se privait de choses qu'il désirait parce que l'idée de demander lui était complètement étrangère. En toute innocence et avec de bonnes intentions, il renonçait jusqu'à ce qu'*elle* soit forcée de lui proposer.

Damon, lui, n'avait généralement pas ce problème. Il prenait tout ce qu'il voulait, avec autant de désinvolture que s'il se servait dans le rayon d'une épicerie.

Il était en train de rire silencieusement, signe qu'il était vraiment affligé.

— Je prendrai ça pour des excuses, dit doucement Elena.

Cette fois, il se mit à rire bruyamment, ce qui la refroidit aussitôt. Elle était là, à essayer de l'aider et...

— Parce que tu crois, lâcha-t-il en lisant dans ses pensées, qu'il n'y a que *ça* qui m'intéresse chez toi ?

Elena sentit son corps se figer à nouveau tandis qu'elle retournait cette réflexion dans sa tête. Damon aurait très bien pu boire son sang pendant qu'il l'empêchait de bouger. Mais non, bien sûr, il n'y avait pas que ça qu'il voulait. Son aura... elle était consciente de son effet sur les vampires. Et il l'avait protégée depuis le début contre les autres vampires susceptibles de la détecter.

La différence, reconnut Elena avec l'honnêteté qui la caractérisait, c'est qu'elle se fichait complètement des autres vampires. Avec Damon, ce n'était pas pareil ; elle le sentait, intuitivement, quand il l'embrassait. Elle n'avait jamais ressenti ça... jusqu'à Stefan.

C'est pas vrai ! Était-elle réellement en train de trahir Stefan en refusant de fuir cette situation ? Pour une fois, Damon se montrait plus raisonnable ; il lui disait d'emporter loin de lui son aura et toutes les tentations qu'elle engendrait.

Maintes fois, Elena s'était retrouvée dans des circonstances où elle avait jugé bon de partir avant que la situation n'empire. Le problème, dans le cas présent, c'est qu'elle ne pouvait aller nulle part sans risquer de faire monter la tension d'un cran, et donc de se mettre encore plus en danger. Et, soit dit en passant, de perdre toutes ses chances de retrouver Stefan.

Est-ce qu'elle aurait dû partir avec Matt ? Non, Damon avait été très clair : deux humains ne pouvaient pas entrer dans le Royaume des Ombres, pas seuls en tout cas. Il avait dit qu'ils auraient besoin de lui. Mais, si elle n'était pas constamment sur son dos, se donnerait-il vraiment la peine de faire la route jusqu'en Arizona, voire de retrouver Stefan ? Elle avait encore des doutes.

Du reste, comment Matt pourrait-il la protéger sur cette route dangereuse qu'ils suivaient ? Elle savait qu'il donnerait sa vie pour elle ; d'ailleurs, il n'aurait pas trop le choix face à des vampires ou à des loups-garous : il y laisserait la vie. Et laisserait Elena seule face à ses ennemis.

Évidemment, elle savait très bien ce que faisait Damon chaque soir, pendant qu'elle dormait dans la voiture. Il répandait un mystérieux sortilège autour d'elle, signé de son nom et marqué de son sceau, pour empêcher toute créature nocturne qui passerait par là d'approcher de la voiture.

Malheureusement, leurs pires ennemis étaient déjà du voyage, harcelant leurs esprits respectifs : Shinichi et Misao.

Plongée dans ses pensées, Elena releva finalement la tête pour regarder Damon dans les yeux. Des yeux qui, à cet instant, lui rappelaient ceux d'un enfant en haillons enchaîné à un rocher.

— Tu ne partiras pas, n'est-ce pas ? chuchota-t-il.

Elle secoua la tête.

— Je ne te fais vraiment pas peur ?

— Oh si.

Elle frissonna intérieurement. Mais elle était lancée maintenant, le cap était fixé, et il n'était pas question qu'elle fasse marche arrière. Surtout quand Damon la regardait de cette façon. Ça la faisait penser à la joie féroce, à la fierté presque modeste qu'il manifestait quand ils abattaient un ennemi ensemble.

— Je reste, mais je ne serai jamais ta princesse des ténèbres, ajouta-t-elle. Tu sais que je ne renoncerai jamais à Stefan.

Le bon vieux sourire narquois de Damon effleura vaguement ses lèvres.

— J'ai tout le temps qu'il faut pour te donner ma vision des choses à ce sujet et te convaincre.

Alors même qu'elle avait le sentiment de perdre pied, Elena eut la force de le défier encore un peu.

— Tu dis que ce n'est pas Shinichi, et je te crois. Alors est-ce que tout ça… est lié à ce que Caroline a dit ? demanda-t-elle, consciente de la dureté soudaine de son ton.

— Caroline ?

Damon cligna des yeux, l'air déstabilisé.

— Elle a dit qu'avant ma rencontre avec Stefan, j'étais…

Elena bloqua sur le dernier mot.

— Que j'étais… facile.

Damon serra les dents et rougit violemment, comme s'il avait pris un coup de poing qu'il n'avait pas vu venir.

— *Cette fille*, marmonna-t-il. Elle a déjà décidé de son sort. Avec n'importe qui d'autre, j'aurais peut-être eu un semblant de pitié. Mais elle… elle dépasse… elle n'a aucune décence…

Il parlait de plus en plus lentement, le visage assombri. Il observa Elena et, en voyant les larmes dans ses yeux, se leva pour les essuyer du bout des doigts. Il porta une main à ses lèvres pour les goûter, puis arrêta son geste, l'air brusquement perplexe.

Quelle que fût la saveur qu'elles lui laissèrent dans la bouche, il parut stupéfait. Elena le dévisagea ouvertement, ce qui aurait dû le décontenancer… mais pas du tout. Au lieu de ça, un kaléidoscope d'expressions balaya son visage, trop vite pour que le regard (trop humain) d'Elena puisse toutes les saisir. Toutefois, elle identifia entre autres l'étonnement, le doute, l'amertume, la stupeur – encore – et finalement une sorte de choc joyeux et un regard qui donnait presque l'impression qu'il avait lui-même les larmes aux yeux.

Alors il éclata de rire. Un rire bref, empreint d'autodérision, mais sincère, euphorique même.

— Damon, qu'est-ce qui ne va pas ? dit Elena, refoulant de nouvelles larmes d'un battement de cils.

— Rien, tout va bien !

Il leva un doigt savant en l'air.

— Tu ne devrais jamais essayer de duper un vampire, Elena ! Nous possédons beaucoup de sens que les humains n'ont pas, sans compter ceux dont on ignore l'existence jusqu'au jour où on en a besoin. Il m'a fallu pas mal de temps pour faire le point sur ce que je savais de toi. Car, bien entendu, tout le monde me disait une chose et mon intuition me soufflait le contraire. Mais j'ai fini par y voir clair. Je sais qui tu es vraiment, Elena.

Pendant une fraction de seconde, Elena resta sans voix.

— Quoi que tu penses, je te préviens tout de suite : personne ne te croira.

— Peut-être pas, notamment les mortels, concéda Damon d'un air énigmatique. Mais les vampires sont programmés pour reconnaître l'aura d'une jeune fille. Tu es comme l'appât des chasseurs de licornes, Elena. J'ignore comment ou pourquoi tu t'es fait cette réputation et je m'en fiche. J'y ai moi-même cru pendant longtemps. Mais j'ai fini par découvrir la vérité.

Tout à coup, il se retrouva penché au-dessus d'elle, et Elena ne vit plus que lui, son front balayé par de fines mèches, ses lèvres tout près des siennes, ses yeux noirs, insondables, accrochant son regard.

— C'est *ça*, ton secret, Elena, chuchota-t-il. J'ignore comment tu as fait, mais… tu es vierge.

Il se pencha davantage, effleurant sa bouche, partageant son souffle lent. Ils restèrent dans cette position un long, très long moment, durant lequel il sembla fasciné de pouvoir à son tour offrir à Elena quelque chose de lui-même : l'oxygène dont ils avaient tous les deux besoin, mais pour des raisons différentes. Bon nombre de mortels n'auraient peut-être pas supporté cette immobilité, ce silence et ce contact visuel prolongé (car aucun des deux n'avait cillé ou fermé les yeux). C'était comme s'ils étaient absorbés par leurs personnalités respectives, comme s'ils perdaient leur individualité et devenaient une part sublimée de l'autre, avant même qu'un baiser soit échangé. Emportée par le souffle qu'il lui donnait, Elena flottait, au sens propre. Si les mains fines et fermes de Damon ne lui avaient pas agrippé les épaules, elle lui aurait complètement échappé.

Pourtant, il existait un autre moyen de la retenir. Il aurait pu « manipuler » les lois de la pesanteur pour contrôler Elena. Mais elle n'avait pas ressenti la moindre tentative d'influence. À croire qu'il tenait encore à lui laisser l'honneur du choix. Il ne la séduirait pas avec l'une de ses habituelles méthodes, ses ruses de charmeur acquises en cinq cents ans d'existence.

Il se contenterait de ce souffle, de plus en plus saccadé, qui commençait à faire tourner la tête et palpiter le cœur d'Elena. Était-elle vraiment sûre que Stefan comprendrait ? En se fiant à son amour et à son discernement, il lui avait donné la plus belle preuve d'amour. Mais elle commençait à percevoir la véritable personnalité de Damon, son besoin irrépressible d'être avec elle ; sa vulnérabilité, aussi, car ce besoin devenait une sorte d'obsession pour lui.

Sans essayer de l'influencer, Damon continuait de déployer de grandes ailes invisibles et douces autour d'elle, et elle n'eut bientôt plus nulle part où aller, plus moyen de lui échapper. Elle se sentit peu à peu succomber à l'intensité de cette passion qu'ils avaient fait naître entre eux. En guise de geste final, non pas de rejet mais d'invitation, elle pencha la tête en arrière, exposant sa gorge à nu, et le laissa deviner son désir.

Face à cet abandon délibéré dans l'obscurité ouatée, le bonheur de Damon résonna comme un carillon de cloches de cristal.

Elle ne sentit pas les dents qui lui transpercèrent la peau ; elle avait déjà la tête dans les étoiles. Et, très vite, l'Univers tout entier fut englouti par les yeux noirs de Damon.

9.

Le lendemain matin, Elena se leva et s'habilla sans un bruit dans la chambre du motel, ravie d'avoir un peu plus de place que dans la voiture. Damon n'était pas là, mais elle s'y attendait. Depuis le début du voyage, il prenait généralement son petit-déjeuner assez tôt, s'attaquant à des serveuses dans des routiers ouverts toute la nuit ou des cafétérias aux horaires matinaux.

D'ailleurs, un jour elle aurait une petite discussion avec lui à ce sujet, pensa-t-elle en versant le contenu du sachet de café moulu fourni par le motel dans la petite cafetière électrique. Ça sentait vraiment bon.

Mais avant, il y avait plus urgent : il fallait qu'elle parle à quelqu'un, n'importe qui, de ce qui s'était passé la veille. Évidemment, Stefan lui vint tout de suite à l'esprit, mais elle avait compris que les expériences de sortie hors du corps ne se faisaient pas sur commande. Il valait mieux qu'elle appelle Bonnie et Meredith. Elle devait absolument leur parler, et c'était compréhensible, mais aujourd'hui plus que jamais c'était impossible. D'instinct, elle sentait que le moindre contact entre elle et Fell's Church pourrait leur nuire.

Quant à Matt, il n'avait jamais fait signe. Pas une fois. Elle n'avait aucune idée d'où il en était du trajet, mais en tout cas il avait intérêt à être à l'heure à Sedona. Il voulait couper toute communication entre eux ? Soit, comme il voudrait. Du moment qu'il venait comme promis.

N'empêche... Elena avait quand même besoin de parler, de vider son cœur.

Ah mais bien sûr ! Quelle idiote ! Elle avait toujours son fidèle compagnon qui ne disait jamais rien et ne la faisait jamais attendre. Tout en se versant une tasse de café noir brûlant, Elena plongea la main au fond de son sac de voyage pour en sortir son journal, et l'ouvrit à une nouvelle page. Rien de tel qu'une page vierge et un stylo plume qui marche pour se mettre à écrire.

Quinze minutes plus tard, un cliquetis se fit entendre et, l'instant d'après, Damon entrait en passant par la fenêtre. Il avait plusieurs sacs en papier dans les bras et, sans raison apparente, Elena fut subitement d'humeur joyeuse et accueillante. Elle avait préparé le café, qui n'était pas mauvais malgré l'ersatz de crème en poudre fourni avec, et Damon avait fait...

— Le plein d'essence ! dit-il d'un air triomphant.

Il lui lança un regard lourd de sens en posant les sacs sur la table.

— Juste au cas où nos ennemis essaieraient d'utiliser la nature contre nous. Non merci, ajouta-t-il en voyant la tasse de café qu'elle lui tendait. J'en ai profité pour jeter un œil sous le capot pendant que j'étais au garage. Je vais aller me laver les mains.

Sur ce, il s'éclipsa en passant devant Elena sans rien ajouter, sans un regard, malgré le fait qu'elle avait enfilé sa dernière tenue propre : un jean et un petit haut discrètement coloré, qui paraissait blanc à première vue mais qui, sous une lumière vive, révélait de subtiles nuances arc-en-ciel.

« Sans même un regard », songea Elena, avec la sensation étrange d'être en décalage total avec sa propre existence.

Elle s'apprêta à jeter le café, mais décida finalement qu'elle avait bien besoin d'une deuxième tasse et la but à petites gorgées.

Puis elle s'approcha de la table où était posé son journal et relut les deux dernières pages qu'elle avait écrites.

— Tu es prête à y aller ? lui lança Damon.

Dans la salle de bains, on entendait le bruit de la douche.

— Oui… deux minutes.

Elle poursuivit sa lecture, feuilletant les pages en continuant de remonter dans le temps.

— Autant filer tout droit vers l'ouest à partir d'ici, lança encore Damon. On peut le faire en une journée. Si on est suivis, ils penseront que c'est une feinte pour accéder à une Porte spécifique, mais, pendant qu'ils chercheront, nous on continuera de suivre la direction du Kimon et on aura plusieurs jours d'avance sur eux. C'est parfait !

— Oui, oui, répondit Elena sans s'arrêter de lire.

— On devrait être en mesure de retrouver Blatte demain, peut-être même ce soir. Tout dépend du genre de tuiles qu'on aura en route.

— Hm-hm.

— Au fait, petite question : tu crois que c'est juste une coïncidence que la fenêtre de la chambre soit cassée ? Parce que d'habitude je mets des boucliers, la nuit, et je suis certain...

Il se passa une main sur le front.

— Je suis sûr de l'avoir fait hier soir. Pourtant, quelque chose a réussi à passer, à casser la fenêtre et à s'enfuir sans laisser de traces. C'est pour ça que j'ai acheté tous ces bidons d'essence. S'ils tentent de nous faire un sale coup avec leurs arbres, je les renverrai tous à l'âge de la pierre.

« Et la moitié des habitants de l'État avec », pensa Elena, qui était dans un état de choc tel que plus rien ne la surprenait vraiment.

— Qu'est-ce que tu fais encore ?

Visiblement, Damon était prêt et impatient de partir.

— Je me débarrasse d'un truc dont je n'ai pas besoin, dit-elle en tirant la chasse d'eau.

Elle regarda les bouts déchirés de son journal s'évacuer dans un tourbillon avant de disparaître.

— À ta place, je ne m'en ferais pas pour la fenêtre, ajouta-t-elle en revenant dans la chambre.

Elle enfila ses chaussures en vitesse.

— Assieds-toi deux secondes, Damon. Il faut que je te parle.

— Ça ne peut pas attendre qu'on soit en route ?

— Non. Parce que, cette fenêtre, il va falloir qu'on la rembourse, Damon. C'est toi qui l'as cassée cette nuit. Mais je suppose que tu ne t'en souviens pas ?

Il la fixa avec des yeux ronds. Elena devina que sa première envie fut d'éclater de rire ; mais la seconde, à laquelle il céda, fut de penser qu'elle délirait.

— Je suis très sérieuse, Damon.

Il se leva et se mit à faire les cent pas devant ladite fenêtre comme s'il s'apprêtait à se transformer en corbeau pour s'échapper.

— Ne t'avise pas de filer, car je n'ai pas fini.

— Oh ? J'aurais fait d'autres choses que j'ai oubliées ?

Damon s'appuya nonchalamment contre le mur, en prenant une de ses bonnes vieilles poses arrogantes.

— J'ai laissé la radio allumée jusqu'à quatre heures du mat' ?

— Non. Ça ne date pas forcément... de cette nuit, dit Elena en détournant les yeux.

Subitement, elle avait du mal à le regarder en face.

— Ça concerne d'autres choses, à d'autres moments...

— Comme le fait que j'aurais essayé de saboter ce voyage depuis le début ? suggéra-t-il d'un ton sobre.

Il leva les yeux au ciel en soupirant lourdement.

— Si ça se trouve, je fais ça uniquement pour être seul avec toi...

— *La ferme, Damon !*

Hou là... qu'est-ce qui lui prenait de s'énerver ?

Oh, au fond, elle le savait très bien. Il lui prenait qu'elle n'avait pas encore digéré la soirée de la veille. Le problème, c'est qu'elle avait un autre détail à régler, une bonne fois pour toutes, si toutefois Damon se montrait coopératif.

— Est-ce que tu penses que tes sentiments envers Stefan ont... disons, changé, dernièrement ?

— *Quoi ?*

— Tu crois que...

Bon sang, ce que c'était dur de regarder ces yeux noirs : un vrai gouffre intersidéral ! Surtout sachant que, la veille encore, ils étaient pleins d'étoiles...

— Tu crois qu'aujourd'hui tu en es venu à le considérer autrement ? À respecter ses souhaits plus que tu ne le faisais avant ?

Damon l'interrogea ouvertement du regard, de la même façon qu'elle.

— Tu es sérieuse ?

— Complètement.

Non sans mal, Elena refoula des larmes qui n'avaient rien à faire là.

— Il s'est passé quelque chose hier soir, comprit-il en la fixant attentivement. Je me trompe ?

— Non, effectivement. C'était… pas vraiment…

Relâchant finalement son souffle, elle lui raconta presque tout d'une traite.

— Shinichi ! *Shinichi, che bastardo ! Imbroglione !* Ce sale voleur ! Je vais lui arracher les yeux à la petite cuillère !

Damon ne tenait plus en place. Un coup, il était près d'Elena, les mains posées sur ses épaules ; un autre, il criait des imprécations par la fenêtre ; puis il revenait à côté d'elle et lui prenait les mains.

Toutefois, un seul mot avait son importance aux yeux d'Elena : Shinichi. Ce *kitsune* aux cheveux noirs et rouges qui les avait forcés à renoncer à tant de choses, en échange d'indices sur l'endroit où était emprisonné Stefan.

— *Mascalzone ! Maleducato...*

Elena perdit une fois de plus le fil des jurons de Damon. C'était donc bien ce qu'elle craignait : le souvenir de la nuit dernière lui avait été volé, effacé de la mémoire, autant que celui du jour où elle avait utilisé les Ailes de la Rédemption et de la Purification sur lui. Sauf que, pour le précédent, il était d'accord ; alors qu'hier... Qu'est-ce que ce maudit renard lui avait pris d'autre ?

Supprimer toute une soirée et toute une nuit... en particulier hier... cela supposait forcément...

— Il n'a jamais vraiment fermé le canal télépathique qu'il a ouvert entre mon esprit et le sien, conclut Damon. Il peut encore piocher dans mes souvenirs quand ça lui chante.

Il avait finalement arrêté de jurer et de s'agiter et s'était assis sur le canapé en face du lit. Les mains ballantes entre les genoux, il avait l'air particulièrement misérable.

— Elena, je dois savoir. Dis-moi ce que j'ai fait cette nuit. S'il te plaît !

On aurait dit qu'il allait tomber à genoux à ses pieds.

— Si... si c'est ce que je crois...

Elena sourit, en dépit des larmes qui s'étaient mises à couler sur ses joues.

— Ce n'était pas exactement... ce qu'on pourrait penser, je trouve.

— *C'est-à-dire ?*

— Disons juste que ce moment... m'appartenait, ajouta Elena. S'il t'a volé quelque chose d'autre ou s'il essaie de le faire à l'avenir, alors il est plus facile à piéger que je ne le pensais. Disons que c'est... mon secret.

« Et ça le restera jusqu'à ce qu'un jour, peut-être, tu démolisses ton énorme rocher », ajouta-t-elle en silence.

— Jusqu'à ce que je lui arrache la langue et la queue ! gronda férocement Damon.

On aurait dit un grognement bestial ; elle était bien contente qu'il ne lui soit pas adressé.

— Ne t'inquiète pas, Elena.

Son ton était maintenant si glacial que c'était presque encore plus effrayant.

— Où qu'il se cache, je le retrouverai et je lui reprendrai ce qui t'appartient. J'en profiterai aussi pour lui arracher son espèce de déguisement en fausse fourrure et je te fabriquerai des mitaines avec, qu'est-ce que tu en dis ?

Elena essaya de sourire et ne s'en sortit pas trop mal. Elle-même parvenait tout juste à accepter la situation, bien qu'elle ne crût pas une seconde que Damon la laisserait réellement tranquille sur le sujet tant qu'il n'aurait pas repris de force ce souvenir à Shinichi. Alors elle se rendit compte que, dans une certaine mesure, c'était Damon qu'elle punissait en lui cachant la vérité, et non Shinichi. « Je jure que personne ne saura rien de cette soirée, se dit-elle. Pas tant que Damon ne s'en souviendra pas. Je n'en parlerai même pas à Bonnie et à Meredith. »

Cela rendit les choses beaucoup plus éprouvantes pour elle, et de fait plus équitables.

Tandis qu'ils ramassaient les débris du dernier accès de colère de Damon, il tendit tout à coup le bras pour essuyer une larme isolée sur la joue d'Elena.

— Merci...

Elle s'arrêta net en relevant la tête : Damon portait ses doigts à ses lèvres.

Il la regarda, l'air très surpris et un peu déçu. Puis il haussa les épaules.

— Toujours un goût d'appât à licorne, lança-t-il platement. Tiens, je n'aurais pas déjà dit ça, hier soir ?

Elena hésita, puis estima que sa question ne tombait pas encore dans les limites du secret.

— Si. Mais... tu n'en parleras à personne, hein ? ajouta-t-elle, soudain nerveuse. J'ai promis à mes amies de ne rien dire.

Damon la fixait toujours.

— Pourquoi voudrais-tu que j'aille raconter ça à quelqu'un ? À moins que ce ne soit lié à la petite rouquine ?

— Je te l'ai dit : tu ne sauras *rien*. Excepté que Caroline n'est pas vierge, mais ce n'est pas un scoop, vu tout le grabuge autour de sa grossesse…

— Mais souviens-toi, la coupa gentiment Damon. Je suis arrivé à Fell's Church avant Stefan ; je suis juste resté tapi dans l'ombre un peu plus longtemps que lui. Ta manière de parler…

— Oui, je sais. À l'époque, on s'intéressait beaucoup aux garçons, et vice versa, et on avait déjà nos réputations. Du coup, on racontait ce qu'on voulait. Certaines choses étaient en partie vraies, mais la plupart pouvaient s'interpréter de deux façons… et évidemment, tu sais à quel point les garçons ont la langue pendue…

Oui, Damon le savait.

Il acquiesça.

— Et donc, très vite, le bruit a circulé qu'on avait tout fait avec tout le monde. Il y a même eu un article dans le journal du lycée, et des choses ont été écrites dans l'almanach et sur les murs des toilettes. Mais on avait notre petit poème à nous, et parfois on l'écrivait en le signant personnellement. Ce qu'il disait ?

Elena se replongea dans le passé, une, voire deux années plus tôt. Puis elle récita :

« Ce n'est pas parce qu'on te l'a dit que c'est vrai.
Ce n'est pas parce que tu l'as lu que c'est juste.
La prochaine fois que la rumeur court, méfie-toi,
Elle te concerne peut-être.

Ne crois pas que tu puisses les faire changer d'avis,
Juste parce que tu crois savoir ! Compris ? »

Elle termina en éprouvant tout à coup un besoin urgent de retrouver Stefan.

— On y est presque, dit-elle à Damon. Dépêchons-nous.

10.

L'Arizona était aussi chaud et aride qu'Elena l'avait imaginé. Ils roulèrent d'une traite jusqu'à l'hôtel Juniper, et Elena fut triste, sinon surprise, de voir que Matt n'était pas arrivé.

— Il n'y a pas de raison que ça lui ait pris plus de temps qu'à nous d'arriver jusqu'ici, dit-elle en entrant dans leur chambre. Sauf si... Imagine que Shinichi s'en soit pris à lui ?

Damon s'assit sur un lit et observa Elena d'un œil sombre.

— J'espérais que je n'aurais pas à te le dire... que cet abruti aurait au moins la politesse de te prévenir lui-même. Mais j'ai suivi la trace de son aura depuis son départ : elle n'a pas arrêté de s'éloigner de nous... en direction de Fell's Church.

Parfois, quand une nouvelle vraiment mauvaise arrive, on met un certain temps à imprimer.

— Tu veux dire qu'il ne viendra pas ?

— Je veux dire que, à vol de corbeau, la distance entre le lieu où on a changé de voiture et Fell's Church n'était pas énorme. Il est parti dans cette direction, sans revenir en arrière.

— Mais pourquoi ? demanda Elena, comme si la logique pouvait d'une certaine façon supplanter les faits. Pourquoi m'avoir laissée seule ? Et surtout, pourquoi retourner à Fell's Church alors qu'il est recherché là-bas ?

— Concernant le pourquoi de son départ : je crois qu'il s'est fait de fausses idées sur toi et moi... ou disons qu'il a vu juste, mais un peu trop tôt...

Damon haussa un sourcil en lui lançant un regard plein de sous-entendus. Elena lui envoya un oreiller à la tête.

— ... et qu'il a décidé de nous laisser un peu d'intimité. Quant au pourquoi de Fell's Church...

Il haussa les épaules.

— Écoute, tu le connais depuis plus longtemps, mais même moi je vois bien qu'il est du genre Galaad. L'exemple même du parfait chevalier, sans peur et sans reproche. Si tu veux mon avis, je dirais qu'il est parti affronter les accusations de Caroline.

— Oh, *non*. Il n'a pas fait ça alors que je lui ai dit et répété...

En entendant frapper, Elena se dirigea vers la porte pour ouvrir.

— Eh si, insista Damon en s'avachissant un peu. Même si tes bons conseils retentissent encore à ses oreilles...

La porte s'ouvrit... sur *Bonnie* ! Mais oui, c'était bien elle : Bonnie et sa petite silhouette, ses boucles rousses et ses grands yeux marron si expressifs. Sans en croire ses yeux et encore absorbée par sa discussion avec Damon, Elena referma la porte derrière elle.

— Matt va se faire lyncher ! reprit-elle, vaguement agacée d'entendre encore frapper à la porte.

Damon se releva et passa devant elle pour aller ouvrir.

— Je pense que tu ferais mieux de t'asseoir.

Il la poussa à prendre place sur une chaise et la maintint d'une main douce mais ferme, jusqu'à ce qu'elle se tienne tranquille.

Puis la porte s'entrouvrit.

Cette fois, c'était Meredith. Grande et élancée, les cheveux tombant en cascades brunes sur les épaules, elle semblait déterminée à continuer de frapper jusqu'à ce que la porte soit grande ouverte. Elena eut enfin le déclic et assimila tout à coup les deux situations.

Meredith et Bonnie étaient là ! En Arizona !

Elle se leva d'un bond de la chaise sur laquelle Damon l'avait fait asseoir et se jeta au cou de Meredith en s'écriant de manière incohérente :

— Tu es venue ! Tu savais que je ne pouvais pas t'appeler ! C'est pour ça que tu es là !

Bonnie les contourna timidement et s'approcha de Damon en lui parlant à voix basse.

— Elle s'est remise à embrasser toutes les personnes qu'elle croise ?

— Malheureusement… non. Mais attends-toi à ce qu'elle te serre à mort.

Elena se tourna vers lui.

— J'ai entendu ! Oh, Bonnie ! Je n'arrive pas à croire que toi aussi tu sois là. J'avais tellement envie de vous parler !

Elles passèrent un bon moment dans les bras les unes des autres. Ce faisant, elles échangèrent quelques signaux discrets, typiques de la solidarité des vélociraptors : sourcil arqué *ici*, léger hochement de tête *là*, puis petite grimace, haussement d'épaules et soupir. Sans le savoir, Damon venait d'être accusé, jugé, acquitté et rétabli dans ses fonctions, non sans que la décision ait été prise de le tenir à l'œil.

Elena fut la première à se reconnecter au présent.

— Vous avez forcément vu Matt... pour savoir qu'on serait ici.

— Oui, il nous a parlé de cette ville. Il a vendu la **Prius**, et nous on a fait nos valises en quatrième vitesse, on a pris notre billet d'avion et on vous a attendus... On avait peur de vous louper ! raconta Bonnie, à bout de souffle.

— À tout hasard, ça ne ferait pas environ deux jours que vous avez acheté vos billets ? demanda Damon en regardant le plafond d'un air las.

Il s'accouda paresseusement sur le dossier de la chaise.

— Attends que je réfléchisse...

Meredith, impassible, répondit à la place de Bonnie :

— Si, pourquoi ? Ça pose un problème ?

— On essayait de brouiller un peu les pistes, expliqua Damon. Mais bon, je suppose que finalement ça n'a pas changé grand-chose.

« Sans doute, confirma Elena en silence, car Shinichi peut s'introduire dans ton esprit à tout **moment**, donc ta seule parade c'est d'essayer de lui résister. »

— Il n'empêche qu'Elena et moi devons partir tout de suite, ajouta Damon. J'ai une course à faire ; profites-en pour te préparer, Elena. Ne prends que le strict minimum, y compris de quoi manger pour deux ou trois jours.

— Pourquoi... *tout de suite* ? bafouilla Bonnie en s'asseyant brusquement par terre.

— Parce qu'on a déjà perdu l'effet de surprise.

— Je n'en reviens pas que vous soyez venues me dire au revoir, dit Elena. C'est vraiment sympa !

« Et vraiment stupide ! » pensa-t-elle en souriant d'un air radieux.

— Bon, j'y vais, reprit Damon en leur adressant un signe sans se retourner. Rendez-vous ici pour le départ dans une demi-heure.

—Une demi-heure ? Quel radin, ronchonna Bonnie quand la porte fut bien fermée derrière lui. Ça ne va pas nous laisser beaucoup le temps de discuter avant de se mettre en route.

— Je peux faire mon sac en moins de cinq minutes, commenta distraitement Elena, d'un ton triste.

Puis la dernière phrase de Bonnie percuta dans son esprit.

— Comment ça « avant de se mettre en route » ?

— Moi, je vais avoir du mal à me contenter du minimum, se tracassa Meredith de son côté. Je n'ai plus assez de mémoire sur mon téléphone pour tout sauvegarder et je ne sais pas quand j'aurai l'occasion de recharger la batterie. J'ai une valise entière de documents !

Elena jeta un coup d'œil nerveux à ses deux amies.

— Dites… il me semble que c'est moi qui suis censée faire ma valise. Je suis bien la seule à partir… non ?

Nouveau coup d'œil nerveux.

— Comme si on allait te laisser partir dans une autre galaxie sans nous ! s'exclama Bonnie. Tu as besoin de nous !

—Ce n'est pas une autre galaxie, Bonnie, juste une dimension parallèle, rectifia Meredith. Enfin, bon, les mêmes principes s'appliquent.

— Non… c'est trop dangereux ! Je vous interdis de venir !

— Rien du tout, ma vieille : je te rappelle que c'est moi l'aînée, dit Meredith. Donc, *je* décide ! En vérité, le fait est qu'on a une mission. On voudrait essayer de mettre la main sur la sphère d'étoiles de Shinichi ou de Misao. Si on y arrive, ça devrait régler pas mal de problèmes à Fell's Church.

— Une sphère d'étoiles ? répéta Elena, l'air pensif.

Une image vague mais désagréable se forma dans son esprit.

— Je t'expliquerai plus tard.

Elena secoua la tête d'un air perplexe.

— Donc vous avez laissé Matt affronter seul tous les trucs qui se passent là-bas ? Alors que c'est un fugitif et que la police le recherche ?

— Elena, même la police a peur avec tout ce qui se passe. Ils sont sur les dents… Et franchement, même si Matt se retrouvait en garde à vue à Ridgemont, c'est peut-être là qu'il serait le plus en sécurité. Mais ça n'arrivera pas. Il est chez Mme Flowers et tout va bien : ils forment une bonne équipe.

Meredith fit une pause, l'air de chercher comment formuler la suite.

Bonnie s'en chargea pour elle, d'une toute petite voix :

— Alors que moi, ça n'allait pas fort, Elena. Je commençais à… à devenir très nerveuse, à voir et à entendre des choses qui n'étaient pas là, ou du moins à les imaginer et peut-être bien à les rendre réelles. Je me fichais la frousse toute seule et je pense que, quelque part, je mettais les autres en danger. Matt est trop pragmatique pour tomber là-dedans.

Elle se tamponna les yeux.

— Je sais que le Royaume des Ombres est un sale endroit, mais là au moins je ne risquerai pas de mettre en danger des familles entières d'innocents.

Meredith acquiesça d'un signe de tête.

— Ça devenait de pire en pire pour Bonnie à Fell's Church. Même si on n'avait pas voulu te rejoindre, j'aurais été obligée de l'emmener ailleurs. Je ne veux pas paraître alarmiste, mais je crois que les démons en avaient après elle. Et, étant donné que Stefan n'est plus là, Damon est sans doute le seul à pouvoir les empêcher d'approcher. À moins que tu ne puisses l'aider, Elena ?

Meredith... alarmiste ? Pourtant, Elena voyait bien les légers frissons qui l'agitaient et les petites perles de transpiration qui humectaient les boucles sur le front de Bonnie.

Meredith posa la main sur son poignet.

— On n'a pas juste voulu disparaître de la circulation, ni quoi que ce soit du genre. Fell's Church est une vraie zone de guerre aujourd'hui, mais on n'a pas laissé Matt sans allié. Prends le Dr Alpert, par exemple : c'est une femme logique, le meilleur médecin de campagne au monde, et elle serait même capable de convaincre les habitants que Shinichi et les malachs existent vraiment. En plus, les parents s'en mêlent maintenant. Les parents, les psychiatres et les journalistes. C'est devenu ingérable pour les autorités et c'est tout à l'avantage de Matt, crois-moi.

— Comment... en à peine une semaine ?

— Jette un œil à l'édition de dimanche.

Elena attrapa le *Ridgemont Times* que Meredith lui tendait. C'était le principal journal du comté de Fell's Church. Il y avait un gros titre en première page, au-dessus d'un long texte en caractère gris : « Possession et sorcellerie au XXIᵉ siècle ? »

Mais, ce qui attira surtout son attention, c'était la photo d'une bagarre entre trois filles qui semblaient en proie à des convulsions et se contorsionnaient dans des positions impossibles pour le corps humain. Le visage de deux d'entre elles exprimait la souffrance et la terreur, mais c'est en voyant la troisième qu'Elena sentit son sang se figer. Son corps était tellement courbé en arrière qu'elle avait la tête en bas, à l'envers, et elle regardait droit vers la caméra, les lèvres retroussées sur ses dents. Son regard… il n'y avait pas d'autre mot pour le décrire : il était démoniaque. Ses yeux n'étaient pas révulsés ou déformés ni rien. Ils ne brillaient pas non plus d'une lueur rouge et sinistre. Tout était dans l'expression. Elena n'avait jamais vu un regard lui donner autant la nausée.

— Est-ce qu'il vous arrive de, disons, faire une bourde, et tout de suite après d'éprouver un sentiment du genre « Oups. Le monde est mal barré » ?

— Tout le temps depuis que je connais Stefan, répondit Meredith. Ne le prends pas mal, Elena. Mais le fait est que tout est arrivé en deux jours, dès que les adultes ont compris qu'il se passait *réellement* quelque chose et s'en sont mêlés.

Poussant un soupir, elle passa une main aux ongles parfaitement manucurés dans ses cheveux avant de continuer :

— D'après Bonnie, ces filles sont possédées au sens moderne du terme. Ou peut-être que c'est Misao qui tire les ficelles, puisque les *kitsune* femelles ont soi-disant ce pouvoir. Si seulement on pouvait trouver ces sphères d'étoiles, rien qu'une, on pourrait les obliger à tout remettre en ordre.

Elena posa le journal pour ne plus avoir à affronter la photo et ces yeux à l'envers qui la fixaient.

— Et pendant ce temps, ton petit copain, comment il gère la crise ?

Pour la première fois, Meredith parut sincèrement soulagée.

— Alaric devrait être en route en ce moment même. Je lui ai écrit pour lui raconter ce qui se passait, et c'est d'ailleurs lui qui m'a dit de faire partir Bonnie.

Elle lança un regard désolé à Bonnie, qui leva simplement les mains et les yeux au ciel.

— Dès qu'il aura terminé son travail sur l'île de Shinmei no Uma, il rentrera à Fell's Church. Ce genre de phénomène, c'est sa spécialité, et il en faut beaucoup pour lui faire peur. Donc, même si on ne revient pas avant des semaines, Matt aura du renfort.

À son tour, Elena leva les mains, un peu de la même manière que Bonnie.

— Autant vous prévenir tout de suite, avant de partir : je ne peux rien pour Bonnie. Si vous comptez sur moi pour reproduire le miracle de la dernière fois, quand on s'est battus contre Shinichi et Misao... désolée de vous décevoir, mais c'est inutile. J'ai essayé des dizaines de fois, j'ai fait mon maximum pour faire resurgir mes pouvoirs, mais ça n'a jamais rien donné.

— Peut-être que Damon pourra faire quelque chose, dans ce cas...

— Sûrement, mais ne le pousse pas trop pour l'instant, Meredith. Pas tout de suite. On sait avec certitude que Shinichi continue de lui voler des souvenirs, et qui sait s'il ne va pas reprendre possession de lui...

— Sale menteur de *kitsune* ! lâcha brusquement Bonnie, d'un ton presque jaloux.

On aurait presque eu l'impression que Damon était son petit ami.

— Shinichi avait juré de ne pas…

— Il avait aussi juré de quitter Fell's Church. La seule raison pour laquelle je me fie aux indices que Misao m'a donnés, c'est le fait qu'elle me narguait. Elle ne pensait pas qu'on passerait un accord avec son frère, donc elle ne cherchait pas à mentir ou à jouer les malignes… enfin je crois.

— C'est pour ça qu'on est venues, pour t'aider à retrouver Stefan. Et, avec un peu de chance, pour trouver les sphères d'étoiles qui nous permettront de reprendre le dessus. Alors, c'est OK ?

— OK ! acquiesça Elena avec ferveur.

— OK, ajouta Meredith d'un ton solennel.

Bonnie hocha la tête.

— Vive la solidarité des vélociraptors !

Elles tendirent rapidement la main droite vers le centre de leur cercle, en formant une roue à trois rayons. Elena repensa alors à l'époque où ces derniers étaient au nombre de quatre.

— Et Caroline, au fait ?

Bonnie et Meredith se concertèrent d'un regard. Puis Meredith secoua la tête.

— Il vaut mieux que tu ne saches pas. Sérieusement.

— Mais si. Je peux tout entendre. *Sérieusement*, insista Elena presque en chuchotant. Meredith, je suis déjà morte deux fois, tu te rappelles ?

Mais Meredith continua de secouer farouchement la tête.

— Si tu ne supportes pas cette photo, mieux vaut que tu n'entendes pas parler de Caroline. On est passées la voir deux fois…

— *Tu* y es allée deux fois, corrigea Bonnie. La seconde fois, je me suis évanouie et tu m'as laissée à l'entrée.

— Je sais. Je me suis rendu compte que j'aurais pu te perdre pour de bon, et je me suis excusée…

Bonnie l'interrompit en remuant gentiment son bras.

— Enfin bref. Ce n'était pas vraiment une visite officielle, reprit Meredith. Je suis partie devant, dans la chambre de Caroline, sans attendre sa mère, et je l'ai trouvée recroquevillée dans son espèce de nid – ne me demande pas – en train de manger quelque chose. Quand elle m'a vue, elle a juste ricané et elle a continué ce qu'elle faisait.

— Et ? s'impatienta Elena. C'était quoi d'après toi ?

— Je crois que c'étaient des asticots ou des limaces, murmura Meredith. Elle les étirait au maximum et ils se tortillaient juste avant qu'elle les gobe. Mais ce n'était pas le pire. Franchement, c'est difficile à expliquer quand on ne l'a pas vécu, mais en gros elle m'a fait un petit sourire narquois en me disant : « Une petite bouchée ? » Et tout à coup je me suis retrouvée avec une multitude de larves dans la bouche… qui me descendaient dans la gorge. Alors j'ai vomi, d'emblée, sur la moquette de Caroline, qui a éclaté de rire. Je suis repartie à toute vitesse, j'ai porté Bonnie dans mes bras et on n'est jamais revenues. Mais, en chemin, je me suis aperçue qu'elle s'étouffait. Elle avait des asticots et d'autres trucs ignobles plein la bouche et le nez ! Je connais les gestes de réa ; j'ai réussi à lui en faire recracher une bonne partie avant qu'elle se réveille en vomissant. Mais…

— J'aimerais vraiment mieux ne pas revivre ce genre d'expérience.

L'absence même d'intonation dans la voix de Bonnie en disait long sur l'horreur éprouvée.

— J'ai entendu dire que les parents de Caroline avaient quitté le domicile, et j'avoue que je les comprends. Caroline est majeure. En somme, on prie pour que le sang de loup-garou qu'elle a dans les veines l'emporte : ce sera moins pire pour elle que de rester sous l'emprise d'un malach ou d'un démon. Et sinon...

Elena posa le menton sur ses genoux repliés contre elle.

— Et vous pensez que Mme Flowers peut s'en charger ?

— Mieux que Bonnie, en tout cas. Elle est ravie que Matt soit là. Comme je te l'ai dit, ils forment une bonne équipe. Maintenant qu'elle a enfin accepté de parler aux hommes du XXIe siècle, je crois qu'elle y prend goût. Et puis, elle s'exerce continuellement au Grand Art.

— Au grand... ? Ah, d'accord...

— Oui, c'est le nom qu'elle donne à la sorcellerie. J'ignore complètement si elle est douée ou pas, car je n'ai aucun point de comparaison...

— En tout cas, ses cataplasmes font des miracles, affirma Bonnie.

Presque en même temps, Elena intervint :

— Ses sels de bain sont très efficaces.

Meredith esquissa un vague sourire.

— Dommage qu'elle ne soit pas venue à notre place.

Elena secoua la tête. Maintenant qu'elles étaient toutes les trois réunies, elle savait qu'elle serait incapable de partir sans elles. Bonnie et Meredith n'étaient pas seulement de vraies sœurs pour elle, elles représentaient beaucoup plus... et voilà qu'elles s'apprêtaient à risquer leur vie pour Stefan et pour Fell's Church.

À cet instant, la porte de la chambre s'ouvrit. Damon apparut, deux sacs en papier à la main.

— Bon, ça y est ? Tout le monde s'est gentiment dit au revoir ?

Il semblait avoir du mal à regarder en face les deux visiteuses, donc il dévisagea Elena.

— Euh… pas trop. Pas exactement, répondit-elle.

Elle se demanda si Damon serait susceptible de balancer Meredith par la fenêtre du cinquième étage. Mieux vaudrait lui annoncer la nouvelle avec ménagement…

— En fait, on vient avec vous, lâcha Meredith de but en blanc.

— D'ailleurs, on n'a pas fait nos valises, ajouta Bonnie.

Elena se glissa rapidement entre Damon et les filles – au cas où. Mais il garda les yeux cloués au sol.

— C'est une mauvaise idée, dit-il doucement. Une très, très mauvaise idée.

— Damon, s'il te plaît, ne les manipule pas !

Elena agita les mains avec insistance, mais il se défendit d'un simple geste du bras… et, sans qu'ils puissent se l'expliquer, leurs mains se frôlèrent… et s'enchevêtrèrent.

Ce fut un véritable électrochoc. Mais agréable, pensa Elena, même si ce n'était pas vraiment le moment de réfléchir. Chacun essayait désespérément de récupérer sa main, tandis que de petites ondes traversaient la paume d'Elena et lui parcouraient tout le corps.

Finalement, ils réussirent à se dégager et se retournèrent, d'un même pas coupable, vers Bonnie et Meredith qui les fixaient avec des yeux ronds. Des yeux méfiants, qui disaient : « Tiens, tiens… Qu'est-ce qu'il se passe entre eux ? »

Pendant un bon moment, tous restèrent sans bouger, sans dire un mot.

Puis Damon reprit avec sérieux :

— On ne part pas en excursion. On y va parce qu'on n'a pas le choix.

— Mais pas tout seuls, pas question, insista Meredith. Si Elena part, on part aussi.

— On sait que c'est dangereux, dit Bonnie, mais il n'y a pas à discuter : on vient avec vous.

— En plus, nous aussi, on a un objectif, ajouta Meredith. Un moyen de purger Fell's Church du mal que Shinichi a fait.

Damon secoua la tête en la regardant.

— Je crois que tu n'as pas bien compris : cet endroit ne va *vraiment* pas te plaire, dit-il, les lèvres serrées.

Il indiqua son téléphone portable d'un signe de tête.

— Il n'y a pas de courant électrique, là-bas. D'ailleurs, posséder ce type d'appareil est un crime. Et leur châtiment, quel que soit le délit, c'est la torture et la mort.

Il s'avança d'un pas vers elle.

Refusant de reculer, Meredith planta ses grands yeux sombres dans ceux de Damon.

— Écoutez, vous n'avez même pas idée de tout ce qu'il va falloir faire rien que pour entrer, poursuivit-il d'un ton sinistre. Déjà, il vous faut un vampire : coup de pot, de ce côté-là, vous êtes servies. Ensuite, vous devrez vous plier à toutes sortes d'exigences qui ne vont pas vous plaire…

— Si Elena peut le faire, nous aussi, le coupa calmement Meredith.

— Je ne veux pas qu'il vous arrive quelque chose. Si j'y vais, c'est pour Stefan, s'empressa de dire Elena.

Elle s'adressait en partie à ses amies, en partie à elle-même, à son âme, que les ondes et les vibrations électriques avaient finalement atteinte. Quelle douceur étrange, attendrissante et lancinante, comparée au choc du début. Quelle violence, pour un simple contact entre deux mains...

S'arrachant enfin au regard de Damon, elle se reconnecta au débat.

— Je sais que tu y vas pour Stefan, était en train de lui répondre Meredith, et nous, on y va pour toi.

— Je te répète que ça ne va pas vous plaire, rétorquait Damon, d'un air toujours plus sombre. Vous allez le regretter toute votre vie – enfin, si vous survivez.

Bonnie leva la tête vers lui, son petit visage en cœur le suppliant du regard sous ses grands yeux marron. Elle se tenait les mains sur la poitrine. On aurait dit une illustration de carte de vœux, pensa Elena. Son regard valait tous les arguments.

Damon finit par se tourner vers Elena.

— Tu les conduis sûrement à la mort, tu sais. Toi, encore, je pourrai te protéger. Mais toi plus Stefan plus tes deux petites copines... ça fait *trop*.

C'était évident, et il y avait de quoi paniquer. Elena n'avait pas vu les choses sous cet angle. En revanche, elle voyait très bien les mâchoires serrées de Meredith et la façon dont Bonnie s'était discrètement hissée sur la pointe des pieds pour paraître plus grande.

— Je crois que la question est déjà réglée, répondit-elle posément, consciente que sa voix tremblait.

Il s'écoula un long moment pendant lequel elle ne le quitta pas des yeux, puis, tout à coup, il leur lança un sou-

rire éblouissant qu'il effaça presque aussitôt, comme toujours.

— Très bien. Dans ce cas, j'ai une autre course à faire.
J'en ai pour un petit moment, donc mettez-vous à l'aise...

— Elena devrait venir dans notre chambre, dit Meredith.
J'ai beaucoup de choses à lui montrer. Et, si on doit emporter le minimum, on va devoir passer tout ça en revue cette
nuit...

— Alors disons qu'on se retrouve ici à l'aube, conclut
Damon. On se mettra en route pour la Porte des Démons.
Ah, au fait : n'emportez pas d'argent, ça ne sert à rien là-
bas. Je vous le redis, ce ne seront pas des vacances... Mais
ça, vous allez vite vous en rendre compte.

D'un geste ironique et plein de grâce, il tendit son sac de
voyage à Elena.

— La Porte des Démons ? répéta Bonnie en suivant ses
amies vers l'ascenseur.

— T'inquiète, assura Meredith. C'est juste un nom.

Elena aurait préféré ne pas connaître aussi bien Meredith,
surtout quand elle mentait.

11.

Elena jeta un œil entre les rideaux pour voir si l'aube s'annonçait. Bonnie était pelotonnée sur un fauteuil près de la fenêtre, à moitié endormie. Elena et Meredith étaient restées debout toute la nuit, et des tas de documents imprimés, de journaux et de photos trouvées sur Internet étaient éparpillés par terre autour d'elles.

— Ça ne se limite plus à Fell's Church, dit Meredith.

Elle indiqua l'un des articles.

— J'ignore si ça suit les lignes d'énergie, si Shinichi contrôle tout... ou si le phénomène se propage de façon autonome, comme un parasite.

— Tu as essayé de contacter Alaric ?

Meredith regarda rapidement le visage assoupi de Bonnie et baissa la voix.

— Oui, et j'ai de bonnes nouvelles. Ça faisait des lustres que j'essayais de le joindre et j'ai enfin réussi. Il sera bientôt à Fell's Church… mais, avant, il a une dernière escale à faire.

Elena inspira lentement.

— C'est plus important que ce qui se passe ici ?

— D'une certaine façon, oui. Mais je n'en ai pas parlé à Bonnie. Ni à Matt d'ailleurs : je savais qu'ils ne comprendraient pas. Tu ne devineras jamais le type de légendes qu'il étudie en Asie ?

Elle fixa Elena avec intensité.

— Ne me dis pas que… Les *kitsune* ?

— Oui. Il doit se rendre sur les ruines d'une ancienne ville qu'ils auraient détruite… de la même manière qu'ils sont en train de détruire Fell's Church. Plus personne n'y vit aujourd'hui. La ville s'appelait Unmei no Shima, ce qui signifie l' « Île du Destin ». Il apprendra peut-être quelque chose d'important sur ces maudits renards. Il travaille sur une sorte d'étude indépendante et multiculturelle, en collaboration avec Sabrina Dell. Elle a l'âge d'Alaric, mais elle est déjà très réputée comme anthropologue médico-légale.

— Et… tu n'es pas jalouse ? demanda maladroitement Elena.

Ce n'était pas évident d'aborder des sujets personnels avec Meredith. On avait toujours l'impression d'être indiscret à la moindre question.

Meredith renversa la tête en arrière.

— Eh bien, ce n'est pas comme si on était officiellement ensemble.

— Il faut dire que tu n'en parles jamais à personne.

Elle baissa la tête et lança un rapide coup d'œil à Elena.

— Maintenant, c'est fait.

Elles restèrent un bon moment sans rien dire, avant qu'Elena poursuive, toujours à voix basse :

— Le Shi no Shi, les *kitsune*, Isobel Saitou, Alaric et son Île du Destin… tout ça n'a peut-être aucun lien. Mais, s'il y en a un, je compte bien trouver lequel.

— Et je t'aiderai, répondit simplement Meredith. Mais, tu sais, je me disais qu'après le lycée…

Elena sauta sur l'occasion.

— Meredith, je te promets que dès qu'on aura récupéré Stefan et ramené le calme en ville, on élaborera un plan d'action de A à Z pour Alaric et toi. Promesse de vélociraptor, OK ?

Meredith cligna des yeux, la gorge nouée.

— OK.

Puis, brusquement, elle retrouva l'énergie qui la caractérisait.

— Merci, ajouta-t-elle. En attendant, ça ne va pas être simple de remettre de l'ordre dans Fell's Church. C'est vraiment le chaos là-bas.

— Dire que Matt est parti se fourrer dans tout ça. Et seul, en plus.

— Je t'assure, ils forment une bonne équipe avec Mme Flowers. Et, au fond, c'est sa décision.

— C'est vrai, conclut Elena un peu sèchement. En fin de compte, il gagnera peut-être au change, comparé à ce qui nous attend.

Retournant à leurs papiers épars, Meredith ramassa des photos de *kitsune* gardant des lieux saints japonais.

— En général, on dit qu'ils sont représentés avec un bijou ou une clé.

Elle montra à Elena l'image d'un renard tenant une clé dans la gueule, devant l'entrée du sanctuaire Fushimi.

— Tiens, tiens. On dirait que la clé a deux ailes, non ?

— C'est exactement ce qu'on s'est dit avec Bonnie. Quant au « bijou », regarde bien…

Elena s'exécuta et son sang ne fit qu'un tour. Sur plusieurs photos apparaissaient des petits objets sphériques, semblables aux boules à neige que Shinichi avait utilisées pour leur tendre un piège imparable dans la vieille forêt.

— On a découvert que ça s'appelait *hoshi no tama*, expliqua Meredith. Ce qui se traduit par « sphère d'étoiles ». Chaque *kitsune* y conserve une petite partie de son pouvoir, entre autres choses : la détruire est un des seuls moyens de le vaincre car, si tu trouves la sphère d'étoiles d'un *kitsune*, il est contraint de t'obéir. Voilà notre objectif avec Bonnie.

— Mais comment on la trouve ? demanda Elena, alléchée à l'idée de pouvoir contrôler Shinichi et Misao.

— *Sa…*, dit Meredith en prononçant le mot comme un soupir.

Puis elle afficha un sourire éclatant, comme rarement elle en faisait.

— En japonais, ça signifie à la fois « j'me l'demande ; hem, je préfère me taire ; mince alors ; bon sang, j'en sais foutrement rien. » Plutôt pratique, hein ?

Elena gloussa malgré elle.

— Selon d'autres légendes, les *kitsune* peuvent aussi être vaincus, voire tués, par le Péché du Regret ou par des armes bénites. Pour le Péché, je ne sais pas, mais…

Elle farfouilla dans son sac, et en sortit un revolver vieillot mais visiblement en état de marche.

— C'était celui de mon grand-père… l'un des deux, en fait. J'ai donné l'autre à Matt. Ils sont chargés de balles bénites par un prêtre.

— Et tu peux me dire quel prêtre voudrait bénir des *balles* ?

Le sourire de Meredith se crispa.

— Un prêtre qui a vu ce qui se passe à Fell's Church. Tu te souviens de la façon dont Caroline s'est servie d'Isobel et des scarifications qu'Isobel s'est faites sous son emprise ?

Elena hocha la tête.

— Difficile de l'oublier, répondit-elle, nerveuse.

— Et... tu te rappelles quand on t'a raconté que, plus jeune, Obaasan – Mme Saitou – était une *miko*, une jeune fille au service d'un sanctuaire ? C'est une prêtresse dans la culture japonaise. C'est elle qui a béni les balles, expressément pour qu'on tue les *kitsune*. Tu aurais dû voir le rituel, c'était sinistre. Bonnie a encore failli s'évanouir.

— Tu sais comment va Isobel, aujourd'hui ?

Meredith secoua lentement la tête, d'un air sombre.

— Mieux, mais... je crois qu'elle n'est pas encore au courant pour Jim. Ça va être très dur pour elle.

Elena réprima un frisson. L'avenir s'annonçait vraiment triste pour Isobel, quand bien même elle guérirait. Jim Bryce, son petit ami, n'avait passé qu'une nuit avec Caroline, mais il était maintenant victime du syndrome de Lesch-Nyhan – du moins, d'après ce que disaient les médecins. Au cours de cette même soirée atroce où Isobel s'était fait des piercings partout et coupé la langue en fourche, Jim, un beau garçon, star des terrains de basket, s'était mutilé en se rongeant les doigts et les lèvres. Tous les deux étaient possédés et, pour Elena, leurs blessures justifiaient d'autant plus d'en finir pour de bon avec les jumeaux maléfiques.

— On va y arriver, affirma-t-elle à voix haute.

Alors, elle se rendit compte que Meredith lui tenait la main, comme elle le faisait avec Bonnie. Elle réussit à esquisser un sourire, faible mais déterminé.

— On va libérer Stefan et on vaincra Shinichi et Misao. Il le *faut*.

Meredith acquiesça d'un signe de tête tout aussi résolu.

— Il y a autre chose, dit-elle pour finir. Tu veux savoir ?

— Je veux tout savoir.

— Eh bien, toutes les sources que j'ai consultées s'accordent à dire que les *kitsune* possèdent d'abord les filles, puis poussent les garçons à la destruction. Quant au type de destruction, tout dépend de la façon de voir les choses : ça peut être aussi simple qu'un feu follet illusoire qui te conduit au fond d'un marécage ou au bord d'une falaise, ou aussi complexe qu'un métamorphe qui te dupe.

— Ne m'en parle pas, commenta Elena. J'ai vu ce qui s'était passé avec toi et Bonnie, l'autre fois : ils sont capables de ressembler trait pour trait à quelqu'un.

— Oui, mais il y a toujours un petit détail trompeur, si on a la présence d'esprit d'être attentif. Ils ne peuvent pas fournir une copie conforme. Par contre, ils peuvent avoir jusqu'à neuf queues, et plus ils en ont, plus ils sont doués.

— Neuf ? Génial. Mais on n'en a jamais vu autant, si ?

— Non, mais ça pourrait changer. Apparemment, ils sont capables de passer d'une dimension à l'autre à leur guise. Ah oui, et aussi… ils sont spécifiquement en charge de la Porte du Kimon, qui sépare les deux dimensions. Je te laisse deviner la traduction !

Elena la fixa.

— Oh non !

— Oh si !

— Mais pourquoi Damon nous ferait traverser tout le pays pour passer précisément par une Porte gardée par des *démons* ?

— *Sa*... Quand Matt nous a dit que vous mettiez le cap vers Sedona, c'est ce qui nous a décidées avec Bonnie.

— De mieux en mieux.

Elena se passa la main dans les cheveux en poussant un soupir.

— Autre chose ?

Elle avait l'impression d'être un élastique tendu au maximum.

— Une seule, mais qui devrait te plaire après toutes ces mauvaises nouvelles. Certains sont bons. Les *kitsune*, j'entends.

— Bons ? ... Mais *en quoi ?* En bagarres ? En meurtres ? En mensonges ?

— Non, je t'assure, Elena. Il semblerait que certains soient un peu comme des dieux bienveillants qui te testent, et, si tu réussis, ils te récompensent.

— Tu crois qu'on peut espérer en rencontrer un ?

— Pas vraiment.

Assise par terre, Elena laissa tomber sa tête sur la table basse où étaient étalés les documents de Meredith.

— Franchement, Meredith, comment est-ce qu'on va gérer tout ça quand on aura passé la Porte des Démons ? Mon pouvoir est presque aussi fiable qu'une batterie déchargée. Et je ne parle pas seulement des *kitsune* : c'est plein de démons et de vampires là-bas, même des Anciens ! Qu'est-ce qu'on va faire ?

Elle releva la tête et plongea son regard dans les yeux de son amie, ses yeux foncés dont elle n'avait jamais été capable de déterminer précisément la couleur.

À sa surprise, au lieu de prendre un air grave, Meredith attrapa une canette de Coca Light dans le mini-bar et sourit.

— Tu n'as pas encore de plan A ?

— Eh bien... juste une petite idée. Rien de précis pour l'instant. Et toi ?

— Quelques-unes qui pourraient coller avec les plans B et C. Au final, on fera comme d'habitude : on fera de notre mieux, on se démènera comme des dingues et on commettra des erreurs, jusqu'à ce que tu aies une idée brillantissime qui nous sauvera tous.

— Merry...

Meredith cligna des yeux, ce qui ne surprit pas Elena : elle ne l'avait pas appelée par son diminutif depuis une éternité. Aucune des trois amies n'aimait les surnoms ou n'en utilisait. Elena reprit d'un ton très sérieux, sans la quitter des yeux.

— Écoute, sauver tout le monde – sans exception – de ces foutus *kitsune*, c'est tout ce que je souhaite. Je donnerais ma vie pour Stefan et pour vous. Mais... cette fois, peut-être que quelqu'un sera sacrifié.

— J'en suis consciente. Et Bonnie aussi. On en a parlé en venant ici. Mais on sera toujours avec toi, Elena. Ne l'oublie pas. On est tous avec toi.

Il n'y avait qu'une seule façon de répondre : Elena prit la main de Meredith et la serra entre les siennes. Puis elle poussa un soupir et, comme si elle montait à l'échafaud, essaya d'aborder un sujet délicat.

— Est-ce que Matt... Est-ce qu'il t'a dit... Enfin, bref : comment il était quand tu l'as laissé ?

Meredith lui lança un regard en biais. Peu de choses lui échappaient.

— Il avait l'air OK, mais... un peu ailleurs, bizarrement. Par moments, il se mettait à regarder dans le vide et tu avais beau lui parler, il n'entendait rien.

— Est-ce qu'il t'a expliqué pourquoi il était parti ?

— En quelque sorte. Il a dit que Damon t'avait hypnotisée et que... tu ne t'étais pas trop défendue. Mais c'est un garçon, et les garçons sont parfois jaloux.

— Non, il a raison, c'est ce qui s'est passé. Le truc, c'est que... j'ai appris à connaître un peu mieux Damon. Et Matt, ça ne lui plaît pas.

— Hm-hm.

Meredith l'observait derrière ses paupières mi-closes, respirant à peine, comme si Elena était un oiseau qu'il ne fallait pas effrayer sous peine de le voir s'envoler.

Elena se mit à rire.

— Il n'y a rien de *grave*, tu sais ! Du moins, je ne crois pas. C'est juste que, à certains égards, Damon a encore plus besoin d'aide que Stefan à l'époque où il est arrivé à Fell's Church.

Meredith haussa les sourcils, intriguée, mais resta silencieuse.

— Et... je crois réellement que Damon ressemble beaucoup plus à son frère qu'il ne veut bien l'admettre.

Meredith garda la même expression. Finalement, Elena se tourna vers elle d'un air hésitant.

— Je suis mal, hein ? admit-elle d'un air désespéré.

— Si tu as ressenti tout ça après moins d'une semaine passée avec lui... alors, oui. Mais il ne faut pas oublier que les femmes, c'est la spécialité de Damon. Et il croit être amoureux de toi.

— Non, il l'est, commença Elena avant de se mordre la lèvre. Non, mais c'est dingue ! On est en train de parler de Damon, là ! Je suis vraiment mal !

— Attends de voir ce qui se passera, dit Meredith avec sagesse. Lui aussi a beaucoup changé. Avant, il t'aurait simplement dit « *Niet*, tes amies ne viennent pas avec nous ». Aujourd'hui, il s'est montré patient et il nous a écoutées.

— Tu as raison. Il faut que je sois sur mes gardes à partir de maintenant, répondit Elena d'une voix mal assurée.

Comment pourrait-elle aider l'enfant qui était en lui en conservant ses distances ? Et comment expliquerait-elle à Stefan tout ce qu'elle pourrait être amenée à faire pour l'aider ?

Elle poussa un long soupir.

— Ça se passera bien, marmonna Bonnie dans son sommeil.

Meredith et Elena se tournèrent toutes les deux vers elle, et Elena sentit un frisson lui parcourir le dos. Bonnie s'était redressée dans le fauteuil, mais ses yeux étaient fermés et sa voix indistincte.

— La vraie question, c'est : que va penser Stefan de la fameuse nuit avec Damon au motel ?

— *Quoi ?*

La voix d'Elena, forte et cassante, aurait réveillé n'importe quel dormeur. Mais Bonnie ne broncha pas.

— De quoi elle parle ? Quelle nuit ? Quel motel ? bafouilla Meredith.

Comme Elena tardait à répondre, elle lui attrapa le bras pour la tourner face à elle.

Elena finit par affronter son regard, mais sans laisser une seule émotion transparaître.

— Elena, de quoi parle Bonnie ? *Qu'est-ce qui s'est passé avec Damon ?*

Le visage de marbre, Elena se servit du mot que son amie venait juste de lui apprendre.

— *Sa...*

166

— Elena, t'es pas croyable ! Ne me dis pas que tu vas plaquer Stefan quand tu l'auras libéré ?

— Mais bien sûr que non ! Stefan et moi, on est faits l'un pour l'autre… pour toujours.

— Mais apparemment, ça n'empêche qu'il s'est passé un truc entre Damon et toi une nuit ?

— C'est possible…

— Mais raconte ! Qu'est-ce qui s'est passé ?

Elena sourit d'un air désolé.

— *Sa…*

— Puisque c'est comme ça, je tirerai les vers du nez à Damon !

— Tu peux faire tous les plans A, B, C, D que tu veux, la coupa Elena, ça ne servira à rien. Shinichi lui a pris ses souvenirs. Meredith, écoute, je suis désolée… tu n'imagines pas à quel point. Mais j'ai promis que personne n'en saurait jamais rien.

En levant les yeux vers elle, elle sentit les larmes monter.

— Tu veux bien, pour une fois… qu'on en reste là ?

Meredith rendit les armes.

— Elena Gilbert, le monde a de la chance qu'il n'en existe pas deux comme toi. Tu es vraiment…

Elle marqua une pause, comme si elle hésitait à terminer.

— Il est temps d'aller se coucher. L'aube va bientôt arriver, et la Porte des Démons avec.

— Merry ?

— Quoi encore ?

— Merci.

12.

La Porte des Démons.

Elena jeta un œil derrière elle, sur la banquette arrière de la Prius. Bonnie clignait des yeux d'un air endormi. Meredith, qui n'avait pas eu son compte de sommeil et avait plutôt eu son lot de mauvaises nouvelles, semblait à cran : incisive, dure, affûtée comme une lame de rasoir.

Les distractions visuelles s'arrêtaient là, exception faite de Damon qui était au volant, les sacs en papier calés derrière son siège. Dehors, là où l'aube aride de l'Arizona aurait dû éblouir peu à peu l'horizon, le paysage n'était qu'une chape de brouillard.

C'était effrayant et déroutant. Ils avaient bifurqué sur une petite route à la sortie de l'autoroute 179, et progressivement, sans un bruit, le brouillard était tombé, dispersant ses voiles de brume autour de la voiture avant de l'engloutir entièrement. Elena avait l'impression qu'on les coupait délibérément du vieux monde habituel des McDonald's et des centres commerciaux, et qu'ils franchissaient la frontière d'un endroit qu'ils n'étaient pas censés connaître et encore moins pénétrer.

Ils ne croisaient aucune voiture dans l'autre sens. Pas une seule. Elena pouvait toujours scruter la route le nez collé à la vitre, c'était comme d'essayer de regarder à travers des nuages en mouvement.

— On ne roulerait pas un peu vite ? demanda Bonnie en se frottant les yeux.

— Non, répondit Damon. Ce serait une coïncidence étonnante s'il y avait d'autres gens que nous sur cette route en ce moment...

— Ça ressemble beaucoup à l'Arizona, dit-elle, déçue.

— Ça pourrait l'être, pour ce que j'en sais. Mais on n'a pas encore franchi la Porte. Et ce n'est pas le genre de coin sur lequel on tombe par hasard. Le chemin comporte toujours quelques pièges. Le problème, c'est qu'on ne sait jamais à quoi s'attendre.

Il marqua une pause, puis regarda Elena d'un air qu'elle connaissait bien maintenant, un air qui sous-entendait : je ne plaisante pas, je te parle d'égal à égal ; écoute-moi bien, c'est très sérieux.

— Bon, jusqu'ici, tu t'es bien débrouillée pour laisser transparaître uniquement ton aura d'humaine, dit-il. À présent, il faudrait que tu apprennes une astuce avant d'arriver là-bas pour utiliser cette énergie à ton avantage et la contrôler à ta guise, sans te contenter de la dissimuler.

— Quel genre d'avantage ?

— Je vais te montrer. D'abord, détends-toi et laisse-toi faire. Petit à petit, je vais lâcher du lest et tu vas prendre les commandes. À la fin, tu devrais être en mesure de concentrer ton énergie dans tes yeux, et ta vision s'affûtera ; puis dans tes oreilles, et ton ouïe sera plus fine ; enfin dans tes membres, et tes gestes seront plus rapides, plus précis. On essaie ?

— Tu n'aurais pas pu me dire tout ça avant qu'on se lance dans cette expédition ?

Il sourit ; un sourire farouche et désinvolte qui la fit sourire à son tour, sans qu'elle sache vraiment pourquoi.

— Jusqu'à ce que tu prouves que tu étais parfaitement capable de dissimuler ton aura au cours du trajet, y compris jusqu'ici, je ne te croyais pas prête, expliqua-t-il sans mettre de gants. Maintenant tu l'es. Une part de ton esprit n'attend qu'une chose, c'est de se libérer. Tu comprendras quand on aura débloqué tout ça.

« Et on débloque ça... comment ? Par un baiser ? » songea Elena avec méfiance.

— Mais non. Et c'est d'ailleurs aussi pour ça qu'il faut absolument que tu y arrives : tu contrôles mal tes pensées. Tu dois absolument apprendre à ne pas les projeter, sinon tu ne passeras jamais le poste de contrôle à la frontière. Ça sautera aux yeux que tu n'es pas une simple humaine.

Un poste de contrôle ? Ça ne présageait rien de bon.

Elena acquiesça finalement d'un signe de tête.

— D'accord. Qu'est-ce que je dois faire ?

— Comme l'autre fois. D'abord essaie de te détendre. De te fier à moi.

Il avança la main droite vers sa poitrine juste à gauche de son sternum, sans toucher le tissu de son petit haut doré. Se sentant rougir, Elena se demanda ce que Bonnie et Meredith devaient penser si elles les observaient à cet instant.

Puis elle sentit autre chose.

Ce n'était ni chaud ni froid, plutôt comme les deux extrêmes réunis. De l'énergie à l'état pur. « Il se sert de son pouvoir pour amorcer le mien, pour me... »

« ... Pour me faire *mal*... »

Non !

Elle essaya de protester de vive voix et par télépathie, de dire à Damon que ce qu'elle ressentait était trop violent, douloureux. Mais Damon ne tint pas compte de ses supplications, tout comme il ignora les larmes qui se mirent à couler sur ses joues. Péniblement, le pouvoir du vampire guidait désormais celui d'Elena à travers tout son corps. Il l'entraînait comme une comète, la forçant à se concentrer sur différentes parties de son corps et à laisser l'énergie s'accumuler, sans la laisser s'échapper.

Je n'en peux plus...

Pas un instant elle n'avait quitté Damon des yeux, lui révélant toutes ses émotions, de la colère indignée au choc en passant par la souffrance, et pour finir...

Ses pensées volèrent en éclats.

Le reste de son pouvoir continua de circuler dans ses veines, mais sans déclencher la moindre douleur ; chaque bouffée d'air qu'elle prenait décuplait ses forces, mais sans accroître son aura. Au bout de quelques minutes, elle prit conscience qu'elle respirait sans effort.

Désormais, le pouvoir d'Elena ne se contentait plus de circuler insensiblement en elle et, de l'extérieur, de la faire ressembler à une fille comme une autre. Il emplissait chaque organe, chaque parcelle de son corps, et peu à peu plusieurs changements s'opérèrent.

Elle réalisa qu'elle regardait Damon avec des yeux ronds. Il aurait pu la prévenir de ce qu'elle allait ressentir au lieu de la laisser avancer à l'aveuglette.

« T'es vraiment un monstre, tu sais ça ? » pensa-t-elle. Non sans étonnement, elle sentit que Damon captait sa pensée et il se fit un plaisir d'y répondre spontanément par l'affirmative.

Puis, emportée par des sensations nouvelles, elle oublia Damon. Lentement, elle se rendit compte qu'elle pouvait continuer de faire circuler son pouvoir et même l'amplifier sans limite, se préparant pour une explosion spectaculaire mais sans *rien* montrer en surface.

Elle regarda le paysage autour d'elle, qui, à peine quelques minutes plus tôt, n'était qu'une étendue déserte et aride. C'était comme si un puissant rai de lumière lui transperçait les yeux. Elle était éblouie, captivée. Les couleurs semblaient prendre vie dans une douloureuse splendeur. Elle se sentait à la fois capable de voir plus loin que jamais, aux confins du désert, et de discerner les pupilles de Damon de ses iris.

« En fait, ce sont deux nuances de noir, et assorties évidemment, remarqua-t-elle, amusée ; Damon ne supporterait pas que la couleur de ses iris soit différente de celle de ses pupilles ! Mais le noir est velouté, alors que celui de ses pupilles est soyeux et brillant. Néanmoins, il s'agit d'un velours qui retient la lumière, un peu comme le ciel de la nuit avec les étoiles, ou comme ces sphères d'étoiles dont Meredith m'a parlé. »

Les pupilles en question étaient en ce moment dilatées et solidement rivées sur le visage d'Elena, comme si Damon ne voulait pas perdre une miette de ses émotions. Tout à coup, un vague sourire se forma au coin de ses lèvres.

— Tu **as** réussi. Tu as appris à canaliser ton pouvoir dans tes yeux.

Il chuchotait d'une façon à peine audible, qu'elle n'aurait jamais pu percevoir avant.

— Et dans mes oreilles aussi, répondit-elle à voix basse, en écoutant l'étonnante symphonie qui les environnait.

Dans le ciel, une chauve-souris poussa des cris perçants, d'une fréquence bien trop élevée pour qu'une oreille humaine ordinaire la perçoive. Quant aux tourbillons de grains de sable autour d'elle, ils formaient une sorte d'infime concerto en se heurtant aux cailloux et rebondissaient en émettant un petit bruit métallique avant de toucher le sol.

C'est dingue, souffla-t-elle à Damon par la pensée. *Et je pourrai tout le temps communiquer avec toi comme ça, maintenant ?* Elle devrait se montrer prudente de ce côté-là : la télépathie risquait de révéler plus qu'elle ne voulait transmettre à son destinataire.

Mieux vaut faire attention, acquiesça Damon, confirmant alors ses soupçons : elle en avait trop dit.

Mais, à ton avis, est-ce que Bonnie en est capable aussi ? Je pourrais lui montrer comment faire ?

— Pourquoi pas ? répondit-il à voix haute, arrachant une grimace à Elena. Pour ma part, apprendre aux humains à utiliser correctement leurs cinq sens, ce n'est pas mon créneau.

Et mes Ailes ? Leurs pouvoirs ? Est-ce que je saurai les contrôler désormais ?

— Ça, je n'en ai aucune idée. C'est la première fois que je suis confronté à ce phénomène.

Damon sembla réfléchir un instant, puis il secoua la tête.

— À mon avis, il te faudrait quelqu'un de plus expérimenté que moi pour apprendre à les contrôler.

Elena n'eut pas le temps de le questionner davantage.

— Bon, on ferait bien de réveiller tout le monde, ajouta-t-il rapidement. On est presque arrivés.

— Je suppose que je dois arrêter la télépathie, alors ?

— Eh bien, c'est un moyen assez flagrant de te trahir...

— Mais tu m'en apprendras plus une autre fois, n'est-ce pas ?

— Ce serait plutôt à ton petit ami de s'en charger, répondit Damon presque brutalement.

« Il a peur, devina Elena, en essayant de lui cacher ses pensées. Autant de trop en dire sur lui que moi j'ai peur de lui. »

13.

— Bon, dit Damon en se tournant vers Bonnie et Meredith.
C'est maintenant que ça se complique.

Meredith leva les yeux vers lui.

— Maintenant… ?

— Oui. Le plus dur arrive.

Damon avait finalement ouvert la fermeture Éclair de
son mystérieux sac en cuir noir.

— Regardez, murmura-t-il tout bas, voici la Porte qu'on
va devoir franchir. Vous pouvez piquer toutes les crises de
nerfs que vous voulez, mais, à partir de maintenant, vous
êtes censées être mes prisonnières.

Il sortit plusieurs morceaux de corde.

Comme pour se protéger, Elena, Meredith et Bonnie
s'étaient rapprochées les unes des autres dans un élan instinctif.

— C'est… pour quoi faire, ces cordes ? demanda lentement Meredith, comme si elle lui laissait encore le bénéfice du doute.

Damon pencha la tête de côté, l'air de dire : « Arrête de faire celle qui ne comprend pas. »

— Ça va servir à vous attacher les mains.

— *Pardon ?*

Elena était stupéfaite. Elle n'avait jamais vu Meredith aussi en col**è**re et n'osait pas intervenir. Meredith s'était approchée et fixait Damon à environ dix centimètres.

Damon, lui, semblait légèrement inquiet. « Il faut dire que m**ê**me un T. rex aurait eu de quoi l'être face au regard noir de Meredith », songea Elena.

— Tu crois vraiment qu'on va se balader les mains attachées ? Et toi, tu feras *quoi*, pendant ce temps ?

— Je ferai semblant d'être votre maître, répliqua Damon, reprenant subitement le dessus.

Il arbora un de ses fameux sourires, aussi éclatant qu'éphémère.

— Vous êtes toutes les trois mes esclaves.

Il y eut un long, très long silence.

Elena indiqua d'un geste le fatras d'objets qu'il avait sorti.

— Ne compte pas sur **nous**, dit-elle simplement. Il doit bien y avoir un autre moyen de…

— Tu veux délivrer Stefan, *oui ou non* ? la coupa brusquement Damon.

Rivés sur Elena, ses yeux noirs brûlaient d'impatience.

— Évidemment !

Elena sentit le rouge lui monter aux joues.

— Mais pas en tant qu'esclave, traînée de force derrière toi !

— Il n'y a que comme ça que les humains pénètrent dans le Royaume des Ombres, dit Damon avec impassibilité. Attachés ou enchaînés, en tant que biens d'un vampire, d'un *kitsune* ou d'un démon.

Meredith secoua la tête d'un air atterré.

— Tu ne nous as jamais dit...

— Je vous ai dit que ça n'allait pas vous plaire !

Tout en répondant à Meredith, Damon ne quittait pas Elena des yeux. Sous son apparente froideur, elle eut l'impression qu'il la suppliait de comprendre. Avant, il se serait appuyé avec indolence contre un mur et aurait levé les sourcils en fanfaronnant : « Comme vous voulez ; de toute façon, je ne voulais pas y aller. Qui est partant pour un pique-nique ? »

Elena réalisa que cette fois c'était différent. Il voulait les convaincre. Coûte que coûte. Sauf qu'il ne savait pas comment y arriver *honnêtement*. Le seul moyen de persuasion qu'il connaissait...

— Tu dois nous faire une promesse, dit-elle en plantant ses yeux dans ceux de Damon. Et cela avant qu'on prenne notre décision.

Elle devina le soulagement dans son regard, même si, pour ses amies, son expression pouvait sembler parfaitement froide et imperturbable. Il était content qu'elle pose une condition : ça sous-entendait qu'elle pouvait encore changer d'avis.

— Quelle promesse ?

— Tu dois jurer... nous donner ta parole que, quoi qu'on décide maintenant ou une fois dans le Royaume, tu n'essaieras pas de nous influencer. Tu ne manipuleras pas notre esprit pour nous endormir ou nous pousser à faire ce que tu veux. Tu n'utiliseras *aucune* ruse de vampire sur nous.

Damon n'aurait pas été Damon s'il n'avait pas protesté :

— Oui, mais regarde : imagine qu'à un moment tu souhaites le contraire ? Il y a certaines choses là-bas qu'il vaudrait mieux que vous ne voyiez pas…

— Dans ce cas, on te dira qu'on a changé d'avis et on te libérera de ta promesse. Tu vois, il n'y a pas d'inconvénient. Tu n'as plus qu'à promettre.

— D'accord, accepta-t-il en soutenant son regard. Je jure de n'utiliser aucune forme d'influence sur vos esprits ; je n'utiliserai pas mes pouvoirs contre vous, à moins que vous ne me le demandiez. Vous avez ma parole.

— Parfait !

Détournant enfin les yeux, Elena approuva d'un signe de tête et d'un sourire à peine perceptibles. Ce à quoi Damon répondit tout aussi discrètement.

Elle se retourna face aux grands yeux curieux de Bonnie.

— Elena, viens par là une minute, chuchota cette dernière en la tirant par la manche.

Elena pouvait difficilement refuser ; Bonnie était un peu comme les poneys Shetland : petite mais extrêmement robuste. Elle la suivit, jetant un coup d'œil impuissant dans son dos à Damon.

— Qu'est-ce qu'il y a ? chuchota-t-elle quand Bonnie arrêta enfin de la tirer.

Meredith s'était jointe à elles, supposant que c'était une affaire de filles.

— Alors ?

— Écoute, Elena, lâcha Bonnie d'un seul coup, comme si elle ne pouvait plus se retenir, Damon et toi, vous vous comportez comme si… c'est plus pareil. Avant, tu n'aurais jamais... mais dis-nous, à la fin ! Qu'est-ce qui s'est passé entre vous, quand on n'était pas là ?

— Le moment est mal choisi pour parler de ça, soupira Elena. On a un gros problème, là, au cas où tu ne l'aurais pas remarqué.

— Mais... et si...

Repoussant une boucle brune devant ses yeux, Meredith termina la question pour elle, reprenant mot pour mot les paroles qu'elle avait prononcées dans son sommeil.

— Et si ça déplaisait à Stefan ? Qu'est-ce qui s'est passé avec Damon, la nuit où vous étiez seuls au motel ?

Bonnie resta bouche bée.

— Quoi ? Quel motel ? Quelle nuit ? Qu'est-ce qui s'est passé ? bafouilla-t-elle en criant presque.

Elena observa l'une après l'autre ses deux amies qui étaient prêtes à mourir à ses côtés si nécessaire. Elle sentit le souffle lui manquer. C'était injuste...

— Vous voulez bien qu'on en reparle plus tard ?

D'un regard, les sourcils arqués, elle essaya de leur faire comprendre que Damon risquait de les entendre.

Mais c'est à peine si Bonnie chuchota :

— Quel motel ? Quelle nuit ? Qu'est-ce...

Elena céda.

— *Rien*. Il ne s'est rien passé, dit-elle d'un ton catégorique. Meredith ne fait que te citer, Bonnie. Tu as posé cette question en dormant, cette nuit. J'espère qu'un jour tu nous expliqueras de quoi tu parlais parce que, personnellement, je ne comprends pas.

Elle termina en jetant un œil à Meredith, qui se contenta de hausser un sourcil parfaitement dessiné.

— Tu as raison, acquiesça-t-elle, complètement dépitée. Décidément, on aurait bien besoin d'un mot comme « *sa* » dans notre langue. Au moins, ça abrégerait ce type de discussions.

Bonnie poussa un soupir.

— Bon, puisque c'est comme ça, je trouverai ce qui s'est passé toute seule. Tu ne m'en crois peut-être pas capable, mais tu te trompes.

— Oui, si tu veux, mais en attendant est-ce que l'une de vous aurait une remarque utile à faire concernant cette histoire de cordes ?

— Une remarque du style : il peut aller se pendre avec ? suggéra Meredith à voix basse.

Bonnie avait pris un bout de corde avec elle. Elle passa sa petite main à la peau claire dessus.

— Je n'ai pas le sentiment qu'elles aient été achetées sous le coup de la colère, dit-elle, le regard dans le vague.

Sa voix prit peu à peu ce ton légèrement sinistre qu'elle avait quand elle était en transe.

— Je vois un garçon et une fille devant le comptoir d'une quincaillerie... Elle, elle rit, et le garçon dit : « Je te parie tout ce que tu veux que, l'an prochain, tu vas intégrer une école d'architecte. » La fille a soudain les yeux tout embués de larmes, elle répond oui, et...

— Et l'espionnage psy s'arrêtera là pour aujourd'hui, parce que j'en ai assez entendu.

Damon s'était approché sans un bruit et fit sursauter Bonnie, qui faillit lâcher la corde.

— Écoutez, continua-t-il d'un ton dur, le dernier point de passage se trouve à environ cent mètres d'ici. Soit vous acceptez de les mettre et de faire semblant d'être des esclaves, soit vous pouvez oublier Stefan. Définitivement. C'est ça ou rien.

En silence, les filles se concertèrent du regard. Le message dans les yeux d'Elena était clair : elle ne demandait ni à Bonnie ni à Meredith de venir, mais elle, elle comptait y aller, quitte à ramper à quatre pattes derrière Damon.

Meredith, qui la fixait depuis le début, finit par fermer les yeux et acquiescer d'un soupir, tandis que Bonnie, résignée, hochait déjà la tête en signe d'accord.

Toujours sans un mot, elles laissèrent Elena leur attacher les poignets. Puis Elena laissa Damon attacher les siens et faire coulisser une longue corde entre elles, comme une chaîne de forçats.

Elena sentit le rouge lui embraser les joues. Elle ne voulait pas croiser le regard de Damon, pas dans cette situation, mais elle devina qu'il pensait au jour où Stefan l'avait mis à la porte de chez lui comme un chien, précisément devant elles et Matt.

« Il se venge, le mufle », pensa-t-elle de toutes ses forces à son attention. Elle savait que ça allait le blesser, surtout le dernier mot. Lui qui se targuait d'être un gentleman...

Mais les gentlemen, comme tu dis, n'existent pas au Royaume des Ombres, résonna la voix moqueuse de Damon.

— Bien, ajouta-t-il à voix haute en attrapant d'une main la corde principale.

Il s'élança d'un bon pas vers l'entrée d'une grotte, les trois filles se bousculant et trébuchant derrière lui.

Elena n'oublierait jamais cette courte traversée, et elle savait que Bonnie et Meredith non plus. Ils s'enfoncèrent dans l'obscurité jusqu'à une petite ouverture, semblable à une bouche béante. Il fallut quelques manœuvres pour les faire entrer toutes les trois. De l'autre côté, la caverne s'élargissait de nouveau, et ils se retrouvèrent dans un espace plus grand. Du moins, c'est ce qu'Elena déduisit grâce à ses sens aiguisés. Le sempiternel brouillard était revenu et elle n'avait aucune idée de la direction qu'ils prenaient.

Quelques minutes plus tard, un bâtiment se dressa au milieu de l'épais nuage gris.

Elena ne savait pas trop à quoi s'attendre quand il leur avait parlé de la Porte des Démons : d'immenses portes d'ébène, sans doute, sculptées de serpents et incrustées de joyaux ; un colosse de pierre dégrossi et buriné comme les pyramides égyptiennes, peut-être ; et pourquoi pas une sorte de champ magnétique futuriste où clignoteraient des lasers bleu-violet.

Mais ce qu'elle découvrit ressemblait plutôt à un entrepôt délabré, servant au stockage et à l'expédition de marchandises. Il y avait un enclos vide, solidement clôturé, surmonté de fil barbelé. L'endroit empestait, et Elena fut bien contente de ne pas avoir canalisé son pouvoir dans son odorat.

Il y avait aussi des individus, hommes et femmes, dans de beaux habits, chacun avec une clé à la main, murmurant des choses avant d'ouvrir une petite porte sur le côté. Elena aurait mis sa main à couper que, selon les gens, la porte n'avait pas la même issue, que leurs clés étaient comme celle qu'elle avait temporairement « empruntée » dans la cabane de Shinichi quelques jours plus tôt. Une dame semblait apprêtée pour un bal masqué très chic, et portait des oreilles de renard qui se fondaient dans ses longs cheveux auburn. C'est seulement quand Elena entraperçut une queue qui bruissait sous sa longue robe qu'elle comprit que la femme était un *kitsune*.

Avec précipitation et sans douceur, Damon les conduisit à l'autre bout du bâtiment, où une porte aux gonds branlants donnait sur une salle délabrée ; bizarrement, elle paraissait plus grande de l'intérieur que de l'extérieur. On y troquait ou vendait toutes sortes d'objets, dont un grand nombre servaient apparemment à dompter les esclaves.

Elena, Meredith et Bonnie se regardèrent avec stupeur. Manifestement, ceux qui amenaient des prisonniers ici estimaient que torture et terreur faisaient partie de la routine.

— Passage pour quatre, annonça rapidement Damon à l'homme voûté mais costaud qui se tenait derrière le guichet.

— Trois sauvages d'un coup ?

L'homme dévora des yeux ce qu'il entrevoyait des filles, puis scruta Damon d'un air méfiant.

— Eh oui, que voulez-vous : mon job est aussi ma passion ! répondit celui-ci en le regardant droit dans les yeux.

— Je vois… C'est que, ces derniers temps, on en a rentré p't'êt' bien qu'un ou deux par mois.

— Je les ai acquises légalement, sans kidnapping. À genoux, ajouta Damon avec désinvolture à l'attention des filles.

Meredith fut la première à réagir et se laissa tomber à terre comme une danseuse classique, les yeux rivés sur quelque chose qu'elle seule voyait. Puis, en dépit de son esprit embrouillé, Elena réussit sans trop savoir comment à obéir. Elle concentra ses pensées sur Stefan et imagina s'agenouiller devant lui, sur la paillasse de sa cellule, pour l'embrasser.

En revanche, Bonnie resta figée. La plus innocente, la plus douce et la moins rebelle de cette triade constata que ses genoux étaient devenus durs comme du béton.

— Foutues rouquines, hein ? ricana l'homme en jetant un œil narquois à Damon. Vous feriez p't'êt' bien d'acheter une petite cravache pour celle-là.

— J'y penserai, répliqua Damon d'une voix nerveuse.

Bonnie le fixa d'un air ébahi, regarda ses amies à terre et, brusquement, se jeta presque à plat ventre. Elena l'entendit sangloter doucement.

— Cela dit, nuança Damon, jusqu'à présent j'ai remarqué qu'un ton ferme et un regard dur fonctionnaient très bien.

L'homme ne chercha pas à le contredire et s'avachit de nouveau sur son siège.

— Passage pour quatre, grommela-t-il.

Il actionna la corde crasseuse d'une cloche.

Terrifiée et humiliée, Bonnie pleurait maintenant à chaudes larmes.

Elena n'osa pas essayer de la réconforter par télépathie ; ça ne collerait pas du tout avec l'aura d'une « fille normale », et qui sait quel piège ou dispositif pouvait être caché ici, outre cet homme qui n'avait de cesse de les déshabiller du regard ? Si seulement elle pouvait riposter, elle aurait vite fait d'effacer son sourire arrogant !

Comme par magie, dix secondes plus tard, son souhait fut exaucé sans qu'elle en soit responsable. Damon s'était penché au-dessus du guichet en chuchotant et, subitement, le visage de l'homme au regard lubrique avait viré au vert nauséeux.

Tu as entendu ce qu'il lui a dit ? demanda Elena à Meredith, communiquant à l'aide d'une simple grimace.

Les yeux plissés, Meredith avança la main devant le ventre d'Elena et fit mine de lui arracher les tripes.

Même Bonnie sourit.

Damon les fit ensuite attendre à l'extérieur de l'entrepôt. Elles se tenaient là depuis quelques minutes quand la nouvelle vue perçante d'Elena repéra un bateau glissant silencieusement à travers le brouillard. Elle comprit alors que le bâtiment devait se trouver juste au bord d'une rivière, mais, même en canalisant son pouvoir uniquement dans ses yeux ou ses oreilles, elle parvenait à peine à distinguer à quel endroit le sol opaque laissait place au miroitement de l'eau ou à entendre le bruit du courant s'agitant sous la surface.

Pour une raison ou pour une autre... le bateau s'arrêta. Elena ne vit aucune ancre jetée ni aucune amarre fixée, mais le fait est qu'il s'immobilisa. L'homme voûté abaissa une planche, qui permit à Damon et à son cortège d'esclaves d'embarquer.

À bord, sans un mot, ce dernier offrit six pièces d'or au passeur : deux pour chacune des humaines, qui, vraisem-blablement, ne reviendraient jamais.

Pendant un moment, elle fut absorbée par un souvenir d'elle, très jeune – elle devait avoir dans les trois ans, pas plus –, assise sur les genoux de son père pendant qu'il lisait un livre magnifiquement illustré sur la mythologie grecque. Le récit évoquait Charon, le nocher des Enfers, qui faisait passer l'âme des défunts sur la rivière Styx vers le séjour des morts. Son père lui avait expliqué que, pour le payer, les Grecs plaçaient une obole sur les yeux de ceux qu'ils enterraient...

« C'est un voyage *sans retour*, comprit-elle tout à coup. Aucune évasion possible. Comme si on était réellement mortes... »

Bizarrement, c'est l'épouvante qui la tira de ces idées noires. À l'instant où elle levait la tête, sans doute pour crier, la silhouette floue du passeur interrompit sa besogne et se retourna pour jeter un coup d'œil aux passagers. Elena entendit Bonnie pousser un cri. Tremblante, Meredith eut le réflexe désespéré et absurde d'attraper le sac dans lequel elle avait caché son revolver. Même Damon parut incapable de bouger.

L'imposant spectre n'avait pas de visage.

Il avait de profondes cavités à la place des yeux, une mince fente en guise de bouche et un creux triangulaire là où son nez aurait dû saillir. L'horreur qu'inspirait cette vision, ajoutée à la puanteur des lieux, fut tout simplement trop insoutenable pour Bonnie, qui s'évanouit en s'effondrant contre Meredith.

Malgré la terreur qu'elle éprouvait, Elena eut une brusque révélation. Au milieu de cette pénombre moite et ruisselante, elle avait laissé malgré elle ses sens se déployer, et se retrouva plus à même de voir le visage inhumain du passeur que, disons, Meredith. Par ailleurs, elle entendit des choses, des cris de mineurs morts depuis longtemps, forant la roche au-dessus d'eux, et des chauves-souris ou des cafards énormes détalant à l'intérieur des parois qui les encerclaient.

Des larmes tièdes se mirent à couler sur ses joues glacées tandis qu'elle prenait conscience d'avoir toujours sous-estimé les dons de médium de Bonnie. Si son amie captait en permanence les horreurs auxquelles Elena était maintenant confrontée, ce n'était pas étonnant qu'elle vive constamment dans la peur. Elena se jura d'être mille fois plus tolérante la prochaine fois que Bonnie craquerait ou se mettrait à hurler. Elle méritait plus qu'une médaille pour ne pas avoir perdu les pédales depuis tout ce temps. Sans un mot, Elena contempla Bonnie, inconsciente, et se jura de toujours prendre sa défense à l'avenir.

Cette promesse et le réconfort qu'elle lui apporta réchauffèrent son cœur, comme une petite bougie qu'elle s'imagina tenir en serrant les mains de Stefan, vacillant dans ses yeux verts et formant un jeu d'ombres sur son visage. L'image seule l'aida à tenir bon pendant la fin de la traversée.

Quand le bateau arriva enfin à quai, dans un endroit à peine plus fréquenté que celui où elles avaient embarqué, les trois jeunes filles étaient dans un état de grand épuisement causé par une angoisse irrépressible et une incertitude dévastatrice. Mais, au moins, elles n'avaient pas eu l'occasion de réfléchir au sens des mots « Royaume des Ombres » ou d'imaginer le nombre de chemins que ses ténèbres pourraient dissimuler.

— Notre nouvelle maison, annonça Damon d'un ton dur.

Plutôt que de regarder le paysage, Elena l'observa et, à en juger par son cou et ses épaules crispés, elle se rendit compte que la situation ne l'amusait pas du tout. Elle avait pensé qu'il jubilerait, que cet endroit serait le paradis pour lui, ce monde d'esclaves où la torture était un divertissement et où la seule règle était l'instinct de préservation. À présent, elle se rendait compte qu'elle avait eu tort. Pour Damon, cet univers était avant tout peuplé d'êtres aux pouvoirs aussi puissants, sinon plus, que les siens. Il allait devoir rentrer les griffes et se faire accepter comme n'importe quelle crapule, sans commettre le moindre impair. À eux quatre, ils devraient trouver un moyen de survivre et de se mêler à la haute société s'ils voulaient avoir une chance de délivrer Stefan.

Stefan…

Non. Pour le coup, s'il y avait bien une chose qu'elle ne pouvait pas se permettre, c'était de penser à lui maintenant. Si elle commençait, elle allait perdre tous ses moyens et se mettre à exiger des trucs ridicules, par exemple de faire le tour de la prison juste dans l'espoir de l'apercevoir. Et ensuite ? En quoi ça les aiderait pour leur projet d'évasion ? Pour l'instant, le plan A, c'était *profil bas*. Elena s'y tiendrait jusqu'à ce qu'elle trouve mieux.

C'est ainsi que Damon et ses esclaves entrèrent dans le Royaume des Ombres. Il fallut un peu d'eau fraîche pour ranimer la plus jeune, avant qu'elle puisse se relever et marcher.

14.

Se pressant derrière Damon, Elena essaya de ne regarder ni à gauche ni à droite. Elle voyait trop de choses dans ce qui devait passer pour une obscurité insipide aux yeux de Meredith et de Bonnie.

De chaque côté de la rue se trouvaient des entrepôts, des endroits où les esclaves étaient visiblement amenés pour être achetés, vendus ou livrés ultérieurement. Elle percevait des pleurs d'enfants dans la pénombre, et, si elle-même n'avait pas été si effrayée, elle se serait précipitée à leur recherche.

« Sauf que je ne peux pas car je suis une esclave ici, pensa-t-elle avec un sentiment d'horreur intense. Je ne suis plus un être humain indépendant, je suis le bien de quelqu'un. »

Une fois de plus, elle se retrouva à fixer la nuque de Damon en se demandant comment diable elle s'était laissé convaincre. Elle comprenait très bien ce que signifiait « être esclave », elle devinait même avec une étonnante intuition ce qui allait s'ensuivre, et ça ne présumait rien de bon.

Ça signifiait… qu'on pourrait faire ce qu'on voulait d'elle et que ça ne regardait personne, excepté son maître. Et le maître en question n'était autre que Damon (« Bon sang, mais comment a-t-il réussi à m'entraîner là-dedans ? »). Rien ne l'empêchait de les vendre toutes les trois et de repartir d'ici dans l'heure en empochant les bénéfices !

Ils traversèrent les docks en hâte, les filles fixant le sol pour ne pas trébucher. Puis ils franchirent la crête d'une colline. En contrebas, sur un large terrain en forme de cratère, une ville apparut.

À la périphérie, une zone de baraquements s'étirait presque jusqu'à leurs pieds. Devant eux, une clôture grillagée les tenait à l'écart tout en leur offrant une vue d'ensemble sur la cité.

— Le transfert s'est opéré pendant la traversée en bateau, expliqua Damon. On a fait, disons, une sorte de bond dans l'espace. Dès l'instant où on a franchi la Porte des Démons, on n'était plus dans la dimension terrestre mais tout à fait ailleurs.

Elena n'eut qu'à regarder le ciel pour le croire. Les constellations étaient différentes ; il n'y avait ni Petite ni Grande Ourse, ni étoile Polaire.

Sans parler du soleil. Il était beaucoup plus gros, mais beaucoup moins lumineux que celui de la Terre, et il ne quittait jamais l'horizon. Elle comprit instinctivement que, quelle que soit l'heure, une seule moitié était visible, jour et nuit (des notions qui, comme le ferait remarquer Meredith par la suite, perdaient toute logique ici).

Alors qu'ils s'approchaient de la clôture pour quitter la zone de détention des esclaves, une femme les arrêta ; plus tard, Elena apprendrait qu'il s'agissait d'une Sentinelle.

Elle découvrirait que, d'une certaine manière, c'étaient les Sentinelles qui dirigeaient le Royaume des Ombres, et que, même si elles étaient elles-mêmes issues d'un autre monde lointain, elles avaient presque toujours occupé cette petite parcelle d'Enfer, essayant d'imposer l'ordre aux seigneurs féodaux et autres vassaux qui se partageaient cette cité sordide.

Cette Sentinelle était une femme de grande taille, dont les cheveux étaient de la même couleur dorée que ceux d'Elena et coupés au carré à hauteur d'épaules. Sans prêter attention à Damon, elle s'adressa à Elena, qui se tenait juste derrière lui :

— Pourquoi êtes-vous ici ?

Elena était sacrément contente que Damon lui ait appris à contrôler son aura. Elle se concentra sur ce point pendant que ses méninges carburaient pour trouver la bonne réponse à cette question. La réponse qui leur laisserait le champ libre et ne les réexpédierait pas chez eux.

Sa première réaction fut de reprocher à Damon de ne pas les avoir préparées à ce type d'interrogatoire ; et la seconde fut de se reprendre, en se rappelant qu'il n'était jamais venu ici. Il ne savait pas comment les choses fonctionnaient dans ce monde, pas tout à fait.

Si jamais cette femme essaie de se mêler des affaires de Damon, il pourrait voir rouge et s'en prendre à elle, ajouta, non sans raison, une petite voix dans sa tête. Elena accéléra la cadence, réfléchissant davantage. Autrefois, les mensonges ingénieux étaient un peu sa spécialité, mais là, elle répondit la première chose qui lui passa par la tête :

— J'ai joué mon avenir avec lui et j'ai perdu.

Bon, c'était pas mal. Après tout, les gens perdaient toutes sortes de choses au jeu : plantations, talismans, chevaux, châteaux, lampes de génie. Pourquoi pas leur avenir ? Et si jamais l'explication était insuffisante, elle pourrait toujours ajouter que ce n'était que le début de sa triste histoire. Le pire, c'est que dans un sens c'était vrai. Il y a très longtemps, elle avait donné sa vie pour Damon et Stefan, mais Damon n'avait pas vraiment tourné la page comme elle le lui avait demandé ; à moitié, peut-être. Et encore.

Les grands yeux bleu marine de la Sentinelle la dévisagèrent d'un air perplexe. Elena ne cilla pas ; toute sa vie on l'avait dévisagée ; quand on était jeune et belle comme elle, seul le contraire vous inquiétait. Mais ce regard-là était un brin alarmant. La femme essayait-elle de lire dans ses pensées ? Elena s'empressa de les camoufler derrière des bruits de fond. Résultat : les paroles d'une chanson de Britney Spears. Mentalement, elle monta le son.

La grande femme plaqua les mains sur ses tempes comme quelqu'un qui a brusquement mal à la tête. Puis elle se tourna vers Meredith.

— Et toi... pourquoi es-tu ici ?

En général, Meredith ne mentait pas, mais, quand elle le faisait, elle prenait ça comme une performance intellectuelle. Heureusement, elle avait aussi pour principe que le mieux était l'ennemi du bien.

— Pour la même raison, répondit-elle en prenant un air accablé.

— Et toi ?

La femme regardait maintenant Bonnie, qui semblait encore sur le point de se sentir mal.

Meredith lui donna un petit coup de coude, puis lui lança un regard appuyé. Elena l'imita ; Bonnie n'avait qu'une chose à faire : suivre leur exemple et marmonner « moi aussi ».

D'habitude, quand Meredith avait pris position, Bonnie suivait facilement. Le problème, c'est que là elle était en transe, ou si près de l'être, que rien n'y fit.

— Les âmes de l'ombre, murmura-t-elle.

La femme cligna des yeux, mais pas de la façon dont on cligne quand une personne répond à côté de la plaque. Elle cligna des yeux avec stupéfaction.

« Oh, non…, pensa Elena. Bonnie a donné leur mot de passe ou un truc du genre. Elle est en train de faire une prédiction, une prophétie ou je ne sais pas quoi ! »

— Les âmes… de l'ombre ?

La Sentinelle observa attentivement Bonnie.

— Elles peuplent la cité, souffla cette dernière.

Les doigts de la Sentinelle pianotèrent sur ce qui ressemblait à un ordinateur de poche.

— Ça, on le sait. Ils en débarquent tous les jours ici.

— Vous devriez les en empêcher.

— Nos compétences sont limitées. Le Royaume des Ombres est dirigé par une dizaine de grands seigneurs, qui ont des hommes de main pour exécuter leurs ordres.

« Bonnie, écoute-moi…, pensa Elena en essayant de se frayer mentalement un chemin dans l'esprit embrouillé de son amie, au risque que la Sentinelle l'entende. Cette femme, c'est comme… la *police* ! »

Au même instant, Damon intervint :

— Même motif pour elle, dit-il. Sauf qu'elle est médium.

— On ne vous a pas demandé votre avis, le rembarra la Sentinelle sans daigner jeter un œil dans sa direction. Je me fiche de savoir quel genre de caïd vous êtes là-bas...

Elle hocha la tête avec mépris vers les lumières de la ville.

— ... mais, au-delà de cette barrière, vous êtes sur mon territoire. C'est à la petite rouquine que je m'adresse : est-ce qu'il dit vrai ?

Elena eut un instant de panique. Si Bonnie fichait tout en l'air maintenant, après tout ce qu'ils avaient enduré...

Cette fois, Bonnie cligna des yeux. Quel que fût le message qu'elle essayait de faire passer, la vérité est qu'elle était dans la même situation que Meredith et Elena, et qu'elle était effectivement médium. Elle mentait très mal quand elle gambergeait trop, mais là elle pouvait répondre sans hésiter :

— Oui, c'est vrai.

La Sentinelle fixa Damon, qui soutint son regard d'un air de défi, comme s'il était prêt à y passer la nuit. Et Dieu sait qu'il n'était pas du genre à baisser les yeux.

La femme les congédia d'un geste.

— Je suppose que même les médiums peuvent manquer de chance, conclut-elle. En tout cas, méfiez-vous d'elle. D'ailleurs, vous n'ignorez pas que les médiums doivent détenir une autorisation pour séjourner ici ?

Damon prit ses manières de grand seigneur.

— Ces jeunes filles, madame, sont juste mes assistantes personnelles.

— Je ne suis pas une « madame ». On m'appelle Votre Jugement. Au fait, pour votre information, les accros aux jeux de hasard connaissent généralement un sort terrible, ici.

« Elle ne croit pas si bien dire, pensa Elena avec ironie. Si elle connaissait les vraies raisons de notre présence ici… notre sort serait sûrement pire que celui de Stefan. »

***

De l'autre côté de la barrière se trouvait une vaste cour. Tout le monde se déplaçait dans des chaises à porteurs, mais aussi en pousse-pousse ou dans des charrettes tirées par des chèvres. Il n'y avait ni carrosses ni chevaux. Damon leur trouva deux chaises libres, une pour Elena et lui, l'autre pour Meredith et Bonnie.

Cette dernière, qui semblait toujours un peu désorientée, regardait fixement le soleil.

— Alors il ne se lève jamais complètement ?

— Non, répondit patiemment Damon. D'ailleurs, il ne se lève pas, il se couche. Un crépuscule perpétuel sur la Cité des Ombres ! Tu comprendras mieux en chemin. N'y touche pas ! ajouta-t-il à l'attention de Meredith.

Elle s'apprêtait à dénouer la corde aux poignets de Bonnie, avant de monter dans la cabine.

— Vous pourrez les défaire une fois dedans, à condition de tirer les rideaux, mais ne les perdez pas. Vous restez des esclaves et vous devez porter quelque chose de symbolique au bras pour le prouver, autrement je vais avoir des problèmes. Ah, et il faudra vous voiler pour vous déplacer en ville.

— Nous *quoi* ?

Elena lui lança un regard sceptique.

Mais il se contenta de lui adresser son éternel sourire éclatant et, avant qu'elle n'ait le temps de réagir, il sortit de fines étoffes diaphanes de son sac noir et les leur distribua.

Les voiles étaient suffisamment grands pour leur couvrir tout le corps.

— Inutile de vous couvrir de la tête aux pieds. Vous n'avez qu'à le nouer sur votre tête ou dans vos cheveux, quelque chose comme ça, commenta Damon d'un ton dédaigneux.

— C'est quelle matière ? demanda Meredith en tâtant le tissu fin et soyeux.

Il était si léger que le vent menaçait de le lui arracher des mains à tout moment.

— Comment veux-tu que je le sache ?

— Tiens, ce n'est pas la même couleur de chaque côté ? s'étonna Bonnie.

Elle laissa le vent agiter son voile vert pâle d'un côté et argenté de l'autre. En dépliant le sien, Meredith découvrit que le sien était d'un violet chatoyant sur une face et d'un bleu foncé constellé de petites étoiles sur l'autre. Elena, qui s'attendait à avoir du bleu, lança un regard étonné à Damon. Il tenait un minuscule carré de tissu dans son poing.

— Voyons si tu as été gentille, murmura-t-il en lui faisant signe d'approcher. Devine la couleur ?

À sa place, une autre fille aurait peut-être seulement remarqué les prunelles noires et les traits fins et parfaits de Damon, ou bien son sourire sauvage et malicieux qui, d'une certaine manière, était plus doux que jamais à cet instant, comme un arc-en-ciel en plein ouragan. Mais Elena nota aussi la raideur de sa nuque et de ses épaules, où la tension s'était accumulée. Il avait beau le mépriser, le Royaume des Ombres exerçait déjà ses ravages sur lui.

Elle se demanda combien de curieux, autour d'eux, tentaient de sonder le pouvoir de Damon, et combien il en neutralisait par seconde.

— Alors, devine ! insista-t-il brusquement.

À son ton, ça n'avait rien d'une suggestion.

— Doré, répondit-elle sans hésiter.

En attrapant le carré de tissu qu'il lui tendait, une sensation vive et très agréable de courant électrique lui élança la main puis le bras, et sembla la transpercer en plein cœur ; une électricité qu'elle sentit vibrer dans les doigts de Damon lorsqu'elle les effleura.

Gonflé par le vent, le dessous du voile affichait un blanc étincelant comme s'il était incrusté de diamants. « Si ça se trouve, ce sont des vrais, pensa-t-elle. Allez savoir, avec Damon. »

— Qui sait ? C'est peut-être ton voile de mariée ? murmura-t-il à son oreille.

La corde à ses poignets s'était largement desserrée et Elena ne put se retenir de caresser le tissu diaphane, et ses petites pierres précieuses.

— Comment savais-tu qu'on aurait besoin de tout ça ? demanda Elena avec un sens pratique fâcheux. Tu ne sais peut-être pas tout mais tu connais l'essentiel, on dirait.

— Oh, disons que je me suis renseigné un peu partout. J'ai rencontré quelques personnes qui étaient venues ici et qui avaient réussi à en réchapper, ou qu'on avait flanquées à la porte.

Le sourire ravageur de Damon s'élargit de plus belle.

— J'ai fait ça la nuit, pendant que tu dormais. Je les ai trouvés dans une petite boutique sans prétention.

Il lui montra son voile d'un signe de tête.

— Tu n'as pas besoin de cacher tes yeux. Pose-le simplement sur tes cheveux et il tiendra tout seul.

Elena suivit ses instructions, portant la face dorée à l'extérieur. Le voile lui tombait jusqu'aux chevilles. Elle le toucha délicatement, le percevant déjà comme une potentielle arme de séduction... ou de protection. Si seulement elle pouvait se débarrasser de cette satanée corde...

Damon reprit finalement son rôle de maître impitoyable.

— Pour notre bien à tous, il faut que nous soyons très stricts sur ce genre de détails. La noblesse qui dirige ce foutoir innommable qu'ils appellent le Royaume des Ombres sait qu'une révolution peut éclater à tout moment, et, si on jette de l'huile sur le feu, ils nous puniront pour l'exemple.

— Entendu, acquiesça Elena en grimpant dans la cabine.

La chaise était portée par quatre hommes au physique plus sec et nerveux que robuste et tous de la même taille, ce qui contribua à un trajet sans heurts.

Si Elena avait été une citoyenne libre, jamais elle n'aurait accepté d'être portée par quatre personnes qui (présumait-elle) étaient esclaves. En réalité, elle aurait même fait un scandale. Mais le raisonnement qu'elle avait tenu en arrivant avait porté ses fruits : même si Damon n'avait pas payé pour l'acheter, elle était désormais une esclave et n'avait aucun droit, encore moins celui de faire des histoires. Dans cette atmosphère cramoisie et fétide, elle imaginait très bien que le moindre esclandre causerait des ennuis aux porteurs, poussant leur maître ou celui qui gérait ce petit trafic de transports à les punir comme si c'était de leur faute.

Pour l'heure, le meilleur plan A demeurait *motus et bouche cousue*. De toute façon, le paysage avait largement de quoi vous occuper l'esprit, maintenant qu'ils avaient passé un pont traversant des quartiers pestilentiels et des ruelles pleines de maisons délabrées. Des échoppes commencèrent à apparaître : au début, des façades en pierre brute et barricadées, puis des constructions plus respectables. En un rien de temps, ils se retrouvèrent à serpenter lentement à travers un bazar. Mais, même là, les marques de la pauvreté et de l'épuisement se lisaient sur de nombreux visages. Elena s'attendait plus ou moins à une ville froide, sombre et aseptisée, peuplée de vampires cruels et de démons aux yeux de braise. Au lieu de ça, tous ceux qu'elle croisait avaient l'air humain, des humains qui vendaient une panoplie d'articles – médicaments, nourriture, alcool – inutiles aux vampires.

« Ça sert peut-être aux *kitsune* et aux démons », supposa Elena, frissonnant à l'idée de ce qu'un démon pourrait avoir envie de manger. À l'angle des rues, il y avait des enfants aux traits durs et modestement vêtus, et des individus déguenillés et hagards qui tenaient des pancartes misérables : Un souvenir pour manger.

— Qu'est-ce que ça veut dire ? demanda Elena.

— C'est à ça que les citoyens libres passent le plus clair de leur temps ici, expliqua Damon au bout d'un moment. Alors, avant de partir seule en croisade, n'oublie pas…

Elena n'écoutait pas ; elle fixait un des hommes avec une pancarte. Il était affreusement maigre, avec une barbe hirsute et de vilaines dents, mais le pire, c'était son regard désespérément absent. Par moments, il tendait une main tremblante, paume vers le ciel, sur laquelle il tenait en équilibre une bille transparente en marmonnant : « Une journée d'été de ma jeunesse. Une journée d'été pour dix sous d'or. » En général, il n'y avait personne à proximité pour l'entendre.

Elena enleva une bague de lapis-lazuli que Stefan lui avait offerte. Comme elle ne voulait pas contrarier Damon en sortant de la cabine, elle fit signe au barbu d'approcher.

— Tenez, monsieur, s'il vous plaît, dit-elle en lui tendant le bijou.

Le mendiant s'approcha assez vite. En voyant quelque chose remuer dans sa barbe, des asticots peut-être, elle s'empressa de détourner les yeux.

— Prenez-la. Vite.

Il contempla la bague comme si c'était un festin.

— J'ai pas de monnaie, grommela-t-il en s'essuyant la bouche d'un revers de manche.

On aurait dit qu'il allait s'écrouler d'un instant à l'autre.

— Pas de monnaie, je vous dis !

— Mais je n'en veux pas ! s'écria Elena d'une voix complètement étranglée. Prenez-la. Dépêchez-vous ou je la lâche.

Il s'empara brusquement de la bague tandis que les porteurs se remettaient à avancer.

— Que les Sentinelles vous protègent, ma petite dame, dit-il en essayant de suivre le rythme des porteurs. M'entende qui peut ! Qu'ils vous protègent !

— Tu n'aurais pas dû, dit Damon à Elena quand la voix se fut éteinte derrière eux. Il ne pourra pas se payer un repas avec ça, tu sais.

— Il avait faim, se justifia-t-elle doucement.

Elle n'allait pas lui expliquer que l'homme la faisait penser à Stefan, pas maintenant.

— De toute façon, c'était *ma* bague, ajouta-t-elle sur la défensive. Je suppose que tu vas me dire qu'il va s'en servir pour se procurer de l'alcool ou de la drogue ?

— Non, mais ça ne lui permettra pas non plus de manger.

— Eh bien, tant que…

— Ça nourrira juste son imagination. On lui échangera ta bague contre une petite boule de cristal poussiéreuse renfermant un vieux souvenir, celui d'un vampire à un banquet romain ou d'un citoyen à un repas de fête. Et puis il se le repassera à l'infini, jusqu'à ce qu'il meure lentement de faim.

Elena fut épouvantée.

— Damon ! Vite ! Il faut que je le retrouve…

— Impossible.

D'un geste indolent, il leva le bras pour lui montrer sa corde qu'il tenait d'une main de fer.

— De toute façon, il y a longtemps qu'il est parti.

— Mais pourquoi on lui inflige ça ?

— Et pourquoi un patient atteint d'un cancer du poumon refuse-t-il d'arrêter de fumer ? Je reconnais que ces globes de souvenirs sont peut-être la pire des drogues. La faute aux *kitsune*, qui ont introduit leurs sphères d'étoiles dans cet enfer et qui en ont fait une obsession.

— Des sphères d'étoiles ? *Hoshi no tama* ? balbutia Elena.

Damon la dévisagea, l'air tout aussi étonné qu'elle.

— Tu sais quelque chose à ce sujet ?

— Seulement ce que Meredith m'a dit. D'après ses infos, les *kitsune* sont souvent représentés avec des clés…

Elle haussa les sourcils d'un air entendu.

— … ou avec des sphères d'étoiles. La légende veut qu'elles contiennent une partie ou la totalité de leur pouvoir, donc celui qui la trouve contrôle le *kitsune*. Bonnie et elle veulent trouver celle de Shinichi ou de Misao.

— Tout un programme. J'en ai des palpitations, railla Damon, une main plaquée sur son cœur éteint.

Puis il reprit son sérieux, comme si de rien n'était.

— Tu te souviens de ce que disait le mendiant : *une journée d'été pour manger* ? Voilà de quoi il parlait.

Il ramassa la petite bille que l'homme avait laissée tomber dans la cabine et la posa contre la tempe d'Elena.

L'Univers s'évanouit.

Damon n'était plus là. Le spectacle, les odeurs et les bruits du bazar avaient disparu. Assise au milieu d'une prairie qui ondulait sous la brise, Elena regardait un saule pleureur qui pliait vers un ruisseau vert et cuivre. Un doux parfum embaumait l'air : chèvrefeuille, freesia ? Un parfum délicieux qui la troubla tandis qu'elle se penchait en arrière pour contempler des nuages blancs sublimes, filant dans un ciel azuré.

Elle se sentait... comment dire ? Jeune, tout en sachant au fond d'elle que l'étrange double qu'elle regardait était plus âgé. Elle était excitée car c'était le printemps, et chaque feuille vert doré, chaque roseau, chaque nuage en apesanteur, semblait se réjouir avec elle.

Tout à coup, son cœur se mit à battre la chamade. Elle venait d'entendre des bruits de pas dans son dos. D'un bond, elle se releva joyeusement, ouvrant les bras dans un élan d'amour absolu, débordant d'ardeur pour...

... une fille ? Les pensées de la personne à qui appartenait ce souvenir se replièrent dans la confusion, face à la beauté de la fille qui s'était approchée si discrètement entre les herbes ondoyantes : les grappes de boucles noires dans son cou, ses yeux verts scintillant sous des sourcils arqués, la peau lisse et lumineuse de son visage qui souriait à son amant alors qu'elle faisait mine de s'enfuir, le pas aussi léger qu'un elfe...

Tous deux se laissèrent tomber sur le tapis moelleux d'herbes hautes... puis le spectacle devint vite si torride qu'Elena, esprit lointain en arrière-plan, se demanda brusquement comment diable on faisait pour interrompre le film.

Chaque fois qu'elle portait à tâtons la main à sa tempe, elle avait le souffle coupé par les baisers de... Allegra... c'était son nom. La fille s'appelait Allegra et elle était vraiment très belle, surtout dans les yeux de son admirateur. Sa peau douce et laiteuse...

Soudain, aussi brutalement qu'il avait disparu, le bazar réapparut. Elena était de retour dans la cabine d'une chaise à porteurs aux côtés de Damon. Autour d'eux, c'était une cacophonie de sons et d'odeurs. Elle avait du mal à respirer et une partie d'elle résonnait encore de John – c'était son prénom –, John et son amour pour Allegra.

— Je ne comprends toujours pas...

— C'est simple, dit Damon. Tu mets une sphère d'étoiles vierge de la taille de ton choix contre ta tempe, et tu repenses au moment que tu souhaites enregistrer. La magie fait le reste.

D'un geste, il avorta sa tentative de réplique et se pencha vers elle, ses yeux noirs impénétrables emplis de malice.

— Tu as peut-être vécu une journée d'été particulièrement chaude, toi aussi ? chuchota-t-il, d'un ton suggestif. Et ces cabines ont des rideaux, tu sais...

— Ne fais pas l'idiot, Damon.

Cependant, les sentiments de John avaient embrasé ceux d'Elena, comme un tison dans une botte de foin. Elle ne voulait *pas* embrasser Damon, elle voulait *Stefan*, se dit-elle sévèrement. Mais cet argument perdit subitement de son poids sachant qu'elle venait malgré elle d'embrasser Allegra...

— Je ne crois pas..., commença-t-elle, le souffle coupé.

Damon tendit le bras vers elle.

— ... que ce soit une très bonne

D'un rapide coup de poignet, il desserra ses liens en douceur. Aussitôt, Elena se tourna en s'appuyant fébrilement sur une main. En dépit des circonstances, rien n'était plus révélateur et… troublant… que le geste que Damon venait de faire.

Il n'avait pas tiré les rideaux ; Bonnie et Meredith étaient derrière eux, sur leur propre chaise à porteurs, mais loin des pensées d'Elena. Elle sentit des bras tièdes l'envelopper, et instinctivement se blottit dedans, emportée par un élan d'affection et de reconnaissance envers Damon.

Toi comme moi, nous sommes des indomptés, perçut-elle mentalement, ce qui lui fit penser qu'elle avait mis en veille la plupart de ses sens, excepté ses facultés de télépathe. Et, après tout, ça pourrait se révéler utile…

Mais nous aimons tous les deux l'idée que l'amour puisse nous dompter, répondit-elle. Elle sentit un sourire sur les lèvres de Damon quand elles se posèrent sur les siennes, preuve qu'il acquiesçait. Ces derniers temps, les baisers de Damon étaient ce qu'il y avait de plus doux dans sa vie. Elle pourrait s'abandonner ainsi des heures, jusqu'à en oublier le reste. Et c'était tant mieux quelque part, car elle avait le sentiment que le reste n'était que souffrance, sans aucune perspective de bonheur. Si seulement elle pouvait toujours compter sur ces bras accueillants, sur cette tendresse, ce bien-être…

Tout à coup, Elena se redressa, rejetant son corps en arrière si vivement que les quatre porteurs manquèrent de tomber comme des dominos.

— Espèce de salaud, murmura-t-elle d'un ton mauvais.

Ils étaient encore liés psychiquement, et elle fut ravie de constater qu'aux yeux de Damon elle apparaissait comme une Aphrodite vengeresse : ses cheveux dorés s'agitant dans son dos et cinglant l'air comme un coup de tonnerre, et ses yeux lançant des éclairs bleus d'une fureur brute.

Elle détourna le regard avec un mépris absolu.

— Pas un ! lâcha-t-elle. Tu n'as même pas été capable de tenir ta promesse *un jour* !

— Mais je n'ai rien fait ! Je ne t'ai pas influencée, Elena !

— Il n'y a plus d'Elena. Terminé ! Nos rapports seront purement professionnels désormais. Je t'appellerai « maître », et tu n'auras qu'à dire « esclave » ou « chienne » ou ce que tu veux.

— Si tu tiens à un rapport strictement maître-esclave, répliqua Damon, d'un air menaçant, je peux très bien t'ordonner de...

— Essaie un peu !

Elena pinça les lèvres et ce n'était pas pour sourire.

— Si tu oses, je te promets que tu vas le regretter.

15.

Décidant finalement de calmer le jeu, Damon prit un air pitoyable et un peu confus, une attitude qu'il savait adopter facilement quand ça le chantait.

— Je t'assure que je n'ai pas essayé de t'influencer, répéta-t-il, s'empressant d'ajouter : Et si on changeait de sujet... Parlons plutôt des sphères d'étoiles, d'accord ?

— Bonne idée, répliqua Elena de sa voix la plus glaciale.

— D'après ce que je sais, ces sphères se connectent directement aux neurones, tu vois ? Elles enregistrent tous les souvenirs mémorisés par le cerveau. Tout ce que tu as vécu dans ta vie se trouve là, quelque part dans ton esprit, et les sphères puisent dedans.

— Donc elles gardent les souvenirs indéfiniment et on peut se les repasser des milliers de fois comme un film, c'est ça ?

Elena tripota son voile pour abriter son visage du regard de Damon, tout en songeant qu'elle offrirait une sphère d'étoiles à Meredith et à Alaric pour leur mariage.

— Non, répondit Damon d'un ton assez sévère, ça ne marche pas comme ça. Primo car ce souvenir ne t'appartient plus : je te rappelle qu'on parle de jouets pour *kitsune*, OK ? Une fois que la sphère d'étoiles a subtilisé le souvenir de ton esprit, tu en oublies *tout*. Deuzio car « l'enregistrement » contenu dans la sphère s'efface progressivement, avec l'usage, le temps et d'autres facteurs que personne ne comprend. La sphère se trouble peu à peu et les sensations diminuent, jusqu'à ce que, finalement, ce ne soit plus qu'une boule de cristal vide.

— Mais… ce pauvre homme a vendu une journée de sa *vie*. Et une journée magnifique, en plus ! Pourquoi ne pas l'avoir gardée en mémoire ?

— Tu l'as vu, non ?

Une fois de plus, Elena repensa à ce vieil homme au visage blême, défait et infesté de poux. Un frisson glacial la parcourut à l'idée qu'il avait autrefois été le jeune John, riant et heureux, qu'elle avait brièvement connu.

— C'est si triste.

Elle ne faisait pas allusion au souvenir évoqué. Mais, pour une fois, Damon ne sembla pas avoir espionné ses pensées car il ne releva pas.

— C'est vrai, acquiesça-t-il. Il y a beaucoup de pauvres et de personnes âgées, ici. Ils se sont démenés pour ne plus être esclaves ou bien ils ont fait tuer leur maître… mais au final ils se retrouvent tous comme des épaves.

— Mais ces sphères d'étoiles ne sont pas faites uniquement pour les pauvres, si ? Les riches peuvent très bien faire un aller-retour sur Terre pour profiter d'une vraie journée d'été rien qu'à eux, non ?

Damon se mit à rire, sans paraître amusé pour autant.

— Ça ne risque pas ! La plupart d'entre eux sont *retenus* ici.

Il prononça le mot d'une drôle de manière.

— Ils sont trop occupés pour prendre des vacances ? hasarda Elena.

— Trop occupés, et trop puissants ici pour se donner la peine de franchir les boucliers qui protègent la Terre. Trop soucieux aussi de ce que leurs ennemis feraient en leur absence, trop décrépits, trop tristement célèbres, trop morts.

— Comment ça, *morts* ?

L'horreur du tunnel et du brouillard empestant le cadavre qu'ils avaient traversés revint brusquement en mémoire à Elena.

Damon lui lança un de ses sourires mauvais.

— On a oublié que son petit copain était *mortibus* ? Sans parler de ton honorable maître ? À leur mort, la plupart des gens accèdent à un autre niveau que celui-ci : beaucoup plus haut ou beaucoup plus bas. Le Royaume des Ombres, c'est pour « les méchants » disons, mais c'est le niveau supérieur. Plus bas… personne n'a envie d'y aller.

— En somme, on est en Enfer, c'est ça ? murmura Elena.

— Je dirais plutôt dans les limbes, du moins ici. Ensuite, il y a le fameux Au-delà.

Il hocha la tête en regardant l'horizon, sur lequel le soleil couchant était inlassablement posé.

— C'est peut-être là-bas que tu as séjourné après ta mort. Ici, ils l'appellent simplement l'Autre Monde. Mais je sais deux choses sur cet endroit, que je tiens de mes informateurs. D'abord, on dit que là-bas ça s'appelle la Cour Céleste. Ensuite, que le ciel est d'un bleu limpide et que le soleil se lève toujours.

— La Cour Céleste…

Distraite, Elena réfléchit à voix haute. Instinctivement, elle sentait que c'était une cour avec reines, rois, sorcières et tout le tintouin, pas un tribunal. Ça devait être comme le château de Camelot. Le simple fait de prononcer ces mots raviva une nostalgie douloureuse et… la sensation quasi palpable que ses propres souvenirs étaient enfermés derrière une porte. Une porte bien verrouillée dans son esprit ; tout ce qu'Elena parvenait à voir à travers la serrure, c'étaient des rangées de femmes semblables aux Sentinelles : grandes, blondes comme les blés et avec les yeux bleus. L'une d'elles, de la taille d'un enfant comparée aux autres, leva la tête et, d'un œil perçant, de très loin, croisa aussitôt le regard d'Elena.

Ils quittèrent le bazar pour s'enfoncer dans une autre zone insalubre, qu'Elena observa en jetant des petits coups d'œil furtifs, cachée sous son voile. Ça ressemblait à n'importe quel bidonville ou favela terrestres… mais en pire. Des enfants, les cheveux brûlés par le soleil, s'attroupèrent autour de leur cabine, les mains tendues dans un geste au sens universel.

Elena sentit la peine lui nouer le ventre en s'apercevant qu'elle n'avait rien de réelle valeur à leur offrir. Elle aurait voulu construire des maisons ici, faire en sorte que ces enfants aient de quoi manger et de l'eau potable, qu'ils reçoivent une éducation et qu'ils aient un avenir dans lequel se projeter. Mais, comme elle ne savait absolument pas comment leur apporter tout ça, elle les regarda repartir en courant avec des trésors dans les mains, tels que ses chewing-gums Juicy Fruit, son peigne, sa minibrosse, son brillant à lèvres, sa bouteille d'eau et ses boucles d'oreilles.

Damon la laissa faire en secouant la tête, jusqu'à ce qu'elle commence à triturer un pendentif en lapis-lazuli et diamant que Stefan lui avait offert. Elle pleurait en essayant d'ouvrir le fermoir quand, subitement, le dernier bout de corde qui lui enserrait le poignet stoppa net son geste.

— Ça suffit, dit Damon. Tu ne comprends rien. On n'est même pas encore entrés dans la ville proprement dite. Pourquoi tu n'admires pas plutôt l'architecture au lieu de te préoccuper de sales mômes qui vont de toute façon pourrir ici jusqu'à la fin de leurs jours ?

— Tu es vraiment cruel.

Elena ne voyait vraiment pas comment lui faire comprendre ce qu'elle ressentait, et elle était trop en colère contre lui pour essayer.

Lâchant finalement son collier, elle regarda le paysage, comme il l'avait suggéré. Une ligne d'horizon époustouflante s'offrit à sa vue, ponctuée d'édifices en pierre qui semblaient bâtis pour durer éternellement et qui ressemblaient à ce que les pyramides maya et les ziggourats mésopotamiennes avaient dû être à leur sortie de terre. Cependant, tout était coloré en rouge et noir par un soleil désormais dissimulé derrière un amoncellement de nuages empourprés et menaçants. Sous cet énorme soleil écarlate... l'atmosphère changeait, inspirant différents états d'esprit. Par moments, la lumière était presque romantique, scintillant à la surface d'une grande rivière devant laquelle Damon et Elena passaient, et mettant en valeur un millier de petites vaguelettes dans l'eau paisible. À d'autres, on aurait tout simplement dit une boule de feu sinistre, bien visible à l'horizon tel un monstrueux présage, teintant les édifices, quelle que soit leur splendeur, d'une couleur sanglante. Alors que les porteurs descendaient dans la cité abritant les gigantesques constructions, Elena vit leurs ombres, noires, allongées et inquiétantes, projetées devant eux.

— Alors ? Qu'est-ce que tu en dis ?

Damon semblait vouloir l'apaiser.

— Je continue de penser qu'on se croirait en Enfer. Je ne supporterais pas de vivre ici.

— Mais qui a dit que tu devrais vivre ici, ma princesse des ténèbres ? On rentrera bientôt chez nous, là où la nuit est noire comme du velours, où la lune brille et colore tout d'argent.

Lentement, Damon effleura sa main puis remonta son bras jusqu'à l'épaule. Un frisson intime la traversa.

Elle essaya de se protéger derrière le voile, mais il était trop transparent. Le sourire éclatant de Damon continuait de l'aveugler à travers le tissu blanc, enfin plutôt rose saumon étant donné la luminosité alentour.

— Est-ce qu'il existe une lune ici ? demanda-t-elle pour essayer de détourner son attention.

Elle avait peur. Peur de lui... et d'elle-même.

— Ça, oui : il y en a trois ou quatre, je crois. Mais elles sont toutes petites et, évidemment, comme le soleil ne se couche jamais, on ne les voit pas. Pas très romantique, tout ça.

Il lui sourit encore, avec douceur cette fois, mais elle détourna les yeux.

Soudain, elle vit quelque chose devant elle qui attira son attention. Dans une rue transversale, un chariot s'était renversé, laissant échapper de gros rouleaux de fourrure et de cuir. Une femme à la silhouette famélique était attachée au véhicule comme un animal ; elle gisait à terre, aux pieds d'un grand homme en colère qui faisait pleuvoir les coups de fouet sur son corps sans défense.

Le visage de la femme était tourné vers Elena. Une grimace de détresse déformait ses traits alors qu'elle essayait en vain de se recroqueviller, les mains sur le ventre. Elle avait le buste dévêtu, mais, à mesure que le fouet lui cinglait la chair, son corps se couvrait de sang de la gorge à la taille.

Révoltée, Elena sentit le pouvoir des Ailes enfler en elle, mais, bizarrement, rien ne s'ensuivit. Elle sollicita toute la force vitale qui l'animait pour que des ailes, quelque chose, *n'importe quoi*, se libère de ses épaules, mais ça ne servit à rien. C'était peut-être lié au fait qu'elle portait encore ses liens d'esclave. Ou bien c'était à cause de Damon, à côté d'elle, qui lui disait d'un ton persuasif de ne pas s'en mêler.

Ses paroles n'étaient rien comparées au bruit du pouls qui martelait ses oreilles. Elle lui arracha la corde des mains et descendit à toute vitesse de la chaise. En six ou sept enjambées, elle se retrouva près de l'homme au fouet.

C'était un vampire aux canines allongées par la vue du sang, assénant sans relâche ses coups de fouet sauvages. Il était trop fort, Elena ne pouvait rien contre lui, en revanche...

Un pas de plus et elle enjamba le corps de la femme, les bras déployés dans un geste de protection et de défi. La corde pendillait à l'un de ses poignets.

Nullement impressionné, le tyran lança d'emblée un autre coup de fouet qui l'atteignit en plein visage, ouvrit simultanément un trou béant dans le tissu fin de son petit haut d'été, trancha le caraco en dessous et lui balafra la peau. Le souffle coupé, elle sentit presque aussitôt l'extrémité du fouet transpercer son pantalon, comme si la toile de jean était une simple motte de beurre.

Des larmes lui montèrent aux yeux malgré elle, mais elle les ignora. Excepté le halètement dû au choc, elle avait réussi à ne pas émettre un son et à garder sa position. Elle sentait le vent fouetter son corsage en loques, tandis que son voile intact ondoyait dans son dos comme pour protéger la pauvre esclave écroulée contre le chariot.

Elena s'obstina à essayer de déployer ses Ailes. Elle voulait se battre avec de véritables armes, et elle les avait, mais elle ne pouvait pas les forcer à la sauver, ni elle ni cette pauvre femme. Tant pis. Avec ou sans elles, Elena comprit une chose : le salaud qui lui faisait face ne lèverait plus jamais la main sur son esclave, à moins de massacrer d'abord Elena.

Un passant s'arrêta pour regarder la scène, puis un autre sortit d'une échoppe en courant. Lorsque les enfants qui les avaient suivis s'attroupèrent en gémissant, un semblant de foule se forma.

Apparemment, voir un marchand battre une souillon éreintée devait être monnaie courante pour les gens du coin. En revanche, voir cette nouvelle venue sublime laisser taillader ses habits à coups de fouet, cette fille aux cheveux soyeux comme des fils d'or sous son voile doré et blanc, et dont les yeux rappelaient peut-être à certains un vague souvenir de ciel bleu, ce n'était plus tout à fait la même chose. De plus, la jeune rebelle avait manifestement humilié son maître en lui arrachant sa corde des mains, et se tenait désormais avec son voile de sainteté tourné en dérision.

Un formidable spectacle de rue.

Le tyran se prépara à frapper de nouveau, armant son bras, prêt à y mettre toute son énergie. Quelques personnes dans la foule retinrent leur souffle ; d'autres grommelèrent avec indignation. Grâce à ses nouvelles facultés auditives, Elena monta mentalement le son et déchiffra leurs chuchotements. Une fille comme *elle* n'était vraiment pas faite pour la misère des bas-fonds ; elle devait être destinée à la noblesse de la ville. Ça se voyait rien qu'à son aura. D'ailleurs, avec des cheveux dorés et des yeux bleus pénétrants comme les siens, elle pourrait même être une Sentinelle de l'Autre Monde. Qui sait ?...

Le fouet qui était brandi n'atteignit jamais sa cible. Un éclair noir de pouvoir brut l'en empêcha bien avant, dispersant la moitié de la foule au passage. Un vampire, jeune en apparence, et vêtu à la mode des humains, s'était avancé pour s'interposer entre la précieuse jeune fille et le propriétaire de l'esclave, ou plutôt pour se dresser de façon menaçante au-dessus du tyran à présent servile. Les rares personnes que la fille n'avait pas émues sentirent leur cœur palpiter à la vue du bel inconnu. C'était sûrement le propriétaire de la fille, et il allait maintenant prendre la situation en main.

À cet instant, Bonnie et Meredith entrèrent en scène. Confortablement installées sur la banquette de leur cabine et drapées dans leurs voiles, un bleu nuit étoilé pour Meredith et un vert très doux pour Bonnie, elles faisaient penser à une illustration des *Mille et Une Nuits*.

Dès qu'elles virent Damon et Elena, elles bondirent. La foule était devenue si dense qu'elles durent jouer des coudes pour se frayer un chemin jusqu'à eux, mais, en quelques secondes, elles se campèrent aux côtés d'Elena avec un air de défi, les mains libres ou traînant une corde qui pendillait mollement derrière elles, leurs voiles flottant au vent.

En arrivant, Meredith eut le souffle coupé, et Bonnie ouvrit des yeux ronds qu'elle garda un bon moment. Elena comprit ce qui les choquait : l'entaille sur sa pommette saignait abondamment, son corsage ouvert au vent laissait entrevoir son caraco ensanglanté et une jambe de son jean s'empourprait à la vitesse grand V.

Cependant, dans l'ombre de sa protection se tenait repliée une silhouette bien plus pitoyable. Et, tandis que Meredith arrangeait le voile d'Elena pour l'aider à garder son corsage fermé et à retrouver un peu de décence, la femme leva lentement la tête et les regarda avec des yeux de bête traquée.

— Je crois que ça va me plaire, murmura Damon.

D'une main, il souleva l'homme corpulent dans les airs et le mordit à la gorge comme un cobra. Un cri abominable s'ensuivit, qui ne s'arrêta plus.

Personne n'essaya d'intervenir ou d'envenimer la situation.

Elena comprit pourquoi en scrutant la foule. Elle et ses amies étaient habituées à Damon, du moins autant qu'on puisse s'habituer à son air féroce et indomptable. Mais ce jeune homme entièrement vêtu de noir, de taille moyenne et fluet, qui compensait son manque de muscles saillants par une grâce souple et implacable, était une découverte pour tous ces gens. Il avait non seulement la grâce mais aussi le don d'occuper l'espace, de sorte qu'il devenait sans effort le point de mire de tous les regards, un peu comme si une panthère noire surgissait dans une rue bondée.

Même ici, où la menace et la notion de Mal suprême étaient une banalité, il dégageait une impression de danger qui poussait les spectateurs à rester hors de sa ligne de visée, et encore plus de son chemin.

Pendant ce temps, Elena, Meredith et Bonnie cherchaient de l'aide, ne serait-ce que quelque chose de propre pour étancher le sang des plaies de la femme. Au bout de quelques secondes, prenant conscience que ça n'allait pas tomber du ciel, Elena en appela à la foule.

— Quelqu'un connaît-il un médecin ? Un guérisseur ?

C'est à peine si on la regarda. Personne ne semblait prêt à se compromettre avec une fille qui avait manifestement défié le démon qui était en train de tordre le cou du tyran.

— Alors, pour vous, c'est normal ? cria Elena.

Elle était consciente que sa voix trahissait son angoisse, mais aussi son dégoût et sa rage.

— Ça vous paraît normal de fouetter une femme enceinte affamée ?

Il y eut quelques yeux baissés, quelques réponses sporadiques sur le thème « C'était son maître, non ? ». Un homme assez jeune qui depuis le début était adossé contre un chariot se redressa.

— Elle ne m'a pas l'air d'être enceinte !

— Pourtant c'est le cas.

— Si c'est vrai, dit lentement le jeune homme, il n'a fait qu'endommager sa propre marchandise.

L'homme jeta un coup d'œil inquiet à Damon. Il se tenait au-dessus du corps sans vie du tyran, dont le visage s'était figé dans une affreuse grimace d'agonie.

Cette remarque ne changea rien au fait qu'Elena était toujours seule avec cette femme qu'elle redoutait de voir mourir d'un instant à l'autre.

— Il n'y a vraiment *personne* qui peut me dire où trouver un médecin ?

Quelques grommellements, plus ou moins à voix basse, se firent entendre.

— On arriverait peut-être à quelque chose si on leur donnait un peu d'argent, suggéra Meredith.

Elena toucha immédiatement son pendentif, mais Meredith fut plus rapide, défaisant un collier fantaisie d'améthyste à son cou pour le montrer à la foule.

— Je le donne au premier qui nous indique un bon médecin !

Il y eut un bref silence, pendant lequel chacun sembla évaluer la récompense comparée au risque.

— Vous n'auriez pas plutôt des sphères d'étoiles ? lança une voix rauque.

— Moi, ça me va ! s'écria une autre, aiguë et légère.

Un enfant, un vrai gosse des rues, se précipita à l'avant de la foule, agrippa la main d'Elena et lui indiqua une direction du doigt.

— Le Dr Meggar, au bout de la rue. C'est à deux pâtés de maisons, on peut y aller à pied.

L'enfant portait une vieille robe déchirée, mais c'était peut-être juste pour avoir une épaisseur de plus sur le dos car il ou elle portait aussi un pantalon. Elena n'arrivait pas à dire si c'était une fille ou un garçon… jusqu'à ce que, subitement, l'enfant lui sourie avec une douceur typiquement féminine.

— Je m'appelle Lakshmi.

— Et moi, Elena.

— Il faut se dépêcher. Les Sentinelles seront bientôt là.

Meredith et Bonnie avaient relevé la femme hébétée, qui semblait souffrir trop pour comprendre si on avait l'intention de l'aider ou de la tuer.

Se rappelant la façon dont elle s'était blottie derrière elle, Elena posa la main sur son bras ensanglanté et s'adressa à elle d'une voix douce :

— Vous êtes en sécurité, à présent. Ça va aller. Cet homme... votre maître... il est mort, et personne ne vous fera plus jamais de mal. Je vous le promets.

La femme la dévisagea d'un air incrédule, comme si ce qu'elle avait dit était impossible. Comme si, pour elle, c'était inconcevable d'exister sans être constamment battue (en dépit du sang, Elena distinguait d'anciennes cicatrices sur son corps, certaines formant de petits cordons de peau, et comprit qu'elle n'en était pas à son premier châtiment).

— Je vous le promets, répéta Elena d'un ton déterminé.

Elle avait conscience que cette promesse l'engageait à vie. *Ne t'inquiète pas,* pensa-t-elle en s'apercevant qu'elle transmettait ses pensées à Damon depuis un certain temps. *Je sais ce que je fais. J'en prends la responsabilité.*

Tu es sûre de toi ? lui répondit-il avec une hésitation qui ne lui ressemblait pas. *Parce que je t'assure que ce n'est pas moi qui m'occuperai de ta sorcière quand tu te seras lassée d'elle. Le meurtre de son tyran ne sera pas sans conséquences, et je ne suis même pas sûr de pouvoir les assumer.*

Elena tourna brusquement la tête vers lui. Il était très sérieux.

Mais pourquoi tu l'as tué, alors ?

Tu plaisantes ou quoi ?

La violence de sa réponse causa un choc à Elena.

Tu as vu le mal *qu'il t'a fait ? J'aurais dû le tuer à petit feu,* ajouta-t-il, ignorant l'un des porteurs qui s'agenouillait devant lui, sans doute dans l'attente de ses ordres. Ses yeux étaient rivés sur le visage d'Elena, où le sang continuait de couler. *Il figlio de cafone,* fulmina-t-il en silence, les crocs bien visibles, en jetant un regard haineux au cadavre. Le porteur eut si peur qu'il détala à quatre pattes.

— Ne le laisse pas partir, Damon ! Ordonne-leur de venir ici tout de suite ! lança Elena à voix haute.

En entendant les murmures de surprise autour d'elle, elle continua par télépathie.

Ne laisse pas les porteurs s'enfuir. On a besoin d'une chaise pour transporter cette pauvre femme chez le docteur. Et pourquoi tout le monde me fixe, comme ça ?

Parce que tu es une esclave et qu'en tant que telle tu n'aurais jamais dû faire ce que tu as fait, et encore moins me donner des ordres à moi, ton maître, répondit la voix sévère de Damon.

Ce n'était pas un ordre, Damon... Écoute, les gentlemen aident les dames en détresse, non ? Eh bien, tu en as une devant toi qui a plus que jamais besoin d'aide, quoi que tu en penses. Non, trois, en fait : je crois qu'il va me falloir quelques points de suture, et Bonnie ne va pas tarder à s'évanouir.

Elena avait choisi de tirer sur sa corde sensible, même en sachant qu'il voyait clair dans son jeu. Néanmoins, il fit signe à deux des porteurs de venir ramasser l'esclave, et aux deux autres d'emmener ses filles.

Décidée à ne pas quitter la femme d'une semelle, Elena se retrouva dans une cabine aux rideaux entièrement tirés. Le sang au goût de cuivre dans sa bouche lui donnait envie de pleurer.

N'osant pas examiner les blessures de l'esclave, alors que le sang ruisselait sur le sol de la cabine, elle décida de retirer son corsage et son caraco. Puis elle remit uniquement le premier et utilisa le second pour comprimer une grande plaie béante sur la poitrine de la femme. Chaque fois que cette dernière levait ses grands yeux bruns effrayés vers elle, Elena essayait de lui sourire d'un air rassurant. Elles avaient atteint un stade de communication où un regard et un simple contact comptaient plus que des mots.

« Ne meurs pas, pensait Elena. Ne meurs pas, tu as désormais une vraie raison de vivre : ta liberté et ton enfant. »

La femme perçut sans doute en partie ses pensées, car elle s'abandonna contre les coussins en s'accrochant à la main d'Elena.

16.

— Elle s'appelle Ulma.

Baissant la tête, Elena vit Lakshmi qui marchait à côté de la cabine en tenant le rideau écarté d'une main au-dessus de sa tête.

— Tout le monde sait comment le père Drohzne traite ses esclaves. Il les bat jusqu'à ce qu'elles perdent connaissance, et après il exige qu'elles tirent ses chariots et qu'elles continuent de porter des poids. Il en tue cinq ou six par an.

— Au moins une qu'il n'aura pas eue, murmura Elena en serrant la main d'Ulma. Il a eu ce qu'il méritait.

Son soulagement fut immense lorsqu'elle sentit la cabine s'immobiliser et qu'elle vit Damon apparaître. Sans craindre de tacher ses habits mais affichant toutefois son indifférence envers Ulma, il la prit dans ses bras et fit signe à Elena de le suivre. Lakshmi passa devant eux et s'engagea en sautillant dans une cour pavée aux motifs complexes, puis dans un passage tortueux bordé de portes massives et d'apparence respectable. Finalement, elle frappa à l'une d'elles et un homme ratatiné, avec une grosse tête et un reste de barbe fine et clairsemée, ouvrit prudemment.

— Vous ne trouverez aucun *ketteris* ici ! Ni *hexen* ni *zemeral* ! Et je ne fais pas les philtres d'amour !

Puis, tel un myope, il fixa le petit groupe de plus près.

— Lakshmi, c'est toi ?

— Nous vous avons amené une femme qui a besoin d'aide, intervint Elena. Elle est enceinte. Vous êtes bien docteur ? Ou guérisseur, peut-être ?

— Un guérisseur au talent limité. Mais entrez, entrez.

L'homme partit en hâte dans une pièce en retrait. Ils le suivirent et le retrouvèrent dans l'angle d'une pièce pleine à craquer qui ressemblait à un sanctuaire de magicien, avec en prime une bonne touche de vaudou et de sorcellerie.

Elena, Meredith et Bonnie échangèrent quelques regards nerveux dans son dos, mais, en entendant des bruits d'éclaboussures, Elena comprit qu'il était en train de se laver soigneusement les mains dans une vasque, les manches remontées jusqu'aux coudes et les avant-bras couverts de mousse. « C'est peut-être un simple guérisseur, en tout cas il connaît les bases de l'hygiène », pensa-t-elle.

Damon avait posé Ulma sur une table d'examen apparemment propre, recouverte d'un drap blanc. Le docteur approuva d'un signe de tête. Puis, soufflant comme une locomotive, *tch-tch-tch-tch-tch*, il sortit un plateau d'instruments et chargea Lakshmi d'aller lui chercher des linges pour nettoyer les entailles et stopper le saignement. Il sortit également divers sachets odorants de plusieurs tiroirs et grimpa sur une échelle pour décrocher des touffes d'herbes suspendues au plafond. Enfin, il ouvrit une petite boîte et inspira violemment une prise de tabac.

— S'il vous plaît, faites vite ! le pressa Elena. Elle a perdu beaucoup de sang.

— Elle n'est pas la seule, on dirait, répondit-il en l'observant de haut en bas. Je m'appelle Kephar Meggar... et je suppose que cette esclave appartient à maître Drohzne ?

Il les regarda en baissant la tête, un peu comme s'il portait des lunettes.

— Et vous êtes esclaves aussi ?

Il jeta un œil au morceau de corde qui pendillait au poignet d'Elena, puis à ceux, identiques, de Bonnie et de Meredith.

— Oui, mais...

Elena se mordit la langue alors qu'elle s'apprêtait à tout déballer : « Oui, mais pas vraiment, c'est juste une couverture. En fait, on est des agents infiltrés. »

— Oui, mais notre maître est très différent du sien, termina-t-elle plutôt.

« Ça, on peut dire qu'ils n'ont rien à voir », pensa-t-elle. D'abord, Damon n'avait pas le cou brisé. Ensuite, aussi vicieux et dangereux qu'il pût être, il ne porterait jamais la main sur une femme, encore moins pour la battre à mort. C'était comme s'il faisait un blocage de ce point de vue, il en serait incapable ; sauf sous l'emprise de Shinichi, bien sûr.

— Et Drohzne vous a autorisés à amener cette femme chez un guérisseur ?

Le petit homme paraissait peu convaincu.

— Non, je suis persuadée qu'il ne nous aurait pas laissés faire, répondit évasivement Elena. Mais je vous en prie : elle saigne et elle est enceinte...

Le Dr Meggar haussa rapidement les sourcils, puis, sans demander à quiconque de sortir, il prit un vieux stéthoscope et écouta attentivement le cœur et les poumons d'Ulma. Il sentit son haleine, lui palpa doucement l'abdomen sous le caraco ensanglanté d'Elena, tout ça avec professionnalisme, et termina en portant à ses lèvres une bouteille marron. La femme en but quelques gorgées puis se laissa retomber en arrière, fermant les yeux dans un battement de cils.

— Bien, dit le petit homme, elle peut maintenant se reposer confortablement. Elle aura besoin de quelques points de suture, et vous aussi d'ailleurs, mais ça je suppose que c'est à votre maître d'en décider.

Le Dr Meggar prononça le mot « maître » sans cacher le dégoût qu'il lui inspirait.

— Quoi qu'il en soit, je peux vous assurer de façon quasi certaine qu'elle survivra. Pour son enfant, je ne sais pas. Il naîtra peut-être avec des séquelles de cette triste affaire, des taches de naissance peut-être, ou au contraire tout ira bien. Mais, avec une bonne alimentation et du repos…

Il haussa encore rapidement les sourcils, comme s'il aurait aimé s'adresser directement au père Drohzne pour lui dire tout ce qu'il pensait en face.

— … elle devrait s'en remettre.

— Dans ce cas, occupez-vous d'abord d'Elena, intervint Damon.

— Non, non ! protesta-t-elle en repoussant le docteur.

Cet homme avait beau avoir l'air gentil, de toute évidence, ici, un maître était un maître, et Damon était on ne peut plus autoritaire et intimidant.

Mais pas aux yeux d'Elena. Pour l'instant, ce n'était pas son état qui la préoccupait. Elle avait fait une promesse et, d'après les pronostics du Dr Meggar, elle serait peut-être à même de la tenir. Voilà ce qui comptait.

De haut en bas, de bas en haut... les sourcils du docteur s'agitaient comme deux chenilles sur un fil élastique, l'une des deux un peu à la traîne. Visiblement, le comportement d'Elena lui paraissait anormal, et même passible de sanctions sévères. Mais pour elle son opinion était accessoire, autant que celle de Damon.

— *AIDEZ-LA !* insista-t-elle avec fougue.

Les sourcils du docteur montèrent en flèche comme s'ils allaient transpercer le plafond.

Elle avait perdu le contrôle de son aura. Pas complètement, Dieu merci, mais une décharge d'énergie s'était indéniablement échappée, traversant la pièce comme un éclair en nappe.

Et le docteur, qui n'était pas un vampire mais un citoyen ordinaire, l'avait bien remarqué. Lakshmi aussi, d'ailleurs ; même Ulma remua avec gêne sur la table d'examen.

« Il va falloir que je sois beaucoup plus prudente », pensa Elena. Elle jeta un rapide coup d'œil à Damon, qui était lui-même à deux doigts d'exploser, c'était flagrant. Trop d'émotions, trop de sang dans la pièce, et l'adrénaline du meurtre qui lui fouettait encore le sang.

Comment savait-elle tout ça ?

Parce que Damon n'était pas non plus tout à fait maître de lui. Elle lisait dans ses pensées sans rencontrer le moindre obstacle. Il fallait vite qu'elle le fasse sortir d'ici.

— On **vous** attend dehors, dit-elle en l'attrapant par le bras.

Même très belle, une esclave ne se comportait pas ainsi.

Mais le Dr Meggar prit soin de cacher sa surprise et regarda ailleurs.

— Lakshmi, va leur donner quelques compresses pour qu'ils puissent étancher les saignements de la demoiselle. Reviens vite, tu peux m'être utile.

Elena et les autres s'apprêtèrent à quitter la pièce.

— Une dernière question, ajouta-t-il. Comment saviez-vous que cette femme était enceinte ? Quel type de sortilège peut prédire ça ?

— Aucun. Toutes les femmes qui étaient présentes auraient dû s'en douter.

Elena vit Bonnie lui jeter un regard vexé, mais Meredith resta impénétrable.

— Cet ignoble Droz-machin-chouette la fouettait de face. Regardez les entailles qu'elle a, maintenant.

Elle grimaça en contemplant les deux marques sur la cage thoracique d'Ulma.

— Dans ces circonstances, n'importe quelle femme aurait essayé de se protéger la poitrine, mais elle essayait de couvrir son ventre. Ça signifiait qu'elle était enceinte, et depuis suffisamment longtemps pour en être sûre.

Le Dr Meggar baissa et fronça les sourcils, puis il leva les yeux vers elle, toujours comme s'il regardait par-dessus des lunettes. Lentement, il hocha la tête.

— Prenez des compresses et allez vous soigner, lui dit-il, sans se soucier de Damon.

Manifestement, esclave ou pas, elle avait en quelque sorte gagné son respect.

En revanche, elle semblait avoir perdu de sa stature auprès de Damon ; du moins, il avait coupé tout contact entre leurs deux esprits de façon assez délibérée, la laissant face à un mur aveugle. Dans la salle d'attente, il fit signe à Bonnie et à Meredith d'un geste autoritaire.

— Attendez ici, ordonna-t-il. Ne bougez pas de là tant que le docteur n'est pas sorti. Ne laissez personne entrer et verrouillez la porte derrière nous. Elena va venir avec moi dans la cuisine, c'est la porte du fond. Que *personne* ne nous dérange, à moins qu'une foule en colère ne menace de mettre le feu à l'immeuble, c'est compris toutes les deux ?

Alors que Bonnie allait protester, Meredith les appela d'un regard à se concerter pour décider si oui ou non, au nom de la solidarité des vélociraptors, elle devait se rebeller sur-le-champ. Toutes connaissaient la tactique d'usage dans ces cas-là : Bonnie se jetterait dans les bras de Damon, soit en pleurant à chaudes larmes, soit en l'embrassant avec passion, l'un ou l'autre selon ce qui était le plus adapté à la situation, pendant qu'Elena et Meredith approcheraient chacune d'un côté et se jetteraient sur lui pour... faire le nécessaire.

D'un coup d'œil, Elena mit un veto catégorique à cette option. Damon était en colère, c'est vrai, mais elle sentait intuitivement que c'était plus contre Drohzne que contre elle. Le sang l'avait perturbé, vrai aussi, mais il savait se maîtriser, même dans des circonstances, disons, sanglantes. Et puis, elle avait besoin d'aide pour ses blessures ; depuis qu'elle savait que la femme allait survivre et irait peut-être même au bout de sa grossesse, elle commençait à avoir sérieusement mal. Et si Damon avait une idée derrière la tête, autant qu'elle tire ça au clair tout de suite.

Lançant un dernier regard rassurant à Bonnie, elle suivit Damon dans la cuisine. La porte possédait un verrou. Damon le fixa d'un air entendu, et Elena le ferma. Puis elle leva les yeux vers son « maître ».

Il s'approcha de l'évier et se mit à pomper de l'eau méthodiquement. Ses cheveux lui tombaient dans les yeux, il s'en mettait partout, il était trempé, mais ça n'avait pas l'air de le gêner.

— Damon ?... Tout va bien ?

Il ne répondit pas.

Damon ?

Je l'ai laissé te faire du mal ! Pourtant je suis rapide. J'aurais pu exterminer ce salaud d'une salve. Mais à aucun moment je n'ai pensé que tu serais blessée. Mentalement, la voix de Damon trahissait à la fois la plus sourde des menaces et un calme étrange, presque réservé. Comme s'il essayait de contenir sa violence et sa colère loin d'elle. *Je n'ai même pas pu lui dire... lui faire comprendre toute la haine qu'il m'inspirait. Je n'arrivais pas à penser. Il était médium, pourtant, il aurait pu m'entendre. Mais je ne trouvais pas les mots. Tout ce que je pouvais faire, c'était hurler... en silence.*

Elena fut un peu troublée. C'était pour *elle* que Damon ressentait cette angoisse ? Il n'était donc pas fâché qu'elle ait ouvertement transgressé les règles devant tout le monde, au risque qu'ils soient démasqués ? Et il se fichait d'avoir l'air... débraillé ?

Damon...

Elle était tellement surprise qu'elle reprit à voix haute :

— C'est... ça n'a pas d'importance. Ce n'était pas ta faute. Tu ne m'aurais même pas laissée faire...

— Mais j'aurais dû me douter que tu ne demanderais pas la permission ! Je croyais que tu allais te jeter sur lui, lui sauter sur le dos et l'étrangler, et j'étais prêt à t'aider. Mais tu n'es pas une épée, Elena. Quoi que tu en dises, tu es un bouclier. J'aurais dû me douter que tu allais prendre le prochain coup pour toi. Et à cause de moi...

Son regard dériva sur la pommette d'Elena, et il grimaça.

Puis il se ressaisit.

— L'eau est froide, mais propre. Il faut qu'on nettoie ces entailles.

— Je présume qu'ils n'ont pas de vin de Magie Noire par ici, supposa Elena, à moitié pour plaisanter.

Elle savait qu'elle allait le sentir passer.

Damon se mit aussitôt à fouiller un à un les placards.

— Tiens, dit-il, au bout du troisième.

Triomphalement, il lui tendit une bouteille à moitié pleine du fameux élixir.

— Beaucoup de docteurs s'en servent de médicament et d'anesthésiant. Ne t'inquiète pas : je le paierai grassement.

— Dans ce cas, tu devrais en boire un peu aussi. Allez, ça nous fera du bien à tous les deux. Et ce ne sera pas la première fois qu'on en boit ensemble.

Elle savait que la dernière phrase serait décisive. Ce serait une façon pour Damon de se réapproprier quelque chose que Shinichi lui avait pris.

« Il faut que je me débrouille pour récupérer tous ses souvenirs, décida-t-elle en faisant de son mieux pour masquer ses pensées. J'ignore comment je vais m'y prendre ou quand j'en aurai l'occasion, mais je *jure* que j'y arriverai. »

Après avoir rempli deux verres de ce vin généreux et capiteux, Damon lui tendit un.

— Savoure-le, conseilla-t-il, incapable de résister à l'envie de jouer les profs. C'est un bon millésime.

Elena prit une petite gorgée, puis descendit son verre d'un trait. Elle avait soif et le vin de Clarion Lœss n'était pas alcoolisé, pas à proprement parler. Ça n'avait vraiment pas le goût du vin. On aurait plutôt dit de l'eau de source gazeuse, extrêmement rafraîchissante, au parfum de raisin moelleux et velouté.

Damon avait lui aussi oublié de siroter et, quand il lui proposa un deuxième verre pour l'accompagner, elle accepta volontiers.

Elle constata que son aura s'était largement apaisée, tandis qu'il attrapait un linge humide et commençait, doucement, à nettoyer la balafre qui suivait presque de point en point la courbe de sa pommette. C'était la première blessure à avoir arrêté de saigner, mais Damon devait à présent la nettoyer. Après avoir bu deux verres de vin en ayant le ventre vide depuis le petit-déjeuner, Elena se surprit à se détendre contre le dossier de la chaise, laissant sa tête pencher un peu en arrière, les yeux fermés. Elle perdit la notion du temps tandis qu'il caressait doucement l'entaille sur sa joue. Et elle perdit aussi tout contrôle de son aura.

Quand elle rouvrit les yeux, ce ne fut pas en réaction à une question ou à un stimulus visuel. C'était une lueur dans l'aura de Damon, un brusque éclat de détermination.

— Damon ? Qu'est-ce qu'il y a ?

Il se tenait au-dessus d'elle. L'obscurité de son aura s'était propagée derrière lui comme une ombre immense, presque envoûtante, voire totalement effrayante.

— Damon ?

— On s'y prend mal.

Aussitôt, Elena repensa à l'esclave insoumise qu'elle avait été et aux transgressions moins dramatiques de Bonnie et de Meredith. Mais la voix de Damon glissait sur elle comme du velours, et son corps, qui était beaucoup plus réceptif que son esprit, se mit à frissonner.

— Et comment… faut-il s'y prendre, alors ?

En relevant timidement la tête, elle constata qu'il était penché sur elle et lui caressait, non, lui touchait les cheveux, si légèrement qu'elle n'avait rien senti.

— Les vampires savent comment soigner les plaies.

Ses grands yeux noirs, ces yeux qui semblaient contenir des galaxies d'étoiles, la saisirent et ne la lâchèrent plus.

— On peut les nettoyer. Les rouvrir... ou les refermer.

« J'ai déjà ressenti ça, songea Elena. Et il m'a déjà parlé de cette façon, même s'il ne s'en souvient pas. Je... j'avais très peur. Mais c'était avant... »

Avant la nuit au motel ; quand il lui avait dit de fuir, mais qu'elle ne l'avait pas écouté. Une soirée que Shinichi avait effacée de sa mémoire, à l'instar du jour où ils avaient bu du vin de Magie Noire ensemble pour la première fois.

— Montre-moi, murmura Elena.

Elle savait qu'elle n'était plus tout à fait elle-même, et que les mots qu'elle murmurait n'étaient plus tout à fait les siens. Des mots qu'elle n'aurait jamais prononcés si elle s'était un seul instant considérée comme une véritable esclave.

Je suis à toi..., disait ce murmure.

C'est alors qu'elle sentit la bouche de Damon effleurer la sienne.

Oh, non, Damon...

Sa langue, douce comme de la soie, caressa doucement sa joue tandis qu'il nettoyait l'entaille et purifiait son sang pour arrêter le saignement et refermer la plaie. Elle sentit son pouvoir, cette force mystérieuse dont il s'était servi au cours d'un millier de combats pour infliger des blessures mortelles, qu'il contenait rigoureusement pour se concentrer sur cette tâche simple et sans attrait consistant à effacer une marque de fouet sur la joue d'une fille. Pour Elena, c'était comme lorsqu'il lui avait caressé le visage avec cette rose, quand ses pétales doux et frais avaient chassé la douleur jusqu'à ce qu'elle frissonne de plaisir.

Tout s'arrêta d'un coup. Elena savait qu'elle avait une fois de plus bu trop de vin. Ce breuvage, plus fort qu'il n'y paraissait, lui était monté à la tête et l'avait un peu éméchée. Tout avait pris une dimension irréelle, onirique.

— Ça va cicatriser tout seul, maintenant.

Damon lui toucha encore les cheveux très doucement. Cette fois, elle utilisa une petite part de sa nouvelle force pour capter cette sensation et en savourer chaque instant. Et une fois de plus il l'embrassa d'un frôlement de lèvres. Toutefois, lorsqu'elle renversa la tête, il ne la suivit pas, y compris lorsque, de déception, elle tenta d'exercer une pression sur sa nuque. Il attendit simplement qu'Elena soit sûre de ce qu'elle voulait.

« On ne devrait pas s'embrasser ; Meredith et Bonnie sont dans la pièce d'à côté. Mais comment est-ce que je fais pour me mettre dans des situations pareilles ? D'ailleurs Damon n'essaie même pas de m'embrasser, on est censés... *Aïe* ! »

Ses autres blessures se réveillaient.

Elles lui faisaient vraiment mal, à présent. Qui pouvait être assez cruel pour avoir inventé un fouet pareil ? La lanière tranchante était fine comme une lame de rasoir, à tel point qu'elle ne l'avait même pas sentie au début... du moins pas trop... mais ça avait franchement empiré au fil des heures. Et ces saignements qui continuaient... on est censés nettoyer les plaies en attendant que le docteur puisse m'examiner...

Outre sa balafre, une autre entaille lui brûlait la peau, une blessure qui lui traversait la clavicule de part en part. Et elle en avait une troisième au niveau du genou...

Damon voulut attraper un autre linge propre sur l'évier, mais Elena le retint.

— Non.

— Tu es sûre ?

— Oui.

— Je veux juste les nettoyer…

— Je sais.

Elle était sûre d'elle à présent. Il avait rétabli le contact entre eux, laissant son pouvoir turbulent circuler en liberté. Elle ignorait pourquoi, mais son esprit s'était rouvert à elle.

— Laisse-moi juste te donner un conseil, dans ce cas : ne va pas donner ton sang à un vampire mourant. Ne laisse personne y goûter. Ce serait pire que…

— Pire ?

Elle savait qu'il lui faisait un compliment, mais elle ne comprenait pas.

— Plus tu en bois, moins tu peux t'arrêter, expliqua Damon. Et plus tu en bois, plus tu absorbes la force vitale du donneur.

Elena prit conscience qu'elle n'avait jamais envisagé ces échanges de sang comme un problème, pourtant c'était le cas.

— Ne t'inquiète pas, je sais à qui tu penses, ajouta-t-il.

Sans le savoir, il fut victime de sa présomption. Il en avait trop dit.

— *Comment ça*, tu sais à qui je pense ?

Elena constata que, sous son apparente douceur, elle aussi était capable d'avoir une voix menaçante, comme un coussinet sous la griffe d'une tigresse féroce.

— Tu as lu dans mes pensées à mon insu ?

Damon essaya de s'en sortir par une esquive.

— Eh bien, ce n'est qu'une supposition…

— *Personne* ne sait ce que je pense ! Pas tant que je n'ai rien dit.

Elle le força à s'agenouiller en la regardant en face, et le dévisagea d'un air interrogateur… et avide.

Puis, de la même manière, elle attira de force son visage contre sa plaie.

17.

Elena revint à la réalité lentement, en résistant jusqu'au bout. Elle planta ses ongles dans le cuir de la veste de Damon, puis sa transe fut de nouveau perturbée par des petits coups secs et pressants frappés à la porte.

Damon leva la tête et grogna.

« Bonnie et Meredith ! Il leur avait dit de ne pas les déranger sauf s'il y avait le feu ! Mais, le docteur… Oh, non, il a dû arriver quelque chose à cette pauvre femme ! Elle doit être en train de mourir ! » À moitié consciente, Elena tenta de faire le tri dans les pensées qui se bousculaient dans sa tête.

Damon continuait de grogner, une trace de sang sur les lèvres. Ce n'était qu'une trace, car sa deuxième plaie avait cicatrisé aussi bien que la balafre sur sa joue. Elle ignorait depuis combien de temps elle avait forcé Damon à embrasser cette entaille. Mais, maintenant qu'il avait son sang dans les veines et que son plaisir était interrompu, il ressemblait à une panthère sauvage dans ses bras.

Elle ne savait pas non plus si elle pourrait le retenir ou même le freiner.

— Damon ! Dehors, ce sont nos amis… Tu te souviens ? Bonnie, Meredith et le guérisseur.

— Meredith…

Le vampire retroussa les lèvres, révélant des canines d'une longueur terrifiante. Il n'était toujours pas reconnecté à la réalité. « S'il voit Meredith à présent, il n'aura pas peur d'elle », pensa Elena. Pourtant, Dieu sait à quel point son amie lucide et froide mettait Damon mal à l'aise. Ils portaient un regard très différent sur le monde. Elle le gênait comme un caillou dans une chaussure. Mais, pour l'heure, il pourrait très bien gérer le malaise et transformer Meredith en vulgaire cadavre.

— Je vais aller voir, dit Elena en entendant encore frapper à la porte.

Damon resserra simplement son étreinte. Elle sentit une vague de chaleur, consciente du fait qu'il se contenait farouchement. Il ne voulait pas la broyer, or c'est ce qui se passerait s'il utilisait un dixième de sa force.

Bercée par les sensations qu'elle éprouvait, Elena ne put s'empêcher de fermer momentanément les yeux, tout en sachant qu'elle devait absolument le raisonner.

— Damon ! Ils essaient peut-être de nous alerter… ou Ulma est peut-être morte.

L'idée de *mort* le fit percuter. Les yeux plissés, le visage strié de traînées pourpres et noires sous la lumière rouge sang qui filtrait à travers les persiennes, il paraissait plus beau, plus diabolique que jamais.

— Reste là, dit-il froidement, sans chercher à jouer les maîtres ou les gentlemen.

C'était un animal sauvage protégeant sa femelle, la seule créature au monde qui n'était ni une rivale ni une proie.

Il ne fallait pas discuter avec lui, pas dans cet état. Elena ne bougerait pas ; Damon irait faire le nécessaire, et elle attendrait aussi longtemps qu'il le jugerait utile.

Était-ce vraiment elle qui pensait cela ? Elle n'en savait rien. Damon et elle essayaient encore de déchiffrer leurs émotions respectives. Elle décida de le surveiller et, si jamais il perdait le contrôle...

Crois-moi, mieux vaut que je ne le perde pas.

Le voir redevenir maître de lui de façon aussi impassible fut encore plus effrayant que de côtoyer la bête sauvage qu'il était quelques secondes plus tôt. Elle rabattit les pans de son corsage déchiré, et le regarda s'éloigner avec une grâce naturelle vers la porte et tirer violemment sur la poignée.

Personne ne s'écroula derrière ; personne ne semblait écouter leur conversation. Mais Meredith était là, retenant Bonnie d'une main et s'apprêtant à frapper de nouveau à la porte de l'autre.

— Quoi ? lâcha Damon d'un ton cinglant. Je croyais vous avoir dit...

— Oui, sauf en cas de...

Couper la parole à Damon quand il était dans cet état était une forme inhabituelle de tentative de suicide.

— En cas de *quoi* ?

— Il y a une foule dehors qui menace de mettre le feu à tout le bâtiment. Je ne sais pas s'ils sont contrariés par la mort de Drohzne ou par le fait qu'on ait emmené Ulma, mais quelque chose les a rendus furieux et ils ont des torches. Je ne voulais pas interrompre les... soins d'Elena, mais le

Dr Meggar dit qu'ils ne voudront pas l'écouter. Parce que c'est un humain.

— Il était esclave, avant, ajouta Bonnie en s'arrachant à la poigne de Meredith qui la serrait comme un étau.

Elle leva ses grands yeux bruns humides vers Damon, les mains tendues.

— Il n'y a que *toi* qui puisses nous sortir de là ! s'écria-t-elle, traduisant à voix haute ce que son regard exprimait.

C'est dire si la situation était grave.

— Bon, je me charge d'eux. Occupez-vous d'Elena.

— D'accord, mais...

— Non.

Soit le sang absorbé avait rendu Damon complètement insouciant, soit il avait d'une certaine manière surmonté la crainte que lui inspirait Meredith. Il posa les mains sur ses épaules. Il mesurait à peine cinq centimètres de plus qu'elle, donc il n'eut aucun mal à capter son attention.

— Occupe-toi *personnellement* d'Elena. Chaque minute, des drames imprévisibles et mortels se produisent ici. Il ne doit pas arriver quoi que ce soit à Elena.

Meredith l'observa un long moment et, pour une fois, ne consulta pas Elena du regard avant de répondre à une question qui la concernait :

— Je la protégerai, se contenta-t-elle de répliquer à voix basse, quoique très distinctement.

À sa posture, à son ton, on pouvait presque l'entendre ajouter implicitement « jusqu'à la mort ».

Damon la lâcha, quitta la pièce à grands pas et, sans un regard en arrière, disparut de la vue d'Elena. Par contre, sa voix résonnait encore dans sa tête, claire comme du cristal : *Il ne t'arrivera rien, même si la situation se révèle sans issue. Je t'en donne ma parole.*

Même si la situation devient *sans issue* ?

Fantastique.

Elena essaya de reprendre ses esprits tandis que Meredith et Bonnie la fixaient en silence. Elle prit une profonde inspiration, repensant un instant à l'époque où, quand l'une d'elles revenait d'un rendez-vous avec un garçon super sexy, elle pouvait s'attendre à un long débriefing.

Mais Bonnie fit une remarque toute simple :

— Ton visage… ça a l'air d'aller beaucoup mieux !

— Oui, acquiesça Elena en nouant les deux pans de son corsage pour se constituer un haut de fortune. Maintenant, c'est ma jambe qui pose problème. On n'a pas… tout à fait terminé.

Bonnie s'apprêta à répondre, puis referma la bouche d'un air résolu, ce qui était chez elle une démonstration de bravoure, semblable à la promesse que Meredith avait faite à Damon.

— Prends mon foulard et noue-le autour de ta jambe, dit-elle finalement. Ça pressurisera la plaie.

— Je crois que le Dr Meggar a fini avec Ulma. Il va pouvoir t'examiner, ajouta Meredith.

Dans l'autre pièce, le docteur se lavait de nouveau les mains en actionnant une grande pompe pour remplir la vasque d'eau. Il y avait une pile de linge taché de sang et une odeur que le docteur avait heureusement camouflée avec des herbes. Et puis, sur un large fauteuil visiblement confortable, se trouvait une femme qu'Elena eut du mal à reconnaître.

Bien sûr, elle savait que la souffrance et l'épouvante pouvaient transformer une personne, mais elle n'aurait jamais imaginé à quel point le soulagement et la liberté pouvaient changer autant un visage. Elle était venue accompagnée d'une femme qui se recroquevillait jusqu'à paraître de la taille d'un enfant, et dont le visage maigre, ravagé et crispé par l'agonie et la crainte perpétuelle ressemblait presque à un portrait de vieille sorcière difforme. Son teint était d'un gris cireux, ses cheveux fins ne semblaient guère suffire à lui couvrir le crâne, et pourtant ils pendaient devant ses yeux comme de longues algues. C'était une esclave, ça crevait les yeux : des chaînes autour de ses poignets à ses pieds nus et marqués de rouille en passant par sa nudité et son corps balafré. Elena n'aurait même pas pu dire la couleur de ses yeux tant ils lui avaient semblé aussi gris que le reste.

À présent, elle faisait face à une femme âgée peut-être d'une trentaine d'années. Elle avait un visage mince et séduisant, avec un côté aristocratique, rehaussé d'un nez patricien, de deux yeux bruns perçants et de beaux sourcils semblables à des ailes d'oiseau déployées. Allongée sur une ottomane, les pieds posés sur le dossier, elle brossait lentement ses cheveux bruns, dont les rares mèches grises conféraient une touche de dignité à la robe de chambre bleu foncé, toute simple, qu'elle portait. Son visage révélait quelques rides qui lui donnaient du caractère, mais, par-dessus tout, il se dégageait d'elle une vive tendresse, peut-être à cause de son petit ventre arrondi, sur lequel elle posait maintenant la main avec douceur. À ce geste, son visage resplendit et toute sa silhouette rayonna.

Un instant, Elena pensa qu'il s'agissait de la femme du docteur ou de la gouvernante et fut tentée de demander si Ulma, cette pauvre esclave à bout de forces, avait succombé.

Puis elle entrevit ce que la manche de sa robe ne parvenait pas à masquer tout à fait : une menotte en fer.

Cette mystérieuse femme au visage aristocratique était en fait Ulma. Le Dr Meggar avait accompli un miracle.

Dire qu'il se disait simple guérisseur. Il était tout aussi capable de cicatriser des blessures que Damon. Personne n'aurait pu se remettre de tous les coups de fouet qu'Ulma avait reçus sans l'aide d'une puissante magie. Manifestement, le corps ensanglanté qu'Elena lui avait ramené n'aurait pas pu se contenter de simples sutures, alors le docteur l'avait soignée autrement.

N'ayant jamais été confrontée à une telle situation, Elena reprit les bonnes manières qu'on lui avait inculquées en tant que jeune fille de Virginie.

— Ravie de faire votre connaissance, madame. Je m'appelle Elena, dit-elle en tendant la main.

La brosse tomba sur le fauteuil. La femme avança les deux mains pour prendre celles d'Elena dans les siennes et sembla dévorer son visage de ses yeux perçants.

— Alors c'est vous ?

Ses petits pieds chaussés de pantoufles oscillèrent sur le dossier de l'ottomane pour retoucher terre, et elle s'agenouilla devant elle.

— Oh, non, je vous en prie, madame ! Le docteur a dû vous dire de vous reposer. Il vaut mieux que vous restiez tranquillement assise pour le moment.

— Mais c'est bien vous ?

Pour une raison ou pour une autre, la femme semblait avoir besoin d'une confirmation. Elena était prête à tout pour l'apaiser.

— C'est moi, dit-elle. Maintenant, il faut vraiment vous rasseoir.

L'obéissance d'Ulma fut immédiate, même si ses gestes étaient empreints d'une légèreté enjouée. Elena n'eut pas de mal à comprendre pourquoi, après seulement quelques heures d'esclavage : obéir par choix était totalement différent du fait d'obéir pour survivre.

Ulma se rassit en ouvrant grand les bras vers elle.

— Regardez-moi ! Séraphine, déesse, Sentinelle, qui que vous soyez : regardez-moi ! Après trois années passées à vivre comme une bête, je suis redevenue humaine… grâce à vous ! Vous êtes arrivée comme un ange de lumière pour vous interposer entre moi et le fouet.

Elle versa quelques larmes, apparemment de joie, puis examina le visage d'Elena, s'arrêtant sur sa pommette balafrée.

— Mais… vous ne pouvez pas être une Sentinelle : leurs pouvoirs les protègent et elles n'interviennent jamais. En trois ans, elles n'ont jamais rien fait pour nous. J'ai vu tous mes amis, esclaves eux aussi, tomber sous *son* fouet et *sa* rage.

Elle secoua la tête, visiblement incapable de prononcer le nom de Drohzne.

— Je suis tellement… vraiment désolée, dit Elena, qui cherchait ses mots.

Jetant un œil dans son dos, elle vit que Bonnie et Meredith étaient tout aussi affligées.

— Peu importe, à présent. Il paraît que votre compagnon l'a tué en pleine rue.

— C'est moi qui lui ai dit, précisa fièrement Lakshmi.

Elle était entrée sans que personne la remarque.

— Mon compagnon ? bredouilla Elena. En fait, ce n'est pas… je veux dire, lui et moi, on…

— C'est notre maître, lâcha Meredith.

Ulma continua de fixer Elena d'un air attendri.

— Tous les jours, je prierai pour que votre âme s'élève.

Elena fut interloquée.

— Les âmes peuvent s'élever dans cet endroit ?

— Bien sûr. Grâce au repentir et aux bonnes actions, on peut y parvenir, et les prières des autres sont toujours prises en considération, je crois.

« Vous ne parlez vraiment pas comme une esclave », songea Elena. Elle essaya de le formuler avec tact, mais elle était désorientée et sa jambe lui faisait horriblement mal.

— On ne dirait pas que... en fait, vous ne correspondez pas à l'image que je me faisais d'une esclave, avoua-t-elle. Mais c'est peut-être moi qui suis idiote ?

De nouvelles larmes montèrent aux yeux d'Ulma.

— Oh, non ! Je vous en prie, oubliez ma question.

— Pas du tout ! Vous êtes bien la seule à qui j'aimerais raconter mon histoire. Si toutefois vous souhaitez savoir comment j'ai été réduite à cette condition.

Ulma attendit son accord ; il était clair que, pour elle, les désirs d'Elena étaient des ordres.

Cette dernière jeta encore un coup d'œil à ses amies. On n'entendait plus un cri dehors, et aucun incendie ne semblait s'être déclaré à proximité.

Heureusement, au même instant, le Dr Meggar réapparut dans la pièce.

— Alors, on fait connaissance ?

Ses sourcils s'agitaient désormais en désaccord : un en haut, l'autre en bas. Il tenait les restes d'une bouteille de Magie Noire dans la main.

— Oui, répondit Elena. Mais je me demandais si on ne ferait pas mieux d'évacuer les lieux. Apparemment, il y avait une émeute dehors...

— Le compagnon d'Elena va leur donner du fil à retordre, commenta Lakshmi avec malice. Ils sont tous partis au

Temple pour débattre des biens de Drohzne. Je parie qu'il va en tabasser quelques-uns et qu'il sera de retour en un rien de temps ! J'aurais bien aimé être un garçon pour voir ça.

— Tu as été plus courageuse que tous les hommes réunis : c'est toi qui nous as conduits ici, lui dit Elena.

Puis elle consulta Bonnie et Meredith du regard. À en croire l'enfant, l'émeute s'était déplacée, et Damon était un expert pour se tirer de ce genre de situations. Il pourrait aussi avoir besoin de se défouler, de se débarrasser de l'excédent d'énergie que lui avait procurée le sang d'Elena. Une émeute lui ferait peut-être du bien, en fin de compte ?

Elena se tourna vers le Dr Meggar.

— Pensez-vous que tout ira bien pour mon... notre maître ?

L'homme remua les sourcils de haut en bas.

— Il va sans doute devoir payer le prix du sang à la famille du père Drohzne, mais il ne devrait pas être trop élevé. Ensuite, il pourra faire ce qu'il veut des biens de ce monstre. À mon avis, c'est ici que vous êtes le plus en sécurité pour l'instant, loin du Temple.

Comme pour faire valoir son opinion, il leur versa à chacune un verre de vin de Magie Noire.

— C'est pour les nerfs, dit-il en prenant une gorgée.

Ulma lui adressa un beau sourire réconfortant tandis qu'il faisait passer le plateau de verres.

— Merci à vous, docteur, et à vous aussi... Je ne vais pas vous ennuyer avec mon histoire...

— Si, s'il vous plaît ! Racontez-nous.

Maintenant que ni ses amies ni Damon ne couraient aucun danger immédiat, Elena avait hâte de l'écouter. Les autres hochèrent la tête avec enthousiasme.

Ulma rougit un peu, puis commença sans se presser :

— Je suis née sous le règne de Kelemen II, commença-t-elle. J'imagine que ça ne vous dit rien, mais ceux qui l'ont connu, lui et ses… péchés mignons, savent ce qu'il en est. J'ai été l'élève de ma mère, qui était une styliste très en vue. Mon père était un créateur de bijoux presque aussi connu qu'elle. Ils étaient propriétaires d'un domaine aux abords de la ville et ils avaient tout à fait les moyens d'avoir une maison aussi belle que celles de nombre de leurs riches clients, même s'ils veillaient à ne pas faire étalage de la véritable ampleur de leur fortune. À l'époque, j'étais la jeune lady Ulma, et non Ulma la vieille sorcière. Mes parents ont toujours fait de leur mieux pour ne pas m'exposer, pour ma sécurité. Mais…

« Ulma… Lady Ulma », songea Elena, avant de prendre une grande gorgée de vin. Son regard avait changé : son passé défilait devant ses yeux et elle essayait de ne pas contrarier ses auditeurs. Mais, au moment où Elena allait lui demander de s'arrêter, au moins jusqu'à ce qu'elle se sente mieux, Ulma poursuivit :

— En dépit de toutes leurs précautions… quelqu'un… a fini par me voir et a réclamé ma main. Ce n'était pas Drohzne ; il n'était qu'un fourreur de l'Outreterre, et je l'ai connu il y a seulement trois ans. C'était un général, un démon à la réputation effroyable, et mon père a refusé sa demande. Ils nous ont attaqués en pleine nuit. J'avais quatorze ans quand c'est arrivé. Et c'est ainsi que je suis devenue une esclave.

Elena constata qu'elle ressentait la peine d'Ulma comme si elle la vivait de l'intérieur, en direct de son esprit. « C'est pas vrai, ça recommence », se dit-elle en essayant vite de canaliser ses pouvoirs.

— Rien ne vous oblige à parler de ça, vous savez. Une autre fois, peut-être…

— Non, je veux tout vous dire. Pour que vous sachiez de quoi vous m'avez libérée. Et je préférerais ne le raconter qu'une fois. Mais si vous ne souhaitez pas l'entendre…

Elles continuèrent en rivalisant de politesses.

— Non, non, je ne voulais pas vous interrompre… Juste vous dire à quel point je suis triste pour vous.

Elena jeta un œil au docteur, qui l'attendait patiemment près de la table d'examen, une bouteille dans les mains.

— Par contre, si ça ne vous ennuie pas, j'aimerais… faire soigner ma jambe.

Elle était consciente d'avoir prononcé la fin de la phrase d'un ton sceptique, qui trahissait sa curiosité vis-à-vis des pouvoirs du docteur.

Il fallut quelques minutes à lady Ulma pour surmonter le choc et la détresse d'avoir laissé sa sauveuse attendre, mais finalement Elena grimpa sur la table et le docteur l'incita à boire le contenu de sa bouteille, qui avait un goût de sirop pour la toux à la cerise. Décidant qu'elle n'avait rien à perdre à tester un anesthésiant version Royaume des Ombres, surtout sachant que les points de suture allaient sûrement être douloureux, elle prit une gorgée. Aussitôt, elle eut l'impression que la pièce tanguait autour d'elle. D'un geste, elle refusa l'offre d'une seconde gorgée.

Le Dr Meggar enleva les lambeaux du foulard de Bonnie, puis commença à découper la jambe de son jean à partir du genou.

— Dès le début j'ai su que vous étiez quelqu'un de bien, reprit lady Ulma. Je vais nous épargner les détails pénibles de mon esclavage. Peut-être suffit-il de dire que je suis passée d'un maître à un autre au fil des ans, en tombant chaque fois sur pire. Et puis un jour, pour plaisanter, quelqu'un a dit : « Donnez-la au père Drohzne, il l'usera jusqu'à la moelle, et encore : si c'est possible ! »

— *Bon sang !*

Elena espéra que tout le monde attribuerait son cri du cœur au récit et non à la douleur que lui infligeait le docteur en tamponnant sa chair gonflée à l'aide d'une solution piquante. « Damon s'y prenait beaucoup mieux, pensa-t-elle. Je ne me rendais pas compte de la chance que j'avais ! » Elle essaya de ne pas grimacer tandis que le Dr Meggar commençait à manipuler son aiguille, mais elle serra davantage la main de Meredith, au point d'avoir peur de lui briser les os. Mais, quand elle essaya de se détendre, ce fut Meredith qui l'étreignit encore plus fort. Sa longue main ressemblait presque à celle d'un garçon, mais en plus doux. Elena fut bien contente de pouvoir la presser autant qu'elle voulait.

— Ces derniers temps, mes forces m'ont abandonnée, dit lady Ulma à voix basse. J'ai d'abord pensé que c'était ce...

Là, elle eut recours à une formule particulièrement brutale pour désigner son ancien maître.

— ... qui me conduisait à la mort. Et puis j'ai compris ce qui se passait réellement.

Tout à coup, un éclat transforma son visage, et Elena devina tout de suite combien elle avait dû être belle, jeune. Belle au point qu'un démon exigerait d'en faire son épouse.

— J'ai compris qu'une nouvelle vie poussait en moi et que Drohzne la tuerait à la moindre occasion...

Elle n'eut pas l'air de remarquer l'expression de stupeur mêlée d'horreur sur le visage des trois filles. Plus ça allait, plus Elena avait le sentiment d'être en plein cauchemar et d'avancer à tâtons au bord d'un gouffre. Et, tant qu'elle n'aurait pas retrouvé Stefan, elle devrait continuer de traverser ces ténèbres en évitant les crevasses invisibles et traîtresses du Royaume des Ombres. Cette allusion à l'horreur symbolisée par un gouffre lui était familière, mais c'était la première fois qu'elle en prenait vraiment conscience.

— Vous êtes nouvelles ici, jeunes filles, dit lady Ulma, brisant le silence qui s'était prolongé. Je ne voulais pas vous choquer...

— Nous sommes esclaves, répondit Meredith en ramassant l'extrémité de sa corde. Je pense que plus nous en saurons, mieux ça se passera.

— Votre maître... je n'ai jamais vu une personne aussi empressée d'affronter le père Drohzne. Beaucoup de gens sifflaient en signe de mécontentement sur son passage, mais c'était le maximum de ce que la plupart osaient faire. Alors que votre maître...

— Nous l'appelons Damon, glissa Bonnie.

Son ton plein de sous-entendus échappa complètement à lady Ulma.

— Maître Damon... vous pensez qu'il voudrait bien me garder ? Une fois qu'il aura payé le prix du sang à la famille, il pourra faire son choix parmi les biens de Drohzne. Je suis une des seules esclaves qu'il n'a pas tuée.

L'espoir qui se lut sur son visage était presque trop pénible à regarder.

À cet instant, Elena s'aperçut que Damon ne s'était pas manifesté depuis un moment. Combien de temps ces concertations allaient-elles lui prendre ? Elle jeta un regard anxieux à Meredith, qui devina exactement à quoi elle pensait. Elle secoua la tête avec impuissance : même si elles demandaient à Lakshmi de les conduire au Temple, que feraient-elles après ?

Elena réprima une grimace et sourit à lady Ulma.

— Et si vous nous racontiez votre enfance ?

18.

Damon n'aurait pas imaginé qu'un vieil imbécile sadique, qui fouettait une femme jusqu'au sang car elle n'avait pas été capable de tirer une charrette destinée à un cheval, puisse avoir des amis. Et, en effet, le père Drohzne n'en avait peut-être jamais eu. Mais ce n'était pas le problème.

Étrangement, sa mort ne l'était pas non plus. Le meurtre était une affaire quotidienne ici, et le fait que Damon ait initié et gagné une bagarre n'avait rien de surprenant pour les habitants de ces dangereuses ruelles.

Le problème résidait dans le fait qu'il ait filé avec une esclave. Ou peut-être que ça allait plus loin, et que le véritable problème était sa façon de traiter ses propres esclaves.

Une foule uniquement composée d'hommes s'était effectivement rassemblée devant la maison du docteur, et ils étaient bel et bien armés de torches.

— Maudit vampire ! Vampire en cavale !

— Faites-le sortir, et que justice soit faite !

— Réduisez cette maison en cendres s'il ne se rend pas !

— Les Anciens exigent qu'on leur amène !

Le grondement de la foule vida les rues des plus braves pour ne laisser que les crapules, qui traînaient sans trop savoir quoi faire de leur peau et ne demandaient pas mieux que d'en découdre. Bien entendu, la plupart étaient eux-mêmes des vampires. De solides gaillards, d'ailleurs, remarqua Damon en lançant un sourire éblouissant au cercle qui se resserrait autour de lui. Mais tous ignoraient que la vie de trois humaines dépendait de lui, et que l'une d'elles était le joyau de l'humanité. S'il était réduit en miettes à l'issue de ce combat, leur vie deviendrait un enfer, une déchéance sans fin.

Néanmoins, son bon sens ne l'aida pas vraiment à s'imposer sous les morsures et les coups en tous genres qu'il reçut : coups de pied, coups de tête, coups de poing et même coups de pieu, le genre capable de couper un vampire en rondelles. Au début, il pensait avoir une chance. Plusieurs vampires parmi les plus jeunes et les plus costauds furent victimes de ses frappes de cobra et de ses brusques rafales d'énergie. Mais, tandis qu'il brisait le cou d'un démon qui venait de lui entailler le bras presque jusqu'au muscle avec ses énormes cornes, Damon prit conscience que, en vérité, ils étaient trop nombreux. Un énorme vampire approcha, visiblement en forme et dégageant une aura qui lui leva le cœur. Il prit un bon coup de pied en plein visage, mais ne resta pas à terre très longtemps. Il se releva, cramponné à la jambe de Damon pour permettre à des vampires plus petits, armés de pieux, de le frapper et de le paralyser. Un désarroi violent s'empara de Damon quand il sentit ses jambes se dérober sous lui.

— Allez tous rôtir en Enfer, maugréa-t-il, la bouche en sang.

Un autre démon à la peau rouge lui asséna un violent coup de poing.

« Je suis vraiment mal barré », se dit Damon d'un air morne, en continuant de se battre à coups de puissantes salves de pouvoir pour en estropier et en tuer le plus possible. De plus en plus étourdi, il eut l'impression que tout devenait irréel autour de lui ; pas comme dans ce rêve agité qu'il faisait d'Elena, où elle semblait être constamment en pleurs. Mais irréel comme dans un cauchemar. Ses muscles n'étaient plus d'aucune efficacité. Son corps était meurtri et, alors même que ses jambes commençaient à cicatriser grâce à ce qui lui restait de pouvoir, un autre vampire lui fit une entaille profonde dans le dos. Il avait de plus en plus l'impression de vivre un cauchemar dans lequel il ne pouvait pas bouger, excepté au ralenti. Parallèlement, une part de lui lui chuchotait de jeter l'éponge, de ne plus lutter, car bientôt tout serait fini.

Finalement, la force du nombre eut raison de lui, et un homme s'approcha, un pieu à la main.

— Bon débarras !

Il avait une haleine fétide qui puait le sang séché, un air mauvais et des traits hideux. Avec ses doigts de lépreux, il ouvrit la chemise de Damon pour ne pas faire de trou dans cette belle soie noire.

Damon lui cracha dessus, en échange de quoi il reçut un violent coup de pied en plein visage.

Il s'évanouit quelques secondes, puis, lentement, la douleur et le bruit le firent revenir à lui.

La foule jubilante de vampires et de démons ivres de cruauté avait improvisé une petite danse : ils frappaient du pied en cadence autour de lui et riaient à gorge déployée tandis qu'ils faisaient mine d'enfoncer des pieux imaginaires, avec un enthousiasme débridé.

À cet instant, Damon crut sincèrement qu'il allait mourir.

Cette prise de conscience fut un choc, même s'il savait depuis le début que ce monde était beaucoup plus dangereux que celui qu'il avait récemment quitté, et même si sur Terre il avait plus d'une fois réchappé à la mort de justesse. Là, il n'avait aucun allié puissant et aucun point faible à exploiter chez l'ennemi. Il avait l'impression que les secondes s'étiraient à l'infini, se transformant en minutes d'une valeur inestimable. Qu'est-ce qui comptait le plus ? Prévenir Elena…

— Aveuglez-le d'abord ! Faites cramer cette brindille !

— Je m'occupe de ses oreilles ! Que quelqu'un m'aide à lui tenir la tête !

Prévenir Elena… Lui dire… pardon…

Il capitula alors qu'une dernière pensée essayait de percer son esprit embrouillé.

— N'oubliez pas de lui arracher les crocs ! J'ai promis un nouveau collier à ma petite amie !

« Je pensais être préparé, pensa lentement Damon, chaque mot lui venant séparément. Mais pas… si tôt. »

« Je pensais m'être réconcilié… mais pas avec la personne qui comptait… celle qui comptait le plus. »

Stefan.

Sans prendre le temps de réfléchir davantage, il largua clandestinement la plus puissante salve de pouvoir qu'il était à même de rassembler dans sa confusion. *Stefan, il faut que tu m'entendes ! Elena est là… elle vient te libérer !*

Elle possède des pouvoirs que ma mort risque de libérer. Et je suis en train de...

Quelqu'un trébucha à proximité. Le silence tomba sur les fêtards complètement ivres. Quelques-uns s'empressèrent d'incliner la tête ou de détourner les yeux.

Damon s'immobilisa, curieux de savoir ce qui pouvait interrompre la foule en délire au beau milieu de ses festivités.

Un homme se dirigeait vers lui. Le nouveau venu avait de longs cheveux bronze qui lui tombaient jusqu'à la taille dans un enchevêtrement de mèches indisciplinées. Il était torse nu, exposant un corps que le plus puissant des démons aurait pu lui envier. Un buste qui semblait avoir été taillé dans un bloc d'acier reluisant. Des biceps et des abdos parfaitement sculptés... Il n'y avait pas un brin de gras sur son grand corps de félin. Il portait un pantalon noir tout simple, mais qui faisait ressortir ses jambes musclées à chaque pas.

Un tatouage frappant, qui représentait un dragon noir dévorant un cœur, lui recouvrait toute la longueur du bras.

Il n'était pas seul. Il ne tenait aucune laisse, mais à ses côtés se tenait un superbe chien noir au regard étrangement intelligent, qui se mettait au garde-à-vous d'un œil alerte chaque fois que son maître s'arrêtait. Il devait peser dans les cent kilos, mais il n'avait pas un poil de graisse non plus.

Et, sur son épaule, le mystérieux inconnu arborait un superbe faucon.

Contrairement à la plupart des oiseaux prédateurs lorsqu'ils étaient emmenés en expédition, celui-ci n'était pas chaperonné. Il n'était pas non plus posé sur un rembourrage de quelque sorte ; il agrippait l'épaule nue du jeune homme, enfonçant ses serres avant dans sa chair et faisant couler de minces filets de sang sur son torse. Manifestement, son maître ne remarquait rien. Des filets de sang séché similaires côtoyaient les récents, datant sans aucun doute de précédentes virées. Dans son dos, une traînée rouge solitaire coulait d'une seule serre.

Un silence absolu était tombé sur la foule, et les rares démons qui se trouvaient encore entre l'imposant jeune homme et la silhouette en sang étendue à terre s'écartèrent de son chemin à toute vitesse.

Un instant, l'homme au corps de félin resta immobile. Sans dire un mot, sans faire un geste ni émettre la moindre onde de pouvoir. Puis il fit signe au chien, qui s'approcha d'un pas lourd et feutré de Damon pour renifler ses bras et son visage ensanglantés. Damon vit tous ses poils se dresser.

— Bon chien, dit-il d'un ton rêveur, tandis que la truffe fraîche et humide lui chatouillait la joue.

Damon connaissait cette race de chien, et il savait qu'elle ne correspondait pas au stéréotype populaire du gentil toutou. Plus exactement, c'était un cerbère habitué à sauter à la gorge des vampires et à les secouer jusqu'à ce qu'un jet de sang de deux mètres de haut gicle de leurs artères.

Ce genre de molosse pouvait vous donner tellement de fil à retordre qu'à côté de ça un coup de pieu dans le cœur serait presque une bénédiction, songea Damon en restant parfaitement immobile.

— *Ça suffit !* lança le jeune homme aux cheveux bronze.

Le chien recula docilement, en fixant Damon de ses prunelles noires et luisantes ; Damon ne le lâcha pas du regard avant qu'il ne se soit éloigné de quelques mètres.

L'homme jeta un bref coup d'œil à la foule.

— Laissez-le tranquille, lâcha-t-il, sans véhémence particulière.

Manifestement, les vampires n'eurent pas besoin de se le faire dire deux fois ; petit à petit, ils commencèrent à s'en aller. D'autres s'attardèrent et se trouvaient encore dans les parages lorsque l'inconnu jeta de nouveau un œil autour de lui. Mais, partout où son regard impassible se posa, les regards se baissèrent et des silhouettes serviles se figèrent en plein élan, littéralement pétrifiées, dans l'espoir de se faire oublier.

Damon se détendit subitement. Ses forces lui revenaient et lui permirent de rafistoler quelques plaies. Il s'aperçut que le chien passait d'un individu à un autre en les reniflant avec intérêt.

Lorsqu'il fut en mesure de relever la tête, il esquissa un faible sourire.

— *Diable.* Alors c'est toi ?

À son tour, l'homme esquissa un sourire, mais sans joie.

— Tu me flattes, mon cher. Regarde : je rougis.

— Ce bon vieux Sage. J'aurais dû me douter que tu serais ici.

— Eh oui, mon cher tyran, ce ne sont pas les lieux d'errance qui manquent dans ce bas monde. Même si je suis condamné à la solitude.

— Oh, le malheureux ! Sortez les violons…

Brusquement, Damon coupa court à ses sarcasmes. Il n'y arrivait plus. Peut-être parce qu'il avait passé trop de temps avec Elena dernièrement ; ou bien parce que ce monde abject le déprimait prodigieusement. Il reprit d'un ton totalement différent :

— Je n'aurais jamais pensé être aussi reconnaissant. Sans le savoir, tu as sauvé cinq vies. Mais comment as-tu su…

Sage s'accroupit et le regarda d'un air préoccupé.

— Qu'est-ce qui s'est passé ? Qu'est-ce qui t'a pris avec Drohzne ? demanda-t-il très sérieusement. Tu sais, les nouvelles vont vite par ici. J'ai entendu dire que tu étais arrivé avec un harem...

— C'est vrai ! chuchota une voix tapie aux abords de la rue où l'embuscade avait été tendue à Damon. Prenez ses filles en otages... torturez-les !

Sage croisa furtivement le regard de Damon. Visiblement, lui aussi avait entendu.

— Sabre ! souffla-t-il au chien. Va chercher !

Il redressa brusquement le menton en direction du chuchotement.

Instantanément, le molosse noir bondit en avant et, avant même que Damon ait le temps de visualiser la scène, il planta ses crocs dans la gorge de l'homme tapi dans l'ombre, le fit basculer d'un coup à terre, ce qui engendra un craquement caractéristique, et revint d'un bond en traînant le cadavre entre ses pattes.

Une brusque rafale de pouvoir éclata, laissant une phrase en suspens dans les airs : *Je vous avais prévenus !*

Damon grimaça. Effectivement, Sage les avait avertis ; mais pas des conséquences.

Laisse-les tranquille, lui et ses amis !

Damon en profita pour se relever doucement, ne demandant pas mieux que d'accepter la protection de Sage.

— Eh bien, je pense qu'ils ne recommenceront pas de sitôt, dit-il. Si on rentrait boire le verre de l'amitié ?

Sage le regarda comme s'il était brusquement devenu fou.

— Tu connais la réponse à cette question : *non*.

— Pourquoi ?

— Parce que.

— Ce n'est pas une raison.

— Si je ne veux pas aller boire ce verre avec toi, mon cher... c'est parce qu'on n'est *pas* amis.

— On a pourtant monté de belles arnaques ensemble.

— Ça date !

D'un geste vif, Sage saisit une des mains de Damon. Elle avait une vilaine entaille assez profonde, que Damon n'avait pas réussi à soigner. Sous le regard de Sage, elle se referma, la chair reprit sa couleur naturelle et elle cicatrisa.

Damon lui laissa sa main un instant, puis, sans rudesse, la retira.

— Ça ne date pas *tant* que ça, murmura-t-il.

— Depuis la dernière fois qu'on s'est vus ?

Un sourire sarcastique se forma sur les lèvres de Sage.

— Toi et moi n'avons pas du tout la même notion du temps, cher tyran.

Grisé par sa bonne humeur, Damon insista.

— Allez, rien qu'un verre ?

— Avec ton harem ?

Damon essaya de visualiser Meredith et Sage ensemble, mais son cerveau se rebiffa.

— De toute façon, tu t'es porté garant d'elles, ajouta-t-il avec indolence. Et en vérité aucune ne m'appartient. Je t'en donne ma parole.

Il eut un pincement au cœur en pensant à Elena : il ne mentait pas, aucune ne lui appartenait, elle encore moins.

— Garant ?

Sage avait l'air de réfléchir à voix haute.

— Dois-je comprendre que tu as promis de les protéger ? Je te succéderai dans cette promesse uniquement si tu meurs. Et si ça arrive...

Il eut un geste d'impuissance.

— Tu devras vivre pour sauver Stefan, Elena et les autres.

— Je te dirais bien non, mais je sens que ça te déplairait. Alors je vais accepter…

— Et, si tu échoues, je jure de revenir te hanter.

Sage le considéra un instant.

— Je crois qu'on n'a jamais eu un échec à me reprocher jusqu'ici, répondit-il. Mais, bien entendu, c'était *avant* que je devienne un vampire.

La rencontre entre le « harem » et Sage promettait d'être intéressante, songea Damon. Du moins… tant que les filles ne sauraient pas qui il était réellement. Avec un peu de chance, personne ne vendrait la mèche.

19.

Elena avait rarement été aussi soulagée que lorsqu'elle entendit Damon frapper à la porte du Dr Meggar.

— Qu'est-ce qui s'est passé au Temple ? le questionna-t-elle d'emblée.

— Je n'y suis jamais arrivé.

Damon lui raconta l'embuscade pendant que les autres étudiaient Sage à la dérobée, avec plus ou moins d'assentiment, de gratitude, ou carrément de désir. Elena se fit la remarque que, chaque fois qu'elle avait bu trop de vin de Magie Noire, elle se sentait prête à s'évanouir, alors qu'à l'inverse elle était sûre que cet élixir avait aidé Damon à survivre à l'assaut collectif, qui aurait pu sinon le tuer.

À leur tour, elles lui racontèrent en substance l'histoire de lady Ulma. À la fin du récit, la femme était livide et bouleversée.

— J'espère vraiment, dit-elle timidement à Damon, que, lorsque vous hériterez des biens de Drohzne..

Elle s'interrompit, la gorge nouée.

— … vous déciderez de me garder. J'ai conscience que les esclaves que vous avez amenées sont jeunes et belles… mais je peux me rendre très utile pour les travaux d'aiguille ou autres. Il n'y a que mon dos qui a perdu sa vigueur, pas mes mains…

Damon ne réagit pas tout de suite. Puis il se dirigea vers Elena, qui se trouvait être la plus près. Il tendit le bras, défit le dernier nœud à la corde qui pendait à son poignet et la lança de toutes ses forces à travers la pièce. Elle fouetta l'air en se tortillant comme un serpent.

— Pour ma part, vous êtes toutes libres. Vous n'avez qu'à m'imiter : jetez vos cordes !

— OK, mais on va éviter de tout casser, commenta Meredith en jetant un œil au Dr Meggar.

Elle vit les sourcils de l'homme s'entrechoquer en regardant les nombreux et fragiles flacons de verre alignés le long des murs. Toutefois, Bonnie et elle ne perdirent pas de temps à se défaire des derniers bouts de corde qui pendillaient encore à leurs poignets.

— J'ai peur de ne pas pouvoir…, dit lady Ulma.

Elle remonta sa manche pour leur montrer les menottes en fer soudées. Elle semblait dans l'impossibilité d'obéir au premier ordre de son nouveau maître.

— Un peu de fraîcheur, ça vous ennuie ? demanda Damon. Il me reste assez de pouvoir pour les congeler et les pulvériser.

Lady Ulma étouffa un halètement. Elena n'avait jamais entendu autant de désespoir réuni dans un si petit cri.

— Je serais capable de passer une année entière avec de la neige jusqu'au cou pour me débarrasser de ces horreurs, répondit-elle.

Damon posa les mains de chaque côté d'une menotte et Elena sentit une montée de pouvoir émaner de lui. Un craquement sec se fit entendre, puis il écarta les mains en tenant deux morceaux distincts de métal.

Il fit de même avec l'autre menotte.

Face au regard de lady Ulma, Elena ressentit davantage d'humilité que de fierté. C'était la première fois qu'elle sauvait une femme d'une terrible déchéance. Mais combien en restait-il dans ce cas ? Elle ne le saurait jamais et, quand bien même, elle ne pourrait pas toutes les sauver. Pas dans l'état actuel de son pouvoir.

— Je pense que lady Ulma devrait vraiment se reposer, suggéra Bonnie en se frottant le front sous une cascade de boucles rousses. Et toi aussi, Elena. Si tu voyais le nombre de points de suture qu'elle a eus sur la jambe, Damon ! Au fait, qu'est-ce qu'on fait maintenant ? On cherche un hôtel ?

— Profitez de ma maison, proposa le Dr Meggar, un sourcil en haut, l'autre en bas.

Manifestement, il s'était laissé empêtrer dans cette histoire, emporté par sa puissance, sa beauté… et sa cruauté.

— Tout ce que je vous demande, c'est de ne rien casser, et, si vous voyez une grenouille, ne l'embrassez pas mais ne la tuez pas non plus. Vous trouverez plusieurs couvertures, des chaises et des lits.

Il refusa de prendre un seul maillon de la chaîne en or que Damon lui tendit comme monnaie d'échange.

— En principe, je… je devrais vous aider à vous préparer pour le coucher, murmura lady Ulma à Meredith.

— Vous êtes la plus blessée ; vous devriez surtout avoir le meilleur lit, répondit tranquillement la jeune fille. C'est nous **qui** allons vous aider à vous mettre au lit.

— Le lit le plus confortable... ça doit être celui qui est dans l'ancienne chambre de ma fille, dit le docteur.

Il tripota maladroitement un trousseau de clés.

— Elle a épousé un porteur ; son départ a été un vrai déchirement. Et cette jeune demoiselle, Miss Elena, peut prendre l'ancienne chambre nuptiale.

L'espace d'une minute, le cœur d'Elena fut tiraillé par des émotions contradictoires. Elle avait peur (aucun doute, c'était bien ce qu'elle ressentait), peur que Damon ne la prenne de force dans ses bras pour l'emporter dans la suite nuptiale. D'un autre côté...

À ce moment-là, Lakshmi leva la tête et la regarda d'un air embarrassé.

— Vous voulez que je parte, maintenant ?

— Tu sais où dormir ?

— Dans la rue, je pense. En général, je dors dans un tonneau.

— Alors viens avec moi ; un lit nuptial, c'est sûrement assez grand pour deux. Tu es des nôtres, désormais.

Lakshmi la regarda, à la fois abasourdie et follement reconnaissante ; pas de lui fournir un lit où dormir, mais d'avoir affirmé qu'elle était maintenant l'une des leurs. Elena devina que jamais elle n'avait fait partie d'aucun groupe.

***

Tout fut calme jusqu'au semblant d'aube, le « lendemain », pour parler comme les habitants de la ville, bien que la luminosité du ciel n'eût pas changé de la nuit.

Cette fois, c'était une foule différente qui s'était rassemblée devant le cabinet du Dr Meggar. Elle était principalement composée de vieillards vêtus de robes élimées mais propres, et il y avait aussi quelques vieilles dames. En tête de cortège se tenait un homme aux cheveux argentés qui semblait étrangement digne.

Damon, avec l'appui de Sage, sortit leur parler.

***

Elena était habillée mais elle n'était pas encore descendue, profitant du calme de la suite nuptiale pour écrire.

Cher Journal,

J'ai vraiment besoin d'aide ! Stefan, j'ai besoin de toi ! J'ai besoin que tu me pardonnes. Que tu m'aides à rester lucide. Trop de temps passé avec Damon et voilà le résultat : je suis devenue hyper émotive et je me sens parfois prête à le tuer ou à le... ou à... je ne sais pas. JE-NE-SAIS-PAS ! Lui et moi, on est comme l'huile et le feu... comme de l'essence et un lance-flammes ! Je t'en prie, entends-moi, aide-moi et sauve-moi... de moi-même. Chaque fois qu'il prononce ne serait ce que mon nom...

— Elena ?

La voix dans son dos la fit sursauter. Elle referma brusquement son journal et se retourna.

— Oui, Damon ?

— Comment tu te sens ?

— Oh, super. Tout va bien. Même ma jambe va... bref, je suis complètement remise. Et toi ?

— Ça va plutôt bien, dans l'ensemble, répondit-il en souriant.

C'était un vrai sourire, pas un rictus tordu ou une tentative de manipulation. C'était un simple sourire, quoiqu'un peu triste et inquiet.

Sur le moment, elle ne fit pas vraiment attention à cette tristesse ; ça lui revint plus tard. Pour l'heure, elle avait l'impression d'être légère comme l'air ; l'impression que, si elle lâchait prise, elle pourrait se retrouver à des kilomètres dans le ciel sans que personne ait le temps de la rattraper… À des kilomètres, peut-être aussi loin que les lunes de cet endroit insensé.

Elle réussit à lui faire un petit sourire mal assuré.

— Tant mieux.

— Je voulais te parler, dit Damon. Mais avant…

En un claquement de doigts ou presque, elle se retrouva dans ses bras.

— Damon, ça ne peut pas continuer…

Elle essaya de s'écarter doucement.

— On ne peut pas continuer comme ça, tu le sais.

Il ne la lâcha pas. Quelque chose dans sa façon de la tenir la terrifiait d'un côté et lui donnait envie de pleurer de joie de l'autre. Elle s'efforça de contenir ses larmes.

— Ce n'est rien, dit Damon à voix basse. Vas-y, pleure… car la situation va se compliquer.

Cette fois, ce fut son intonation qui lui fit peur. Ce n'était pas la crainte à moitié euphorique qu'elle avait ressentie une minute plus tôt, mais une peur viscérale.

« Il est inquiet », comprit-elle subitement, tout étonnée. Elle avait déjà vu Damon fâché, mélancolique, froid, narquois, séducteur, et même soumis et honteux, mais inquiet, jamais. Elle arrivait à peine à intégrer cette idée. Damon s'inquiétait… *pour elle.*

— C'est à cause de ce que j'ai fait hier, supposa-t-elle. Ils vont me tuer ?

Elle fut la première surprise par le calme de sa voix. Elle n'éprouvait rien, excepté un vague chagrin et le désir d'apaiser les craintes de Damon.

— Sûrement pas !

Il la fixa en la tenant à bout de bras.

— Du moins pas avant de nous avoir tués, Sage et moi, et à mon avis toutes les personnes présentes dans cette maison.

Il s'interrompit, comme s'il était à bout de souffle, ce qui était impossible pour un vampire. « Il essaie de gagner du temps », comprit-elle.

— Mais ils veulent ma mort, n'est-ce pas ?

Elle ignorait pourquoi elle en était aussi certaine. Peut-être qu'elle lisait dans ses pensées sans le vouloir.

— Ils ont lancé… des menaces, admit lentement Damon. Mais ce n'est pas vraiment à cause du père Drohzne. Je suppose qu'il y a des meurtres tous les jours ici, et le vainqueur rafle tout. Mais, apparemment, la nouvelle de ta bravoure a circulé pendant la nuit. Des esclaves dans des domaines voisins refusent d'obéir à leur maître. Tout un quartier de la ville est en ébullition… et ils ont peur de ce qui arrivera si d'autres secteurs sont mis au courant. Il faut agir vite, sinon le Royaume des Ombres risque d'exploser comme une bombe.

Elena devina que c'était plus ou moins le discours que lui avait tenu la foule qui se trouvait devant chez le Dr Meggar, ce matin-là. Eux aussi avaient peur.

« Ça pourrait être le début d'un changement crucial, songea Elena, oubliant subitement ses propres soucis. Même la mort ne serait pas trop cher payé pour libérer ces malheureux de leurs maîtres démoniaques. »

— C'est hors de question ! s'exclama Damon.

Comprenant qu'elle avait dû projeter ses pensées, elle perçut une véritable angoisse dans sa voix.

— Si on était organisés, si on avait des leaders capables de rester ici et superviser une révolution, si toutefois on en trouvait qui aient les épaules assez solides, alors il y aurait peut-être une chance. Mais, en attendant, partout où la nouvelle s'est répandue, les esclaves sont punis. Ils sont torturés et tués sur simple présomption de solidarité envers toi. Ils sont punis pour l'exemple. Et ça ne va qu'empirer !

Les espoirs d'Elena, qui s'emballait déjà à l'idée de pouvoir changer *ce* monde, s'effondrèrent brusquement. Elle fixa Damon avec horreur.

— Il faut absolument qu'on arrête ça. Même si ça doit nous coûter la vie…

Damon la serra contre lui.

— Toi… Bonnie et Meredith.

Sa voix semblait enrouée.

— Plein de gens vous ont vues ensemble. Maintenant, ils vous considèrent toutes les trois comme des fauteuses de troubles.

Elena sentit son sang se glacer. Si un incident d'une telle insolence restait impuni et si le bruit se répandait… l'histoire s'enjoliverait chaque fois qu'elle serait racontée…

— On est devenues célèbres du jour au lendemain. Demain on sera des légendes, murmura-t-elle.

Mentalement, elle visualisa un domino basculant sur un autre, puis sur un autre, et ainsi de suite jusqu'à ce qu'une longue chaîne se soit effondrée en épelant un mot : *héroïne.*

Mais elle n'avait aucune envie d'être une héroïne ! Elle était venue ici pour ramener Stefan, c'est tout. Autant elle pourrait donner sa vie pour que les esclaves ne soient plus torturés et tués, autant elle serait capable de meurtre si quelqu'un touchait à un cheveu de Bonnie ou de Meredith.

— Ils éprouvent la même chose à ton égard, dit Damon.

Il durcit les bras comme s'il essayait de la bloquer.

— Une jeune fille du nom d'Helena a été battue et pendue ce matin parce qu'elle s'appelait comme toi. Elle avait quinze ans.

Les jambes d'Elena se dérobèrent, comme bien souvent quand elle était dans les bras de Damon... mais jamais pour cette raison. Il accompagna son mouvement ; il valait mieux avoir cette discussion assis par terre, sur le plancher nu.

— Ce n'est pas ta faute, Elena ! Tu es comme tu es. C'est comme ça que les gens t'aiment !

Son cœur battait très fort. Les choses allaient déjà mal... et elle n'avait fait que les aggraver. Faute d'avoir réfléchi. Faute d'avoir imaginé que sa vie n'était pas la seule en jeu. Et parce qu'elle avait agi avant d'évaluer les conséquences de ses actes.

Pourtant, si c'était à refaire, elle n'hésiterait pas. Ou alors... « En y perdant l'honneur, pensa-t-elle. J'aurais agi plus ou moins de la même façon. Si j'avais su que je mettrais la vie de tous ceux que j'aime en danger, j'aurais supplié Damon de conclure un marché avec ce bourreau d'esclaves minable. D'acheter lady Ulma à un prix exorbitant... Si on avait eu l'argent. S'il m'avait écoutée... Si un énième coup de fouet ne l'avait pas... »

Brusquement, ses pensées se durcirent.

Ce qui est fait est fait.

Ça, c'est le passé.

Là, c'est le présent.

Accepte-le.

— Qu'est-ce qu'on peut faire ?

Elle essaya de se dégager et de secouer Damon ; elle était vraiment à cran.

— On doit pouvoir faire quelque chose ! Ils ne peuvent pas tuer Bonnie et Meredith… et Stefan va mourir si je ne le retrouve pas !

Damon se contenta de la serrer plus fort. Elle se rendit compte qu'il s'était blindé pour l'empêcher de lire dans ses pensées. Ça pouvait être bon ou mauvais signe. Ça signifiait soit qu'une solution existait mais qu'il était peu disposé à la lui soumettre, soit que la mort des trois rebelles était la seule issue que les dirigeants de la ville accepteraient.

— Damon ?

Il la tenait beaucoup trop fermement pour lui permettre le moindre mouvement, si près qu'Elena ne pouvait même pas le regarder dans les yeux. Cependant, elle visualisa mentalement son visage et essaya de s'adresser à lui directement, par la pensée.

Damon, si on peut faire quelque chose… s'il y a le moindre espoir de sauver Bonnie et Meredith… il faut que tu me le dises. Il le faut, tu entends ? C'est un ordre !

Aucun n'était d'humeur à rire ou même à remarquer que c'était l'esclave qui donnait des ordres au maître. Mais Elena finit par entendre sa réponse.

Ils disent que si je t'amène chez le frère de Drohzne aujourd'hui et que tu t'excuses, tu pourras être graciée et recevoir seulement six coups de ça.

Sortie de nulle part, une baguette de bois blanc apparut dans sa main. « Du frêne, sans doute », pensa Elena, surprise d'avoir retrouvé son calme. C'était la seule matière qui fût aussi efficace sur les humains que sur les vampires, même sur les Anciens, et nul doute qu'il en traînait quelques-uns dans les parages.

Mais le châtiment doit être exécuté en public pour que des rumeurs inverses soient propagées. Ils pensent que ça coupera court à la révolte si la première personne à avoir fait acte de désobéissance, toi en l'occurrence, reconnaît finalement son statut d'esclave.

Les pensées de Damon étaient accablantes, et le cœur d'Elena accablé. Combien de ses principes trahirait-elle si elle acceptait ? Combien d'esclaves condamnerait-elle à la servitude éternelle ?

Soudain, Damon s'emporta.

On n'est pas venus ici pour réformer le Royaume des Ombres ! lui rappela-t-il sur un ton qui la fit grimacer. Il la secoua légèrement. *On est venus chercher Stefan, tu te souviens ? Inutile de dire qu'on n'aura aucune chance de le récupérer si on essaie de jouer les Spartacus et si on déclenche une guerre qu'on sait pertinemment perdue d'avance. Même les Sentinelles ne peuvent rien y faire.*

Elena eut soudain un flash.

— Mais bien sûr. Pourquoi je n'y ai pas pensé avant ?

— Pensé à quoi ? s'étonna Damon d'un air abattu.

— On ne va pas mener cette guerre… tout de suite. Je ne maîtrise même pas mes pouvoirs de base, et encore moins ceux de mes Ailes. Mais au moins, le jour J, ils ne verront rien venir.

— Elena ? Allô ?

— On reviendra ! expliqua-t-elle avec fièvre, sans l'écouter. On reviendra quand j'aurai la maîtrise totale de mes pouvoirs. Et on viendra en force, avec des alliés solides, qu'on trouvera sur Terre. Ça prendra peut-être des années, mais un jour on reviendra terminer ce qu'on a commencé.

Damon la dévisageait comme si elle était complètement dingue, mais peu importait. Elle se sentait galvanisée par l'énergie qui circulait en elle. Elle tiendrait cette promesse quoi qu'il lui en coûte !

Damon ravala nerveusement sa salive.

— On pourrait… revenir au présent, maintenant ?

Dans le mille.

Le présent. Maintenant.

— Oui, oui, bien sûr.

Elle regarda la baguette de frêne avec mépris.

— Je vais le faire, Damon. Je refuse que quelqu'un d'autre soit blessé à cause de moi tant que je ne suis pas prête pour la guerre. Je fais confiance au Dr Meggar pour me soigner… s'il m'autorise à revenir le voir.

— Honnêtement, je n'en sais rien, répondit Damon en soutenant son regard. Par contre, je sais une chose : tu ne sentiras rien, je te le promets.

Ses grands yeux noirs s'agrandirent.

— Je veillerai à évacuer toute la douleur. Et, demain, tu n'auras plus une marque sur le corps. Mais…

Il termina plus lentement :

— Tu devras t'agenouiller devant moi pour demander pardon, à ton maître et à cette ordure, ce vieux débauché, cet infâme…

Emporté dans ses imprécations, Damon se remit à parler en italien.

— Pardon à qui ?

— Au chef du secteur, et peut-être aussi au jeune Drohzne, le frère du père Drohzne.

— Très bien. Dis-leur que je demanderai pardon à tous les Drohzne qu'ils veulent. Vas-y tout de suite, qu'on ne loupe pas cette occasion.

La façon dont Damon la regarda ne lui échappa pas, mais Elena était trop plongée dans ses pensées pour relever. Si Meredith ou Bonnie étaient à sa place, est-ce qu'elle les laisserait faire ? Non. Et si c'était Caroline et si elle avait un quelconque moyen de mettre un terme à tout ça ? Non plus. Non, non et non. Son hostilité envers la brutalité à l'encontre des femmes avait toujours été extrêmement forte. Et, depuis son retour de l'Au-delà, elle était particulièrement lucide sur le fait que, partout dans le monde, les femmes étaient des citoyennes de seconde zone. Aujourd'hui, une chose était claire pour elle : si on l'avait renvoyée sur Terre avec un but, ce serait celui d'aider à libérer des femmes et des enfants de cet esclavage dont bon nombre n'avaient même pas conscience.

Mais il ne s'agissait pas uniquement d'un maître vicieux et d'un peuple oppressé et sans visage. Il s'agissait de protéger lady Ulma et son bébé... et il s'agissait de Stefan. Si elle cédait, elle ne serait qu'une esclave effrontée ayant semé le trouble, mais que les autorités allaient vite remettre en place.

En même temps, si quelqu'un avait leur troupe à l'œil... si on se rendait compte qu'ils étaient ici pour libérer Stefan... si Elena était celle par qui le calme revenait...

Imaginez qu'ils emmènent Stefan dans une cellule encore plus inaccessible et qu'ils se débarrassent de la clé ?

Une série d'images enflammèrent son esprit, des images lui montrant de quelle façon Stefan pourrait être puni, emmené et perdu à jamais, si cet incident prenait des proportions excessives.

Non, elle n'abandonnerait pas Stefan maintenant pour mener une guerre perdue d'avance. Mais elle n'oublierait rien non plus.

« Je reviendrai tous vous chercher, se promit-elle. Et alors le dénouement de l'histoire sera différent. »

Elle s'aperçut que Damon n'était toujours pas parti. Il l'observait avec des yeux aussi perçants que ceux d'un faucon.

— Ils m'ont envoyé te chercher, dit-il calmement. Pour eux, il n'a jamais été question que tu refuses.

Ressentant sa fureur contre eux, Elena lui prit la main et la serra.

— Un jour, je reviendrai avec toi pour ces esclaves, dit-il. Tu le sais, n'est-ce pas ?

— Oui.

Le baiser furtif qu'elle lui donna se prolongea. Elle n'avait pas trop compris ce qu'il avait raconté sur la suppression de la douleur, et elle estimait avoir au moins le droit à un baiser étant donné ce qu'elle était sur le point de subir. Damon lui caressa les cheveux et le temps s'arrêta… jusqu'à ce que Meredith frappe à la porte.

L'aube rouge sang avait revêtu un aspect étrange, presque onirique, quand Elena fut amenée sur une tribune en plein air où les seigneurs en charge du secteur étaient installés sur des piles de coussins jadis raffinés mais aujourd'hui élimés. Ils se passaient de main en main des bouteilles et des outres ornées de pierreries, remplies de vin de Magie Noire, et fumaient le narguilé en crachant parfois dans des recoins plus sombres que tout. Tout ça sans se soucier de la foule de sans-abri qui avaient été bêtement attirés par la rumeur de châtiment public d'une superbe humaine.

Elena connaissait son rôle par cœur. Elle fut emmenée au pas, bâillonnée et les poignets menottés, devant ces hommes de pouvoir qui crachaient à tout-va. Le jeune Drohzne trônait avec une certaine gêne sur une banquette dorée, et Damon se tenait entre lui et les chefs, l'air tendu. Elle aurait bien été tentée d'improviser, comme lors du spectacle de fin d'année au collège, quand elle avait jeté un pot de fleurs à la tête de Petrucchio et fait un tabac dans la dernière scène de *La Mégère apprivoisée*.

Mais là, l'affaire était on ne peut plus sérieuse. La liberté de Stefan, de Bonnie et de Meredith en dépendait peut-être. Elena tourna sa langue dans sa bouche, qui était absolument sèche.

Curieusement, en croisant le regard de Damon, qui tenait l'arme du supplice, elle se sentit transcendée. On aurait dit qu'il l'exhortait au courage et à l'indifférence, sans même se servir de la télépathie. Elle se demanda si lui-même avait déjà été confronté à une telle situation.

Un membre de son escorte lui donna un coup de pied en guise de rappel à l'ordre.

Le Dr Meggar lui avait prêté un costume « approprié », trouvé dans l'armoire délaissée de sa fille mariée. C'était une longue tunique, couleur perle en intérieur mais virant au mauve sous l'éternel soleil pourpre. Et, détail qui avait son importance : sans le caraco en soie qui allait avec, la tunique formait un décolleté plongeant à l'arrière, jusqu'au bas des reins, laissant le dos d'Elena complètement dénudé. Conformément à la tradition, elle s'agenouilla devant les Anciens et inclina la tête jusqu'à poser le front sur un tapis très orné mais très sale posé à leurs pieds, quelques marches plus bas. L'un d'eux lui cracha dessus.

Dans l'assistance, les réactions furent immédiates : bavardages approbateurs et animés, grivoiseries et lancers de projectiles – surtout des détritus. Les fruits étaient une denrée trop rare ici pour être gaspillée. Ce qui n'était pas le cas des excréments séchés, et Elena sentit les premières larmes monter en comprenant de quoi on était en train de la bombarder.

« Courage et indifférence », se dit-elle, sans même oser jeter un coup d'œil furtif à Damon.

Peu de temps après, quand il fut estimé que la foule avait eu la récréation qu'elle méritait, un des Anciens, fumeur de narguilé, se leva. Il lut à voix haute le texte d'un long parchemin froissé dont Elena ne comprit pas un traître mot. Ça semblait interminable. À genoux, face contre terre sur le tapis poussiéreux, elle avait l'impression d'étouffer.

Finalement, le parchemin fut reposé et, à son tour, le jeune Drohzne se leva. D'une voix aiguë, presque hystérique, et dans un langage extravagant, il raconta alors l'histoire d'une esclave qui s'était révoltée contre son propre maître pour échapper à son emprise, puis qui s'était attaquée au chef de la famille et à ses maigres ressources, à savoir sa charrette et son incapable d'esclave, paresseuse et effrontée, et enfin de quelle façon tout cela avait occasionné la mort de son frère. À l'entendre, Elena eut d'abord l'impression qu'il rejetait toute la responsabilité de l'incident sur lady Ulma parce qu'elle s'était écroulée sous sa charge.

— Vous savez tous à quel genre d'esclave je fais allusion : celle-ci ne se serait même pas fatiguée à chasser une mouche dans son œil ! hurla-t-il en interpellant la foule.

Cette dernière répondit par de nouvelles insultes et, à défaut de pouvoir le faire sur lady Ulma, se défoula encore sur Elena à coups de projectiles.

Pour finir, le jeune Drohzne expliqua de quelle façon cette dévergondée insolente, qui portait le pantalon comme un homme, avait relevé l'esclave bonne à rien de son frère et l'avait portée dans ses bras (« tout ça à moi toute seule ? » s'étonna Elena avec ironie) pour l'emmener dans la maison d'un guérisseur très suspect, qui refusait à présent de lui rendre l'esclave.

— Quand j'ai appris ça, j'ai compris que je ne reverrais jamais mon frère ni son esclave...

Dès le début, il avait adopté un ton plaintif, qu'il avait bizarrement réussi à garder tout au long du récit.

— Si cette esclave était si paresseuse, estimez-vous heureux d'en être débarrassé ! lança un plaisantin.

— Néanmoins..., dit subitement un homme corpulent.

En entendant sa voix, Elena pensa tout de suite à celle d'Alfred Hitchcock : un débit lugubre et la même façon de s'interrompre avant les mots importants, qui contribuaient à rendre l'atmosphère plus sinistre et la situation encore plus sérieuse. Elena devina qu'il n'était pas n'importe qui. Les grivoiseries, les projectiles et même les crachats avaient cessé. Le gros homme était sans aucun doute l'équivalent local d'un « parrain » pour les habitants de ce quartier, dont la pauvreté n'était que trop évidente. Son intervention serait déterminante pour le destin d'Elena.

— Depuis...

Il parlait lentement, croquant entre chaque mot des bonbons dorés aux formes irrégulières piochés dans un bol qu'il gardait jalousement.

— ... le jeune vampire Damien a fourni réparation pour tous les dégâts matériels, et très généreusement d'ailleurs.

Il marqua une longue pause en fixant le jeune Drohzne.

— Par conséquent, son esclave, Aliana, qui est à l'origine de tous ces troubles, ne doit pas être arrêtée et vendue aux enchères, mais se prosterner humblement en signe de reddition et, de son plein gré, recevoir le châtiment qu'elle sait mériter.

Elena fut abasourdie. Elle ignorait si c'était dû à toute la fumée de narguilé que le vent avait portée jusqu'à elle avant de la chasser en volutes, mais les mots « vendue aux enchères » lui avaient fait un tel choc qu'elle avait failli perdre connaissance. Pas un seul instant elle n'avait envisagé cette éventualité... et les images qui lui étaient venues à l'esprit étaient extrêmement déplaisantes. Elle avait aussi tiqué en entendant son nouveau nom et celui de Damon. En fait, ça jouait plutôt en leur faveur en termes de discrétion, si jamais Shinichi et Misao entendaient parler de cette mésaventure.

— Qu'on nous amène l'esclave.

Le gros homme se rassit sur une pile de coussins.

Elena fut soulevée et traînée brutalement en haut de l'estrade, jusqu'à ce qu'elle aperçoive les sandales dorées de l'homme, dont les pieds étaient d'une propreté remarquable, tandis qu'elle gardait les yeux baissés à la manière d'une esclave soumise.

— Avez-vous écouté ces débats ?

Le parrain continuait de mastiquer bruyamment ses confiseries, et un léger souffle de vent porta une odeur divine aux narines d'Elena. Il n'en fallut pas plus pour que sa bouche desséchée se mette subitement à saliver.

— Oui, monsieur, répondit-elle, ignorant comment elle devait l'appeler.

— Appelez-moi Votre Excellence. Bien, avez-vous quelque chose à ajouter pour votre défense ?

Elena fut stupéfiée par la question. Elle hésita, malgré la réponse préparée qu'elle avait en tête : « Pourquoi me demander mon avis puisque tout a été réglé d'avance ? » D'une certaine façon, cet homme était plus... imposant que tous ceux qu'elle avait croisés au Royaume des Ombres ou même dans sa vie. Il écoutait les gens. « Je suis sûre qu'il m'écouterait si je lui racontais pour Stefan », pensa-t-elle tout à coup. Mais son bon sens habituel la rattrapa. « Mais bon, qu'est-ce qu'il pourrait y faire ? Rien, à moins qu'il ne puisse accomplir une bonne action et en tirer profit... gagner en pouvoir ou abattre un ennemi. »

Cependant, il pourrait lui servir d'allié quand elle reviendrait pour raser cet endroit et libérer les esclaves.

— Non, Votre Excellence. Rien à ajouter.

— Êtes-vous disposée à vous prosterner et à demander mon pardon et celui de maître Drohzne ?

C'était la première réplique du discours qu'Elena avait appris par cœur.

— Oui, répondit-elle.

Jusqu'au bout, elle réussit à réciter distinctement ses excuses préfabriquées, en ajoutant juste une pointe de remords dans sa voix, à la fin. De près, elle distinguait des particules dorées sur le gros visage de l'homme, dans sa barbe aussi, et sur ses cuisses.

— Parfait. L'esclave sera donc punie de dix coups de baguette de frêne pour l'exemple. Que les autres dissidents en prennent de la graine. Le châtiment sera exécuté par mon neveu Clewd.

20.

Chaos *indescriptible*. Elena redressa brusquement la tête, ne sachant pas si elle était encore censée jouer l'esclave repentante. Les chefs de la communauté s'apostrophaient bruyamment en levant les bras au ciel d'agacement. Damon avait retenu de force le parrain, qui semblait considérer que sa participation à la cérémonie était terminée.

La foule poussait des huées et des acclamations. On aurait dit qu'une nouvelle bagarre allait éclater, cette fois entre Damon et les hommes de main du parrain, en particulier le dénommé Clewd.

Prise de vertiges, Elena ne saisissait que des phrases décousues.

— ... promis que six coups et que je les administrerais...

— ... pensiez vraiment que ces petits larbins étaient fiables ?

« C'est pourtant exactement ce qu'il est, non ? se dit Elena. Le parrain est un larbin ; OK, un peu plus gros, plus impressionnant, et sans aucun doute plus efficace, mais un larbin quand même, qui rend des comptes à plus gradé que lui et qui ne laisse pas la fumette lui embrouiller l'esprit. »

Elle s'empressa de baisser la tête en voyant le gros homme la fusiller du regard.

De nouveau, elle entendit la voix de Damon, cette fois distinctement malgré le tumulte :

— Je croyais que même ici on avait un peu d'honneur quand un marché était conclu !

À son ton, on devinait facilement que, pour lui, les négociations étaient rompues et qu'il s'apprêtait à passer à l'attaque. Elena se crispa, horrifiée. Elle ne l'avait jamais entendu parler d'une manière aussi ouvertement menaçante.

— Attendez...

Le ton du parrain avait beau être nonchalant, il occasionna une légère trêve dans la clameur. Après avoir repoussé la main de Damon sur son bras, il tourna de nouveau la tête vers Elena.

— En ce qui me concerne, je renonce à la participation de mon neveu Clewd. Diarmund ou qui que vous soyez, vous êtes libre de punir votre esclave avec vos propres armes.

Il se mit à enlever un à un les petits morceaux de bonbon dans sa barbe, puis s'adressa directement à Elena. Ses yeux étaient ridés et fatigués, mais d'une perspicacité étonnante.

— Clewd est un virtuose du fouet, vous savez. Il a inventé une méthode bien à lui. Il appelle ça les moustaches du chat, et un coup suffit pour vous écorcher tout le dos.

La plupart des hommes succombent au bout de dix coups. Mais je crains qu'il ne soit déçu aujourd'hui.

Puis, dévoilant des dents étonnamment blanches et régulières, le parrain sourit. Il lui tendit le bol de friandises dorées qu'il mâchouillait depuis le début.

— Vous feriez bien d'en goûter un avant votre pénitence.

Effrayée à l'idée d'accepter autant qu'à celle de refuser, Elena prit une des petites dragées difformes et la fourra dans sa bouche. Elle craqua agréablement sous ses dents. Un cerneau de noix ! Voilà ce qu'étaient ces mystérieux bonbons. De délicieux cerneaux de noix imbibés d'une sorte de sirop au citron doux, relevés de copeaux de piment rouge ou de quelque chose dans le genre, et entièrement recouverts d'une substance dorée comestible. De l'ambroisie !

— *Punissez*-la comme bon vous semble, mon garçon, dit-il à Damon. Mais n'oubliez pas de lui apprendre à dissimuler ses pensées. Elle a bien trop d'esprit pour perdre son temps dans un lupanar des bas quartiers. Mais, c'est étrange… quelque chose me dit qu'elle n'a pas du tout l'intention de devenir une célèbre courtisane. Je me trompe ?

Avant que Damon n'ait le temps de répondre, et Elena, toujours à genoux, de relever la tête, il était parti, transporté dans un palanquin vers la seule voiture à chevaux qu'ils aient vue depuis leur arrivée au Royaume.

Entre-temps, les chefs de la ville, qui n'avaient pas cessé de se disputer et de gesticuler, étaient parvenus à un triste accord sous l'impulsion du jeune Drohzne.

— Dix coups, interdiction de lui mettre des bandages, et c'est toi qui les donneras, annoncèrent-ils à Damon. Mais dix coups, c'est notre dernier mot. L'homme qui avait négocié avec toi n'a plus son mot à dire.

D'un geste presque désinvolte, l'un d'eux empoigna une tête sans corps par une touffe de cheveux. Elle était couronnée d'une façon ridicule à l'aide de feuilles poussiéreuses, en vue du banquet qui devait suivre la cérémonie.

Une véritable fureur enflamma le regard de Damon et fit vibrer les objets autour de lui. Elena sentit son pouvoir se cabrer comme une panthère enchaînée.

Elle eut l'impression d'affronter un ouragan qui lui faisait ravaler tous ses mots.

— Je suis d'accord.

— Quoi ?!

— C'est terminé, Da…, maître Damon. Fini, les cris. Je suis d'accord.

Mais, alors qu'elle se prosternait sur le tapis devant Drohzne, des femmes et des enfants se mirent à crier, à gémir et à lancer des boulettes de papier en visant, parfois mal, l'arrogant marchand d'esclaves.

La traîne de sa tunique se déployait derrière elle comme celle d'une jeune mariée, le tissu perle à l'extérieur chatoyant d'un beau bordeaux sous l'éternelle boule de feu. Sa queue-de-cheval haute s'était défaite, laissant un nuage de boucles lui couvrir les épaules, que Damon dut écarter. Il tremblait de rage. Elena n'osa pas le regarder, consciente qu'autrement leurs esprits s'engouffreraient l'un dans l'autre. Sans qu'on ait besoin de le lui rappeler, elle prononça son discours solennel face à lui et au jeune Drohzne, pour que cette gigantesque mascarade n'ait pas à être rejouée.

Mettez-y plus de conviction, leur reprochait toujours Mlle Courtland en cours de théâtre. *Si vous n'êtes pas convaincus par ce que vous dites, vous ne toucherez jamais le public.*

— Maître ! cria Elena d'une voix assez forte pour être entendue malgré les lamentations des femmes. Maître, je ne suis qu'une esclave, indigne de m'adresser à vous. Mais j'ai péché et j'accepte mon châtiment avec ferveur, oui, *ferveur*, si cela peut permettre de rétablir la respectabilité dont vous jouissiez avant mes exceptionnels méfaits. Je vous supplie de punir l'esclave honteuse qui gît comme un déchet sur le chemin de votre miséricorde.

Ce discours, qu'elle avait récité à haute voix sur le ton monocorde de quelqu'un qui a été obligé d'apprendre chaque phrase par cœur, aurait pu tenir en cinq mots : « Maître, j'implore votre pardon. » Mais personne n'eut l'air de percevoir la touche d'ironie que Meredith y avait apportée. Le parrain l'avait validé ; le jeune Drohzne l'avait déjà entendu une fois, et c'était maintenant à Damon de jouer.

Mais Drohzne n'en avait pas encore fini avec elle.

— C'est l'heure de votre sentence, ma petite demoiselle, lança-t-il d'un ton sarcastique. Mais, d'abord, j'aimerais examiner cette baguette de frê*êêê*ne.

Il avait trébuché contre Damon.

Après avoir fait siffler la fine baguette dans le vide et avoir administré quelques coups aux coussins qui les entouraient (un nuage de poussière couleur rubis s'en échappa), il fut convaincu de son caractère adéquat, en tous points conforme à ses attentes.

Salivant ouvertement, il s'installa sur la banquette dorée en jaugeant Elena de la tête aux pieds.

Finalement, l'instant fatidique était arrivé. Damon ne pouvait plus le retarder. Lentement, comme si chacun de ses pas faisait partie d'une chorégraphie qu'il n'avait pas correctement répétée, il avança de biais vers Elena. Et, alors que la foule rassemblée s'agitait et que les femmes commençaient visiblement à se perdre dans l'alcool plus que dans les lamentations, il prit position.

— Je vous demande pardon, mon maître, dit Elena d'une voix toujours aussi monotone.

« Si ça ne tenait qu'à lui, pensa-t-elle, il aurait sûrement fait l'impasse sur cette réplique. »

Cette fois, l'instant fatidique était *là*. Elena n'avait pas oublié ce que Damon lui avait promis. Mais elle savait aussi que beaucoup de promesses n'avaient pas été tenues aujourd'hui. À commencer par le fait que dix, c'était presque le double de six.

Elle n'était vraiment, vraiment pas pressée.

Mais, lorsque le premier coup tomba, elle se souvint que Damon n'était pas du genre à rompre ses promesses. Elle sentit un bruit sourd et faible et un engourdissement, et puis, curieusement, une humidité qui la poussa à jeter un œil dans le ciel à la recherche de nuages. Déconcertée, elle se rendit compte que l'humidité n'était autre que son sang, répandu sans douleur, sur sa hanche.

— Demande-lui de compter ! lança le jeune Drohzne avec hargne.

Avant que Damon n'ait le temps d'opposer la moindre résistance, Elena s'exécuta machinalement :

— *UN.*

Elle continua en gardant cette voix limpide et insensible. Intérieurement, elle était ailleurs, loin de ces caniveaux immondes et nauséabonds. Elle était étendue, accoudée sur le ventre, le regard plongé dans les yeux de Stefan, ces yeux verts comme des feuilles gorgées de soleil, qui ne vieilliraient jamais quel que soit le nombre de siècles qu'il accumulerait. Elle comptait en pensant à lui d'un air rêveur, et à *dix* ce serait le signal pour se relever d'un bond et faire la course. Une petite pluie fine tomberait, ils courraient, elle perchée sur son dos, mais bientôt, très bientôt elle descendrait à toute vitesse pour s'enfuir dans des prairies luxuriantes. Elle ferait en sorte que la course soit loyale et y mettrait toute son énergie, mais Stefan, bien entendu, la rattraperait. Et alors ils se laisseraient tomber dans l'herbe en riant aux larmes.

Même le vague tumulte au loin, les regards mauvais et concupiscents et les rugissements d'ivrognes lui parurent peu à peu différents. Tout ça n'était qu'un rêve ridicule à propos de Damon et d'une baguette de frêne. Dans ce rêve, il frappait de toutes ses forces pour satisfaire les plus exigeants des spectateurs, et les coups, qu'Elena percevait dans le silence grandissant, semblaient assez violents ; leurs impacts lui donnaient la nausée lorsqu'elle comprenait que c'était sa propre peau qui se déchirait, pourtant elle ressentait à peine l'effet d'une petite gifle dans le dos. Et Stefan était là, couvrant ses mains de baisers !

Je suis à toi pour toujours, disait-il. *Chacun de tes rêves nous réunit.*

Je serai à toi pour toujours, répondait Elena en silence, persuadée que sa réponse lui parviendrait. *Même quand je ne rêve pas, je suis à tes côtés.*

Je sais, mon ange. Je t'attends.

— *DIX !* cria-t-elle tout à coup, presque inconsciemment.

Stefan embrassa une dernière fois sa main et disparut. Clignant des yeux, confuse et étourdie par le vacarme qui l'assaillit, elle se redressa avec précaution en regardant autour d'elle.

Le jeune Drohzne était voûté, la tête rentrée dans les épaules, aveuglé par la rage, la déception et, surtout, par un excès d'alcool qui l'empêchait de se mettre debout. Les gémissements des femmes avaient cessé depuis longtemps, remplacés par une fascination muette d'horreur. Seuls les enfants s'agitaient encore, grimpant et dévalant les marches de l'estrade en chuchotant entre eux, et détalant à toutes jambes si, par hasard, Elena regardait dans leur direction.

Alors, sans cérémonie, le spectacle s'acheva.

Quand Elena voulut se relever, le monde autour d'elle fit aussitôt un tour complet et ses jambes se dérobèrent. Damon la rattrapa, puis interpella les rares jeunes hommes encore conscients qui le regardaient.

— Donnez-moi une cape !

Ce n'était pas une suggestion, et le moins mal vêtu d'entre eux, qui semblait avoir mangé de la vache enragée toute sa vie, lui lança une lourde cape noire doublée de bleu tirant sur le vert.

— Gardez-la. Votre spectacle était... captivant. C'était un numéro d'hypnose ?

— Ce n'était pas un spectacle ! gronda Damon.

En entendant sa voix rageuse, les autres vauriens qui lui tendaient des cartes de visite suspendirent leur geste.

— Prends-les, murmura Elena.

D'un geste vif, Damon attrapa les cartes d'une main avec mauvaise grâce. Les paupières lourdes, Elena s'efforça de leur sourire doucement, rejetant ses cheveux en arrière d'un geste de la tête. Le groupe de jeunes hommes lui sourit en retour, assez timidement.

— Quand vous, hm... referez ce spectacle...

— On vous préviendra, leur lança-t-elle.

Damon l'avait prise dans ses bras et s'éloignait déjà pour la ramener chez le Dr Meggar, suivi par un inévitable attroupement d'enfants tirant doucement sur leurs capes. C'est seulement à cet instant qu'une question vint à l'esprit d'Elena : pourquoi Damon avait-il demandé une cape à des étrangers alors qu'il en avait une sur les épaules ?

***

— Ils organisent sûrement des rituels quelque part, maintenant qu'ils sont si nombreux, dit Mme Flowers avec une affliction distinguée.

Matt et elle étaient en train de siroter une tisane dans le petit salon de la pension. C'était l'heure du dîner, mais il faisait encore jour dehors.

— Quel *genre* de rituels ? s'étonna Matt.

Il n'était jamais arrivé chez ses parents depuis qu'il avait quitté Damon et Elena, plus d'une semaine auparavant, pour revenir à Fell's Church. Il était passé chez Meredith, qui habitait aux abords de la ville, et elle l'avait convaincu d'aller avant toute chose voir Mme Flowers. Après la discussion qu'ils avaient eue tous les trois, Matt avait décidé qu'il vaudrait mieux qu'il se fasse discret. Sa famille serait plus en sécurité si personne n'apprenait son retour. Il logerait à la pension, sans attirer l'attention des ados qui perturbaient actuellement la ville. Une fois que Bonnie et Meredith seraient parties sans encombre retrouver Damon et Elena, il pourrait en quelque sorte jouer les agents secrets.

Mais, aujourd'hui, il regrettait presque de ne pas être parti avec elles. Essayer de jouer les agents secrets dans un environnement où tous les ennemis semblaient dotés d'une meilleure capacité visuelle et auditive, et également capables de se déplacer beaucoup plus vite, était loin d'être aussi simple que prévu. Il passait le plus clair de son temps à lire les pages de blogs que Meredith avait marquées, à la recherche d'indices qui pourraient lui être utiles.

Cependant, il n'avait rien lu sur la nécessité d'une quelconque forme de cérémonie. Il se tourna vers Mme Flowers tandis qu'elle avalait d'un air songeur une petite gorgée d'infusion.

— Des rituels pour quoi faire ? demanda-t-il encore.

Avec ses cheveux blancs soyeux, son visage d'une grande douceur et le joli bleu de son regard distrait, Mme Flowers semblait la petite dame la plus inoffensive du monde. Mais ce n'était qu'une apparence. Sorcière de naissance et jardinière par vocation, elle en savait autant sur les plantes toxiques utilisées en Magie Noire que sur les cataplasmes cicatrisants pratiqués en Magie Blanche.

— En général, ces rituels ont un but plutôt fâcheux, répondit-elle tristement.

Elle fixa les feuilles de thé dans sa tasse.

— Ce sont en quelque sorte des rassemblements pour motiver les troupes. Ils doivent aussi pratiquer quelques tours de Magie Noire. Certains, par le biais de chantages et de lavages de cerveau, doivent convaincre tous les nouveaux convertis qu'ils sont désormais coupables d'assister à ces réunions. Qu'ils feraient aussi bien de céder et de se laisser complètement initier… Des choses comme ça. Très fâcheuses.

— Mais fâcheuses *comment* ?

— Ça, je l'ignore, mon garçon. Je n'ai jamais assisté à ce type d'événement.

Matt réfléchit. Il était presque sept heures du soir, heure du couvre-feu pour les mineurs de Fell's Church. Manifestement, les plus jeunes étaient les seuls épargnés par l'hystérie collective qui touchait la ville.

Bien entendu, ce couvre-feu n'avait rien d'officiel. Le shérif et ses hommes semblaient complètement dépassés et incapables de prendre des mesures contre la curieuse névrose qui gagnait, une à une, toutes les jeunes filles de Fell's Church. Que faire ? Leur ficher la trouille pour de bon ? C'était plutôt eux qui étaient terrorisés. Un jeune policier avait fini par sortir à toute vitesse de la maison des Ryan pour aller vomir dehors, après avoir vu la façon dont Karen Ryan avait dévoré la tête de ses hamsters et ce qu'elle avait fait des restes.

Les mettre sous les verrous ? Pour les parents, c'était hors de question, quelle que soit la gravité du comportement de leur progéniture, quel que soit leur besoin évident de se faire aider. Les enfants qui étaient traînés jusqu'à la ville voisine chez le psychiatre s'asseyaient sagement et s'exprimaient calmement, de manière sensée... durant les quinze minutes de consultation. Ensuite, sur le chemin du retour, ils se vengeaient, répétant comme des perroquets tout ce que leurs parents disaient en les imitant à la perfection, poussant des cris d'animaux d'un réalisme saisissant, se faisant la conversation à eux-mêmes dans différentes langues *a priori* asiatiques, ou en venant même à parler à l'envers – un numéro bien connu, mais qui ne manquait jamais de faire froid dans le dos.

Ni les sanctions ordinaires ni la médecine courante ne semblaient avoir de réponse au problème.

Mais ce qui effrayait surtout les parents, c'était quand leurs filles et leurs fils faisaient le mur. Au début, on supposa qu'ils se rendaient au cimetière, mais, quand les adultes essayèrent de les suivre à l'une de leurs réunions clandestines, ils trouvèrent le cimetière désert, tout comme la crypte d'Honoria Fell. À croire que les enfants s'étaient tout simplement… volatilisés.

Matt pensait connaître la clé de cette énigme : ce bosquet qui subsistait de la vieille forêt, à proximité du cimetière. Soit les pouvoirs de purification d'Elena n'avaient pas porté jusqu'à ce secteur, soit cet endroit était si malveillant qu'il avait réussi à résister à son assainissement.

Or il était bien placé pour savoir qu'aujourd'hui la vieille forêt était sous l'entière domination des *kitsune*. Deux pas dans ce bosquet et vous pouviez passer le restant de vos jours à essayer d'en sortir.

— Je ne suis peut-être pas encore trop vieux pour les suivre, suggéra-t-il à Mme Flowers. Je sais que Tom Pierler les accompagne et il a mon âge, le même que ceux par qui tout a commencé : Caroline qui a contaminé Jim Bryce, qui a contaminé Isobel Saitou.

Mme Flowers avait l'air absorbé.

— On devrait demander à la grand-mère d'Isobel de nous fabriquer d'autres boucliers Shinto, dit-elle. Vous pourriez vous en charger, Matt ? J'ai peur que nous ne devions bientôt nous préparer à nous barricader.

— C'est ce qu'indiquent les feuilles de thé ?

— Oui, mon garçon. Ça confirme aussi ce que ma vieille caboche me disait. D'ailleurs, vous devriez passer le mot au Dr Alpert pour qu'elle puisse faire quitter la ville à sa fille et à ses petits-enfants avant qu'il ne soit trop tard.

— Je lui transmettrai le message, mais je pense qu'on va avoir du mal à arracher Tyrone à Deborah Koll. Il est tout le temps collé à elle… Mais bon, peut-être que le Dr Alpert pourra convaincre les Koll de partir aussi.

— Peut-être. Au moins ça ferait quelques enfants en moins à surveiller, soupira Mme Flowers.

Elle prit la tasse de Matt pour jeter un œil dedans.

C'était drôle pour Matt : ses trois alliées à Fell's Church étaient désormais des femmes de plus de soixante ans. D'abord Mme Flowers, qui était encore assez robuste pour se lever tous les jours à l'aube et aller s'occuper de son jardin. Ensuite Obaasan, qui gardait le lit, ressemblait à une toute petite poupée avec ses cheveux bruns relevés en chignon au sommet du crâne et qui, en tant qu'ancienne *miko*, avait toujours un conseil en réserve. Et enfin le Dr Alpert, la femme médecin de Fell's Church, qui avait des cheveux gris argenté et une peau brune et dorée et qui faisait preuve d'un pragmatisme absolu face à tout, y compris à la magie. Contrairement à la police, elle refusait de nier ce qui se passait sous ses yeux, et elle faisait tout son possible pour tenter d'apaiser les craintes des enfants et conseiller les parents terrifiés.

Une sorcière, une chamane et un médecin, donc. Matt considérait que ses arrières étaient assurés, surtout connaissant Caroline, la première victime de cette contagion, qu'il s'agisse de possession par des renards maléfiques, des loups-garous ou les deux... sans parler du reste.

— J'irai au rassemblement de ce soir, annonça-t-il d'un air décidé. Les gosses ont fait des cachotteries toute la journée. J'irai me cacher dans un coin près du bosquet dans l'après-midi, comme ça je pourrai les épier. Ensuite je les suivrai, à condition que Caroline ou, pire, Shinichi ou Misao ne soient pas avec eux.

Mme Flowers lui servit une autre tasse de tisane.

— Je m'inquiète beaucoup pour vous, mon petit Matt. J'ai le sentiment qu'aujourd'hui est un jour de mauvais augure. Le genre de journée où il vaut mieux éviter de prendre des risques.

— Et votre mère, qu'est-ce qu'elle pense de tout ça ? demanda-t-il avec un intérêt sincère.

La mère de Mme Flowers était morte dans les années 1900, mais ça ne l'empêchait pas de continuer à communiquer avec sa fille.

— Eh bien... justement. Elle ne m'a pas fait signe de la journée. Je vais essayer de la contacter une dernière fois.

La vieille dame ferma les yeux, et Matt vit ses paupières grenées comme de la toile de crêpe s'agiter tandis qu'elle cherchait vraisemblablement sa mère ou qu'elle essayait d'entrer en transe. Il avala sa tisane et finit par entamer un jeu sur son téléphone portable.

Quelques minutes plus tard, Mme Flowers rouvrit les yeux en soupirant.

— Ma petite ma*man* (elle prononçait toujours ce mot de cette façon, en mettant l'accent sur la seconde syllabe) est d'humeur grincheuse aujourd'hui. Je n'arrive pas à obtenir une réponse claire de sa part. En revanche, elle dit que le rassemblement de ce soir sera d'abord très bruyant, puis très silencieux. Et il est clair qu'elle pressent aussi qu'il sera très dangereux. Je pense que je ferais mieux de vous accompagner, mon garçon.

— Non, surtout pas. Si votre mère pense que ce sera dangereux, je n'irai pas.

Les filles l'écorcheraient tout vif s'il arrivait quelque chose à Mme Flowers. Mieux valait ne prendre aucun risque.

La vieille dame se cala dans son fauteuil, l'air soulagé.

— Bon, je crois que je ferais bien de m'atteler à mon désherbage. J'ai aussi des herbes aux cent goûts à cueillir et à faire sécher. Et les myrtilles devraient être mûres à l'heure qu'il est. Dieu que le temps passe vite.

— En parlant de cuisine, dit Matt. Avec tout ce que vous faites pour moi, je devrais au moins vous régler la chambre et les repas.

— Certainement pas. Je ne me le pardonnerais jamais ! Vous êtes mon invité, Matt. Et mon ami aussi, en tout cas je l'espère.

— Absolument. Sans vous, je serais perdu. Je vais juste aller faire un tour en ville. J'ai besoin de me dépenser un peu. J'irais bien…

Il s'interrompit brusquement. Il s'apprêtait à dire qu'il irait bien tirer quelques paniers avec Jim Bryce. Mais Jim ne tirerait plus jamais de paniers… Pas avec ses mains mutilées.

— Je vais juste aller faire un tour, se reprit-il.

— Entendu, dit Mme Flowers. Mais je vous en prie, mon petit Matt, soyez prudent. Et n'oubliez pas d'emporter une veste ou un anorak.

— Oui, m'dame.

En ce début du mois d'août, il faisait assez chaud et humide pour se balader en short et torse nu. Mais, depuis tout petit, Matt avait appris à ne pas négliger les conseils des vieilles dames, surtout quand elles étaient sorcières et quand, à bien des égards, leurs esprits étaient aussi affûtés que le cutter qu'il glissa dans sa poche avant de partir.

Il sortit et, très vite, se dirigea vers une petite route conduisant au cimetière.

En prenant par là, à l'endroit où le sol descendait en contrebas du bosquet, il aurait une bonne vue d'ensemble si quelqu'un s'engageait dans les vestiges de la vieille forêt, et en même temps personne ne pourrait le repérer depuis le sentier qui se trouvait un peu plus loin.

Sans bruit, il se dirigea rapidement vers la cachette choisie, se réfugiant derrière des pierres tombales, restant à l'affût du moindre changement dans le chant des oiseaux, ce qui serait signe de l'arrivée des enfants. Mais le seul chant perceptible était des cris rauques de corbeaux qui semblaient se trouver à l'intérieur du bosquet, même s'il n'en voyait pas un seul...

Il se glissa dans sa cachette... et se retrouva nez à nez avec le canon d'un fusil, derrière lequel apparut un visage : le shérif Mossberg.

Les premiers mots qui sortirent de la bouche du policier semblaient être récités par cœur, comme si quelqu'un avait tiré la ficelle d'une poupée parlante.

— Matthew Jeffrey Honeycutt, je vous arrête pour coups et blessures sur la personne de Caroline Beula Forbes. Vous avez le droit de garder le silence...

— Et vous aussi, siffla Matt. Mais ça ne va pas durer ! Vous entendez ces corbeaux qui s'envolent ? Les gosses arrivent ! Ils sont tout près !

Le shérif Mossberg était le genre de personne à ne pas s'arrêter tant qu'il n'avait pas fini sa phrase. Donc, entre-temps, il en était arrivé à : « Vous comprenez les droits qui vous ont été notifiés ? »

— Non, monsieur ! *Mi ne komprenas* que dalle à votre charabia !

Un froncement apparut entre les sourcils du shérif.

— C'est du jargon espagnol que vous me sortez là ?

— Non, de l'espéranto... mais on n'a pas le temps ! Ils arrivent et... Oh *non*, j'y crois pas : Shinichi est là !

Matt termina sa phrase en baissant brusquement la voix. Il s'accroupit pour jeter un coup d'œil furtif entre les herbes folles qui poussaient à l'orée du cimetière, en prenant soin de ne pas les agiter.

Oui, c'était bien Shinichi, main dans la main avec une petite fille qui devait avoir dans les douze ans. Il la reconnaissait vaguement : elle habitait un peu plus loin, sur la route de Ridgemont. Comment s'appelait-elle, déjà ? Betsy, Becca... ?

Le shérif laissa échapper un petit cri angoissé :

— Ma nièce ! souffla-t-il.

Matt fut surpris par sa capacité à parler si bas.

— C'est... c'est ma nièce Rebecca !

— D'accord, restez calme et surtout ne bougez pas.

Plusieurs enfants suivaient Shinichi en file indienne. On aurait dit le Joueur de flûte de Hamelin en mode satanique, avec ses cheveux d'encre aux pointes rouges et ses yeux dorés et rieurs qui brillaient sous le soleil couchant. Les enfants gloussaient et chantonnaient, certains d'une voix adorable, typique d'une cour de maternelle, une version particulièrement tordue de *Promenons-nous dans les bois*. Matt sentit sa gorge devenir complètement sèche. C'était un vrai supplice de les regarder s'enfoncer dans le bosquet, comme de regarder des agneaux monter une rampe conduisant à l'abattoir.

Il dut conseiller au shérif de ne pas essayer de tirer sur Shinichi. Ç'aurait vraiment été une pagaille monstre. Mais, au moment où il baissait les yeux avec soulagement tandis que le dernier enfant entrait dans le bosquet, il redressa brusquement la tête.

Le shérif était en train de se relever.

— Non !

Matt le retint par le poignet, mais il se dégagea d'un geste vif.

— Il faut que je les suive ! Il a ma nièce !

— Il ne va pas la tuer. Ils ne tuent pas les enfants. J'ignore pourquoi, mais c'est ainsi.

— Non mais vous avez entendu les grossièretés qu'il leur a apprises ? Je peux vous dire qu'il va vite fermer son clapet quand il aura un semi-automatique pointé sur la tempe.

— Écoutez, dit Matt. Vous avez pour ordre de m'arrêter, pas vrai ? Eh bien, je vous ordonne de le faire. *Mais, par pitié, n'entrez pas dans cette forêt !*

— Où est-ce que vous voyez une forêt, vous ? répondit le shérif avec dédain. Il y a à peine assez de place pour faire asseoir tous les gosses dans ce bosquet de chênes. Si vous voulez vous rendre utile une fois dans votre vie, attrapez-en un ou deux quand ils sortiront en courant.

— Pourquoi en courant ?

— Parce qu'ils vont détaler comme des lapins en me voyant, sûrement dans toutes les directions, mais certains reprendront le chemin par lequel ils sont arrivés. Alors vous allez m'aider, oui ou non ?

— Non, monsieur, répondit Matt lentement, d'un ton ferme. Mais... heu... écoutez... par pitié, n'entrez pas là-dedans ! Croyez-moi, je sais de quoi je parle !

— Mon p'tit, je ne sais pas quel genre de drogue vous prenez, mais là, j'ai plus le temps de discuter. Et si vous essayez encore de m'en empêcher...

Il pointa le semi-automatique sur Matt.

— Je vous ferai comparaître pour obstruction à la justice, c'est compris ?

— Oui, c'est bon, soupira Matt, qui en avait assez.

Il retomba en arrière dans sa cachette tandis que, avec une discrétion étonnante, le shérif s'éclipsait en direction du bosquet. Matt le regarda s'éloigner entre les arbres et bientôt disparaître de son champ de vision.

Il s'assit et attendit en sueur pendant une heure. Il résistait à l'envie de s'assoupir quand un bruit confus dans le bosquet attira son attention. Shinichi apparut, suivi des enfants qui riaient et chantaient.

Mais le shérif, lui, n'était pas là.

21.

Dans l'après-midi qui suivit le châtiment d'Elena, Damon prit une chambre dans le lotissement où vivait le Dr Meggar. Lady Ulma resta au cabinet du médecin en attendant qu'à eux trois, Sage, Damon et le Dr Meggar, ils l'aient complètement guérie.

Elle ne parlait désormais plus de choses tristes. À l'inverse, elle leur raconta tant d'histoires sur la villa de son enfance qu'ils avaient le sentiment qu'ils sauraient s'y repérer au premier coup d'œil, si vaste fût-elle.

— Je suppose qu'aujourd'hui elle est envahie de rats et de souris, dit-elle avec nostalgie pour conclure l'une de ses histoires. Et d'araignées et de mites, aussi.

— Ah bon, pourquoi ? s'étonna Bonnie.

Elle n'avait absolument pas vu que Meredith et Elena lui faisaient signe de ne pas poser la question.

Lady Ulma pencha la tête en arrière et fixa le plafond.

— À cause du général Verantz. Le démon qui m'a découverte quand je n'avais que quatorze ans. La nuit où son armée a attaqué ma maison, tous les êtres vivants qui se trouvaient à l'intérieur ont été massacrés, excepté moi et mon canari. Mes parents, mes grands-parents, mes oncles et mes tantes... mes jeunes frères et sœurs. Même mon chat qui dormait sur un rebord de fenêtre. Le général Verantz m'a fait amener devant lui, telle quelle, en chemise de nuit et pieds nus, les cheveux en bataille et la natte à moitié défaite, et à côté de lui il y avait mon canari dans sa cage, sans le tissu qui la couvrait la nuit. Il était toujours en vie, et il sautillait aussi gaiement que d'habitude. D'une certaine manière, tout ce qui s'est passé par la suite m'a paru encore pire et en même temps plus irréel, comme dans un rêve. C'est difficile à expliquer. J'avais été traînée devant lui par deux de ses hommes. Ils me tenaient chacun par un bras, plus pour me maintenir que pour m'empêcher de m'enfuir, d'ailleurs. J'étais si jeune, vous comprenez, tout était assez flou dans ma tête. Cependant, je me souviens de ce que le général a dit comme si c'était hier : « J'ai demandé à cet oiseau de chanter, il l'a fait. J'ai informé vos parents que je souhaitais vous faire l'honneur d'être ma femme, ils ont refusé. Maintenant, regardez un peu là-bas. Prendrez-vous exemple sur le canari ou sur vos parents, je me le demande ? » Il m'a indiqué du doigt un recoin sombre de la pièce ; bien sûr, on s'éclairait à la torche à l'époque, et elles avaient été éteintes pour la nuit. Mais il y avait assez de lumière pour que j'aperçoive une pile d'objets de forme ronde et un tas de chaume ou d'herbe posé à côté. Du moins, c'est ce que j'ai cru au début, je le jure. J'étais vraiment innocente, et aussi en état de choc, je crois.

— Je vous en prie, rien ne vous oblige à reparler de tout ça, dit Elena en lui caressant doucement la main. On comprendrait que...

Mais lady Ulma ne parut pas l'entendre.

— Alors, un des hommes du général a soulevé une sorte de noix de coco avec une très longue crinière sur le dessus, qui était tressée. Il la faisait osciller avec désinvolture... et tout à coup j'ai compris ce que c'était réellement : la tête décapitée de ma mère.

À ces mots, Elena laissa échapper un cri étranglé. Lady Ulma contempla les trois filles autour d'elle d'un regard calme et froid.

— Vous devez me trouver bien insensible pour être capable de raconter de telles choses sans fondre en larmes ?

— Non, pas du tout..., s'empressa de répondre Elena, tout en tremblant intérieurement et pensant : « Pourvu que Bonnie ne tombe pas dans les pommes. »

Lady Ulma avait repris sans attendre leur réaction :

— La guerre, la violence gratuite et la tyrannie, c'est tout ce que j'ai connu depuis ce jour où mon innocence a été anéantie. Désormais, c'est la gentillesse qui me stupéfie et qui me fait monter les larmes aux yeux.

— Oh non, ne pleurez pas, la supplia Bonnie en se jetant spontanément à son cou. Je vous en prie, on est là pour vous.

Elena et Meredith se concertèrent du regard, les sourcils froncés, puis haussèrent les épaules.

— Oui, s'il vous plaît, ne pleurez pas...

Elena culpabilisait un peu, mais elle était déterminée à tester son nouveau plan A.

— Mais, dites-nous, pourquoi la propriété familiale est en si mauvais état aujourd'hui ?

— C'est la faute du général. Il a été envoyé sur des terres lointaines pour mener des guerres stupides et vaines. À chaque expédition, il emmenait la majorité de son escorte, y compris les esclaves qui étaient en faveur à ce moment-là. Un jour, trois ans après qu'il eut attaqué notre maison, il partit sans me prendre avec lui car je n'étais pas sa préférée de l'époque. J'ai eu de la chance. Tout son bataillon a été décimé ; les domestiques de la maison qui l'accompagnaient ont été faits prisonniers ou sauvagement assassinés. Comme il n'avait pas d'héritier, ce domaine est revenu à la Couronne, qui ne savait qu'en faire. La maison est restée inoccupée depuis tout ce temps ; bien sûr, elle a sûrement été pillée plusieurs fois, mais le vrai secret qu'elle renferme, le mystère des joyaux, est resté intact… pour autant que je sache.

— *Le Mystère des Joyaux*, chuchota Bonnie en donnant l'impression de mettre une capitale à chaque mot comme si c'était le titre d'un roman à énigmes.

Elle avait encore un bras autour des épaules de lady Ulma.

— C'est quoi, ce mystère des joyaux ? demanda plus sereinement Meredith.

Elena ne pouvait décrire les frissons délicieux qui la traversaient. Elle avait l'impression d'être l'héroïne d'un conte fantastique.

— À l'époque de mes parents, il était d'usage de cacher sa fortune quelque part sur son domaine et de ne révéler à personne l'emplacement de sa cachette, hormis aux propriétaires. Naturellement, comme il était créateur et négociant en joaillerie, mon père avait plus à cacher que ce que la plupart des gens pensaient. Il avait une pièce secrète extraordinaire, qui me faisait toujours penser à une caverne d'Ali

Baba. C'était son atelier, l'endroit où il conservait ses pierres précieuses et les créations qu'on lui avait commandées, ou celles qu'il avait conçues pour ma mère.

— Et personne n'a jamais mis la main dessus ? commenta Meredith avec une pointe de scepticisme.

— Si c'est le cas, je ne l'ai jamais su. C'est vrai qu'avec le temps le secret aurait très bien pu être arraché à mes parents ; mais le général n'était pas un vampire méticuleux et persévérant ni un *kitsune*. C'était un démon rude et impatient. En entrant dans la maison comme une furie, il a tout de suite tué mes parents. Ça ne lui a jamais traversé l'esprit qu'une enfant de quatorze ans puisse être dans la confidence.

— Alors qu'en fait… ? chuchota Bonnie.

Captivée, elle écoutait lady Ulma, l'aidant intuitivement à aller au bout de son récit.

— Alors qu'en fait je savais tout.

Elena sentit une boule dans sa gorge. Depuis le début, elle essayait de rester calme, de prendre exemple sur Meredith et de garder la tête froide. Sauf que, justement, son amie eut une réaction inattendue.

— Mais qu'est-ce qu'on attend, alors ? s'exclama Meredith en se levant d'un bond.

Décidément, lady Ulma était la personne la plus calme de cette pièce. Mais elle semblait aussi un peu déroutée, presque intimidée.

— Vous voulez dire qu'on devrait demander audience à notre maître ?

— Elle veut dire qu'on devrait aller là-bas et récupérer ces bijoux ! s'écria gaiement Elena. Cela dit, la présence de Damon pourrait en effet nous être utile s'il y a des choses lourdes à transporter. Celle de Sage aussi, d'ailleurs.

Elle voyait bien que lady Ulma n'était pas très enthousiaste, et elle n'arrivait pas à comprendre pourquoi.

— Vous vous rendez compte ? lui dit-elle, le cerveau en ébullition. Vous allez récupérer votre maison ! On fera de notre mieux pour la remettre dans l'état où elle était quand vous étiez enfant. Sauf si vous souhaitez utiliser l'argent des bijoux autrement. Mais il y a juste une chose que j'adorerais : ce serait de voir la caverne d'Ali Baba !

— C'est que…

Lady Ulma eut tout à coup l'air désemparée.

— J'avais l'intention de demander une autre faveur à maître Damon… et l'argent des bijoux pourrait d'ailleurs se révéler utile de ce point de vue.

— De quoi s'agit-il ? demanda Elena aussi gentiment que possible. Et, au fait : inutile de l'appeler maître Damon. Il vous a rendu votre liberté il y a quelques jours, vous n'avez pas oublié ?

— Mais c'était sûrement pour… pour marquer le coup, c'est tout, non ?

Elle avait toujours l'air aussi perplexe.

— Il ne l'a pas déclaré officiellement au Bureau de la Soumission, si ?

— Peut-être pas, mais c'est parce qu'il ne savait pas qu'il devait le faire ! supposa Bonnie.

— On n'est pas très au courant du protocole, ajouta Meredith. C'est ça que vous souhaitez lui demander ?

Lady Ulma parut incapable de répondre autrement que par un signe de tête. Elena éprouva un sentiment de grande humilité. Elle devina que cette femme, esclave pendant plus de vingt-deux ans, avait beaucoup de mal à croire à sa liberté.

— Damon le pensait quand il a dit que nous étions libres, expliqua-t-elle en s'agenouillant près de son fauteuil. Simplement, il ignorait qu'il devait gérer tout ça. Si vous nous expliquez la marche à suivre, on lui en parlera, et comme ça on pourra partir tous ensemble à votre ancienne maison.

Elle s'apprêtait à se relever quand Bonnie l'interpella discrètement :

— Il y a quelque chose qui cloche, chuchota-t-elle. Elle n'est pas aussi heureuse que tout à l'heure. Il faut qu'on trouve ce qui ne va pas.

En faisant légèrement appel à ses dons de médium, Elena comprit que Bonnie voyait juste. Elle resta où elle était, agenouillée près de lady Ulma.

— Que se passe-t-il ? lui demanda-t-elle, puisqu'elle semblait davantage se confier quand c'était Elena qui posait les questions.

— J'avais espéré, répondit lentement lady Ulma, que maître Damon achèterait…

Elle rougit, mais se força à poursuivre :

— Qu'il ait peut-être le cœur d'acheter un dernier esclave. Le… le père de mon enfant.

Pendant quelques secondes, il n'y eut plus un mot. Puis les trois filles se mirent à parler en même temps ; Elena sentit qu'elle et ses amies luttaient pour ne pas évoquer l'hypothèse selon laquelle lady Ulma attendait un enfant du père Drohzne.

« Mais non, que tu es bête, se reprocha Elena en silence. Elle est *heureuse* de cette grossesse, or qui pourrait se réjouir de porter l'enfant d'un monstre ? Sans compter que Drohzne était à des kilomètres de se douter qu'elle puisse être enceinte, et il s'en fichait d'ailleurs. »

— Il se pourrait que ce soit plus facile à dire qu'à faire, ajouta lady Ulma quand le brouhaha de paroles réconfortantes et de questions se fut un peu apaisé. Lucen est un bijoutier, un homme réputé pour ses créations qui… qui me rappellent celles de mon père. Il coûtera cher.

— Mais on a encore toute la caverne d'Ali Baba à explorer ! s'écria joyeusement Bonnie. J'imagine que vous aurez assez si vous vendez tous les bijoux, non ? Ou bien il vous en faudra plus ?

— Mais ce sont les bijoux de maître Damon !

Lady Ulma parut accablée.

— Il n'en avait peut-être pas conscience quand il a hérité de tous les biens du père Drohzne, mais je lui appartiens désormais, moi et tout ce que je possède…

— On va aller vous déclarer officiellement libre, et ensuite on réglera chaque problème un par un, dit Meredith d'une voix on ne peut plus ferme et sensée.

Cher Journal,

C'est toujours dans la peau d'une esclave que je t'écris ces lignes. Aujourd'hui, nous avons rendu sa liberté à lady Ulma, mais nous avons décidé que Meredith, Bonnie et moi devions continuer de jouer les « assistantes personnelles ». C'est parce que lady Ulma a dit que Damon n'aurait pas l'air dans le coup s'il n'était pas entouré de jolies courtisanes.

Au fond, ça a un avantage : on doit toujours porter de belles robes et des bijoux. Étant donné que j'ai le même jean depuis que ce sal*** de Drohzne a taillé celui que je portais en arrivant, tu imagines comme je suis impatiente !

Mais, franchement, ce n'est pas seulement pour les beaux habits que je me réjouis. Depuis qu'on a libéré lady Ulma et qu'on est arrivés dans son ancienne propriété, tout se passe à merveille. La maison était sens dessus dessous et abritait visiblement un tas d'animaux sauvages, qui s'en servaient autant pour dormir que pour faire leurs besoins. On a même trouvé des empreintes de loups et d'autres animaux à l'étage, ce qui nous a amenés à nous demander si des loups-garous vivaient au Royaume des Ombres. Apparemment oui, et certains à des rangs très élevés, sous les ordres de différents seigneurs féodaux. D'ailleurs, ça plairait peut-être à Caroline de venir faire un petit séjour ici, histoire d'apprendre à connaître les vrais loups-garous ; à ce qu'il paraît, ils haïssent tellement les humains qu'ils n'en veulent même pas comme esclaves (et même chose pour les vampires puisque, dans une première vie, ils étaient humains).

Mais revenons à la maison de lady Ulma. Les fondations sont en pierre et l'intérieur est recouvert de boiseries, donc la structure de base est très belle. Les rideaux et les tapisseries sont en lambeaux, évidemment, du coup c'est un peu sinistre quand on arrive avec les torches et qu'on les voit pendiller un peu partout. Et je ne parle pas des toiles d'araignée géantes. Je déteste ces bestioles plus que tout.

Mais bon, le jour de notre arrivée, on est entrés avec nos torches, qui ressemblaient à des versions miniatures de cet énorme soleil pourpre qui ne quitte jamais l'horizon et qui teinte tout sur son passage d'une couleur rouge sang, on a fermé toutes les portes et allumé un gigantesque feu dans la cheminée, dans la pièce que lady Ulma appelle la Grand Salle. (Ça devait être là qu'ils prenaient leurs repas ou que les bals avaient lieu : il y a une table immense sur une estrade d'un côté, et une tribune pour les musiciens au-dessus de ce qui devait être la piste de danse. Lady Ulma a

313

dit que c'était aussi là que tous les domestiques dormaient – dans la Grand Salle, j'entends, pas sur la tribune.)

Ensuite, on est montés dans les étages, où on a découvert des dizaines et des dizaines de chambres (je jure que c'est vrai !) avec de grands lits à baldaquin, qui vont avoir besoin de matelas neufs et aussi de nouveaux draps, de couvre-lits et de tentures. Mais on ne s'est pas attardés : il y avait plein de chauves-souris au plafond.

Après, on est partis voir l'ancien atelier de la mère de lady Ulma. C'était une grande pièce, à même d'accueillir au moins quarante couturières, qui s'occupaient de confectionner les tenues que la maîtresse de maison avait créées. Et c'est là que ça devient intéressant !

Lady Ulma s'est approchée d'une des penderies, elle a écarté tous les vêtements en loques et mangés par les mites qu'elle contenait. Puis elle a appuyé à plusieurs endroits sur le fond de l'armoire, et il a entièrement coulissé ! Ça donnait sur un escalier très étroit qui descendait en ligne droite.

Je n'ai pas arrêté de penser à la crypte d'Honoria Fell en me demandant si un vampire pourrait avoir élu domicile en bas, mais je savais que c'était idiot puisqu'il y avait des toiles d'araignée à l'intérieur de la porte. Damon a quand même insisté pour passer devant parce qu'il a la meilleure vue de nous tous dans le noir, mais, à mon avis, il était juste curieux de découvrir ce qu'il y avait en bas.

On l'a suivi un par un, en essayant de faire attention à nos torches et... et là, les mots me manquent pour décrire ce qu'on a découvert. Au début, j'étais déçue, car tous les bijoux qui se trouvaient sur le gros établi, en bas, étaient plus poussiéreux que brillants. Mais ensuite lady Ulma s'est mise à les nettoyer délicatement avec un chiffon spécial, Bonnie a trouvé des sacs et des paquets qu'elle a vidés, et on aurait dit un déluge d'arcs-en-ciel ! Damon a trouvé un chiffonnier qui contenait des tiroirs entiers de colliers, de bracelets, de bagues, de petites chaînes pour les bras et pour les chevilles, de boucles d'oreilles, d'anneaux, et aussi des épingles à cheveux et toutes sortes de broches !

Je n'en croyais pas mes yeux. J'ai vidé une petite bourse dans ma main et une poignée entière de magnifiques diamants blancs s'est déversée entre mes doigts, certains aussi gros que l'ongle du pouce. J'ai aussi vu des perles blanches et des noires, certaines plus petites et parfaitement assorties, d'autres énormes et de formes extraordinaires : presque aussi grosses qu'un abricot, avec des reflets roses, dorés ou argentés. J'ai vu des saphirs de la taille d'un gros sou qui, à la lumière, reflétaient des étoiles visibles à l'autre bout de la pièce ! J'ai pris des poignées d'émeraudes, de péridots, d'opales, de rubis, de tourmalines, d'améthystes et de lapis-lazuli.

Et les bijoux qui étaient déjà montés étaient si beaux que j'en avais la gorge nouée. Je sais que lady Ulma a pleuré tout doucement, sans le montrer, mais je crois que c'était en partie de joie car on n'arrêtait pas de la complimenter sur ses trésors. En quelques jours, elle est passée de l'état d'esclave dépouillée de tout à celui de femme incroyablement riche, propriétaire d'une maison et possédant tous les moyens de l'entretenir. D'un commun accord, on a décidé que, même si elle comptait épouser son amant, il vaudrait mieux que Damon l'achète et lui rende discrètement sa liberté, mais qu'il joue les « chef de famille » tout le temps où l'on serait ici. En attendant, lady Ulma serait traitée comme un membre de la famille et le bijoutier Lucen travaillerait jusqu'à notre départ, et alors ils pourraient tous les deux prendre la place de Damon. Dans cette région, les seigneurs féodaux ne sont plus des démons, ce sont des vampires et ils s'opposent moins à l'idée que des humains possèdent des terres.

Je ne crois pas avoir parlé de Lucen, si ? C'est un artiste fantastique ! Il éprouve un besoin constant de créer : dans les premiers temps où il était esclave, il le faisait à partir de boue et de mauvaises herbes en imaginant que c'étaient des bijoux. Puis il a eu la chance d'être mis en apprentissage chez un bijoutier. Il déplorait la condition de lady Ulma et l'aimait depuis si longtemps que c'est un peu un miracle qu'ils aient finalement réussi à se retrouver pour de bon, surtout en tant que citoyens libres.

On craignait que l'idée de l'acheter et de lui rendre sa liberté seulement après notre départ ne lui déplaise, mais il ne pensait même pas pouvoir un jour être libre... comme s'il était prisonnier de son talent. C'est un homme calme, doux et gentil, avec une petite barbe soignée et des yeux gris qui me rappellent ceux de Meredith. Il est tellement stupéfait d'être traité correctement, sans être contraint de travailler vingt-quatre heures d'affilée, qu'il aurait accepté n'importe quoi pour avoir le droit de rester auprès de lady Ulma. Je présume qu'il était apprenti à l'époque où son père était un bijoutier réputé et qu'il est amoureux d'elle depuis toutes ces années ; il pensait sûrement qu'il ne pourrait jamais vivre avec elle, car c'était une jeune fille de bonne famille et lui un esclave. Aujourd'hui, ils sont si heureux !

Lady Ulma embellit et rajeunit de jour en jour. Elle a demandé la permission à Damon de se teindre les cheveux en noir, il lui a répondu qu'elle pouvait même les teindre en rose si elle voulait, et depuis elle est d'une beauté incroyable. Je n'arrive pas à croire que j'aie pu la considérer comme une vieille sorcière ; mais c'était le résultat de la souffrance, de la peur et du désespoir.

J'ai oublié de parler de l'autre avantage du fait que Meredith, Bonnie et moi soyons temporairement des « assistantes personnelles » : on peut embaucher plein de femmes dans le besoin qui vivent de la couture, et lady Ulma leur montre de quelle façon elle confectionne nos plus belles toilettes. On lui a conseillé de plutôt se reposer, mais elle a dit que toute sa vie elle avait nourri l'espoir de devenir styliste comme sa mère et qu'aujourd'hui elle mourait d'envie de se lancer, en prenant pour modèles trois filles aux styles complètement différents. Pour le coup, c'est moi qui meurs d'envie de voir le résultat : elle a déjà commencé à dessiner les patrons, et demain le marchand d'étoffes doit venir pour qu'elle choisisse les tissus.

De son côté, Damon a recruté environ deux cents hommes (vraiment !) pour nettoyer la propriété de lady Ulma de fond en comble, accrocher de nouveaux rideaux et tentures, remettre à neuf la plomberie, astiquer les meubles qui se sont bien conservés et remplacer ceux qui se sont effondrés. Ah, et aussi pour planter des fleurs et des arbres adultes dans le jardin, et ajouter des fontaines et d'autres d'ornements. Avec toutes ces personnes à l'œuvre, ce sera l'affaire de quelques jours avant qu'on puisse emménager.

L'objectif de tout ça, outre celui de rendre lady Ulma heureuse, c'est que Damon et ses assistantes personnelles soient admis dans la haute société, étant donné que la saison des bals va bientôt commencer. Car j'ai gardé le meilleur pour la fin : lady Ulma et Sage ont tout de suite reconnu les personnes évoquées dans les deux énigmes de Misao !

Ça ne fait que confirmer ce que je pensais déjà, à savoir que Misao ne se doutait pas un seul instant que l'on viendrait jusqu'ici ou que l'on aurait accès aux lieux où ils ont caché les deux moitiés de clé de kitsune.

Mais il y a un moyen très simple de se faire inviter dans les maisons où l'on a besoin d'entrer. Si on devient les nababs les plus en vue de la région, si on fait courir le bruit que lady Ulma a retrouvé la place qui lui revenait et si tout le monde veut prendre de ses nouvelles, on sera invités aux bals ! Voilà comment on va pouvoir entrer dans les deux propriétés qui nous intéressent et retrouver la clé qui nous permettra de libérer Stefan ! En plus, on a de la chance car les deux maisons en question font partie des premières à ouvrir la saison : l'une organise un gala, l'autre un bal de printemps pour fêter l'arrivée des premiers bourgeons.

Je sais que mon écriture devient un peu tremblante. C'est parce que je tremble moi-même à la perspective de retrouver cette clé et de faire enfin sortir Stefan de prison.

Bon, mon cher Journal, il est tard à présent, et... je ne me sens pas la force d'écrire au sujet de Stefan. Quand je pense que je me trouve dans la même ville que lui, que je sais où il est enfermé... mais que je n'ai pas la possibilité de le voir, mes yeux sont tellement embués que je n'arrive plus à lire ce que j'écris. Moi qui voulais dormir un peu pour être en forme demain et continuer de courir dans tous les sens, superviser et regarder la propriété de lady Ulma s'épanouir comme une fleur... Maintenant j'ai peur de refaire ce cauchemar où je vois la main de Stefan m'échapper lentement.

22.

La nuit de leur emménagement, profitant du fait que les propriétés alentour étaient éteintes et silencieuses, le petit groupe s'introduisit dans la maison de lady Ulma. Elena, Meredith et Bonnie choisirent trois chambres à l'étage, proches les unes des autres. À proximité se trouvait une salle de bains somptueuse, avec un sol en marbre clair bleu et blanc et un bassin en forme de rose géante assez grand pour qu'on puisse y nager, chauffé au charbon de bois, dont s'occupait une domestique au visage enjoué.

Ce qui se produisit ensuite enchanta Elena. Dans la plus grande discrétion, Damon acheta de nombreux esclaves au cours d'une vente aux enchères privée organisée chez un marchand respectable. Rapidement il leur rendit leur liberté, et leur proposa salaire et jours de repos. Presque tous les esclaves fraîchement libérés ne demandèrent pas mieux que de rester ; seuls quelques-uns décidèrent de partir, des femmes pour la plupart, à la recherche de leur famille. Ceux qui resteraient deviendraient par la suite, après le départ de Damon et de ses « assistantes », les domestiques de lady Ulma.

Lady Ulma se vit attribuer une chambre de catégorie « supérieure » au rez-de-chaussée, et Damon dut presque user de la force pour qu'elle accepte de s'y installer. Il se choisit une chambre qui servait de bureau le jour, étant donné que, de toute façon, il n'allait probablement pas passer beaucoup de temps dans la maison la nuit.

D'ailleurs, il y eut un léger embarras à ce propos. La plupart du personnel connaissait le mode de vie des vampires, et les jeunes femmes qui venaient coudre ou qui vivaient au domaine, comme les cuisinières et les femmes de ménage, semblaient s'attendre à ce qu'une sorte de tableau de service soit mis au point pour que chacune soit « donneuse » à tour de rôle.

Damon espérait un défilé régulier de filles, de la petite chose délicate à la poupée aux joues roses en passant par la femme pulpeuse, qui seraient heureuses d'être « mises en perce » comme des barils de bière en échange de bracelets et autres babioles offerts selon la tradition. Mais, quand il fit part de cette idée à Elena, elle la rejeta immédiatement.

De la même façon, elle refusa l'idée qu'il transforme de nouvelles recrues. Sage avait fait mention de rumeurs concernant un possible stage de formation rigoureux, visant à intégrer une unité d'élite de chasseurs.

— Un commando spécial de vampires ? avait ironisé Elena, cette fois devant un groupe d'esclaves masculins. Si vous allez à la chasse aux humains comme deux rapaces traquant des rongeurs, ne vous fatiguez pas à revenir après : les portes seront fermées... de façon définitive.

Elle avait dévisagé Sage avec un regard d'acier, et il était parti sans demander son reste.

Elle n'avait rien contre le fait qu'il ait emménagé avec eux à titre officieux. D'ailleurs, quand elle avait appris de quelle façon il avait protégé Damon contre la foule qui lui avait tendu une embuscade sur le chemin du Temple, elle avait décidé elle-même que, si Sage voulait son sang, elle le lui donnerait sans hésiter. Au bout de quelque temps, quand ils se connurent un peu mieux, elle s'était demandé si le fait que son aura soit atténuée et que Damon lui résiste ne le privait pas injustement. Alors elle lui avait fait des allusions, d'abord discrètes puis à peine voilées, jusqu'à ce qu'un jour il lui demande, hilare et pleurant de rire (mais était-ce seulement de rire ?), si elle connaissait ce fameux proverbe : *On ne fait pas boire un âne qui n'a pas soif.* Dans son cas, avait-il expliqué, on pouvait toujours pousser une panthère noire affamée (représentation emblématique qu'Elena se faisait des vampires) vers le gibier à condition d'avoir un bâton électrique à bétail et un *ankusha* à éléphant, mais, si on tournait le dos à la bête par la suite, c'était à ses risques et périls ! Elena avait ri aux larmes elle aussi, mais néanmoins insisté : s'il voulait son sang, dans des proportions raisonnables, il n'avait qu'à demander.

Aujourd'hui, elle était simplement contente qu'il soit parmi eux. Vu la place que Stefan, Damon et même Matt, malgré son apparente désertion, prenaient déjà dans son cœur, elle ne risquait pas de tomber amoureuse d'un autre vampire, quand bien même il serait baraqué *à mort*.

Par ailleurs, elle constata que plus les jours passaient, plus elle s'en remettait sereinement à Lakshmi. Au début, la petite fille était un peu le coursier de la maison, gérant les tâches dont personne ne voulait, mais peu à peu elle devint la demoiselle de compagnie de lady Ulma et la source d'informations d'Elena sur ce monde. Officiellement, lady Ulma était encore alitée, et le fait d'avoir Lakshmi à disposition, à tout moment du jour ou de la nuit, pour transmettre ses messages était merveilleusement pratique. En outre, Elena pouvait lui poser des questions sans qu'elle la dévisage avec des yeux ronds : devaient-ils acheter des assiettes ou bien la nourriture était-elle servie sur un gros morceau de pain sec qui faisait aussi office de serviette pour les doigts gras ? (Les assiettes, tout comme les fourchettes, venaient de faire leur apparition dans la vie quotidienne, et faisaient actuellement fureur.) Combien d'hommes et de femmes de la maison pouvaient prétendre à des gages ? (Lesquels devaient être calculés sans base de référence, puisque aucune autre maison ne versait un sou à ses esclaves, se contentant de les habiller avec des vêtements de seconde main trouvés au marché noir et de leur accorder un ou deux « jours de fête » par an.) Elle avait beau être jeune, Lakshmi était à la fois honnête et courageuse, et Elena la formait pour qu'elle devienne le bras droit de lady Ulma quand cette dernière serait suffisamment rétablie pour reprendre les rênes de la maison.

23.

Cher Journal,

Demain a lieu notre première fête, ou gala plutôt. Mais je n'ai pas vraiment la tête à ça. Stefan me manque trop.

Et puis je n'arrête pas de ruminer au sujet de Matt, de la façon dont il est parti, si fâché contre moi, sans même se retourner. Il n'a pas compris comment je pouvais... tenir à Damon, et malgré tout... continuer d'aimer Stefan à la folie, au point d'avoir le cœur comme brisé en mille morceaux.

Elena reposa le stylo et fixa son journal d'un air morne. Son chagrin se manifestait par de vraies douleurs dans la poitrine, qui l'auraient paniquée si elle n'avait su ce qu'il en était réellement. Stefan lui manquait si cruellement qu'elle arrivait à peine à manger et à dormir. Il était comme une part d'elle-même constamment en ébullition, comme un bras invisible qui ne voulait pas la lâcher.

Rien ne pourrait l'apaiser ce soir, pas même écrire dans son journal. Tout ce qui lui venait à l'esprit, c'étaient des souvenirs terriblement douloureux des bons moments qu'elle avait partagés avec Stefan. Comme elle regrettait l'époque où il lui suffisait de tourner la tête pour le voir ! Quel privilège c'était ! Aujourd'hui, sans lui, cet état de grâce avait été remplacé par la confusion, la culpabilité et l'angoisse. Qu'éprouvait-il à cet instant ? Est-ce qu'on lui faisait… du mal ?

Bon sang, si seulement…

Si seulement j'avais insisté pour qu'il verrouille toutes les fenêtres de sa chambre à la pension…

Si seulement je m'étais davantage méfiée de Damon…

Si j'avais su qu'il avait une idée derrière la tête cette nuit-là…

Et si… et si…

Martelant ce refrain au rythme de ses battements de cœur, elle se retrouva à sangloter tout bas, les paupières et les poings serrés.

Si je baisse les bras, si je laisse cette souffrance m'anéantir, je disparaîtrai comme un point infime dans l'espace. Je serai réduite à néant, mais ce sera toujours mieux que d'être aussi désespérée.

Elena redressa la tête et vit… sa propre tête, posée sur le journal.

Elle étouffa un cri.

Là encore, sa première réaction fut de croire qu'elle était morte. Puis, lentement, un peu abrutie par les larmes qu'elle avait versées, elle comprit.

Son âme était de nouveau sortie de son corps.

Contrairement à la fois précédente, elle n'eut pas la sensation d'avoir *consciemment* décidé de la destination. Elle volait si vite qu'elle était incapable de dire dans quel sens elle allait. C'était comme si on la tirait par la main, comme si elle était une queue de comète traversant le ciel.

À un moment, elle s'aperçut avec une horreur familière qu'elle traversait les objets et les murs, puis elle vira brusquement, telle l'extrémité d'un fouet que l'on fait claquer, et fut catapultée dans la cellule de Stefan.

Elle sanglotait encore quand elle atterrit sur le sol dur, sans vraiment sentir le poids de son corps, et au fond insensible à l'impact. La seule chose qu'elle eut le temps de voir, c'était Stefan, très amaigri mais souriant dans son sommeil, avant d'être projetée contre lui, continuant de pleurer alors qu'elle rebondissait, avec la légèreté d'une plume.

Puis Stefan se réveilla.

— Bon sang, vous ne pouvez pas me laisser dormir en paix au moins cinq minutes ! lâcha-t-il sèchement.

Il ajouta deux ou trois insultes en italien qu'elle n'avait jamais eu l'occasion d'entendre.

Sa première réaction fut de craquer comme l'aurait fait Bonnie : une violente crise de larmes qui la rendit sourde à toute parole de réconfort. Les geôliers de Stefan lui faisaient vivre un enfer en se servant de l'image d'Elena. C'était vraiment terrifiant. Ils le conditionnaient pour qu'il finisse par la détester. Déjà qu'elle se détestait elle-même... Tout le monde sur cette maudite planète la détestait...

— Elena ! Non, ne pleure pas, mon amour !

Épuisée, elle fut de nouveau submergée de larmes et se blottit contre l'uniforme de prisonnier de Stefan, que le moindre artifice aurait embelli tant il était laid.

Elle ne sentit pas le bras qui tentait de l'entourer en douceur. Elle n'était qu'un corps astral.

Mais, à défaut d'enveloppe charnelle, elle avait des larmes à revendre. Une petite voix froide et cinglante résonna en elle : *Ne les gâche pas, idiote ! Utilise-les ! Si tu veux pleurer, fais-le au-dessus de son visage ou de ses mains. Et, au fait, tu as raison : tout le monde te déteste.*

Même Matt. Pourtant Matt aime tout le monde, continua la voix cruelle et fertile de son imagination. Elena se laissa aller à de nouveaux sanglots, constatant distraitement l'effet de chaque larme sur Stefan. À chaque impact, sa peau livide rosissait un peu plus, la couleur se propageant en ondulations, comme si Stefan était un vaste étang à la surface duquel elle reposait.

Excepté que ses larmes tombaient si vite qu'on aurait dit un déluge s'abattant sur le vieux pont Wickery. Elle ne put s'empêcher de se rappeler le jour où Matt avait sauté dans la rivière gelée en contrebas pour essayer de sauver une petite fille qui avait traversé la glace.

— Non, je t'en prie ! Ne pleure pas, mon tendre amour ! l'implora Stefan.

Il semblait si sincère que n'importe qui y aurait cru. Mais pourquoi le serait-il ? Elena savait de quoi elle avait l'air, le visage enflé et barbouillé de larmes : elle n'avait rien d'un « tendre amour » ! Et il faudrait qu'il soit fou pour vouloir l'empêcher de pleurer : ses larmes lui redonnaient un souffle de vie chaque fois qu'elles entraient en contact avec sa peau. Galvanisé, Stefan tenta de la rassurer par la pensée, d'une voix forte et assurée :

Pardonne-moi, Elena. Mon Dieu, je vous en prie, accordez-moi un instant seul avec elle ! Rien qu'un moment ! Je ferai tout ce que vous voulez après, j'accepterai même la mort. Un seul instant au contact de sa peau !

Peut-être que, dans un moment de pitié, Dieu entendit sa prière. Tremblantes, les lèvres d'Elena planèrent au-dessus des siennes, comme si elle allait lui voler un baiser comme elle le faisait jadis, le matin, quand il dormait encore. L'espace d'un instant, elle eut l'impression de sentir son corps tiède contre elle et ses longs cils caresser ses paupières alors qu'il ouvrait brusquement les yeux de surprise.

Ils se figèrent tous les deux, ahuris, n'osant plus faire un geste. Elena fut la première à craquer, électrisée par la bouffée de chaleur qui se propagea dans son corps au contact des lèvres de Stefan. Alors, restant prudemment immobile, le regard dans le vague et les paupières se fermant doucement, elle sentit leurs bouches se fondre en un baiser.

L'étreinte s'acheva d'un seul coup, sans bruit.

Elena avait deux options : elle pouvait hurler et se répandre en injures contre *Il Signore* pour ne pas leur avoir accordé plus de temps, ou bien elle pouvait rassembler son courage, sourire et peut-être même réconforter Stefan.

Son bon sens l'emporta et, quand Stefan rouvrit les yeux, elle fit mine de se blottir dans ses bras, le sourire aux lèvres, tout en essayant de remettre de l'ordre dans ses cheveux.

Soulagé, Stefan sourit aussi. On aurait dit qu'il pouvait tout endurer tant qu'elle était indemne.

— À ta place, Damon aurait été plus pragmatique, le taquina-t-elle. Il m'aurait encouragée à pleurer, car au final c'est sa santé qui aurait surtout compté. Et il aurait prié pour...

Elle s'interrompit, puis éclata de rire.

— ... au fond, je n'en sais rien, dit-elle finalement. Je ne crois pas que Damon prie.

— Sans doute que non, murmura Stefan. Quand on était jeunes et humains… le curé de la ville se déplaçait avec une canne, mais, à ce qu'on dit, il s'en servait plus pour corriger les jeunes délinquants que pour s'appuyer.

Elena repensa au petit garçon enchaîné à l'énorme rocher lourd de secrets. La religion faisait-elle partie de tous ces souvenirs que Damon avait mis sous clé, séquestrés derrière des murs étanches, semblables à des carapaces animales ?

Elle se garda de poser la question à Stefan. Baissant la voix, au point de la réduire à un infime chuchotement qui troubla à peine l'esprit pourtant réceptif de Stefan, elle lui en posa une autre par télépathie : *Connaissant ton frère et son pragmatisme, quels plans pourrait-il avoir en tête ? Des plans d'évasion, j'entends ?*

— Pour une évasion, tu dis ?… Eh bien, la première chose qui me vient à l'esprit, c'est que tu dois connaître la ville comme ta poche. J'avais les yeux bandés quand on m'a amené ici, mais, étant donné qu'ils n'ont pas le pouvoir de lever la malédiction qui pèse sur les vampires et de les changer en humains, j'avais toujours mes perceptions extrasensorielles. Je dirais que la ville fait la taille de celles de New York et Los Angeles réunies.

— Plutôt énorme, donc, commenta Elena en mémorisant cette information.

— Mais, heureusement, ce qui nous intéresse se trouve dans le secteur sud-ouest. La ville est paraît-il gérée par les Sentinelles, mais elles appartiennent à l'Autre Monde, et les démons et vampires qui vivent ici depuis longtemps se sont aperçus que la population avait plus peur d'*eux* que d'elles. Aujourd'hui, le Royaume est constitué de douze ou quinze châteaux féodaux et domaines, et chacun contrôle un nombre considérable de terres en dehors de la ville. Ils fabriquent eux-mêmes les produits dont ils ont besoin et font affaire en les vendant ici. Ce sont par exemple les vampires qui cultivent le vin de Magie Noire de Clarion Lœss.

— Je vois, dit Elena, qui ne voyait absolument pas de quoi il parlait, excepté pour le vin. Mais la seule chose qui nous intéresse vraiment, c'est le chemin pour se rendre à la prison du Shi no Shi.

— C'est vrai. Eh bien, le plus simple, ce serait de passer par le secteur des *kitsune*. Le Shi no Shi est un groupe de bâtiments dont le plus grand, celui qui n'a pas de toit, du moins vu d'en bas, parce qu'en fait il est incurvé...

— Celui qui ressemble à un colisée ? le coupa Elena avec empressement.

— Non seulement ça y ressemble, mais en plus *c'est* un colisée, confirma Stefan en souriant.

« C'est un vrai sourire, se réjouit Elena en silence. Il se sent suffisamment mieux pour sourire. »

— Donc, pour revenir dans *notre* monde, il nous suffira de repartir du colisée jusqu'à la Porte des Démons, résuma Elena. Par contre, pour te faire sortir d'ici... on doit récupérer certains éléments... et ils sont sûrement cachés à différents endroits de la ville.

Elle ne savait plus si elle lui avait déjà décrit la clé de *kitsune*. Dans le doute, et pour sa sécurité, elle préféra ne pas en parler.

— Dans ce cas, à votre place, je recruterais quelqu'un du coin, répondit aussitôt Stefan. Je ne sais pas grand-chose de cette ville, excepté ce que m'en disent les gardiens, et je ne suis pas sûr qu'on puisse se fier à eux. Mais les gens du peuple, les citoyens ordinaires, ils sauront sûrement vous renseigner.

— Bonne idée.

Tandis qu'ils parlaient, Elena traçait d'un doigt transparent des dessins invisibles sur son torse.

— Je crois que Damon a vraiment l'intention de faire son maximum pour nous aider.

— Je lui suis vraiment reconnaissant d'être venu, dit Stefan d'un air songeur. Au fait, il tient parole, n'est-ce pas ?

Elena acquiesça d'un signe de tête. Mais, en son for intérieur, une pensée l'agita : *Si tu parles de la promesse qu'il t'a faite de prendre soin de moi, oui, il la tient. Car Damon tient toujours parole.*

— Stefan..., chuchota-t-elle.

Elle s'adressa à la part la plus enfouie de son esprit, dans l'espoir de se confier à lui dans le plus grand secret :

Si seulement tu avais été là pour le voir : quand je me suis servie des Ailes de la Rédemption, toutes les mauvaises expériences qui l'avaient endurci ou rendu cruel ont été anéanties. Et, avec les Ailes de la Purification, l'épaisse roche qui encerclait son âme s'est détachée par morceaux entiers... Tu n'imagines pas à quel point il était différent. Il était parfait, comme neuf. Ensuite, quand il s'est mis à pleurer...

Aussitôt, elle perçut trois émotions successives chez Stefan. D'abord le doute à l'idée que Damon soit capable de pleurer, malgré tout ce qu'Elena venait de lui raconter. Puis la conviction et l'étonnement à mesure qu'il assimilait les images et les souvenirs qu'elle lui transmettait. Et enfin le besoin de la consoler tandis qu'elle se représentait Damon condamné au repentir. Un Damon qui n'existerait plus jamais.

— Il t'a sauvé, reprit Elena à voix haute. Mais il l'a fait à son détriment. Il n'a même pas cherché à négocier avec Shinichi et Misao. Il les a laissés lui prendre tous ses souvenirs de cet événement.

— C'était peut-être trop douloureux pour lui ?

— Sans doute...

Volontairement, elle baissa la garde pour permettre à Stefan de ressentir la douleur que son frère, cet être neuf et parfait qu'elle avait fait naître, avait éprouvée en découvrant les actes de cruauté et de trahison qu'il avait commis.

— Je crois qu'il se sent très seul, Stefan.

— Oui, tu as raison, mon ange.

Cette fois, Elena réfléchit un bon moment avant d'oser poser une autre question :

— Stefan... je ne suis pas sûre que ton frère sache ce que c'est d'être aimé, tu comprends ?

La réponse de Stefan, qui tarda à venir, la mit au supplice :

— Oui, je crois que tu as encore raison, répondit-il enfin, très doucement et lentement.

Voilà pourquoi elle l'aimait tant : il la comprenait si bien. Et il se montrait toujours courageux et confiant, pile quand il fallait.

— Stefan ? ... Tu crois que je peux rester ici ce soir ?

— Bien sûr... sauf si... *ils* viennent me chercher pour m'emmener ailleurs...

Soudain, il fixa Elena d'un air grave.

— ... et si ça arrive, tu dois me promettre de partir, d'accord ?

Elle le regarda droit dans les yeux

— Si c'est ce que tu veux, alors je te le promets.

— Est-ce que... tu tiens toujours parole, Elena ?

Tout à coup, il sembla fatigué, mais comme quelqu'un qui se sent détendu et qui se laisse happer par un sommeil paisible.

— Toujours, répondit-elle en le berçant d'une voix douce.

« Surtout pour toi », ajouta-t-elle en silence. Si quelqu'un venait lui faire du mal, il verrait de quoi un adversaire fantôme était capable. Elle pourrait, par exemple, s'insérer à l'intérieur de *son* corps et en prendre possession... juste le temps de lui broyer le cœur entre ses jolis doigts pâles.

— Je t'aime, Elena. Ce baiser m'a fait tant de bien...

— Et ce n'est pas le dernier ! Je te le jure !

Les yeux gonflés, elle versa quelques larmes sur son visage pour l'apaiser.

Il lui sourit avec douceur et s'endormit profondément.

***

Au petit matin, Elena se réveilla seule, dans sa superbe chambre chez lady Ulma. Seule mais habitée d'un nouveau souvenir, semblable à une jolie rose séchée qu'elle conservait au fond d'elle.

Elle avait conscience qu'un jour ces souvenirs seraient peut-être tout ce qu'il lui resterait de Stefan. Elle s'imaginait déjà se raccrocher à leur parfum, à leur délicatesse, et les chérir éternellement... si jamais Stefan ne revenait pas.

24.

— Allez, juste un petit coup d'œil !

Bonnie avait le carnet de croquis de lady Ulma sous les yeux, celui dans lequel elle avait dessiné leurs robes haute couture pour le bal qui se tenait le soir même. À côté, à portée de main, se trouvaient des échantillons de tissu : un satin chatoyant, une soie plissée, une mousseline transparente, un velours somptueux.

— Patience ! Tu vas faire les derniers essayages dans moins d'une heure… et cette fois en ayant le droit de regarder ! lui lança Elena en riant. Cela dit, n'oublions pas que ce soir on n'est pas là pour s'amuser. Bien sûr, il faudra qu'on danse un peu, pour faire illusion…

— Bien sûr ! répéta Bonnie avec enthousiasme.

— Mais notre objectif, c'est de trouver la première moitié de la clé. Si seulement on avait une boule de cristal qui puisse nous montrer l'intérieur de la maison de ce soir.

— On sait déjà pas mal de choses dessus, dit Meredith. On n'a qu'à en parler pour essayer de se l'imaginer ?

— OK, c'est parti pour une séance de brainstorming, acquiesça Elena.

— Je peux me joindre à vous ? demanda une voix douce et posée dans l'embrasure de la porte.

Tournant la tête, les filles se levèrent en même temps pour accueillir lady Ulma qui leur souriait tendrement.

Avant de s'asseoir, elle prit chaleureusement Elena dans ses bras en déposant un baiser sur sa joue, et cette dernière ne put s'empêcher de faire la comparaison entre la femme qu'elle avait connue chez le Dr Meggar et l'élégante dame qu'elle était devenue. À l'époque, elle avait pour ainsi dire la peau sur les os, le regard effarouché d'un animal souffrant, et elle portait une simple robe de chambre et des pantoufles d'homme. Aujourd'hui, elle la faisait penser à une matrone romaine avec son visage serein qui commençait à reprendre des joues, sous sa couronne de tresses noires et brillantes retenue par des peignes ornés de pierreries. Son corps aussi semblait se remplumer, surtout son ventre, bien qu'elle conservât sa grâce naturelle en prenant place sur le sofa en velours. Elle portait une longue robe de soie grège, couleur safran, sur un jupon abricot aux franges chatoyantes.

— On attend avec impatience les essayages de ce soir, vous savez ! lui dit Elena en indiquant le carnet de croquis d'un signe de tête.

— Moi aussi, je suis excitée comme une puce, reconnut lady Ulma. Si seulement je pouvais vous rendre un dixième de ce que vous avez fait pour moi !

— Vous avez déjà fait énormément. Si on réussit à retrouver cette clé ce soir, ce sera uniquement grâce à toute l'aide que vous nous avez apportée. Et vous n'imaginez pas à quel point c'est important pour moi, ajouta Elena en chuchotant presque.

— Mais à l'époque, quand vous avez défié l'autorité en faveur d'une esclave misérable, c'était sans imaginer que je pourrais vous aider. Vous vouliez juste me défendre... et vous en avez beaucoup souffert, répondit tranquillement lady Ulma.

Gênée, Elena changea de position. L'entaille sur son visage n'avait laissé qu'une fine cicatrice blanche le long de sa pommette. À l'époque où elle était vampire, elle aurait pu la faire disparaître d'un simple geste. Mais aujourd'hui, canaliser son énergie et l'utiliser pour accroître ses perceptions était la seule volonté auquel son pouvoir se pliait.

À une autre époque, songea-t-elle, en se revoyant s'extasier devant une Porsche garée sur le parking du lycée, elle aurait considéré cette cicatrice comme la pire calamité de sa vie. Mais aujourd'hui, étant donné les mérites qu'elle en avait tirés, la façon dont Damon la surnommait sa « petite blessure de guerre » et sa certitude que cette marque serait aussi insignifiante pour Stefan qu'elle le serait pour elle s'il était à sa place, elle estimait que ce n'était vraiment pas bien grave.

« Je ne suis plus celle que j'étais, pensa-t-elle. Et c'est mieux comme ça. »

— N'y pensons plus, dit-elle, ignorant la douleur qui lui élançait encore parfois la jambe. Parlons plutôt du rossignol d'argent et de son gala.

— D'accord, acquiesça Meredith. Alors, que sait-on sur elle ? Rappelle-nous l'énigme en question, Elena ?

— Misao a dit : « Si je te dis qu'une des moitiés se trouve dans l'instrument du rossignol d'argent, ça t'évoque quelque

chose ? » ... plus ou moins en ces termes, répéta docilement Elena.

Toutes connaissaient la formulation par cœur, mais cela
faisait partie du rituel chaque fois qu'elles en discutaient.

— Et le Rossignol d'argent est le surnom donné à lady
Fazina Darley, que tout le monde connaît au Royaume des
Ombres ! leur rappela Bonnie en frappant de joie dans ses
petites mains.

— En effet, ce sobriquet ne date pas d'hier. Il lui a été
donné à son arrivée ici, quand elle s'est mise à chanter et à
jouer sur des harpes montées de cordes d'argent, glissa lady
Ulma avec sérieux.

— Or les cordes de harpe s'accordent avec des accordoirs,
et un accordoir c'est une sorte de clé ! continua Bonnie avec
agitation.

— Oui, mais ce n'est pas vraiment ça qu'on cherche.

Meredith, par comparaison, parlait d'une voix calme et
posée.

Sur une table près d'elle, elle posa un objet en bois d'éra-
ble, clair et lisse, qui ressemblait à un tout petit T ou, vu de
biais, à un arbre à une branche qui plierait avec grâce sous
le vent.

— Voilà à quoi ressemble un accordoir. C'est un des
musiciens que Damon a embauchés qui me l'a donné.

Bonnie examina la petite clé avec une moue dédai-
gneuse.

— Ça pourrait très bien être ça, insista-t-elle. Ça pourrait
avoir un double emploi ?

— Je ne vois pas comment. À moins que ça ne change de
forme quand les deux moitiés de clé sont réunies.

— Exactement, intervint lady Ulma, comme si Meredith
venait d'énoncer une supposition évidente. Si cette clé est

vraiment magique, il est certain que ses deux moitiés changeront quand elles seront assemblées.

— Ah, tu vois !

— Mais si elles peuvent avoir n'importe quelle forme, comment voulez-vous qu'on les reconnaisse ? s'impatienta Elena.

En voyant lady Ulma se taire brusquement, elle s'en voulut. Ça la rendait malade d'employer un ton dur ou même de se montrer contrariée face à cette femme qui avait connu la soumission et l'horreur depuis l'enfance. Elle voulait qu'elle se sente en sécurité et heureuse.

— Bon, en tout cas, on sait une chose, reprit-elle plus gentiment. Ce qu'on cherche se trouve *dans* l'instrument du Rossignol d'argent. Donc, si on trouve quelque chose dans la harpe de lady Fazina, ce devrait être ça.

— Oh, mais…

Lady Ulma s'arrêta, sans oser aller au bout de sa pensée.

— Oui ? lui dit gentiment Elena.

— Non, rien. Je… je voulais juste vous proposer de vous montrer vos robes. Ce dernier essayage a juste pour but de vérifier que tout est parfait dans les moindres coutures.

— Avec grand plaisir ! acquiesça Bonnie en se jetant sur le carnet de croquis.

Meredith tira un cordon de sonnette pour faire venir une domestique, et repartit aussitôt avec elle à l'atelier.

— Dommage que maître Damon et seigneur Sage n'aient pas souhaité que je leur crée un costume, dit lady Ulma avec mélancolie à Elena.

— De toute façon, Sage ne vient pas. Quant à Damon, je suis sûre qu'il n'aurait pas été contre… à condition qu'il s'agisse d'une tenue avec veste en cuir noire, chemise noire, jean noir et bottes noires, parfaitement identique à celle qu'il porte tous les jours. Là, il aurait été ravi de la porter !

Lady Ulma rit de bon cœur.

— Je vois ! Enfin, il y aura tant de tenues fantastiques ce soir qu'il changera peut-être d'avis par la suite. Et maintenant, fermons les rideaux pour mieux nous rendre compte du résultat. Ce gala va avoir lieu en intérieur, et l'éclairage sera fait uniquement avec des lampes à gaz, donc les couleurs ressortiront.

— Je me demandais justement pourquoi ils avaient précisé « en intérieur » sur l'invitation, dit Bonnie. Vous croyez qu'il va pleuvoir ?

— Non, au contraire : c'est à cause du soleil, expliqua lady Ulma avec retenue. Sous cette odieuse boule de feu, le bleu devient violet, le jaune marron, et ainsi de suite. Personne ne porterait du bleu ciel ou du vert pour une soirée en extérieur, par exemple, pas même vous, avec ces boucles rousses qui ne demandent que ça !

— Je comprends. C'est vrai qu'au bout d'un moment ce soleil qui ne bouge jamais doit être déprimant.

— Vous n'imaginez pas à quel point, murmura lady Ulma. En attendant, si je vous montrais la robe que j'ai dessinée pour votre amie Meredith ?

— Oh oui ! s'écria Bonnie en lui tendant son carnet.

Lady Ulma le consulta rapidement, jusqu'à ce qu'elle tombe sur la page recherchée. Elle se munit de stylos et de crayons de couleur, comme un enfant impatient de jouer avec ses jouets préférés.

— La voici, annonça-t-elle.

À l'aide des crayons, elle ajouta un trait de couleur ici, une courbe là, tout en tenant le carnet tourné vers elles.

— C'est dingue ! s'écria Bonnie, réellement stupéfaite.

Même Elena fit des yeux ronds.

La fille du croquis ressemblait trait pour trait à Meredith. Les cheveux tirés en demi-queue, elle portait une robe... quelle robe ! Noire comme l'ébène, sans bretelles, elle moulait le corps longiligne de la silhouette parfaitement dessinée, soulignant ses courbes en mettant le buste en valeur, grâce à ce qui s'appelait une « encolure en cœur », apprit Elena : un décolleté qui ressemblait à la partie supérieure d'un cœur. Le fourreau épousait ses formes jusqu'aux genoux, où il s'évasait brusquement de façon spectaculaire.

— C'est une robe de sirène, expliqua sa créatrice, enfin satisfaite de son croquis. D'ailleurs, la voici en vrai.

Des couturières entrèrent dans la pièce accompagnées de Meredith, en tenant à plusieurs, d'un geste révérencieux, la merveilleuse robe de bal. Les filles découvrirent que le tissu était un somptueux velours noir, moucheté de minuscules rectangles couleur or. Elena pensa tout de suite à une nuit sur Terre avec des milliers d'étoiles filantes dans le ciel.

— Pour aller avec, vous pourrez porter ces grandes boucles d'oreilles, et ces peignes en onyx noir et or pour relever vos cheveux, et ces adorables bijoux assortis que Lucen a spécialement créés pour cette tenue, ajouta lady Ulma.

Elena s'aperçut que Lucen venait discrètement d'entrer dans la pièce. Elle lui sourit, puis ses yeux tombèrent sur le plateau à trois étages qu'il tenait dans les mains. Sur un fond ivoire se trouvaient deux bracelets en onyx noir et or, ainsi qu'une bague sertie d'un diamant face auquel elle tomba en admiration.

Meredith regarda autour d'elle comme si elle venait de surprendre une conversation privée et qu'elle ne savait plus où se mettre. Puis son regard oscilla entre la robe, les bijoux et lady Ulma. Meredith n'était pas du genre à perdre facilement son sang-froid. Mais, au bout de quelques secondes, elle s'approcha de la créatrice et la serra dans ses bras, puis elle se dirigea vers Lucen et posa tout doucement la main sur son bras. Il était clair que tout ça la laissait sans voix.

Bonnie examinait désormais les croquis avec un œil de connaisseuse.

— Alors ces bracelets ont été conçus exprès pour cette robe ?

À la surprise d'Elena, lady Ulma sembla gênée et répondit lentement.

— À vrai dire... le fait est que... mademoiselle Meredith est une esclave. La loi exige que toutes les esclaves portent des bracelets symboliques lorsqu'elles sont hors de chez elles.

Elle baissa les yeux vers le parquet ciré, les joues rouges.

— Lady Ulma... je vous en prie : ça n'a aucune importance pour nous !

Une lueur traversa le regard de la femme lorsqu'elle releva la tête.

— Aucune ?

— Eh bien, non... pas vraiment... enfin pas encore, se reprit Elena en bafouillant. Pour l'instant, on ne peut rien y faire, de toute façon.

Naturellement, les domestiques n'étaient pas au courant de la relation qui unissait Damon à Elena, Bonnie et Meredith. Même lady Ulma ne comprenait pas pourquoi Damon ne leur rendait pas leur liberté, au cas où « il arriverait quelque chose ». Mais les trois assistantes s'étaient liguées contre cette idée ; ça risquait de compromettre leur mission.

— Enfin, bref, poursuivit Bonnie, l'air de penser tout haut. Ces bracelets sont magnifiques. C'est vrai, après tout, on pourrait difficilement trouver mieux pour aller avec cette robe, non ?

Son compliment alla droit au cœur du bijoutier. Il sourit avec modestie, et lady Ulma lui lança un regard plein de tendresse.

Meredith semblait toujours aussi embarrassée.

— Lady Ulma, je ne sais pas comment vous remercier. En portant votre robe, ce soir, je serai quelqu'un que je n'ai jamais été. Et je ne dis pas ça juste parce que vous m'avez dessiné avec une demi-queue-de-cheval alors que je ne m'attache jamais les cheveux de cette façon.

— Pourtant, vous devriez dégager votre grand front et dévoiler vos traits métissés, au lieu de les cacher ! Et cette robe est conçue pour montrer les ravissantes courbes de vos épaules et de vos bras dénudés. C'est un crime de les couvrir jour et nuit, argumenta lady Ulma d'un ton expert. Il vous faudra aussi un peu de maquillage : un fard léger, couleur or, sur les paupières, et du khôl pour mettre vos yeux en valeur. Une touche de brillant à lèvres, mais pas de rouge ; je ne suis pas d'avis qu'une jeune fille porte cette couleur. Votre peau mate achèvera parfaitement l'image d'une demoiselle sensuelle.

Meredith regarda Elena d'un air confus.

— C'est que… en général, je ne me maquille pas non plus, dit-elle.

Mais, au fond, les deux amies savaient déjà que la fille dessinée par lady Ulma allait prendre vie.

— Ne lui dites pas que c'est une robe de sirène, lança Bonnie d'un ton espiègle, sinon elle va jouer les séductrices toute la soirée ! D'ailleurs, on devrait peut-être jeter un sort à la robe pour éloigner les marins vampires.

Elena fut cette fois surprise de voir lady Ulma acquiescer d'un air grave.

— Une de mes amies couturières a appelé une prêtresse aujourd'hui pour bénir toutes les tenues et éviter que vous ne soyez la proie de vampires. J'espère que ça ne vous ennuie pas ?

Elle se tourna vers Elena, qui lui fit signe que non.

— Du moment que ça n'empêche pas Damon d'approcher, répondit-elle pour plaisanter.

À cet instant, elle eut l'impression que le temps se figeait en sentant les regards de Meredith et de Bonnie braqués sur elle, sûrement dans l'espoir de surprendre une lueur dans ses yeux qui la trahirait.

Mais Elena prit un air totalement neutre.

— Naturellement, les restrictions ne concernent pas votre... maître Damon, ajouta lady Ulma.

— Naturellement.

— À présent, place à la petite princesse de la soirée.

Elle se tourna vers Bonnie, qui se mordit la lèvre en rougissant.

— J'ai quelque chose de très spécial pour vous. Cela faisait une éternité que je rêvais de travailler ce tissu. Je l'ai vu en vitrine pendant des années, mourant d'envie de l'acheter et d'en faire quelque chose.

Deux autres domestiques s'approchèrent en tenant une robe plus petite et plus légère, tandis que lady Ulma montrait son croquis aux filles. Mais Elena avait déjà les yeux rivés sur la robe. Le tissu était splendide, extraordinaire même, mais c'était surtout la façon dont il avait été arrangé qui était ingénieuse. Sur l'étoffe bleue, un superbe motif cousu main représentait des yeux de paon s'étirant depuis la taille.

Les yeux de Bonnie s'agrandirent plus que jamais.

— C'est pour moi ? souffla-t-elle, presque effrayée de toucher la robe.

— Oui, et nous allons vous lisser les cheveux en arrière jusqu'à ce que vous ayez l'air aussi sophistiquée que votre amie Meredith. Allez-y, essayez-la. Je pense que vous allez adorer le résultat.

Lucen s'était retiré, et Meredith avait déjà soigneusement enfilé sa robe de sirène. Toute guillerette, Bonnie commença à se déshabiller.

***

Il s'avéra que lady Ulma avait raison : Bonnie adorait la toilette qu'elle portait. L'heure était maintenant à la touche finale : un délicat nuage d'eau de toilette à base de rose et d'agrumes ; un parfum fait pour elle. Elle se tenait devant un gigantesque miroir, quelques minutes avant l'heure de départ prévue pour le gala de lady Fazina.

Elle se tourna un peu pour admirer sa longue robe sans bretelles. Le corset entièrement fait de plumes de paon (du moins, c'était l'impression qu'on avait), avec leurs motifs en forme d'œil aux extrémités, soulignait à merveille sa taille de guêpe. À partir de la ceinture, une huppe pointait vers le bas, devant et derrière, suivie d'une autre cousue d'argent et d'or qui ondulait avec élégance jusqu'au fin brocart doré bordant le bas de la robe. Le dos comportait une petite traîne de soie vert émeraude.

Comme si cela ne suffisait pas, lady Ulma lui avait fait fabriquer un éventail en vraies plumes de paon rassemblées par un manche vert jade, auquel pendait une petite chaîne de jade, de citrine et d'émeraude qui tintait doucement.

Au cou, elle portait un collier assorti, incrusté de jade, d'émeraude, de saphir et de lapis-lazuli. Et ses poignets étaient chacun ornés de bracelets verts, symboles de son esclavage, qui cliquetaient au moindre mouvement.

Incapable de nourrir une véritable haine à l'égard de ces bracelets, elle ne laissa pas son regard s'attarder longtemps sur eux. Elle contempla plutôt la façon dont un coiffeur exceptionnel avait réussi à lisser ses boucles flamboyantes en arrière, jusqu'à ce qu'elles soient plaquées sur son crâne et fixées par des barrettes de couleurs assorties à sa tenue. Jamais son visage en forme de cœur n'avait paru si adulte, si sophistiqué. À ses paupières fardées de vert et ses yeux soulignés de khôl noir, lady Ulma avait ajouté un rouge à lèvres rouge vif, rompant pour une fois avec ses principes, et, maniant agilement la houppe, avait posé quelques touches de fard à joues ici et là pour que sa peau translucide donne toujours l'impression d'être en train de rougir d'un compliment. L'ensemble était complété par des boucles d'oreilles pendantes dorées, serties de jade finement ciselé. Bonnie avait l'impression d'être une princesse mésopotamienne.

— C'est vraiment un petit miracle, confia-t-elle à lady Ulma. En général, j'ai l'air d'un lutin déguisé en pom-pom girl ou en marchande de fleurs.

Elle l'embrassa encore et constata au passage, avec satisfaction, que son rouge à lèvres tenait bien car il n'avait laissé aucune trace sur les joues de sa bienfaitrice.

— Ce soir, j'ai enfin l'air d'une vraie femme.

Elle aurait bien continué à bavarder en s'extasiant, incapable de s'arrêter d'elle-même alors que lady Ulma chassait discrètement des larmes au coin de ses yeux, mais Elena entra à cet instant. Bonnie eut le souffle coupé.

La robe était prête depuis un moment et Bonnie en avait vu le croquis, mais il était loin d'illustrer l'effet obtenu sur Elena.

Secrètement, elle s'était d'ailleurs demandé si lady Ulma ne s'était pas un peu reposée sur la beauté naturelle d'Elena, et elle espérait que son amie serait aussi ravie de sa robe que Bonnie et Meredith l'étaient des leurs.

Maintenant, elle comprenait mieux.

— Ça s'appelle le style déesse, expliqua lady Ulma.

Dans un silence admiratif, Elena s'avança dans la pièce et Bonnie songea étourdiment que, si des déesses avaient bel et bien vécu sur le mont Olympe, cette tenue les aurait sûrement fait pâlir d'envie.

La spécificité de la robe tenait dans sa grande simplicité. En soie ivoire, elle était délicatement froncée sous la poitrine façon Empire (d'après lady Ulma, ces plis serrés et irréguliers s'appelaient des « ruches ») et formait une encolure en V qui mettait en valeur la peau de pêche d'Elena. Resserrés sur les épaules par deux boucles en or incrustées de nacre et de diamant, les pans du corsage se croisaient dans le dos en deux fines bretelles. Le tombé de la jupe était droit, formant d'élégants plis jusqu'à de fines sandales assorties.

Une robe très simple, mais tellement belle portée par la bonne personne.

Au cou d'Elena, un superbe collier d'or et de nacre en forme de papillon était incrusté d'une telle quantité de diamants qu'il semblait jeter de vifs éclats multicolores à chaque mouvement de tête.

Ses cheveux avaient été peignés et repeignés jusqu'à ce qu'ils tombent dans son dos en une cascade d'ondulations dorées et soyeuses. À l'exception d'une touche de rouge à lèvres rose, elle ne portait pas de maquillage ; ses épais cils noirs, ses sourcils bruns arqués, sans parler de ce regard pétillant qui donnait de belles couleurs à ses joues, suffisaient à habiller son visage. Deux longues boucles d'oreilles en diamant se devinaient sous ses boucles dorées.

« Elle va les rendre fous ce soir, pensa Bonnie en regardant l'audacieuse robe avec envie et non jalousie, se réjouissant plutôt de voir son amie faire sensation au bal. Elle porte la toilette la plus simple de toutes, et elle nous éclipse totalement ! »

Néanmoins, Bonnie n'avait jamais vu Meredith aussi élégante et d'une beauté aussi exotique. Elle ignorait également que son amie avait autant la ligne, malgré les vêtements bien coupés qu'elle portait au quotidien.

Meredith haussa les épaules quand Bonnie lui fit part de ses impressions. Elle aussi avait un éventail, laqué noir et pliant. Elle l'ouvrit puis le referma, tapotant son menton d'un air songeur.

— C'est sûr, on est tombées sur un génie, dit-elle simplement. Mais on ne doit pas oublier notre véritable objectif.

25.

— On doit se concentrer sur Stefan, dit Elena à Damon.

Quelques minutes avant le départ, ils discutaient dans la chambre que le vampire s'était appropriée, à savoir l'ancien bureau de la demeure.

— Mais je ne fais que ça…

Damon semblait subjugué par le cou et les épaules d'Elena, ornés de nacre et de diamant. D'une certaine façon, celle-ci avait conscience que sa robe ivoire mettait sa fine gorge en valeur.

Elle poussa un soupir.

— Si on savait ce que tu as en tête, on serait moins tendues.

— Ah, bon ? Tu es tendue, là ?

Elena se secoua, déterminée à ne pas se laisser troubler. Si Damon pouvait sembler se dévouer corps et âme à un seul objectif, son instinct de conservation faisait qu'il ne perdait jamais de vue la situation dans son ensemble.

Et il est vrai qu'Elena était excitée à un point presque insoutenable. Elle laissait croire aux autres que c'était sa belle robe qui la mettait dans cet état, et elle était profondément reconnaissante à lady Ulma et à ses couturières de l'avoir terminée à temps. Mais, ce qui la rendait si nerveuse, c'était surtout la possibilité, non, *la certitude*, que ce soir elle allait trouver cette clé qui leur permettrait de libérer Stefan. La perspective de le revoir en chair et en os...

... la pétrifiait.

Repensant à ce que Bonnie avait dit dans son sommeil, elle tendit le bras vers Damon en quête de réconfort et de compréhension, et constata après coup qu'au lieu de lui tenir la main elle était déjà dans ses bras.

Que pensera Stefan de la fameuse nuit au motel ?

Que pourrait-il en penser ? Qu'y a-t-il à en dire ?

— J'ai peur, murmura-t-elle, réalisant trop tard qu'elle réfléchissait à voix haute.

— N'y pense pas, dit Damon. Ça ne fera qu'envenimer les choses.

« Mais j'ai menti ! se dit-elle. Tu ne t'en souviens pas, ou alors c'est que tu mens, toi aussi. »

— Quoi qu'il ait pu se passer, Elena, je te promets que je serai toujours là pour toi. Je t'en donne ma parole.

Elle sentit le souffle de Damon dans ses cheveux.

— Et en ce qui concerne la clé ? Je peux compter sur toi aussi ?

Mais oui, bien sûr. Le seul problème, c'est que je n'ai pas assez mangé aujourd'hui.

Elena sursauta, puis l'étreignit davantage. De façon très furtive, elle ressentit non seulement une faim dévastatrice, mais aussi une vive douleur qui la laissa perplexe. La sensation s'évanouit avant même qu'elle n'ait le temps de la localiser, et sa connexion avec Damon fut brusquement interrompue.

Damon.

— Quoi ?

Ne me rejette pas.

— Ce n'est pas le cas. J'ai dit ce qu'il y avait à dire, c'est tout. Tu sais que je chercherai cette clé autant que toi.

Merci. Mais, en attendant, tu ne vas pas rester à mourir de faim...

Qui a dit que je mourrais de faim ?

La transmission de pensées était rétablie, mais de façon incomplète. Il lui cachait délibérément quelque chose et s'appliquait à aveugler les perceptions d'Elena par... la faim. Elle la sentait se déchaîner en lui, comme si Damon était un tigre ou un loup qui aurait passé des jours, voire des semaines, sans avoir tué une proie.

La pièce tourna lentement autour d'elle.

— Ça... ça va aller, chuchota-t-elle.

Elle était stupéfaite qu'il tienne encore sur ses jambes, et surtout qu'il la tienne dans ses bras malgré la faim qui le tenaillait.

— Prends... la quantité qu'il te faut...

Elle sentit alors des canines pointues pénétrer sa gorge en douceur.

Elle se laissa faire, s'abandonnant à ses sensations.

***

En préparation du gala, Meredith avait lu certains des documents qu'elle avait imprimés et fourrés dans son sac avant de partir, parmi la montagne de renseignements qu'elle avait recueillis sur le Net. Elle avait fait de son mieux pour expliquer tout ce qu'elle avait appris à Elena et aux autres. Mais comment être sûre qu'elle n'était pas passée à côté d'un indice essentiel, d'une information extrêmement importante qui ferait toute la différence, ce soir, entre le succès et l'échec ? C'était blanc ou noir : soit ils trouvaient un moyen de sauver Stefan, soit ils rentraient vaincus pendant qu'il se morfondait en prison.

« *Non*, se dit-elle face à un grand miroir, presque effrayée par la beauté sauvage qu'il reflétait. L'échec n'est pas envisageable. La vie de Stefan est en jeu, on *doit* réussir. Et sans se faire prendre. »

26.

Quoiqu'un peu étourdie, Elena se sentait sûre d'elle lorsqu'ils se mirent en route pour le gala. Cependant, en arrivant chez l'honorable lady Fazina dans leurs chaises à porteurs (Damon avec Elena et Meredith avec Bonnie, lady Ulma s'étant vu interdire toute festivité par le médecin le temps de sa grossesse), elle fut pour ainsi dire *effrayée* par la beauté du spectacle.

La maison était un palais dans la plus pure tradition romanesque. Des minarets et des tours, sans doute bleu et or à l'origine, mais de couleur lavande au soleil, s'élançaient vers le ciel et semblaient presque aussi légers que des plumes. Pour agrémenter la faible lumière du jour, des torches avaient été allumées de chaque côté de l'allée qui remontait une colline, et on avait eu recours à une substance chimique, ou peut-être à la magie, pour que leurs flammes brillent de différentes couleurs, passant du doré au rose, du pourpre au bleu et du vert à l'argent avec beaucoup de vraisemblance. Elena en avait le souffle coupé : pour la première fois depuis son arrivée au Royaume des Ombres, elle voyait autre chose que ce sempiternel camaïeu de rouges.

Lorsqu'ils s'arrêtèrent au sommet de la colline, Damon l'aida à descendre, puis la conduisit vers une vaste entrée largement abritée du soleil. Au-dessus d'eux étaient suspendus de délicats lampions aux formes un peu extravagantes, certains plus gros que les chaises à porteurs dans lesquelles ils se trouvaient quelques minutes plus tôt, qui donnaient un air festif et enjoué à ce palais par ailleurs si beau et si intimidant.

Ils passèrent devant des fontaines éclairées dont certaines recelaient des surprises : une succession de grenouilles magiques qui sautaient en continu d'un nénuphar à un autre, *ploc, ploc, ploc,* l'imitation du bruit de la pluie sur un toit, ou l'hologramme d'un énorme serpent d'or lové entre les arbres au-dessus des visiteurs, qui se déroulait jusqu'au sol avant de remonter dans les branches.

Un peu plus loin, le sol devenait transparent, laissant apparaître toutes sortes de poissons s'ébattant sous l'eau, tandis que beaucoup plus bas, dans les profondeurs bleu nuit, se profilait l'ombre d'une gigantesque baleine. Elena et Bonnie se dépêchèrent de passer cette portion du chemin.

Il était clair que la propriétaire des lieux pouvait se permettre d'assouvir tous ses caprices, mais que ce qu'elle aimait par-dessus tout, c'était la musique : un peu partout, des troupes de musiciens en costumes tantôt superbes, tantôt franchement extravagants, jouaient dans les allées, ou bien un célèbre soliste chantait dans une cage dorée perchée à environ quatre-vingts mètres du sol.

Il y avait de la musique partout... de la musique et des lumières...

Bien qu'électrisée par toutes ces merveilles, ces mélodies et les parfums délicieux que dégageaient d'énormes talus de fleurs mais aussi les invités eux-mêmes, Elena ressentait une certaine appréhension, comme un petit nœud à l'estomac. En quittant la propriété de lady Ulma, elle trouvait sa robe et ses diamants très sophistiqués, mais maintenant qu'elle était ici, chez lady Fazina... C'était trop grand, il y avait trop de monde, quand bien même elle et ses amies étaient élégamment vêtues. Elle avait peur... eh bien, elle avait peur, comparée à cette femme là-bas qui était couverte de bijoux, de sa tiare en émeraudes et diamants aux bagues en diamant ornant ses orteils, d'avoir l'air ridicule avec ses cheveux défaits et sans ornement.

Est-ce que tu as la moindre idée de l'âge qu'elle a ?

Elena sursauta en entendant la voix de Damon dans ses pensées.

Qui ça ? répondit-elle en essayant, au moins par télépathie, de ne pas paraître soucieuse, et encore moins envieuse.

On dirait que je projette un peu trop mes pensées, non ?

Pas tant que ça, mais un peu plus de discrétion ne te ferait pas de mal. Et puis tu sais très bien de « qui » je parle. Pour ton information, cette grande girafe que tu regardais a environ deux cents ans de plus que moi, et elle essaie d'en paraître trente, ce qui est dix ans plus jeune que l'âge auquel elle est devenue vampire.

Elena le regarda en clignant des yeux.

Qu'est-ce que tu essaies de me faire comprendre ?

Concentre-toi sur ce que tu entends, suggéra Damon. *Et cesse de te tourmenter pour rien !*

Docilement, elle fit circuler son pouvoir pour augmenter légèrement son acuité auditive, et toutes les conversations autour d'elle devinrent subitement perceptibles.

... vous avez vu cette déesse ? Ce n'est qu'une enfant, mais quelle allure...

... ah oui, celle aux boucles dorées. Sublime, n'est-ce pas ?

... par tous les enfers, regardez-moi cette fille...

... avez-vous vu le prince et sa princesse, là-bas ? Je me demande s'ils seraient d'accord pour un échange... ou pour un quatuor, n'est-ce pas, ma chérie ?

Ces commentaires ressemblaient plus à ce qu'Elena avait l'habitude d'entendre en soirée et la rassurèrent un peu. S'autorisant à balayer du regard avec plus d'assurance cette foule aussi apprêtée, elle ressentit un brusque élan d'amour et de respect pour lady Ulma, qui avait pensé et supervisé la création de trois robes somptueuses en seulement une semaine.

C'est un génie, songea-t-elle à l'attention de Damon. Elle savait que, à travers le lien psychique qui les unissait, il saurait à qui elle faisait allusion. *Regarde, Meredith a déjà une foule à ses pieds. Et... d'ailleurs...*

Elle est méconnaissable, termina Damon, l'air un peu gêné.

Contrairement à lui, Meredith semblait tout à fait à l'aise Elle tournait la tête de gauche à droite, face à ses admirateurs, pour se montrer sous son meilleur profil ; une attitude qui ne ressemblait pas du tout à la Meredith équilibrée et sereine qu'ils connaissaient. Elle donnait l'image d'une fille exotique, sensuelle, qui semblerait tout à fait capable de chanter la *Habanera* de *Carmen*. Tenant son éventail ouvert devant son visage, elle se rafraîchissait avec grâce

et langueur. L'éclairage tamisé de l'intérieur faisait brill[e]
ses bras et ses épaules nues comme de la nacre, contras[t]
tant avec sa robe en velours noir qui paraissait encore plu[s]
ensorcelante que chez lady Ulma. D'ailleurs, elle semblait
déjà avoir touché un prétendant en plein cœur : il était age-
nouillé devant elle, tenant une rose rouge dans la main,
attrapée avec une telle précipitation dans une des compositions qu'il s'était piqué avec une épine : du sang coulait
de son pouce. Meredith ne semblait pas l'avoir remarqué.
Elena et Damon compatirent tous les deux avec ce blondinet extrêmement séduisant : Elena par pitié, et Damon...
par convoitise.

On dirait qu'elle est sortie de sa réserve, hasarda
Damon.

*Oh, tu sais, Meredith ne se dévoile jamais vraiment. Elle
joue un rôle, c'est tout. Mais ce soir, je pense que ce sont
les robes qui font tout. Meredith a une robe de sirène, donc
elle joue les femmes fatales. Bonnie ressemble à un paon,
et regarde...*

D'un signe de tête, elle lui indiqua le long couloir devant
eux, qui débouchait sur une vaste salle. Vêtue de ce qui
ressemblait à de vraies plumes de paon, Bonnie était elle
aussi suivie à la trace par une foule de courtisans. Chacun
de ses mouvements était aérien, comme ceux d'un oiseau,
ses bracelets de jade cliquetaient autour de ses petits bras
arrondis, ses boucles d'oreilles carillonnaient chaque fois
qu'elle rejetait la tête en arrière et ses pieds ornés de sandales dorées semblaient scintiller devant sa traîne.

— Tu sais, c'est étrange, murmura Elena tandis qu'ils
entraient dans la salle de bal.

Le bruit étant enfin plus assourdi, elle percevait mieux la
« vraie » voix de Damon.

— Je ne m'en suis pas aperçue tout de suite, mais lady Ulma s'est inspirée de différents niveaux du règne animal pour créer nos robes.

— Tu disais ?

Damon avait encore les yeux rivés sur sa jolie gorge. Mais par chance, à cet instant, un bel homme dans une tenue de soirée typique de ce qui se faisait sur Terre, c'est-à-dire smoking, ceinture, etc., passa devant eux avec du vin de Magie Noire servi dans de grandes coupes en argent. Damon en descendit une première d'une traite, puis en prit une autre au serveur, qui le salua avec élégance. Elena et lui s'installèrent ensuite dans la salle de spectacle, à l'extrémité du dernier rang ; ce n'était pas très poli envers leur hôte, mais ils devaient pouvoir s'éclipser facilement.

— Meredith ressemble à une sirène, ce qui fait partie de l'ordre le plus haut du règne animal, et elle se comporte comme telle. Bonnie est un oiseau, le deuxième plus haut ordre, et elle parade en riant devant les hommes qui défilent à ses pieds. Et moi je suis un papillon... donc je présume que ce soir je vais butiner et jouer les mondaines. Avec toi à mes côtés, j'espère.

— Comme c'est charmant, commenta Damon d'une voix sarcastique. Mais qu'est-ce qui te fait croire que tu es censée incarner un papillon ?

— Les motifs, tiens !

Elle lui donna une petite tape affectueuse sur le front avec son éventail. Puis elle le déplia pour lui montrer le superbe dessin à l'intérieur, qui représentait le pendentif qu'elle portait au cou. La toile de l'éventail était incrustée des mêmes joyaux, mais aux endroits où ils ne seraient pas abîmés par les plis.

- Tu vois, c'est un papillon.

Damon traça le contour du dessin du bout de son long doigt fuselé, qui lui rappela tant Stefan qu'elle en eut le cœur serré. Puis il s'arrêta sur six traits symboliques.

— Depuis quand les papillons ont-ils des cheveux ?

Il fit ensuite glisser son doigt jusqu'à deux traits horizontaux entre les ailes.

— Et des bras ?

— Ça, ce sont des jambes, répondit Elena d'un ton espiègle. Quel genre d'animal peut avoir des bras, des jambes, six cheveux sur la tête et des ailes ?

— Un vampire éméché ? suggéra une voix devant eux.

En levant les yeux, Elena découvrit avec surprise le visage de Sage.

— Je peux m'asseoir avec vous ? Je n'ai pas trouvé de chemise, mais ma bonne fée a fait apparaître une veste.

Amusée, Elena se décala rapidement sur le siège d'à côté pour qu'il puisse s'asseoir près de Damon. Son apparence était beaucoup plus soignée que d'habitude, même s'il avait encore ses longues boucles rebelles ébouriffées dans tous les sens. Toutefois, elle remarqua que sa bonne fée l'avait aussi parfumé de cèdre et de bois de santal, et lui avait fourni un jean et une veste Dolce & Gubbana. À vrai dire, il était… magnifique. En revanche, il était venu seul, sans ses animaux de compagnie.

— Je croyais que tu ne voulais pas venir ? lui lança Elena.

— Tu plaisantes ? Pour passer à côté de ta superbe robe ivoire ? Tu m'as parlé plusieurs fois du gala ; j'ai fini par prendre tes désirs pour des ordres.

Elena eut un petit rire nerveux. Tout le monde la traitait différemment ce soir. C'était à cause de la robe, évidemment.

Murmurant quelque chose au sujet de son attirance envers les individus de sexe opposé, Sage jura que le dessin de son pendentif et de son éventail représentait un phénix. Le démon très poli à la droite d'Elena, qui avait la peau mauve et de petites cornes blanches spiralées, lui suggéra avec déférence qu'à ses yeux cela ressemblait fort à la déesse Ishtar, qui l'avait apparemment envoyé au Royaume des Ombres quelques millénaires plus tôt pour avoir débauché les humains par la paresse.

Elena se souvint que lady Ulma avait parlé d'une « robe de déesse ». Il est vrai qu'il fallait une silhouette proche de la perfection pour pouvoir porter une telle robe, car il était impossible d'y glisser un corset ou même de la draper un peu pour minimiser un aspect peu flatteur. Sous cette robe, il n'y avait que le jeune corps tonique d'Elena et des dessous fins en dentelle couleur chair. Ah, oui, et quelques gouttes de jasmin sur sa peau.

« Alors je suis censée être une déesse ? » pensa-t-elle en remerciant d'un signe de tête le démon, qui se leva en la saluant. Autour d'eux, les invités prenaient place pour assister à la première représentation de la saison du Rossignol d'argent. Elena eut une envie soudaine de voir à quoi ressemblait lady Fazina et avait hâte que le concert commence. De toute façon, il était trop tôt pour tenter une petite excursion aux toilettes (sous-entendu : dans les quartiers privés de la maison), et elle avait remarqué que des gardes étaient postés devant toutes les portes.

Deux harpes étaient installées sur une estrade, au milieu d'un grand parterre de chaises. Tout le monde se leva pour accueillir leur hôte, et Elena n'aurait rien vu si lady Fazina n'avait pas choisi de faire son entrée par l'aile que Damon et Elena avaient empruntée en arrivant. En l'occurrence, elle s'arrêta juste à côté de Sage pour remercier le public de ses applaudissements, et Elena eut une vue parfaite sur elle.

C'était une jeune femme ravissante, qui ne semblait pas avoir plus de vingt ans et qui était presque aussi petite que Bonnie. Cette créature fragile prenait manifestement son sobriquet très au sérieux : elle était entièrement vêtue d'une robe en maille argentée. Ses cheveux étaient gris métallique, très courts, et son front dégagé. Sa traîne était fixée à sa robe par deux boucles sans fioriture au niveau des épaules ; elle flottait dans son dos dans un mouvement perpétuel, plus comme un rayon de lune ou un nuage que comme une véritable étoffe. Lorsque lady Fazina gravit l'estrade centrale et contourna l'imposante harpe, la traîne retomba en douceur sur le sol en formant un demi-cercle élégant autour d'elle.

Alors la magie de sa voix opéra. Lady Fazina se mit à jouer de la harpe, qui paraissait encore plus grande comparée à sa petite silhouette. Elle faisait chanter les cordes sous ses doigts, amenant l'instrument à siffler comme le vent ou à émettre une mélodie qui semblait tomber des cieux par glissandos. Elena pleura doucement pendant tout le premier morceau, bien qu'il fût interprété dans une langue étrangère. Il était d'une douceur si envoûtante qu'il lui rappela Stefan et l'époque où ils communiquaient simplement par des caresses et des mots tendres...

Mais l'instrument le plus impressionnant de lady Fazina était vraiment sa voix. Son minuscule corps était capable de produire un son d'une puissance extraordinaire. Au fil des chansons, plus émouvantes les unes que les autres, Elena sentit la chair de poule sur ses bras et le tremblement dans ses jambes aller crescendo. Elle avait l'impression qu'elle allait s'effondrer d'un instant à l'autre, le cœur gonflé par ces mélodies.

Soudain, quelqu'un lui effleura le dos et elle sursauta violemment, tirée de l'univers féerique dans lequel le chant l'avait enveloppée. Ce n'était que Meredith, qui, en dépit de sa passion pour la musique, avait une suggestion très pragmatique à faire au groupe :

— Pourquoi on ne commencerait pas les recherches maintenant, pendant que tout le monde assiste au concert ? chuchota-t-elle. Même les gardes sont hors du coup. On était d'accord pour y aller deux par deux, non ?

Elena acquiesça.

— On va juste jeter un œil. Avec un peu de chance, on trouvera quelque chose avant la fin du concert. Sage, tu pourrais faire la liaison entre les deux groupes, par télépathie ?

— Ce serait un honneur, mademoiselle.

Tous les cinq s'éclipsèrent dans les dédales du manoir.

27.

Ils passèrent sous le nez des gardes qui étaient en larmes, émus par le spectacle. Mais, si *presque* tout le monde écoutait lady Fazina, ils découvrirent très vite que, dans chaque pièce du palais ouverte au public, un domestique vêtu de noir et ganté de blanc attendait, prêt à donner l'alerte si quelqu'un s'en prenait aux biens de sa maîtresse.

La première salle qui leur donna un semblant d'espoir fut la Harperie de lady Fazina. La pièce était entièrement consacrée à une exposition de harpes : d'anciens arcs à une corde, datant de la Préhistoire, de grandes harpes dorées pour orchestre semblables à celle que lady Fazina faisait vibrer à cet instant, distillant la musique dans tout le palais.

— Chaque harpe s'accorde à l'aide d'une clé spécifique, chuchota Meredith en observant la salle tout en longueur.

Une rangée de harpes s'étirait à perte de vue le long des murs.

— Une de ces clés sera peut-être la bonne.

— Mais comment on le saura ? demanda Bonnie en s'éventant un peu avec son éventail en plumes de paon. Quelle est la différence entre une clé d'accord pour harpe et une clé de *kitsune* ?

— Je n'en sais rien. D'ailleurs je n'ai jamais entendu dire que ce genre de clé se rangeait *dans* l'instrument. Ça doit s'entendre dans la caisse de résonance dès que tu bouges un peu la harpe.

Elena se pinça la lèvre d'un air songeur et légèrement dérouté. La question de Bonnie était simple et justifiée. Comment allaient-ils retrouver un fragment de clé dans cet endroit ? Le seul indice qu'ils possédaient, à savoir que la clé se trouvait *dans* l'instrument du Rossignol d'argent, lui parut bien absurde subitement.

— J'imagine qu'il y a peu de chances pour que l'instrument en question soit sa voix…, dit Bonnie en titubant un peu. Si on cherchait au fond de sa gorge…

Elena se tourna vers Meredith, qui leva les yeux au ciel.

— Bon, plus d'alcool pour le petit étourneau ! lança-t-elle à Elena. Cela dit, il se peut qu'ils offrent des canaris ou des instruments en guise de cadeau : ça se faisait autrefois, dans les grands bals.

— Comment les *kitsune* ont-ils pu cacher la clé ici plusieurs semaines avant que le gala soit donné ? s'étonna Damon d'une voix volontairement impassible. Est-ce qu'ils comptaient la récupérer ? Misao aurait aussi bien pu dire à Elena qu'ils l'avaient jetée, non ?

— À la base, je ne suis pas sûre du tout qu'ils aient l'intention de la récupérer un jour, répondit Meredith. Misao sous-entendait peut-être qu'on devrait fouiller partout mais sans forcément viser le gala de ce soir : je présume que lady Fazina est invitée à chanter dans plein d'autres soirées.

Brusquement, Elena se figea, comme frappée par la foudre.

Elle eut l'impression très fugace de revivre sa bagarre avec Misao, qui avait alors l'apparence d'un renard. Elle mordait, griffait et grognait en répondant à la question qu'Elena venait de lui poser sur les fragments de clé : *« Comme si tu pouvais comprendre la réponse ! Si je te dis qu'une des moitiés se trouve dans l'instrument du rossignol d'argent, ça t'évoque quelque chose ? »*

Voilà, c'étaient exactement les termes que Misao avait employés. Elena s'en souvenait très clairement à présent.

Puis, comme si elle était de nouveau frappée par la foudre, elle reprit ses esprits. En rouvrant brusquement les yeux, elle reconnut la voix blanche, presque étranglée, de Bonnie, typique de ses phases de transe :

— *Chaque fragment qui compose la clé de* kitsune *a la forme d'un renard, doté de deux oreilles, deux yeux verts et un museau. Les deux fragments sont en or et couverts de pierres précieuses. La clé que vous cherchez se trouve déjà dans l'instrument du Rossignol d'argent.*

Bonnie avait les genoux qui tremblaient et le regard dans le vide. Quand elle revint à elle, son air absent laissa place à la confusion la plus totale.

— Quoi ? Qu'est-ce qui se passe ? bafouilla-t-elle en voyant tout le monde la dévisager. J'ai fait quelque chose ?...

— Tu nous as dit à quoi ressemblait la clé de *kitsune* ! s'exclama Elena en poussant presque un cri de joie.

Maintenant qu'ils savaient exactement ce qu'ils cherchaient, ils pourraient, non, ils *allaient* libérer Stefan ! Rien ne pourrait les en empêcher. Grâce à Bonnie, leur quête prenait une tout autre tournure.

Tandis qu'Elena tremblait comme une feuille sous l'effet de l'émotion, Meredith, toujours plus posée, prit soin de leur jeune prophète.

— Elle va sûrement s'évanouir. Vous voulez bien…

Sans attendre, les deux vampires s'empressèrent de prendre Bonnie chacun par un bras pour l'empêcher de s'écrouler.

— Merci, Meredith, dit doucement cette dernière en clignant des yeux. Ça va aller…

Elle leva la tête vers Damon.

— Mais, bon, il vaut mieux anticiper…

Damon hocha la tête avec sérieux, et la serra doucement pour ne pas la lâcher. Sage détourna le regard, comme si quelque chose le contrariait.

— Alors, qu'est-ce que j'ai dit ? Je ne m'en souviens pas.

Quand Elena lui eut répété mot pour mot sa prophétie, Meredith posa une question qui lui ressemblait bien.

— Tu es sûre de toi, Bonnie ? Ça te paraît plausible ?

— *Moi*, je suis sûre, la coupa Elena. Sûre et certaine.

Pour elle, ça ne faisait aucun doute : la déesse Ishtar et la médium avaient fait parler le passé pour lui montrer le futur.

— D'accord, acquiesça Meredith. Bon, Bonnie, Sage et moi, on s'occupe de détourner l'attention du domestique pendant que Damon et toi vous cherchez la clé dans les harpes, ça vous va ?

— OK. C'est parti !

Dans la pratique, le plan de Meredith s'avéra plus compliqué. Les deux beautés et le solide gaillard avaient beau paraître inoffensifs, le domestique ne les lâcha pas d'une semelle, et les surprit plusieurs fois à toucher les harpes et à les examiner sous toutes les coutures.

Naturellement, c'était strictement interdit. Ça risquait de désaccorder les instruments et de les abîmer, surtout sachant que le seul moyen d'être *absolument* sûr que la caisse de résonance ne contenait pas une petite clé dorée était de les secouer en tendant l'oreille.

Le pire, c'est que chaque instrument était exposé à un emplacement précis, sous un éclairage théâtral, devant un paravent peint (représentant le plus souvent lady Fazina avec la harpe présentée) et protégé par un épais cordon rouge auquel pendait une pancarte bien lisible, « Ne pas toucher ».

Au final, Bonnie et Meredith firent appel aux pouvoirs de manipulation de Sage pour que le domestique se tienne tranquille, mais à peine quelques minutes, sinon il risquait de se douter de quelque chose. Alors chacun se mit à fouiller les harpes à toute vitesse sous le regard inerte du domestique, figé comme une poupée de cire.

***

Pendant ce temps, Damon et Elena parcouraient le palais au hasard des couloirs, s'aventurant dans la zone interdite aux visiteurs. S'ils ne trouvaient rien ici, ils se rabattraient sur les pièces accessibles pendant le reste de la soirée.

L'opération était périlleuse. Se faufiler et ressortir furtivement de pièces vides et sombres, protégées par des cordons de sécurité et souvent fermées à clé, était à la fois dangereux et palpitant. Bizarrement, pour la première fois de sa vie, Elena comprit à quel point la peur et les émotions violentes pouvaient être intimement liées. Du moins, c'était ce qu'elle ressentait vis-à-vis d'elle et Damon.

Sans le vouloir, elle n'arrêtait pas de remarquer d'un œil admiratif des petits détails chez lui. Il semblait capable de crocheter n'importe quelle serrure grâce au petit outil qu'il sortait rapidement de la poche intérieure de sa veste, comme d'autres sortiraient un stylo plume. Cette économie de gestes, acquise après cinq siècles d'existence, la surprenait toujours.

Par ailleurs, il y avait une chose que personne ne pouvait contester : il gardait son sang-froid en toutes circonstances. Et, avec elle qui se sentait ce soir comme une déesse qu'aucune règle de mortel ne pourrait contraindre, ils formaient une bonne équipe. Ce trait de caractère chez Damon ressortait encore plus comparé aux frayeurs qu'elle se faisait en passant d'une pièce à une autre : ce qu'elle prenait, dans la pénombre, pour un garde ou un homme en faction se révélait en fait être un ours empaillé, une bonnetière ou quelque chose que Damon lui laissait à peine le temps de voir mais qui ressemblait à une momie. Rien de tout ça ne le perturbait, *lui*.

« Si seulement j'arrivais à affûter davantage ma vision… », pensa Elena. Aussitôt dit, aussitôt fait : brusquement, tout s'éclaircit autour d'elle. Son pouvoir lui obéissait !

« Je crois que je vais porter cette robe pour le restant de mes jours : je me sens si… invincible dedans. Si sûre de moi. Il faudra que je la mette à l'université, si j'y entre un jour, pour impressionner mes professeurs. Et aussi pour Stefan, pour notre mariage, juste pour que les gens comprennent que je suis une fille *bien*. Et à la plage aussi, histoire de donner quelque chose à reluquer aux garçons… »

Elle étouffa un fou rire et fut étonnée par le regard faussement réprobateur de Damon. Depuis le début, il l'observait avec une attention constante. Et elle sentait qu'il avait à nouveau une faim de loup.

La prochaine fois, je veillerai personnellement à ce que tu ne partes pas le ventre vide.

Concentrons-nous sur le succès de cette mission avant de parler d'une prochaine fois, répondit-il avec un léger rictus, bien loin de son habituel sourire éclatant.

Ce sourire fut accompagné d'un coup d'œil diabolique et narquois. Vexée, Elena se jura qu'il pourrait se moquer autant qu'il voudrait, la supplier, la menacer ou la cajoler, ce soir elle ne lui donnerait plus une seule goutte pour étancher sa soif.

Finalement, la musique mélodieuse du concert s'arrêta, et ils repartirent à toute allure vers la Harperie pour rejoindre les autres. Rien qu'à la posture de Bonnie, Elena aurait pu deviner les nouvelles, avant même d'interpréter le silence de Sage. Mais c'était pire que ce qu'elle imaginait : non seulement ils n'avaient rien trouvé dans la Harperie, mais ils en étaient venus à presser le domestique de questions en utilisant les pouvoirs de Sage.

— Et devinez ce qu'il nous a répondu ? dit Bonnie sans leur laisser le temps d'en placer une : ces harpes sont astiquées et accordées une par une, *tous les jours*. Fazina dispose d'une armada de valets pour s'en occuper. Si quelque chose n'était pas à sa place ou n'avait rien à faire là, ce serait tout de suite signalé. Mais rien ! La clé n'est pas là !

En un claquement de doigts, Elena se sentit passer de déesse omnisciente à pauvre fille déconcertée.

— C'est ce que je craignais, admit-elle en soupirant. Ç'aurait été trop simple. OK, alors on passe au plan B : vous

vous mêlez aux invités et vous essayez de jeter un œil dans chaque pièce accessible au public. Essayez d'épater l'époux de lady Fazina et de lui soutirer des informations, de savoir si Shinichi et Misao sont venus ici récemment. Damon et moi, on va continuer de fouiller les pièces censées être interdites d'accès.

— C'est risqué, répondit Meredith en fronçant les sourcils. Je redoute les conséquences si jamais vous vous faites prendre.

— Et moi je redoute celles que Stefan subira si on ne retrouve pas cette clé ce soir, répliqua Elena avec fermeté.

Sur ce, elle tourna les talons et s'éloigna, suivie de Damon. Ils fouillèrent un nombre infini de pièces obscures, ne sachant maintenant plus s'ils cherchaient une harpe ou autre chose. Avant d'entrer, Damon vérifiait s'il percevait la moindre respiration dans la pièce (évidemment, les gardes pouvaient très bien être des vampires, auquel cas il n'y aurait pas grand-chose à faire), et ensuite il crochetait la serrure. Tout s'enchaîna sans surprise jusqu'à ce qu'ils atteignent une pièce à l'extrémité d'un long couloir, orientée à l'ouest. Cela faisait déjà un moment qu'Elena avait perdu ses repères dans le palais, mais elle savait avec certitude que c'était l'ouest puisqu'elle voyait le soleil boursouflé invariablement accroché à l'horizon.

Damon avait déjà forcé la serrure, et Elena s'engouffra dans la pièce avec impatience. Elle la fouilla de fond en comble, découvrant avec frustration qu'elle abritait un grand tableau dans un cadre en argent, mais, même après vérification, après avoir utilisé le crochet de Damon pour dévisser le châssis, pas la moindre trace d'une clé en forme de renard.

Tandis qu'elle replaçait le tableau au mur, un bruit lourd et sourd retentit. Elle grimaça, priant pour que le domestique qui faisait sa ronde dans le couloir n'ait rien entendu.

Rapidement, Damon posa une main sur sa bouche et tourna à distance la roulette de la lampe à gaz pour plonger la pièce dans l'obscurité.

Des bruits de pas se rapprochèrent dans le couloir... et s'arrêtèrent devant la porte. Ils entendirent quelqu'un tousser discrètement.

Brusquement, Elena fit volte-face, persuadée que ses Ailes de la Rédemption étaient à deux doigts de se déployer. Il suffirait d'une petite montée d'adrénaline pour qu'elle puisse mettre le garde à genoux, le poussant à se repentir d'avoir consacré sa vie au service du mal. Alors ils en profiteraient pour filer...

Mais Damon avait une autre idée en tête et, pour une fois, elle fut d'accord avec lui.

Un instant plus tard, lorsque la porte s'ouvrit sans bruit, le domestique découvrit un couple étroitement enlacé qui ne sembla même pas remarquer son intrusion ; Elena le sentit presque indigné. Il était tout à fait compréhensible qu'un couple d'invités ait envie de s'embrasser dans l'intimité des nombreuses salles ouvertes au public, mais cette section du palais était privée. Tandis qu'il s'employait à allumer toutes les lampes, Elena lui jeta un coup d'œil furtif ; ses facultés sensorielles étaient suffisamment en alerte pour capter les pensées de l'homme. D'un œil exercé mais las, ce dernier passa en revue les objets de valeur dans la pièce : le ravissant vase miniature émaillé de roses grimpantes et rehaussé de vigne incrustée de rubis et d'émeraude ; la lyre sumérienne en bois vieille de cinq mille ans, superbement conservée ; les deux chandeliers en or massif en forme de dragons cabrés ; le masque funéraire égyptien, avec ses yeux sombres en amande qui semblaient vous épier sous ses traits magnifiquement peints... Tout était là. On ne pouvait pas dire que Madame conservait ici des objets très précieux, mais quand même.

— Cette pièce est interdite au public, dit le domestique.

Damon se contenta de serrer Elena un peu plus contre lui. Il semblait déterminé à donner le change. Mais au fond... avaient-ils vraiment fait semblant ? Les pensées d'Elena perdirent peu à peu leur cohérence. S'il y avait bien une chose qu'ils ne pouvaient se permettre... c'était de laisser passer l'occasion de trouver la clé. Elle voulut s'écarter, mais se rappela au dernier moment qu'elle n'en avait pas le *droit*.

Elle représentait un bien, un bien très onéreux, c'était certain, parée comme elle était ce soir, mais un bien dont Damon disposait à sa guise. En public, elle ne devait pas désobéir aux souhaits de son maître.

Néanmoins, Damon allait trop loin... il n'avait jamais pris autant de libertés avec elle, même si elle s'aperçut avec ironie qu'il n'en avait pas conscience. Il caressait la peau que sa robe d'ivoire ne couvrait pas, ses bras, son dos et même ses cheveux. Il savait à quel point elle aimait ça, la façon qu'il avait de tenir une mèche et de la faire glisser doucement entre ses doigts jusqu'à la pointe, ou de l'entortiller en serrant fort.

Damon ! Il lui restait un dernier recours : l'implorer. *Damon, s'ils nous placent en détention ou que, d'une façon ou d'une autre, ils nous empêchent de trouver la clé ce soir... quand aurons-nous une autre occasion ?* Elle fit en sorte qu'il perçoive son désespoir, sa culpabilité, et même le désir perfide qu'elle éprouvait de tout oublier et de se laisser emporter plus loin. *D'accord, Damon... si c'est ce que tu veux, je vais le dire : je t'en supplie.* Les larmes lui montèrent instantanément aux yeux.

Ne pleure pas. C'est avec soulagement qu'elle entendit la voix télépathique de Damon. Mais, elle y perçut quelque chose de bizarre, une tension qui lui fit presque peur. Le pire, c'était qu'il le savait, il sentait qu'elle était effrayée, mais il ne fit rien pour la rassurer. Aucune explication. Ni intrusion dans ses pensées, d'ailleurs ; elle s'aperçut que, derrière son sang-froid apparent, son esprit était totalement fermé à elle.

La seule chose à laquelle elle pouvait comparer l'impression qu'elle ressentait face à cette détermination inébranlable, c'était la douleur. Une douleur à la limite du supportable.

« Mais pourquoi ? » se demanda-t-elle avec impuissance.

« Qu'est-ce qui pouvait le faire souffrir à ce point ? »

Elle ne pouvait pas perdre le peu de temps qu'ils avaient à chercher une explication. Le domestique était parti, ils avaient donc le champ libre. Canalisant son énergie, elle affûta son ouïe et se mit à écouter aux portes avant d'entrer dans une autre salle.

Soudain, une nouvelle idée germa dans son esprit, et elle arrêta Damon dans un couloir plongé dans l'obscurité pour essayer de lui expliquer le genre de pièce qu'elle cherchait : un cabinet, un salon privé ou un bureau.

Après seulement une ou deux tentatives ratées, Damon, qui connaissait bien l'architecture des grandes demeures, la conduisit dans ce qui était manifestement un salon de correspondance. Malgré la pénombre, les yeux d'Elena étaient désormais aussi perçants que ceux de Damon alors qu'ils fouillaient la pièce à la lueur d'une bougie.

Pendant qu'elle s'acharnait à chercher un beau pupitre avec des casiers dissimulant des tiroirs secrets sans en trouver aucun, Damon jeta un œil dans le couloir.

— J'entends quelqu'un arriver, chuchota-t-il. On ferait mieux de partir.

Mais Elena continua son exploration. Tout à coup, son regard toucha sa cible à la vitesse de l'éclair. De l'autre côté de la pièce, elle discerna un petit bureau, une chaise vétuste et un assortiment de stylos divers, anciens et modernes, exposés sur de jolis présentoirs.

— Allons-y pendant que la voie est encore libre, souffla Damon d'un ton impatient.

— Oui, j'arrive…

C'est là qu'elle le vit.

Sans une seconde d'hésitation, elle traversa la pièce jusqu'au bureau et s'empara d'un stylo orné d'une plume argentée chatoyante. Ce n'était pas un authentique stylo en plume d'oie, bien sûr ; c'était juste un stylo élégant qui semblait d'époque… et qui avait une plume. Sa tige en bois, agréable au toucher, épousait parfaitement la forme de sa main.

— Elena, je ne suis pas tranqu…

— Chut, Damon ! le coupa-t-elle sans l'écouter, trop absorbée par ce qu'elle faisait.

« D'abord : essaie d'écrire, se dit-elle d'un air concentré. Raté. Essaie encore ! Rien à faire, quelque chose bloque la cartouche. Alors dévisse *soigneusement* le stylo, comme si tu voulais changer la plume, et fais abstraction de ton pouls qui s'emballe et de tes mains qui tremblent. Continue, doucement… regarde bien… Pour l'amour du ciel, ne laisse rien tomber par terre dans cette fichue pénombre… »

Le stylo s'ouvrit en deux dans sa main et, sur le sous-main vert foncé, tomba une petite pièce de métal lourde et arrondie... Elle avait tenu dans l'extrémité élargie de la tige. Elena la prit dans sa main et referma le stylo avant de l'examiner de plus près.

Le petit objet en forme de croissant l'éblouit, mais c'était exactement la description que leur avait donnée Bonnie : un minuscule renard était représenté, avec un corps insignifiant et une tête incrustée de joyaux arborant deux oreilles aplaties. Deux pierres vertes étincelaient à la place des yeux. Des émeraudes ?

— De l'alexandrite, chuchota Damon d'une voix feutrée. On dit que cette pierre change de couleur selon l'éclairage, notamment près d'une bougie ou d'un feu. Elle reflète les flammes.

Elena, qui s'était appuyée contre lui, se souvint avec un frisson des flammes qui apparaissaient dans les yeux de Damon quand il était sous l'emprise de Shinichi : la flamme rouge sang du malach... et de la cruauté de Shinichi.

— Comment tu l'as trouvée ? s'étonna Damon.

— Tu crois vraiment que c'est ce qu'on cherche ?

— Eh bien, je dirais que ça n'a pas grand-chose à faire dans un stylo plume. C'est peut-être une pochette surprise, mais j'en doute : tu étais à peine entrée dans cette pièce que tu t'es jetée dessus. Même les vampires ont besoin de réfléchir, ma princesse.

Elena haussa les épaules.

— En fait, c'était assez simple. Quand j'ai compris qu'on n'allait nulle part avec les harpes et cette histoire d'accordoir, je me suis demandé quel autre type d'instrument on pouvait trouver chez quelqu'un. Un stylo est un instrument d'écriture. Il n'y avait plus qu'à découvrir si lady Fazina avait un bureau ou un salon d'écriture.

Damon lâcha un soupir admiratif.

— Tu es diablement maligne ! Dire que pendant ce temps je cherchais des trappes, des accès secrets à des cachots. Le seul autre instrument auquel je pensais, c'était un instrument de torture ! Tu n'imagines pas tous les modèles qu'on trouve dans cette belle ville.

— Mais pas chez elle, quand même !

Elena avait dangereusement élevé la voix, alors, comme pour compenser, ils restèrent silencieux quelques secondes, sur le qui-vive, à l'affût du moindre bruit dans le couloir.

Rien.

Elle émit un nouveau soupir.

— Vite, il faut que je cache la clé… Mais où ?

Elle s'aperçut que le seul défaut de sa robe de déesse était qu'elle ne pouvait absolument rien y glisser en cachette. Il faudrait qu'elle en parle à lady Ulma pour la prochaine fois.

— Donne, dans la poche de mon jean !

Damon semblait aussi pressé et agité qu'elle. Quand il eut fourré la clé tout au fond de sa poche, il prit les mains d'Elena dans les siennes.

— Tu te rends compte, Elena ? On l'a fait. On a réussi !

— Je sais !

Le visage plein de larmes, elle eut soudain l'impression que la musique de lady Fazina résonnait en elle dans un accord parfait et puissant.

— On a réussi, toi et moi !

Alors, spontanément – comme d'habitude avec eux –, Damon la prit dans ses bras tandis qu'elle glissait les siens sous sa veste pour s'imprégner de sa chaleur et de son assurance. Elle ne fut pas surprise de sentir deux dents pointues transpercer sa gorge lorsqu'elle renversa la tête en arrière : son adorable panthère était loin d'être parfaitement apprivoisée, et il lui faudrait encore apprendre quelques règles d'usage sur les rapports amoureux, telles que : *avant de mordre, on embrasse.*

Il lui avait pourtant dit qu'il avait faim, tout à l'heure, mais elle l'avait ignoré, trop absorbée par sa quête. Maintenant elle comprenait mieux, sauf qu'elle ne s'expliquait toujours pas pourquoi il était aussi affamé ce soir.

Damon, n'en prends pas trop.

Elle ne perçut aucune réaction, hormis la faim bestiale de la panthère.

Damon, ça pourrait être dangereux... pour moi.

Cette fois, elle projeta ses pensées avec force.

Toujours pas de réponse, mais elle avait maintenant la sensation de flotter dans le noir complet, et ça lui donna une vague idée de ce qui se passait.

Où es-tu ? Tu m'entends ? lança-t-elle en s'imaginant le petit garçon.

Il apparut devant elle, enchaîné à son rocher, recroquevillé en boule, les poings serrés devant les yeux.

Qu'est-ce qui ne va pas ? dit Elena en s'approchant de lui, inquiète.

Il fait mal ! Il fait mal !

Tu es blessé ? Montre-moi.

Non ! C'est à toi qu'il fait du mal. Il pourrait te tuer !

Chut, chut..., chuchota-t-elle en essayant de l'apaiser.

Il faut qu'il nous entende !

D'accord, attends.

Elle se sentait vraiment bizarre et faible, mais, à l'instar du petit garçon, elle tourna la tête et se mit à crier en silence.

Damon ! Je t'en prie ! Elena veut que tu arrêtes !

Et un miracle se produisit.

Ils le sentirent tous les deux : les deux petits crocs pointus se retirèrent, et le flux d'énergie entre elle et Damon resta en suspens dans les airs.

Puis, ironie du sort, le miracle commença à l'éloigner du petit garçon, avec qui elle aurait tant voulu discuter.

Non ! Attends !

Elle essaya d'interpeller Damon, en s'agrippant de toutes ses forces aux mains de l'enfant, mais elle reprit conscience, catapultée dans la réalité comme par le souffle d'un ouragan. L'obscurité s'évanouit. À la place, une grande pièce trop éclairée, dont l'unique bougie jetait un vif éclat, comme un projecteur de police braqué sur elle. Fermant les yeux, elle sentit la chaleur et le corps ferme de Damon.

— Je suis désolée ! Elena, ça va… ? Je ne me suis pas rendu compte de tout ce que je prenais…

La voix de Damon était un peu bizarre. Elle comprit tout de suite pourquoi : ses canines ne s'étaient pas rétractées.

Mais qu'est-ce qui se passait, bon sang ? Ils étaient si heureux, et maintenant tout allait de travers. Et pourquoi son bras droit était-il… *mouillé* ?

Elena s'écarta pour de bon afin de regarder ses bras. Ils étaient en sang, et ce n'était pas de la peinture.

Elle était encore trop secouée pour poser des questions intelligibles. Elle se glissa dans son dos et lui ôta sa veste en cuir. Sous la vive lumière, elle vit sa chemise en soie tachée de sang plus ou moins frais.

Sa première réaction fut l'épouvante, sans une pointe de culpabilité ou de compassion.

— Qu'est-ce qui s'est passé, Damon ? Tu t'es battu ? Parle !

Elle baissa les yeux, observant ses bras ensanglantés et sa robe de déesse qui avait perdu sa blancheur virginale.

Un sang qui aurait dû être le sien. Un sang qui avait dû jaillir dans le dos de Damon comme si une épée le tailladait pendant qu'il absorbait la douleur et les marques des coups de fouet.

« Dire qu'il m'a portée sur tout le trajet du retour... sans se plaindre une seule fois. Si j'avais su... Il n'a même pas encore cicatrisé. Est-ce qu'il le pourra un jour ? »

Alors Elena se mit à hurler, *corps* et *âme*.

28.

Quelqu'un essayait de la faire boire. L'odorat d'Elena était si développé qu'elle devina d'emblée ce que le verre contenait : du vin de Magie Noire. Et elle n'en voulait surtout pas ! Alors elle tourna la tête. Ils ne pouvaient pas la forcer.

— C'est pour votre bien, mon petit. Buvez.

La mâchoire crispée, elle finit par obéir.

— Voilà. C'est mieux.

Au tréfonds de sa conscience, un petit garçon se tenait à son côté dans le noir. Elle se souvenait de lui, mais pas de son nom. Comme elle ouvrait les bras, il vint se blottir contre elle et ses chaînes parurent moins lourdes que... quand ? Avant. C'était tout ce dont elle se souvenait.

Est-ce que ça va ? demanda-t-elle doucement à l'enfant.

Au cœur d'une communion si intense, un chuchotement était un cri.

Ne pleure pas Pas de larmes ! la supplia-t-il.

Ces mots lui rappelèrent quelque chose d'insoutenable, alors elle posa gentiment un doigt sur sa bouche pour le faire taire.

Une voix extérieure, bruyante, s'immisça avec fracas.

— Alors, mon petit ? Vous avez décidé de redevenir un vampire ?

Ce serait donc ça ? dit-elle avec étonnement à l'enfant. *Je suis en train de mourir ? Encore ? De devenir un vampire ?*

Je n'en sais rien ! s'écria-t-il. *Je n'en sais rien du tout. Mais il est en colère. Ça me fait peur.*

Sage ne te fera rien, promit-elle. *C'est déjà un vampire, et aussi ton ami.*

Ce n'est pas Sage...

Mais alors, qui te fait peur ?

Si tu meurs encore, mes chaînes se multiplieront.

L'enfant lui transmit une vision misérable de lui, étouffé sous plusieurs épaisseurs de chaînes, bâillonné, les bras cloués au corps et un boulet aux pieds. Ses chaînes étaient garnies de pointes, si bien que partout où elles transperçaient sa peau tendre le sang ruisselait.

Qui oserait t'infliger ça ? se révolta Elena. *Je vais lui faire regretter d'être né ! Dis-moi qui veut te faire du mal ?*

Il prit un air abattu et penaud. *C'est moi,* répondit-il tristement. *C'est lui, Damon. Parce qu'il t'aura tuée.*

Même si ce n'est pas sa faute ? ...

On n'a pas le choix. Il le faut. Mais peut-être que je vais mourir, d'après le docteur...

Il y avait une légère note d'espoir dans la dernière phrase.

C'est ce qui décida Elena à sortir de sa torpeur. Si Damon n'avait pas les idées claires, peut-être qu'elle non plus. Peut-être... qu'elle devrait se plier aux désirs de Sage.

Et à ceux du Dr Meggar. Elle discernait sa voix à travers une sorte d'épais brouillard.

— ... de Dieu, vous êtes resté debout toute la nuit. Laissez-moi faire, maintenant.

Toute la nuit... oui. Elena avait lutté pour ne pas se réveiller, et elle avait une volonté de fer.

— ... peut-être changer de place ? suggérait une autre voix plus jeune, mais résolue elle aussi.

Bonnie.

— Elena... c'est Meredith. Est-ce que tu sens que je te tiens la main ?

Silence, puis un cri de joie.

— Vous avez vu ça ? Elle a serré ma main ! Sage, va vite chercher Damon.

Partir doucement...

— Encore, Elena. Oui, je sais, tu en as marre. Mais bois encore un peu, pour moi, tu veux bien ?

À la dérive...

— C'est bien, mon petit ! Maintenant, un peu de lait, d'accord ? Damon pense que tu peux rester humaine si tu bois du lait.

À ces mots, Elena eut deux pensées : la première était que, si elle avalait encore la moindre gorgée, il se pourrait qu'elle explose. La seconde, qu'elle ne ferait plus aucune promesse stupide à l'avenir.

Elle essaya de parler, mais les mots étaient à peine audibles.

— Dites à Damon... que je ne reviendrai pas à moins qu'il ne libère le petit garçon.

— Hein ? Mais quel garçon ?

— Elena, ma chérie, tous les petits garçons de cette propriété sont libres.

— Et si on la laissait le lui dire en face ? proposa Meredith.

— Elena, Damon est juste à côté, sur le sofa, dit le Dr Meggar. Vous avez tous les deux été très malades, mais vous allez vous en sortir. Attendez, on va approcher la table d'examen pour que vous puissiez lui parler. Voilà, vous y êtes.

Elle tenta d'ouvrir les yeux, mais la lumière était atrocement vive. Elle prit une inspiration et réessaya. Toujours trop vive. Et elle ne savait plus comment réduire son acuité visuelle. Les yeux fermés, elle s'adressa à la présence qu'elle sentait près d'elle : *Je ne peux pas l'abandonner. Surtout si tu as l'intention de l'écraser sous le poids de ses chaînes et de le bâillonner.*

Elena, répondit Damon, *je n'ai pas toujours mené une vie exemplaire, mais je te jure que je n'ai jamais eu d'esclaves. Tu peux demander à n'importe qui. Et je ne ferais jamais de mal à un enfant.*

Pourtant, tu l'as fait, je connais son nom. Et je sais qu'il est capable de douceur et de bonté, qu'au fond il a bon caractère... et qu'il est effrayé.

À proximité, la voix de Sage bourdonna :

— Ça la perturbe...

Puis celle de Damon, à peine plus distincte :

— Je sais qu'elle a perdu la boule, mais j'aimerais quand même connaître le nom de ce petit garçon à qui j'aurais fait du mal. Pourquoi ça la perturbe, d'ailleurs ?

D'autres voix qui bourdonnent, puis encore Damon :

— Mais pourquoi je ne pourrais pas lui poser la question ? Que je prouve au moins mon innocence !

Son ton monta d'un cran :

— Elena ? Qui est ce gosse que j'ai soi-disant torturé ?

Elle était vraiment à bout. Malgré tout, elle répondit à voix haute, lentement :

— C'est Damon, bien sûr.

Meredith lâcha un soupir d'épuisement.

— Mon Dieu. Elle était prête à mourir pour une métaphore.

29.

Matt regarda Mme Flowers examiner l'insigne du shérif Mossberg, le soupesant délicatement d'une main et promenant dessus les doigts de l'autre.

Ils le tenaient de Rebecca, la nièce du shérif. Ça avait eu tout l'air d'une coïncidence quand Matt l'avait croisée, un peu plus tôt dans la journée. Mais, dans un second temps, il avait remarqué qu'elle portait une chemise d'homme en guise de robe. Cette chemise lui avait rappelé quelqu'un… un certain shérif de Ridgemont.

C'est là qu'il avait vu l'insigne encore épinglé à la chemise. On pouvait dire plein de choses sur le shérif Mossberg, mais impossible de l'imaginer perdant son insigne. Oubliant toute galanterie, il s'était emparé brusquement du petit écusson en métal, sans laisser le temps à Rebecca de protester. Depuis, il éprouvait une angoisse terrible qui ne faisait qu'empirer. Et l'expression de Mme Flowers ne se voulait pas franchement rassurante.

— Il n'était pas directement en contact avec sa peau, dit-elle à voix basse, donc les images que j'obtiens sont floues. Mais…

Elle tourna la tête vers lui, le regard sombre.

— Je suis très inquiète, mon petit Matt.

En frissonnant, elle prit une chaise près de la table de la cuisine, sur laquelle traînaient deux grandes tasses fumantes de lait épicé auxquelles ils n'avaient pas encore touché.

Matt, qui avait besoin de s'éclaircir la voix, porta le lait brûlant à ses lèvres.

— Vous pensez qu'on devrait aller voir ce qui se passe ?

— Il le faut, confirma la vieille dame.

D'un air triste, elle agita ses boucles blanches, fines et clairsemées.

— Ma chère ma*man* insiste beaucoup, et j'ai la même sensation qu'elle : cette relique dégage de grands troubles.

Sur le coup, Matt éprouva un soupçon de fierté d'avoir mis cette « relique » en sécurité, mais très vite il s'assombrit. « Tu as raison, ironisa-t-il. Voler un insigne à une fillette de douze ans, il y a vraiment de quoi être fier. »

La voix de Mme Flowers, qui avait quitté la pièce, se fit entendre dans le couloir :

— Vous feriez mieux d'enfiler plusieurs couches.

Elle apparut de profil, à la porte de la cuisine, avec de gros manteaux dans les bras, manifestement prélevés dans la penderie de l'entrée, et plusieurs paires de gants de jardinage.

Matt s'empressa d'aller l'aider, mais fut subitement victime d'une quinte de toux ; il était pris à la gorge par un parfum de naphtaline mais aussi, bizarrement, d'épices.

— C'est quoi... cette odeur... de Noël ? demanda-t-il, obligé de tousser tous les deux mots.

— Ah, ça, c'est sûrement la recette de conservation aux clous de girofle de ma grand-tante Morwen, expliqua Mme Flowers. Certains de ces manteaux datent de l'époque de ma mère.

Matt n'eut pas de mal à la croire.

— Mais il fait encore bon dehors. Pourquoi voulez-vous qu'on mette des manteaux ?

— Pour se protéger, mon petit Matt, *se protéger* ! Des sortilèges ont été incorporés au tissu de ces vêtements pour nous préserver du mal.

— Même les gants de jardinage ?

— Même les gants.

Mme Flowers marqua une pause, puis reprit d'une voix plus calme :

— Nous ferions bien de prendre des torches électriques, car nous allons devoir nous débrouiller dans le noir complet.

— Vous voulez rire ?

— Malheureusement non. Nous devrions aussi prendre des cordes pour nous attacher et ne pas nous perdre. En aucun cas nous ne devons entrer dans le bosquet de la vieille forêt ce soir.

Une heure plus tard, Matt réfléchissait encore. Il n'avait eu aucun appétit pour le copieux gratin d'aubergines braisées de Mme Flowers, et son cerveau tournait à plein régime.

« Je me demande si Elena ressent la même chose quand elle met au point ses plans A, B et C, songea-t-il. Est-ce qu'elle aussi se sent bête à ce point ? »

Pour la centième fois depuis qu'il avait quitté Damon et Elena, il se demanda, le cœur serré, s'il avait bien fait.

« Forcément que oui, se dit-il fermement. La preuve, je n'ai jamais eu aussi mal. En général, les décisions les plus douloureuses sont les bonnes. »

« Mais j'aurais voulu lui dire au revoir… »

« Mais, si tu l'avais fait, tu ne serais jamais parti. Regarde les choses en face, abruti : dès qu'il s'agit d'Elena, tu es le pire loser de la planète. Depuis qu'elle s'est trouvé un petit copain qu'elle aime plus que toi, tu agis comme si tu étais Meredith ou Bonnie pour l'aider à le garder et tenir le Méchant hors du coup. Tu devrais peut-être te trouver un tee-shirt avec écrit en gros : *Toutou au service de la princesse El…* »

CLAC !

Matt sursauta, et se jeta à terre – une cascade beaucoup plus pénible que ce qu'on voit dans les films.

Sombre crétin !

C'était le volet mal fermé de l'autre côté de la cuisine. Cela dit, en parlant de claquement, ça lui avait mis une sacrée gifle. Les parois de la pension étaient en mauvais état, et les volets en bois sortaient parfois brusquement de leurs gonds.

Mais était-ce vraiment une coïncidence ? se dit Matt dès que son pouls eut retrouvé un rythme normal. Dans cette maison où Stefan avait passé tant de temps ? Elle était peut-être encore imprégnée de son esprit, qui restait à l'affût de ce que les gens pensaient entre ces murs. Si c'était le cas, Matt venait de se prendre un bon coup dans le plexus.

« Désolé, mon pote, pensa-t-il presque à voix haute. Je ne voulais pas critiquer ta copine. Je sais qu'elle subit beaucoup de pression. »

Critiquer sa copine ?

Elena ?

Mais il serait le premier à cogner quiconque la critique-rait ; à condition que Stefan ne s'interpose pas en utilisant une de ses ruses de vampire !

C'était comment, déjà, la phrase qu'elle disait toujours ? *On n'est jamais trop prêt.* On n'a jamais trop d'un plan B parce que, aussi sûr que Dieu a créé les pistaches avec une foutue coque, on peut être sûr que le plan A aura des failles.

C'est pour ça qu'Elena s'entourait d'un maximum de per-sonnes dans ce genre de situations. Et peu importe que les auteurs des plans C et D n'aient jamais besoin de s'impli-quer. Ils étaient là si on avait besoin d'eux.

Sur ces réflexions, les idées beaucoup plus claires qu'elles n'avaient été depuis qu'il avait vendu la Prius et donné l'argent de Stefan à Bonnie et Meredith pour leurs billets d'avion, Matt se mit au travail.

***

— Ensuite, on est allés se promener dans le domaine, et on a vu des champs de pommiers, d'orangers et de cerisiers, raconta Bonnie à Elena.

Son amie était allongée, l'air fragile et sans défense, dans son lit à baldaquin, autour duquel on avait accroché des voi-lages or cendré très fins, pour l'instant retenus par de gros pompons aux diverses nuances dorées.

Bonnie était confortablement assise dans un fauteuil rembourré qui avait été rapproché du lit. Elle avait posé ses petits pieds nus sur les draps.

Elena n'était pas une patiente commode. Elle n'arrêtait pas d'insister pour se lever. Elle voulait qu'on la laisse faire un petit tour. Ça lui donnerait plus d'énergie que toutes ces bouillies d'avoine, ces steaks et ce lait, ou que les cinq visites par jour du Dr Meggar, qui était venu s'installer à la propriété.

Un soir où Bonnie était à son chevet, elle avait fondu en larmes et lui avait tout raconté d'une traite, en hoquetant tout du long.

— Tu-tu t'es mise à hurler à la mort, et tous-tous les vampires t'ont entendue, alors Sage nous a attrapées, Meredith et moi, comme deux chatons, une sous chaque bras, et il s'est mis à courir en direction du cri. Mais en-en-entre-temps, plein de gens étaient arrivés sur place ! Tu étais inconsciente et Damon aussi, et quelqu'un a dit : « Ils-ils ont été attaqués, et je crois qu'ils sont *morts* ! » Et tout-tout le monde criait : « Appelez les Sen-appelez les Sentinelles ! » Alors je suis tombée dans les pommes, mais juste un peu.

— Chut, avait dit Elena d'un ton calme et posé. Prends un peu de vin de Magie Noire, tu te sentiras mieux.

Bonnie en avait bu un peu. Puis un peu plus. Ensuite, elle avait continué son histoire :

— Mais Sage devait être au courant de quelque chose, parce qu'il est intervenu en disant : « C'est bon, je suis médecin, je vais les examiner. » Si tu avais vu la façon dont il l'a dit, on était forcé de le croire ! Alors il vous a regardés tous les deux, et je crois qu'il a tout de suite compris ce qui vous était arrivé. Il a demandé à ce qu'on fasse venir un équipage, pour vous emmener chez son « collègue » le Dr Meggar. Et là, lady Fazina est arrivée en personne, et elle a dit qu'il pouvait prendre un de ses carrosses et le renvoyer quand il voudrait. C'est fou ce qu'elle est riche ! Alors on vous a fait sortir tous les deux par-derrière, parce que… parce qu'il y avait des salauds qui disaient de vous *laisser crever*. C'étaient des vrais démons, blancs comme neige, qu'on appelle justement des Femmes des Neiges. Et après,

après on était dans le carrosse quand, ô mon Dieu, Elena, c'était horrible : tu as failli mourir ! Tu as cessé de respirer deux fois ! Sage et Meredith n'arrêtaient pas de te faire des massages cardiaques, et moi... moi j'ai prié ! J'ai prié si fort, Elena !

Désormais complètement captivée, Elena l'avait câlinée dans ses bras, mais Bonnie ne pouvait plus s'arrêter de pleurer.

— On a tambouriné chez le Dr Meggar comme si on allait enfoncer la porte, et puis quelqu'un lui a tout raconté, il t'a examinée deux minutes et il a dit : « Elle a besoin d'une transfusion. » Je lui ai proposé de prendre mon sang. Parce que souviens-toi, à l'école, on avait donné notre sang pour Jody Wright, et on était quasiment les seules donneuses compatibles. On avait le même groupe sanguin. Alors, en un claquement de doigts (Bonnie joignit le geste à la parole), le docteur a préparé deux tables d'examen et j'avais tellement peur que j'avais du mal à rester immobile au moment il a voulu piquer l'aiguille, mais j'ai quand même réussi. Et donc ils t'ont donné un peu de mon sang. Et, pendant ce temps, tu sais ce que Meredith faisait ? Elle a laissé Damon la mordre. Je te jure. Le Dr Meggar a renvoyé le carrosse au palais pour demander s'il y avait des domestiques qui voulaient « une prime », c'est comme ça qu'ils appellent ça ici, et la voiture est revenue pleine ! Je ne sais pas exactement combien Damon en a mordu, mais beaucoup, ça c'est sûr ! Le docteur a dit que c'était le meilleur remède pour lui. Ensuite, après discussion avec Damon et Meredith, on a convaincu le Dr Meggar de venir ici, pour y vivre, j'entends, et lady Ulma a décidé de fonder un hôpital pour les pauvres à la place de l'immeuble où il habitait. Depuis, on veille à ce que tu te rétablisses. Damon s'est senti mieux dès le lendemain. Et, d'un commun accord, lady Ulma, Lucen et lui ont décidé d'offrir une perle à lady Fazina pour la remercier : elle appartenait au père de lady Ulma, mais elle était si grosse, de la taille d'un poing, avec des petites imperfections en surface et un lustre argenté, qu'il n'avait jamais trouvé de client assez riche pour la lui acheter. Ils l'ont accrochée en pendentif à un gros collier et la lui ont fait porter.

De nouvelles larmes étaient venues embuer les grands yeux de Bonnie.

— Elle vous a sauvés, Elena ! Son carrosse vous a sauvé la vie ! Et Meredith m'a avoué... c'est un secret, mais à toi je peux le dire...

Elle s'était penchée pour chuchoter :

— .. que la morsure n'était pas si terrible. Et voilà, tu sais tout !

Comme le chaton qu'elle était, Bonnie s'était alors étirée en bâillant.

— Je me serais bien fait mordre aussi, avait-elle ajouté d'un ton très nostalgique, mais tu avais besoin de mon sang. Du sang humain, et le mien surtout. Je présume qu'ils s'y connaissent en groupes sanguins ici, parce qu'au goût et à l'odeur ils ont tout de suite fait la différence.

Ensuite, elle avait sautillé, d'un air enjoué.

— Tu veux voir la clé de *kitsune* ? Nous, on était persuadés que tout était foutu, qu'on ne la trouverait jamais, mais, quand Meredith est allée dans la chambre de Damon pour lui donner son sang – et je te promets qu'ils n'ont rien fait d'autre –, Damon la lui a confiée et lui a demandé de la garder en lieu sûr. Elle en a pris bien soin, et maintenant elle est dans un petit coffre qu'a fabriqué Lucen ; on dirait qu'il est en plastique, mais non.

Par la suite, Elena avait contemplé plusieurs fois le petit morceau de clé en forme de croissant, mais autrement elle n'avait rien d'autre pour se distraire depuis son lit, à part discuter et lire des grands classiques ou des encyclopédies issus du monde terrien. Ils ne voulaient même pas que Damon et elle se reposent dans la même chambre.

Elle savait très bien pourquoi. Ils avaient peur qu'elle ne se contente pas de parler avec lui. Qu'elle s'approche, qu'elle sente son odeur exotique si familière, un cocktail italien de bergamote, de mandarine et de cardamome, qu'elle plonge le regard dans ses yeux noirs dont les pupilles pouvaient contenir des galaxies entières et que, au réveil, elle soit devenue un vampire.

Mais ils ignoraient tout ! Damon et elle avaient échangé leur sang sans danger depuis des semaines, bien avant cet incident. Si rien ne lui faisait encore perdre la tête, comme l'avait fait cette douleur, il se conduirait comme un parfait gentleman.

— Mouais, commenta doucement Bonnie.

En bonne médium qu'elle était, les protestations intérieures d'Elena ne lui avaient pas échappé.

Elle poussa de-ci de-là un petit coussin décoratif avec ses orteils, dont les ongles étaient vernis d'une couleur argentée.

— À ta place, j'éviterais de leur dire que depuis le début vous avez échangé plein de fois votre sang. Ça va peut-être susciter des *Ah, ah !* Enfin, on se comprend : ils risqueraient de s'imaginer des choses.

— Mais il n'y a rien à imaginer. Je suis ici pour récupérer mon Damon, et Stefan ne fait que m'aider.

Bonnie la dévisagea avec une moue, les sourcils froncés, mais n'osa rien dire.

— Bonnie ?

— Hum ?

— Je viens bien de dire ce que je crois que j'ai dit ?

— Hum-hum.

D'un geste, Elena attrapa une brassée d'oreillers qu'elle se plaqua sur le visage.

— Tu veux bien dire au chef cuisinier que je voudrais un autre steak et un grand verre de lait ? demanda-t-elle d'une voix étouffée. J'me sens pas très bien.

***

Matt avait un nouveau tas de ferraille. En cas d'urgence, il savait toujours où en dégoter. Et maintenant, il roulait par à-coups en direction de chez Obaasan.

« Chez Mme Saitou », se reprit-il rapidement. Il ne voulait pas bafouer des coutumes culturelles qu'il connaissait mal, alors qu'il venait demander un service.

Une fois sur place, il fut accueilli par une femme qu'il n'avait jamais vue. Elle était séduisante, extrêmement bien habillée d'une longue jupe écarlate évasée – à moins que ce ne fût un pantalon particulièrement ample ? Difficile à dire, elle se tenait les jambes très écartées. En haut, elle portait un chemisier blanc. Son visage était saisissant : deux longues mèches brunes et raides de part et d'autre, et une petite frange droite soignée qui balayait les sourcils.

Mais, le plus frappant chez elle, c'était qu'elle tenait un long sabre pointé sur Matt.

— Bon-bonjour, bafouilla-t-il quand elle ouvrit la porte.

— C'est une bonne maison, ici, répondit la femme. Il n'y a pas d'esprits maléfiques.

— Je n'en ai jamais douté.

Matt recula d'un pas tandis que la femme s'avançait.

— Parole d'honneur.

La femme ferma les yeux, comme si elle sondait son esprit, puis brusquement elle abaissa la lame.

— Vous dites la vérité. Vos intentions sont pures. Entrez, je vous prie.

— Merci.

— Orime ? intervint une voix grêle et faible à l'étage. C'est un des enfants ?

— Oui, Hahawe, lança la femme.

Pour Matt, désormais, c'était « la femme au sabre » ; impossible pour lui de se défaire de cette image.

— Fais-le monter, veux-tu ?

— Tout de suite, Hahawe.

— Ha-ha... je veux dire, *Hahawe* ?

En sentant le sabre lui chatouiller de nouveau le ventre, Matt transforma son rire nerveux en une phrase épouvantable.

— Ce n'est pas Obaasan, là-haut ?

Pour la première fois, la femme sourit.

— *Obaasan* signifie *grand-mère*. *Hahawe* est un des mots pour dire *maman*. Mais vous pouvez l'appeler *Obaasan*, ça ne la gênera pas du tout ; c'est aussi une façon amicale de saluer une femme de son âge.

— Entendu, acquiesça Matt, qui faisait de son mieux pour avoir l'air d'un type sympa.

Elle lui fit signe de monter. Une fois à l'étage, il jeta un coup d'œil à l'intérieur de plusieurs pièces jusqu'à ce qu'il en trouve une avec un grand futon disposé au centre d'un parquet complètement nu et, allongée dessus, une femme qui semblait tellement petite, de la taille d'une poupée, qu'elle n'avait pas l'air réelle.

Ses cheveux étaient aussi soyeux et bruns que ceux de la femme au sabre. Ils étaient arrangés de telle sorte qu'ils s'étalaient autour d'elle comme une couronne. Mais ses paupières aux longs cils noirs, contrastant avec ses joues blanches, étaient closes, et Matt se demanda si elle ne s'était pas subitement assoupie, comme le font souvent les personnes âgées.

C'est alors que, brusquement, la petite dame aux traits de poupée ouvrit les yeux en souriant.

— Tiens, c'est Masato-chan ! s'exclama-t-elle en regardant Matt.

Ça démarrait mal. Si elle ne faisait même pas la différence entre un blondinet et son vieil ami japonais qu'elle connaissait depuis soixante ans…

Elle se mit à rire en se couvrant la bouche de ses petites mains.

— Je sais, je sais. Vous n'êtes pas Masato. Il est devenu banquier, très riche. Très gros, aussi. Comme sa bêtise.

Elle lui sourit encore.

— Asseyez-vous, je vous en prie. Vous pouvez m'appeler Obaasan si vous le souhaitez, ou Orime. Ma fille porte mon nom. Mais elle n'a pas eu une vie facile. Tout comme moi. Être à la fois *miko* et samouraï… ça demande de la discipline et beaucoup de travail. Mon Orime réussissait si bien… jusqu'à ce qu'on emménage ici. On cherchait une ville paisible et sans histoires. Et, au lieu de ça, Isobel a rencontré Jim… Et Jim était… infidèle.

Matt brûlait d'envie de défendre son ami, mais qu'est-ce qu'il aurait bien pu dire ? Jim avait cédé aux avances de Caroline. Après quoi, il avait été possédé et avait contaminé sa petite amie Isobel, qui s'était fait des piercings monstrueux sur tout le corps, entre autres choses.

— Il faut qu'on les retrouve, lâcha-t-il spontanément. Les *kitsune* qui ont déclenché tout ça, avec Caroline : Shinichi et sa sœur Misao.

— Des *kitsune*...

Obaasan hocha la tête d'un air songeur.

— Dès le début j'ai dit qu'ils étaient derrière tout ça. Voyons voir : j'ai béni des amulettes pour vos amis...

—. Pouvez-vous bénir aussi les balles ? J'en ai plein les poches, dit Matt un peu gêné.

Il répandit en vrac des calibres différents au bord du futon.

— J'ai même trouvé des incantations sur Internet pour se débarrasser d'eux.

— Vous êtes très méthodique. C'est bien.

Obaasan regarda les pages qu'il avait imprimées. Matt fut mal à l'aise ; il savait qu'il n'avait fait qu'exécuter la liste de tâches que Meredith lui avait préparée, et que c'était à elle que revenait tout le mérite.

— Je vais d'abord bénir les balles, ensuite je préparerai d'autres amulettes, dit-elle. Disposez-les là où vous avez le plus besoin de protection. Quant aux balles, je suppose que vous savez quoi en faire.

— Oui, m'dame !

Il fouilla ses poches pour attraper les dernières et les posa dans les mains qu'elle lui tendait. Puis, lentement, elle chanta une longue incantation élaborée, les doigts écartés au-dessus des balles. Matt ne trouva pas le rituel effrayant, mais il savait que, question médium, il était nul, et que Bonnie aurait probablement vu et entendu des choses qui lui échappaient.

— Est-ce que je dois viser une partie du corps en particulier ?

Regardant la vieille dame, il essayait de suivre ce qu'elle disait en lisant le texte de l'incantation.

— Non, n'importe quel endroit du corps ou de la tête fera l'affaire. Si vous lui arrachez une queue, il sera affaibli, mais aussi furieux.

Obaasan s'interrompit en toussant, d'une petite toux sèche de vieille dame. Il n'eut pas le temps de lui proposer de descendre lui chercher un verre d'eau que Mme Saitou entrait dans la pièce avec un plateau et trois petits bols de thé.

— Merci de votre patience, dit-elle poliment en s'agenouillant pour les servir.

À la première gorgée, Matt constata que le thé vert qui fumait dans son bol était bien meilleur que ce à quoi il s'attendait après ses rares expériences au restaurant japonais.

Le silence s'installa. Mme Saitou était agenouillée, silencieuse, devant le plateau, Obaasan, étendue sur le futon, l'air livide et ratatinée sous l'édredon, et Matt en proie à une violente envie de s'exprimer.

Finalement, bien que son bon sens lui conseillât de ne rien dire, il éclata :

— Si vous saviez à quel point je suis désolé pour Isobel, madame Saitou ! C'est trop injuste tout ce qui lui arrive ! Je voulais juste vous dire que… vraiment, je suis désolé, et je vais retrouver le *kitsune* qui est derrière tout ça. Je vous le promets !

— Quel *kitsune* ? s'étonna Mme Saitou d'un ton cassant, en le fixant comme s'il était devenu fou.

Obaasan se contenta de le regarder avec compassion depuis son oreiller. Puis, sans prendre le temps de ramasser les bols ou le plateau, Mme Saitou se leva d'un bond et quitta la pièce en courant.

Matt resta sans voix.

— N'ayez pas trop de peine, jeune homme. Ma fille a beau être une prêtresse, elle a une conception très moderne du monde. Elle vous dirait probablement que les *kitsune* n'existent pas.

— Même après... Je veux dire, d'après elle, qu'est-ce qui est arrivé à Isobel ?

— Elle pense que la ville est sous une influence mauvaise, mais « normale », « humaine ». Pour elle, si Isobel s'est mutilée, c'est à cause du stress qu'elle subissait pour essayer d'être une bonne élève, une bonne prêtresse et un bon samouraï.

— Vous voulez dire que... Mme Saitou se sent coupable ?

— Elle tient surtout le père d'Isobel pour responsable. C'est un employé de bureau au Japon.

Obaasan marqua une pause.

— J'ignore pourquoi je vous raconte tout ça.

— C'est ma faute, désolé, s'excusa Matt. Je ne voulais pas être indiscret.

— Non, vous vous souciez des gens, c'est différent. J'aurais préféré qu'Isobel rencontre un garçon comme vous.

Matt repensa à l'état pitoyable dans lequel il avait trouvé Isobel à l'hôpital. Pour finir, la plupart de ses cicatrices ne se verraient pas quand elle serait habillée... mais encore faudrait-il qu'elle retrouve l'usage de la parole.

— Eh bien, je suis toujours disponible ! plaisanta-t-il courageusement.

Obaasan esquissa un sourire, puis reposa la tête sur l'oreiller ; non, c'était plutôt un repose-tête en bois, remarqua Matt. Ça n'avait pas l'air très confortable.

— C'est vraiment dommage que les conflits entre humains et *kitsune* persistent, dit-elle d'un air songeur. On dit que l'un de nos ancêtres aurait pris un *kitsune* pour femme.

— Comment ça ?

Obaasan se mit à rire, là encore, en se cachant derrière ses petites mains.

— *Mukashi-mukashi*, ou, comme vous dites, *il y a très longtemps, à l'époque des légendes*, un éminent shogun s'est mis en colère contre tous les *kitsune* de son royaume. Depuis des années, ils lui faisaient toutes sortes de misères, mais, quand le shogun les a soupçonnés d'avoir saccagé ses cultures, il a décidé que c'était assez. Il a réveillé tous les hommes et les femmes de la maison, leur a dit de prendre des bâtons, des flèches, des pierres, des pioches et des balais, et ils ont délogé tous les renards de leurs terriers, tous ceux qui vivaient sur son domaine. Il comptait les tuer un par un, sans pitié. Mais avant de passer à l'acte, il fit un rêve dans lequel apparut une superbe femme qui se disait responsable de tous les renards du royaume. Elle lui aurait dit : « C'est vrai que nous vous jouons des tours, mais en compensation nous mangeons les rats, les souris et les insectes qui abîment vos cultures. Seriez-vous d'accord pour passer votre colère sur moi seule, pour m'exécuter et laisser la vie à tous les autres renards ? Je viendrai à l'aube pour connaître votre réponse. » Et la plus belle des *kitsune* a tenu parole : elle s'est présentée à l'aube entourée des douze demoiselles ravissantes qui constituaient sa suite mais qu'elle éclipsait toutes, comme la Lune éclipse les étoiles. Le shogun n'a pas pu se résoudre à la tuer. Il lui a plutôt demandé sa main, et a par ailleurs uni ses douze demoiselles à ses douze plus fidèles serviteurs. On dit qu'elle fut une épouse dévouée et qu'elle lui donna de nombreux enfants aussi impétueux qu'Amaterasu, la déesse du Soleil, et aussi beaux que la Lune. Ils vécurent heureux jusqu'au jour où, lors d'un voyage, le shogun tua accidentellement un renard. Il se dépêcha de rentrer pour expliquer à sa femme que ce n'était pas intentionnel, mais, en arrivant, il trouva la maison en deuil car sa femme l'avait déjà quitté, emmenant tous ses enfants avec elle.

— Oh, c'est bête, marmonna Matt, essayant d'être poli. Soudain, son cerveau fit tilt.

— Mais attendez : s'ils sont *tous* partis…

— Je vois que vous êtes attentif, jeune homme, dit la délicate vieille dame. Ses fils et ses filles étaient tous partis… sauf la benjamine, une fille d'une beauté sans pareille bien qu'elle ne fût encore qu'une enfant. Voici ce qu'elle lui dit : « Je vous aime trop pour vous quitter, père, même si cela implique que je doive garder forme humaine pour le restant de mes jours. » Et voilà pourquoi la légende veut que nous descendions des *kitsune*.

— Oui, mais ces *kitsune*-là ne font pas que jouer des sales tours ou détruire des champs, dit Matt. Ils sont là pour tuer. On doit se défendre !

— Oui, bien sûr, bien sûr. Je ne voulais pas vous contrarier avec ma petite histoire, s'excusa Obaasan. Je vais vous préparer vos amulettes.

Au moment du départ, Mme Saitou apparut à la porte d'entrée et lui mit quelque chose dans la main. Il baissa les yeux et découvrit la même calligraphie que celle utilisée par Obaasan pour les amulettes. Sauf que le mot était écrit beaucoup plus petit et sur…

— Un Post-it ? s'étonna Matt, un peu confus.

Elle hocha la tête.

— Très utile quand on a besoin d'écarter des démons ou une grosse branche d'arbre...

Matt la fixa, médusé par cette réponse sibylline.

— Ma mère ne sait pas *tout* ce qu'il faut savoir de ces choses.

Elle lui remit également un solide poignard, plus petit que le sabre qu'elle portait à la ceinture ; petit, mais très efficace car Matt se coupa tout de suite.

— Faites confiance à vos amis et à votre instinct, ajouta Mme Saitou.

Un peu hébété mais déterminé, Matt remonta en voiture et prit la direction de la maison du Dr Alpert.

30.

— Je me sens beaucoup mieux, confia Elena au Dr Meggar en essayant de ne pas montrer son impatience. J'aimerais bien aller faire un tour. J'ai mangé de la viande, j'ai bu du lait et même votre huile de foie de morue infecte. Et puis, maintenant, je suis très lucide sur la situation : je suis ici pour sauver Stefan, et le petit garçon à l'intérieur de Damon est une métaphore de son inconscient que j'ai découverte grâce à nos échanges de sang.

Elle eut un geste un peu nerveux, qu'elle dissimula en prétextant vouloir attraper le verre d'eau sur sa table de nuit.

— Je me sens comme un chiot qui tire joyeusement sur sa laisse !

Elle contempla les nouveaux bracelets d'esclave qu'on lui avait mis aux poignets : de l'argent incrusté de lapis-lazuli aux formes douces.

— Si je meurs subitement, je suis *parée* !

Les sourcils du Dr Meggar s'agitèrent de bas en haut.

— Bon, je ne trouve rien à redire à votre pouls ni à votre respiration. Je n'ai rien contre une petite promenade. Damon s'est vite remis sur pied, mais n'allez pas donner d'idées à lady Ulma. Elle a encore besoin de plusieurs mois de convalescence.

· On lui a construit un joli pupitre à partir d'un plateau de petit-déjeuner pour qu'elle puisse continuer ses créations, expliqua Bonnie.

Elle se pencha vers Elena.

— Et tu sais quoi ? Ses robes sont *magiques*.

— Le contraire aurait été étonnant, marmonna le docteur.

Elena avait déjà décroché, absorbée par une pensée désagréable.

— Même quand on aura retrouvé la seconde moitié de clé, il faudra qu'on détermine un plan d'action pour l'évasion...

— C'est quoi une évasion ? demanda Lakshmi.

— Eh bien, c'est ça : on a la clé pour ouvrir la cellule de Stefan, mais il faut encore qu'on trouve un moyen de pénétrer dans la prison et de le faire sortir en cachette.

La petite fille fronça les sourcils.

— Pourquoi on ne pourrait pas entrer et le faire sortir par la porte d'entrée ?

— Parce qu'ils ne nous laisseront pas faire si facilement.

Elle regarda Lakshmi attentivement, tandis que l'enfant posait la tête dans ses mains.

— À quoi tu penses ?

— En fait, je ne comprends pas : d'abord tu dis que tu auras la clé dans la main en arrivant à la prison, et ensuite tu dis qu'ils ne vont pas le laisser sortir.

Meredith secoua la tête, abasourdie, et Bonnie porta la main à son front comme si elle avait mal à la tête. Mais Elena se pencha doucement.

— Lakshmi, tu veux dire que... si on a la clé de la cellule de Stefan, en gros, c'est comme un laissez-passer ?

Le visage de l'enfant s'illumina.

— Évidemment ! Sinon, à quoi ça servirait d'avoir une clé ? Ils pourraient très bien l'enfermer dans une autre cellule.

Elena resta sans voix. La nouvelle était si merveilleuse, si incroyable, qu'elle essaya tout de suite de trouver la faille.

— Ça signifierait qu'on pourrait aller directement du bal de Blodwedd à la prison et libérer Stefan ? dit-elle en prenant son ton le plus ironique. Il suffirait qu'on montre notre clé pour qu'ils nous laissent passer ?

Lakshmi acquiesça d'un signe de tête enthousiaste.

— Oui !

Elle n'avait pas du tout perçu l'ironie d'Elena.

— Et ne te fâche pas, mais... je me suis toujours demandé pourquoi tu n'allais pas lui rendre visite.

— C'est possible ?!

— Bien sûr, à condition de prendre rendez-vous.

Meredith et Bonnie réagirent au quart de tour en voyant la mine blême d'Elena et la rattrapèrent, chacune d'un côté.

— Est-ce qu'on peut envoyer quelqu'un pour prendre rendez-vous ? murmura-t-elle, les dents serrées.

Elle se sentait trop faible pour articuler, et s'abandonna de tout son poids aux mains de ses deux amies.

— Qui pourrait s'en charger ?

— Moi.

Damon se tenait derrière elles, dans la pénombre rougeâtre de la pièce.

— J'irai à la prison ce soir.

***

Matt sentit que la colère se lisait sur son visage.

— Hé, du calme ! dit Tyrone d'un air amusé.

Ils étaient en train de s'équiper pour une petite excursion dans le bosquet. Autrement dit, chacun devait enfiler deux manteaux parfum « naphtaline et clous de girofle », puis attacher les gants aux manches avec du gros scotch. Matt était déjà en sueur.

Mais il savait que Tyrone était un type bien. C'est lui qui s'était emporté.

— Hé, Tyrone ? Tu sais le truc bizarre qui est arrivé au pauvre Jim la semaine dernière ? lança-t-il. Eh ben, tout ça, c'est lié à un phénomène encore plus bizarre, en rapport avec des renards maléfiques et la vieille forêt, et Mme Flowers dit que, si on ne fait pas quelque chose, ça va très mal finir. Et tu sais quoi ? Mme Flowers n'est pas qu'une vieille timbrée, contrairement à ce que tout le monde croit !

— Bien sûr que non, confirma la rude voix du Dr Alpert dans son dos.

Elle posa sa grosse sacoche noire dans l'embrasure de la porte (la ville avait beau être en plein chaos, elle continuait de tenir son rôle de médecin de campagne) et s'adressa à son fils :

— Théophilia Flowers et moi, nous nous connaissons depuis longtemps, tout comme Mme Saitou. Elles ont toujours été là pour aider les autres. C'est dans leur nature.

Matt sauta sur l'occasion.

— Justement, aujourd'hui c'est Mme Flowers qui a besoin d'aide. C'est vraiment urgent.

— Alors qu'est-ce que tu attends, Tyrone ? Dépêche-toi d'aller l'aider.

Le Dr Alpert ébouriffa ses cheveux gris argenté, puis fit de même avec la tignasse brune de son fils d'un geste affectueux.

— C'est ce que je fais, maman. On allait partir quand tu es arrivée.

En voyant l'épave qui servait de voiture à Matt, Tyrone proposa poliment qu'ils prennent sa Camry pour se rendre chez Mme Flowers. Matt, qui craignait qu'un pneu ne finisse par éclater à un moment crucial, ne se fit pas prier pour accepter.

Il était content que Tyrone devienne le pilier de l'équipe de football du lycée à la rentrée. Ty, c'était le genre de type sur qui on pouvait compter : témoin le soutien immédiat qu'il leur apportait aujourd'hui. C'était un chic type, tout ce qu'il y a de plus honnête et sain. Matt n'avait pu que remarquer à quel point la drogue et l'alcool avaient corrompu non seulement ses coéquipiers, mais aussi les matchs et l'esprit sportif des autres équipes du campus.

Tyrone était aussi un type qui savait tenir sa langue. Il n'essaya même pas de cuisiner Matt sur le chemin de la pension, en revanche il ne manqua pas de lâcher un sifflement admiratif, non pas à l'adresse de Mme Flowers, mais à la vue de sa Ford T jaune vif garée dans les anciennes écuries.

— Wow ! s'exclama-t-il en sautant de son cabriolet.

Il s'empressa d'aller aider la vieille dame à porter un sac de provisions sans perdre une miette du véhicule d'époque, l'admirant sous toutes les coutures.

— Une Ford T, carrosserie Fordor Sedan ! Cette voiture pourrait être magnifique si...

Il s'arrêta brusquement, rougissant sous son teint hâlé.

— Allons, donc ! Ne soyez pas gêné par la Calèche Jaune ! s'exclama gaiement Mme Flowers.

Elle confia à Matt le soin d'emporter un autre sac de provisions dans la cuisine.

— Ça fait une centaine d'années qu'elle est au service de notre famille, et il est vrai qu'elle a accumulé une certaine dose de rouille et de bosses. Mais elle monte presque à cinquante kilomètres à l'heure sur route ! précisa Mme Flowers.

On sentait non seulement qu'elle était fière, mais aussi que les déplacements ultrarapides lui inspiraient un certain respect mêlé de crainte.

Échangeant un coup d'œil avec Tyrone, Matt comprit qu'une même idée les taraudait : retaper la voiture en piteux état quoique toujours très belle, qui passait le plus clair de son temps dans une écurie aménagée

— On pourrait le faire, lança Matt

En tant que porte-parole de Mme Flowers, il sentait que c'était à lui de prendre l'initiative.

— Carrément, acquiesça Tyrone d'un ton rêveur. Vu la taille du garage, c'est pas la place qui nous manquera.

— On n'aurait même pas besoin de la démonter complètement... Elle marche comme sur des roulettes !

— Sans blague ! On pourrait nettoyer le moteur, cela dit : jeter un œil aux bougies, aux courroies, aux durites, tout ça, quoi...

Une lueur traversa subitement les yeux bruns de Tyrone.

— Et mon père a une ponceuse électrique. On pourrait décaper la peinture et la repeindre exactement de la même couleur !

À ces mots, le visage de Mme Flowers s'épanouit en un large sourire.

— C'est ce que ma chère ma*man* espérait vous entendre dire, jeune homme.

Ne manquant pas de bonnes manières, Matt pensa alors à faire les présentations.

— En revanche, si vous aviez dit que vous vouliez la repeindre en bordeaux ou en bleu, je suis certaine qu'elle aurait protesté, ajouta Mme Flowers.

Elle alla préparer des sandwichs au jambon, une salade de pommes de terre et une grande marmite de haricots. Observant la réaction de Tyrone à l'énonciation du mot « ma*man* », Matt fut content : passé un instant de surprise, il s'était détendu, l'air serein. Sa mère avait confirmé que Mme Flowers n'était pas une vieille timbrée, et il la croyait sur parole. Matt eut l'impression qu'on lui enlevait un énorme poids des épaules. Il n'était pas seul avec une dame âgée à protéger. Il avait un ami, un peu plus costaud que lui d'ailleurs, sur qui compter.

— Allez, vous deux : prenez un sandwich pendant que je finis de préparer la salade. Je sais que les grands garçons ont besoin d'un repas consistant avant l'action. Pas de raison de faire des manières : allez-y, attaquez !

Mme Flowers parlait toujours des hommes comme s'il s'agissait d'une variété rare de fleur. Tyrone et Matt obéirent volontiers. En dessert, elle avait prévu une tarte aux noix de pécan qu'ils se partagèrent avant d'avaler de grandes tasses de café qui leur éclaircirent les idées comme un décapant.

Ils se sentaient maintenant prêts pour la bataille, prêts à se battre comme des tigres.

Ils prirent le tacot de Matt pour se rendre au cimetière, précédant Mme Flowers dans la Ford T. Ayant vu ce que les arbres étaient capables de faire à une voiture, Matt n'allait pas exposer la Camry impec de Tyrone à cette perspective. Ils descendirent la colline en direction de la cachette, chacun donnant tour à tour un coup de main à la frêle Mme Flowers pour franchir les endroits un peu difficiles. À un moment, elle trébucha et elle aurait pu tomber, mais Tyrone enfonça la pointe de ses chaussures D & G dans le sol et se tint, solide comme un roc, tandis qu'elle culbutait contre lui.

— Dieu du ciel… merci, mon petit Tyrone.

Matt comprit que le « petit Tyrone » faisait désormais partie de la maison.

À l'exception d'une traînée écarlate dans le ciel, il faisait sombre lorsqu'ils arrivèrent à la cachette. Mme Flowers sortit l'insigne du shérif, d'un geste un peu maladroit à cause de ses gants de jardinage. Les yeux fermés, elle le porta d'abord à son front, puis, lentement, elle l'écarta en le tenant toujours devant elle, à hauteur d'yeux.

— Il se tenait ici, et ensuite il s'est baissé et accroupi, dit-elle en joignant le geste à la parole.

Matt acquiesça sans trop savoir où elle voulait en venir.

— Ne me dites rien, mon petit Matt : en entendant quelqu'un dans son dos, il s'est retourné brusquement en pointant son arme. Mais ce n'était que vous et vous avez discuté à voix basse un moment. Et puis, d'un coup, il s'est relevé.

Mme Flowers se redressa aussitôt, et Matt entendit son corps délicat émettre toutes sortes de petits bruits secs.

— Il est parti à pied, très vite d'ailleurs, en direction de ce bosquet maléfique.

Elle s'élança, comme le shérif Mossberg l'avait fait, sous le regard consterné de Matt. Cette fois, Tyrone et lui se dépêchèrent de la suivre, prêts à l'arrêter si elle montrait la moindre intention de pénétrer dans cette ancienne zone de la vieille forêt.

Mais, au lieu de ça, elle contourna le bosquet, toujours en tenant l'insigne à hauteur d'yeux. Tyrone et Matt se mirent d'accord d'un signe de tête et, sans un mot, la prirent chacun par un bras. Ils firent le tour du bosquet de cette façon : Matt devant, Mme Flowers en deuxième et Tyrone fermant la marche. À un moment, Matt se rendit compte que les joues flétries de la vieille dame étaient couvertes de larmes.

Finalement, elle s'arrêta, attrapa un mouchoir en dentelle dans sa poche (après une ou deux tentatives ratées) et se sécha les yeux, le souffle court.

— Vous l'avez retrouvé ? demanda Matt, incapable de réprimer sa curiosité plus longtemps.

— Eh bien… nous verrons bien. Les *kitsune* sont très forts pour créer des illusions. Tout ce que j'ai vu n'est peut-être que ça.

Elle poussa un gros soupir.

— Mais l'un de nous va devoir entrer dans ces bois.

— Ce sera moi, répondit Matt, la gorge nouée.

— Non, pas question, mon vieux. Quelles que soient ces créatures, tu connais leur mode opératoire. Il faut d'abord qu'on fasse sortir Mme Flowers d'ici…

— Écoute, je ne peux pas prendre le risque de te demander de venir avec moi et qu'il t'arrive quelque chose…

— Tu peux me dire ce que je fais ici, alors ?

— Du calme, mes petits ! intervint Mme Flowers.

À son ton, on aurait dit qu'elle allait crier. Les garçons se turent instantanément, et Matt se sentit un peu honteux.

— Je sais comment vous pourriez m'aider tous les deux, dit-elle, mais c'est très dangereux. Pour vous deux. Cependant, si on n'a pas à le faire une seconde fois, les risques seront moindres et nos chances de mettre la main sur quelque chose plus grandes.

— De quoi il s'agit ? demandèrent Tyrone et Matt presque en même temps.

Quelques minutes plus tard, ils étaient tous les deux en position, allongés par terre côte à côte, face au mur que formaient les grands arbres et les broussailles du bosquet. Non seulement ils étaient liés par une corde, mais ils avaient aussi des Post-it avec le mot de Mme Saitou collés sur les bras.

— Bon, à *trois*, je veux que vous tendiez chacun le bras et que vous agrippiez le sol. Si vous sentez quelque chose, ne lâchez pas et tirez. Sinon, tâtonnez un peu à côté et, dès que vous sentez quelque chose, tirez aussi vite que possible. Oh et, au fait, ajouta Mme Flowers calmement : si vous êtes brusquement entraînés dans le bosquet ou immobilisés, hurlez, débattez-vous, donnez des coups de pied, des coups de poing, tout ce que vous pouvez, et on fera ce qu'il faut pour vous sortir de là.

Un long, très long silence s'écoula.

— Donc, si je résume, vous pensez qu'il y a des choses enfouies autour de ce bosquet et qu'on en trouvera peut-être une en fouillant à l'aveuglette ? dit Matt.

— Oui.

— OK, accepta Tyrone.

Une fois de plus, Matt jeta un coup d'œil vers lui d'un air approbateur. Il n'avait même pas demandé *quel genre de chose* pourrait les entraîner dans les bois ?

Quand ils furent prêts, Mme Flowers se mit à compter,

un, deux, trois. Matt tendit le bras le plus loin possible et enfonça sa main en creusant la terre à tâtons.

Il entendit un cri à côté de lui :

— Je tiens quelque chose !

Et un autre, tout de suite après :

— Je suis aspiré dans le bosquet !

Matt s'apprêtait à aider Tyrone quand une longue forme s'abattit sur son bras tendu. Par chance, elle se heurta à un des Post-it, et il eut l'impression qu'on venait de le frapper avec un morceau de polystyrène.

Tyrone se débattait furieusement et plus de la moitié de son corps était déjà engloutie dans le bosquet. Matt l'attrapa par la taille et le tira en arrière de toutes ses forces. Il y eut un peu de résistance au début, puis Tyrone ressortit d'un coup sec, comme un bouchon de champagne. Il avait des éraflures plein le visage et le cou, mais pas un trou dans les manteaux ou aux endroits protégés par les Post-it.

Matt eut une brusque envie de remercier les deux femmes qui leur avaient fabriqué les amulettes, mais elles étaient trop loin pour l'entendre, et il se sentit un peu bête à l'idée de dire merci au manteau de Tyrone. De toute façon, Mme Flowers virevoltait en remerciant à tout-va, ce qui suffisait amplement pour trois.

— Mon dieu, mon petit Matt, quand cette grosse branche s'est abattue, j'ai bien cru qu'elle allait vous casser le bras… au moins ! Merci, Seigneur, et merci aux femmes de la famille Saitou d'avoir fait d'aussi puissantes amulettes. Tenez, mon petit Tyrone, prenez donc une lampée de cette gourde !

— Merci, mais je n'aime pas trop boire…

— Ce n'est que de la limonade tiède, une recette personnelle, mon petit. Sans vous, mes garçons, nous n'aurions jamais réussi ! Vous avez donc trouvé quelque chose, n'est-ce pas, Tyrone ? Heureusement que Matt était là pour vous sauver quand ils vous ont attrapé.

— Oh, je suis sûr qu'il s'en serait sorti tout seul, nuança rapidement Matt.

Il se disait que c'était sûrement gênant, pour un garçon que tout le monde surnommait « Tyreminator », d'admettre qu'il avait eu besoin d'aide.

Mais pas du tout : Tyrone acquiesça calmement.

— Vous avez raison. Merci beaucoup, Matt.

Ce dernier rougit.

— Cela dit, je crois que je n'ai rien attrapé de très intéressant, ajouta Tyrone d'un air déçu. On aurait dit un vieux bout de tuyau.

— Regardons ça, dit Mme Flowers avec sérieux.

Elle braqua le faisceau puissant d'une torche électrique sur l'objet pour lequel Tyrone avait pris tant de risques.

Au début, Matt crut qu'il s'agissait d'un os en peau pour chien. Mais ensuite, une forme qu'il connaissait bien hélas le poussa à regarder de plus près.

C'était un fémur, un fémur d'homme. Le plus gros os du corps humain, celui de la cuisse. Et il était encore blanc. *Frais.*

— Il n'a pas l'air en plastique, constata Mme Flowers d'une voix qui parut très lointaine.

Non, ce n'était pas du plastique. À certains endroits, des petits bouts s'étaient racornis à la surface. Et ce n'était pas un os pour chien non plus. C'était bien un vrai. Un os de jambe humaine bien réel.

Mais il y avait plus terrifiant ; au point de donner le tournis à Matt et de lui faire perdre connaissance.

L'os était complètement rongé, tout propre… et marqué par les empreintes de dizaines de petites dents.

31.

Elena rayonnait de bonheur. Elle s'était endormie le cœur léger et s'était réveillée tout aussi heureuse, sereine, sachant que bientôt, très bientôt, elle rendrait visite à Stefan et après ça, très vite, le libérerait.

Bonnie et Meredith ne furent pas surprises quand elle demanda à voir Damon au sujet de deux questions : la première étant *qui* devrait l'accompagner, et la seconde *comment* elle allait s'habiller. Là où elles furent surprises, en revanche, ce fut en apprenant sa décision le lendemain matin.

En parlant lentement au début, Elena traçait des ronds du bout du doigt sur la grande table d'un des petits salons où ils s'étaient tous réunis.

— Si ça vous convient, annonça-t-elle, j'aimerais que nous ne soyons pas trop nombreux à y aller. Stefan a subi des mauvais traitements, et il déteste se montrer diminué devant les autres. Je ne veux pas l'humilier.

Il y eut une sorte de gêne générale, qui fit rougir tout le groupe ; peut-être par ressentiment au début, et ensuite par culpabilité. La grande baie vitrée était entrouverte et une lueur matinale rouge filtrait, tamisant toute la pièce, donc il était difficile de lire clairement l'expression que dégageait chaque visage. Mais une chose était certaine : tout le monde avait envie de partir.

— Donc, j'espère, reprit Elena en se tournant vers Meredith et Bonnie, qu'aucune de vous ne sera blessée si je ne vous choisis pas pour m'accompagner.

« En clair : vous êtes toutes les deux hors du coup », ajouta Elena pour elle-même en se mordant la lèvre. Mais c'est avec soulagement qu'elle vit un sourire compréhensif se dessiner sur leurs visages ; la majorité de ses plans dépendaient toujours de la façon dont ses deux meilleures amies réagissaient dans ce type de situation.

Meredith s'avança résolument pour répondre la première :

— Elena, tu as vécu une vraie descente aux enfers ces derniers temps et tu as failli mourir en chemin... pour retrouver Stefan. Alors choisis ceux que tu juges bon d'emmener.

— On sait bien que ce n'est pas un concours de popularité, ajouta Bonnie, la gorge nouée de sanglots qu'elle tentait de contenir.

« Elle veut vraiment venir, devina Elena, mais elle me comprend. »

— Stefan se sentira peut-être moins gêné devant un garçon que devant une fille.

« Mais on ne ferait jamais rien qui puisse le mettre mal à l'aise ! » pensa Bonnie en se gardant bien de le dire ; de toute façon, c'était inutile : Elena connaissait déjà le fond de sa pensée.

Elena s'approcha pour la prendre dans ses bras, et sentit son petit corps tendre et menu se blottir contre elle. Puis elle se tourna, et ce furent les bras fermes et doux de Meredith qui l'étreignirent. Comme toujours dans ces moments-là, ses tensions s'évacuèrent en partie.

— Merci, dit-elle en essuyant ses yeux pleins de larmes. C'est vrai ce que tu dis, Bonnie : je pense que, dans l'état où il est, ce serait plus dur pour lui de faire face à une fille qu'à un garçon. Et ça le serait d'autant plus devant des filles qu'il connaît bien et qu'il adore. C'est pourquoi j'aimerais demander aux personnes suivantes de m'accompagner : Sage, Damon et le Dr Meggar.

Lakshmi se leva d'un bond, avec autant d'intérêt que si elle avait été choisie.

— Où est-ce qu'il est emprisonné ? demanda-t-elle, plutôt joyeusement.

C'est Damon qui répondit :

— Au Shi no Shi.

Elle le fixa avec des yeux ronds un moment, puis quitta la pièce à toute vitesse, lançant juste d'une voix troublée une phrase qui resta en suspens derrière elle :

— J'ai des corvées à faire, maître !

Elena se retourna aussitôt vers Damon d'un air méfiant.

— Qu'est-ce qui lui a pris ? Tu lui as fait peur ?

Son ton aurait pu congeler une coulée de lave sur trente mètres.

— Je n'en sais rien, sincèrement. Shinichi m'a montré des *kanji* et m'a dit que ça se prononçait « Shi no Shi », ce qui signifie la Mort des Morts ou, en d'autres termes, la fin de la malédiction qui pèse sur un vampire.

Sage toussa.

— Mon cher ami, que tu es naïf ! Tu aurais dû demander un second avis...

— C'est ce que j'ai fait, le coupa Damon. J'ai demandé à une jeune Japonaise à la bibliothèque si, en *rōmaji*, c'est-à-dire dans notre alphabet, les mots en question signifiaient la Mort des Morts, et elle a confirmé.

— Et toi, tu l'as crue et tu es parti, dit Sage.

— À ton avis ?

Damon commençait à se fâcher.

— *À mon avis*, mon cher, ces mots ont plusieurs sens. Tout dépend des caractères japonais utilisés à l'origine, que tu ne lui as pas montrés.

— Parce que je ne les avais pas ! Shinichi m'a écrit le mot dans le vide, avec de la fumée rouge.

Il prit un ton mi-fâché, mi-angoissé :

— Et qu'est-ce que ça signifierait d'autre ?

— Eh bien, ça peut vouloir dire ce que tu as dit, mais ça peut signifier « la nouvelle Mort », ou « la vraie Mort ». Ou même... « les dieux de la Mort ». Et, vu comment Stefan a été traité en prison...

Si les personnes qui l'entouraient avaient eu des pieux à la place des yeux, Damon aurait été fichu. Tout le monde le dévisagea d'un air dur et accusateur. Alors il se tourna comme un loup aux abois et leur lança son sourire éclatant, toutes canines dehors.

— De toute façon, j'imaginais bien que ce n'était pas un endroit extrêmement agréable, se défendit-il avec hargne. Je pensais juste que ça aiderait Stefan à se débarrasser de sa malédiction.

— *Bien sûr*, ponctua Elena avec sarcasme. Sage, si tu voulais bien aller à la prison pour t'assurer qu'ils nous laisseront entrer, je te serais très reconnaissante.

— C'est comme si c'était fait, mademoiselle.

— Bon, une dernière chose : ce serait bien qu'on soit tous habillés d'une autre façon pour lui rendre visite. Si vous êtes d'accord, je vais aller en parler à lady Ulma.

En quittant la pièce, Elena sentit les regards perplexes de Bonnie et de Meredith dans son dos.

Quand elle entra dans la chambre de lady Ulma, elle remarqua qu'elle était pâle mais que son regard pétillait. Son carnet de croquis était ouvert, c'était bon signe.

Il suffit de quelques mots et d'un regard sincère pour que lady Ulma accepte sa demande.

— Nous veillerons à ce que tout soit prêt dans une heure ou deux, affirma-t-elle. Je dois juste faire appel aux bonnes personnes. Ne vous inquiétez pas.

Elena serra son poignet avec douceur.

— Merci, merci du fond du cœur, vous êtes une fée !

***

— Alors, comme ça, je vais y aller dans la peau d'un repentant ? demanda Damon.

Il était de l'autre côté de la porte quand Elena sortit de la chambre, et elle le soupçonna d'avoir écouté la conversation.

— Non, ça ne m'est jamais venu à l'esprit, répondit-elle. Je crois simplement qu'une tenue d'esclave pour toi et les autres garçons mettra Stefan plus à l'aise. Pourquoi as-tu cru que je voulais te punir ?

— Ce n'est pas le cas ?

— Tu es ici pour m'aider à sauver Stefan. Tu as beaucoup souffert...

Elena s'interrompit en fouillant dans ses manches à la recherche d'un mouchoir propre, mais Damon lui en tendit un en soie noire.

— D'accord, n'en parlons plus, dit-il. Excuse-moi. Quand j'ai une idée en tête, je ne peux pas m'empêcher de la formuler tout haut, même quand je la trouve effarante vu la personne à qui je m'adresse.

— Et tu n'écoutes jamais ta petite voix intérieure ? Celle qui te suggère que les gens peuvent être bien intentionnés et qu'ils ne te veulent pas forcément du mal ?

Avec mélancolie, elle se demanda si le petit garçon croulait déjà sous le poids de nouvelles chaînes.

— Je ne sais pas. Peut-être. Parfois, bafouilla Damon. Mais, étant donné que cette voix a généralement tort dans ce monde de pervers, pourquoi y prêterais-je attention ?

— C'est dommage que tu n'essaies pas plus souvent. Je serais peut-être plus en mesure de te convaincre...

Je suis très bien comme ça, la coupa Damon par télépathie.

C'est seulement à cet instant qu'elle s'aperçut qu'ils étaient tombés dans les bras l'un de l'autre. Pour ne rien arranger, elle était dans la tenue qu'elle portait pour la nuit, une longue robe soyeuse et un déshabillé du même tissu, tous deux d'un bleu nacré très clair qui virait au violet sous les rayons du soleil toujours crépusculaire.

Je... je trouve aussi, admit Elena. Elle le sentit agité par des ondes de choc, d'abord en surface puis intérieurement, dans le gouffre profond et insondable sur lequel s'ouvraient ses yeux.

J'essaie seulement d'être honnête, ajouta-t-elle, presque effrayée par sa réaction. *Je ne peux pas espérer que les autres soient honnêtes si je ne le suis pas moi-même.*

Sois malhonnête, déteste-moi, méprise-moi, la supplia Damon tout en lui caressant les bras à travers les deux épaisseurs de soie qui le séparaient de sa peau.

— Mais pourquoi, Damon ?

Parce que je ne suis pas digne de confiance. Je suis un loup féroce et toi une âme pure, un jeune agneau blanc comme neige. Empêche-moi de te faire du mal.

Pourquoi tu m'en ferais ?

Parce que je pourrais... Non, je n'ai pas envie de te mordre. Je veux juste t'embrasser, un peu, comme ça...

À sa voix, Damon semblait avoir une révélation. Il l'embrassa tendrement et, comme il devinait toujours à quel moment les genoux d'Elena allaient se dérober, il la rattrapa avant qu'elle ne s'effondre.

Damon, Damon...

Brusquement, Elena prit conscience de la situation.

Damon, je t'en prie, laisse-moi partir... Je... il faut que j'aille faire des essayages !

Le visage empourpré, Damon la relâcha lentement à contrecœur.

Et moi il faut que j'aille me défouler, sinon je sens que je vais piquer une crise. Il quitta la pièce en trébuchant, manquant une première fois la porte avant de disparaître.

Damon !

Elle ne sut jamais s'il l'avait entendue. Cependant, elle était contente qu'il ait cédé sans trop poser de questions. C'était un net progrès.

Elle se précipita dans la chambre de lady Ulma, où se trouvaient toutes sortes de gens, dont deux mannequins masculins qu'on venait de vêtir de pantalons et de longues chemises.

— La tenue de Sage, annonça lady Ulma en lui montrant le plus charpenté d'un signe de tête. Et l'autre est pour Damon.

Elle lui indiqua le plus petit.

— C'est parfait !

Lady Ulma regarda Elena avec une pointe d'incertitude.

— Ils sont en grosse toile véritable, expliqua-t-elle. C'est le tissu le plus misérable, le plus bas dans la hiérarchie des esclaves. Êtes-vous certaine qu'ils les porteront ?

— Soit c'est ça, soit ils ne viennent pas, répondit Elena en lui adressant un clin d'œil.

— Je vois !

— Mais… que pensez-vous de l'autre tenue dont je vous ai parlé ?

Malgré son embarras, Elena tenait vraiment à connaître l'opinion de lady Ulma.

— Oh, ma chère bienfaitrice ! Vous savez, autrefois, quand je regardais ma mère confectionner ses tenues, elle me disait toujours que son travail la rendait heureuse car il lui procurait autant de joie qu'à ceux ou celles qui porteraient ses créations. Et son but n'était que d'éprouver ce bonheur. Je vous promets que Lucen et moi aurons terminé en un rien de temps. Ne devriez-vous pas vous préparer, à présent ?

— Je vous adore, lady Ulma ! C'est drôle, avec vous, j'ai le sentiment que plus on aime, plus on a envie d'aimer !

Sur ces bonnes paroles, Elena retourna en courant dans sa chambre.

Ses demoiselles de compagnie étaient toutes là et l'attendaient. Elena prit le bain le plus rapide et le plus vivifiant de sa vie, puis se retrouva sur un sofa au milieu d'une petite équipe souriante et enthousiastc où chacune accomplissait sa tâche sans gêner les autres.

Une esthéticienne était là pour l'épiler ; quatre, en fait : une pour chaque jambe, une pour les aisselles, une pour les sourcils. Pendant que toutes ces femmes s'affairaient avec leurs crèmes légères et leurs onguents, créant un parfum unique pour elle, une autre examinait pensivement son visage et son corps dans leur ensemble.

La femme en question retoucha les sourcils d'Elena pour les foncer, puis dora scs paupières avec un fard métallisé avant d'utiliser un produit qui ajouta au moins un demi-centimètre à ses cils. Ensuite, elle agrandit les yeux d'Elena en les soulignant de deux traits de khôl. Finalement, elle travailla soigneusement sa bouche jusqu'à obtention de lèvres rouges, brillantes et pulpeuses qui donnaient un peu l'impression d'être dans la perpétuelle attente d'un baiser. Après quoi, la femme dissémina quelques paillettes irisées sur tout son corps, puis un gros diamant jaune canari, que Lucen avait fait venir de son atelier de bijoux, fut enchâssé dans son nombril.

Les coiffeurs s'occupaient des dernières bouclettes sur son front quand deux boîtes et une cape écarlate lui furent apportées, de la part des ouvrières de lady Ulma. Elena remercia sincèrement toutes ses demoiselles et les esthéticiennes, leur paya à chacune une prime qui suscita une certaine agitation, puis leur demanda de la laisser seule. Voyant qu'elles tergiversaient, elle répéta sa demande tout aussi poliment, mais un ton au-dessus. Elles s'éclipsèrent.

Ses mains tremblaient quand elle sortit la tenue que lady Ulma avait conçue. C'était aussi décent qu'un maillot de bain, mais on aurait dit des bijoux placés à des endroits stratégiques sur des petits bouts de tulle doré. Tout était coordonné au diamant jaune : du collier aux bracelets dorés, chaque pièce indiquait que, même si Elena était vêtue de façon coûteuse, elle demeurait une esclave.

Et c'est ainsi qu'elle partit voir son Stefan, habillée de tulle et de bijoux, parfumée et maquillée. Elle enfila la cape écarlate avec précaution pour éviter de froisser ou de salir sa tenue, et glissa ses pieds dans de délicates sandales dorées à hauts talons.

Elle descendit en hâte dans l'entrée et arriva pile à l'heure. Sage et Damon portaient de grandes capes fermées de haut en bas, signe que, dessous, ils étaient vêtus des habits en grosse toile. Sage avait fait préparer le coche de lady Ulma. Elena arrangea les bracelets dorés à ses poignets, qu'elle détestait être *obligée* de porter même s'ils ressortaient de manière ravissante sur la garniture en fourrure blanche de sa cape écarlate. Damon tendit une main pour l'aider à monter.

— Vous me laissez monter à l'intérieur ? Ça signifie que je n'ai pas besoin de porter…

Mais le regard de Sage anéantit tous ses espoirs.

— À moins de fermer tous les rideaux de la cabine, dit-il, tu dois porter tes bracelets d'esclave dès que tu es à l'extérieur. C'est la loi.

Elena soupira et prit la main que Damon lui tendait toujours. Dos au soleil, il apparaissait comme une silhouette sombre. Mais, en clignant des yeux, elle vit qu'il la fixait avec étonnement. Il venait de remarquer ses paupières dorées. Ses yeux tombèrent alors sur sa bouche gourmande, et Elena rougit.

— Je t'interdis d'exiger que je te montre ce qu'il y a sous la cape, dit-elle précipitamment.

Damon parut troublé.

— Une frange de bouclettes sur ton front, une cape qui te couvre de la tête aux pieds, un rouge à lèvres…

Ses lèvres se convulsèrent comme pour réprimer un baiser.

— Il est temps de partir ! chantonna Elena en grimpant dans le coche.

Même si elle comprenait pourquoi les esclaves affranchis haïssaient ces bracelets, elle se sentait vraiment heureuse.

Son humeur n'avait pas changé quand ils arrivèrent au Shi no Shi, cet immense bâtiment qui semblait abriter à la fois une prison et un espace d'entraînement pour gladiateurs. Et elle était encore intacte quand les gardes du vaste point de contrôle les laissèrent entrer sans montrer le moindre signe d'hostilité. Remarquez, il était difficile de dire si la cape avait un quelconque effet sur eux. C'étaient des démons : renfrognés, la peau mauve, solides comme des rocs.

Elle remarqua quelque chose qui lui causa un choc avant de ranimer son espoir. Le hall principal du bâtiment possédait une entrée latérale qui ressemblait à la petite porte de l'entrepôt-comptoir d'esclaves : en permanence fermée ; ornée de symboles étranges ; des gens en costumes qui s'en approchaient en annonçant une destination avant d'insérer une clé et de l'ouvrir.

En clair, c'était un accès multidimensionnel. *Ici*, dans la prison de Stefan. Dieu seul sait combien de gardes ils auraient aux trousses s'ils essayaient de l'emprunter, mais c'était bon à savoir.

Dans les sous-sols du Shi no Shi, qui renfermaient très certainement des cachots, les gardes réagirent de façon nettement plus brutale à l'arrivée d'Elena et de sa troupe. C'était une race subalterne de démons, des diablotins peut-être, pensa-t-elle, et ils leur en firent voir de toutes les couleurs. Damon dut les soudoyer pour pouvoir accéder à la zone où se trouvait la cellule de Stefan, pour y entrer seul, sans être escorté de trois gardes, et pour laisser Elena, une esclave, rendre visite à un vampire.

Et, même une fois qu'il leur eut donné une petite fortune, ils ricanèrent en poussant des gloussements rauques et gutturaux. Elena ne leur faisait absolument pas confiance.

Elle avait raison.

Devant un couloir où elle savait d'après ses projections astrales qu'ils auraient dû prendre à gauche, ils furent contraints par d'autres gardes à aller tout droit. Puis ils passèrent devant un autre groupe en faction qui faillit s'étrangler à force de ricaner.

« Pitié, pourvu qu'ils ne nous emmènent pas voir la dépouille de Stefan », pensa Elena avec angoisse. À ce moment-là, Sage lui fut d'un vrai secours. Il passa un bras autour de ses épaules et la soutint jusqu'à ce qu'elle retrouve l'usage de ses jambes.

Ils continuèrent à s'enfoncer dans ces couloirs de cachots au sol dallé de plus en plus crasseux et puants. Puis, brusquement, ils tournèrent à droite.

Le cœur d'Elena s'emballa à l'idée de ce qu'ils allaient peut-être trouver dans la dernière cellule de la rangée. La cellule de Stefan était totalement différente de l'ancienne. Elle était entourée non pas de barreaux mais d'un grillage tordu tapissé de pointes acérées. Aucun moyen de lui remettre une bouteille de vin de Magie Noire. Ni de positionner le haut de la bouteille pour la verser dans sa bouche. Même pas la place d'y glisser un doigt ou le goulot d'une gourde. La cellule n'était pas crasseuse, elle était juste dépouillée, vide, exception faite de Stefan qui était allongé à même le sol sur le dos. Sans nourriture ni eau, ni lit pouvant servir de cachette, ni paillasse. Rien, sauf lui.

Elena poussa un hurlement, sans chercher à savoir si elle criait des mots ou exprimait juste une angoisse indéfinie. Elle se jeta dans la cellule, du moins elle essaya. Agrippant des barbelés aussi tranchants que des poignards, elle s'ouvrit immédiatement les mains. Damon, qui fut le plus prompt à réagir, la tira en arrière.

Il passa devant elle en la bousculant et, bouche bée, regarda fixement son petit frère. Il observa ce jeune homme blême, squelettique et respirant à peine, qui ressemblait à un gosse égaré dans son uniforme de prisonnier froissé, taché et râpé. Il tendit la main, comme s'il avait déjà oublié la clôture, et Stefan tressauta, visiblement sans le reconnaître. Puis il scruta les gouttes de sang laissées sur les barbelés, s'approcha, les renifla et, comme si une lueur venait de traverser son esprit embrouillé, il regarda autour de lui d'un air morne. Il leva la tête vers Damon, dont la cape était tombée, puis son regard s'égara ailleurs.

Damon se retourna en suffoquant et, bousculant tout le monde sur son passage, partit se réfugier dans un coin, à l'autre bout de la galerie. S'il espérait que des gardes se lancent à sa poursuite pour que ses alliés en profitent et fassent sortir Stefan, il avait tort. Quelques-uns le suivirent, comme des singes, en lui lançant des insultes ; les autres, postés derrière Sage, ne bougèrent pas.

Elena finit par se tourner vers ce dernier.

— Donne-leur tout notre argent, plus *ça*.

Elle passa les mains sous sa cape pour attraper son collier composé de deux douzaines de diamants de la taille d'un pouce.

— S'ils en veulent plus, préviens-moi. Obtiens-moi trente minutes seule avec lui… *vingt*, alors ! ajouta-t-elle en voyant qu'il secouait déjà la tête. Débrouille-toi pour les tenir à distance *au moins* vingt minutes ! Je vais trouver une solution, même si je dois y laisser ma peau.

Au bout d'un moment, le vampire la regarda droit dans les yeux et acquiesça d'un signe de tête.

Alors elle se tourna vers le Dr Meggar d'un air suppliant. Avait-il un remède ? Existait-il quelque chose qui pourrait aider Stefan ?

Les sourcils du petit homme s'abaissèrent, puis se haussèrent au centre, en signe de désespoir.

— Il y a bien un nouveau remède…, chuchota-t-il en fronçant gravement les sourcils. C'est une injection censée pouvoir aider les cas désastreux. Je pourrais faire un essai.

Elena se retint de lui baiser les pieds.

— Oui, je vous en prie, faites-le !

— Ça ne fera pas effet plus de deux jours…

— Aucune importance : on l'aura libéré d'ici là !

— Bien, résonna la voix de Sage derrière eux.

Il avait rassemblé les gardes, en les emmenant un peu plus loin.

— Je suis négociant en pierres précieuses et j'ai quelque chose à vous montrer qui pourrait vous intéresser…

Le Dr Meggar ouvrit sa sacoche et en sortit une seringue.

— C'est une aiguille en bois, expliqua-t-il à voix basse.

Un pâle sourire sur les lèvres, il la remplit en aspirant le liquide rouge transparent que contenait une fiole. Elena avait pris une autre seringue et l'examinait sous toutes les coutures, tandis que le docteur tentait d'amener Stefan à approcher son bras de la clôture. Stefan finit par obéir docilement… pour mieux s'écarter dans un cri de douleur, deux secondes plus tard, lorsque l'aiguille fut plantée dans son bras et le liquide acide injecté dans ses veines.

Elena fixa le docteur d'un air affolé.

— Il en a eu assez ?

— Environ la moitié. Ça suffira : j'avais mis double dose dans la seringue et j'ai poussé le piston aussi loin que j'ai pu, répondit-il dans son jargon de médecin. Je savais que ce serait plus douloureux en faisant l'injection aussi vite, mais j'ai atteint l'objectif souhaité.

— Parfait. Maintenant je voudrais que vous remplissiez cette seringue avec mon sang.

— Votre sang ?

Le Dr Meggar sembla consterné.

— Oui ! L'aiguille est assez longue pour traverser le grillage. On laissera le sang tomber goutte à goutte de l'autre côté, dans la bouche de Stefan. Ça pourrait le sauver !

Elena prononça chaque mot avec précaution, comme si elle s'adressait à un enfant. Il fallait coûte que coûte qu'elle se fasse comprendre.

Le docteur s'accroupit et sortit une bouteille de vin de Magie Noire, cachée sous sa tunique.

— Malheureusement, mon enfant… mes yeux sont trop abîmés aujourd'hui. J'aurais trop de mal à vous prélever du sang. Je suis désolé…

— Mais, et vos lunettes ? …

— Elles ne me servent plus à rien. Mon cas est un peu compliqué. De toute façon, il faut être très doué pour trouver une bonne veine. La plupart des médecins sont assez nuls ; moi je suis pire que tout. Désolé, mon petit. Mon diplôme de médecine remonte à plus de vingt ans.

— Dans ce cas, je vais chercher Damon pour qu'il m'ouvre l'aorte. Je me fiche que ça me tue.

— *Pas moi.*

En entendant cette nouvelle voix qui provenait de la cellule, ils relevèrent brusquement la tête.

— *Stefan !*

Indifférente aux barbelés, Elena essaya de lui toucher les mains.

— Attends, chuchota Stefan, comme s'il lui confiait un secret. Pose tes doigts là et là, sur les miens. C'est juste de l'acier traité : ça diminue mes pouvoirs mais je ne peux pas me couper.

Elena posa ses doigts comme indiqué, et leurs peaux entrèrent en contact. Elle le touchait *réellement.* Après tout ce temps !

Ils ne prononcèrent pas un mot. Elena entendit le Dr Meggar se relever et s'éloigner discrètement ; sans doute pour retrouver Sage, pensa-t-elle. Mais elle n'avait d'yeux que pour Stefan. Ils se fixèrent en silence, tremblants, les paupières battant sous les larmes, en ayant tous les deux l'impression de renaître... et en même temps de frôler la mort.

— Tu prétends toujours que je te pousse à le dire en premier, alors je vais te surprendre : je t'aime, Elena.

Les joues d'Elena furent inondées de larmes.

— Ce matin encore, je pensais à toutes ces personnes à qui j'aimerais donner de l'amour. Mais, au fond, c'est parce qu'un seul être me donne envie d'aimer : *toi,* chuchota-t-elle en réponse. Je t'aime, Stefan. Toi et toi seul.

Elle s'écarta un instant et s'essuya les yeux d'un geste que toutes les filles connaissent pour ne pas ruiner leur maquillage : la tête en arrière, le pouce gauche sous la paupière inférieure droite et vice versa, glissant vers la tempe pour effacer les traces de larmes et de khôl.

Ses larmes maintenant séchées, elle voyait plus clair, à tous points de vue.

— Stefan, je suis vraiment désolée, chuchota-t-elle. Ce matin j'ai perdu du temps à choisir ma tenue, qui n'en est pas vraiment une, d'ailleurs, pour te montrer ce qui t'attend quand on t'aura fait sortir d'ici. Mais maintenant... je me sens complètement...

Stefan aussi avait séché ses larmes.

— Montre-moi.

Alors elle se leva et, sans simagrées, se débarrassa de sa cape. Puis elle ferma les yeux, sous les dizaines de petits accroche-cœurs qui épousaient les contours de son visage. Ses paupières moirées étaient toujours étincelantes ; l'unique habit qui la couvrait, les morceaux de tulle doré ornés de joyaux, décemment attaché. Et son corps irisé de la tête aux pieds, une perfection dans la fleur de sa jeunesse que rien ne pourrait jamais égaler.

Un long soupir se fit entendre... puis le silence.

Elena rouvrit les yeux, terrifiée à l'idée que Stefan ait peut-être succombé. Mais il était là, debout, cramponné au grillage comme s'il allait l'arracher pour la rejoindre.

— Tout ça pour moi ? chuchota-t-il.

— Tout, mon amour. Tout est pour toi.

À cet instant, un petit bruit dans son dos la fit se retourner, et elle discerna deux yeux brillants dans la pénombre de la cellule d'en face.

32.

Bizarrement, Elena ne ressentit aucune crainte, mais plutôt une farouche volonté de protéger Stefan. C'était avant de se rendre compte que, dans la cellule qu'elle avait cru vide, il y avait un *kitsune*.

Il ne ressemblait en rien à Shinichi ou à Misao. Il avait de longs, très longs cheveux, blancs comme neige, mais son visage était jeune. De même, il était habillé tout en blanc, dans une tunique et un haut-de-chausses au tissu fluide et soyeux, et sa queue remplissait presque toute l'étroite cellule tant elle était touffue. Il avait aussi des oreilles de renard, qui remuaient de-ci de-là. Ses yeux brillaient comme un feu d'artifice.

Il était magnifique.

Le *kitsune* toussa de nouveau. Puis il leur présenta une petite aumônière en cuir très fin, qui, Elena présuma, devait être cachée dans ses longs cheveux.

« Le genre de sac à contenir un bijou exceptionnel »,
pensa-t-elle.

Il fit alors semblant de prendre une bouteille de vin de
Magie Noire (montrant bien qu'elle était lourde, et son
contenu délicieux), puis de verser son contenu dans la petite
bourse. Puis il feignit d'attraper une seringue (qu'il tapota
pour évacuer l'air, en imitant le geste du Dr Meggar) et la
remplit avec le contenu du petit sac. Enfin, il coinça l'aiguille
imaginaire entre les barreaux de sa cellule et appuya sur le
piston avec son pouce pour la vider.

— Il veut te faire boire du vin de Magie Noire, interpréta
Elena. Je peux remplir la seringue à l'aide de son petit sac.
Le Dr Meggar pourrait le faire, mais on n'a pas le temps :
je m'en charge.

— Mais…, balbutia Stefan.

— Ne discute pas, et bois tout ce que tu peux.

Elle aimait Stefan, elle voulait entendre sa voix, contempler
ses yeux jusqu'à se perdre dedans, mais pour ça elle devait
d'abord lui sauver la vie. Elle prit la petite bourse que lui tendait le *kitsune* en le saluant avec gratitude et abandonna sa
cape par terre, trop absorbée pour se soucier de sa tenue.

Ses mains s'obstinaient à vouloir trembler, mais elle les
maîtrisa. Elle avait trois bouteilles de Magie Noire à sa disposition : la sienne, dans sa cape, celle du Dr Meggar et
celle qui était cachée quelque part dans la cape de Damon.

Alors, avec l'efficacité minutieuse d'un automate, elle
répéta à maintes reprises les gestes que le *kitsune* lui avait
montrés : plonger la seringue, remonter le piston, la coincer
entre les barreaux, faire gicler. Puis recommencer, encore
et encore.

Au bout d'une dizaine de fois, elle développa une nouvelle technique qui lui permit de se passer de la seringue : le

catapultage. Elle remplissait la petite bourse de vin, l'inclinait contre la clôture une fois que Stefan avait positionné sa bouche et, d'un geste brusque, écrasait le sac du plat de la paume, faisant ainsi gicler une bonne quantité directement dans sa gorge. Le grillage devint poisseux, tout comme Stefan ; ça n'aurait jamais marché si l'acier tranchant avait un effet sur lui, mais au final cette technique énergique se révéla efficace.

Elle posa une autre bouteille de vin dans la cellule du *kitsune*, qui était munie de barreaux ordinaires. Elle ne savait pas trop comment le remercier, mais, à la moindre occasion, elle tournait la tête vers lui en souriant. Il descendit le contenu de la bouteille d'un trait, et son visage se figea dans une expression de plaisir à la fois intense et serein.

Malheureusement, tout prit fin trop vite. Elena entendit la voix de Sage gronder au bout de la galerie.

— C'est *injuste* ! Elle n'a pas fini ! Elle n'a pas eu assez de temps avec lui !

Il ne manquait plus qu'Elena se fasse prendre ! Elle n'avait vraiment pas besoin de ça. Rapidement, elle fourra la dernière bouteille de Magie Noire dans la cellule du *kitsune*, le salua une dernière fois et lui rendit sa petite bourse après y avoir glissé le diamant jaune canari qu'elle portait au nombril. C'était le dernier gros bijou qu'elle avait sur elle ; elle le vit l'examiner avec soin entre ses longs ongles, se lever et lui adresser une petite révérence. Ils eurent le temps d'échanger un sourire, puis Elena nettoya rapidement la sacoche du Dr Meggar et remit sa cape sur ses épaules. Elle se tourna alors vers Stefan, les jambes en coton, une fois encore, et le souffle coupé.

— Je suis vraiment désolée. Je n'avais pas prévu que ça se transformerait en visite médicale.

— Mais tu as vu une occasion de me sauver la vie et tu l'as saisie, c'est ça ?

Décidément, les deux frères se ressemblaient beaucoup par moments.

— Je t'aime, Stefan !

Il embrassa ses doigts agrippés aux barbelés.

— Ne l'emmenez pas ! S'il vous plaît, *par pitié*, accordez-nous encore une minute ! Juste une !

Elena dut lâcher le grillage pour maintenir sa cape fermée. Dans la dernière image qu'elle garda de Stefan, il frappait du poing contre les barreaux de la cellule en hurlant :

— Je t'aime, Elena ! *Je t'aime !*

Elle fut sortie de force de la galerie de cachots, une porte se referma entre eux et ses jambes se dérobèrent.

Des bras l'enveloppèrent, l'aidèrent à marcher, mais la colère montait malgré tout en elle. Elle savait qu'ils étaient déjà en train de reconduire Stefan dans son ancienne cellule infestée de vermine. Et elle savait aussi que ces démons ne faisaient pas dans la dentelle : ils le poussaient sûrement à avancer à coups de bâton et de pique.

Lorsqu'ils atteignirent l'entrée principale du Shi no Shi, elle regarda autour d'elle avec étonnement.

— Où est Damon ?

— Dans la voiture, répondit Sage d'une voix douce. Il avait besoin d'être un peu seul.

D'un côté, Elena avait envie de hurler : « Il va comprendre ce que c'est un vrai moment de solitude, quand je l'égorgerai de mes propres mains ! » De l'autre, elle était submergée par la tristesse.

— Il y avait tant de choses que je voulais dire à Stefan, dit-elle à Sage, mais je n'en ai pas eu l'occasion. Je voulais qu'il sache à quel point Damon regrette ses actes et à quel point il a changé. Je ne sais même pas s'il se souviendra que Damon était là…

Ils franchirent les dernières portes en marbre du bâtiment des Dieux de la Mort – c'était l'interprétation qu'Elena avait secrètement choisi de donner au Shi no Shi.

Le coche les attendait au bord du trottoir, mais ils ne montèrent pas tout de suite. Sage emmena Elena à l'écart, puis posa les mains sur ses épaules.

— Mon amie, je n'ai pas envie de te dire ce que je m'apprête à te dire, mais je n'ai pas le choix. J'ai bien peur que, même si on réussit à libérer ton Stefan avant le bal de Blodwedd, il ne soit trop tard. Dans trois jours, il sera déjà…

— Tu es médecin ? le coupa-t-elle sèchement en le fusillant du regard.

Elle avait conscience que son visage était crispé et blême, et qu'il éprouvait une immense compassion pour elle, mais ce qu'elle voulait, c'était une réponse.

— Non. Je suis juste un vampire comme les autres.

— Comme les autres, tu veux dire : un Ancien ?

Sage haussa les sourcils avec étonnement.

— Qu'est-ce qui te fait penser ça ?

— Rien. Excuse-moi. Tu veux bien appeler le Dr Meggar ?

Sage la dévisagea encore un moment, puis partit chercher le docteur.

Quand les deux hommes revinrent, elle les attendait de pied ferme.

— Dr Meggar : Sage n'a vu Stefan que quelques minutes au début, avant que vous lui fassiez l'injection, mais il pense qu'il sera mort dans trois jours. Vous êtes d'accord avec lui ?

Le petit homme la regarda d'un air dubitatif et elle vit ses yeux de myope briller, au bord des larmes.

— Il se peut… qu'avec suffisamment de volonté, il soit encore en vie d'ici là. Mais il est très probable que…

— Est-ce que vous changeriez d'avis si je vous disais qu'il a bu environ le tiers d'une bouteille de vin de Magie Noire ?

— Vous voulez dire que… ?

— Répondez-moi ! insista Elena en saisissant les mains du docteur. Est-ce que ça va changer quelque chose ?

Elle serra ses vieilles mains jusqu'à sentir ses os.

— En principe, oui.

Le Dr Meggar semblait perplexe, comme s'il ne voulait pas lui donner de faux espoirs.

— S'il a vraiment bu la quantité que vous dites, alors il est à peu près sûr de vivre jusqu'au bal de Blodwedd. C'est ce que vous voulez, n'est-ce pas ?

Elena le relâcha, sans toutefois résister à l'envie de déposer un baiser sur ses mains.

— Merci, docteur. Maintenant allons annoncer la bonne nouvelle à Damon

***

Damon était assis dans le coche, droit comme un I, sa silhouette se découpant sur le ciel rouge sang. Elena s'installa à côté de lui et ferma la portière derrière elle.

— Alors, ça y est ? dit-il d'un ton totalement impassible.

— Ça y est quoi ?

Elena était loin d'être bête, mais elle voulait pousser Damon à aller au bout de sa pensée et à formuler clairement sa question

— Est-ce qu'il va... mourir ? demanda-t-il d'un ton résigné, en se pinçant l'arête du nez.

Elle laissa le doute planer quelques secondes. Il devait se douter que son frère n'allait pas mourir dans la demi-heure, mais, Elena tardant à le lui confirmer, il redressa brusquement la tête.

— Réponds-moi, Elena ! Qu'est-ce qui s'est passé ?

Son ton était maintenant pressant.

— Est-ce que mon frère est mort ?

— Non, répondit-elle doucement. Mais il n'en a plus pour très longtemps. Pourquoi tu ne lui as pas parlé ?

Dès lors, Damon se barricada de façon presque palpable.

— Qu'est-ce que tu aurais voulu que je dise ? demanda-t-il durement. « Je suis sincèrement désolé d'avoir failli te tuer, p'tit frère. J'espère que tu vas tenir le coup encore quelques jours » ?

— Par exemple, oui. Mais sans le sarcasme.

— Le jour où *je* mourrai, répliqua-t-il d'un ton cinglant, je serai debout et je me battrai !

Elena le gifla en plein visage. Il n'y avait pas la place de prendre beaucoup d'élan dans la voiture, mais elle avait mis toute son énergie dans ce geste.

Un long silence s'ensuivit. Damon toucha sa lèvre en sang pour accélérer la cicatrisation.

— Aurais-tu oublié que tu étais mon esclave et que j'étais ton *maître* ?

— Réfugie-toi dans tes fantasmes si tu veux, c'est ton problème, rétorqua Elena. Pour ma part, je préfère affronter la réalité. Et, pour info, peu après ta fuite, non seulement Stefan était debout mais il riait.

— Tu... tu as trouvé un moyen de lui donner du sang ?

Damon lui serra le bras si fort qu'il lui fit mal.

— Pas du sang, mais un peu de vin de Magie Noire. Si tu avais été là, ç'aurait été deux fois plus vite.

— Vous étiez trois.

— Sage et le Dr Meggar devaient détourner l'attention des gardes.

Il lâcha son bras, le regard dans le vide, impassible.

— Je vois. Si je comprends bien, j'ai encore manqué à mes engagements envers lui.

Elena le regarda avec compassion.

— Tu es complètement replié derrière ton rocher, là, n'est-ce pas ?

— Je ne sais pas de quoi tu parles.

— Ce rocher dans lequel tu enfermes tout ce qui pourrait te faire du mal, toi, y compris ! Pourtant tu dois être assez à l'étroit là-dedans… Je suppose que Katherine y est aussi, emmurée dans sa petite chambre ?

Elle se remémora la fameuse nuit au motel.

— Et ta mère aussi, sans doute. Je devrais plutôt dire la mère de Stefan, celle que tu as connue.

— Tais-toi… ma mère…

Damon fut incapable de formuler une phrase cohérente.

Elena savait ce qu'il voulait : qu'on le prenne dans les bras, qu'on le console, qu'on lui dise que ce n'était rien. Un moment rien qu'à eux, sous la cape d'Elena, où il se blottirait dans ses bras chauds. Mais il n'aurait rien. Cette fois, elle refusait.

Elle avait promis à Stefan que tout ça était pour lui, et lui seul. Et elle serait pour toujours fidèle à l'esprit de cette promesse, à défaut de l'avoir été à la lettre.

À mesure que la semaine passa, Elena se remit peu à peu de sa visite à Stefan. Même s'ils étaient tous incapables d'aborder le sujet sans s'exclamer à tort et à travers, ils l'écoutaient quand elle leur disait qu'il leur restait une mission à accomplir et que, s'ils se débrouillaient bien, ils seraient bientôt de retour chez eux. En revanche, intérieurement, elle se disait qu'en cas d'échec elle se fichait pas mal de rentrer ou de rester au Royaume des Ombres.

Chez eux. Deux mots qui semblaient évoquer un havre de paix, même si Meredith et Bonnie étaient bien placées pour savoir quel genre d'enfer les attendait à Fell's Church, tapi dans l'ombre. D'une certaine manière, ça ou autre chose, ce serait quand même mieux que ce royaume aux paysages sanglants.

L'espoir suscitant l'intérêt, les filles prirent une fois de plus plaisir à essayer les robes que lady Ulma leur faisait préparer. Ces créations étaient la seule activité dont cette dernière pouvait profiter durant sa convalescence, et elle avait travaillé dur à ses croquis. Étant donné que le bal de Blodwedd aurait lieu autant en intérieur qu'en extérieur, les trois robes devaient être élaborées avec soin pour être aussi attrayantes à la lueur des bougies que sous les rayons du gigantesque soleil carmin.

La robe de Meredith était bleu métallisé en intérieur, violette à la lumière du jour, et révélait un tout autre aspect de sa personne, comparée à la séductrice qui avait assisté au gala de lady Fazina dans sa tenue de sirène. En la voyant, Elena pensa tout de suite à la tenue d'une princesse égyptienne. Là encore, ses bras et ses épaules étaient dénudés, mais la jupe de la robe, étroite et sobre, tombait en ligne droite jusqu'à ses sandales, et la délicatesse des petits saphirs qui ornaient ses bretelles contribuait à lui donner une allure sans prétention. Une allure accentuée par la coiffure de Meredith, à qui lady Ulma avait imposé de laisser ses cheveux lâchés, et par son visage sans maquillage, excepté un trait de khôl sous les yeux. Le collier qu'elle portait au cou, serti de gros saphirs ovales, apportait une touche sophistiquée. Ses poignets et ses doigts fins étaient également parés de pierres précieuses bleues assorties.

La robe de Bonnie était une petite création ingénieuse : son tissu prenait une couleur argentée ou une nuance pastel selon l'éclairage. Clair de lune à l'intérieur, elle brillait de doux reflets rappelant ses cheveux auburn quand elle était dehors. La tenue était agrémentée d'une ceinture, d'un collier, de bracelets, de boucles d'oreilles et de bagues, le tout assorti à des cabochons d'opale blanche. Ses boucles seraient relevées avec des épingles dans un décoiffé audacieux qui lui dégagerait le visage, laissant sa peau diaphane s'illuminer d'un rose doux sous la lumière du soleil et d'un blanc aérien à l'intérieur.

Une fois de plus, la robe d'Elena était à la fois la plus simple et la plus époustouflante : écarlate au soleil comme à la lumière des lampes à gaz, avec un décolleté assez profond qui laissait sa peau laiteuse briller à l'extérieur. Nouée près du visage, elle était fendue sur le côté pour qu'Elena puisse marcher ou danser avec plus d'aisance. L'après-midi du bal, lady Ulma demanda à ce que ses cheveux soient coiffés en chignon, dans un nuage de mèches enchevêtrées aux chatoiements blond vénitien dehors et dorés dedans. Sa parure comprenait une incrustation de diamant au bas de l'encolure, des diamants autour des doigts, des poignets et de l'un de ses bras, et un ras-de-cou en diamants qui recouvrait celui de Stefan. Tous ces bijoux jetaient un vif éclat rubis au soleil, mais reflétaient parfois des tonalités surprenantes, comme de mini-feux d'artifice. D'après lady Ulma, l'assistance serait é-blou-ie.

— Je ne peux pas accepter, c'est trop beau, protesta gentiment Elena. Je n'aurais peut-être pas l'occasion de vous revoir d'ici qu'on libère Stefan !

— Ça vaut pour nous trois, ajouta calmement Meredith.

Elle jeta un œil à ses amies dans leurs « couleurs d'intérieur », bleu métallisé, écarlate et opale.

— On n'a jamais porté autant de bijoux, et vous ne les reverrez peut-être jamais.

— Mais ils vous seront sûrement utiles, répondit Lucen. L'évasion de Stefan est une raison de plus de les avoir sur vous pour pouvoir les troquer contre un équipage, votre sécurité, de la nourriture, ou que sais-je encore. Les pierres incrustées sur vos robes se détacheront facilement si vous souhaitez vous en servir comme monnaie, et les montures des bijoux sont simples pour plaire au plus grand nombre.

— En outre, toutes ces pierres sont d'une qualité exceptionnelle, ajouta lady Ulma. Ce sont les plus parfaites que nous ayons pu nous procurer dans un délai aussi court.

À court d'arguments et trépignant d'impatience, les filles se précipitèrent sur le couple – lady Ulma dans son grand lit, son carnet de croquis près d'elle, et Lucen à son chevet – en poussant des cris de joie, les couvrant de baisers et, de manière générale, anéantissant le magnifique travail de maquillage et de coiffure qui venait d'être accompli.

— Vous êtes des anges pour nous, vous savez ? sanglota Elena. Deux bonnes fées qui veillent sur nous ! Je ne sais pas comment je vais réussir à vous dire au revoir.

Lady Ulma lui essuya une larme, puis lui serra le bras.

— Regardez-moi !

Elle se désigna, confortablement installée dans son grand lit, assistée de deux jeunes filles en fleur aux grands yeux ingénus prêtes à répondre à tous ses désirs. D'un signe de tête suivi d'un grand geste de la main, elle indiqua ensuite la fenêtre, derrière laquelle on apercevait le courant d'un petit bief et des pruniers aux branches garnies de fruits mûrs aux couleurs éclatantes, ainsi que les jardins, les vergers, les champs et les bois qui constituaient ses terres.

Elle prit la main d'Elena et la posa doucement sur son ventre arrondi.

— Tu vois tout ça ? chuchota-t-elle. Souviens-toi dans quel état tu m'as trouvée. D'après toi, qui de nous deux est un ange ?

À l'évocation de ce souvenir, des circonstances dans lesquelles elles s'étaient connues, Elena se prit brusquement le visage entre les mains, comme si les images qui lui venaient à l'esprit étaient insoutenables. Puis elle la serra dans ses bras, réduisant à néant son maquillage dans une nouvelle série d'embrassades.

— Maître Damon a eu la bonté d'acheter Lucen. Vous aurez peut-être du mal à me comprendre, mais…

Les yeux gonflés de larmes, lady Ulma regarda son bijoutier barbu, au visage serein.

— … je compatis à ses malheurs, de la même façon que tu compatis à ceux de ton cher Stefan, Elena.

Elle ajouta en rougissant :

— Je n'arrive pas à croire que Lucen sera libre dans quelques heures…

Elena s'agenouilla et posa le menton près de son oreiller.

— Damon va aussi vous céder la propriété de façon irrévocable. Il a un avocat, un « défenseur » comme vous dites ici, qui s'est occupé des papiers cette semaine avec une Sentinelle. Tout est en ordre et, même si cet abominable général revenait, il ne pourrait rien contre vous. Vous êtes ici chez vous, pour toujours.

Nouvelle effusion de larmes et d'embrassades. Sage, qui remontait tranquillement le couloir en sifflotant après être allé jouer dehors avec son chien, s'arrêta, intrigué, en passant devant la chambre.

— Vous allez tellement nous manquer ! Merci pour **tout** ! s'écrièrent confusément les filles.

***

À la fin de la journée, Damon avait tenu toutes les promesses d'Elena, attribuant du reste une importante prime à chaque domestique. Le départ avait été marqué par une pluie de confettis argentés et de pétales de rose, par des notes de musique et des cris d'adieu, tandis que les quatre amis prenaient la route pour le bal de Blodwedd, quittant définitivement les terres de lady Ulma.

***

— Au fait, j'y pense : pourquoi Damon ne nous a pas rendu notre liberté, à nous ? demanda Bonnie.

Elle était installée avec Meredith dans une chaise à porteurs qui les conduisait au bal.

— Je comprends qu'on devait être esclaves pour accéder à ce monde, mais on y est maintenant. Pourquoi ne pas faire de nous des filles honnêtes ?

— Bonnie : on *est* des filles honnêtes. Et le fait est qu'on n'a jamais été de vraies esclaves.

— Tu sais très bien ce que je veux dire, Meredith : pourquoi est-ce qu'il ne nous libère pas pour que tout le monde *sache* qu'on est des filles honnêtes ?

— Parce que tu ne peux pas affranchir quelqu'un qui est déjà libre, voilà pourquoi.

— Mais il aurait quand même pu aller au bout de sa démarche ! C'est si compliqué d'affranchir un esclave, ici ?

— Je n'en sais rien.

Meredith finit par craquer face à cet interrogatoire.

— Je vais te dire pourquoi il ne l'a pas fait, à mon avis : je me trompe peut-être, mais je pense que c'est sa façon à lui de se montrer responsable de nous. Bien sûr, ça ne nous épargne pas pour autant, vu ce qui est arrivé à Elena...

Meredith s'interrompit, frissonnant comme Bonnie au souvenir du châtiment.

— Mais, au bout du compte, ce ne sont pas les esclaves qui peuvent y laisser la vie, c'est le maître. Souviens-toi qu'ils voulaient exécuter Damon pour ce qu'Elena a fait.

— Donc c'est pour nous qu'il fait ça ? Pour nous protéger ?

— Peut-être bien...

— Alors on peut dire qu'on s'est trompées sur son compte, non ?

Généreuse, Bonnie avait volontairement dit « on » et pas « tu » ; dans la bande, Meredith s'était toujours montrée la plus hostile à Damon.

— Peut-être bien..., répéta cette dernière. Enfin, il ne faudrait quand même pas oublier que, il n'y a pas si longtemps, Damon *aidait* les *kitsune* à envoyer Stefan ici. Stefan n'avait absolument rien fait pour mériter ça.

— C'est vrai.

Bonnie parut soulagée d'avoir en partie raison, et en même temps étrangement mélancolique.

— Depuis toujours, Stefan n'a demandé qu'une chose à Damon : la paix, expliqua Meredith, qui semblait beaucoup plus sûre de son fait.

— Et Elena, ajouta machinalement Bonnie.

— Exact : la paix *et* Elena. Et Elena ne souhaitait qu'une chose, c'était d'être avec Stefan. Enfin : ne *souhaite*…

La voix de Meredith s'estompa. Elle avait le sentiment que cette phrase, conjuguée au présent, n'avait plus vraiment de sens. Elle réessaya.

— Aujourd'hui, Elena ne souhaite qu'une chose…

D'un air interdit, Bonnie se contenta de la fixer.

— Bon, quels que soient ses projets, conclut Meredith, un peu perturbée, elle veut que Stefan en fasse partie. Et qu'aucun d'entre nous ne finisse ses jours ici, dans… cet enfer.

Dans la chaise à porteurs qui avançait juste à côté d'elles, tout était très calme. Bonnie et Meredith étaient désormais si habituées à voyager dans des cabines fermées qu'elles ne s'étaient même pas rendu compte que leurs voix portaient dans l'air étouffant de cette fin de journée.

Damon et Elena regardaient fixement les rideaux soyeux qui flottaient au vent. Tout à coup, comme si elle avait un besoin urgent de s'occuper les mains, elle déroula rapidement le cordon qui retenait les rideaux.

Elle n'aurait pas dû. Ils se retrouvèrent enfermés dans un rectangle rougeoyant surréaliste, où seules les paroles qu'ils venaient d'entendre semblaient légitimes.

Elena sentit son pouls s'accélérer. Son aura lui échappait. *Tout* lui échappait, tout dérapait.

Tu te rends compte ? Elles doutent du fait que mon seul souhait soit d'être avec Stefan !

— Du calme, la rassura Damon. Plus qu'un soir et, d'ici demain…

Elena leva la main pour l'empêcher d'en dire plus, mais il termina quand même sa phrase :

— D'ici demain, on aura retrouvé l'autre moitié de clé et tiré Stefan d'affaire.

« Il va nous porter la poisse », pensa-t-elle en faisant tout de suite une prière pour conjurer le sort.

Ils terminèrent le trajet jusqu'au manoir de Blodwedd sans un mot. Fait étonnant de sa part, Elena mit un bon moment avant de s'apercevoir que Damon tremblait. Alertée par sa respiration saccadée, elle lui demanda :

— Damon ? Mon Dieu, mais qu'est-ce que tu as ?

Paniquée, elle chercha ses mots, et surtout les bons :

— Damon, regarde-moi ! Pourquoi tu trembles ?

Pourquoi ? répondit-il par télépathie, certain qu'au moins, de cette façon, sa voix ne se casserait pas. *Parce que… Est-ce qu'il t'arrive de penser à ce que Stefan endure pendant que tu te rends tranquillement à un bal dans de superbes habits pour y boire le meilleur vin et danser… alors que lui, il…*

Sa pensée resta inachevée.

« Pile ce que j'avais besoin d'entendre ! » pesta Elena, tandis qu'ils s'engageaient dans la longue allée d'une propriété. Elle tenta de rassembler toutes ses forces avant que les rideaux de la cabine soient tirés et que le moment soit venu de se lancer dans leur seconde mission.

33.

Je n'y pense pas, répondit Elena sur le même mode télépathique et pour les mêmes raisons que Damon. *Je n'y pense pas, car sinon je deviendrais folle. Et, si ça arrivait, ça ne m'avancerait pas à grand-chose. Je ne pourrais plus aider Stefan. Alors je préfère me blinder pour chasser coûte que coûte ces pensées.*

— Et tu y arrives ? s'étonna Damon d'une voix un peu tremblante.

— Je n'ai pas le choix. Tu te souviens au début, quand on s'est disputés à propos de nos poignets ligotés ? Meredith et Bonnie avaient leurs doutes. Mais elles savaient que j'aurais accepté de porter des menottes et de ramper derrière toi si on me l'avait demandé.

Elena se retourna pour le regarder dans la pénombre sanguine.

— Par la suite, tu t'es trahi à plusieurs reprises, tu sais.

Elle passa un bras dans son dos pour toucher ses cicatrices, pour qu'il n'ait aucun doute sur le sens de ses propos.

— Je l'ai fait pour toi, rétorqua durement Damon.

— Pas vraiment. Réfléchis : si tu n'avais pas été d'accord avec le châtiment, on aurait peut-être réussi à fuir la ville, mais on n'aurait plus été d'aucune aide à Stefan. À y regarder de plus près, tout ce que tu as fait depuis le début, tu l'as fait pour Stefan.

— À y regarder de plus près, c'est *moi* qui ai mis Stefan dans cette situation, répondit-il d'une voix fatiguée. Quelque part, on peut dire qu'on est plus ou moins quitte, maintenant.

— Combien de fois faudra-t-il que je te le répète, Damon ? Tu étais sous l'emprise de Shinichi quand c'est arrivé. Peut-être que tu aurais besoin d'être à nouveau possédé pour te rafraîchir la mémoire ?

À cette idée, Damon eut l'impression que chaque cellule de son corps bouillonnait. Mais il n'en laissa rien paraître.

— Tu sais, Elena, toute cette histoire a beau avoir un schéma plutôt cliché, avec ces deux frères qui se sont tués simultanément et qui sont devenus vampires après avoir été épris de la même femme, il reste quelque chose que personne n'a compris.

— C'est-à-dire ? demanda Elena avec brusquerie, oubliant sa fatigue. Où veux-tu en venir, Damon ?

— Nulle part. Je dis simplement qu'il y a quelque chose qui vous a échappé à tous. Tiens, peut-être même à Stefan. L'histoire a beau se répéter, personne ne la comprend.

Damon avait détourné les yeux.

Elena se rapprocha un peu, et il sentit l'essence de rose dont elle s'était parfumée.

— Damon, explique-moi. *Je t'en prie.*

Il se retourna lentement…

C'est à cet instant que les porteurs s'arrêtèrent. Elena n'eut qu'une seconde pour s'essuyer le visage, et les rideaux furent ouverts.

***

Meredith leur avait raconté tout ce qu'elle savait sur le mythe de Blodwedd : la façon dont elle était née de la magie des dieux dans un parterre de fleurs, dont elle avait trahi son époux en le faisant tuer et dont elle avait été condamnée à vivre chaque soir, de minuit à l'aube, dans la peau d'un hibou.

Mais, apparemment, tous les récits oubliaient de préciser une chose : Blodwedd avait été bannie de la Cour Céleste et condamnée à vivre ici, dans le crépuscule sinistre du Royaume des Ombres. Tout bien considéré, ce n'était pas étonnant que le bal commence à dix-huit heures.

Elena constata que ses pensées sautaient du coq à l'âne. Elle accepta le verre de vin de Magie Noire que lui offrit un esclave, tandis que son regard se promenait sur la foule.

Toutes les femmes et la plupart des hommes présents portaient des tenues ingénieuses, qui changeaient de couleur au soleil. Elle se sentit plutôt dans le ton : à l'extérieur, tout était rose, écarlate ou lie-de-vin. Après avoir vidé son verre, elle fut un peu surprise de voir que, très vite, elle avait machinalement adopté une attitude mondaine, saluant les personnes qu'elle avait rencontrées plus tôt dans la semaine, les embrassant sur la joue et les prenant dans ses bras comme si elle les connaissait depuis des années. Ce faisant, elle se frayait un chemin jusqu'au manoir, parfois à contre-courant de la foule en mouvement.

Elle gravit un escalier raide en marbre blanc (en fait rose) qui arborait de chaque côté de splendides talus de pieds-d'alouette bleus (violets) et de roses sauvages rose clair (écarlates). Elle s'arrêta à cet endroit pour deux raisons. D'abord pour prendre un autre verre de vin ; le premier lui avait déjà donné de jolies couleurs, même si, bien sûr, on ne voyait pas trop la différence vu que tout était monochrome sous ce ciel. Ensuite car elle espérait que le deuxième l'aiderait, d'un côté, à oublier toutes les questions que Damon avait soulevées pendant le trajet et, de l'autre, à se souvenir de ce qui la tracassait à l'origine, avant que son attention soit détournée par les bavardages de Bonnie et de Meredith.

— Je suppose que, le plus simple, c'est de demander, dit-elle à Damon.

Il était arrivé soudainement et silencieusement à ses côtés.

— Demander quoi ?

Elle se pencha vers l'esclave qui venait de lui fournir le deuxième verre de vin.

— Puis-je vous demander... où se trouve la salle de bal de lady Blodwedd ?

Le domestique en livrée parut très surpris. Il lui fit alors un signe un peu vague, qui englobait l'ensemble des lieux.

— Cet endroit, sous le chapiteau, porte le nom de Grande Salle de Bal, répondit-il en inclinant la tête au-dessus de son plateau.

Elena le fixa, puis regarda autour d'elle.

Sous un immense chapiteau, *a priori* semi-permanent et décoré de lanternes de plusieurs nuances que le soleil mettait en valeur, la pelouse moelleuse s'étendait sur des centaines de mètres, de tous côtés.

Génial. La salle de bal est plus grande qu'un terrain de foot.

***

De son côté, Bonnie interrogeait une invitée, une femme qui avait assisté à plusieurs réceptions de Blodwedd et qui semblait bien connaître les lieux.

— Dites-moi, j'aimerais savoir une chose : où se trouve la salle de bal principale ?

— Voyons, très chère, tout dépend de ce que vous cherchez ! répondit la femme d'un ton enjoué. Celle que l'on nomme la Grande Salle de Bal se trouve au-dehors, vous l'avez certainement vue en arrivant ici : le grand chapiteau. Mais cela est sans compter la Salle de Bal Blanche, en intérieur. Elle est éclairée par des candélabres et tous les rideaux sont tirés. Il arrive qu'on la nomme Salle de Valse, étant donné que seule cette danse y est jouée.

Horrifiée, Bonnie avait déjà décroché, quelques phrases plus haut.

— Il y a une salle de bal dehors ? répéta-t-elle d'une voix hésitante.

Intérieurement, elle espérait avoir mal compris.

— C'est exact, très chère. Vous pouvez la voir à travers ce mur, par-là.

La femme disait vrai. On pouvait bel et bien voir *à travers* les murs car ils étaient en verre. Alors Bonnie découvrit ce qui ressemblait à une illusion d'optique créée par des miroirs, mais qui était en fait la réalité : une enfilade interminable de salles éclairées et remplies d'invités. Seule la dernière, au rez-de-chaussée, paraissait avoir des parois solides et compactes. Sûrement la Salle Blanche.

Quant au mur que lui indiquait l'invitée… ah, oui : il y avait un chapiteau de l'autre côté. Elle se souvenait vaguement d'être passée devant. D'ailleurs, elle avait remarqué que…

— On danse sur le gazon ? Sur cette… immense pelouse ?

— Bien sûr. Le terrain est spécialement tondu et lissé pour l'événement. Vous ne risquez pas de trébucher sur une mauvaise herbe ou un monticule. Êtes-vous certaine de vous sentir bien ? Vous semblez assez pâle, très chère. Enfin… aussi pâle qu'on puisse l'être sous cette lumière ! ajouta la femme en riant.

— Ça va, répondit Bonnie, totalement hébétée. Ça va aller…

***

La petite bande se retrouva un peu plus tard et échangea toutes les mauvaises nouvelles glanées. Damon et Elena avaient découvert que le sol de la salle de bal extérieure était, pour ainsi dire, dur comme du béton ; si quelque chose avait été enterré à cet endroit avant que le gazon passe sous de gros rouleaux de jardin, il serait désormais complètement tassé et enfoui. Le périmètre était impossible à creuser.

— On aurait dû venir avec un sourcier, dit Damon. Vous savez, ces gens qui utilisent une baguette fourchue, un pendule ou un bout de tissu appartenant à une personne disparue pour localiser une zone précise.

— Tu as raison, commenta Meredith d'un ton qui sous-entendait clairement : *pour une fois*. Pourquoi on n'a pas fait venir un sourcier ?

— Parce que je n'en connais pas, rétorqua Damon.

Il lui fit son plus beau sourire de barracuda.

Bonnie et Meredith, quant à elles, avaient découvert que le sol de la salle de bal intérieure était composé d'un magnifique marbre blanc. Certes, la salle était garnie de douzaines de compositions florales, mais tout ce que la petite main de Bonnie avait réussi à trouver en les fouillant (aussi discrètement que possible), c'était des fleurs coupées dans des vases remplis d'eau. Aucun sol à proprement parler, rien qui pourrait justifier le terme « enfoui » sur lequel l'énigme était fondée.

— De toute façon, je ne vois pas pourquoi Shinichi et Misao auraient mis la clé dans un vase plein d'eau qui va être vidé dans trois jours, dit Bonnie en fronçant les sourcils.

— Et d'ici qu'on trouve une dalle de marbre branlante…, commenta Meredith d'un air sombre. Il n'y a aucune raison que la clé soit enfouie là-bas. Et puis j'ai vérifié : la Salle de Bal Blanche existe depuis des années, donc aucune chance non plus pour qu'ils l'aient cachée sous les fondations.

— Bien, déclara Elena, qui en était maintenant à son troisième verre. Voyons le bon côté des choses : ça fait une salle en moins à explorer. Et souvenez-vous comment on a trouvé la première clé, c'était plutôt facile quand on y pense…

— C'était peut-être une ruse, supposa Damon en haussant le sourcil. Pour nous donner un espoir avant de l'anéantir… ici.

— C'est impossible, répliqua-t-elle en lui lançant un regard noir. On est près du but, beaucoup plus que Misao ne l'aurait imaginé. On peut trouver cette clé. Et on *va* la trouver.

— D'accord.

Damon redevint subitement on ne peut plus sérieux.

— Si on doit se faire passer pour des domestiques et qu'on y aille à coups de pioche, on le fera. Mais, d'abord, fouillons la maison de fond en comble. Il me semble que ça nous a plutôt réussi la dernière fois.

— OK, approuva Meredith.

Pour une fois, elle le regarda droit dans les yeux et sans avoir l'air de désapprouver.

— Bonnie et moi, on se charge des étages, vous n'avez qu'à vous occuper des pièces du bas ; on ne sait jamais, peut-être que vous trouverez quelque chose dans la Salle de Bal Blanche.

Ils passèrent à l'action.

Elena aurait bien aimé réussir à se calmer, mais, malgré les deux verres et demi de vin de Magie Noire qui coulaient dans ses veines – ou peut-être *à cause d'e*ux –, elle voyait certaines choses sous un nouveau jour. Il fallait qu'elle reste concentrée sur leur objectif : la clé, rien que la clé. Elle ferait tout, n'importe quoi pour la trouver. Seul Stefan comptait.

La Salle de Bal Blanche embaumait les fleurs et était ornée de guirlandes somptueuses qui serpentaient à travers des feuillages. Les compositions florales sur pied étaient disposées de façon à abriter un petit espace intime, autour d'une fontaine, où les couples pouvaient s'asseoir. Et, bien qu'aucun orchestre ne fût présent, la musique entrait à flots dans la salle de bal, exhortant le corps sensible d'Elena à réagir.

— Je suppose que tu ne sais pas danser la valse ? demanda subitement Damon.

Elena se rendit compte que, depuis quelques minutes, elle oscillait en mesure avec la musique, les yeux fermés.

— Bien sûr que si, répondit-elle, un peu vexée. On a toutes pris des cours avec Mlle Hopewell. C'était une sorte de cours de maintien, à Fell's Church.

Elle trouva ça drôle en y repensant, et se moqua d'elle-même.

— Mlle Hopewell adorait danser, et elle nous apprenait toutes les danses et les pas qu'elle trouvait élégants et gracieux. Je devais avoir onze ans à l'époque.

— Et je suppose que ce serait absurde de te proposer de danser avec moi ? demanda encore Damon.

Elena le regarda d'un air perplexe, les yeux volontairement écarquillés. En dépit de sa robe écarlate au décolleté profond, elle ne se sentait pas du tout irrésistible ce soir. Elle était trop tendue pour ressentir la magie qui émanait du tissu, une magie qui lui donnait l'impression, à cet instant, d'être une flamme vacillante, un feu à l'état brut. À l'inverse, elle s'imaginait que Meredith devait se sentir comme les eaux calmes d'un ruisseau coulant sans heurts vers sa destination en scintillant tout du long. Quant à Bonnie... elle était l'incarnation de l'air, un elfe dansant avec la légèreté d'une plume dans cette robe opalescente, à peine soumise aux lois de la pesanteur.

Brusquement, elle se souvint des regards admiratifs qu'elle avait croisés et reprit un peu confiance.

Mais pourquoi Damon se montrait-il subitement vulnérable ? Vulnérable, et présumant qu'elle refuserait de danser avec lui ?

— Si, ça me ferait très plaisir de danser, répondit-elle.

Non sans être surprise de ne pas l'avoir remarqué plus tôt, elle vit qu'il portait une cravate blanche impeccable. Évidemment, il l'avait mise le seul soir où elle risquait de le gêner, mais elle lui donnait un air royal, digne d'un prince du sang.

Elle eut un léger rictus en songeant à ce titre de noblesse. *Du sang*, bien sûr… quoi d'autre ?

— Et toi, tu es sûr de savoir danser la valse ? dit-elle.

— Bonne question. Je m'y suis mis en 1885, car cette danse était considérée comme subversive et indécente. Mais ça dépend si tu parles de valse musette, de valse viennoise, de valse anglaise ou…

— Allez, viens ! Sinon on va rater la prochaine.

En lui attrapant la main, Elena sentit de petites étincelles, comme si elle avait caressé un chat à rebrousse-poil. Elle l'entraîna vers la piste dans le tourbillon de la foule.

Une nouvelle valse démarra. La musique envahit la salle, et Elena eut presque l'impression que ses pieds décollaient du sol tandis que de fines mèches se hérissaient dans sa nuque et que des picotements lui parcouraient le corps, comme si elle venait de boire un élixir paradisiaque.

C'était sa valse préférée depuis toujours, celle qui avait bercé son enfance : *La Belle au bois dormant* de Tchaïkovski. La part d'enfant qu'elle avait gardée ne pouvait s'empêcher d'associer la mélodie envoûtante qui suivait l'ouverture tonitruante de ce ballet aux paroles de la version Disney :

« *Mon amour ; je t'ai vu au beau milieu d'un rêve…* »

Comme toujours, cette chanson lui faisait venir les larmes aux yeux ; elle faisait chanter son cœur et lui donnait plus envie de s'envoler que de danser.

Sa robe était dos nu. La main chaude de Damon était posée sur sa peau à cet endroit.

Je sais pourquoi ils disaient que c'était une danse subversive et indécente, lui chuchota une voix.

À présent, Elena se sentait vraiment comme une flamme. *Nous étions faits pour nous retrouver.* Elle n'arrivait pas à se souvenir si c'était une ancienne déclaration de Damon ou quelque chose de nouveau qu'il chuchotait tout bas en ce moment même. *Comme deux flammes qui se rejoignent et se fondent l'une dans l'autre pour n'en former qu'une.*

Tu es douée, lui souffla Damon ; cette fois, elle comprit que c'était lui qui chuchotait depuis le début, ici, maintenant.

Tu peux prendre ton air arrogant, tu n'arriveras pas à gâcher ma joie. Je suis bien trop heureuse ! répondit-elle en riant.

Damon était un bon cavalier, et pas seulement parce qu'il connaissait les pas avec précision. Il tournoyait comme s'il était encore en 1885, avec subversion et indécence. Il menait la danse d'une main de maître et, bien entendu, Elena n'avait pas la force physique de résister. Cependant, il n'était pas sourd aux signaux qu'elle lui envoyait et il répondait à ses désirs comme s'ils glissaient sur la glace, comme s'il se préparait à l'entraîner dans une pirouette ou un saut spectaculaire.

Elena sentit son cœur fondre, et tous ses autres organes l'imiter.

Pas un instant il ne lui vint à l'esprit de penser à ce que ses amis, ses rivaux et ses ennemis de lycée auraient dit en la voyant se laisser attendrir par un air de musique classique. La mesquinerie de la rancune et de la honte ne la touchait plus. Elle en avait fini avec les catalogages. Elle aurait aimé pouvoir remonter le temps et montrer à tout le monde qu'elle regrettait d'avoir été ainsi, que ce n'était pas ce qu'elle voulait.

La valse s'acheva beaucoup trop vite, et elle aurait aimé pouvoir appuyer sur le bouton « rejouer » pour recommencer à zéro. Un instant, quand la musique s'arrêta, Damon et elle se regardèrent avec la même exaltation, le même désir ardent…

Puis il s'inclina pour la saluer.

La valse n'est pas qu'une question de pas en rythme, dit-il sans la regarder. C'est une oscillation gracieuse qui doit habiter chaque mouvement, une flamme d'où jaillissent la joie et l'unité… en accord avec la musique et le partenaire. Cette danse n'est pas une affaire de compétence. Merci beaucoup de m'avoir fait cet honneur.

Elena se mit à rire pour refouler ses larmes. Elle ne voulait pas que cette danse s'achève. Elle avait envie de danser, encore et encore… Mais ils avaient une autre urgence, une mission à accomplir.

En se retournant, elle découvrit une foule totalement disparate : des hommes, des démons, des vampires, des créatures mi-hommes mi-bêtes. Tous voulaient une danse. La silhouette en smoking de Damon s'éloignait déjà.

Damon !

Il s'arrêta sans se retourner. *Oui ?*

Aide-moi à trouver cette clé !

Il mit un certain temps à comprendre la situation, mais finit par revenir auprès d'elle et par lui prendre la main.

— Cette fille est mon… assistante personnelle, déclarat-il d'une voix limpide et sonore. Je ne souhaite pas qu'elle danse avec un autre que moi.

Un murmure de mécontentement se fit entendre. D'ordinaire, rien n'interdisait aux esclaves amenées dans ce type de bals de côtoyer des inconnus. À cet instant, une agitation gagna l'autre côté de la salle et se répandit comme une traînée de poudre jusqu'à eux.

— Qu'est-ce qui se passe ? demanda Elena, qui en oublia la danse et la clé.

— Je dirais plutôt : qui est-ce, rectifia Damon. Et, pour réponse, je dirais : la maîtresse des lieux, lady Blodwedd en personne.

Elena se mit à suivre la bousculade de la foule pour essayer d'entrevoir cette créature extraordinaire. Quand la femme apparut enfin au seuil de la salle, elle retint son souffle.

« *Blodwedd était née des fleurs...* » se souvint Elena. À quoi pourrait ressembler une femme au visage de fleur ?

« Elle aurait un teint rose pâle, comme une clématite, devina-t-elle en la fixant sans s'en cacher. Ses joues seraient de la même teinte mais légèrement plus foncée, comme une rose rosie par l'aurore. Ses yeux, gigantesques sur son visage parfait et délicat, seraient de la couleur d'un pied-d'alouette et constellés de cils noirs, épais et duveteux, qui feraient s'abaisser ses paupières mi-closes comme si elle était toujours en train de rêver éveillée. Elle aurait des cheveux jaune clair comme des primevères, assemblés dans un entrelacs de petites nattes elles-mêmes intégrées à une longue tresse qui tomberait jusqu'à ses fines chevilles. Entrouvertes et appétissantes, ses lèvres seraient rouges comme des coquelicots, son parfum semblable à un bouquet des premières fleurs du printemps, et sa démarche une ondulation sous la brise. »

Éblouie, comme tous les autres invités, Elena suivit du regard cette magnifique apparition qui s'éloignait déjà, regrettant de ne pouvoir s'imprégner encore un peu de toute cette beauté.

— Mais comment est-ce qu'elle était habillée ? pensa-t-elle tout haut.

Elle n'avait aperçu ni robe époustouflante ni décolleté peau de pêche sous l'épaisse chevelure.

— Un genre de robe longue. Je te laisse deviner en quelle matière ? Ouaip . des fleurs, lui glissa Damon avec ironie. Je n'en avais jamais vu une telle variété. D'ailleurs, je ne comprends pas comment elles tiennent ; elles étaient peut-être en soie et cousues ensemble ?

L'apparition de lady Blodwedd ne lui avait manifestement fait aucun effet.

— Je me demande si elle accepterait de nous parler... juste quelques mots, murmura Elena.

Elle mourait d'envie d'entendre la voix de cette femme fascinante.

— J'en doute, lui répondit un invité à côté d'elle. Elle ne parle pas beaucoup, du moins jusqu'à minuit. Tiens, c'est vous ! Comment allez-vous ?

— Très bien, merci, répondit poliment Elena en reculant rapidement.

Elle avait reconnu son interlocuteur ; c'était l'un des jeunes vauriens qui avaient insisté pour donner sa carte de visite à Damon à la fin de son châtiment public.

Elle n'avait qu'une envie, c'était de filer discrètement avec Damon. Mais l'homme était très entouré, et il était clair que lui et ses amis n'avaient pas l'intention de les laisser partir.

— C'est la fille dont je vous ai parlé ! Elle entre en transe quelle que soit la violence des coups ; elle ne sent rien...

— ... le sang giclait et elle n'a jamais flanché...

— Un vrai numéro de pro. C'est une troupe ambulante...

Elle s'apprêtait à leur expliquer calmement que Blodwedd avait strictement interdit ce type de barbarie pendant son bal, quand l'un des vampires s'adressa à elle :

— Vous l'ignorez peut-être, mais c'est moi qui ai persuadé lady Blodwedd de vous inviter à cette petite réunion. Je lui ai raconté votre numéro et elle a tout de suite eu très envie de le voir.

« Bon, ça fait une excuse en moins, pensa Elena. Mais reste polie avec eux, ils pourraient se révéler utiles. »

— J'ai bien peur de ne pas pouvoir le faire ce soir, répondit-elle calmement, dans l'espoir qu'eux aussi resteraient calmes. J'irai m'excuser personnellement auprès de lady Blodwedd, bien sûr, mais vraiment ce n'est pas possible.

Mais si, voyons.

La voix de Damon, juste derrière elle, la fit sursauter.

— C'est tout à fait possible, à condition que quelqu'un retrouve mon amulette.

Mais Damon, qu'est-ce qui te prend ?

Chut ! Je sais ce que je fais.

— Malheureusement, il y a un peu plus de trois semaines, j'ai perdu une amulette très importante. Voici à quoi elle ressemble.

Il montra aux membres de l'assemblée la moitié de clé de *kitsune* et leur laissa le temps de bien la regarder.

— Vous vous en serviez pour votre numéro ? demanda quelqu'un.

Mais Damon était bien trop malin pour tomber dans cette question piège.

— Non. Bon nombre d'entre vous m'ont vu exécuter ce numéro il y a environ une semaine, alors que je ne l'avais déjà plus. Celle-ci est une amulette personnelle ; mais, sans l'autre, je ne me sens plus trop apte à la magie.

— On dirait un renard miniature. Vous n'êtes pas un *kitsune*, au moins ? demanda un autre convive.

« Une personne très maligne, elle aussi, pensa Elena. Mais pour le coup, c'est dans notre intérêt. »

— Vous y voyez peut-être un renard, mais c'est une flèche. La pointe est pourvue de deux pierres vertes. C'est un charme… pour homme.

Dans la foule, une voix de femme l'interpella :

— Vous m'avez pourtant l'air d'avoir tous les charmes indispensables à un homme !

Des rires retentirent dans la salle.

34.

— Soit.

Damon prit un regard d'acier.

— Sans cette amulette, mon assistante et moi-même ne pourrons exécuter notre numéro.

— Mais, avec, vous voudrez bien ? Vous voulez dire que vous avez perdu votre amulette *ici* ?

— Absolument. Je l'ai perdue lors des préparatifs du bal.

Damon fit un sourire ensorceleur aux jeunes vampires, puis l'effaça brusquement.

— À l'époque, j'ignorais que j'allais jouir de votre influence et j'essayais de trouver un moyen d'être invité à ce bal. Alors je suis venu faire un tour ici, par simple curiosité.

— Ne me dites pas que c'était avant que la pelouse soit passée au rouleau ? lança quelqu'un avec appréhension.

— Malheureusement si. Et j'ai reçu un message télé-pathique m'indiquant que la cl… l'amulette était enterrée quelque part ici.

S'ensuivit un concert de grognements.

Puis plusieurs voix distinctes s'élevèrent, énumérant les difficultés : le sol dur comme du béton sous la pelouse, les nombreuses salles de bal ornées de compositions florales en pied, le potager et le jardin d'agrément (« Tiens, eux, on ne les a pas vus », nota Elena).

— J'ai bien conscience qu'il est quasi impossible de la retrouver, ajouta Damon.

Il fit disparaître habilement la clé de *kitsune* en effleurant la main d'Elena, qui était prête à la réception : elle avait désormais une cachette de choix sur elle, lady Ulma y avait veillé.

— Voilà pourquoi nous avons décliné votre idée au départ. Mais, devant votre insistance, j'ai préféré vous donner l'explication de ce refus.

Quelques ronchonnements se firent encore entendre, puis les invités commencèrent à s'éloigner, seuls, en couple ou par trois, en évoquant les endroits stratégiques où ils pourraient commencer leurs recherches.

Damon, ils vont saccager les terres de Blodwedd, protesta silencieusement Elena.

Tant mieux. En récompense, on leur offrira tous les bijoux que vous portez toutes les trois et tout l'or que j'ai sur moi. À cent, ils auront peut-être plus de chances de trouver quelque chose que nous à quatre.

Elena soupira. *J'aimerais quand même qu'on aille voir Blodwedd. Pas seulement pour entendre sa voix, mais pour lui poser quelques questions. C'est vrai : pour quel-*

les raisons une beauté comme elle protégerait Shinichi et Misao ?

La réponse de Damon fut brève : *Dans ce cas, allons voir aux étages. C'est par là qu'elle se dirigeait.*

Ils trouvèrent un escalier en cristal, plutôt difficile à localiser dans un endroit aux murs transparents et dont l'ascension fut assez effrayante. Une fois arrivés au premier, ils en cherchèrent un autre. Elena finit par le trouver... en trébuchant contre la première marche.

Son regard oscilla entre la marche et son tibia, qui présentaient les mêmes dégâts : un filet rouge sang au niveau de l'arête.

— Ces marches sont peut-être invisibles, mais elles sont bien réelles, se plaignit-elle.

Damon se servait de ses pouvoirs pour mieux s'orienter, elle le savait. Elle en aurait bien fait autant, mais, ces derniers temps, elle se demandait lequel des deux avait le plus de son sang à elle dans les veines : lui ou elle ?

— Ne te fatigue pas, dit-il en devinant ses pensées. Je vois les marches pour deux. Contente-toi de fermer les yeux.

— Les fermer, mais...

Elle n'eut pas le temps de demander pourquoi qu'elle avait déjà la réponse, ni celui de crier qu'il l'avait prise dans ses bras, contre son corps chaud et robuste. Il s'élança en haut de l'immense escalier en la portant de telle façon que sa robe ne fût pas tachée par le sang qui ruisselait dans le vide.

Pour elle qui avait le vertige, ce fut une escalade folle et terrifiante, même si elle savait que Damon était dans une forme olympique et qu'il ne la lâcherait pas, et même si elle était convaincue qu'il savait où il mettait les pieds. Cela dit, si elle avait été seule, elle n'aurait jamais dépassé la première marche de son plein gré. En l'état actuel des choses, elle osait à peine remuer de peur de déséquilibrer Damon. Il ne lui restait plus qu'à prendre son mal en patience.

Quand, une éternité plus tard, ils arrivèrent en haut, Elena se demanda s'il la porterait aussi pour redescendre ou s'il la laisserait là pour le restant de ses jours.

Ils se retrouvèrent face à Blodwedd, la plus ravissante créature surnaturelle qu'Elena eût jamais vue. Ravissante mais… étrange. C'étaient ses yeux ou… les longs cheveux de Blodwedd étaient *réellement* des primevères ? Et son visage ? Il n'avait pas seulement la couleur mais la *forme* d'un pétale de clématite.

— Vous êtes dans ma bibliothèque privée, dit sèchement la femme-fleurs.

Comme si un miroir venait de se fêler, le charme de Blodwedd qui subjuguait Elena fut rompu.

Les dieux l'avaient fait naître des fleurs… et Elena savait maintenant pourquoi les fleurs ne parlaient pas. La voix de Blodwedd était insipide, sans timbre. Ça gâchait toute sa personnalité.

— Navré, dit Damon, mais nous aimerions vous poser quelques questions.

Décidément, il n'avait pas froid aux yeux.

— Si vous croyez que je vais vous aider, vous avez tort, répondit-elle avec une intonation nasillarde. Je hais les humains.

— Mais il ne vous aura sûrement pas échappé que je suis un vampire…, minauda Damon en forçant le trait.

Blodwedd le coupa brusquement :

— Qui a été humain le restera toute sa vie !

— *Pardon ?*

Le fait que Damon perde son sang-froid était peut-être la meilleure chose qui puisse arriver, pensa Elena en se réfugiant derrière lui. Son mépris pour les humains fut si perceptible que Blodwedd se radoucit un peu.

— Qu'avez-vous à me demander ?

— Seulement si vous aviez vu un, voire deux, *kitsune* récemment : des jumeaux, qui se font appeler Shinichi et Misao.

— Oui.

— Sinon, ils pourraient... Pardon ? *Oui*, vous dites ?

— Ces voleurs sont venus chez moi en pleine nuit. J'étais à une réception. Je suis rentrée à toute allure et j'ai bien failli les avoir. Mais les *kitsune* sont difficiles à attraper.

— Où... étaient-ils ? dit Damon, visiblement tendu.

— Ils dévalaient les escaliers de l'entrée.

— Et est-ce que vous souvenez de la date à laquelle ils sont venus ?

— C'était la nuit des préparatifs du bal. La pelouse est passée au rouleau compacteur, le chapiteau monté...

« Drôle d'idée de faire ça la nuit », pensa Elena ; mais très vite l'explication lui sauta aux yeux, toujours la même : jour, nuit, quelle différence ? La lumière ne changeait jamais.

En attendant, son cœur battait la chamade. Si Shinichi et Misao étaient venus ici, ça ne pouvait être que pour une seule raison : cacher la seconde moitié de clé.

« Peut-être dans la Grande Salle de Bal... peut être pas. » Elena contempla d'un air morne les parois extérieures de la bibliothèque, qui se mirent à pivoter un peu comme un gigantesque planétarium. Blodwedd s'empara d'une sphère qu'elle posa sur un socle ; sans doute le dispositif qui lui permettait de diffuser la musique dans tout le manoir.

— S'il vous plaît ? l'interpella Damon.

— Vous êtes dans ma bibliothèque privée, répéta froidement la créature.

La superbe fin de *L'Oiseau de feu* monta en puissance.

— Ce qui sous-entend que nous devons partir ?

— Non : que vous allez mourir.

35.

— QUOI ? hurla Damon, plus fort que la musique.

Sauve-toi. Vite ! ajouta-t-il à l'intention d'Elena.

Si seule sa vie avait été en jeu, Elena aurait été très contente de mourir ici, sous les magnifiques vibrations de *L'Oiseau de feu*, plutôt que d'affronter seule cet escalier pentu et invisible.

Mais il ne s'agissait pas que d'elle. La vie de Stefan aussi était en jeu. La femme-fleurs n'avait pas l'air particulièrement dangereuse, mais, en dépit de ses efforts, Elena ne trouva pas le courage de descendre ce terrible escalier.

Damon, viens, partons. Il faut qu'on fouille la Grande Salle de Bal. Il n'y a que toi qui aies la force de...

Elle hésita. « Damon préférerait se battre plutôt que d'affronter cette gigantesque pelouse », pensa-t-elle.

Blodwedd fit de nouveau pivoter la salle, de sorte qu'à l'entrée d'un orifice invisible elle trouva exactement la sphère qu'elle cherchait.

Damon prit Elena dans ses bras. *Ferme les yeux.*

Non seulement elle les ferma, mais elle enfouit son visage dans ses mains. Si jamais Damon la lâchait, elle aurait beau crier « Attention ! », ça n'arrangerait rien.

Les sensations qu'elle éprouva lui soulevèrent le cœur. Damon bondissait comme un cabri d'une marche à l'autre. Ses pieds semblaient à peine toucher le sol.

Subitement, Elena se demanda s'ils étaient vraiment poursuivis. Si c'était le cas, il fallait qu'elle le sache. Elle s'apprêtait à ouvrir les yeux quand Damon lui chuchota avec force : « Garde les yeux fermés ! » Elle n'eut pas vraiment envie de discuter.

Toutefois, elle jeta un coup d'œil entre ses doigts écartés, croisa le regard exaspéré de Damon et constata que personne ne les suivait. Resserrant les doigts, elle se mit à prier.

Si tu étais vraiment une esclave, tu ne ferais pas long feu ici, tu sais, l'informa Damon en effectuant un dernier saut dans le vide. Bien que toujours aussi invisible, le sol sur lequel il finit par la poser était plat.

Tant mieux, parce que je n'en aurais pas envie, répondit-elle froidement. *Je te jure, je préférerais encore mourir.*

Ne jure pas comme ça. Damon la regarda en lui lâchant son sourire éclair. *Tu passeras peut-être le reste de ta vie dans un autre monde des ténèbres à essayer de tenir parole.*

Elena lui aurait bien cloué le bec, mais ils étaient sains et saufs, c'était tout ce qui comptait. Ils reprirent leur cavalcade dans les couloirs de verre, jusqu'à ce qu'ils retrouvent le premier escalier, le descendent quatre à quatre (difficile vu son état d'esprit, mais faisable) et atteignent enfin la sortie. Dehors, sur la pelouse de la Grande Salle de Bal, ils retrouvèrent Bonnie, Meredith… et Sage.

Lui aussi portait une cravate blanche, en revanche ses épaules semblaient très à l'étroit dans sa veste. En même temps, son faucon baptisé Serre était perché sur l'une d'elles, donc le problème serait peut-être vite réglé, vu que le rapace était en train de déchirer le tissu et de le faire saigner. Sage n'avait pas l'air de s'en rendre compte. Posté aux pieds de son maître, Sabre regardait Elena avec un regard trop pénétrant pour être celui d'un chien ordinaire, mais sans malveillance.

— Merci, mon Dieu, vous êtes là ! s'écria Bonnie en accourant vers eux. Sage est venu et il a une idée fantastique.

Même Meredith s'enthousiasma.

— Tu te souviens quand Damon a dit qu'on aurait dû venir avec un sourcier ? Eh bien, maintenant on en a deux.

Elle se tourna vers Sage.

— Vas-y, explique-leur.

— J'ai pour principe de ne pas les emmener avec moi quand je suis invité quelque part, dit-il en désignant ses deux compagnons de route.

Il tendit le bras pour gratter son chien sous le museau.

— Mais mon petit doigt m'a dit que vous aviez peut-être des ennuis.

Cette fois, il leva la main pour caresser son faucon d'un geste complice, ébouriffant un peu ses plumes.

— Alors, dites-moi une chose, tous les deux : est-ce que vous avez beaucoup manipulé la moitié de clé déjà en votre possession ?

— Ce soir, oui, et au début, le jour où on l'a trouvée, répondit Elena. Elle est aussi passée une fois entre les mains de lady Ulma, et Lucen s'en est servi pour lui fabriquer un coffre qu'on a tous touché.

— Et sinon ?

— J'ai dû l'examiner une ou deux fois, ajouta Damon

— Bien, l'odeur des *kitsune* devrait être intacte. Ils ont une odeur très particulière, vous savez.

— Tu veux dire que Sabre...

— ... est capable de flairer n'importe quel objet portant l'odeur d'un *kitsune*. Quant à Serre, il a une excellente vue. Il peut repérer un reflet doré à plusieurs mètres d'altitude. Maintenant, montrez-leur ce qu'ils doivent chercher.

Sans perdre une minute, Elena approcha le morceau de clé en forme de croissant sous la truffe de Sabre.

— Très bien. Maintenant, Serre, regarde bien.

Sage recula jusqu'à ce qu'Elena devine être la distance de vue optimale du faucon. Puis il revint.

— C'est parti !

Le chien noir s'élança d'un bond, la truffe au ras du sol, tandis que le faucon s'envolait en décrivant de grands cercles majestueux.

— Tu crois que les *kitsune* sont passés sur cette pelouse ? demanda Elena.

Sabre faisait des allers-retours la truffe au ras de la pelouse quand, brusquement, il fila vers l'escalier en marbre de l'entrée principale.

— Ce qui est sûr, c'est qu'ils n'étaient pas loin. Tu vois la façon dont Sabre court, la tête baissée et la queue droite ? C'est signe qu'il a flairé une piste. Et je crois qu'il chauffe !

« J'en connais un autre », songea Elena en jetant un œil à Damon. Il se tenait les bras croisés, immobile et tendu comme un arc, dans l'attente d'éventuelles trouvailles rapportées par les deux animaux.

Presque en même temps, elle regarda Sage à son insu ; il avait une drôle de lueur dans les yeux… sans doute la même qu'elle avait, un instant plus tôt, en observant Damon.

Comme il tournait la tête, elle rougit.

— *Pardon*, dit-elle spontanément en français.

— Vous parlez le français, mon amie ?

— Un peu, répondit-elle avec humilité, une position dont elle n'avait pas l'habitude. Je ne suis pas vraiment capable de tenir une conversation, mais j'adorais aller en France autrefois.

Elle allait ajouter autre chose quand Sabre aboya, juste un coup, pour attirer l'attention, avant de s'asseoir droit comme un piquet au bord du trottoir.

— Ils sont arrivés ou partis d'ici, en coche, en chaise à porteurs ou je ne sais quoi encore, interpréta Sage.

— Mais est-ce qu'ils sont entrés dans la maison ? J'ai besoin d'une autre piste, dit Damon en le regardant d'un air franchement agacé.

— Attends, ne t'énerve pas. Sabre ! Demi-tour !

Le chien revint instantanément sur ses traces, fouillant le sol avec sa truffe comme s'il en tirait un immense plaisir, et se remit à faire des va-et-vient à toute allure entre l'escalier en marbre et la pelouse de la Grande Salle de Bal – pelouse qui commençait à être pleine de trous, à mesure que les invités y allaient de leurs coups de pelle, de pioche et même d'énormes louches.

— *Les* kitsune *sont difficiles à attraper*, murmura Elena à l'oreille de Damon.

Il acquiesça en jetant un œil à sa montre.

— J'espère qu'il en sera de même pour nous.

Brusquement, Sabre aboya au loin. Le cœur d'Elena fit un bond.

— Tu crois qu'il a trouvé quelque chose ?

Damon l'attrapa par la main et l'entraîna dans son sillage.

— Pourquoi il a aboyé ?

Tout le petit groupe se retrouva à l'endroit où le chien s'était posté.

— C'est bizarre. On est en dehors du périmètre, répondit Meredith.

Sabre était assis fièrement devant un gros massif d'hortensias mauves (violet foncé).

— Ces pauvres fleurs n'ont pas l'air très en forme.

— On n'est même pas sous les fenêtres d'une salle de bal, constata Meredith.

Elle se baissa pour se mettre à la hauteur du chien, puis regarda en l'air.

— Il n'y a que la bibliothèque là-haut.

— En attendant, une chose est sûre, dit Damon. On va devoir bêcher ce massif. Mais je n'ai pas très envie de demander la permission à la maîtresse de maison ; la dernière fois que j'ai croisé ses pieds-d'alouette, elle voulait déjà me tuer.

— Ah, tiens ? Vous trouvez que les yeux de lady Blodwedd ont la couleur des pieds-d'alouette ? jacassa une invitée derrière Bonnie. J'aurais plutôt dit des jacinthes des bois.

— Elle a vraiment voulu vous tuer ? Mais pourquoi ? demanda une autre, près d'Elena.

Damon les ignora.

— Bon, voyons les choses sous cet angle : ça ne va sûrement pas lui plaire, mais c'est notre seule piste.

Sauf si, après avoir eu l'intention de laisser la clé ici, les kitsune *sont finalement repartis avec*, ajouta-t-elle en silence à l'attention de Damon.

Brusquement, un des vampires s'avança vers Elena

— Le spectacle peut commencer ! rugit-il.

— Je n'ai pas récupéré mon amulette, protesta Damon d'une voix glaciale.

Il s'interposa devant lui comme un mur infranchissable.

— Mais ça ne saurait tarder. Écoutez, certains n'ont qu'à partir avec le chien pour remonter la piste de vos méchants et trouver d'où ils sont arrivés, et pendant ce temps on peut lancer le spectacle.

— Est-ce que Sabre est capable de suivre la piste d'une voiture ? lança Damon à Sage.

— Du moment qu'elle transportait un renard, sans problème, affirma ce dernier. D'ailleurs, je vais y aller avec eux. Comme ça, si les ennemis nous attendent, je ne les raterai pas. Montre-moi à quoi ils ressemblent.

— Voilà sous quelles formes je les connais.

Damon porta deux doigts aux tempes de Sage.

— Mais ils peuvent prendre toutes les apparences qu'ils veulent.

— Bon, de toute façon, ce n'est pas le plus important. Notre priorité, c'est la, enfin le, hum, l'amulette.

— Oui. Même si tu n'as pas le temps de leur asséner un bon coup de poing de ma part, prends-leur la clé et dépêche-toi de revenir.

— Je vois que cette amulette compte plus que ta revanche, commenta Sage en hochant la tête avec étonnement. Bon, souhaitons-nous bonne chance. Y a-t-il des téméraires pour m'accompagner ? Quatre, très bien… Cinq, OK, non, madame, ça ira comme ça, merci.

En une fraction de seconde, Sage disparut.

Elena tourna la tête vers Damon, dont les prunelles noires la fixaient d'un air impassible.

— Quoi ?... Oh, non... Ne me dis pas que tu veux...

— Tu dois seulement rester où tu es. Je ferai en sorte que tu perdes le moins de sang possible. Et si tu veux vraiment qu'on arrête, on n'a qu'à convenir d'un code.

— La différence, c'est que maintenant je sais ce qui se passe. Et je ne vais pas pouvoir le supporter.

Le visage de Damon se ferma d'un seul coup.

— Personne ne te demande de supporter quoi que ce soit. Tu n'as qu'à te dire que c'est une marché équitable pour récupérer *ton Stefan*, ça t'aidera peut-être !

— Laisse-moi au moins partager la douleur avec toi.

Elle eut beau l'implorer, elle connaissait d'avance la réponse.

— Stefan va avoir besoin de toi quand il sera libre. Sois à la hauteur de ses attentes, c'est *tout*.

« Arrête, Elena. Réfléchis, se dit-elle avec fermeté. Il te pousse à bout exprès. Ne le laisse pas faire. »

— Je saurai gérer les deux, Damon. S'il te plaît, arrête de me parler comme si j'étais... une de tes victimes d'un soir, ou même ta princesse des ténèbres. Parle-moi comme tu le fais avec Sage.

— Sage ? C'est le vampire le plus agaçant et le plus fourbe que...

— Je sais. Mais lui, tu lui parles. Et tu me parlais aussi, avant. *Écoute-moi.* Je ne supporterai pas de refaire ça en sachant ce que tu endures. Si tu me forces, je hurle.

— Tu me menaces, maintenant ?

— Non ! Je te dis juste ce qui va arriver. À moins de me bâillonner, je hurlerai de toutes mes forces. Comme je le ferai pour Stefan. C'est plus fort que moi. Peut-être que je suis en train de craquer...

— Mais tu ne comprends donc pas ?

Subitement, il fit volte-face en lui prenant les mains.

— On y est presque, Elena. Tu as été la plus forte d'entre nous, je t'interdis de craquer maintenant.

— La plus forte...

Elena secoua la tête.

— Je croyais qu'on y était presque, qu'on était sur le point de se comprendre enfin, toi et moi.

— Bon.

Le mot tomba, aussi dur qu'un éclat de marbre.

— Que dirais-tu de cinq ?

— Cinq ? répéta Elena sans comprendre.

— Cinq coups de fouet au lieu de dix. On leur promettra que tu recevras les cinq autres quand « l'amulette » aura été retrouvée, mais on s'enfuira dès qu'on l'aura.

— Tu romprais une promesse ?

— S'il faut en passer par là...

— Non. Tu ne diras rien. J'irai leur parler. Je suis une menteuse, une tricheuse, et j'ai toujours su manipuler les hommes. On verra si mes talents vont enfin me servir à quelque chose de positif. Et inutile de tenter quoi que ce soit avec Bonnie et Meredith, ajouta Elena en jetant un œil à ses amies. Les robes qu'elles portent se déchireraient au premier coup de fouet. Je suis la seule qui puisse le faire.

Elle tourna sur elle-même pour lui montrer sa robe dos nu, se refermant en V sur ses reins.

— Alors on est d'accord, accepta Damon.

Il demanda un nouveau verre de vin à un domestique.

« Ça va être le spectacle le plus aviné de l'histoire », songea Elena.

Elle ne put s'empêcher de trembler. Le dernier frisson qu'elle avait ressenti, c'était en sentant la main chaude de Damon dans son dos pendant qu'ils dansaient. Mais à présent, c'était une sensation beaucoup plus glaciale, comme un courant d'air froid. Elle se rappela le sang qui avait coulé sur ses hanches, la première fois.

Subitement, Bonnie et Meredith apparurent à ses côtés, formant un rempart entre Elena et la foule de plus en plus curieuse et empressée.

— Qu'est-ce qui s'est passé, Elena ? On a entendu dire qu'une barbare allait recevoir des coups de fouet..., commença Meredith.

— Et tu as compris que c'était forcément moi ? Eh bien, c'est vrai. Je ne vois pas comment on peut l'éviter.

— Mais vous n'avez rien fait ! protesta Bonnie, désemparée.

— Si. On a été idiots, glissa Damon d'un air sombre. On a laissé mes chers confrères les vampires croire qu'il s'agissait d'un numéro de magie.

— C'est quand même injuste, non ? dit Meredith. Elena nous a raconté ce qui s'était passé la première fois.

— On aurait dû nier, c'est tout. Maintenant, on est coincés.

Il sembla faire un effort pour ne pas montrer davantage son abattement.

— Enfin, peut-être qu'on atteindra quand même notre objectif.

— Rien ne t'oblige à le faire, dit Meredith. On n'a qu'à s'en aller.

Bonnie la dévisagea.

— Quoi ? Sans la clé ?

Elena secoua la tête.

— Damon et moi en avons déjà discuté. Notre décision est prise. On va le faire.

Elle regarda autour d'elle.

— Où sont ces vampires si impatients ?

— Dans le jardin… anciennement appelé « Grande Salle de Bal », répondit Bonnie. Ils sont sûrement en train de creuser partout et… Aïe ! Pourquoi tu m'as pincée, Meredith ?

— Oh, zut, je t'ai pincée ? Ce n'était pas mon intention…

Mais Elena s'éloignait déjà à grands pas, aussi impatiente que Damon d'en finir. Ou presque. « Pourvu qu'il pense à se changer et à remettre sa veste en cuir. Parce que, du sang sur une cravate blanche… »

« Je ne laisserai pas le sang couler ce soir. Il a assez souffert. »

Cette décision lui vint brusquement, sans qu'elle sache comment ni pourquoi. « Il tremblait sur le trajet en venant ici, se dit-elle. Il pensait au bien-être d'un autre que lui à chaque seconde qui passait. Ça suffit maintenant. Stefan ne voudrait pas qu'on le fasse encore souffrir. »

En levant la tête, elle vit une des petites lunes difformes du Royaume des Ombres filer comme une plume luisante dans le ciel orangé et maussade. Elle était résignée, prête à se donner sans réserve, corps et âme, se fiant à la source sacrée de sang éternel qui coulait dans ses veines. Il ne lui restait plus qu'une chose à faire.

Elle revint sur ses pas.

— Bonnie, Meredith, écoutez : toutes les trois, on a toujours formé une triade d'énergie. On devrait essayer d'y intégrer Damon.

Aucune ne parut très enthousiaste.

Elena, qui avait abdiqué toute fierté le jour où elle avait découvert Stefan en cellule, s'agenouilla devant elles sur une marche de l'escalier en marbre.

— *Je vous en supplie*...

— Elena, arrête ! paniqua Meredith.

— Je t'en prie, relève-toi ! cria Bonnie, au bord des larmes.

Les trois amies se regroupèrent dans une effusion d'embrassades et de confidences.

— Maintenant je sais pourquoi tu as si peur du noir, Bonnie. Tu es la personne la plus courageuse que je connaisse.

Puis, les laissant abasourdies derrière elle, Elena partit réunir les spectateurs de son propre châtiment.

36.

Elena avait été attachée contre un pilier, telle une héroïne de série B attendant d'être délivrée. Dans le jardin, les fouilles étaient toujours en cours mais traînaient un peu en longueur. Les vampires responsables de cette situation avaient apporté une baguette en bois de frêne à Damon pour la soumettre à son inspection. Ce dernier semblait lui aussi marcher au ralenti. Comme s'il cherchait la petite bête pour gagner du temps. Comme s'il guettait un crissement de roues sur le gravier qui lui indiquerait que Sage était de retour. En apparence sur le qui-vive, mais intérieurement complètement abattu.

« Je ne suis pas un sadique, pensa-t-il. J'essaie toujours de donner du plaisir… sauf dans la bagarre. Mais c'est moi qui devrais être enfermé dans cette cellule. Pourquoi Elena ne veut pas comprendre ? C'est à mon tour de subir le fouet. »

Il avait pris tout son temps pour se changer et enfiler sa « tenue de magicien », sans pour autant donner l'impression de vouloir retarder l'instant T. Entre six cents et huit cents créatures étaient maintenant rassemblées, impatientes de voir le sang d'Elena couler et son dos lacéré cicatriser miraculeusement.

« Bien, je suis prêt. Aussi prêt qu'on peut l'être pour ce genre de calvaire. »

Retrouvant ses moyens, il se focalisa sur le présent.

Elena sentit sa gorge se nouer. *Laisse-moi partager la douleur*, avait-elle dit à Damon ; sauf qu'elle ne savait pas du tout comment s'y prendre. Elle était là, telle la victime d'un sacrifice, le regard tourné vers le manoir de Blodwedd en attendant que les coups tombent.

Pendant que Damon tenait un petit discours préliminaire à la foule, dans un charabia savamment improvisé, elle décida de fixer son regard sur une fenêtre précise.

Puis elle se rendit compte que Damon s'était tu.

Elle sentit la baguette de bois effleurer son dos.

Tu es prête ?

Oui, répondit-elle sans attendre, même si c'était faux.

Alors un sifflement fendit l'air dans un silence de mort.

La présence spirituelle de Bonnie et de Meredith l'avait envahie. Le coup fut une simple gifle, bien qu'elle sentît le sang couler. Douloureux, mais tout à fait supportable.

La confusion de Damon ne lui échappa pas.

Puis le deuxième tomba. Une fois de plus, les trois amies se répartirent la douleur avant qu'elle n'atteigne Damon.

Surtout, tenir bon. Ne pas rompre ce triangle d'énergie.

Troisième coup.

Plus que deux. Elena laissa son regard errer sur la façade de la maison, jusqu'au troisième étage, où Blodwedd devait enrager de voir la tournure qu'avait prise son bal.

Plus qu'*un*. La voix d'un invité lui revint en mémoire : « Cette bibliothèque ! Je n'ai jamais vu autant de sphères d'étoiles dans une même pièce ! » Il avait baissé la voix d'un air entendu : « On dit que Blodwedd en possède de toutes sortes là-haut. Même celles qui sont interdites, vous voyez ? »

Non. Elena ne voyait pas. Et elle avait encore du mal à imaginer ce qui pourrait être interdit ici.

Recluse dans sa tour, la silhouette solitaire de Blodwedd s'avança sous la lumière vive de la pièce pour attraper une nouvelle sphère. À l'intérieur du manoir, la musique devait retentir, un air différent dans chaque salle. Mais, dehors, Elena n'entendait rien.

Dernier coup. Les trois amies réussirent à l'amortir, répartissant une douleur atroce entre elles et Damon. « De toute façon, ma robe ne pouvait pas être plus rouge », pensa bêtement Elena.

Le spectacle était terminé. Bonnie et Meredith se disputèrent avec des vampires qui voulaient les aider à laver le dos ensanglanté d'Elena ; un dos qui, une fois encore, ne présentait aucune marque, aucune entaille, et luisait d'une teinte dorée sous la lumière du soleil.

Mieux vaut les tenir à distance, pensa Elena d'une voix plutôt endormie à l'attention de Damon ; *certains pourraient avoir des pulsions néfastes. On doit absolument les empêcher de goûter mon sang et de sentir la force vitale qu'il contient ; je me suis donné trop de mal afin de dissimuler mon aura pour tout gâcher maintenant.*

Tout le monde applaudissait en acclamant les deux « magiciens », et personne n'avait encore pensé à détacher Elena. Toujours ligotée au pilier, elle contemplait la bibliothèque.

Autour d'elle, la musique, les convives, tout était en mouvement. Elle était le seul point immobile d'un monde qui tournoyait. Pourtant elle n'avait pas une minute à perdre ! Elle tira d'un geste brusque sur ses liens, se lacérant les poignets au passage.

— Meredith ! Détache-moi ! Coupe ces cordes, vite !

Son amie s'exécuta à toute vitesse.

Elena n'avait pas tourné la tête qu'elle savait déjà à quoi s'attendre : l'expression perplexe de Damon, partagée entre le ressentiment et l'humilité.

Damon, il faut qu'on aille dans la...

Ils furent subitement engloutis par une foule déchaînée. Des admirateurs, des sceptiques, des vampires qui quémandaient une *larmichette de sang*, des yeux exorbités qui voulaient s'assurer que le dos d'Elena était réellement intact.

Elena paniqua en sentant toutes ses mains sur son corps.

— *LÂCHEZ-LA !*

Rugissement primal. Comme un lion qui défend son clan.

Lentement et timidement... la foule s'écarta... pour mieux resserrer son étau sur Damon.

« OK, pensa Elena. Tu peux le faire. Pour Stefan. »

Elle se fraya un chemin dans la foule à coups d'épaule, acceptant des poignées de fleurs arrachées à la va-vite par des admirateurs et sentant davantage de mains sur son corps. « Regardez ! Elle n'a vraiment aucune marque ! »

Finalement, Meredith et Bonnie l'aidèrent à s'extraire de la masse.

Elle se mit à courir à toutes jambes vers le manoir, sans se donner la peine d'emprunter la porte que les aboiements de Sabre lui indiquaient ; de toute façon, elle devinait ce qu'elle trouverait derrière.

Au deuxième étage, elle s'arrêta un instant, perplexe face à un mince filet rouge qui semblait flotter dans le vide. Son sang. Au moins il aurait servi à quelque chose : elle distingua nettement la première marche de l'escalier qui se dressait devant elle, celle contre laquelle elle avait trébuché la première fois. À ce moment-là, blottie dans les solides bras de Damon, elle ne se serait même pas crue capable de gravir ces marches à quatre pattes.

Mais cette fois, elle canalisa tout son pouvoir dans ses yeux... et l'escalier s'illumina. Il était toujours aussi terrifiant. Pas de rampe, aucune prise sur laquelle s'appuyer. Et cette tension, cette peur, tout ce sang qu'elle avait perdu lui donnaient encore plus le vertige.

Mais elle se força à monter. Une marche après l'autre.

Elena, je t'aime !

Les derniers mots de Stefan résonnèrent dans sa tête comme s'il était juste à côté d'elle.

« Une marche après l'autre. »

Ses jambes la faisaient terriblement souffrir.

« Pas d'excuse. Continue, ne t'arrête pas. Si tu ne peux plus marcher, *rampe*. »

Et c'est en rampant qu'elle arriva enfin en haut, dans la tanière du loup, ou plutôt dans le nid du hibou.

La jeune femme qui l'accueillit était toujours aussi jolie, quoique insipide. Elena comprit d'ailleurs pourquoi sa beauté était si fade : elle n'avait pas la vigueur d'un animal. Au fond, elle n'était qu'une plante.

— Je vais vous tuer, vous savez.

Une plante carnivore, pour être précis.

Elena regarda autour d'elle. D'où elle se tenait, elle voyait au-dehors malgré le dôme d'étagères interminables remplies de sphères qui faussait ses repères.

Il n'y avait pas de lianes, ni de ronces ou de fleurs tropicales ici. Elena se tenait au centre de la pièce, et Blodwedd près de ses sphères d'étoiles.

La clé était forcément cachée ici.

— Je ne suis pas venue vous voler, promit Elena, le cœur battant.

Tout en disant cela, elle plongea les deux bras au fond du nid.

— Ces *kitsune* nous ont joué un sale tour. Ils m'ont pris quelqu'un et ont caché la clé de sa cellule dans votre nid. Je reprends juste ce qu'ils ont volé.

— *Maudite esclave ! Barbare !* Vous osez violer mon intimité ! Dehors, on saccage ma belle salle de bal, mes précieuses fleurs ! Cette fois, vous ne vous en tirerez pas comme ça ! Vous allez mourir !

Ce n'était plus du tout la voix blanche et nasillarde qui avait accueilli Elena. C'était une voix puissante, grave…

… une voix qui allait avec la taille démesurée du nid.

Elena releva la tête mais eut du mal à déchiffrer ce qu'elle vit : un gigantesque plumage aux motifs étranges ? Le dos d'un colossal animal empaillé ?

L'immense créature se retourna. Ou, plutôt, sa tête pivota alors que son dos restait parfaitement immobile. Le visage qu'Elena découvrit était encore plus hideux et indescriptible que tout ce qu'elle aurait pu imaginer. D'un bout à l'autre du front, une sorte d'épais sourcil creusait un V sur l'arête du nez (du moins là où aurait dû se trouver le nez), abritant deux gros yeux jaunes globuleux qui clignaient sans arrêt. De bouche et de nez tels qu'en avaient les humains, rien. À la place, un gros bec noir crochu. Le reste du visage était couvert de plumes, blanches pour la plupart, marbrées de gris aux pointes, à la jonction supposée du cou. Deux touffes de plumes identiques se dressaient au sommet de sa tête. « Comme des cornes de démon », pensa Elena.

Sans que la tête la quitte des yeux, le corps pivota à son tour. C'était celui d'une femme robuste, couvert de plumes blanches et grisonnantes sous lesquelles on entrevoyait des serres.

— Bonsoir, rugit la créature d'une voix grinçante.

Le bec s'ouvrit et se referma d'un coup sec.

— Vous êtes ici chez Blodwedd, et jamais personne n'a été autorisé à pénétrer dans cette pièce. Vous allez donc mourir.

Elena avait bien une réplique ou deux qui lui brûlaient les lèvres, par exemple : *Est-ce qu'on peut au moins s'expliquer, avant ?* Mais elle n'avait pas envie de jouer les héroïnes. Elle ne voulait surtout pas mettre Blodwedd au défi maintenant, alors qu'elle était convaincue de toucher au but : la clé n'était pas loin, elle le savait.

Tout en tâtonnant les parois du nid, elle expliqua une nouvelle fois les raisons de son intrusion, mais Blodwedd déploya brusquement de gigantesques ailes qui couvrirent toute la pièce et commencèrent à se refermer sur Elena.

Tout à coup, surgissant comme un éclair, quelque chose passa en flèche entre elles en poussant un cri rauque.

Le faucon de Sage.

Son maître avait dû lui donner des instructions avant de partir.

Le hibou eut l'air de se replier un peu sur lui-même… pour mieux attaquer.

— Je vous en prie : je n'ai pas encore trouvé ce que je cherchais ! Mais je vous assure qu'il y a quelque chose dans votre nid qui n'a pas sa place ici. Cet objet m'appartient… Les *kitsune* l'ont caché la nuit où vous les avez chassés de votre propriété. Vous vous souvenez ?

Blodwedd ne répondit pas tout de suite. Puis elle énonça un raisonnement assez simpliste :

— Qui met les pieds dans mes quartiers privés *meurt*.

Cette fois, quand le hibou passa devant elle en piqué, Elena entendit le claquement de son bec. Mais, là encore, une petite forme luisante fondit sur lui en visant les yeux. L'énorme hibou dut délaisser Elena pour l'affronter.

Elle renonça à essayer de se débrouiller seule. Parfois, il faut savoir accepter un coup de main.

— Serre ! s'écria-t-elle, sans trop savoir si le faucon comprenait vraiment le langage des hommes. Essaie de l'occuper… juste une minute !

Tandis que les deux oiseaux tournoyaient en poussant des cris perçants, elle se mit à fouiller le nid, baissant vivement la tête quand il le fallait. Le gros bec noir ne cessait de se rapprocher ; il réussit même à lui faire une belle entaille au bras. Mais elle avait une telle montée d'adrénaline qu'elle ne sentit quasiment rien. Elle continua de chercher sans relâche.

Finalement, elle fit ce qu'elle aurait dû faire depuis le début. Elle saisit une sphère sur son socle transparent.

— Serre ! Attrape !

Le faucon descendit en piqué dans sa direction, puis un bruit sec retentit. Elena réalisa qu'elle avait toujours tous ses doigts, mais le *hoshi no tama* dans ses mains avait disparu.

Blodwedd poussa alors un vrai cri de fureur. L'énorme hibou se mit à pourchasser le faucon ; on aurait dit un humain essayant d'écraser une mouche.

— Rends-moi cette sphère ! C'est très précieux !

— Dès que j'aurai trouvé ce que je cherche !

Morte de peur mais galvanisée par l'adrénaline, Elena grimpa à l'intérieur du nid et se mit à palper le fond.

Serre lui sauva deux fois la mise en lâchant d'autres sphères qui s'écrasèrent au sol avec fracas, détournant ainsi l'attention de l'énorme hibou qui plongeait sur elle.

Elena commençait à avoir le pressentiment de s'être trompée sur toute la ligne.

Quand, quelques minutes plus tôt, elle s'était appuyée contre un pilier du chapiteau pour reprendre son souffle et qu'elle avait levé les yeux vers les fenêtres de la bibliothèque, la clé de l'énigme lui avait pourtant paru limpide.

La bibliothèque privée de Blodwedd...

Une bibliothèque qui renfermait des sphères d'étoiles...

Des sphères d'étoiles en forme de balles translucides...

Une salle... de balles...

La salle de bal de Blodwedd.

Deux mots identiques à l'oral, mais aux sens différents. Deux salles qui n'avaient donc rien en commun.

Tout à coup, elle sentit une pièce de métal sous ses doigts.

37.

— Serre ! ... heu, au pied ! cria Elena.

Elle se mit à courir à toute vitesse pour sortir de la bibliothèque. C'était une stratégie : est-ce que le hibou rapetisserait pour passer la porte ou est-ce qu'il détruirait son sanctuaire ?

C'était une bonne stratégie, mais qui finalement ne lui apporta pas grand-chose. Blodwedd rétrécit littéralement à vue d'œil, sortit en coup de vent de la salle et reprit ensuite une taille monstrueuse pour rattraper Elena qui dévalait l'escalier.

Canalisant tout son pouvoir dans sa vision, elle bondissait d'une marche à la suivante comme l'avait fait Damon. Ce n'était plus le moment d'avoir peur ou de réfléchir. C'était le moment de serrer de toutes ses forces la petite clé dure en forme de croissant qu'elle tenait dans son poing.

Shinichi et Misao étaient donc bel et bien venus ici.

Il devait y avoir une échelle en verre ou un dispositif transparent que même Damon n'avait pas vu, dans le massif où Sabre s'était mis à aboyer. Non, ça n'aurait pas pu lui échapper, les *kitsune* avaient dû apporter leur propre échelle.

Voilà pourquoi leur piste s'arrêtait à cet endroit. Ils avaient escaladé jusqu'aux fenêtres de la bibliothèque. Et saccagé le massif d'hortensias au passage, ce qui expliquait l'état des nouvelles pousses : Elena savait, grâce à sa tante Judith, que les plantes repiquées mettaient un moment à refleurir.

Elle continua sa course folle.

Je suis le Feu. Rien ne peut m'arrêter.

Quand le bas de l'escalier se profila enfin, elle essaya de freiner, mais, emportée par son élan, elle s'étala de tout son long. Cependant, à aucun moment elle ne faillit lâcher la clé.

Un gigantesque bec pulvérisa une marche en verre où elle se trouvait quelques secondes plus tôt, et des serres lui ratissèrent le dos.

Blodwedd la pourchassait.

***

Sage et son groupe de vampires roulaient à toute vitesse, essayant de suivre Sabre qui était lancé au triple galop. Le chien rencontrait lui-même des obstacles, mais heureusement peu de gens semblaient avoir envie de déclencher une bagarre contre un molosse qui pesait sûrement plus lourd que bon nombre des mendiants et des enfants qu'ils croisèrent en arrivant au bazar.

Les enfants s'attroupèrent autour du coche et commencèrent à les ralentir. Sage prit le temps d'échanger un bijou de valeur contre une bourse remplie de petite monnaie, et dispersa les pièces derrière eux, permettant ainsi à Sabre d'être complètement libre de ses mouvements.

Ils passèrent devant des douzaines d'étals et de rues, mais Sabre n'était pas un limier ordinaire. Sa force surnaturelle lui permettait de démasquer la plupart des vampires et, en l'occurrence, de traquer sa cible les narines imprégnées d'à peine deux molécules olfactives de la clé. Alors qu'un autre chien serait sans doute dupé par les centaines de pistes de *kitsune* qu'ils croisaient, Sabre examinait et rejetait systématiquement celles qui n'avaient pas *exactement* la forme, la taille ou le relief qu'il cherchait.

Cependant, arriva un moment où même lui parut dépassé. Au milieu d'un carrefour à six voies, insouciant de la circulation, pantelant, Sabre se mit à tourner en rond. Manifestement, il ne savait plus quelle route suivre.

« Et moi non plus, mon ami, songea Sage. On a fait du chemin, mais visiblement les *kitsune* sont allés encore plus loin. Pas d'issue dans les airs ou sous terre *a priori*... » Il hésita, observant les routes pourpres qui partaient en étoile autour de lui.

Subitement, une devanture attira son attention.

Juste en face, sur sa gauche, il y avait une parfumerie. Elle devait vendre des centaines de parfums, et des milliards de molécules odorantes étaient dispersées dans l'atmosphère.

Sabre était aveuglé. Non pas ses yeux noirs, limpides et perçants. Dans le cas présent, c'était son flair qui était annihilé par cette explosion d'odeurs.

Les vampires dans la voiture criaient de continuer ou de faire demi-tour. Ils n'avaient pas le goût de l'aventure, eux. Tout ce qui les intéressait, c'était le spectacle. Aucun doute que certains avaient fait enregistrer la sequence du fouet par leurs esclaves pour en profiter à leur guise chez eux.

À cet instant, un éclair bleu et doré décida Sage.

Une Sentinelle.

— Sabre, au pied !

La queue baissée et la tête penchée, le chien regarda son maître choisir une des directions et le faire courir à leurs côtés pour s'engouffrer dans une rue.

Et là, par miracle, sa queue se redressa. Sage pensait que, à ce stade, il ne devait plus rester une seule trace de la piste des *kitsune* dans son odorat…

… mais il comprit que Sabre avait gardé le *souvenir* de leur odeur.

Le chien se remit en position de chasseur, la truffe au ras du sol, la queue droite, concentrant tout le pouvoir surnaturel et l'intelligence qui l'animaient vers un seul et unique objectif : trouver une molécule qui correspondrait au souvenir qu'il avait en tête. Maintenant qu'il s'était éloigné de cette concentration agressive d'odeurs, il avait les idées plus claires. Et, de fait, il eut la bonne idée de se faufiler entre les rues, semant la confusion derrière lui.

— Qu'est-ce qu'on fait de la voiture ?

— On s'en fiche ! Ne perdez pas le chien de vue !

Sage, qui avait lui-même du mal à suivre le rythme de Sabre, savait quand une course-poursuite touchait à sa fin. *Doucement*, pensa-t-il à l'attention de son chien. Il n'avait jamais vraiment su avec certitude si ses deux compagnons de route étaient médiums, mais il se plaisait à le croire, tout en faisant comme si ce n'était pas le cas. « Doucement », se répéta-t-il.

Sans faire de bruit, l'énorme chien noir au regard perçant gravit avec son maître les marches d'un immeuble délabré. Puis, comme s'il venait de faire une bonne balade, il s'assit l'air content, et regarda Sage en attendant ses instructions.

Ce dernier attendit que les vampires les rejoignent avant d'entrer. Pour préserver l'effet de surprise, il ne frappa pas, et fracassa la porte d'un violent coup de poing, cherchant à tâtons les verrous et les chaînes de l'autre côté. Il n'en trouva aucun. Par contre, sa main heurta une poignée.

Avant d'ouvrir la porte et d'affronter l'éventuel danger qui les attendait, il s'adressa au groupe dans son dos :

— Quel que soit notre butin, il appartient au maître Damon. Je suis son lieutenant et c'est uniquement grâce au talent de mon chien qu'on est arrivés jusqu'ici.

Un murmure favorable se fit entendre, allant du grognement à l'indifférence.

— De même, quel que soit le danger présent derrière cette porte, ajouta Sage, j'y ferai face le premier. À toi de jouer, Sabre !

Ils firent irruption dans la pièce, arrachant presque la porte de ses gonds.

***

Elena poussa un hurlement malgré elle. Blodwedd venait de faire ce à quoi Damon s'était refusé : marquer son dos de sillons sanglants.

Mais, alors même qu'elle réussissait à trouver la porte en verre qui accédait au jardin, elle sentit mentalement deux présences déferler en elle, prêtes à la soutenir, à l'apaiser et à endosser une partie de ses souffrances.

Bonnie et Meredith avançaient avec précaution parmi les énormes éclats de verre pour la rejoindre. Elles hurlèrent en apercevant le hibou, et Serre, toujours héroïque, continua de le pourchasser.

Elena ne pouvait plus attendre. Il fallait qu'elle la voie. Qu'elle sache que cette sensation métallique dans sa main, cet objet qu'elle avait trouvé dans le nid de Blodwedd était bien ce qu'elle cherchait. Il fallait qu'elle le sache *maintenant*.

Frottant le petit morceau de métal sur sa malheureuse robe écarlate, elle prit un moment pour l'examiner et voir la lumière flamboyante du soleil scintiller sur sa tige en or, ses diamants, ses deux petites oreilles aplaties en arrière et ses deux yeux vert vif en alexandrite.

Une copie conforme de la première moitié de clé, mais orientée dans l'autre sens.

Elena sentit ses jambes à deux doigts de la lâcher.

Elle tenait la seconde moitié de clé !

Rapidement, elle plongea son autre main dans la petite poche soigneusement conçue derrière l'incrustation de diamant de sa robe. Elle dissimulait une toute petite bourse cousue par lady Ulma. À l'intérieur se trouvait la première moitié de clé, qu'elle avait pris soin de ranger dès que Sage et Sabre n'en avaient plus eu besoin. En glissant maintenant la seconde moitié de clé à côté de la première, elle fut stupéfaite de sentir quelque chose bouger. Les deux morceaux de clé se seraient-ils... emboîtés ?

Un énorme bec noir s'écrasa contre le mur à côté d'elle.

Sans réfléchir, Elena baissa la tête et roula sur le côté pour l'esquiver. Lorsque ses doigts se posèrent sur sa robe pour s'assurer que la poche était bien fermée, elle eut la surprise de reconnaître une forme à l'intérieur.

Ce n'est pas une clé ?

Ce n'est pas une clé !

L'univers se mit à tourbillonner. Plus rien ne comptait, ni l'objet ni sa propre vie. Les jumeaux maléfiques les avaient piégés, ils s'étaient joués des stupides mortels et du vampire qui avaient osé leur tenir tête. La double clé de *kitsune* n'existait *pas* !

Malgré tout, l'espoir résista. C'était comment, déjà, le dicton italien de Stefan ? *Mai dire mai.* Ne jamais dire jamais. Consciente du risque qu'elle prenait, consciente qu'elle était folle de le prendre, Elena enfonça de nouveau son doigt dans la poche.

Un objet rond et froid se glissa dessus et ne bougea plus.

Elle ressortit son doigt, baissa les yeux et, l'espace d'un instant, resta figée face à sa découverte : un anneau d'or incrusté de diamants luisait à son annulaire. Il représentait deux renards entrelacés regardant dans la même direction. Ils avaient chacun deux oreilles, deux yeux verts en alexandrite et une truffe pointue.

C'était tout. En quoi une breloque pareille pourrait-elle être utile à Stefan ? Ça ne ressemblait en rien aux clés ailées montrées sur les photos de *kitsune* gardant des sanctuaires.

Vous parlez d'un trésor ; c'était mille fois moins précieux que tout le temps qu'ils avaient passé à le trouver !

Mais, soudain, Elena remarqua quelque chose.

Une vive lueur brilla dans les yeux d'un des renards. Si elle n'avait pas regardé l'anneau de si près ou si elle ne s'était pas trouvée à cet instant dans la Salle Blanche, où l'éclairage était naturel, elle n'aurait peut-être jamais rien remarqué. L'éclat se projeta droit devant elle, et c'étaient maintenant les deux paires d'yeux qui brillaient.

Le faisceau pointait précisément en direction de la cellule de Stefan.

Elle sentit l'espoir, tel un phénix, renaître dans son cœur, et ses pensées se mirent à vagabonder hors de ce labyrinthe de verre. La musique qui résonnait dans la salle était une valse de *Faust*. Loin du soleil, au cœur de la ville, Stefan l'attendait. Et c'était cette direction qu'indiquait le faisceau vert pâle dans les yeux des renards.

Exaltée, Elena tourna l'anneau. La lueur s'évanouit en clignotant, mais, quand elle le retourna à nouveau de telle façon qu'il soit aligné sur la cellule de Stefan, le faisceau réapparut.

Combien de temps aurait-elle passé avec cet anneau sans savoir quoi en faire si elle n'avait pas *déjà* su où se trouvait la prison de Stefan ? Plus que ce qui lui restait à vivre, sans doute.

À elle maintenant de rester en vie pour pouvoir le libérer.

38.

Elena se fraya un chemin à travers la foule en se sentant l'âme d'un soldat. Elle ignorait pourquoi. Peut-être parce que depuis le début elle s'était considérée comme en mission, qu'elle avait réussi à l'accomplir, à survivre et à ramener un butin. Peut-être parce qu'elle portait des blessures de guerre. Peut-être parce qu'au-dessus d'elle planait toujours la menace de l'ennemi, avide de son sang.

« D'ailleurs, j'y pense : je ferais bien de faire évacuer tous ces civils, songea-t-elle. Il faudrait les mettre en lieu sûr, dans des zones de refuge, et... »

Mais où avait-elle la tête ? *Des civils ? En lieu sûr ?* Pourquoi ces formules toutes faites ? Elle n'était pas responsable de ces gens, des imbéciles pour la plupart, qui étaient restés à saliver en comptant ses coups de fouet. Malgré tout... peut-être qu'elle devrait les faire partir...

— Blodwedd ! hurla-t-elle brusquement.

Pointant du doigt, elle indiqua à la foule la silhouette qui tournoyait dans le ciel.

— Blodwedd s'est échappée ! Regardez ce qu'elle m'a fait ! dit-elle en montrant les lacérations dans son dos. Elle va s'en prendre à vous aussi !

Au début, la plupart semblèrent protester parce que son dos était désormais marqué. Elena n'était pas d'humeur à discuter, tant pis pour eux.

Pour l'heure, il n'y avait qu'une personne à qui elle voulait parler. Suivie de près par Bonnie et Meredith, elle tenta de la contacter.

Damon, c'est moi ! Où es-tu ?

Le réseau télépathique était si saturé qu'elle doutait qu'il l'entende.

Mais elle finit par capter une réponse, à peine audible.

Elena ?

... Oui...

Elena, cramponne-toi à moi. Imagine que tu me tiens physiquement, et je vais nous faire passer sur un autre canal.

Se cramponner à une voix ? Pas évident. Cependant, elle s'imagina tenir fermement Damon tout en serrant les mains de Bonnie et de Meredith.

Tu m'entends mieux, maintenant ? Cette fois, la voix était beaucoup plus nette, plus forte.

Oui, mais je ne te vois nulle part.

Moi, si. J'arrive... ATTENTION !

L'intuition d'Elena l'avertit trop tard qu'une ombre gigantesque plongeait droit sur elle, et elle n'aurait pas eu le temps d'esquiver le bec aussi gros qu'une mâchoire d'alligator qui claquait au-dessus d'elle.

Mais c'était compter sans la rapidité de Damon. Surgissant à ses côtés, il attrapa les trois amies à plein bras et les projeta à terre en roulant sur le côté.

— Pas de blessé ? demanda-t-il aussitôt.

— Non, ça va, répondit Meredith, calmement. Mais je crois que je te dois la vie. Merci, Damon.

— Bonnie ? demanda Elena.

Ça va. Je veux dire...

— Ça va, répéta-t-elle à voix haute. Mais ton dos...

Damon fit tourner Elena et découvrit ses marques.

— C'est... c'est moi qui ai fait ça ? Mais je croyais...

— Non, c'est Blodwedd.

Elle chercha du regard une forme décrivant des cercles dans le ciel rouge foncé.

— Elle m'a juste effleurée. Seulement, ses serres sont de vrais poignards. Il faut qu'on parte !

Damon la prit par les épaules.

— Et on reviendra quand ça se sera calmé, tu veux dire ?

— Non, on ne reviendra *jamais* ! Oh non, la voilà !

Du coin de l'œil, elle aperçut une forme qui arrivait droit sur eux à vitesse grand V. En un rien de temps, ils se dispersèrent dans toutes les directions, se jetant à terre, roulant ou courant pour essayer de s'échapper, excepté Damon qui attrapa Elena en criant.

— C'est mon esclave ! Si vous avez un problème avec elle, c'est avec moi qu'il faut en débattre !

— Et moi je suis Blodwedd, née de la magie des dieux et condamnée à tuer chaque nuit. Je vous abattrai d'abord, avant de dévorer cette voleuse ! répliqua l'énorme hibou de sa voix rauque. Je n'en ferai qu'une bouchée !

Damon, attends, il faut que je te dise quelque chose !

— Je me battrai, mais laissez mon esclave en dehors de ça !

— C'est l'heure de mon déjeuner !

Damon, il faut qu'on parte !

Soudain : hurlement de douleur et de rage.

Damon s'était accroupi, un énorme éclat de verre dans la main qu'il tenait comme une épée, et de grosses gouttes noires de sang coulaient de...

« C'est pas vrai ! comprit Elena. Il a arraché un œil à Blodwedd ! »

— VOUS ALLEZ TOUS MOURIR !

Blodwedd fondit au hasard sur un des vampires juste en dessous d'elle, et Elena hurla en même temps que le pauvre homme. Il fut emporté la tête en bas, la jambe coincée dans le gros bec noir.

Damon les poursuivit, bondissant et cinglant l'air de son morceau de verre. Dans un cri de fureur, Blodwedd lâcha sa proie et s'envola de nouveau.

À présent, tout le monde était conscient du danger. Deux vampires se précipitèrent pour récupérer leur camarade, et Elena fut bien contente qu'elle et ses amis n'aient pas une autre vie à protéger : ils avaient déjà assez de problèmes sur les bras.

Damon, fais ce que tu veux, mais moi je dois y aller. J'ai la clé.

Elena transmit sa pensée via une fréquence sur laquelle ils étaient plus ou moins seuls, sans aucun état d'âme. Elle n'en avait plus. On l'avait dépouillée de tout, sauf de son besoin de retrouver Stefan.

Cette fois, elle savait que Damon l'avait entendue.

Au début, elle crut qu'il était en train de mourir, que Blodwedd était revenue et qu'elle avait réussi à transpercer son corps de part en part, laissant un trou béant de lumière. Puis, littéralement extasiée, elle se rendit compte que ce n'était qu'une impression et elle agrippa les deux petites mains qui jaillirent de la lumière, tendues vers elle, libérant un enfant maigre et déguenillé mais souriant.

« Il n'a plus de chaînes, constata-t-elle, prise de vertige. Même pas de bracelets d'esclave ! »

— Mon petit frère va vivre !

— C'est... une bonne nouvelle, dit-elle, bouleversée.

— *Il va vivre !*

Un léger froncement rida le front de l'enfant.

— Mais il faut que tu te dépêches ! Prends bien soin de lui ! Et...

Elena posa deux doigts sur ses lèvres, très doucement.

— Ne t'en fais pas pour ça. Sois juste heureux.

Le petit garçon se mit à rire.

— Je le serai ! Je le suis déjà !

— Elena !?

Elena fut tirée de son... de ce qui avait sans doute été une vague perte de connaissance, mais qui lui avait pourtant paru plus réelle que toutes les expériences qu'elle avait vécues dernièrement.

— Elena !

Damon essayait désespérément de se dominer.

— Montre-moi la clé !

D'un geste lent et majestueux, Elena sortit la clé.

Damon se raidit, l'air... déçu.

— C'est un anneau, commenta-t-il d'un ton morne, nullement impressionné.

— C'est ce que j'ai cru aussi au début. Mais c'est une clé. Je ne te demande pas de me croire et encore moins de la voir : je te le dis, c'est une clé. La lumière projetée par ses yeux indique où se trouve Stefan.

— Quelle lumière ?

— Je te montrerai plus tard. Bonnie ! Meredith ! On y va !

— PAS TANT QUE JE NE VOUS Y AURAI PAS AUTORISÉS !

— Attention ! hurla Bonnie.

Le hibou piqua une fois de plus vers eux. Et une fois de plus, à la dernière minute, Damon prit les trois filles dans ses bras et les projeta sur le côté. Le bec se planta non pas dans l'herbe ni dans les tessons de verre mais dans l'escalier en marbre, qui se lézarda aussitôt. Blodwedd poussa un premier cri de douleur, puis un second quand Damon, souple comme un chat, s'attaqua à l'œil qui lui restait, entaillant sa paupière. L'œil gigantesque commença à se remplir de sang.

C'en était trop pour Elena. Depuis le départ avec Damon et Matt, elle était comme une coupe qui se remplissait de colère, lentement mais sûrement. Goutte à goutte, à chaque nouvelle cruauté, la colère qu'elle éprouvait se déversait dedans. Aujourd'hui, sa fureur était sur le point de faire déborder la coupe.

En même temps… que se passerait-il si elle explosait ?

Elle préférait ne pas le savoir. Elle avait peur de ne pas s'en remettre.

Mais le fait est qu'elle ne supportait plus le spectacle de la douleur, du sang et de la torture. Damon prenait réellement plaisir à se battre. Eh bien, soit. Qu'il reste. Elle, elle allait chercher Stefan, même si elle devait faire tout le chemin à pied.

Meredith et Bonnie ne dirent rien. Elles connaissaient Elena quand elle était dans cet état. Elle ne plaisantait pas. Et elles n'avaient pas du tout envie qu'elle les laisse là.

À cet instant précis, un coche arriva avec fracas au pied de l'escalier en marbre.

***

Sage, pour qui manifestement la nature humaine n'avait pas de secrets, à l'instar de celle des démons, des vampires et de toutes sortes de créatures, sauta de la voiture en brandissant deux épées. Puis il siffla et, en un instant, une ombre, petite celle-là, jaillit comme un éclair dans le ciel, voltigeant dans sa direction.

Puis lentement, étirant d'abord chaque patte comme un lion, Sabre arriva et retroussa immédiatement les babines pour montrer ses innombrables crocs.

Se précipitant vers la voiture, Elena croisa le regard de Sage. *Aide-moi*, lui souffla-t-elle. La réponse dans les yeux du vampire ne laissa aucune place au doute : *Ne crains rien.*

Elle tendit les mains dans son dos sans se retourner. Une petite main aux os fins et légèrement tremblante se glissa dans la sienne. Puis une deuxième, fraîche et ferme comme une poigne d'homme, mais aux doigts fuselés, saisit son autre main.

Personne n'était digne de confiance ici. Personne ne méritait d'adieux. Elena se hissa dans la voiture et s'assit sur la banquette arrière, tout au fond, pour laisser de la place à ses amies.

Elle avait entraîné Bonnie et Meredith avait suivi, de sorte que, quand Sabre bondit sur sa place de prédilection, il atterrit sur trois paires de genoux.

Sage ne perdit pas une seconde. Il monta avec Serre agrippé à son poignet gauche, et laissa juste ce qu'il fallait de place dans la cabine pour accueillir le saut final de Damon. Et quel saut ! Fendu et cassé, suintant d'un liquide noir, le bec de Blodwedd heurta la dernière marche de l'escalier où Damon se trouvait une demi-seconde plus tôt.

— Où est-ce qu'on va ? cria Sage tandis que les chevaux s'élançaient au galop.

— Pitié, faites qu'elle ne fasse pas de mal aux chevaux ! gémit Bonnie.

— *Pitié*, faites qu'elle ne perce pas ce toit comme un vulgaire morceau de carton, ajouta Meredith.

Bizarrement, même quand sa vie était en danger, elle conservait son sens de l'humour.

— *Où est-ce qu'on va ?* répéta Sage d'une grosse voix.

— La prison ! haleta Elena.

Elle avait l'impression que ça faisait une éternité qu'elle n'avait pas respiré correctement.

— La prison ? s'étonna Damon, l'air distrait. Mais oui ! La prison, bien sûr !

À ses pieds, un sac de toile semblable à une grosse taie d'oreiller était posé, manifestement rempli de petites boules de billard.

— Sage, c'est quoi, ça ? demanda-t-il en la soulevant.

— Le butin. La récolte. Le *trophée* !

Tandis que les chevaux viraient dans une nouvelle direction, Sage ajouta d'un ton enjoué :

— Et regarde à tes pieds, il y en a d'autres ! Je ne m'attendais pas à une grosse prise ce soir, mais les choses ont finalement bien tourné !

Dans l'intervalle, Elena s'était baissée pour examiner un des sacs. Il était plein à craquer de boules, mais pas de

billard, non : rempli de *hoshi no tama* limpides et scintil-
lantes. Des sphères d'étoiles, des souvenirs sans aucune…

— C'est inestimable ! s'exclama Sage.

Sa voix changea subtilement :

— Mais, bien sûr, on ne sait pas ce qu'elles contiennent.

Elena se souvint de la mise en garde concernant les
sphères « interdites ». Mais qu'est-ce qui pouvait bien être
interdit dans ce maudit endroit ?

Bonnie fut la première à s'emparer d'une sphère et à la
poser contre sa tempe. Son geste fut si prompt, qu'Elena
n'eut pas le temps de l'en empêcher.

— Qu'est-ce que tu vois ? haleta-t-elle en essayant d'écarter la sphère.

— On dirait… de la poésie. Mais je n'y comprends rien,
répondit Bonnie avec humeur.

Meredith attrapa à son tour une boule scintillante. Là
encore, Elena réagit trop tard.

Son amie resta immobile un moment, comme si elle était
en transe, puis grimaça et reposa la sphère.

— Alors ?

Meredith secoua la tête, d'un air sensiblement dégoûté.

— Qu'est-ce que tu as vu ? insista Elena, presque en
criant.

Meredith voulut poser la sphère à ses pieds, mais Elena
se jeta dessus. Elle la plaqua contre sa tempe et se retrouva
instantanément vêtue de cuir noir de la tête aux pieds.
Deux hommes trapus et larges d'épaules se tenaient face
à elle ; ils n'avaient pas beaucoup de tonus, vu leurs pos-
tures. Et, si elle voyait si bien leur musculature, c'est parce
qu'ils étaient tout nus, exception faite de leurs guenilles,
semblables à celles de mendiants. Sauf que ce n'étaient pas
des mendiants ; ils semblaient bien nourris et gras, et il était

évident que, quand l'un d'eux se mit à plat ventre, c'était du cinéma : « Ô maître, nous implorons votre pardon. Pardon d'être entrés sans permission ! »

— Quel intérêt d'avoir gardé un souvenir pareil ?

Elena allait écarter la sphère de sa tempe (elles se collaient facilement à la peau si on appuyait un peu) quand une autre silhouette capta son attention.

Une petite fille, vêtue d'habits modestes mais pas misérables. Elle semblait terrifiée ; Elena se demanda tout de suite si elle était sous la domination de quelqu'un.

Puis Elena s'aperçut que cette petite fille, c'était elle.

Pitié-faites-qu-il-ne-m-attrape-pas-pitié-faites-qu'il-ne-m-attrape-pas…

Qui veut t'attraper ? demanda Elena sans pouvoir se retenir. Mais c'était comme regarder un personnage de film entrer dans une maison isolée sous un orage battant avec une musique sinistre en fond. La petite Elena qui avait peur ne pouvait pas entendre l'autre, celle qui lui posait concrètement une question.

« Je ne crois pas que j'aie envie de connaître la fin de l'histoire », se dit-elle d'un ton décidé. Elle reposa la sphère d'étoiles aux pieds de Meredith.

— Il y a trois sacs de butin ?

— Oui, m'dame : trois sacs pleins.

Elena s'apprêtait à ajouter quelque chose quand Damon l'interrompit d'une voix calme :

— Plus un sac vide.

— C'est vrai ? Dans ce cas, essayons de répartir les trois autres. Tout ce qui est *interdit* va dans ce sac. Les scènes bizarres, comme la poésie de Bonnie, dans un autre. Et tout ce qui concerne Stefan ou l'un de nous, dans le troisième.

Quant aux jolis souvenirs, une belle journée d'été par exemple, on les met dans le quatrième.

— Personnellement, je te trouve très optimiste, dit Sage. Espérer trouver une sphère avec une image de Stefan aussi vite…

— Chut, tout le monde ! les coupa subitement Bonnie. C'est Shinichi et Misao qui parlent dans celle-ci.

Sage se raidit, comme s'il venait d'être frappé par la foudre qui zébrait le ciel orageux au-dessus d'eux, puis esquissa un sourire.

— Quand on parle du loup…

Elena lui sourit et serra sa main doucement, avant de prendre une autre sphère.

— On dirait que celle-là parle de questions juridiques, mais je n'y comprends rien. Elle devait appartenir à un esclave, car j'en vois plein d'autres autour de lui.

Même si ce n'était qu'une image virtuelle, elle sentit son visage se crisper de haine en voyant apparaître Shinichi, ce *kitsune* démoniaque qui leur avait fait tant de mal. Ses cheveux étaient toujours noirs comme l'ébène, excepté les pointes irrégulières qui semblaient avoir été trempées dans de la lave brûlante.

À côté d'un homme qui avait tout l'air d'un avocat, Misao apparut aussi : la sœur de Shinichi… *prétendument.*

« Misao…, murmura-t-elle. Délicate, déférente, disciplinée… diabolique. » La même chevelure que Shinichi, mais attachée en queue-de-cheval. Son côté diabolique ressortait surtout dans ses yeux. Ils étaient pétillants, dorés, rieurs, comme ceux de son frère ; des yeux qui n'avaient jamais connu un seul regret, sauf peut-être celui de ne pas avoir assez assouvi une vengeance. Ils se fichaient de tout. Pour eux, la souffrance était un jeu.

Alors quelque chose d'étrange se produisit. Les trois silhouettes dans la pièce se retournèrent subitement en regardant droit vers elle. « Droit vers la personne à qui appartenait ce souvenir », se reprit aussitôt Elena ; c'était très troublant.

Ça le fut encore plus quand ils se mirent à avancer. « Qui suis-je ? » se demanda-t-elle, prise d'angoisse. Alors elle se risqua à une manœuvre qu'elle n'avait jamais exécutée, jamais vu faire ou dont personne ne lui avait parlé. Elle étendit son pouvoir pour pénétrer les pensées de l'individu. Son nom était Werty, une sorte de secrétaire d'avocat. Il/elle prenait des notes quand des marchés importants étaient conclus.

Et Werty n'aimait vraiment pas la tournure que prenaient les événements. Les deux clients et son patron qui se rapprochaient de lui/elle de cette façon, comme ils ne l'avaient jamais fait...

Elena s'arracha à cette vision et posa la sphère à côté d'elle. Elle tremblait, comme si on l'avait poussée dans un bain glacé.

Brusquement, le toit de la voiture s'effondra avec fracas.

Blodwedd.

Malgré son bec estropié, l'énorme hibou arracha un bon morceau du toit.

Tout le monde se mit à crier, et personne ne fut très efficace. Seul Sabre bondit des trois paires de genoux sur lesquels il était couché pour mordre une des pattes de Blodwedd. Il la tordit et la secoua dans tous les sens, avant de lâcher prise et de retomber les quatre fers en l'air dans la cabine. Elena, Bonnie et Meredith attrapèrent le premier morceau d'anatomie canine qui leur tomba sous la main pour hisser l'énorme chien sur la banquette.

— Poussez-le ! pleurnicha Bonnie, en contemplant les lambeaux de robe nacrée sur ses cuisses.

En bondissant, Sabre avait lacéré le tissu de tulle et laissé des zébrures rouges au passage.

— La prochaine fois, il faudra qu'on demande des jupons en acier, soupira Meredith. En même temps, j'espère vraiment qu'il n'y aura pas de prochaine fois !

Intérieurement, Elena pria pour que son vœu soit exaucé. Blodwedd rasait le sol à présent, sûrement dans l'espoir d'arracher quelques têtes.

— Jetez-lui les globes dès qu'elle sera plus près !

Elena espérait que la vue des sphères d'étoiles, qui étaient visiblement son obsession, freinerait un peu Blodwedd.

— Non, ne les gaspillez pas ! cria Sage presque en même temps. Jetez tout le reste mais pas les sphères ! En plus, on est presque arrivés. Un dernier virage à gauche, et c'est tout droit !

Ces mots redonnèrent de l'espoir à Elena. « J'ai la clé, pensa-t-elle. L'anneau est la clé. Tout ce qu'il me reste à faire, c'est libérer Stefan… et nous faire tous sortir de cet enfer par l'accès multidimensionnel de la prison. Tout est dans le même bâtiment. On y est presque ! »

L'assaut suivant arriva de beaucoup plus bas. Un œil crevé, l'autre plein de sang, et les sens olfactifs bloqués par le sang séché dans son bec, Blodwedd essayait de percuter le coche pour le renverser.

« Si elle y arrive, on est morts, se dit Elena. Et elle se fera un malin plaisir d'avaler tous ceux qui se tordront de douleur comme des vers de terre. »

— BAISSEZ-VOUS !

Elle hurla autant à voix haute qu'intérieurement.

Rapide comme l'éclair, l'ombre de Blodwedd la rasa de si près qu'elle sentit ses serres lui arracher des touffes de cheveux.

Elle entendit un cri affreux à l'avant du véhicule mais ne chercha pas à savoir ce que c'était. Elle n'en eut pas le temps. Alors que la voiture s'arrêtait dans une violente secousse, l'oiseau de malheur surgit à une allure folle. Elena avait maintenant besoin de toute sa concentration et de toutes ses facultés pour éviter ce monstre qui les frôlait de plus en plus près.

— La voiture est foutue ! Sortez vite !

La voix de Sage lui parvint dans un grondement.

— Les chevaux ! s'écria Elena avec horreur.

— Foutus aussi ! Dépêche-toi, nom de Dieu !

Elle ne l'avait jamais entendu jurer, alors elle n'insista pas.

Elle ne sut jamais comment Meredith et elle réussirent à sortir en trébuchant l'une contre l'autre, essayant de s'aider et ne faisant que se gêner. Bonnie était déjà dehors, car le coche avait percuté un poteau et l'avait éjectée de la cabine. Par chance, elle avait atterri sur un carré de trèfles rouges hideux mais moelleux, et elle n'était que très légèrement blessée.

— Mon bracelet !... Ah non, le voilà, s'écria-t-elle en ramassant un objet scintillant dans les fleurs.

Elle jeta un œil prudent dans le ciel grenat.

— Qu'est-ce qu'on fait maintenant ?

— On court ! leur lança Damon.

Il apparut derrière l'épave du véhicule, la bouche couverte de sang, tout comme sa cravate jusque-là blanche. Elena pensa alors à ces gens qui buvaient autant le lait que le sang des vaches pour se nourrir. Mais Damon ne buvait que le sang humain… Il ne s'abaisserait jamais à celui d'un cheval…

Les chevaux n'auraient pas pu s'enfuir, et Blodwedd ne se serait pas gênée, lui expliqua-t-il d'une voix dure. *Elle aurait joué avec eux ; ils auraient souffert le martyre. J'ai abrégé leurs souffrances.*

Elena tendit les mains vers lui, le souffle coupé.

— PARTEZ ! rugit Sage.

— Il faut qu'on aille chercher Stefan ! dit Elena en attrapant la main de Bonnie.

Elle faisait confiance à Meredith pour trouver le Shi no Shi par ses propres moyens.

La suite fut un nouveau cauchemar. Elles s'élancèrent à toutes jambes, tressaillant parfois sous les fausses alertes de Bonnie qui tremblait de tout son être. Par deux fois, le monstre plongea droit sur elles en arrivant au ras du sol, pour finalement s'écraser sous leurs yeux ou un peu à côté, défonçant de la même façon routes pavées et chemins de terre dans un nuage de poussière. Elena ne savait pas ce qu'il en était des autres hiboux, mais Blodwedd fondait de biais sur ses proies, puis déployait ses ailes et piquait au dernier moment. Ce qu'il y avait de pire (ou presque) chez elle, c'était son silence. Aucun bruissement pour les alerter et leur indiquer l'endroit où elle surgirait. Quelque chose dans son plumage devait assourdir le bruit, et elles ne pouvaient jamais savoir d'où viendrait la prochaine attaque.

Finalement, elles durent ramper à travers toutes sortes de détritus en allant aussi vite que possible, protégeant leurs têtes avec des bouts de bois, de verre, de tout ce qu'elles trouvaient de pointu ou de tranchant, alors que Blodwedd poursuivait ses assauts.

Pendant tout ce temps, Elena essaya d'utiliser ses nouvelles facultés, et même de solliciter le pouvoir de ses Ailes. Hélas, elle ne sentit rien. Aucune énergie, aucune connexion entre son corps et son esprit.

« Je suis nulle comme héroïne, pensa-t-elle. Pitoyable. Ils auraient dû confier ces pouvoirs à quelqu'un qui savait déjà maîtriser ce genre de choses. Ou bien, non : ils auraient dû les confier à quelqu'un à qui ils auraient appris à s'en servir. Ou alors… »

— Elena !

Des détritus volaient dans tous les sens devant elle, alors elle coupa par la gauche et réussit sans trop savoir comment à les contourner. Ce n'est qu'en relevant la tête qu'elle vit Damon devant elle : il avait fait rempart pour la protéger.

— Merci, chuchota-t-elle.

— Suis-moi !

Elle tendit la main, celle qui portait l'anneau, pour agripper la sienne. Mais, en entendant le battement d'ailes de Blodwedd juste au-dessus d'eux, elle se baissa brusquement, la gorge nouée.

39.

Matt et Mme Flowers étaient dans le bunker, l'extension que l'oncle de la vieille dame avait fait ajouter à l'arrière de la maison pour ses travaux de menuiserie et autres passe-temps. Resté à l'abandon depuis longtemps, il était dans un état pire que le reste de la maison, utilisé comme local de rangement pour des choses dont Mme Flowers ne savait pas quoi faire, comme le lit de camp du cousin Joe et ce vieux canapé défoncé qui n'était plus assorti à un seul meuble à l'intérieur.

Désormais, la nuit, c'était leur refuge. Aucun enfant ni adulte de Fell's Church n'y avait jamais été invité. En fait, autant que Mme Flowers s'en souvînt, à part elle, Stefan, qui l'avait aidée à y rentrer de gros meubles, et désormais Matt, personne n'y était même jamais entré.

Voilà à quoi Matt se raccrochait. Car, lentement mais sûrement, il avait lu toute la documentation que Meredith avait trouvée, et un passage précieux avait eu une signification particulière pour eux. C'était grâce à ça qu'ils arrivaient à dormir la nuit, quand les voix arrivaient.

Le kitsune *est souvent considéré comme une sorte de cousin éloigné du vampire occidental, une séductrice choisissant ses victimes parmi les hommes (la plupart des renards maléfiques prenant l'apparence d'une femme) et se nourrissant directement de leur* chi*, c'est-à-dire de leur force vitale, sans l'intermédiaire du sang. Par conséquent, on peut légitimement penser qu'ils sont tenus aux mêmes règles que les vampires. Par exemple : ils ne peuvent entrer dans l'habitation d'un mortel sans y avoir été invités…*

Oh, mais ces voix…

Il était vraiment content aujourd'hui d'avoir suivi les conseils de Meredith et de Bonnie et d'être passé chez Mme Flowers avant de rentrer chez lui. Les filles l'avaient convaincu qu'il ne ferait que mettre ses parents en danger en affrontant les lyncheurs qui l'attendaient, prêts à le tuer pour avoir prétendument agressé Caroline. N'importe comment, ça n'avait pas empêché Caroline de localiser sa trace à la pension, même si, heureusement (façon de parler), elle venait toujours seule.

Il préférait ne pas imaginer ce qui se serait passé si ces voix avaient été celles d'anciens amis qu'il n'avait pas invités chez lui depuis longtemps.

Ce soir…

— Allez, Matt…

Caroline ronronnait d'une voix lente, nonchalante et séduisante. On aurait dit qu'elle était allongée par terre, parlant sous la fente de la porte.

— Ne joue pas les rabat-joie. Tu sais bien que tu finiras par sortir.

— Laisse-moi parler à ma mère.

— Ce n'est pas possible, Matt. Je te l'ai déjà dit : elle suit une formation.

— Pour être comme toi ?

— Ça demande beaucoup de travail de devenir quelqu'un comme moi, Matt.

Subitement, le ton de Caroline ne fut plus du tout charmeur.

— Ça je veux bien le croire, marmonna-t-il. Si tu t'en prends à ma famille, tu n'imagines même pas à quel point tu vas le regretter.

— Allons, Matt ! Sois réaliste ! Personne ne va s'en prendre à personne.

Matt ouvrit lentement les mains pour regarder ce qu'il serrait dedans. Le vieux revolver de Meredith, chargé de balles bénites par Obaasan.

— Quel est le deuxième prénom d'Elena ? demanda-t-il.

Il parla doucement, en dépit de la musique et des danses qu'on entendait dans le jardin de Mme Flowers.

— Mais de quoi tu parles, Matt ? Qu'est-ce que tu fais là-dedans ? Un arbre généalogique ?

— Je t'ai posé une question simple, Caro. Elena et toi vous jouez ensemble depuis la maternelle, non ? Alors, dis-moi quel est son deuxième prénom.

Grosse agitation derrière la porte. Quand Caroline répondit enfin, il entendit distinctement qu'on lui soufflait la réponse avec un *léger* temps d'avance, comme Stefan l'avait entendu plusieurs semaines auparavant.

— Puisqu'il n'y a que tes jeux qui t'intéressent, Matthew Honeycutt, je vais aller trouver quelqu'un d'autre à qui parler.

Il l'imaginait partir d'un air vexé.

Et il avait très envie de fêter ça. Il se laissa tenter par un sablé entier et une demi-tasse de jus de pomme fait maison par Mme Flowers. Ils ne savaient jamais s'ils n'allaient pas être enfermés pour de bon là-dedans avec seulement quelques provisions, alors, chaque fois qu'il sortait, il ramenait tout ce qu'il trouvait qui serait susceptible de leur servir. Un allume-gaz et une bombe de laque pour cheveux étaient l'équivalent d'un lance-flammes ; des quantités de pots des délicieuses confitures de Mme Flowers ; des bagues de lapis-lazuli, au cas où le pire arriverait et où ils se retrouveraient nez à nez avec deux dents pointues.

Sur le canapé, Mme Flowers remua dans son sommeil.

— Qui était-ce, mon petit Matt ?

— Personne, personne, madame Flowers. Rendormez-vous.

— Je *vois*, dit-elle de sa voix d'adorable vieille dame. Eh bien, si ce *personne, personne* revient, demandez-lui donc le prénom de sa mère.

— Je *vois*, répondit Matt en imitant sa voix à la perfection.

Tous deux se mirent à rire.

Mais, derrière son sourire, Matt avait une boule dans la gorge. Il redoutait plus que tout le moment où ce ne serait plus la voix de Caroline mais bel et bien celle de Shinichi qu'il entendrait derrière la porte.

Là, ils seraient vraiment dans le pétrin.

— Les voilà ! cria Sage.

— Elena !

— Oh, bon sang !

Elena fut projetée, puis sentit une masse atterrir sur elle. Elle entendit un cri sourd, différent des autres. Un cri asphyxié par la douleur alors que le bec de Blodwedd transperçait un corps de chair. « Le mien », pensa-t-elle. Pourtant, elle n'avait pas mal.

Alors si ce n'est pas moi ? ...

Une voix étouffée au-dessus d'elle.

— Elena… sauve-toi… mes boucliers… ne vont plus…

— Pas question que je te laisse ici, Damon !

Ça fait mal...

Son chuchotement télépathique était à peine audible, et elle savait qu'elle n'était pas censée l'entendre. Mais, revenue de ses illusions concernant son pouvoir, se souciant uniquement de mettre ceux qu'elle aimait à l'abri du danger, elle chercha désespérément une solution.

Je vais trouver un moyen de nous sortir de là, dit-elle. *Je vais te porter.*

L'idée fit beaucoup rire Damon, signe qu'il n'était pas encore complètement mort. Elena regretta juste de ne pas avoir emmené le Dr Meggar ce soir. Ses pouvoirs de guérisseur leur auraient été bien... « Et puis quoi encore ? Tu l'aurais laissé à la merci de Blodwedd ? Non. Il a son projet d'hôpital, les enfants qu'il veut aider et qui ne méritent certainement pas tous les maux dont ils sont affligés... »

Elle s'arracha à sa réflexion ; ce n'était vraiment pas le moment de philosopher sur les médecins et leurs engagements.

C'était plutôt le moment de *courir*.

Passant le bras dans son dos, elle sentit deux mains. L'une, pleine de sang, était glissante, alors elle allongea encore un peu le bras, remerciant sa défunte mère pour tous les cours de danse classique et de yoga qu'elle lui avait fait prendre enfant, et elle attrapa la manche au-dessus. Puis elle cala son dos et se releva, agrippée à cette manche.

À sa surprise, elle réussit à hisser Damon. Elle essaya de le soulever davantage pour le faire glisser sur son dos, mais en vain. Alors elle fit un pas en avant, flageolant sur ses jambes, puis un deuxième…

C'est là que Sage arriva, les prit dans ses bras et les déposa dans le hall d'entrée du Shi no Shi.

— Fuyez ! hurla Elena. Blodwedd arrive et elle tuera tout le monde sur son passage !

C'était totalement déroutant : elle n'avait pas eu l'intention de crier, même pas anticipé ces mots, sauf peut-être au plus profond de son subconscient. Pourtant, elle avait bel et bien crié. Le hall d'entrée fut aussitôt en ébullition, tandis que derrière elle ses amis criaient la même chose. Les gardes se mirent à courir, non pas dans la rue mais en direction des cachots.

Elle sentit Sage et Damon l'entraîner vers les sous-sols, empruntant le chemin de la veille… Mais était-ce vraiment la bonne direction ? Elle agrippa à deux mains son anneau ; à en juger par le faisceau qu'il projetait, ils devaient prendre à droite.

— Ces cachots, à droite : c'est QUOI ? Comment on y accède ? cria-t-elle au vampire qui gardait l'entrée de la galerie.

— Le quartier d'isolement et des déséquilibrés, répondit l'homme en criant aussi. N'allez pas par là !

— Il le faut ! J'ai besoin d'une clé ?

— Oui mais…

— Donnez-la-moi !

— Je ne peux pas, gémit-il d'une façon qui la fit penser à Bonnie dans les situations les plus difficiles.

— Très bien. Sage !

— Mon amie ?

— Demande à Serre d'arracher un œil à cet homme ! Il refuse de me donner la clé de la cellule de Stefan !

— C'est comme si c'était fait !

— A-attendez ! J'ai changé d'avis ! Voilà la clé !

Le vampire extirpa une clé d'un trousseau et la lui tendit.

Elle ressemblait à toutes les autres. « Trop similaire », se dit Elena avec méfiance.

— Sage !

— Oui, mon amie ?

— Tu peux attendre que je sois passée avec Sabre ? Je veux l'entendre lui broyer ce-que-je-pense si cet homme m'a menti.

— Pas de problème !

— A-a-attendez ! haleta le vampire, visiblement mort de peur. Je… je me suis peut-être trompé de clé… à cause de… de la pénombre…

— Donnez-moi la bonne et dites-moi tout ce que je dois savoir, ou je fais en sorte que ce chien vous traque jusqu'à la mort.

Elena n'avait jamais été aussi sérieuse.

— Te-tenez.

Cette fois, la clé était tout à fait différente : ronde, légèrement convexe, avec un trou au centre. « Comme un beignet qui aurait été écrasé par les grosses fesses d'un policier », pensa une part d'Elena, ce qui faillit déclencher chez elle un rire convulsif.

« La ferme », se raisonna-t-elle d'un ton brusque.

— Sage !

— Oui ?

— Est-ce que Serre peut voir l'homme que je tiens par les cheveux ?

Elle dut se hisser sur la pointe des pieds pour l'agripper.

— Évidemment, mon amie !

— Il le mémorisera ? Si je ne retrouve pas Stefan, je veux que lui et Sabre le poursuivent sans pitié.

Le poignet en sang, Sage leva le bras sur lequel il tenait son faucon.

Le garde sanglotait presque.

— Pre-prenez deux fois à droite. Gli-glissez la clé dans la fente qui se trouve à hauteur d'yeux sur le mur d'entrée de la galerie. Il y aura peut-être d'autres gardes là-bas. Mais si... si vous n'avez pas la clé de la cellule que vous cher-chez... je suis désolé, mais...

— Je l'ai. J'ai la clé de la cellule et je sais quoi faire avec. Merci pour vos explications, mon cher, vous m'avez bien aidée.

Elle lâcha ses cheveux.

— *Sage, Damon, Bonnie ! Cherchez une galerie qui part sur la droite ! Stefan est quelque part dedans ! Surtout, ne vous perdez pas ! Sage, veille sur Bonnie et fais aboyer Sabre au moindre danger. Bonnie, cramponne-toi à Meredith.*

Elle ne sut jamais si ses alliés avaient entendu la totalité du message qu'elle transmit à la fois à voix haute et par télé-pathie. Mais, au loin, elle perçut un écho qui lui fit penser à un chœur d'anges.

Sabre se mit à aboyer comme un fou.

Portée par le torrent tumultueux qu'elle formait avec ses quatre amis, le faucon et le chien devenu enragé, Elena contourna les obstacles à une allure folle et rien n'aurait pu l'arrêter.

Subitement, huit mains la rattrapèrent dans la cohue, et une gueule féroce bondit au devant du groupe pour éloigner la foule de gardiens et de détenus. Bousculée, écrasée, ballottée, elle fut empoignée par la main et se cramponna, passant en force jusqu'à ce qu'elle se retrouve face au mur d'entrée de la galerie.

Sage le fixa et jeta un regard désespéré à Elena.

— On s'est fait piéger ! Il n'y a aucune fente !

Une rage folle envahit Elena. Elle s'apprêtait à rappeler Sabre et à faire demi-tour pour traquer le maudit vampire.

Mais, au même instant, Bonnie intervint :

— Si, regardez, il y en a une ! On dirait un cercle.

Elena comprit : les gardes étaient tout petits ; comme des gnomes ou des singes, et Bonnie avait leur taille.

— Tiens, Bonnie ! Fais attention, c'est notre seule clé !

Sage ordonna aussitôt à son chien de se poster près de Bonnie en montrant les crocs, pour empêcher le flot de démons et de vampires paniqués de la bousculer.

Cette dernière attrapa la clé avec précaution, l'examina, pencha la tête, la retourna dans sa main... et l'inséra enfin dans le mur.

— *Ça marche pas !*

— Essaie de tourner ou de pousser...

Clic.

Le mur de la galerie s'ouvrit en coulissant.

Elena et ses amis s'engouffrèrent précipitamment à l'intérieur, tombant plus ou moins les uns sur les autres, pendant que Sabre protégeait leurs arrières en grognant et en aboyant contre la foule.

Étalée par terre, les jambes emmêlées dans d'autres, Elena mit ses mains en coupe autour de l'anneau.

Les quatre petits yeux de renard projetèrent un faisceau de lumière droit devant elle, légèrement sur la droite.

Au loin, elle discerna un cachot.

40.

— *Stefan ! Stefan !*

Elena était consciente de crier comme une hystérique, mais elle s'en fichait. Elle continua de courir, de suivre le faisceau de lumière en criant de plus belle :

— *Stefan ! Où es-tu ?*

Pas de réponse.

Une cellule vide.

Une momie jaunie.

Une pyramide de poussière.

Inconsciemment, elle se méfiait de ces ombres inertes. Au moindre mouvement, elle aurait pu prendre ses jambes à son cou, quitte à se battre à mains nues contre Blodwedd.

Mais elle finit par atteindre la cellule de Stefan. Le jeune homme qu'elle découvrit était épuisé, et l'expression de son visage montrait qu'il avait perdu tout espoir. Il leva un bras maigre comme un clou, en signe de rejet.

— Va-t'en. Je ne suis plus sensible aux rêves.

— Stefan !

Elle tomba à genoux.

— Il faut vraiment qu'on en passe encore par là ?

— Sais-tu au moins combien de fois ils ont recréé ton image, espèce de *sorcière* ?

Elena eut un choc. Plus que ça, même. Mais, aussi vite qu'elle était apparue, la haine dans les yeux de Stefan s'estompa.

— Au moins, aujourd'hui, je peux te voir. J'avais… une photo, avant. Mais ils l'ont prise, bien sûr. Ils l'ont découpée, très lentement, en me forçant à regarder. En me forçant même à le faire. Comme je refusais, ils…

— *Mon amour !* Stefan ! Je t'en prie… *Regarde-moi !* Écoute autour de toi, tu entends ? Blodwedd est en train de détruire la prison. J'ai volé le deuxième morceau de clé dans son nid et je ne suis pas une illusion ! C'est bien moi, Stefan. Regarde, tu vois ça ? Est-ce qu'ils te l'ont déjà montré ?

Elle s'approcha des barreaux de la cellule et tendit vers lui la main ornée de l'anneau.

— Est-ce que tu sais ce que je dois en faire, maintenant ?

— Ta peau est tiède. Les barreaux sont froids, répondit Stefan d'une voix d'automate en serrant sa main.

On aurait dit qu'il récitait une poésie apprise par cœur.

— Regardez ! lança-t-elle aux autres d'un air triomphant.

Au contact de la main de Stefan, l'anneau avait pris la forme d'une chevalière. Elle la plaça contre le mur, sur un creux de forme identique. Comme il ne se passait rien, elle pencha la main à droite. Toujours rien. À gauche…

Lentement, les barreaux de la cellule commencèrent à se soulever, coulissant dans le plafond.

Elena n'en croyait pas ses yeux ; un instant, elle pensa même avoir une hallucination. Mais, en baissant la tête, elle constata que les barreaux étaient déjà à au moins un mètre du sol.

À mesure qu'ils se soulevaient, les montants écartaient leurs mains. Mais le besoin de maintenir ce contact physique était si fort que Stefan et Elena auraient été capables de se jeter à plat ventre et de se tortiller comme des serpents.

Quand les barreaux arrivèrent à hauteur de front, elle se jeta à son cou. *Elle le tenait enfin dans ses bras ! Pour de vrai !* Elle fut épouvantée de sentir sa maigreur, mais qu'importe, il était vivant, et personne ne pourrait la persuader du contraire, qu'il n'était qu'un mirage ou un rêve. S'ils devaient mourir ensemble, elle était prête. Tout ce qui comptait, c'était qu'ils ne soient plus jamais séparés.

Elle couvrit de baisers ce visage étrangement anguleux. Anguleux, mais dépourvu de barbe naissante ou hirsute ; la barbe ne poussait pas chez les vampires, à moins qu'ils n'en aient porté une le jour de leur transformation.

Alors d'autres personnes s'engouffrèrent dans la cellule. Bienveillantes, heureuses, riant, pleurant, elles l'aidèrent à fabriquer une civière de fortune avec des couvertures puantes et une paillasse pour transporter Stefan.

Ensuite... tout commença à se fragmenter dans l'esprit d'Elena. Agrippée à la civière (Stefan ne pesait vraiment pas lourd), elle regardait son tendre visage en remontant à toutes jambes une autre galerie que celle où elle s'était débattue comme un diable en arrivant. Apparemment, tous les gros poissons du Shi no Shi avaient choisi l'autre galerie pour remonter à la surface. Ils trouveraient sûrement refuge à l'arrivée.

Tout en se demandant comment un visage pouvait être si pur, si beau et si parfait en étant si squelettique, elle se pencha sur Stefan sans s'arrêter de courir. Ses cheveux formèrent un bouclier autour d'eux, de sorte qu'un instant ils furent isolés du reste du monde.

— Stefan, il faut que tu reprennes des forces. Je t'en prie, fais-le pour moi. Pour Bonnie, pour Damon, pour…

Elle aurait pu les nommer tous un par un et continuer la liste longtemps, mais c'était suffisant. Après une si longue privation, Stefan n'était pas d'humeur à résister. Sa tête se redressa brusquement, et Elena eut un peu plus mal qu'à l'accoutumée étant donné sa position inhabituelle. Mais elle était heureuse car Stefan avait mordu une longue veine et le sang coulait à flots dans sa bouche.

Elle dut ralentir un peu, sinon elle aurait trébuché et maculé le visage de Stefan comme celui d'un démon, mais elle continua d'avancer au petit trot, en se laissant guider par les autres.

Soudain, ils s'arrêtèrent. Elena garda les yeux fermés, se cramponnant mentalement à Stefan ; pour rien au monde elle n'aurait interrompu ce moment. Très vite, la course reprit et, quelques secondes plus tard, elle eut la sensation d'avoir plus d'espace autour d'elle : elle comprit qu'ils étaient arrivés dans le hall de la prison.

C'est sur notre gauche maintenant, transmit-elle à Damon. *Une porte, juste à côté de l'entrée, avec toutes sortes de symboles au-dessus.*

Tiens, ça me rappelle quelque chose, répondit-il d'un ton pince-sans-rire ; mais même lui fut incapable de cacher ce qu'il ressentait, notamment deux choses : d'abord, qu'il était heureux, *vraiment heureux*, de sentir le bonheur d'Elena, et de savoir qu'il en était, en grande partie, responsable.

Ensuite, c'était très simple : s'il devait choisir entre sa vie et celle de son frère, il donnerait la sienne sans hésiter. Pour le bonheur d'Elena, par fierté personnelle et, surtout, *pour Stefan*.

Elena ne s'attarda pas sur ces émotions secrètes qui n'appartenaient qu'à Damon. Elle se contenta de les accepter, de laisser Stefan sentir la sincérité de leurs vibrations, et s'assura mentalement de ne rien en montrer à Damon.

En son for intérieur, des anges chantaient pour elle au paradis ; une pluie de pétales de rose recouvrait son corps ; il y avait un lâcher de colombes et elle sentait leurs ailes l'effleurer.

Elena était heureuse.

Heureuse, mais pas en sécurité.

Elle n'en prit conscience qu'en entrant dans le vaste hall du Shi no Shi. Par chance, l'accès multidimensionnel était toujours là. Blodwedd avait méthodiquement détruit tout ce qui se trouvait autour, jusqu'à ce qu'il ne reste plus qu'un tas de cendres. Si la querelle entre elle et Elena n'était au début qu'une dispute entre une maîtresse de maison qui se sentait bafouée et une invitée qui ne cherchait qu'à fuir, c'était désormais un combat à mort. Et, vu la réaction des vampires, des loups-garous, des démons et de tous les autres habitants du Royaume des Ombres, la nouvelle avait fait sensation. Débordées, les Sentinelles essayaient tant bien que mal d'empêcher les gens d'entrer dans la prison. Plusieurs corps sans vie jonchaient la rue.

« Mon Dieu, tous ces pauvres gens », pensa Elena quand elle découvrit la scène. Son seul réconfort fut de voir que les Sentinelles protégeaient les lieux et se battaient pour elle contre Blodwedd. « Que Dieu les bénisse », souhaita-t-elle silencieusement en visualisant une sorte de vestibule étroit alors qu'ils traversaient le hall à toute vitesse.

— On a de nouveau besoin de ta clé, Elena, dit la voix de Damon juste au-dessus d'elle.

Doucement, elle écarta Stefan de sa gorge.

— Je reviens, mon amour. Je reviens.

Elle se tourna face à l'accès multidimensionnel, et resta déconcertée un bon moment. Il y avait bien une fente, mais il ne se passa rien quand elle y inséra l'anneau ni quand elle le poussa avec force ou qu'elle le tordit à gauche puis à droite. Du coin de l'œil, elle aperçut une ombre lugubre au-dessus d'elle. Elle n'y prêta pas attention sur le coup, mais, deux minutes plus tard, elle vit l'ombre foncer sur elle comme un bombardier, ses serres d'acier tendues vers elle.

Il n'y avait plus de toit ; Blodwedd s'était chargée de l'arracher depuis longtemps.

Elena le savait.

D'une certaine manière, elle voyait maintenant l'ensemble de la situation, pas seulement en tant que partie intégrante de la scène, mais comme si elle était extérieure à elle-même, une personne qui comprenait beaucoup plus de choses que la pauvre petite Elena Gilbert autrefois.

Les Sentinelles étaient là pour éviter les dommages collatéraux. Mais elles ne pouvaient pas et ne voulaient pas capturer Blodwedd.

Ça aussi, Elena le savait.

Tous ceux qui avaient fui dans l'autre galerie avaient fait ce que toutes les proies font généralement : elles s'étaient précipitées tout au fond de leur terrier. Il devait y avoir une immense chambre forte sous la prison. Ils étaient à l'abri, *eux.* Alors que, en dépit de sa vision trouble, Blodwedd savait avec certitude où étaient ceux qu'elle traquait depuis le début, les profanateurs, ceux qui avaient arraché un de ses gros yeux orange et qui avaient fait une entaille si profonde au second qu'il était empli de sang.

Elena le sentait.

Blodwedd savait aussi que c'était leur faute si son bec était maintenant fracassé. Eux, ces criminels, ces barbares, qu'elle allait mettre en pièces lentement, à petit feu, passant d'une victime à une autre en en asphyxiant cinq ou six entre ses serres, ou en les regardant se tordre de douleur sous elle, incapables de fuir car privées de bras et de jambes.

Se tordre de douleur... *sous elle.*

Elena s'aperçut qu'ils étaient pile dans l'axe du gigantesque hibou qui descendait en piqué.

— Sabre ! Serre ! cria Sage.

Mais rien ne pourrait plus détourner Blodwedd de son objectif. Rien, excepté la mort, l'agonie et les cris de ses victimes qui se répercuteraient sur l'unique mur du vestibule.

Elena visualisait déjà la scène.

— C'est pas vrai ! Pourquoi ça s'ouvre pas ! pesta Damon.

Il manipulait le poignet d'Elena pour insérer l'anneau dans la serrure de l'accès dimensionnel. Mais il avait beau tirer, pousser, faire tout ce qu'il voulait, rien ne bougeait.

Blodwedd n'était plus qu'à quelques mètres. Elle accéléra, projetant des images télépathiques qu'Elena capta aussitôt.

Muscles arrachés, articulations démises, os broyés...

NOOON !

Cette fois, la coupe d'Elena déborda pour de bon.

Tout à coup, une sorte de révélation lui fit voir tout ce qu'elle avait besoin de savoir. Mais il était trop tard pour mettre Stefan à l'abri, de l'autre côté de la porte, alors elle cria :

— *Ailes de la Protection !*

Blodwedd s'écrasa contre un bouclier qu'un missile nucléaire n'aurait pas pu endommager. Elle s'écrasa à la vitesse d'une voiture lancée à pleine vitesse, et avec le poids d'un avion de taille moyenne.

Le bec complètement ravagé emboutit de plein fouet une magnifique paire d'ailes. En haut, elles étaient vert pâle, parsemées d'émeraudes brillantes, puis elles se dégradaient en rose solaire couvert de cristaux. Elles enveloppaient six humains et deux animaux, et elles ne bougèrent pas d'un millimètre quand le bec de Blodwedd les percuta.

Blodwedd n'était plus qu'un cadavre sur la chaussée.

Essayant d'oublier l'image de la femme qui était née des fleurs (et qui avait fait tuer son mari), Elena ferma les yeux, les lèvres sèches et des filets de sueur sur les joues, et se tourna face à l'accès. Guidée par son intuition, elle inséra l'anneau, s'assura que la porte était fermée et annonça sa destination.

— Fell's Church, Virginie, États-Unis, sur Terre. Et près de la pension, si possible.

***

Il était largement plus de minuit. Matt dormait sur le lit de camp du bunker et Mme Flowers sur le canapé, quand ils furent brusquement réveillés par un bruit sourd.

— Juste ciel !

Mme Flowers se leva pour aller regarder par la fenêtre, qui aurait dû être obscurcie par la nuit.

— Soyez prudente, m'dame, dit machinalement Matt, sans pouvoir s'empêcher d'ajouter : Qu'est-ce que c'est ?

Comme toujours, il s'attendait au pire, alors il s'assura que le revolver dans sa main était bien armé.

— C'est.. de la lumière, répondit la vieille dame, un peu désemparée. Je ne sais pas quoi dire d'autre. C'est de la lumière.

Matt voyait effectivement des ombres projetées sur le sol du bunker. Pourtant, aucun bruit ni coup de tonnerre n'étaient perceptibles au-dehors. Il s'empressa de rejoindre Mme Flowers à la fenêtre.

— A-t-on déjà vu… ? s'exclama-t-elle, levant et baissant les mains avec impuissance. Qu'est-ce que ça peut bien être ?

— Je n'en sais rien, mais je me souviens qu'ils parlaient tous de lignes d'énergie. Des flux de pouvoir souterrains.

— En effet, mais elles circulent à la surface de la Terre. Elles ne sont pas braquées vers le ciel, comme… comme des projecteurs !

— Mais j'ai entendu dire – par Damon, si je me souviens bien – que, lorsque trois lignes d'énergie se croisaient, elles formaient parfois un « accès ». Un accès vers l'endroit où ils allaient.

— Mon Dieu, murmura Mme Flowers. Alors, d'après vous, il y aurait un de ces accès-choses, là, dans mon jardin ? C'est peut-être eux qui sont de retour ?

— Ça m'étonnerait.

Le temps passé aux côtés de cette vieille dame un peu spéciale avait poussé Matt non seulement à la respecter, mais aussi à s'attacher à elle.

— Quoi qu'il en soit, on sera plus en sécurité en restant à l'intérieur.

— Mon petit Matt... Vous êtes un tel réconfort pour moi.

Il ne voyait pas trop pourquoi. C'était *ses* provisions, *son* eau qu'ils utilisaient ; même le lit pliant était à elle.

S'il avait été seul, peut-être bien qu'il serait allé explorer ce... phénomène. Trois rayons lumineux qui surgissaient de terre dans un angle précis, pile à hauteur d'homme. Ils brillaient de plus en plus à chaque minute.

Matt inspira profondément. Trois lignes d'énergie, hein ? Bon sang, qui sait si ce n'était pas une invasion de monstres ?

Il n'osa même pas y croire.

***

Elena ignorait si c'était vraiment nécessaire de préciser *États-Unis* ou *Terre*, ni même si la Porte pourrait les emmener à Fell's Church ou si Damon serait obligé de lui donner le nom d'un accès qui s'en rapprocherait. Mais... tout de même... avec toutes ces lignes d'énergie...

La porte s'ouvrit, laissant apparaître une petite cabine, un peu comme celle d'un ascenseur.

— Est-ce que vous pensez pouvoir le porter à quatre, si jamais vous devez vous défendre ?

Le temps de déchiffrer le véritable sens de cette phrase, trois cris de protestation se firent entendre, sur trois tons féminins différents :

D'abord Bonnie, implorante :

— Oh, non ! Tu ne vas pas partir ? Ne nous laisse pas !

Meredith, sans ambages :

— Tu ne rentres pas avec nous ?

Et enfin Elena :

— *Viens* avec nous. Et dépêche-toi !

— Quelle femme autoritaire, murmura Sage. Entre les deux, mon cœur balance. Mais je ne suis qu'un homme. Alors, j'obéis.

— Quoi ? Ça signifie que tu viens ? s'écria Bonnie.

— Absolument.

Doucement, Sage prit le corps décharné de Stefan dans ses bras et entra dans la petite cabine. Contrairement aux clés dont Elena s'était servie toute la journée, celle-ci semblait plutôt fonctionner comme une interface à commande vocale... enfin, elle l'espérait. Après tout, Shinichi et Misao n'avaient eu besoin que d'une clé chacun. Là, de nombreuses personnes souhaitaient se rendre au même endroit en même temps. C'était possible, non ?

Pourvu que oui.

D'un petit coup de pied en arrière, Sage repoussa la literie qui avait servi à transporter Stefan. Quelque chose roula sur le sol, derrière eux.

Stefan essaya désespérément de l'attraper.

— C'est mon « diamant Elena ». Je l'ai trouvé par terre après...

— S'il avait vu tous ceux qu'on portait, marmonna Meredith.

— Mais celui-ci compte pour lui, souligna Damon, qui se trouvait déjà avec elle dans la cabine.

Au lieu de rester à l'intérieur, dans ce petit ascenseur susceptible de disparaître à tout moment, de partir pour Fell's Church avant qu'il n'ait le temps de se retourner, il ressortit dans le vestibule, examina le sol et s'agenouilla. Puis, rapidement, il ramassa le diamant, se releva et se précipita de nouveau dans la cabine.

— Tu le veux ou tu préfères que je le garde sur moi ?

— Garde-le... pour moi. Prends-en soin.

Tous ceux qui connaissaient les antécédents de Damon, notamment en ce qui concernait Elena ou même un vieux diamant ayant appartenu à Elena, auraient pu penser que Stefan était fou. Mais il ne l'était pas.

— Approche, que je m'appuie sur toi. Après, je ne te lâche plus, dit-il avec un pauvre sourire.

— Au cas où ça intéresserait quelqu'un, il y a un seul bouton à l'intérieur de ce bidule, annonça Meredith.

— Eh ben, appuie ! s'écrièrent Sage et Bonnie en même temps.

Mais Elena cria plus fort.

— Non, non, *attends* !

Elle avait repéré quelque chose. À l'autre bout du vestibule, une Sentinelle n'avait pas pu empêcher un citoyen apparemment non armé de pénétrer dans le bâtiment et de traverser le hall d'entrée d'un pas gracieux et aérien. Il devait mesurer plus d'un mètre quatre-vingts et portait un haut-de-chausses surmonté d'une tunique blanche assortie à ses longs cheveux blancs, à ses oreilles alertes de renard et à la longue queue soyeuse et souple qui ondulait dans son dos.

— Fermez la porte ! brailla Sage.

— Oh mon Dieu ! souffla Bonnie.

— Quelqu'un peut me dire ce qui se passe ? râla Damon.

— N'ayez pas peur. C'est juste un compagnon de cellule. Mais il n'est pas très bavard. Alors tu t'es enfui, toi aussi !

Stefan souriait, et cela suffit à rassurer Elena. De plus, l'intrus lui tendait quelque chose... qui pouvait difficilement être ce que ça semblait être... et pourtant, maintenant que c'était presque sous leur nez... ça avait *tout l'air* d'un bouquet de fleurs.

— Je me trompe ou c'est un *kitsune* ? demanda Meredith comme s'ils perdaient tous la tête.

— Non, un prisonnier…, répéta Stefan.

— Un VOLEUR ! cria Sage.

— Chut ! lâcha Elena. Ce n'est pas parce qu'il ne parle pas qu'il ne peut pas nous entendre.

Le *kitsune* était maintenant à leur hauteur. Il croisa le regard de Stefan, jeta un coup d'œil aux autres et tendit le bouquet, lequel était solidement emballé dans du plastique et couvert de longs autocollants aux mystérieuses inscriptions.

— C'est pour Stefan, dit-il.

Tous, y compris l'intéressé, eurent le souffle coupé.

— Je vous laisse. Je dois m'occuper de ces pénibles Sentinelles.

Il soupira.

— Pour enclencher la cabine, il faut appuyer sur le bouton, ma beauté, expliqua-t-il à Elena.

Un moment fascinée par le balancement de sa queue touffue autour de ses habits soyeux, Elena devint subitement rouge écarlate. Certains souvenirs lui revenaient en mémoire. Des choses qui lui avaient semblé très différentes… dans le cachot isolé… dans la pénombre de la lumière artificielle…

Enfin, bref. Mieux fallait faire bonne figure.

— Merci, répondit-elle avant d'appuyer sur le bouton.

Les portes commencèrent à se fermer.

— Merci encore ! ajouta-t-elle en saluant le *kitsune* d'un petit signe de tête. Je m'appelle Elena.

— Et moi Yoroshiku. Je suis…

La porte se referma entre eux.

— Tu es folle ? s'écria Sage. Qu'est-ce qui t'a pris d'accepter un bouquet de la part d'un renard ?

— On dirait que tu le connais bien, lui fit remarquer Meredith. Comment il s'appelle ?

— Mais je ne sais pas ! Tout ce que je sais, c'est qu'il m'a volé deux tiers du trésor du Cloître ! Et c'est un as, surtout de la triche aux cartes ! *Aaah !*

Le cri qu'il poussa à la fin n'était pas de rage mais de surprise et de panique, car la petite cabine partit sur le côté, dégringola brusquement, puis s'arrêta en oscillant avant de retrouver une allure régulière.

— Vous croyez vraiment que ça va nous ramener à Fell's Church ? demanda timidement Bonnie.

Damon passa un bras autour de ses épaules.

— Ça nous conduira quelque part, promit-il. Et, de là, on avisera. Dans le genre parés à toute épreuve, on fait plutôt une bonne équipe, non ?

— D'ailleurs, en parlant de survie, les interrompit Meredith, on dirait que Stefan a repris des couleurs.

Elena, qui avait aidé à le protéger des chocs et autres secousses de la petite cabine, leva tout de suite les yeux vers elle.

— Tu crois ? C'est peut-être juste un effet de lumière ? Il faudrait le nourrir, suggéra-t-elle d'un ton angoissé.

En le voyant rougir, elle posa un doigt sur ses lèvres pour les empêcher de trembler.

Ne rougis pas, mon amour. Tout le monde ici était prêt à sacrifier sa vie pour toi... pour nous. Je suis en bonne santé. Je saigne encore. Je t'en prie, ne le gâche pas.

— Je vais étancher le sang, répondit Stefan.

Mais, quand elle se pencha sur lui, comme elle s'y attendait, il étancha surtout sa soif.

41.

Matt et Mme Flowers ne pouvaient plus ignorer les lumières aveuglantes à ce stade. Il fallait qu'ils aillent voir.

Mais, au moment où il ouvrait la porte, Matt resta sans voix : une lueur foudroyante jaillit du sol et partit en flèche vers le ciel, se réduisit à vue d'œil jusqu'à devenir une étoile et finit par disparaître.

Un météore qui aurait traversé la Terre ? Mais, si c'était le cas, est-ce que ça n'aurait pas dû provoquer des tsunamis, des tremblements de terre, des ondes de choc, des incendies de forêt et peut-être même pulvériser la planète ? Un seul météore à la surface de la Terre avait bien exterminé les dinosaures…

L'intensité des faisceaux lumineux qui s'élevaient du sol s'était un peu réduite.

— Seigneur, murmura Mme Flowers d'une petite voix tremblante. Matt, mon petit, tout va bien ?

— Oui, m'dame. Mais...

Matt avait eu un tel choc que les mots lui manquèrent.

— Qu'est-ce que c'était que ce truc... *démentiel* ?

— C'est exactement ce que je me demandais !

— Attendez... ça bouge là-bas. Reculez !

— Prudence avec cette arme, mon petit Matt...

— Il y a des gens qui arrivent ! Oh, j'y crois pas ! C'est *Elena* !

Matt se laissa tomber comme une masse, assis par terre. Il ne pouvait parler qu'en chuchotant :

— Elena est vivante. *Elle est vivante !*

De ce qu'il en voyait, un groupe de personnes aidait les autres à se hisser hors d'un trou parfaitement rectangulaire, d'environ un mètre cinquante de profondeur, dans le massif d'angéliques de Mme Flowers.

Leurs voix parvinrent jusqu'à eux.

— Vas-y. Attrape ma main, maintenant ! disait Elena en se penchant.

Il fallait voir comment elle était vêtue ! Un bout de tissu écarlate qui laissait voir toutes sortes d'égratignures et d'entailles sur ses jambes. Quant au haut... eh bien, les restes de la robe couvraient son corps à peu près autant qu'un bikini. Elle portait aussi les bijoux fantaisie les plus gros et les plus brillants que Matt ait jamais vus.

Toujours sous le choc, il perçut d'autres voix.

— Faites gaffe, hein. Je vais le soulever pour vous le passer...

— Je peux me hisser tout seul.

Aucun doute : ça, c'était Stefan !

— Tu entends ça ? se réjouit Elena. Il peut le faire seul !

— Oui, mais peut-être qu'un petit coup de pouce...

— C'est pas vraiment le moment de jouer les machos, p'tit frère.

Et ça, c'était Damon. Matt palpa le revolver dans sa poche...

— Non... je veux y arriver seul... OK, j'y suis... Voilà.

— Alors, qu'est-ce que je vous disais ? Il va de mieux en mieux ! claironna Elena.

— Le diamant ? Damon ? Où est-il ?

Stefan avait l'air paniqué.

— Relax. Je l'ai.

— Je veux le tenir. S'il te plaît. Donne-le-moi.

— Tu préfères le diamant à moi ?

Dans un mouvement confus, Stefan se laissa finalement aller dans les bras d'Elena.

— Mais non, ne t'énerve pas...

Matt regardait la scène d'un air effaré. Damon se tenait juste derrière eux, comme s'il faisait partie de la bande.

— Je m'occupe de ton diamant, dit-il avec impassibilité. Occupe-toi de ta petite amie.

— Excusez-moi de vous interrompre, mais... est-ce que quelqu'un voudrait bien m'aider à sortir de ce trou ?

Là, c'était Bonnie ! Elle avait sa petite voix plaintive, mais elle ne semblait ni effrayée ni triste. On aurait même dit qu'elle avait un petit rire nerveux !

— On a bien tous les sacs de sphères d'étoiles ?

— Oui, madame : tous ceux qu'on avait en partant.

Là, c'était la voix de Meredith, aucun doute. Merci, mon Dieu. Ils s'en étaient tous sortis. Mais, en dépit de ses pensées, le regard de Matt était invariablement attiré par cette silhouette, celle qui avait l'air de superviser la situation, cette fille aux cheveux dorés...

— Ces sphères sont indispensables, au cas où l'une d'entre elles…, disait-elle, quand Bonnie la coupa en s'écriant :

— Regardez ! C'est Mme Flowers et Matt !

— Je doute qu'on ait un comité d'accueil, Bonnie, glissa Meredith sur un ton sarcastique.

— Où ça, Bonnie ? Où ?

— Si c'est Shinichi et Misao qui se sont déguisés, je vais les… *Hé,* Matt !

— Mais *où* vous les voyez, à la fin ?

— Là, Meredith, regarde !

— Ça alors, madame Flowers ! Euh… j'espère qu'on ne vous a pas réveillée ?

— C'est le réveil le plus joyeux de ma vie, répondit la vieille dame d'un ton solennel. Vous avez dû en voir de dures dans ces ténèbres… à en croire vos habits, comment dire… rudimentaires…

Gros silence gêné.

Meredith jeta un coup d'œil à Bonnie, et vice versa.

— Je sais, ces robes et ces pierres précieuses, ça fait un peu trop, mais…

Matt retrouva sa voix :

— Tu veux dire que ces bijoux sont des *vrais* ?

— Oui, mais ce n'est rien. Et puis, on est tous sales…

— Désolé, c'est de ma faute si on pue comme ça, intervint Stefan.

Elena le défendit tout de suite.

— Madame Flowers, Matt : Stefan était prisonnier ! Pendant tout ce temps, il a été affamé et torturé ! Mon Dieu, quand j'y repense…

— Elena… ça va aller. Je suis là. Grâce à toi.

— Grâce à nous tous ! Maintenant, je ne te quitte plus. Plus jamais.

— Calme-toi, mon amour. Je vais aller prendre un bain, j'en ai vraiment besoin...

Il s'interrompit brusquement.

— Mais au fait ! Il n'y a plus de barreaux en fer ? Je peux me servir de mes pouvoirs !

Il s'écarta d'Elena, dont la main resta cramponnée à la sienne. Il y eut un jet de lumière doux et argenté, comme une apparition et une éclipse de Lune, juste sous leurs yeux.

— Par ici ! lança-t-il. Si certains veulent se débarrasser de ces parasites dégoûtants, c'est le moment. Je peux m'en charger.

— Volontiers, acquiesça Meredith la première. J'ai la phobie des puces. Dire que Damon ne m'a même pas trouvé d'insecticide. Vous parlez d'un maître !

La réflexion fit rire tout le monde ; tous sauf Matt, qui ne comprit pas vraiment. Meredith portait des bijoux... bon, c'étaient forcément des faux, mais quand même : ces saphirs avaient vraiment l'air de valoir quelques millions de dollars.

Stefan la prit par la main. Même jet de lumière, puis Meredith recula en le remerciant.

— Merci à *toi*, Meredith, répondit-il tout doucement.

Matt constata que sa robe bleue était bien la seule encore intacte.

Bonnie, dont la robe avait été réduite en lambeaux, leva la main.

— À mon tour !

Stefan la prit par la main, et rebelote : jet de lumière.

— Merci, Stefan ! Je me sens vraiment mieux. C'était horrible, ces démangeaisons !

— Merci à toi, Bonnie. Pour moi, c'était horrible de penser que j'allais mourir seul.

— Les autres vampires, vous pouvez vous débrouiller ! annonça Elena, comme si elle avait un bloc-notes entre les mains et qu'elle cochait une liste. Stefan, s'il te plaît…

Elle lui tendit les mains.

Il s'agenouilla à ses pieds, baisa ses mains et les enveloppa tous les deux sous la douce lumière argentée.

— Mais j'aimerais quand même prendre un bain, gémit Bonnie.

Pendant ce temps, le nouveau vampire, celui à la grande carrure, et Damon s'étaient enveloppés d'un halo argenté.

— Les quatre baignoires de cette maison sont à votre disposition, annonça Mme Flowers. Une dans la chambre de Stefan, une dans chaque chambre voisine, et une dans la mienne. Je vais vous chercher quelques sels de bain.

Elle ouvrit les bras face à la petite bande.

— Vous êtes ici chez vous, mes petits !

Un concert de mercis chaleureux s'ensuivit.

— Je vais établir un planning pour alimenter Stefan. Si vous êtes d'accord, les filles ? ajouta rapidement Elena en regardant Bonnie et Meredith. Il ne lui faudra pas grand-chose, juste un peu toutes les heures, jusqu'à demain matin.

Elena semblait redouter de parler à Matt. Et Matt ressentait la même chose. Mais il s'avança, les mains tendues dans un geste inoffensif.

— Il y a une règle qui interdit aux garçons d'être donneurs ? Parce que sinon j'ai une santé de fer.

Stefan tourna la tête vers lui.

— Il n'y a aucune règle. Mais tu ne dois pas te sentir..

— Je veux t'aider.

— Alors, d'accord. Merci, Matt.

La bonne réponse aurait sans doute été « Merci à toi, Stefan », mais Matt ne trouvait pas les mots.

— Merci d'avoir veillé sur Elena, dit-il finalement.

Stefan sourit.

— C'est Damon qu'il faut remercier. Lui et les autres m'ont tous aidé… et se sont aidés entre eux.

— On a même promené le chien ; du moins, Sage s'en est chargé, ajouta Damon d'un air entendu.

— Tiens, ça me fait penser… Mes deux amis auraient bien besoin de passer à l'antiparasite eux aussi. Sabre, Serre, au pied ! lança Sage.

Il émit un sifflement que Matt aurait été incapable d'imiter.

De toute façon, Matt nageait en plein rêve. Un chien presque aussi gros qu'un poney et un faucon surgirent de l'obscurité.

— C'est parti ! dit le vampire costaud.

Et, une fois de plus, le jet de lumière argentée.

— Voilà. Si vous n'y voyez pas d'inconvénient, je préfère dormir à la belle étoile avec mes compagnons. Je vous suis reconnaissant de toutes vos attentions, madame. Je m'appelle Sage. Le faucon c'est Serre, et le chien Sabre.

— Prems' sur la baignoire de Stefan pour nous deux, et sur celle de Mme Flowers pour les filles. Je vous laisse gérer les autres entre vous, les garçons !

— Pour ma part, je serai dans la cuisine en train de préparer des sandwichs.

Sur ce, Mme Flowers s'éloigna vers la maison.

***

C'est à cet instant que Shinichi surgit de terre au-dessus d'eux.

Ou plutôt, son *visage* apparut ; c'était manifestement une illusion, mais elle n'en était pas moins inouïe et terrifiante. Shinichi semblait vraiment être là, comme un géant, portant le poids du monde sur ses épaules. La masse noire de ses cheveux se confondait avec la nuit, mais les pointes écarlates formaient une auréole embrasée autour de son visage. C'était un étrange spectacle au retour d'un monde dominé jour et nuit par un énorme soleil rouge.

Ses yeux étaient tout aussi rouges, comme deux petites lunes dans le ciel, et braqués sur le groupe qui se tenait près de la maison de Mme Flowers.

— Bonjour, dit-il. Eh bien, vous semblez surpris de me voir ? Il ne faut pas. Je ne pouvais décemment pas vous laisser rentrer sans passer vous saluer en vitesse. Au fond, ça faisait longtemps… pour certains.

Un sourire se dessina sur l'immense visage.

— Et puis, bien sûr, je voulais prendre part aux réjouissances : ce cher Stefan a été sauvé, ça alors ! Et il a même fallu affronter un énorme poulet pour y arriver.

— J'aurais aimé t'y voir, être confronté à Blodwedd à un contre un tout en essayant de trouver une clé secrète dans son nid, commença à rétorquer Bonnie d'un ton indigné.

Mais elle s'arrêta en sentant Meredith lui pincer discrètement le bras.

De son côté, Sage marmonna quelque chose au sujet de ce que ferait son « énorme poulet », Serre, si Shinichi avait assez de cran pour venir en personne.

Le *kitsune* ignora leurs réactions.

— Quant au casse-tête chinois que vous avez réussi à démêler : bravo, très impressionnant. À l'avenir, jamais plus nous ne vous prendrons pour des idiots et des empotés qui ne se sont jamais vraiment demandé *pourquoi*, à l'origine, ma sœur leur avait donné des indices. Sans parler du fait que ces indices étaient plutôt accessibles pour des gens qui ne sont pas *des nôtres*. C'est vrai, dans le fond...

Shinichi eut un regard mauvais.

— Qu'est-ce qui nous empêchait d'avaler la clé et de disparaître à jamais, hein ?

— Que du bluff, lâcha Meredith d'un ton insensible. Vous nous avez sous-estimés, c'est tout.

— Peut-être, concéda Shinichi. Et peut-être que nos raisons étaient tout autres.

— Tu as perdu ! lui lança Damon. Je comprends que pour toi ce soit tout nouveau comme concept, mais c'est la réalité. Elena maîtrise beaucoup mieux ses pouvoirs, maintenant.

— Reste à savoir s'ils fonctionneront ici...

Il eut un sourire sinistre.

— ... ou s'ils disparaîtront subitement sous la pâle lueur de ce soleil ou dans les profondeurs des *vraies* ténèbres ?

— Ne l'écoute pas, Elena ! cria Sage. Tes pouvoirs viennent d'un monde auquel il n'a pas accès !

— Ah, oui : le renégat. J'allais l'oublier. Le fils rebelle du Rebelle ! Je me demande... Comment te fais-tu appeler cette fois ? Cage ? Rage ? Je me demande ce que penseront ces petits quand ils découvriront qui tu es vraiment.

— Peu importe qui il est ! ragea Bonnie. Ce qui compte, c'est qu'on sait que c'est un vampire, mais que ça ne l'empêche pas d'être gentil et attentionné et de nous avoir protégés des centaines de fois !

Elle ferma les yeux, sans se laisser impressionner par les grands éclats de rire de Shinichi.

— Tu penses donc avoir gagné, ma petite Elena ? reprit-il d'un ton sarcastique. Mais, dis-moi, sais-tu ce qu'on appelle un gambit aux échecs ? Non ? Eh bien, je suis sûr que ton amie l'intello sera ravie de te l'expliquer.

Un silence pesant tomba, puis Meredith répondit, avec un visage de marbre :

— Un gambit, c'est quand un joueur d'échecs sacrifie volontairement un pion ou une figure dans le but d'obtenir autre chose. Une position sur l'échiquier, par exemple.

— J'étais certain que tu saurais leur expliquer à la perfection. Alors que penses-tu de notre premier gambit ?

Nouveau silence.

— Je présume que ça signifie que vous nous avez rendu Stefan pour atteindre un objectif plus intéressant.

— Ah, si seulement tu avais des cheveux dorés... comme ceux que ton amie Elena met si joliment en valeur.

Plusieurs exclamations sur le mode « Hein ? » se firent entendre, la plupart adressées à Shinichi, mais certaines à Elena.

Elle explosa sur-le-champ :

— *Si tu as pris les souvenirs de Stefan, je te jure que...*

— Allons, allons, mais non ! Rien d'aussi radical... Il a juste eu droit à quelques illusions de mon cru durant son petit séjour en prison.

Elena leva les yeux vers l'immense visage et le fixa d'un air extrêmement méprisant.

— Espèce de... *mufle*.

— Merci, ça me va droit au cœur !

Mais le fait est que Shinichi ne semblait pas aussi insensible qu'il voulait le faire croire ; une rage menaçante luisait dans ses yeux.

— Vous qui êtes tous si proches, savez-vous combien de secrets il existe entre vous ? Naturellement, Meredith est la reine des secrets, et elle cache bien les siens à ses amis depuis toutes ces années. Vous pensez tout savoir d'elle, mais le meilleur reste à venir. Et puis, bien sûr, il y a le secret de Damon.

— Secret qui a intérêt à le rester ou la déclaration de guerre prend effet sur-le-champ, répliqua Damon. Et tu sais, bizarrement, quelque chose me dit que, si tu es venu ici ce soir, c'est pour négocier.

Cette fois, les grands éclats de rire de Shinichi se traduisirent par une gigantesque bourrasque ; Damon dut bondir derrière Meredith pour l'empêcher de tomber à la renverse dans le trou laissé par la cabine.

— Quelle galanterie ! railla Shinichi d'une voix tonitruante.

Quelque part derrière eux, des fenêtres de la maison volèrent en éclats.

— À présent, je dois vous quitter. Souhaitez-vous que je vous dresse une petite liste des trésors qu'il vous reste à trouver, avant de vous laisser en tête à tête avec vos petits secrets ?

— Nous n'avons besoin de rien venant de vous. Et vous n'êtes plus le bienvenu ici, intervint Mme Flowers sur un ton glacial.

De son côté, Elena ne put s'empêcher de réfléchir aux paroles de Shinichi. Elle avait beau être là, saine et sauve, et savoir que Stefan avait besoin d'elle, elle cherchait une explication à tout ça : le deuxième gambit de Shinichi. Car c'était de cela qu'il s'agissait, elle en était certaine.

— Où sont les sacs avec les sphères d'étoiles ? lâcha-t-elle subitement.

Son ton cassant dérouta la moitié du groupe et alarma tout bonnement les autres.

— J'en tenais un, mais après je ne sais plus, je me suis cramponné à Sabre, répondit Sage.

— J'en avais un, mais je l'ai lâché dans le trou quand on m'a soulevée ! s'écria Bonnie.

— Le mien est là, mais je ne comprends toujours pas pourquoi…

Elena fit volte-face vers Damon.

— Fais-moi confiance ! *Il faut les récupérer !*

À l'instant où elle avait prononcé le mot *confiance*, Damon avait bondi dans le trou sans attendre la fin de la phrase. Le faisceau qui irradiait encore à l'intérieur était d'une puissance aveuglante, même pour un vampire, mais il ne broncha pas.

— C'est bon, je les ai !… *Non*, attendez, il y a une racine ! Une foutue racine s'est enroulée autour des sphères d'étoiles ! Lancez-moi un couteau, vite !

Alors que tout le monde palpait ses poches à toute vitesse en quête d'un couteau, Matt eut une réaction qui laissa Elena sans voix. D'abord, il jeta un œil au fond du trou de presque deux mètres de profondeur, tout en pointant… on aurait dit un revolver. Oui, Elena reconnut le modèle qui allait de pair avec celui de Meredith. Puis, sans même essayer de s'y glisser en douceur, il se jeta dedans.

— VOUS NE VOULEZ DONC PAS SAVOIR ?… rugit Shinichi.

Mais plus personne ne faisait attention à lui.

Matt ne se réceptionna pas avec la même souplesse que Damon. Le souffle coupé, il étouffa un juron. Mais sans tarder, avant même de se relever, il tendit le revolver à Damon.

— Les balles sont bénites. Vise la racine ! Vas-y !

Damon ne perdit pas une minute ; il n'eut même pas l'air de viser. Mais visiblement, en un claquement de doigts, il avait eu le temps d'enlever le cran de sûreté et de tirer à bout portant car la racine serpenta à toute vitesse contre la paroi instable du trou, l'extrémité étroitement enroulée autour d'une forme ronde.

Elena entendit deux coups de feu assourdissants ; puis un troisième. Damon se pencha pour ramasser la sphère d'étoiles enserrée dans la racine ; elle était de taille moyenne et claire comme le jour là où sa surface apparaissait.

— *REPOSE ÇA !*

La fureur de Shinichi était désormais sans bornes. Les deux points rouge vif de ses yeux étaient comme des flammes... On aurait dit que de véritables lunes de feu prenaient forme dans ses énormes pupilles dilatées.

— J'AI DIT : NE TOUCHEZ PAS À ÇA AVEC VOS SALES PATTES DE MORTELS !

— Ça doit être la sphère de Misao, c'est forcément ça, comprit Meredith. Il avait pris le risque de mettre la sienne en jeu, mais pas celle de sa sœur. Damon, passe-la-moi, avec le revolver ! Je te parie qu'elle n'est pas blindée.

Elle s'agenouilla au bord du trou en tendant le bras.

Haussant le sourcil, Damon s'exécuta.

— Oh non ! Je crois que Matt s'est foulé la cheville ! s'écria Bonnie, qui les avait rejoints au bord du trou.

— JE VOUS AURAIS PRÉVENUS, rugit encore Shinichi. VOUS ALLEZ LE REGRETTER...

— Tiens, attrape ! dit Damon à Meredith, sans prêter la moindre attention au *kitsune*.

Sans plus de cérémonie, il attrapa Matt dans ses bras et, agile comme une panthère, ressortit du trou. Il le déposa près de Bonnie, dont les grands yeux marron le fixèrent avec un trouble extrême.

Matt, en revanche, garda la tête haute, encaissant les élancements dans sa cheville sans ciller.

— Merci, Damon.

— Pas de quoi, Matt.

Bonnie en eut le souffle coupé.

— Quoi ? dit Damon en lui jetant un coup d'œil.

— Tu t'en es souvenu ! s'écria-t-elle. Tu t'es souvenu de son...

Elle s'arrêta brusquement.

— Meredith, derrière toi ! L'herbe !

Meredith, qui était en train d'examiner la sphère d'étoiles avec un drôle d'air, lança le revolver à Damon et, de sa main libre, essaya d'arracher la plante rampante qui s'était entortillée autour de ses pieds et de ses chevilles. Mais, alors même qu'elle se penchait, la tige sembla bondir pour agripper sa main, la ligotant à ses pieds. D'autres lianes surgirent de terre, grimpant et s'enroulant à toute vitesse autour de son corps en direction de la sphère, qu'elle souleva le plus haut possible au-dessus d'elle.

Les lianes se resserraient autour de sa poitrine, comprimant ses poumons.

Tout se passa très vite.

— Prenez la sphère, vite !

Les autres se précipitèrent pour l'aider. Bonnie, qui était déjà sur place, voulut planter ses ongles dans une des lianes qui étouffaient son amie, mais elle était dure comme de la pierre, et c'est tout juste si elle réussit à la griffer. Matt et Elena n'eurent pas plus de succès. Sage essaya alors de hisser Meredith à bras-le-corps, de l'arracher littéralement du trou, mais ses efforts furent tout aussi vains.

Le visage de Meredith, bien visible dans la lumière qui continuait d'irradier en contrebas, devenait livide.

Damon attrapa d'un geste vif la sphère d'étoiles, juste avant que la liane qui courait le long de son bras ne s'en empare. Alors il se mit à se déplacer à une vitesse fulgurante, sans jamais rester assez longtemps à un endroit pour qu'une liane ait le temps de l'agripper.

Mais, les plantes continuaient d'asphyxier Meredith. Son visage était maintenant bleu, ses yeux exorbités et sa bouche ouverte, dans l'attente d'un souffle qu'elle ne trouvait plus.

— Arrête ça ! hurla Elena à Shinichi. On va te rendre la sphère, mais lâche-la !

— LA LÂCHER ? gronda-t-il avec un rire monstrueux. TU FERAIS PEUT-ÊTRE BIEN DE TE SOUCIER DE TES PROPRES INTÉRÊTS AVANT DE SOLLICITER UNE FAVEUR.

Elena jeta des regards éperdus autour d'elle... et s'aperçut que l'herbe du jardin avait presque entièrement enseveli Stefan, qui était à genoux, trop faible pour avoir pu s'écarter à temps.

À aucun moment il ne s'était manifesté pour attirer l'attention.

— NOOON !

Le hurlement d'Elena couvrit presque le rire de Shinichi.

Même en sachant que c'était peine perdue, elle se jeta sur Stefan pour essayer d'arracher l'herbe qui lui comprimait le torse.

Il se contenta de lui sourire faiblement en secouant la tête avec désespoir.

Alors Damon se figea net, brandissant la sphère d'étoiles vers le visage menaçant de Shinichi.

— Prends-la ! cria-t-il. Relâche-les et va au diable !

Cette fois, les éclats de rire de Shinichi déclenchèrent une tornade colossale. Une spirale d'herbe surgit de terre aux pieds de Damon et forma en un clin d'œil un abominable poing vert hirsute, qui atteignit presque la sphère.

Presque.

— Tenez bon, mes petits ! haleta Mme Flowers.

À bout de souffle, elle était arrivée en courant du bunker, suivie de Matt, qui boitait atrocement, et tous deux tenaient dans les mains ce qui ressemblait à des Post-it.

Damon recommença à se déplacer à une vitesse fulgurante pour échapper à l'énorme poing, et Matt flanqua un de ses papiers sur le torse recouvert d'herbe de Stefan, pendant que Mme Flowers faisait la même chose avec Meredith.

Sous le regard incrédule d'Elena, l'herbe se flétrit brusquement comme de la paille, jusqu'à se désintégrer complètement sur le sol.

Elle se précipita pour relever Stefan.

— Rentrez vite ! lança Mme Flowers. Vous serez à l'abri dans le bunker. Que les valides aident les blessés !

Meredith et Stefan reprirent leur souffle en suffoquant.

Mais Shinichi n'avait pas dit son dernier mot.

— Soyez sans crainte…, lança-t-il d'une voix caverneuse.

Son ton était étrangement calme, comme s'il acceptait sa défaite… pour cette fois.

— Je récupérerai cette sphère bien assez tôt. De toute façon, vous ne savez pas comment utiliser ce type de pouvoir. Et, du reste, je vais vous révéler ce que votre bande de prétendus amis se cachent les uns aux autres. Des petites confidences, ça vous tente ?

— On s'en fout de tes secrets ! cria méchamment Bonnie.

— Surveille ton langage, petite ! Et écoute plutôt : l'un d'entre vous a gardé un secret toute sa vie et c'est encore le cas à l'heure actuelle. Un autre est un meurtrier, et je ne parle pas d'un vampire, d'une euthanasie ou de quoi que ce soit du genre. Par ailleurs, il y a la question de la véritable identité de Sage... Là-dessus, je vous souhaite bien du plaisir ! L'un de vous a déjà eu la mémoire effacée, et je ne parle ni de Damon ni de Stefan. Sans oublier la question de la fameuse nuit au motel, dont manifestement personne ne se souvient hormis Elena. À l'occasion, demandez-lui de vous raconter sa théorie sur Camelot. Et, pour finir...

Soudain, un coup de feu aussi assourdissant que son rire diabolique interrompit Shinichi. L'énorme visage dans le ciel se décomposa, s'affaissant dans une grimace ridicule avant de disparaître complètement.

— Qu'est-ce que c'était ?

— Qui a le revolver ?

— Quel genre de pistolet pourrait venir à bout de ce monstre ?

— Un pistolet chargé de balles bénites, répondit calmement Damon.

Il leur montra l'arme, pointée vers le sol.

— C'est *toi* qui as tiré ?

— T'es génial, Damon !

— Bon vent, Shinichi !

— C'est un sale menteur quand ça l'arrange, ça je vous le garantis.

— Je crois que, cette fois, nous pouvons rentrer nous reposer, dit Mme Flowers.

— Oh, que oui ! Nos bains nous attendent !

— UNE DERNIÈRE CHOSE…

La voix monstrueuse de Shinichi les encercla brusquement, résonnant de toutes parts, du ciel et de la Terre.

— Vous allez vraiment adorer ce que je vous mijote pour la prochaine fois. À votre place, j'entamerai *tout de suite* les négociations !

Son rire s'évanouit dans les airs et, dans son sillage, une voix féminine étouffée laissa entendre un simulacre de pleurs. Misao ne pouvait pas s'empêcher de ricaner.

— VOUS ALLEZ ADORER ! insista le *kitsune* dans un ultime rugissement.

42.

Elena éprouvait un sentiment qu'elle avait du mal à définir. Ce n'était pas vraiment de l'apaisement, plutôt… du répit. Il lui semblait que, toute sa vie ou presque, elle l'avait passée à chercher Stefan.

Mais aujourd'hui elle l'avait retrouvé, sain et sauf, et même propre (il avait pris un long bain pendant qu'elle insistait pour lui frotter vigoureusement le corps avec toutes sortes de brosses et de pierres ponces, puis il avait terminé par une douche suivie d'une deuxième, un peu à l'étroit, avec elle). En séchant, ses cheveux bruns formaient une crinière soyeuse (un peu plus longue que celle qu'il arborait d'habitude).

Aujourd'hui… il n'y avait plus ni geôliers ni *kitsune* pour les espionner. Rien ne pouvait les séparer. Ils s'étaient amusés comme des gosses sous la douche, s'éclaboussant mutuellement, Elena s'assurant toujours de garder les pieds bien ancrés sur le tapis antidérapant, prête à soutenir tant bien que mal son corps dégingandé s'il faiblissait.

Mais ils n'arrivaient plus à plaisanter à présent.

Le jet de la douche avait été bien pratique, d'ailleurs ; pratique pour dissimuler les larmes qui coulaient en continu sur les joues d'Elena. C'était si injuste... Elle pouvait toucher et compter chacune de ses côtes. Son beau Stefan n'avait plus que la peau sur les os, quoique la flamme dans ses yeux verts fût toujours là, pétillante et vacillante dans son visage blafard.

Après avoir enfilé une tenue pour dormir, ils restèrent un moment assis sur le lit sans rien dire. Dans les bras l'un de l'autre, respirant avec un synchronisme parfait (Stefan avait repris l'habitude de respirer, à force de côtoyer autant les humains et, récemment, d'avoir essayé d'économiser le peu de force qui lui restait). Ils pouvaient enfin sentir la chaleur de leurs corps... C'était troublant. Presque trop. Plutôt timidement, il chercha à tâtons la main d'Elena et la serra dans les siennes, en la retournant plusieurs fois pensivement.

La gorge nouée, même si elle se sentait divinement bien et heureuse, Elena tentait en vain de lancer la conversation. « Peu importe, ce silence me suffit », se disait-elle, mais au fond elle savait que très bientôt elle aurait envie de lui parler, de l'étreindre, de l'embrasser et de le *nourrir*. Mais, en attendant, si quelqu'un lui avait imposé de rester simplement assise en ne communiquant que par des gestes d'amour, elle aurait accepté sans hésiter.

Finalement, sans même s'en rendre compte, elle se mit à parler lentement, comme si les mots patinaient dans la mélasse ; des bribes de paroles qui, pour autant, étaient des plus sincères.

— Je croyais, pour une raison ou pour une autre, que cette fois j'allais peut-être perdre. J'avais triomphé si souvent... Je me disais que, là, quelqu'un me donnerait une bonne leçon et que... tu ne t'en sortirais pas.

Toujours perdu dans ses pensées, Stefan contemplait sa main, embrassant ses doigts un à un.

— Tu appelles ça gagner, d'être morte dans la souffrance pour sauver ma vie insignifiante et celle, encore plus insignifiante, de mon frère ?

— Disons que c'était une victoire en demi-teinte, admit-elle. Chaque fois qu'on est réunis, c'est une victoire. À chaque instant, même dans ce cachot...

Stefan grimaça, mais Elena avait besoin d'aller au bout de sa pensée.

— Même là-bas, te regarder dans les yeux, toucher ta main, savoir que tu pouvais me voir et me toucher aussi, et que ça te faisait du bien... Ça aussi, pour moi, c'était une petite victoire.

Il leva la tête vers elle. Sous la lumière tamisée, le vert de ses yeux parut subitement sombre et mystérieux.

— Une dernière chose, chuchota-t-il. Parce que je suis qui je suis... et parce que ton plus grand triomphe n'est pas ta magnifique chevelure dorée mais cette aura... indescriptible, au-delà des mots...

Elena pensait qu'ils seraient restés assis des heures, à se regarder les yeux dans les yeux, à se perdre dans le regard de l'autre, mais non : l'expression de Stefan avait changé insensiblement, et elle comprit à quel point sa soif de sang était encore intense, que la mort le guettait toujours.

Alors elle s'empressa de dégager son cou en écartant ses cheveux mouillés, puis elle se laissa tomber doucement en arrière, sachant très bien qu'il la rattraperait.

Il le fit, mais uniquement pour relever son visage entre ses mains et la regarder dans les yeux.

— Sais-tu à quel point je t'aime, Elena ?

Le visage tout entier de Stefan était désormais un masque énigmatique et étrangement fascinant.

— Non, je ne crois pas que tu en aies conscience, chuchota-t-il. Je n'ai pas cessé de te regarder te battre, faire tout ton possible pour me sauver… et tu ignores à quel point mon amour pour toi n'a fait que se renforcer…

Elena sentit de délicieux frissons lui parcourir le dos.

— Eh bien, prouve-le, chuchota-t-elle à son tour. Sinon, je croirai que ce ne sont que des paroles en l'air…

— Attends, tu vas comprendre, mon amour…

Mais, quand il se pencha sur elle, ce fut pour l'embrasser doucement. En sentant cet être affamé l'embrasser au lieu de se jeter immédiatement sur sa gorge, l'émotion d'Elena atteignit son comble, ébranlant tout son être d'une façon que ni ses pensées ni ses mots ne pouvaient exprimer ; attirer le visage et la bouche de Stefan vers son cou fut la seule réaction dont elle fut capable.

— *Je t'en prie, Stefan*, murmura-t-elle.

Enfin, elle sentit la douleur fugitive du sacrifice quand il s'abreuva de son sang. Les pensées de Stefan, qui avait voltigé çà et là comme un oiseau face à un mur aveugle, retrouvèrent enfin le chemin de la raison et du cœur, s'élevant vers l'infini, en harmonie avec elle.

Par la suite, les paroles furent inutiles. Leurs esprits en communion, ils communiquèrent par le biais de pensées aussi pures et limpides que des pierres précieuses, et Elena se réjouit car Stefan ne lui cachait rien ; son esprit s'ouvrait à elle, sans restriction, ni murs, ni zones d'ombre, il n'y avait ni secrets enfouis dans un rocher, ni enfant enchaîné et en larmes…

Quoi ?

Subitement, elle entendit Stefan s'exclamer en silence.

Quel enfant enchaîné ? Quel rocher ? Qui peut bien avoir ça dans la tête ?

Mais il s'interrompit brusquement, devinant la réponse avant même que l'esprit d'Elena, vif comme l'éclair, ne la lui donne. Elle ressentit la compassion sans limites qu'il éprouva, une compassion naturellement pimentée par la colère d'un homme qui avait traversé les profondeurs de l'Enfer, mais inaltérée par le terrible poison de la haine entre frères.

Lorsqu'elle eut fini de lui expliquer tout ce qu'elle savait sur les mécanismes de pensée de Damon, elle conclut par ces mots : *Je ne sais plus quoi faire. J'ai fait tout ce que j'ai pu pour l'aider, Stefan. Je l'ai même… aimé. Je lui ai tout donné, sauf ce qui n'appartient qu'à toi. Mais je ne suis même pas certaine que ça ait changé quelque chose.*

Pour une fois, il a appelé Matt par son prénom, au lieu de « Blatte », souligna Stefan.

Oui, j'ai remarqué… Je n'arrêtais pas de lui demander de le faire, mais j'ai toujours eu l'impression que ça ne lui faisait ni chaud ni froid.

Et finalement tu as réussi à le changer. Peu de personnes en sont capables.

Elena le serra contre elle de toutes ses forces puis se recula tout à coup, inquiète de lui avoir peut-être fait mal. Il la regarda en souriant, hochant doucement la tête.

Tu devrais continuer, dit-il, toujours en silence. *Tu as énormément d'influence sur lui.*

Je le ferai… mais sans artifices, promit Elena.

À ces mots, elle eut peur que Stefan ne la croie trop présomptueuse… ou trop attachée.

Mais un simple regard suffit à la rassurer, à la convaincre que sa façon d'agir envers Damon était la bonne.

Ils restèrent collés l'un à l'autre encore quelques heures.

***

Livrer Stefan à d'autres personnes pour qu'elles le nourrissent ne fut pas aussi difficile qu'Elena l'avait imaginé. Stefan avait enfilé un pyjama propre, et la première chose qu'il dit à ses trois donneurs fut la suivante :

— Si subitement vous avez peur, ou si vous changez d'avis, dites-le. Je n'aurai aucun mal à le comprendre, et je ne suis pas en manque extrême. De toute façon, je le sentirai sûrement avant vous si ça vous déplaît, et alors je m'arrêterai. Pour finir, merci, merci à tous les trois. Si j'ai décidé de rompre mon serment, c'est parce qu'il y a encore un risque que, sans vous, je m'endorme ce soir et ne me réveille plus.

Bonnie fut à la fois horrifiée, indignée et furieuse.

— Tu veux dire que, depuis tout ce temps, tu n'as pas pu dormir parce que tu avais peur de… ?

— Non, il m'est arrivé de m'assoupir de temps en temps, mais par chance, je me suis toujours réveillé. Parfois, je n'osais même pas bouger pour économiser mes forces, mais Elena s'est toujours débrouillée pour venir me voir et, chaque fois, elle a trouvé un moyen de me nourrir, d'une façon ou d'une autre.

Face au regard qu'il lui lança, Elena sentit son cœur tambouriner.

Ils fixèrent un planning pour que Stefan soit nourri toutes les heures, puis ils laissèrent le premier volontaire seul avec lui, à savoir Bonnie, pour qu'ils soient plus à l'aise.

***

Le lendemain matin, Damon était déjà sorti rendre une petite visite à Leigh, la nièce de l'antiquaire, qui avait semblé très contente de le voir. Il était maintenant de retour, regardant avec dédain les paresseux qui traînaient encore au lit un peu partout dans la maison.

C'est à ce moment-là qu'il vit le bouquet.

Il était solidement fermé et protégé par des amulettes qui lui avaient permis de traverser la faille dimensionnelle. Il dégageait quelque chose de particulièrement puissant.

Damon inclina la tête.

« Humm... Je me demande bien quoi ? »

***

Cher Journal,

Je ne sais pas quoi dire. Si : on est rentrés.

Hier soir, tout le monde a pris un long bain... et j'étais un peu déçue parce que ma grande brosse pour se frotter le dos n'était plus là, il n'y avait plus de sphère d'étoiles pour jouer une douce musique à Stefan et, le comble : l'eau était TIÈDE ! En allant voir si le chauffe-eau était bien allumé, Stefan a croisé Damon qui venait faire la même chose. C'est drôle, je trouve...

Il y a deux heures, je me suis réveillée quelques minutes pour voir le plus beau des spectacles sur Terre... un lever de soleil. Un rose pâle et vert sombre à l'est, alors qu'il fait encore nuit noire à l'ouest. Ensuite, un rose plus prononcé dans le ciel et le sommet des arbres qui disparaît dans des nuages de rosée. Puis une lumière splendide sur le fil de l'horizon, sous un ciel auréolé de rose foncé, d'ivoire et même de citron vert. Pour finir, une ligne de feu et, en un instant, toutes les couleurs changent. La ligne devient un arc et le ciel à l'ouest bleu foncé. Puis le soleil se lève, répandant chaleur et lumière, donnant des couleurs aux arbres verdoyants, et le ciel se drape peu à peu d'un bleu céleste — je dis « céleste » juste pour garder l'idée que le spectacle était vraiment divin et aussi, j'avoue, parce que, d'une certaine façon, ce mot me donne de délicieux frissons. Alors le ciel devient bleu azur, clair comme du cristal, et lentement le soleil doré propage énergie, amour, lumière et plein de belles choses sur le monde.

Quelle fille ne serait pas heureuse d'assister à ce spectacle dans les bras de son bien-aimé ?

Nous qui avons la chance d'être nés dans la lumière, qui vivons avec tous les jours, sans jamais en prendre conscience, nous sommes bénis. Nous aurions pu être des âmes de l'ombre dès la naissance, vivant et mourant dans un crépuscule perpétuel, sans jamais nous douter que quelque chose de mieux existe ailleurs.

13.

Elena fut réveillée par des cris. Son premier réveil, quelques heures plus tôt, lui avait procuré un bonheur absolu. Mais ce deuxième réveil... aucun doute, c'était la voix de Damon. Mais Damon en train de crier ? C'était impossible !

Enfilant à la hâte un peignoir, elle sortit de la chambre en coup de vent et se précipita au rez-de-chaussée.

Éclats de voix... confusion générale. Damon était à genoux, le visage mi-bleu, mi-blême. Pourtant il n'y avait aucune plante dans la pièce susceptible de l'avoir étranglé.

Un empoisonnement fut la deuxième hypothèse qui lui vint à l'esprit, et elle jeta aussitôt des regards furtifs autour d'elle à la recherche d'un verre renversé, d'une assiette cassée, de n'importe quel signe indiquant que le poison était à l'origine du malaise de Damon. Mais rien.

Sage lui donnait des tapes dans le dos. Quoi, il se serait etouffé ? Non, c'était stupide : les vampires ne respiraient pas, excepté pour parler et augmenter leurs pouvoirs.

Mais alors que se passait-il ?

— Respire ! criait Sage à l'oreille de Damon. Inspire un bon coup, comme si tu voulais parler, mais ensuite retiens ton souffle comme pour canaliser ton énergie. Concentre-toi sur ce qui se passe à l'intérieur. Fais marcher tes poumons !

En entendant ça, Elena fut encore plus perplexe.

— Voilà ! s'écria Sage. Tu vois ?

— Mais ça ne dure qu'une seconde. Après il faut que je recommence !

— Évidemment. C'est le but !

— Je te dis que je suis en train de mourir, et toi tu te moques ? pesta Damon, qui était tout ébouriffé. Je suis aveugle, sourd, mes sens sont détraqués, et ça te fait rire !

« Bizarre, ses cheveux en bataille », pensa Elena sans rien dire.

— Ça, mon cher…

Cette fois, Sage fit de son mieux pour ne pas rire.

— Tu n'aurais peut-être pas dû ouvrir un paquet qui ne t'était pas destiné.

— Je me suis bardé de boucliers avant de le faire ! Et la maison était sûre.

— Mais tu n'étais pas… *Respire, Damon, respire !*

— Ça avait l'air totalement inoffensif… et reconnais… qu'on voulait tous l'ouvrir… hier soir… mais finalement… on était trop fatigués… !

— Mais faire ça seul : ouvrir le cadeau d'un *kitsune*… Avoue que ce n'était pas malin, non ?

— Épargne-moi tes sermons ! rétorqua Damon en suffoquant. Aide-moi, plutôt. Pourquoi j'ai l'impression d'avoir du coton dans les oreilles ? Pourquoi je vois si mal ? Et mon ouïe ? Mon odorat ? Puisque je te dis que je ne sens plus rien !

— Tu es aussi sain de corps et d'esprit que peut l'être un mortel. Tu pourrais probablement vaincre la plupart des vampires, si tu devais en affronter tout de suite. Mais les perceptions sensorielles des humains sont limitées et peu développées.

Les mots tournaient en boucle dans l'esprit d'Elena... Ouvrir un paquet qui ne t'était pas destiné... Un bouquet offert par un *kitsune*... humain...

C'est pas vrai ?!

Manifestement, quelqu'un d'autre eut la même réaction au même instant car, tout à coup, une silhouette arriva en trombe de la cuisine.

Stefan.

— Tu m'as pris mon bouquet ? Celui du *kitsune* ?

— J'ai fait très attention...

— Tu te rends compte de ce que tu as fait ? hurla Stefan en secouant son frère comme un prunier.

— Hé, mollo ! Ça fait mal ! Tu veux me briser le cou, ma parole ?

— *Ça*, ça te fait mal ? Ce n'est rien comparé à ce qui t'attend, Damon ! Tu ne comprends donc pas ? J'ai parlé avec ce *kitsune*. Je lui ai raconté toute l'histoire de ma vie. Elena est venue me rendre visite et il l'a vue quasiment... enfin, bref : il l'a vue pleurer ! Est-ce que... tu comprends... ce que tu as *fait* ?

On aurait dit que Stefan s'était mis à monter un escalier et que chaque marche lui avait fait franchir un nouveau palier de rage. Là, il était arrivé en haut...

— JE VAIS TE TUER ! Tu me l'as volée ! Tu m'as pris mon humanité ! Il me l'avait donnée... et toi tu t'es servi !

— Toi, tu veux me tuer ? C'est moi qui vais te tuer, oui ! Espèce de... de salaud ! Il y avait une fleur au milieu. Une grande rose noire, comme je n'en ai jamais vu. Et son parfum... était divin...

— Elle n'y est plus, signala Matt en leur montrant le bouquet.

Il y avait effectivement un trou béant au centre de la composition.

En dépit du trou, Stefan se précipita pour plonger son visage dans le bouquet en inspirant de grandes bouffées. Il se redressa plusieurs fois en faisant claquer deux doigts, mais, systématiquement, une étincelle jaillissait au bout de ses doigts.

— Désolé, mon vieux, dit Matt. Je crois que ça ne marchera plus.

Elena comprenait tout, à présent. Ce *kitsune*... il appartenait aux esprits de bon augure, comme dans les récits que Meredith leur avait racontés. Ou du moins il avait été assez bienveillant pour compatir à la situation critique de Stefan. Alors, en s'échappant de prison, il avait composé un bouquet, et on sait que les *kitsune* peuvent faire tout ce qu'ils veulent avec les plantes, même si, là, c'était carrément un exploit, un peu comme de trouver le secret de la jeunesse éternelle... mais dans l'autre sens : pour transformer un vampire en mortel. Dire que Stefan avait enduré tout ça et qu'il aurait dû finalement en être récompensé...

— J'y retourne, cria Stefan. Je vais le retrouver !

— Avec ou sans Elena ? demanda tranquillement Meredith.

Stefan se figea. Il tourna la tête vers l'escalier, et son regard croisa celui d'Elena.

Je viendrai avec toi, dit-elle.

— Non, répondit-il à voix haute. Jamais je ne t'imposerai ça. En fin de compte, je n'irai pas. Je vais plutôt t'étriper !

Il fit volte-face vers son frère.

— C'est bon, je connais la chanson. Mais je t'explique : c'est moi qui vais te tuer ! Tu m'as pris mon univers ! Je suis un vampire ! Pas un...

Damon lâcha une flopée de jurons originaux.

— Je ne suis pas un minable humain !

— Je crois bien que si, maintenant, le contredit Matt. J'ai pas l'impression que ce soit une blague de *kitsune*. À mon avis, tu ferais mieux de t'y faire.

Damon se jeta sur Stefan, et Stefan ne s'écarta pas. En une seconde, ce fut un méli-mélo de coups de pied, de coups de poing et de jurons en italien, qui donna l'impression qu'il y avait au moins quatre vampires en train de se bagarrer avec cinq ou six humains.

Elena s'assit au pied de l'escalier, totalement déconcertée.

Damon... un humain ?

Comment allaient-ils gérer cette situation ?

En relevant la tête, elle vit que Bonnie avait préparé avec soin un plateau garni de toutes sortes d'aliments qui plaisaient généralement aux humains ; plateau qu'elle avait sans doute préparé pour Damon avant qu'il pique sa crise de nerfs.

— Bonnie, l'appela-t-elle doucement. Attends un peu avant de le lui donner. Sinon, j'ai peur qu'il ne te le balance à la figure. Mais plus tard, peut-être…

— … qu'il en voudra bien ?

Elena eut une grimace.

— Comment Damon va gérer le fait d'être redevenu humain ?… Mystère, médita-t-elle à voix haute.

Bonnie jeta un œil à l'imbroglio mi-vampire, mi-humain qui continuait de jurer derrière elle.

— À mon avis… il n'a pas fini de se bagarrer.

À cet instant, Mme Flowers arriva de la cuisine en portant une assiette sur laquelle trônait une pyramide de gaufres moelleuses. Elle constata la pagaille qu'avaient semée Stefan et Damon dans le salon.

— Ça, par exemple, s'étonna-t-elle. Il y a un problème ?

Elena regarda Bonnie. Bonnie se tourna vers Meredith. Et Meredith jeta un coup d'œil à Elena.

— On peut dire ça comme ça…

N'y tenant plus, les trois amies finirent par craquer et se laissèrent aller à une immense crise de rire.

Tu as perdu un allié puissant, souffla une petite voix dans l'esprit d'Elena. *En as-tu conscience ? Devines-tu les conséquences, maintenant que tu sais que l'Univers est peuplé d'autres Shinichi ?*

« On vaincra, se dit Elena. Il le faut. »

CE ROMAN VOUS A PLU ?

Donnez votre avis sur

www.Lecture-Academy.com

RETROUVEZ LE TRIO AMOUREUX D'ELENA,
STEFAN ET DAMON...
ET TOUS LEURS ENNEMIS DANS

JOURNAL D'UN VAMPIRE TOME 5

(prochainement en librairie)

PLUS D'INFOS SUR CE TITRE
DÈS MAINTENANT SUR LE SITE

Composition MCP - Groupe *JOUVE* - 45770 Saran
N° 515331Y

Impression réalisée par
CPI BRODARD ET TAUPIN
La Flèche
en juillet 2010

Imprimé en France
N° d'impression : 58600
20.19.2084.0/01 - ISBN : 978-2-01-202084-9

Loi n° 49-956 du 16 juillet 1949 sur les publications destinées à la jeunesse.
Dépôt légal : septembre 2010